물처럼
단단하게

옌롄커 장편소설

문현선 옮김

물처럼 단단하게

자음과모음

일러두기

1. 이 책의 저본은 閻連科, 堅硬如水, 人民日報出版社, 2007입니다.
2. 인명, 지명 등 고유명사는 국립국어원의 외래어 표기법을 따랐고 중요한 고
   유명사이거나 의미를 명확하게 해줄 필요가 있는 고유명사일 경우에는 처
   음 등장할 때에만 원어를 병기했습니다.
3. 모든 각주는 옮긴이의 것입니다.

『물처럼 단단하게』와
차갑고도 뜨거운 나의 운명

자음과모음에서 『물처럼 단단하게』를 한국에 소개하고 싶다는 연락을 해왔을 때 저는 마침 베이징의 집 창가에 앉아 쏟아지는 함박눈을 바라보고 있었습니다. 문득 문학과 운명의 냉기가 몸으로 들어오더니 핏속 깊이 퍼지는 게 느껴지더군요. 이제 중국 문학은 지난날의 얼음 감옥에서 벗어났습니다. 그래서 발갛게 상기된 채 뜨거운 땀방울을 흘리는 사람도 등장했지만, 여전히 한기에 부들부들 떨며 제대로 말조차 잇지 못하는 사람도 있습니다. 물론 땀 흘리는 사람을 위해서는 기뻐해야 합니다. 사람이 사람다울 수 있는 것은 다른 사람의 존경을 받기 때문이지요. 그렇기에 어떤 이는 자신보다 더 나은 사람을 위해 손뼉을 치며 기뻐할 수 있습니다. 하지만 같은 이유로 누군가는 자신보다 못한 사람들, 그리고 그들을 구제하려는 사람들을 결코 잊지 못합니다.

저는 전자가 아니라 후자입니다. 사실 제가 놓인 난감한 상황을 고려할 때 '중국 최대의 문제 작가'라는 명성은 결코 제게 어울리지 않습니다. 글이라야 이 거대한 중국에서 온전하게 받아들여질 수 없는 소설 몇 권뿐이고, 저라는 작가는 항상 누군가로부티 미움을 받지만 한편으론 남들이 싫어한다는 이유 때문에 사랑을 받기도 합니다. 작품 역시 그렇습니다. 무척 좋아하는 사람이 있는가 하면 치를 떨며 싫어하는 사람도 많습니다. 마치 임금님이 벌거벗었다고 외친 사람 같은 신세라고나 할까요. 그는 솔직하게 말했기 때문에 남들의 존경을 받았지만, 임금님이 벌거벗었다는 것을 알면서도 말하지 않았던 더 많은 사람으로부터 미움을 샀지요. 그래서 솔직하면 바보가 되는 겁니다!

하지만 바보면 또 어떻습니까. 사람은 모두 자신만의 개성이 있는 것을요. 문학 역시 그 자체만의 개성이 있고요. 개인의 방식으로, 아침 햇살이 가득한 산속에서 수많은 새가 지저귈 때 솔직하되 어우러지지 못하는 고독한 울음소리를 내는 것도 어떤 새에게는 운명입니다. 지금 돌아보니 『물처럼 단단하게』는 출판되자마자 '적색(혁명)과 황색(성性)의 금기를 모두 어겼다'라며 중국 최고 상부기관으로부터 '지명' 당했습니다. 출판사는 당황하고 곤혹스러워하며 불안해했지요. 문제를 최소화하기 위해 출판사에서 얼마나 베이징을 오갔는지 모릅니다. 수많은 조정을 거친 뒤에야 풍파가 가라앉고 상황이 나아졌습니다. 하지만 그 이후 저는 관심과 논쟁의 대상이 되었고 이 소설이 남긴 깊은 화근은 이후 『즐거움受活』, 『인민을 위해 복무하라爲人民服務』, 『딩씨 마을의 꿈丁莊夢』, 『풍아송風雅頌』, 『사서四西』로 이어졌습니다. 이 작품들이 논쟁거리가 되어 출판 불가 판정을 받은 것은 모두 시의적절하지 못했던 『물처럼 단단하게』에서 비롯된 것입니다. 모두들 합창하는데 혼자만 솔직하고 개성 있는 목소리를 내려 한다면, 남들이 잊어주기 바라는 민족적 아픔에 피가 뚝뚝 떨어지는 기억의 쐐기를 박으려 한다면, 모두들 엄숙한데 불손하게 굴려 한다면, 가령 뭇 신들 앞에서 혼자 신나게 춤춘다면, 그에 대한 대가를 치르는 게 당연한 일이지요. 저는 『물처럼 단단하게』의 운명을 원망하지 않습니다. 비록 수많은 평론가와 학자, 교육자 및 중국 독자들이 이 책을 읽었지만 올해 중국에서 재판될 때조차 일부 표현의 수위를 낮추고 삭제해야 했습니다. 그게 바로 현실의 중국에서 이 작품이 받아들여야 할 필연적 운명이고 제 필연적 운명일 것입니다. 이러한 상황에서, 이러한 당혹감 속에서 『물처럼 단단하게』가 한국에서 출판된다니 번역자와 편집자, 출판사에게 진심 어린 감사와 존경을 표하는 것 외에 제가 더 무슨 말을 할 수 있겠습니까?

아, 짚고 넘어가야 할 일이 더 있군요. 『물처럼 단단하게』는 후기작들은 물론이고 제 작가적 운명과 깊은 관계가 있지만 특히 『인민을 위해 복무하라』와 연관이 깊습니다. 사람들은 이 두 작품을 자매편이나 모자母子편이라고 평하곤 합니다. (『인민을 위해 복무하라』는 2004년, 『물처럼 단단하게』는 2000년에 완성한 작품이지요.) 하지만 저는 『인민을 위해 복무하라』가 광야에서 자유롭게 자란 나무라면 『물처럼 단단하게』는 그와 같은 수종이지만 작가의 정원에서 가지치기를 통해 훨씬 크게 잘 자라난 나무라고 생각합니다.

이제 제 이야기는 끝났습니다. 나머지는 존경하는 한국 독자 여러분들께 돌립니다.

2012년 12월 15일 베이징에서
옌롄커

제 1 장

혁명과의 해후

1. 혁명의 이름으로

죽은 다음 모든 게 고요해지면 내 삶과 말, 행동, 그리고 내가 취했던 태도와 그 시답잖던 사랑의 의미까지 처음부터 생각해볼 것이다. 그곳은 포근한 고향이자 생각하기에 아주 적합한 곳일 테니까. 그곳에서는 버들개지가 하늘하늘 흩날리듯, 복숭아꽃이 찬란하게 빛나듯 생각에 잠길 수 있겠지. 지금 저들은 혁명의 이름으로 총살을 집행하겠다며 나와 훙메이의 뒤통수에 총구를 겨누고 있다. 죽음이 생각의 목줄을 틀어쥔 이상 의기양양하게 형장으로 나아가 총탄을 맞는 수밖에. 당당하게 삶과 죽음을 비웃으며 생사의 다리를 건너가리라. 사형을 앞두고 술 한 잔을 마심에 온몸이 두려움

하나 없이 당당하기만 하네. 하토야마가 연회를 열어 친구 되길 청하면 천 잔이건 만 잔이건 웅하리.* 무릇 혁명이란 그래야만 한다. 머리를 내놓은 채 사방으로 나아가 온몸이 부서지도록 싸우고, 뜨거운 피를 흩뿌리며 뼈마디가 부서진다 해도 기꺼이 받아들여야 한다. 사흘 뒤, 어쩌면 일주일 뒤 나와 홍메이는 저쪽 산비탈 아래, 강가의 시골 사형장에서 함께 수갑을 차고, 함께 구덩이 앞에 꿇어앉아, 함께 포근한 고향으로 돌아갈 것이다. 이제 우리에게 시간은 조금밖에 남지 않았다. 상감령上甘嶺** 고개 주전자에 남은 마지막 물처럼 한 방울 한 방울이, 한 순간 한 순간이 모두 영롱하고 소중하다. 한때 산천과 대지, 냇물과 계곡을 불태웠던 내 생명의 횃불이 꺼져가고 있다. 공기와 숲, 흐르는 물과 여인, 동물과 돌, 푸른 풀과 발자국, 곡식과 남자, 계절과 거리, 그리고 여인의 자궁, 여인의 머리카락, 여인의 입술과 눈, 여인의 옷을 불태웠던 횃불이다. 봄날 불어난 강물은 서쪽으로 흐르고 동풍과 서풍은 격렬하게 다투기 마련이니. 어머니, 아, 어머니, 아들이 죽고 나면 동쪽으로 묻으시어 읍내와 청강程岡을 볼 수 있게 하소서.

* 사형을 앞두고 (중략) 웅하리: 중국 현대 경극 〈홍등기紅燈記〉의 대사를 인용.
** 한국전쟁 때 중국이 대승을 거뒀다고 신성시하는 철원 지역의 한 고개 이름.

2. 혁명가 집안의 내력에 대하여

저희 혁명가 집안의 내력에 대해서도 이야기하겠습니다.

1942년 섣달, 바러우^{耙楼} 산맥에 위치한 청강진에서 밤새 개가 짖더니 일본인이 웃으며 마을 어귀를 지나갔습니다. 그 바람에 남자 하나가 줄고 과부 하나가 늘었지요. 아버지가 돌아가시고 제가 태어났습니다. 밤새 피비린내가 진동하고 백골이 수북이 쌓였습니다. 아버지는 산파를 부르러 문을 나섰다가 마을 입구에서 일본인이 휘두르는 칼에 배를 뚫려 창자를 폭포처럼 쏟아냈습니다. 왜놈의 칼이 뜨겁게 감겨들어 조국의 땅이 비릿하게 물들고 민족의 한이 벌겋게 타올랐습니다.

동지여, 친애하는 동지들이여! 한때 우리는 모두 붉은 혁명가이자 계급에 항거하는 전우가 아니었습니까? 제 말을 끊지 말아주십시오. 중국공산당 당원이라는 위대한 신분으로 간구하니 제가 집안 내력에 대해 속 시원히 말할 수 있도록 제 말을 끊지 말아주십시오.

제게 털어놓으라 하니 이렇게 말할 수밖에요. 그리고 이렇게 말해야만 합니다. 이렇게 말해야만 뒤엉킨 실타래에서 실마리를 찾을 수 있습니다. 룽 선생님, 저는 혁명가의 자식입니다. 봉황은 봉황을 낳기 마련이지요. 저는 태생적으로 붉고 어려서부터 혁명에 대한 의지가 강했습니다. 구태 사회에 태어났지만 붉은 깃발 아래에서 그 햇살과 은혜를 받으며 성장했지요. 1964년 스물두 살이 되던 해, 선열의 유지를 받들어 군에 입대했습니다. 공병대에 소속돼 산굴을 파고 산과 계곡을 뚫고 힘겹게 철로를 놓으면서 원대한 포부로 자연에 맞서고 웅장한 뜻으로 산하를 수놓았습니다. 3년 동안 부대를 따라서 성省 세 곳과 현縣 아홉 곳을 지나고 3등 공훈장을 네 차례, 중대장 표창을 다섯 차례, 대대장 표창을 여섯 차례 받았습니다. 제 파일은 표창장들로 빽빽하고 번쩍번쩍해 더러운 기운 따위가 감히 끼어들 틈이 없었습니다. 해방군은 거대한 학교 같았습니다. 당시 저는 대대와 중대에서 점찍어둔 미래의 간부였지요. 그대로 승진했다면 지금쯤 대대장이나 부대대장이 되었을 겁니다. 그랬다면 당신들이 저와 홍메이의 판결문을 청강진 곳곳에 붙일 수 없었겠지요. 옌안延安*처럼 붉은 청강의 거리거리마다, 담벼락이며 나무마다, 우물둔덕과 방앗간에, 사람들이 있는 곳이라면 어디든 저희 둘의 사형 공고가 나붙은 것을 알고 있습니다.

---

* 중국공산당 대장정의 종착지이자, 공산혁명의 근거지. '혁명의 성지'로 불린다.

지전처럼 온 하늘을 나풀거리다가 사각사각 소리를 내며 사
방으로 떨어지고 있겠지요.

하늘이여, 이건 정말 말도 안 됩니다!

땅이여, 세상에 뭐 이런 웃기는 일이 있단 말입니까!

상상도 못했는데, 해가 정말 쿵 하며 서쪽에서 떠오르기
도 하더군요. 어쨌든 원했다면 저는 부대에 남을 수 있었
습니다. 원래 80911부대도 저를 차출하려 했고요. 위대한
1967년, 공산주의로 미래를 창조하겠다는 하나의 목표, 하나
의 마음 아래 전국 각시에서 모여 단결하고 집중했던 저희 부
대가 와르르 무너지듯 해산했습니다. 일부는 80911부대로 편
입되었지만 저는 제대를 신청했습니다. 정치지도원*이, 가오
아이쥔 자네는 80911부대에 가서도 평소대로만 하면 승진
할 수 있을 거다, 했지만 고향으로 돌아가 혁명에 가담하겠
다고 답했습니다. 부대 경험은 이미 충분했으니까요. 4년 내
내 계곡을 뚫고 산포山炮를 쏘면서 이 성에서 저 성으로 철도
를 놓았습니다. 하지만 막상 저희가 주둔지를 옮길 때는 도
보로 급행군해야 했지요. 한번은 대규모로, 정말 엄청난 전
투용 철로를 놓느라 계곡에서 1년 8개월을 보낸 적이 있습

---

* 중국 인민해방군 중대의 정치공작 간부. 중대장과 함께 중대를 이끈다.

니다. 그 1년 8개월 동안 일반인을 본 적도 없고, 그 1년 8개월 동안 마을이나 도시에 물건을 사러 간 적도 없으며, 그 1년 8개월 동안 여자 냄새를 맡아보지도 못했습니다. 그러다가 마침내 골짜기에서 나왔을 때 공교롭게도 신부 행렬을 만난 겁니다. 사병이든 장교든 할 것 없이 중대 전원이 일제히 멈춰 섰는데 하나같이 눈에서 타다닥 소리가 울리더군요. 신부에게서 뿜어 나오는 아름다운 빛이 천리만리를 비추고 불그레한 기운이 우주까지 퍼지는 것 같았습니다. 그녀 몸의 분홍 향기가 독가스처럼 부대를 무력화시켰습니다. 목적지에 도착한 다음 정치지도원과 중대장이 모두에게 정신 차려 문제를 파악하고 혁명에 집중하라고 했습니다. 보름 동안 정신을 가다듬은 뒤에야 모두의 마음이 가장 새롭고 가장 아름다운 그림을 그릴 수 있는 종이처럼 하얗게 되었지요.* 저는 마음이 하얀 종이가 되었을 때 제대를 결심했습니다. 부대에서 지낸 건 그걸로 충분했으니까요. 집으로 돌아가 혁명을 하고 싶었습니다. 사람은 과연 어떻게 살아야 할까요? 진실해야 합니다. 솔직히 말하자면 아내도 그리웠습니다. 제가 생각하는 이상적인 아내가 아니었음에도 보

---

* 마오쩌둥의 "청년의 사상은 백지와 같아서 가장 새롭고 가장 아름다운 그림을 그릴 수 있다"라는 말을 빗댄 것이다.

고 싶었습니다. 말할 필요도 없이 그건 군대라는 독특한 혁명적 삶이 만들어낸 비극이자 희극이었습니다. 제 아내의 이름은 청구이즈입니다. 봉건과 전통에 얽매였지만 구이즈는 여자였지요. 여자의 몸과 여자의 얼굴을 가진, 마오 주석님의 낡은 어록 표지처럼 검붉은 몸과 얼굴을 가진 여자. 중간쯤 되는 키에 통통한 몸매, 걸을 때마다 엉덩이가 실룩거리는 게 꼭 살덩이가 해방시켜달라고, 푸른 하늘 아래에 드러나고 싶다고 몸부림치는 것 같았습니다. 당신들 중 누구든 이전에 청강신을 알았다면 제 아내도 알았을 겁니다. 아내의 아버지는 신중국이 들어선 뒤 선임된 첫 촌당村黨 지부 서기였습니다. 지부 서기의 딸이었기 때문에 구이즈를 아내로 맞이했지요. 입대하기 전에 그녀는 아들을 낳았습니다. 입대 후 2년이 되었을 때 허난河南 성과 후베이湖北 성 경계의 어느 산지로 구이즈가 면회를 온 적이 있습니다. 그때 저희 부대는 2호 산봉우리 밑에서 전투용 산굴을 파고 있었습니다. (굴을 깊게 파고 식량을 충분히 비축하며 군림하지 않는다*는 말을 실행한 것이지요.) 어느 날 굴에서 자갈을 치우고 있을 때 신병이 곡괭이를 흔들며 산굴로 들어와 "가오아이쥔 동지,

* 마오쩌둥의 주요 국책 가운데 하나. 전쟁과 기근을 대비하며 인민을 위한다는 뜻.

18

밖에 물독처럼 생긴 여자가 찾아왔습니다" 하고 소리쳤습니다. 저는 그 병사에게 발길질하며 "단결하고 긴장하라, 엄숙하고 활발하라, 잊었나?"라고 말했습니다. 그러자 병사가 "세상에 나를 알아주는 이가 있으면 아무리 멀리 있어도 가까이에 있는 것과 같다고 했습니다. 그 여자가 동지를 자기 남자라고 했습니다"라고 대답하더군요.

저는 깜짝 놀라서 후다닥 뛰어나갔습니다.

동굴 바깥에 정말로 아내 청구이즈가 있었습니다.

그날 밤을 저와 구이즈는 부대 면회실에서 보냈습니다. 보통 방의 절반 크기로, 사방에 벽돌을 사람 키 높이만큼 쌓은 다음 군용 범포로 하늘을 가린 천막 방이었습니다. 벽에는 마오쩌둥 주석님의 초상화가 걸려 있고 탁자에는 주석님 책이 몇 권 놓여 있었지요. 침대는 주석님 초상화 아래쪽 벽에 붙어 있고요. 구이즈는 큰애 홍성을 떼어놓은 채 혼자서 건국기념 대공사 며칠 전에 부대로 찾아왔습니다. "임무 때문에 한창 바쁜데 무슨 일이오?" 하고 묻자 "밀 수확을 끝내고 가을 작물도 다 심어서 한가해졌어요. 지금 아니면 시간을 낼 수 없겠더라고요"라고 대답했습니다. "전투 대비 공사가 한창 진행 중이오"라고 하자 "두 돌이 지나자 홍성이 사방을 뛰어다녀요"라고 했습니다. 제가 또 "당신 때문에 창피해. 당신 꼴을 좀 보라고"라며 핀잔을 주었더니 고개를 숙여 거칠고 소매가 넓은 자신의 새 남색 웃옷을 내려다보았습니다. 그녀는 잠깐 조용히 있다가 천으로 직접 만든 단추를 풀면서 "농사꾼은 다 이렇지 않나요?" 하고는 "홍성이 두 돌을 지냈으니 또 하나를 가져야겠어요. 딸이 있었으면 해서 자동차와 기차를 갈아타며 여기까지 왔어요"라고 말했습니다. 그녀는 정말 힘들었다고, 차를 잘못 타는 바람에 정류장 바닥에서 하룻밤을 보냈다고, 그래도 다행히 물어물어 찾아올 수 있었노라고 했습니다. 아들딸을 모두 갖고 싶은 마음이 없었다면 때려 죽여도 부대까지 찾아오지 않았을 것이며, 자신 때문에 창피하다는 말을 들을 일도 없었을 거라고 했습니다. 그러면서 자신이 못생겨서 싫으냐고 물었습니다. 자신이 못생긴 게 싫었으면 애당초 왜 약혼하고 결혼했냐고, 못생긴 게 싫었으면 왜 홍성을 낳게 두었냐고도 물었습니다. 그렇게 물으면서 옷을 전부 벗고는 침대 끝에 앉았습니다. 방 안의 45와트짜리 전등이 노란빛을 내뿜으며 그녀의 살집을 비추자 그녀 몸에서 암홍색 빛이 반짝였습니다. 여인의 살냄새가 분홍색 안개처럼 방을 가득 메웠습니다. 저는 그녀의 맨몸을 오래도록 바라보고 싶었습니다. 2년을 복역했으니 아이가 어느새 두 살을 넘었지요. 갑자기, 결혼하면서 보았던 그녀의 알몸이 기억에서 흐릿하다 못해 깡그리 사라져버렸습니다. 그래서 뻣뻣하게 시선을 돌렸는데 그녀는 아주 잠깐 침대 끝에 앉았다가 이내 이불을 들추고 파고들어갔습니다. 그녀가 이불을 파고드는 순간 제 온몸의 피가 뜨거워지고 3년을 말린 나무껍질처럼 목이 타들어갔습니다. 뜻밖에도 구이즈의 가슴이 풍만해진데다 토끼 두 마리가 매달린 것처럼 몽실몽실 하얗더군요. 이불을 들추며 눕자 그녀 팔 안쪽에서 출렁대던 가슴이 사라졌습니다. 이불이 덮어버렸지요. 어린 시절 양을 칠 때 보았던 풀숲의 하얀 토끼가 떠올랐습니다. 뛰어오를 때면 머리가 공중으로 폴짝 올라왔다가 땅으로 떨어지면 순식간에 하얀색이 이불 같은 풀밭으로 사라졌지요. 제 기억 속의 그녀 가슴은 큰 건 고사하고 바람 빠진 고무공처럼 납작했습니다. 홍성을 낳은 뒤 젖이 돌지를 않아서 제가 강에 나가 물고기를 낚기도 했고요. 장모님이 "아이쿤, 강에 가서 물고기 몇 마리 잡아다 구이즈에게 먹이게"라고 해서 한겨울임에도 강에 들어갔습니다. 그때 그녀의 가슴이 무엇 같았는지 아십니까? 낮에는 숨어 있다가 밤이 되면 기어 나오는 족제비 머리 같았습니다. 그런데 어떻게 그렇게 커졌을까요? 어떻게 그렇게 하얗고 어떻게 그렇게 토끼처럼 몽실몽실해졌을까요?

"구이즈, 홍성이 아직도 젖을 빨아?"

제가 묻자 그녀가 고개를 돌리며 대답했습니다.

"도무지 떨어지질 않아요. 젖꼭지에 고추를 발라도 먹는
다니까."

그녀의 가슴이 왜 그렇게 풍만하고 토끼처럼 매혹적인지
알 것 같았습니다.

"아직도 아이를 갖고 싶어?" 제가 물었습니다.

"아이 생각이 없다면 이 천릿길을 달려왔겠어요?"

저는 옷을 벗기 시작했습니다. 군복 하단을 힘껏 잡아당
기자 단추 다섯 개가 지퍼처럼 한꺼번에 열렸습니다. 그건
신병 때 받은 훈련의 결과입니다. 우리 군은 미국 제국주의
자나 소련 수정주의자가 갑자기 습격할 때를 대비해 순식간
에 잠들고 순식간에 깨어날 수 있어야 했습니다. 저는 재빨
리 옷을 벗어 던졌습니다. 허겁지겁 이불을 파고들자 구이
즈가 다시 일어나 앉아서는 불을 껐습니다. 그녀가 일어나
앉는 순간 토끼 두 마리가 또 풀숲 위로 뛰어올랐습니다. 저
는 토끼를 잡듯 두 손을 그녀의 가슴으로 뻗었습니다. 그런
다음 천천히 그 일을 시작했습니다. 저는 그녀의 남자이고
그녀는 제 아내였으므로 저희의 결혼증명서가 선명한 붉은
색을 내뿜으며 생육의 행위와 남녀 간의 모든 즐거움을 지

켜주었습니다. 2년 동안 여자를 만져본 적이 없었습니다. 여자가 어떻게 생겼는지조차 거의 잊었고 여자 몸에 달린 것들도 감감해진 상태였지요. 저는 천천히 그녀의 머리부터 아래쪽으로 더듬어야 했습니다. 그녀의 머리카락과 얼굴, 뭔가를 메고 지느라 굳은살이 조금 박힌 어깨, 갑자기 풍만해진 가슴과 적당히 늘어진 뱃가죽까지요. 그녀는 미동도 않은 채 제가 위에서 아래로 몸을 어루만지고 입 맞추도록 내버려두었습니다. 하지만 바로 그때, 제 입술과 손이 그녀의 아랫부분에 닿았을 때 갑자기 그녀가 폭발했습니다. 자기 위에 엎드린 게 자기 남자가 아닌 것처럼 떠나가라 소리를 지르며 제 밑에서 튕겨져 나가더니 불을 켰습니다.

저는 침대 중간에 버려진 듯 앉았습니다. 이불의 절반은 침대 위에 걸쳐 있고 절반은 땅에 떨어졌습니다.

"가오아이쥔, 당신은 전 국민의 모범인 해방군이에요. 그런데 2년 못 본 사이에 어째서 건달이 된 거죠?"

저는 멍하니 그녀를 바라보았습니다.

"아이를 낳으려면 그냥 그 일만 하면 되지, 왜 건달처럼 몸을 더듬는 거예요? 머리를 더듬고 얼굴을 더듬을 때는 어떻게든 참았지만 상반신을 더듬다 못해 아래로 손을 뻗다니 대체 당신, 건달이에요 해방군이에요?"

전등 빛이 방 안을 대낮처럼 밝혔습니다. 침대에서 내려선 그녀의 얼굴이 회녹색으로 굳어지고 주체할 수 없는 치욕감이 방을 삼켰습니다. 저는 한참 동안 그녀를 쳐다보았습니다. 갑자기 침대에서 내려가 그 몸뚱어리를 발로 차주고 싶었습니다. 출렁출렁 흔들리는 가슴을 차고 축 늘어진 배를 차주고 싶었지요. 하지만 발로 차는 대신 오래도록, 한참을 바라보았습니다. 목구멍이 뭔가에 꽉 틀어막힌 것처럼 답답한 게 혀마저 뱉어버리고 싶었습니다. 조금 썰렁한 기운이 느껴졌습니다. 팔월 한여름이었지만 깊은 산속에서는 뜨거운 여름밤에도 냉기에 잠을 깰 수 있지요. 공병대 전우들은 10여 미터 앞쪽에 늘어선 숙사에 잠들어 있었습니다. 문득 순찰병의 발걸음 소리가 수면을 가르는 노처럼 울리더니 교대하느라 암호를 묻고 답하는 소리가 들려왔습니다. 한 사람이 "암호?" 하고 묻자 다른 사람이 "미제 타도"라고 대답했습니다. 물은 사람이 긴장을 늦추며 "조국 수호"라고 말한 뒤 교대가 끝났습니다. 발자국 소리가 멀어지고 밤이 다시 적막으로 빠져들었습니다. 저는 그렇게 죽어라고 제 여자를 바라보았습니다. 아마 그때일 겁니다. 가슴 깊은 곳에서 기회가 생기면 그녀를 죽이리라 생각하게 된 것이요. 하지만 그때 그녀에 대한 살의는 솜털같이 작아서 정말 살의가 생기기 시작한 시점이 그때인지 확신할 수는 없습니다. 사실 저는 혁명적 인도주의자여서 그 뒤 아주 오랫동안 그런 악감정을 떠올리지 않았습니다. 어쨌든 그날 밤, 저는 지칠 정도로 그녀를 노려보고 질릴 만큼 바라보았습니다. 그녀도 저를 충분히, 뚫어질 만큼 바라보도록 내버려두었다가 침대에서 떨어진 이불을 끌어올리며 냉랭하게 "잡시다. 구이즈, 내일 청강까지 배웅해주겠소" 하고 말했습니다.

그날 밤 2년 만에 만났음에도 그녀의 발끝조차 건드리지 않았습니다. 하지만 문제는 다음 날 그녀를 그대로 보내지 않았다는 것입니다. 둘째 날 저는 그녀의 뜻을 따랐습니다. 임신하고 싶다기에 그녀가 하라는 대로 했습니다. 그렇게 임신을 시켜서 딸 홍화를 낳았지요. 이제 저희 집안의 숨결이 느껴지십니까? 저는 가오아이쥔, 큰애는 홍성, 둘째는 홍화이고 혁명가 집안입니다. 당연히 붉은색의 혁명가 가정이지요. 저희 집안의 정치적 영예는 수많은 사람을 눈멀게 만들 수 있을 만큼 찬란합니다. 아이들의 할아버지는 일본 놈 칼에 돌아가시고 아버지는 중국 인민해방군이었다는 말입니다. 아이들은 붉은 깃발 아래 태어나 붉은 깃발 아래에서 그 햇살과 은혜를 받으며 성장했습니다. 원래대로라면 최고의 혁명 계승자가 되었겠지요. 하지만 운명은 그들의 아버지가 샤홍메이를 만나도록 했습니다. 사랑과 혁명이 그들과 그들의 어머니를, 일본인이 제 아버지의 머리를 베어 청강진 입구에 걸었던 것처럼 죽음으로 내몰았습니다.

3. 붉은 음악

바이윈白雲현의 2층짜리 작은 기차역에는 매일 한 번씩, 일 분간만 기차가 멈췄습니다. 그럼에도 철궤 두 줄은 멀리서 쉼 없이 뻗어 들어와 다시 멀리로 쉼 없이 뻗어나갔지요. 저희 부대는 정치적 목적에 따라 정해진 시간에 전 병력을 해산 및 이동시켰기 때문에 저는 그해 삼월 중순에 미리 제대해야 했습니다. 청강진은 현성縣城*에서 79리 떨어져 있었지요. 해가 서쪽으로 기울 때 기차에서 내린데다 다음 날 인민무장부에서 제대 수속을 밟아야 했기 때문에 저는 현성에서 하룻밤을 묵을 수밖에 없었습니다. 그날 밤, 정치 형세가 완전히 뒤집혀 세상이 들끓던 그때, 제 애정 생활도 새로운 국면을 맞았습니다. 사랑의 위대한 서광이 비쳐왔던 것입니다.

* 현 정부 소재지, 현도縣都.

그런 게 운명이 아닐까요? 늘 말하는 것처럼 혁명이 인생의 갈림길에 도달한 게 아니겠습니까?

　저는 인민무장부의 초대소*에 묵었습니다. 방 하나에 2위안 2마오이고 침대 하나에 5마오 5펀인데 방마다 침대가 네 개씩 있었습니다. 혁명이 고조되면 물가가 천정부지로 치솟지요. 이것은 역사의 법칙입니다. 제대 수속을 위해 묵은 것이라 저는 규정에 따라 돈을 낼 필요가 없었습니다. 거리로 나가 국영 식당에서 4마오 5펀으로 오랜만에 고향 음식인 양곱창탕과 소고깃국, 사오빙** 두 개를 먹었습니다. 그렇게 배를 든든하게 채운 다음에도 해가 남아 있기에 한가롭게 현성을 거닐기 시작했지요. 입대하기 전 번화했던 현성의 모습은 더 이상 찾아볼 수 없었습니다. 태양이 서쪽으로 기울어가자 상점들이 문을 닫느라 삐걱대는 소리가 거리 양쪽에서 끊이지 않았습니다. 중간 중간 만나는 새끼줄 공장이나 코르크 공장, 주두九都의 대형 국영 공장 노동자를 위해 장갑을 가공하는 방직 공장 모두 썰렁하니 인적이 거의 없었고 행인마저 적었습니다. 둥근 나무토막과 녹슨 쇳덩이만 난산으로 죽은 산모가 널브러진 것처럼 마당에 가득하더군

* 중국 관공서나 공장 등의 숙박 시설.
** 밀가루 반죽을 둥글게 빚어 구운 빵.

요. 하지만 현성은 현성이었습니다. 여전히 길이 널찍하고 여전히 도로 곳곳에 벽돌이 깔렸으며 여전히 노인들이 장바구니를 들고 천천히 걸어서 집으로 돌아갔습니다. 다른 게 있다면 길 양쪽으로 대자보가 한층 한층 빽빽하게 붙은 것이었습니다. 대자보 상단에는 어김없이 빨갛게 가새표 쳐진 이름이 있었고요. 사실 그다지 낯선 광경은 아니었습니다. 현성에 혁명이 휘몰아쳤다는 뜻일 뿐이었지요. 집회가 있는지 저와 나이가 비슷하거나 저보다 어린 수많은 젊은이가 완장을 찬 채 총총히 지나쳐 갔습니다. 그들이 도시 사람이라는 게 조금 부러웠고 그들 속에 속하지 못한 게 조금 아쉬웠습니다. 저들 조직의 지도자가 나라면 얼마나 좋을까, 혁명의 진리를 논하는 내 강연을 듣기 위해서 저렇게 바삐 가는 거라면 얼마나 좋을까 하고 생각했습니다. 스쳐 가는 그들을 하나하나 바라보는데 그들의 시선 역시 제게 잠시 머물더군요. 제가 입은 녹색 군복을 부러워하는 것이었습니다. 당시에는 군복이 황제의 곤룡포만큼 귀했다는 것 아시지요? 누군가 갑자기 제 군복을 벗기거나 군모를 빼앗아 갈까 봐 문득 걱정이 되었습니다. 그래서 길을 서성대는 대신 성 바깥으로 천천히 걸어갔습니다.

철길을 따라 걷다 보니 혁명의 시 속을 거니는 듯했습니다. 풍경이 무척 아름다웠지요. 높은 하늘에 청명한 구름, 남쪽으로 기러기는 보이지 않았지만* 석양이 지자 구유에 소를 매는 게 보였습니다. 한 노인이 양을 끌고 철로를 건너 넓은 밀밭에서 황금빛 마을로 갔습니다. 양 울음소리가 남아 음악처럼 귓가에 울렸습니다. 현성이 점점 멀어지고 석양이 점점 가까워졌습니다. 걸쭉한 붉은 햇살이 반짝이는 철로에 떨어지자 메마른 사막에 물이 떨어지듯 치익치익 소리가 났습니다. 그렇게 철로를 따라서 들판과 적막의 심장 속으로 걸어갔습니다. 적막 자체의 소리가 점점 커지는 것을 느꼈을 때 저는 걸음을 멈추었습니다.

철로 앞에 누군가 앉아 있었습니다. 얼굴색이 노을빛처럼 불그레하고 새까만 머리칼이 폭포처럼 분홍 웃옷을 적시고 있었지요. 저쪽 멀리서 완만하게 일어섰다 눕는 산맥 사이로 수목과 작물들이 옅푸르고 새까맣게 출렁이고, 산맥 아래 벌판에서 싱싱한 흙냄새와 풀냄새, 밀싹 냄새가 밀듯이 덮쳐왔습니다. 처음에는 누군가 있는 것만 보이다가 몇 걸음 더 나아가자 머리카락과 옷이 똑똑히 보였습니다. 여자라는 것을 알아챘을 때 그 자리에 서서 잠시 망설였지요. 머

* 마오쩌둥의 사詞 「청평락清平樂, 육반산六盤山」의 구절을 변용.

릿속으로 격렬한 다툼을 벌인 뒤 마침내 그녀 쪽으로 걸어 가겠다는 결론을 내렸습니다. 주석님께서 여자가 하늘의 절 반을 받칠 수 있다고 하셨으니까요. 이제는, 그녀가 그곳에 서 저라는 이 절반의 하늘을 기다리고 있었음을 압니다. 저 를 기다리느라 그곳에 한참을 앉아 있었던 겁니다. 그녀에 게 다가가자 그녀가 고개를 돌렸습니다. 고개를 돌리는 그 녀의 얼굴에, 화들짝 놀라고 말았지요. 충분히 성숙했지만 아무도 돌아보지 않아 우울함이 배어버린 아가씨의 얼굴이 었습니다. 며칠 전까지 덩굴에 매달려 보들보들 어여쁘게 익어가던 열매가 어제 누군가의 손에서 비비적거려져 윤기 를 잃은 것처럼 노르스레한 피곤이 걸리기 시작한 얼굴이었 습니다. 한눈에 도시나 근교 사람임을 알아볼 수 있었던 것 은 분홍색 데이크론 셔츠 때문이었지요. 당시에는 도시나 근교 사람이 아니라면 데이크론 셔츠를 입을 수 있는 사람 은 극소수에 불과했으니까요. 몇 발자국 떨어진 곳에 멈춰 선 채 그녀를 바라보는 사이 그녀도 저를 보았습니다.

그녀가 제 새 군복을 보았습니다.

저는 그녀가 하의로 입은 가짜 군복 바지를 보았고요.

"해방군 동지를 본받자." 그녀가 말했습니다.

"해방군은 전 인민을 본받는다. 하지만 저는 이미 제대했습니다. 아직 수속을 밟지는 않았지만요."

제가 말하자 그녀가 대꾸했습니다.

"수속하기 전이라면 아직 해방군이지요."

정말이지 그녀가 그렇게 호기롭게 존경을 표하며 저를 인민들의 본보기로 바라봐줄 것이라고는 생각도 못했습니다. 저는 건너편 철궤에 앉아 부대에서 정치공작원과 허심탄회하게 대화할 때처럼 얼굴을 맞댔습니다. 그러고는 눈에 보이는 적은 격퇴했을지 몰라도 눈에 보이지 않는 적은 아직남아 있을 수 있는데 이런 곳에 혼자 있으면 무섭지 않느냐고 물었습니다. 그러자 그녀가, 하늘도 인민의 하늘이고 땅도 인민의 땅인데 무엇이 무섭냐고, 미국 제국주의자와 소련 수정주의자가 올까 두렵냐고 묻더군요. 저는 미국 제국주의자와 소련 수정주의자가 온다고 해도 두렵지 않다고, 우리 인민해방군 앞에서는 모두 종이호랑이에 불과하다고대답했습니다. 그런 다음 그녀가 제 이름과 고향, 부대를 물었습니다. 이어서 제가 그녀의 이름과 직장을 물었는데 그녀는 저를 자세히 살펴보더니 심장이 철렁하고 옷마저 펄쩍할 말을 했습니다.

"군복 한 벌을 제게 주실 수 있나요? 그냥 달라는 건 아닙니다. 5위안과 넉 자^尺짜리 포목 배급표를 드릴게요."

저는 얼굴이 달아올라 웅얼웅얼 대답했습니다.

"친애하는 동지, 정말 미안합니다. 제대하면서 가져온 군복은 딱 두 벌뿐입니다. 그중 한 벌은 제가 입어야 하고 다른 한 벌은 입대하기도 전에 이미 민병대 대장에게 제대하면 주겠노라고 약속했답니다."

그러자 그녀가 호탕하게 웃었습니다.

"혁명은 손님을 접대하기 위한 것이 아닙니다. 없으면 할 수 없지요. 그렇게 귀한 것을 누가 생면부지의 남에게 주겠습니까?"

그녀에게 주지 않은 것이 마오 주석님에게 죄송스럽고 공산당 중앙위원회에 죄송스러운 일인 것처럼 거대한 죄의식이 몰려왔습니다. 저는 머리를 숙인 채 침목 사이의 돌 틈을 비집고 자라난 풀을 바라보았습니다. 강아지풀과 쑥 일색이었지요. 비릿하면서 끈끈하고 푸르스름하면서 누르스레한 기운이 저와 그녀 사이로 흐르면서 석양 아래에서 똑똑 탁탁 소리를 냈습니다. 현성은 저희의 한쪽 저 멀리에서 흐릿하고 마을은 비탈 아래에서 희미하니 멀었습니다. 세상에는 오직 저와 그녀, 들풀과 곡식, 공기와 적막뿐이었습니다. 저희 두 사람 사이로 시간의 수레바퀴가 굴러가자 역사의 발자국이 크고 둥글게 침목 위에 남았습니다. 저는 입구가 네

모나고 새까만 그녀의 서양식 코르덴 신발을 쳐다보았습니다. 신발끈에 달린 노란 알루미늄 고리가 햇살 아래에서 북두칠성처럼 쉬지 않고 반짝거렸습니다.

산, 바다와 강이 출렁이며 거대한 물결을 말아올린 것 같구나. 거세게 내달리는 모습이 천군만마의 격렬한 전투 같네.* 속으로는 치열한 전투가 벌어졌지만 겉으로는 물처럼 고요하려고 노력했습니다. 그래서 그렇게 미동도 않고 그녀의 발을 바라보았지요. 그녀가 "제 발에 뭐가 있나요?" 하고 물은 다음 힘껏 발을 뻗어 발끝을 흔들었습니다. 그러고는 멈췄다가 엄지발가락으로 검은 신발코를 꽉 움츠렸다 폈습니다. 그렇게 말하고 움직이는 사이 그녀의 아름다운 얼굴에 처음 연애할 때 손목을 잡힌 것처럼 옅은 홍조가 일렁였습니다.

"그쪽 발을 보는 게 아닙니다." 제가 말했습니다. "보세요. 철길에 깔린 자갈 중에 둥근 것이 하나도 없습니다."

"제 발을 보셨잖아요. 제 발끝을 한참이나 뚫어져라 쳐다보는 것을 봤다고요."

그때 하늘이 놀라고 귀신도 통곡할, 하늘의 거센 비바람

---

* 마오쩌둥의 사 「십육자령삼수十六字令三首, 산山」의 한 구절.

도 두렵지 않고 땅의 깊은 계곡도 무섭지 않으며 사람의 날카로운 모함도 겁나지 않을 만한 일이 우르릉 쾅쾅 벌어졌습니다.

그녀가 갑자기 고리를 풀어 신발을 벗고는 두 발과 열 발톱을 스르륵 전부 드러낸 것입니다. 하늘이여, 땅이여, 열 개의 발톱은 눈부신 주황색으로 열 개의 작은 태양이 그녀의 발가락뼈 위에 드러누운 것 같았습니다. 게다가 모두 세심하게 손질되어 달처럼 둥글고 그녀의 젊고 풍만하며 선홍색인 손가락의 볼록한 살처럼 보드라웠지요. 저는 조금 놀랐습니다. 그건 손톱을 물들이는 잇꽃으로 물들인 게 틀림없었습니다. 농염하게 떠다니는 여인의 분홍색 살내를 맡고 분홍의 아름다운 기색을 바라보는 가운데 파랗고 비릿한 풀냄새와 흙냄새가 코밑에서 흩날렸습니다. 흔히들 하늘이 아무리 커도 사랑을 안을 수 없고 땅이 아무리 넓어도 정을 담을 수 없다고 하지요. 하지만 세상에서 정말 중요한 것은 혁명의 감정뿐입니다. 혁명가의 감정은 산보다 높고 바다보다 깊습니다. 산이 아무리 높고 바다가 아무리 깊어도 한눈에 반해버린 혁명가의 감정보다 넓고 깊지는 못하지요. 과연 사람은 어떻게 살아야 할까요? 진실해야 합니다. 그때 제 가슴에서는 형용 못 할 꽃 한 송이가 꽃잎을 한 장 한 장 피워

내고 있었습니다. 꽃잎이 피어날 때 기차가 가슴을 뚫고 지나가는 것 같은 소리가 났지요. 그녀가 입술을 꾹 다문 채 저를 쳐다보다가 시험이라도 하려는 듯 철궤에서 미끄러지며 힘껏 두 발을 앞으로 뻗었습니다. 하늘이여, 땅이여, 그녀가 다시 열 개 태양의 빛으로 제 가슴을 불태웠습니다.

저는 어떤 초인적인 힘에 압도당했습니다. 그녀의 아름다운 발에는 신발 자국이 분명하게 남아 있었습니다. 늘 세상에 드러나는 발등은 하얀 가운데 거뭇거뭇하고 자홍색이 섞였지만 신발 속의 두 발은 핏기 하나 없이 하얬습니다. 하얗기 때문에 그 빨강이 깊고 두터워 보였고, 빨갛기 때문에 그 하양이 가늘고 부드러워 보였습니다. 이게 그녀의 발이라고? 그렇다면 종아리는, 허벅지는, 몸은? 설마 이보다 더 희고 보드라울 수 있을까? 싶었습니다. 저는 기꺼이 유혹당한 것처럼 철궤로 미끄러져 내리며 두 다리를 벌린 채로 길게 뻗은 그녀의 두 다리를 제 두 다리 사이, 가슴 아래에 놓았습니다. 그때 제 낯빛이 어땠는지는 모르겠습니다. 그저 세상이 무너진 듯 심장이 거세게 뛰고 황허黃河 물줄기처럼 피가 세차게 요동치는 것만 느낄 수 있었습니다. 어둠 속에서 저를 노리는 적이 있는 것도 아니고 어디선가 저를 유인하는 적이 있는 것도 아닌데 손을 덜덜 떨고 비틀거리면서 대장정을 하듯 그녀의 두 발로 나아갔습니다. 그런데 그때, 그 위대하고 신성한 순간, 제가 그녀의 선홍색 발톱을 만지려고 할 때 갑자기 그녀가 발을 거두었습니다. 그녀와 저 사이에서 공기가 순식간에 얼어붙고 천지가 움직임을 멈추었습니다. 하지만 아주 잠시 동안만 얼어붙었을 뿐, 눈과 얼음이 곧 풀리고 춘삼월처럼 잎이 돋고 꽃이 피었습니다. 그녀는 그렇게 잠시 발을 거뒀다가 수줍게 웃으며 이전처럼 달밤에 꽃이 피듯 다시 내밀었습니다. 그때 철도의 끝없는 쓸쓸함이 우리를 덮혀주고 성 밖의 끝없는 음울함이 우리를 펄펄 들끓게 만들었습니다. 햇빛이 투명하고 찬란하게, 거대한 붉은 침대보가 대지를 덮듯 들판에 퍼졌습니다. 참새와 제비 한 쌍이 철길 주변에서 쩍쩍 지지배배 울었습니다. 저는 꽃을 입에 물듯 그녀의 두 발을 들어 꼭 붙인 제 다리 위에 올려놓고 덜덜 떨리는 손으로 그 붉은 발톱을 쓰다듬었습니다. 왼발에서 오른발로, 새끼발가락에서 엄지발가락으로 쓰다듬어갔습니다. 그녀의 발가락이 제 손안에서 톡톡 튀고 그녀의 발에서 피가 강물처럼 미친 듯 흐르는 게 느껴졌습니다. 저는 그녀의 발톱을 한 번, 두 번, 십여 번, 수십 번, 백여 번 어루만졌습니다. 종이처럼 두꺼운 그 붉은색을 쓰다듬다 보니 발톱을 물들인 식물의 비릿하고 향긋한 냄새가 옅게 풍겼습니다. 그리고 옅게 흩어지는 풀냄새에 뒤이어 극도로 농염한 여인의 분홍빛 향기가 빗발치는 총탄처럼 덮쳐왔습니다. 저는 그 붉은 발톱의 향기에 완전히 무너졌습니다. 하늘이 내려앉고 땅이 꺼지고 천지가 빙빙 돌았습니다. 머리가 어질어질하고 입술이 덜덜 떨리며 이가 딱딱 맞부딪힐 정도로 행복했습니다. 저는 그녀의 두 발을 들고 미친 듯 입을 맞추었습니다. 새끼발가락에서 엄지발가락까지, 뼈마디부터 발등까지 입을 맞추었지요. 하지만 그렇게 입 맞추고 있을 때 그녀가 제 손에서 두 발을 빼냈습니다.

갑자기 마을의 확성기에서 노랫소리가 울려 퍼졌습니다. 처음에는 확성기 하나로 시작됐지만, 이내 정신병원의 와자지껄한 고함 소리처럼 사방팔방의 확성기에서 진홍빛 구호와 노래가 흘러나왔습니다. 가장 가까운 마을에서 울려 퍼지는 노래가 제일 우렁차고 분명하며 신선하고 붉었습니다. 반짝반짝 빛나는 가사와 절벽에서 아래 연못으로 굴러떨어지는 자갈 같은 구절들, 비단처럼 부드러운데다 밝고 생생하게 빛나는 음표 하나하나가 가사에 부딪히면서 물방울과 물보라를 일으키는 것 같았습니다. 너무 익숙한 나머지 제목이 기억나지 않는 그 가사와 가락을 듣는 동안 그녀의 얼굴에서 달뜬 홍조가 피어나는 게 보였습니다. 노래의 선율

이 물결처럼 출렁이며 그녀의 혈관으로 들어가 세찬 파도가
되어 얼굴로 올라온 것 같았습니다. 그렇게 노래 속, 확성기
소리 속에서 그녀는 제 뒤편으로 시선을 고정한 채 제 뒤쪽
마을의, 한데 뒤섞인 확성기 소리에 집중했습니다. 얼굴이
겨울날 젖은 채로 널어서 허공에 꽁꽁 얼어붙은 붉은 비단
같았습니다. 그리고 그녀의 두 손은 언제부터인지 목 아래
첫번째 단추에, 마치 답답함에 풀려는 듯, 아니면 제가 앞에
있어서 풀지 못하는 듯 가만히 놓여 있었습니다. 손끝으로
뜨겁게 달궈진 칠판을 집듯 후들거리며 붉누른 단추를 건드
리자 미세하게 쳇소리가 울렸습니다. 저는 가장 크게 울리
는 노래가 무슨 노래인지 알고 싶어서 두 귀를 허공에 쫑긋
세운 상태였습니다. 결국 동쪽 확성기에서 나오는 혁명가는
검은 쇠와 하얀 강철 같은 〈마지막까지 혁명을〉이고 서쪽에
서 들리는 것은 낭랑하고 힘찬 〈미국 제국주의와 소련 수정
주의의 반동파를 무찌르자〉, 남쪽에서 들리는 것은 〈힘차게
싸워 이겨라〉, 북쪽에서 들리는 것은 붉은 가운데 향기를 품
은 〈쑤유차酥油茶*를 권하며〉와 땀과 눈물로 얼룩진 〈만악의
옛 사회를 성토하며〉이고 머리 꼭대기에서 내려오는 노래

* 장족과 몽골족이 애용하는 음료로 소나 양의 유지방으로 만든다.

는 흙냄새가 물씬 풍기는 〈다자이大寨를 본받자〉, 땅바닥을 뚫고 올라오는 노래는 발랄하고 유쾌하며 비단이 춤추는 것 같은 〈징을 울리며 춤추라〉라는 것을 알아냈습니다. 전부 잘 아는 것들이라 한 소절 한 소절 모두 부를 수 있었습니다. 앞 부분을 들으면 뒷부분이 저절로 떠오르고 한 소절만 들어도 전부 부를 수 있었지요. 하지만 이상하게도 제 정수리와 머리 뒤, 가슴 앞, 양옆에서 가장 요란하고 맑게, 가장 가슴을 파고들고 심장을 뒤흔드는, 들으면 열정이 끓어오르고 가슴이 먹먹해지며 피가 솟구치는 그 노래가 무엇인지는 도무지 떠오르지 않았습니다. 물론 그녀 역시 저처럼 노래들로 격앙되어 있었습니다. 사실 그녀가 먼저 들떠서 저까지 들뜬 것이었지요. 그녀의 격앙이 저한테 전염된 것이니까요. 저는 가장 크게 울리는 그 익숙한 노래가 무엇인지 묻고 싶었습니다. 하지만 물어보려는 순간 뚫어져라 저를 쳐다보는 그녀의 시선과 보라색을 띤 그녀의 입술을 발견했습니다. 하늘이여, 땅이여, 언제 첫번째 단추를 풀었는지 그녀의 두 손이 두번째 단추에서 떨리고 있었습니다.

일이 그렇게 된 것입니다.

그렇게 그렇게 해서 그렇게 되었습니다.

높은 하늘에 청명한 구름, 남쪽으로 날아가는 기러기조차 보이지 않았지요. 피처럼 붉은 석양이 사방을 붉게 물들였습니다. 그녀가 두번째 단추를 풀고 세번째 단추 위에 두 손을 가만히 놓았습니다. 그녀의 두 단추는 혁명 노래를 들었기 때문에 풀어진 것입니다. 그 두 단추 너머로 저를 위해 열린 삼각형의 작고 하얀 보드라움에, 저는 이미 그녀의 매끈한 분홍 속옷이 커다란 휘장이 열린 것처럼 가슴 양편에 걸리고 그 열린 분홍 휘장 사이에서 우뚝하니 솟아오른 그녀의 커다란 가슴, 꼭 햇살 아래 산꼭대기의 하얗고 크고 날렵하고 원기 왕성한 토끼 같은 가슴을 보아버린 느낌이었습니다.

따사롭고 곱던 햇살이 차갑게 얼어붙고 공기마저 굳어져 더 이상 흐르지 않았습니다. 우리는 마주 보면서 한마디도 하지 않았지요. 하지만 저는 데이크론 셔츠를 벗어버린 그녀의 모습을 보는 느낌이었습니다. 셔츠가 그녀 옆 철궤에 놓이고 그녀는 그 모습 그대로 철궤의 파란 풀더미에 마치 맨몸의 여신처럼, 벌거벗은 상반신을 허공으로 들어올린 채 앉아 있는 겁니다. 날이 개어 드러나는 붉은 치장의 소박한 차림, 한없이 매혹적이구나. 지나간 영웅호걸들을 꼽아 보지만 지금 현재를 더 돌아봐야 하리.* 저는 얼마나 흥분하고 압도당했는지 온몸의 피가 강물처럼 요동치고 세찬 바람처럼 들끓었습니다. 완전히 넋이 나가 말뚝처럼 멍해진 채로 그녀를 바라보았지요. 눈으로 그녀의 옷을 꿰뚫고 손으로 그녀의 몸을 어루만지는 것 같았습니다. 저는 그녀가 실오라기 하나 걸치지 않은 맨몸을 완전히 드러낼 때 여인의 아름다움이 진정으로 세상에 드러날 것이라고 상상했습니다. 생각해보십시오. 그렇게 새까만 머리카락이 목 중간까지 비단처럼 늘어졌는데 몸은 또 그렇게 새하얀 겁니다. 마치 뽀얀 피부를 돋보이게 하려고 머리카락이 석양 속에서 칠흑처럼 까맣게 빛나는 것 같았습니다. 검은 머리카락을 돋보이게 하려고 목 아래의 살결이 그렇게 하얀 것만 같았지요. 가닥가닥 머리카락이 온순하게 어깨까지 늘어진 뒤 살며시 목 안쪽으로 구부러진 것도 그렇고요. 그때 그녀의 목이 얼마나 아름다웠는지 당신들은 영원히 알지 못할 겁니다. 둥글고 길고 뽀얀 가운데 붉은 기가 살짝 도는, 세월과 손놀림에 오래도록 길든 옥기둥 같은 목이, 발그레하니 수줍음이 섞여 한층 더 고혹적인 그녀의 얼굴을 마치 누군가 석양 아래에서 막 떠오르려는 보름달을 옥기둥으로 들고 있는 것처럼 받쳐주었습니다. 하지만 당신이 저처럼 시선을 아래쪽으로 옮긴다면 곧 그녀의 머리카락과 얼굴, 옥 같은 목이 그녀

* 마오쩌둥의 사 「심원춘沁園春, 설雪」의 구절을 인용함.

가 숨겨놓은 새하얀 가슴에 비하면 아무것도 아님을 알았을 겁니다. 순식간에 저는 봉긋하게 솟아오른 가슴에서 보드라움과 함께 조금도 아래로 처지지 않겠다는 완강함을 포착했습니다. 그 풍만하고 팽팽한 가슴의 자갈색 유두는 작고 탱글탱글한 대추 같지 않겠습니까? 저는 이미 그 대추 꼭대기의 살짝 꺼진 작은 구멍 두 개를 본 것 같았습니다. 그건 젖이 뿜어져 나오는 수문이고 그곳에서 흘러나오는 즙은 달콤하고 촉촉해 남자를 취하게 만들 게 틀림없었습니다. 저는 젖의 수문부터 시작해 점점 시야를 확대하는 방식으로 가슴을 상상했습니다. 젖꼭지 위에서 서로 맞닿아 있는 오목한 구멍을 그려보고, 자갈색 젖꼭지 주변의 암홍색에서 담홍색으로 옅어지는 젖꽃판이 맞은편에서 걸어오는 작고 붉은 우산처럼 나부끼듯 매달린 것을 떠올렸습니다. 온 신경을 가슴에 모아 젖꽃판과 부드러운 가슴이 만나는 곳, 붉은색과 하얀색이 톱니바퀴처럼 신기하게 맞물린 경계선을 떠올렸습니다. 그런 다음은 팽팽하고 하얗게 부푼 젖무덤을, 젖무덤 아래쪽과 평지가 맞닿는 완만한 선을, 그리고 두 가슴 사이 좁고 깊게 파인 가슴골을 상상했습니다. 저는 그녀의 두 다리를 제 두 다리에 올려 붉은 발톱들이 제 허벅지에서 반짝이게 하려고 몸을 철궤에서 미끄러뜨렸습니다. 그녀는 저를 막지 않았지요. 제가 발을 쥐고 붉은 발톱들을 쓰다듬으면서 자신의 솟아올랐다가 뚝 떨어지는 새하얀 가슴 한 부분을 바라보도록 내버려두었습니다. 저희는 그렇게 다리 하나만큼 떨어져 앉아 있었습니다. 두 철궤의 거리가 앉은 채 다리를 뻗기에 마침맞았습니다. 언제인지 모르겠지만 참새와 제비가 저희 곁으로 다가왔습니다. 그리고 또 언제인지 참새와 제비에 이끌려온 까마귀와 꾀꼬리, 비둘기 들이 몇 미터 거리에서 그녀의 아름답게 드러난 목을 바라보며 뛰지도, 지저귀지도, 먹이를 찾지도 않으면서 조심스럽게 그녀쪽으로 한두 걸음씩 다가왔습니다. 새들의 검정, 하양, 회색 깃털은 물론 꾀꼬리의 금색과 붉은색 깃털까지 전부 석양속에서 눈부시게 반짝였습니다. 공기 속에는 녹색 윤기가 흐르는 밀싹 냄새와 노르스름한 풀냄새, 검고 단단한 철궤 냄새와 따사롭게 붉은 석양 냄새를 빼면 온통 그녀의 화려하면서도 담백한 살내뿐이었습니다. 여자라고 전부 그렇게 가루처럼 미세하면서도 강렬한 살내를 풍기는 것은 아닙니다. 제 아내 구이즈에게서는 한 번도 그런 냄새를 맡아본 적이 없습니다. 신혼 첫날밤, 그녀에 대한 감정이 바다처럼 깊을 때에도 그런 향기를 느끼지 못했습니다. 하지만 그때 철궤의 석양 속에 앉아 있을 때, 그녀는 복숭아꽃이 막 피어나는 순간이나 배꽃이 막 피어나는 순간 같은 여인의 향기를 풍겼습니다. 저는 그녀의 상반신을 미동도 없이 쳐다보았습니다. 제 시선이 그녀의 몸에서 굳어버렸지요. 눈동자가, 누가 제 눈에 작은 구슬을 억지로 집어넣은 것처럼 아리고 딱딱해졌습니다. 저는 머리가 어질어질하고 눈도 침침해졌습니다. 하지만 그렇게 현기증이 나는 중에도 그녀의 젖무덤과 가슴골, 하얗고 윤기 나는 피부 위에서 배내털처럼 보드랍고 작은 회백색 솜털이 바늘 끝처럼 얇고 바늘 끝처럼 짧게 솟아나 벌판의 바람 속에서 가볍게 흔들리고 하나하나 작은 빛점으로 반짝거리면서 제 눈을 어지러이 끌어당기는 것을 똑똑히 보았습니다. 그녀 몸에 솟은 솜털이 바람에 깃털처럼 조용하게 눕다가도 어느 순간 찰랑거리며 일어나는 소리를 들었습니다. 그리고 그녀의 몸이 피곤할 때, 제 쪽으로 살짝 구부러질 때 복부에 생기는 두 줄의 평행선을 직접 본 것처럼 떠올릴 수 있었습니다. 느릿느릿해야 할 시간의 발걸음이 저희 옆에서 저벅저벅 빠르게 울렸습니다. 태양이 지려고 하자 현성 동쪽의 산꼭대기에서 걸쭉한 붉은 기가 물처럼 퍼졌습니다. 높은 하늘에 청명한 구름, 남쪽으로 날아가는 기러기조차 보이지 않았지요. 바람과 구름이 급변하면서 아름다운 풍경을 만들어냈습니다. 석양이 내리기 직전의 서늘함이 벌판에서 저희에게로 덮쳐오고 있었습니다. 그녀의 손가락은 여전히 세번째 단추 위에 있었지만 저는 그녀가 제 앞에서 미동도 없이 하루 종일, 수백 년 동안 알몸을 드러내고 있었던 느낌이었습니다. 그녀의 몸이 차갑지는 않은지 만지며 제 몸의 타는 듯한 열기를 그녀에게 주어야 할 것 같았습니다. 바람 소리와 학 울음소리 들리니 창칼 든 추격병에 놀라고,* 겹겹이 매복하니 누군들 혼비백산하지 않으리?** 동지여, 여기에 이 두 구절을 인용한 게 적합한 것인지요? 하지만 다른 무엇으로 제 마음을 표현할 수 있겠습니까? 제가 행동하려 할 때, 경계를 넘으려 할 때, 하늘이여, 땅이여, 세상에, 앞뒤에서 울리던 확성기 소리가 갑자기 멈추고 노랫가락의 거센 물줄기도 돌연 말라버렸습니다. 태양이 한창 뜨거운데 불현듯 거대한 구름이 피어올라 햇살을 차단하고 펄펄 끓는 열기마저 식혀버리는 것처럼 말입니다.

그녀가 꿈에서 깨어난 것처럼 갑자기 제 두 손을 자신의 발에서 밀어냈습니다.

신방 문을 잘못 열고 들어갔다가 쫓겨난 것 같았습니다.

* 진나라 왕 부견이 동진의 명장에게 대패해 도망갈 때 바람 소리와 학의 울음소리를 듣고 추격병이 있는 것을 알았다는 고사.
** 초나라 항우가 한나라 유방에게 해하 전투에서 패하게 됐을 때의 고사.

"태양을 향해 피어난 해바라기, 송이송이 지지 않는구나."
제가 말했습니다.

하지만 그녀는 저를 거들떠보지 않으면서 벌떡 몸을 일으키더니 황급하게 두 단추를 잠그기 시작했습니다.

"오늘 우정의 씨앗을 뿌렸으니 혁명의 우정이 영원하기 바랍니다." 제가 말했습니다.

그녀는 여전히 거들떠보지도 않았지요. 그러고는 단추를 잠근 뒤 부리나케 가버렸습니다. 철도를 따라 석양의 핏빛 속으로 들어가자 사람이 휘날리는 그림자처럼 사라져버렸습니다.

세상에, 그녀가 갔습니다.

가겠다고 하고는 가버렸습니다. 그렇게 무심하게 가버렸습니다.

4. 혁명의 거센 파도

현성으로 돌아가자 밤의 장막이 어느새 두텁게 내려앉고 반신불구처럼 망가진 거리의 가로등에 불이 켜졌습니다. 정말이지, 어스름이 내리던 그 순간 현성에서 그렇게 엄청난 일이 일어났을 거라고는 생각도 못했습니다. 대로에 사람이건 물건이건 거의 보이지 않았고 제가 지나갔던 남북 종축 도로에서도 그림자 하나 찾아보기 힘들었습니다. 빨간 가새표가 쳐졌던 담벼락의 대자보가 칠락팔락으로 찢겨 바람 속에서 비통하게 울며 마지막 숨을 토해냈습니다. 오래된 벽돌 바닥에는 돌 부스러기와 깨진 기왓장이 얼마나 어지러이 널렸는지 뭐가 뭔지 알아볼 수 없을 정도였습니다. 혁명의 거센 파도가 휩쓸어가니 큰 강이 동쪽으로 흐르고 먼지가 씻겨나간 격이었습니다.* 부러진 삽날과 삽자루가 하수도 구멍 위에 놓여 있더군요. 꺾어진 채 길옆 담장에 걸쳐진 한 전봇대에서는 전선이 끊겼음에도 가로등에 불이 들어왔습니다. 반면 똑바로 서 있는 전봇대들은 켜진 게 적고 아예 전구가 없는 것도 있었습니다. 길가에 아직 은홍색 피가 방울져 흐르는지, 피비린내가 느껴졌고요. 저는 혁명이 그곳에서 한층 진화했음을 알고 조금 당황했습니다. 꿈속을 걷는 듯하고 꿈이 한층 한층 저를 포위하는 듯했습니다. 하늘에 감정이 있다면 하늘 역시 노쇠할 겁니다.** 대체 제 옆에서 무슨 일이 일어난 것인지 도무지 알 수가 없었습니다. 그녀, 그

* 소동파 "큰 강이 동으로 흘러 천고의 영웅호걸을 씻어갔네" 시구를 변용.
** 원래는 당나라 시인 이하李賀의 시인데 마오쩌둥이 자신의 사에서 인용.

아름다운 스물가량의 아가씨 혹은 아낙네는 이름이 무엇일까? 나이는 얼마나 될까? 도시 사람일까 근교 사람일까? 직장은 어디일까? 대체 성 밖 철도에 혼자 앉아서 무엇을 하고 있던 것일까? 두서없는 질문에 제대로 대답할 수 없는 상황에서 전투가 끝난 것 같은 거리 풍경까지 보자 제 머릿속에 있던 그녀의 모습마저 흐릿해졌습니다. 머리카락은 얼마나 검었던가, 몸은 얼마나 뽀얬던가, 얼굴은 얼마나 아름다웠던가, 가슴은 얼마나 멋졌던가, 도대체 무엇이 진실인지 누가 말할 수 있겠습니까? 온통 안개처럼 뒤섞여 갈피를 잡을 수가 없었습니다. 태양이 서산으로 기울어 석양이 피처럼 붉던 그 짧은 순간, 말도 거의 하지 않으면서 우리가 연출했던 그 가슴 떨리는 행동이 어떻게 사실일 수 있겠습니까? 당신들은 지금 제 말을 믿을 수 있습니까? 어쨌든 저와 그녀가 그 부패하고 타락한, 엄청난 반혁명적 행동을 하던 바로 그때 현성에서는 또 다른 혁명이 일어나 현성 절반을 집어삼켰습니다.

나중에서야, 제가 그녀의 빨간 발톱을 어루만지던 그때 현의 방송국이 점령당해 여론의 도구가 혁명가의 수중에 들어갔음을 들었습니다.

제 2 장

감도는 풍운

1. 청강진의 숨결

저는 3일 뒤 고향인 청강진으로 돌아갔습니다.

맹렬한 사랑과 혁명이 그렇게 폭풍우처럼 시작되었습니다. 사랑과 부패, 계급과 혈연, 원한과 투쟁, 이학理學과 청씨 집안, 법률과 혁명, 혁명과 생산, 충성과 무지, 남자와 여자, 음경과 유방, 미와 추, 식량과 기아, 아버지와 아이, 아이와 어머니, 남자와 아내, 지서支書와 서기書記, 수갑과 오랏줄, 볏짚과 황금, 그런 것들은 전부 DDVP 살충제에 불과합니다. 사대양이 출렁이며 구름과 파도가 솟구치고, 오대수가 흔들리며 광풍과 신뢰가 휘몰아치네.* 저는 정말로 그것들을 바닥에 때려눕힌 뒤 다시는 일어나지 못하도록 발길질하고 덧붙여 오줌까지 갈겨주고 싶습니다.

만일 살아서 이곳을 나간다면 청강진으로 돌아가자마자 제 물건을 꺼내 그것들 머리에 오줌을 갈기고 청강진의 혁명에 변을 눌 겁니다.

우선 유구한 역사와 빛으로 충만한 바러우 산맥과 청강진에 대해 말씀드려야겠습니다. 바러우 산맥은 푸뉴^{伏牛} 산계의 한 줄기로, 동쪽 청자강^{程家崗} 언덕에서 서쪽 바이궈산^{白果山}까지 구불구불 이어진 80리를 지칭하며 대부분이 나지막한 산과 구릉으로 이루어져 있습니다. 산맥 사이로 산과 골짜기가 어우러지고 산등성이와 개울이 만나지요. 해발 250미터에서 400미터에 이르며 비탈과 계단밭, 탁상지, 평지 등 총 3만 4000무^畝**의 토지가 있습니다. 그 가운데 루훈링^{陸渾嶺}은 춘추시대에는 육혼^{陸渾} 융^戎족의 땅이었다가 한나라 때 홍농군^{弘農郡} 산하의 육혼현^{陸渾縣}이 되었다고 역사에 기록되어 있습니다. 물론 바러우 산맥에서 가장 유명한 곳은 루훈링이 아니라 그곳에서 개울 하나 떨어진 청강진입니다. 청강진의 원래 이름은 청촌^{程村}이지만 단순한 마을이 아닙니다. 청강진이라고 불리는 지금도 바러우 산맥에 흩어져

---

* 마오쩌둥의 사 「만강홍^{滿江紅}, 궈모뤄 동지에게 화답함^{和郭沫若同志}」의 구절.
** 중국식 토지 면적 단위로 약 666.7제곱미터.

있는 작은 마을과 비교할 수 없고요. 송나라 때 '이정자'라 불렸던 정호程顥, 정이程頤 형제가 살았던 곳이기 때문입니다. 원나라 인종仁宗 때 선조를 기린다며 청촌에 사당이 들어선 이후 명 경태景泰 6년부터 너도나도 개축을 시작했습니다. 모두들 그렇게 봉건계급을 위해 돌을 얹으면서 사당은 마당 권역이 세 개나 될 만큼 커졌습니다. 앞마당에는 링싱먼欞星門, 청징먼承敬門, 춘펑팅春風亭, 리쉐거立雪閣가 있고 중간 마당에는 다오쉐탕道學堂 대전과 '허펑간위和風甘雨', '례르추솽烈日秋霜'이라 적힌 사랑채 두 곳이 있으며 뒷마당에는 치셴탕啓賢堂 대전과 양측으로 강당 네 채가 마주 보고 있었지요. 그 커다란 사당은 부지가 수십 무나 되고 장식이 화려한데다 웅장하고 석비가 빽빽하며 송백이 하늘을 찌를 만큼 높다랬습니다. 봉건주의의 살아 있는 교재라고 할 수 있었지요.

명 천순天順 연간에 청촌은 이정자의 마을, 즉 양정고리兩程故里로 봉해지면서 마을 동쪽 1리 밖에 '성지聖旨'와 '양정고리'라는 글씨가 위아래로 새겨진 돌 패방*이 세워졌습니다. 젠장맞을 성상의 친필인데다 길 가운데 서 있어 사람들은 나갈 때건 들어올 때건 힁싱 그곳을 지나야 했시요. 패방을

---

* 중국 특유의 건축물로 위에 망대가 있고 문짝이 없는 대문 모양이다.

지날 때마다 문관은 가마에서 내리고 무관은 말에서 내려야 했답니다. 그래서 청촌은 유명해졌습니다. 위시豫西 바러우 산맥에 있는 톈안먼天安門 같았지요. 청촌 뒤에는 황토 언덕이 있었는데 바러우 산맥의 동쪽 발단에다 청촌에서 가까워 청자강이라 불렸습니다. 나중에 청촌 인구가 늘어나면서 언덕 사람들과 얽히게 되었고 촌이 진으로 바뀔 때 두 마을은 하나가 되었지요. 그게 바로 청강진입니다.

청강진 사람들은 89퍼센트가 청씨입니다. 정호와 정이의 후손이니까요.* 그곳에서 가오 성씨는 매우 드물뿐더러 다른 성씨 사람으로서 최근 몇 년간의 저처럼 권력을 누리면서 눈부시고 열정적으로 살아낸 사람은 청강진에서, 또 청씨 집안에서 찾아볼 수 없습니다. 이 모든 것이 붉디붉은 대혁명 덕분입니다. 착취와 억압을 받는 사람들은 오직 혁명을 통해서만 출로를 찾을 수 있지요. 혁명이 아니라면 암흑 속에서 살 수밖에 없습니다. 아무리 험준한 산과 끝없는 길이 철벽같아도 큰 걸음으로 넘어가야지요.** 제 말을 끊지 마십시오. 화제를 다른 곳으로 돌리려는 게 아닙니다.

현성의 인민무장부 부장이 군관구에 회의를 하러 갔기 때

---

* 정程씨의 중국어 발음이 '청'이다.
** 마오쩌둥의 사「루산관婁山關」의 구절.

문에 현성에서 꼬박 3일을 기다려서야 전역 수속을 밟을 수 있었습니다. 저는 그 3일 동안 현성에서 벌어진 열화와 같은 대혁명을 목도했지요. 혁명의 거대한 파도가 천군만마와 같은 힘으로, 산과 바다를 뒤엎을 기세로 세차게 출렁이며 맹렬하게 전진하는 것을 느낄 수 있었습니다.

현성에서 저는 불안하기 이를 데 없었습니다.

청강진의 혁명과 사랑이 이미 오래전부터 저를 기다리고 있었으니까요. 전역 수속을 끝마친 뒤 곧장 청강진으로 돌아갔습니다. 버스로 79리를 달려 양정고리 패방 아래를 시날 때 뜨거운 피가 들끓고 손바닥에 땀이 괴었습니다. 3일 전 성 밖의 철로에서 경험했던 폭풍 같던 사랑과 똑같은 흥분이 가슴에 차올랐습니다. 저는 고향으로 돌아가면 가장 먼저 양정고리 돌 패방부터 부수리라 생각하고 있었습니다. 봉건 왕조 때 세워진 오래된 패방을, 수백 년이 지났음에도 청강진 사람들은 혼례나 장례로 그 밑을 지날 때마다 여전히 차를 세우고 음악을 껐습니다. 심지어 장거리 버스 운전사까지 정호와 정이에 대한 존경과 흠모를 표한다며 패방 밑에서 경적을 세 번 울렸습니다. 히지만 이제 혁명이 중국 대륙, 전국 방방곡곡으로 퍼졌으니 달라져야 했지요. 그런데 주두에서 온 버스 운전사는 여전히 패방 밑에서 그놈의 예의의 경적을 누르는 것이었습니다. 차에 온갖 사람들이 타고 있었기 때문에 저는 운전사에게 아무 말도 하지 않았습니다. 그 패방만 박살내면 모든 게 끝이라는 것을, 혁명의 서막이 이미 올랐음을 알고 있었으니까요.

청강진의 버스정류장에 내렸을 때 저를 제일 먼저 맞아준 것은 구린내와 흙냄새였습니다. 인민공사 사원들이 거름을 지고 밀밭으로 가고 있었지요. 한데 어울려 가는 사람들은 늙은이건 젊은이건 얼굴색이 전부 붉누른 게 무척 여유로워 보였습니다. 그들이 지나가자 거리가 고즈넉해졌고요. 닭이 거리에서 땅을 쪼며 먹이를 찾고, 오리가 실팍한 엉덩이를 흔들며 거리 이쪽저쪽을 오갔습니다. 동창인 청청둥네 담장 밑 햇살 속에는 어미 돼지가 늘어지게 잠을 자고 그 옆으로 개 한 마리가 돼지 뒷다리를 베고 누웠더군요. 더 재미있는 것은 돼지 배 위에서 털을 뒤집으며 이를 잡는 참새였습니다. 그런 광경들 때문에 그곳이 혁명에서 멀리, 최소한 옌안에서 하이난다오海南島만큼 멀찍이 떨어져 있는 듯했습니다. 한여름에서 한 발짝 내딛었는데 겨울로 들어선 듯한 알 수 없는 공허함이 조금 밀려왔습니다. 물론 따뜻한 친밀감도 있었습니다. 시골의 모든 것이 제 옷과 손발처럼 익숙했으니까요.

저는 좀 새롭고 낯선 것, 예를 들면 거리에 나붙은 대자보나 완장을 찬 채 바쁘게 오가는 사람들 같은 것들을 기대했습니다.

하지만 그런 것은 없었습니다. 모든 것이 예전과 똑같았지요. 흐르는 물은 썩지 않지만 썩은 물은 움직이지 않는 법입니다. 그곳은 고여서 흐르지 않는 물이었습니다.

저는 고인 물을 밟으며 청강진으로 돌아갔습니다. 청강진에는 청쳰가程前街, 청중가程中街, 청허우가程後街 그리고 사당 뒤편의 자가雜街 이렇게 총 네 개의 거리가 있습니다. 말할 필요도 없이 저희 집은 사당 뒤편의 잡가 거리인 자가에 있습니다. 자가 서쪽의 세 칸짜리 흙기와 건물과 흙 마당, 남향의 외짝 문, 그게 바로 흔하고 평범한 저희 집입니다. 대문 입구에 도착했을 때 이웃집 아이가 저를 보고 웃더니 갑자기 저희 집 대문에 대고 "구이즈 아줌마, 아줌마 남자가 왔어요"라고 소리쳤습니다. 그러곤 청중가 쪽으로 뛰어갔지요.

구이즈는 문밖으로 마중 나오지 않았습니다. 대문을 밀고 들어가자 아내 구이즈가 마당에서 밀을 일고 있었습니다. 아들 홍성은 그 옆에서 비드나무 가지로 밀 바구니에 놀려드는 닭과 돼지, 참새를 쫓는 중이었고 18개월 된 딸 홍화는 제 어미 허벅지에 엎드려 자고 있었습니다. 거리에서 보았던 닭과 오리, 돼지, 개와 다름없는 광경이었지요. 생기 없는 산간 마을의 하늘이여, 침울하게 가라앉은 시골 마을의 땅이여.

저는 짐을 든 채 마당에 서 있었습니다.

구이즈와 아이들 모두 문소리에 고개를 돌렸지만 아내는 일어나서 짐을 받지 않았습니다. 자기 앞에 서 있는 사람이 미래의 혁명가이자 농촌 정치가라는 것을 알지 못했지요. 그녀가 조금 놀란 듯한 표정을 짓고는 웃으며 물었습니다.

"왔어요? 며칠 전에 도착했어야 하는 것 아닌가요?"

저는 현에서의 혁명과 교외 철로에서의 장면을 떠올리며 대답했습니다.

"현에서 일이 좀 지체됐어."

"들어와요. 거기 서서 뭐 해요?"

그녀가 제게 말한 다음 아이에게 말했습니다.

"홍성, 아버지라고 불러보렴. 어서, 아버지 하고."

어느새 다섯 살이 된 홍성은 아버지라고 부르지 않았습니다. 홍성과 홍화는 가족이 아닌 외부인을 보듯 겁먹은 눈으로 저를 바라보았지요. 그 순간 괜히 제대했다는 후회가 강하게 밀려왔습니다. 부대에서 정치공작원이, 혁명이 아직 성공하지 않았으니 동지는 계속 노력해야 하오, 하고 늘 말하던 게 떠올랐습니다. 짐을 안에 들여다 놓으면서 방 가운데 놓인 걸상들을 벽 끝에 가지런히 두고, 나머지 두 방까지 살펴본 뒤 "어머니는?" 하고 물었습니다. 구이즈가 고개를 돌리지 않은 채 계속 밀을 일면서 "조용히 지내고 싶다며 언덕으로 돌아가셨어요"라고 대답했습니다.

수류탄이 가슴께에서 터진 것처럼 갑자기 가슴이 쿵 내려앉았습니다. 저는 아무 말 없이 발로 땅만 쑤셔대다가 문을 나섰지요. 처마 밑에서 뒤쪽 언덕을 바라보았지만 커다란 사당 뒷마당의 치셴당 대전과 중간 마당의 다오쉐탕 대전 한 끝만 보일 뿐이었습니다. 대전의 네 처마 끝에 매달린 풍경에서 딸랑딸랑 맑은 소리가 담장 너머까지 울려왔습니다. 정호, 정이 형제의 사당을 보고 있자니 천천히 마음이 가라앉으면서 언젠가 꼭 양정고리 패방을 부수고 저 사당마저 불태우리라 하는 결심이 밀려 올라왔습니다. 저는 사당을 태워버리고 싶어서 청자강에서 내려왔고, 아무 이유 없이 그 사당과 패방을 없애고 싶었습니다. 4년 동안의 군복무를 마치고 돌아오자 그 욕망이 더욱 강렬해졌고요. 그때 갑자기 홍성이 제 곁으로 와서 고개를 들고 "아버지" 하고 불렀습니다. 마음이 따뜻해지더군요. 제가 아이의 머리를 쓰다듬으며 말했습니다.

"아빠라고 부르렴. 애야, 도시에서는 모두들 아빠라고 한단다."

홍성이 고개를 저었습니다.

"그럼 아버지라고 부르거라. 자, 방 안의 노란 봉투에 사탕이 있단다. 가서 먹으렴."

사탕이 생기자 홍성과 홍화는 세상에 아버지만이 자식들에게 사탕을 주는 것처럼 연거푸 아버지라고 불렀습니다. 그 당시 사탕 껍질은 전부 빨갛고 얇은 기름종이였고, '사심을 버리고 수정주의를 비판하자' 같은 구호들이 적혀 있었습니다. 그런데 아이들이 사탕 껍질을 마당에 깔린 돼지똥이나 닭똥 위에 마구 던지는 게 아니겠습니까. 저는 부랴부랴 사탕 껍질을 집으며 함부로 버리지 말라고, 강령을 비판하는 것은 반동이라고 말했습니다. 하지만 아이들은 제 말을 알아듣지 못하고 구이즈만 고개를 돌려 "여긴 시골이지, 당신 부대가 아니에요"라고 말했습니다. 저는 혁명이 현성을 뒤덮었다고, 내가 제대한 것은 혁명을 위해서라고 말하고 싶었지만 저를 돌아볼 때 그녀의 얼굴에 깔린 사당 담벼락처럼 두꺼운 경멸을 보고 말을 삼킬 수밖에 없었습니다. 게다가 그 먼지처럼 검붉은 색이라니, 평생 세수라고는 모를 것 같은 얼굴에 또다시 교외 철로의 장면이 떠오르면서 갑자기 말하고 싶은 생각이 사라진 것은 물론이고 쳐다보고 싶지도 않아졌습니다.

저는 허공에 높이 걸린 사당의 처마 끝으로 다시 시선을 돌렸습니다.

그때 조금 전 골목으로 뛰어간 아이가 다시 불쑥 저희 집으로 들어와 "아이쿼 아저씨, 지부 서기 할아버지가 얼른 오시래요"라고 소리쳤습니다.

구이즈는 대야에서 물이 뚝뚝 떨어지는 밀을 한 가리 건져 내야 가장자리에 놓다가, 뭔가 중요한 일을 잊고 있다가 갑자기 들어온 아이 때문에 생각난 것처럼 흥분과 생기에 찬 얼굴로 소리 높여 말했습니다.

"어서 가봐요. 아버지가 당신이 돌아오는 대로 보내라 했는데 밀을 이느라 깜빡했네. 그런데 아버지께는 뭘 드릴 거예요? 도시에서 파는 케이크랑 통조림을 좋아하시는데."

그러고는 아이들에게 말했습니다.

"홍성, 홍화, 아버지랑 외할아버지께 다녀오렴. 달걀국수를 드실 건지 여쭤봐라. 드시겠다면 점심 때 가져간다고."

2. 혁명이 아닌 결혼 이야기

제 장인어른 역시 청강진의 혁명가였다는 사실을 말씀드리지 않았군요. 그는 언젠가 팔로군*의 편지를 전해주어 해방 뒤 마을의 지부 서기가 되었습니다. 원래 청자강의 십여 가구는 5리 바깥의 자오좡趙莊촌 대오에 속하는 독립 생산대**였습니다. 그때 청촌은 하나의 집합체였을 뿐이고 끽해야 향공소鄕公所 소재지였지요. 향장은 정호, 정이 형제의 이십몇 대 후손인 청톈민이었고요. 1964년 정부에서는 청촌을 진으로 바꾸고 싶어 했습니다. 그런데 진이 되려면 청촌의 규모를 어떻게든 좀 늘려야 했기 때문에 향장인 청톈민과 제 장인인 청톈칭은 회의를 통해 청자강의 성씨가 다른 십여 가구를 청촌에 합류시키기로 결정했습니다. 그러면 촌을 진으로 격상시키려는 상부의 정책에 부합되었지요. 그래서 청자강 사람들은 언덕에서 내려와 사당 뒤 들판에 건물을 세웠습니다. 그렇게 다른 성씨의 거리가 생겼고 모두들 청촌 사람이 되었습니다.

청촌 사람이 된 데 이어서 저는 지부 서기의 사위가 되었

---

* 항일전쟁 때 활약한 중국공산당의 주력 부대 가운데 하나.
** 약 10호 정도로 이루어진 인민공사 노동 편제.

습니다. 그날 어머니와 함께 새 기와집을 손보고 있을 때 지부 서기 어르신이 어슬렁어슬렁 들어왔습니다. 그는 제가 내온 걸상에 앉지도, 어머니가 내온 물을 마시지도 않았습니다. 뒷짐을 진 채 새집의 벽을 살피고 땅을 살피고 들보를 살피다가 마당에 원래부터 있던 굵직한 오동나무를 만지면서 말했습니다.

"이 나무는 엄밀히 말하면 국가 소유지만 이제는 가오가 소유라 할 수 있겠군."

어머니가 무척 기뻐하며 지부 서기에게 물었습니다.

"정말 그래도 됩니까?"

"제가 된다면 되는 것이지요. 어쨌든 제가 지부 서기이고 아이쿤 아버지와 친분이 있으니까요. 형제가 가고 없는데 남은 모자를 제가 안 돌보면 누가 돌보겠습니까?"

어머니는 부랴부랴 그가 마시지 않은 물을 따라 버리고 주방으로 들어가 달걀 지단을 부친 뒤 흑설탕까지 뿌려 내왔습니다. 지부 서기가 지단을 다 먹은 다음 저를 아래위로 훑어보며 "열여덟인가? 현성에서 고등학교를 다닌다고? 우등생이라던데?"라고 물었습니다. 당시 저는 어리고 무시해 지부 서기가 저를 사위로 점찍었다고는 생각도 못 한 채 얼굴을 붉히며 대답했지요. 그리고 놀랍게도 그날 밤에 바로 중신어미가 저희 집을 찾아왔습니다.

"축하하네. 지부 서기 어르신이 이 집 아이퀀이 마음에 드셨다는군."

중신어미가 어머니께 말했습니다.

고등학교를 졸업한 뒤 바로 결혼했습니다. 구이즈는 지부 서기의 셋째 딸이었지요. 다른 자매들과 비교하면 그녀는 가지만 앙상한 버드나무, 푸르지 못한 소나무, 황토만 가득 날리는 언덕 같고 저보다 네댓 살은 더 들어 보였습니다. 대체 왜 그녀가 네댓 살 더 많아 보이는지 알 수 없었습니다. 키가 작아서였을까요? 피부가 검기 때문이었을까요? 아버지가 지부 서기라서 뚱뚱했던 걸까요? 그래서 머리카락을 아침이건 저녁이건 빗질을 모르는 봉두난발로 두며, 얼굴에 성긴 듯 촘촘한 듯 작고 검은 점이 그렇게 많았던 걸까요? 그녀와 처음 만나던 날 저는 끌려가는 나귀처럼 중신어미 손에 지부 서기 집 곁채로 끌려갔습니다. 그녀의 방이었지요. 오래된 신문지가 벽에 잔뜩 붙어 있고 꽃무늬 이불이 길고 가늘게 개켜져 제방처럼 벽 아래쪽에 놓여 있었습니다. 그녀의 모습을 보았을 때 목구멍에 솜뭉치가 낀 것 같아 뱉고 싶었지만 감히 뱉어낼 수 없었습니다. 지부 서기가 그녀 뒤에 따라 들어와, 너희끼리 얘기 좀 나누렴. 나는 공산당원이고 간부라서 인민공사 회의 때마다 혼인의 자유에 대해 늘 이야기한단다. 아이쿤 네 녀석은, 내가 네 아버지가 일찍 돌아가신 것도 보았고, 혁명의 후손이라고 할 수 있는데다 현의 고등학교에서 성적도 좋아서 구이즈와 맺어주기로 한 거다. 결혼해서 아이를 낳으면 군대에 보내주마. 부대에서 입당해 돌아오면 마을 간부로 키워주겠다, 라고 했습니다.

"왜 아무 말도 안 해요?"

그녀의 말에 제가 고개를 들고 그녀를 쳐다보았습니다.

"내가 못생겨서 싫어요? 싫으면 싫다고 바로 말해요. 난 아직도 당신 집이 찢어지게 가난한 게 싫으니까."

"왜 학교에 안 가요?" 제가 물었습니다.

"검정 글자만 보면 모기가 눈앞을 날아다니는 것 같고 몇 문장 읽으면 머릿속이 웽웽 울려서요."

"당신 아버지가 정말로 날 간부로 만들어줄까요?"

"방금 못 들었어요? 결혼해서 1년 뒤 아이를 낳으면 아버지가 군대에 보내준다고 하셨잖아요."

"왜 아이를 낳은 다음에야 입대할 수 있는 건데요?"

"아이도 없는데 내가 당신 마음을 붙들 수 있겠어요?"

"언제 결혼하지요?"

"날짜는 내가 정해요. 올 정월에 하죠."

"정월이면 우리 집 돼지가 다 크지 않아서 결혼 자금이 없는걸요."

"혼수는 우리 집에서 전부 준비할 거예요. 당신 집에 뭐가 부족하든 전부 내가 가져간다고요. 하지만 조건이 하나 있어요. 결혼한 다음에 내 말을 잘 들어야 한다는 거죠. 당신 어머니가 내 성질을 돋우면 나는 당신 눈앞에서 밥그릇을 내던질 거고 당신이 내 화를 돋우면 당신 눈앞에서 목매달아 죽을 거예요."

그해 정월, 저는 그렇게 결혼했습니다.

3. 청사程寺로의 첫걸음

저는 얼른 아이를 데리고 장인 댁에서 나왔습니다. 장인은 햇살 아래 흔들의자에 앉아 담배를 피우면서 강아지와 발로 장난치다가(옛날 지주들이 그러지 않았습니까?) 제가 가져간 카스텔라와 통조림을 보고 물었습니다.

"구주에서 나온 건가, 우리 현에서 만든 건가?"

"구주 백화점에서 샀고 생산지는 성도省都인 정저우鄭州입니다." 제가 대답했습니다.

장인이 건네받은 카스텔라에 코를 대고 개처럼 킁킁거리며 말했습니다.

"좋군, 정말 향긋해. 이걸 가지고 사당에 가서 톈민 어르신을 찾아뵙게. 진장鎭長* 자리에서 물러나신 뒤로는 아무 일도 않으시네. 조용히 지내시겠다며 매일 사당에서 고서들을 살피시지."

저는 장인 댁에서 나왔습니다. 저를 마을 간부로 키워주겠다는 말도 않고 죽은 물처럼 침체된 마을 상황이나 혁명도 거론하지 않은 채, 심지어 저한테 앉으라고 권하지도, 외손자 훙성에게 먹을 것을 주지도 않은 채, 더더군다나 부대에서의 제 노력과 성과에 대해 물어보지도 않은 채 집에서 나가 아이들과 청씨 집안 사당에 가라고 했습니다. 혁명은 식사를 대접하는 것도 아니고 선물을 주는 것도 아니며 다정하게 손을 맞잡거나 그림을 그리고 꽃을 수놓는 일도 아닙니다. 하지만 저는 청톈민을 찾아가지 않을 수 없었습니다. 전임 진장이고 정호 계파의 수장이자 대표 인물이었지요. 조상 중에 진사進士가 있고 아버지 대에 청나라 수재가 있으며 그 본인은 해방 전에 현의 사립학교 교장이었습니

---

* 진의 행정 수장. 우리나라의 면장에 해당함.

다. 해방되던 해, 정부에서 비공산당 명예 민주 인사로 인정받아 현의 제1대 교육국장이 되었지요. 들리는 소문에 의하면 정부에서 현장縣長으로 임명하려 했지만 스스로 혁명이 얼마나 지난하고 복잡한지 느낀 바가 있어 우리 마을의 향장鄕長을 자처했다고 합니다. 이제 네이멍구內蒙古의 대초원에서 하이난다오의 작은 어촌까지, 서북쪽의 거대한 사막부터 풍족한 보하이완渤海灣까지 혁명이 거세게 일어나 온통 붉은 깃발이 휘날리고 호각 소리가 끊이지 않습니다. 이럴 때 그는 스스로 진장의 자리에서 물러났습니다. 혁명의 풍랑을 두려워한 것일까요, 아니면 유용한 노림수가 있거나 빠져나갈 구멍을 만들기 위함이었을까요? 예전에(그때 저는 개미처럼 작았지요) 어머니를 따라 청씨 마을 시장에 갔다가 길에서 그와 마주친 적이 있습니다. 어머니는 저를 길옆으로 잡아끌어 그가 지나가길 기다렸다가 그의 등을 가리키며 "얘야, 저분이 바로 향장이시란다. 나중에 커서 저분 반만 학문을 갖춘다면 마을 간부가 될 수 있을 거다. 그럼 이 어미는 수절한 보람이 있을 거야"라고 하셨습니다. 왜 제가 마을 간부가 못 될 것이라고 생각했을까요? 촌장, 진장 혹은 현장, 지구地區* 책임자가 될지 누가 안단 말입니까? 부대에서 혁명 시사 교육과 전통 교육 시간에 정치공작원과 정치교도원

그리고 연대장이 항상 린뱌오는 이십 대에 사단장이 되었다고 하지 않았습니까? 세상은 그들 것이기도 하지만 저희 것이기도 합니다. 저희가 아침 여덟아홉시의 태양과 같다면 그들은 떨어지는 태양, 기울어지기 시작한 석양이 아니겠습니까?

사당은 청허우가의 가운데 끝 쪽에 있었습니다. 훙성에게 카스텔라 두 상자를 들리고 저는 통조림 네 병을 든 채 청중가의 두번째 골목을 가로질러 청허우가로 향했습니다. 길에서 만나는 사람들마다 "아이췬, 제대했나?" 하고 물었습니다. 저는 그때마다 호기롭게 웃으며 고개를 끄덕이고 주머니에서 '황진예黃金葉' 담배 한 개비를 꺼내 건넸습니다. "어디 가나?" 하고 물으면 "옛 진장 어르신을 뵈러 사당에 갑니다"라고 대답했고요. 또 "아이췬, 마을 간부가 되면 이 형제를 잘 좀 챙겨주게" 하면 "마을 분위기가 이렇게 가라앉았는데 어떻게 간부가 될 수 있겠나?"라고 대답했습니다. 그때 통찰력 있는 사람이었다면 "혁명의 삼결합**만 이룬다면 자네는 틀림없이 청년 간부가 될 걸세!"라고 했을 것입니다.

그런 사람은 권력을 잡았을 때 후대할 생각이었지요. 집

---

* 중국의 2급 행정구로 맹盟, 자치주自治州, 지급시地級市와 동급이다.
** 혁명 간부, 군 대표, 혁명적 군중 대표가 모인 조직 형태.

안에 정치적인 문제만 없다면 물을 댈 때 그 집부터 쓰게 하고 비료를 살 때 몇십 근 더 얹어주었을 것입니다. 틀림없이요. 반드시 그랬을 것이고 그럴 수밖에 없었을 겁니다. 왜냐고요? 저, 가오아이쿼은 양심 있는 혁명가이니까요.

점심 식사 시간 전이라 남자들은 대부분 밭에 있고 여자들은 집에서 밥을 짓고 있었습니다. 청허우가에 들어서자 집집마다 불을 피우는 풀무 소리가 쥐새끼처럼 문틈을 빠져나오고 밥 짓는 연기에 파란 하늘이 하얗게 뒤덮여 우수에 가득 차(누구의 얼굴일까요?) 보였습니다. 홍성의 손을 잡고 가는데 아이가 자꾸 고개를 숙여 카스텔라 상자를 쳐다보더군요. 카스텔라의 반지르르한 포장지가 골목을 떠다니는 불꽃 같았습니다. 얼마나 먹고 싶을지 알았기에 아무도 없을 때 두 상자에서 몇 개씩 꺼낸 다음 다시 포장했습니다. 카스텔라를 먹는 아이의 얼굴에 행복이 번지고 씹을 때마다 황금빛으로 씰룩이다가 부스러기는 청허우가 땅바닥에 떨어졌습니다. 양쪽으로 빼곡히 늘어선 마당 담장과 뒷담, 벽 때문에 청허우가는 말라버린 수로처럼 좁다랬습니다. 담벼락이 표피처럼 일어나 바닥으로 떨어졌습니다. 그 담벼락 표피와 점토가 수시로 떨어지는 소리를 들으며, 산하를 삼키듯 카스텔라를 먹는 아이의 모습을 보며, 제가 물었습니다.

"훙성, 맛있니?"

"맛있어요. 고기보다 더 맛있어요."

"아버지는 혁명을 할 거란다. 혁명이 성공하면 매일 카스텔라를 줄게."

아이가 이해할 수 없다는 듯 고개를 들고 저를 바라보았습니다.

저는 무슨 거물급 인사처럼 아이의 머리를 쓰다듬어주었습니다. 그때 청가 어르신들의 사당이 불뚝 나타났습니다. 오래된 벽돌과 푸른 기와로 지어진 높은 문루, 문루 아래에 바구니만 하게 쓰인 '청사'라는 금색 글자, 그리고 글자 아래의 붉고 커다란 빗장문이 나중에 제 손에 사라질 것도 모른채, 움츠린 기색 하나 없이 차가운 기운을 내뿜으며 제 앞으로 다가왔습니다. 그때 저는 제 사랑이 사당 앞에서 기다리고 있는 줄 전혀 몰랐습니다. 옷과 단추도 제대로 여미지 않고 카스텔라 포장을 뜯느라 손도 기름투성이였습니다. 하나도 준비되지 않았는데 운명이 탑을 쌓으려 벽돌과 기와를 늘어놓듯 판을 만들어놓았더군요. 사원 담장을 지나치자 똑바른 벽돌 이음매가 실처럼 십여 근의 네모난 벽돌을 줄줄이 꿰며 제 뒤로 옮겨갔습니다. 그렇게 청사의 대문에 이르자 입구에 누워 있는 돌사자 두 마리가 맞아주었고요. 저는 손에 묻은 기름을 사자 머리에 문질러 닦았습니다. 그랬더니 아이가 제 손을 힘껏 당기며 조심스럽게 뒤로 물러났습니다.

"훙성, 너도 닦아. 걱정하지 말고. 아버지는 혁명을 하려는 거야."

아이가 고개를 흔들며 손을 바지에 쓱쓱 문질렀습니다.

"뭐가 무서워? 아버지는 혁명을 하려는 거라니까."

저희 부자는 청사의 첫째 마당으로 들어갔습니다. 첫째 마당은 발 닿는 곳마다 여덟 촌짜리 네모반듯한 벽돌이 깔려 있었습니다. 링싱먼에서 청징먼까지 이어지는 그 길은 대대손손 청씨 집안 후손들이 향을 사르고 절을 하느라 발자국이 깊게 패었지요. 길 양쪽으로는 하늘을 찌를 듯한 오래된 백양나무가 녹음을 짙게 드리워 마당으로 들어오는 햇빛을 차단했습니다. 나무뿌리가 밀어올려 조각조각 파열된 네모난 벽돌이 녹음 아래에서 습한 검은색을 띠고, 이끼들이 벽돌 위를 파랗게 덮은데다 벽돌 틈새로 자잘한 풀들이 무성히 솟아나 땅바닥은 연로하지만 짱짱해 보였습니다. 봉건 통치 계급의 색채와 분위기가 얼마나 충만한지 쓸쓸하면서도 신비로운 억압과 착취가 느껴졌습니다. 저는 아이의 손을 잡고 벽돌을 밟으면서 사방을 둘러보았습니다. 사당에 주눅이 들었는지 아이의 작은 손이 오스스 차가워졌습니다. 마당 동서쪽에 자리 잡은 춘펑팅과 리쒜거의 들보와 기둥에 그려진 색 바랜 용과 신령, 금색 바탕 속의 호랑이와 사자가 위협적으로 저희를 바라보았습니다.

"훙성, 무섭니?"

아이는 고개를 저었지만 잡고 있던 제 손가락을 더욱 꽉 쥐었습니다.

"무서워하지 마. 언젠가는 아버지가 이것들을 전부 없애 버릴 거란다."

아이가 믿을 수 없다는 듯 저를 쳐다봤습니다.

"없애지 않으면 안 돼. 나중에 크면 아버지 말을 이해할 수 있을 거다."

아이가 더 알 수 없다는 표정으로 저를 바라봤습니다.

그때, 몇 년이 지난 지금 돌아보니 그때가 제 평생에서 가장 신비스럽고 가장 감동적이며 영원한 순간처럼 느껴지는 군요. 그날 이후 몇 년 동안 그녀와 천지를 뒤흔드는 사랑을 나누고 세상이 무너지는 증오를 겪었지만 그때보다 더 기묘하고 생생한 기억은 없습니다. 그렇게 신비하고 감동적인 따스함과 아름다움이 성수처럼 제 마음으로 똑똑 떨어져 흐른 적은 없습니다. 제 평생 한 번도 위대한 수령이신 마오 주석님을 뵌 적은 없지만 정말로 주석님을 뵙고 주석님께서 따라주시는 물을 마시며 장칭江靑 동지가 직접 부쳐주시는 달걀 지단을 먹는 느낌을 받은 적은 있습니다. 하지만 그런 감정조차 그때처럼 감동적이고 강렬하지는 않았습니다. 주석님께서 따라주셨다고 해도 결국은 물이고 장칭 동지께서 만들어주셨다고 해도 결국은 달걀이니까요. 대체 그 순간의 신비함과 미묘함을 무엇이 대신할 수 있겠습니까? 하늘과 땅이 아무리 커도 당의 은혜만 못하듯 바다가 아무리 깊어도 그때보다 더 깊은 인상을 남길 수는 없을 것입니다.

발자국 소리가 들렸습니다. 이끼처럼 사당을 날아다니는 발소리는 습하면서 묵직하게, 그렇지만 허공을 느릿느릿 떠돌았습니다. 사당이 넓고 조용하기 때문에, 또 전임 진장이 지키는 적막 이외에는 사당에 아무도 없기 때문이었지요. 설이나 명절 때가 아니면, 정호와 정이의 탄신일이나 기념일이 아니면 사당에 오는 사람은 극히 적었고 마음대로 들어올 수 있는 사람도 거의 없었습니다. 발소리는 한 사람이 아니라 최소한 두 사람인 듯 소리가 뒤섞여 있었습니다. 저는 고개를 들어 청징먼 쪽을 바라보았지요. 그 칠흑처럼 검은 발소리에 부패한 기운이 섞이는 게 보이고 높고 낮게, 신음하는 듯 노래하는 듯 말소리가 들렸습니다.

고개를 들었습니다.

그리고 그녀를 보았습니다. 한 손으로 세 살쯤 된 여자아이의 손을 잡고 다른 손으로 알루미늄 재질의 3단짜리 둥근 도시락을 든 그녀는 여전히 분홍색 데이크론 셔츠를 입고 황금색 알루미늄 고리가 달린 네모난 입구의 코르덴 신발을 신었으며 직접 만든 가짜 군복 바지를 입고 있었습니다. 모든 것이 3일 전 교외 철도에서 처음 만났을 때와 똑같았습니다. 아름다운 얼굴에 옅게 피로와 상심이 배고 보드라운 피부에서 설핏 노란 병색이 엿보였습니다. 청징먼은 정사 대문만큼 크지는 않아도 문을 둘러싼 세 벽돌 틀에 전부 연꽃 무늬가 새겨져 있어 연꽃 넝쿨이 청징먼 문틀에 걸린 것 같았습니다. 그녀가 문틀 아래에 서서 입을 반쯤 벌린 채 한쪽 발은 문 안에, 다른 발은 문밖에 두었습니다. 문틀 밑과 그녀의 머리 위로 보이는 중간 마당에는 포도나무 잎이 미숙해도 벌써 하늘을 가려 그늘이 드리워져 있었습니다. 그 덕분에 문틀 속의 그녀는 어두운 배경에 그려진 그림 같았지요. 정말로 한 폭의 그림 같았습니다. 당시에는 누가 예쁘고 누가 아름답다는 비유를 전부 한 폭의 그림 같다고 했습니다. 그때 그녀의 청순함과 아름다움을 더 잘 표현할 수 있는 다른 비유도 없었고요.

말할 필요도 없이 제가 그녀를 보았을 때 그녀도 저를 보았습니다.

두 사람의 시선이 첫째 마당의 허공에서 빠지직 맞부딪히면서 아크 방전광 같은 불꽃이 튀었습니다. 그러고 나서는 사당 공기가 딱딱하게 굳어 백양나무 틈새로 새어 나오던 햇살마저 더 이상 흔들리지 않았습니다. 저는 그녀가 들고 있던 알루미늄 도시락 통이 왼쪽 문틀에 부딪히자 문틀 위에서 묵은 칠이 한 조각 떨어지고 가느다란 먼지가 그녀 정수리와 발밑으로 사르륵사르륵 떨어지는 것을 보았습니다. 그녀의 얼굴이 노랗게 굳었습니다. 입술을 앙다물어 붉은 가운데 하얀 선이 생기더군요. 심장이 그대로 멈추면 다시는 뛰지 않을 것처럼 세차게 뛰었고 두 손에서 배를 띄울 수 있을 정도로 땀이 솟아났습니다. 저희는 그렇게 서로를 바라보았습니다. 머리 위 늙은 측백나무에 까마귀가 집을 짓는지 밀쳐진 풀잎과 나뭇가지, 울음소리가 하나씩 하나씩 들보처럼 공중에서 떨어져 내렸습니다.

고개를 들어 나무 위를 힐끗 쳐다봤다가 시선을 다시 떨어뜨렸습니다. 그런데 그녀가 딸(그녀에게 딸이 있다니, 3일 전에는 전혀 아이 엄마로 보이지 않았습니다)을 이끌고 제 곁을 스치듯 피하듯 지나가더군요. 발소리가 작아지고 손에 든 도시락 통이 딸그락딸그락 흔들렸습니다. 저는 몸을 돌려 그녀를 보았습니다. 얼어붙었던 피가 서서히 녹더니 홍수처럼 머리 위로 솟아올랐습니다. 그녀가 청징면에서 링싱면으로 가는 것을 뚫어져라 바라보다가 홍성을 내버려둔 채 부랴부랴 그녀를 쫓아갔습니다.

"저기요, 잠깐만요."

제가 소리치자 그녀가 고개를 돌리며 말했습니다.

"3일 전에 저는 정신이 나갔었습니다. 지금부터 당신은 저를 본 적이 없고 저도 당신을 본 적이 없습니다. 지금까지 우리는 한 번도 만난 적이 없고 전혀 모르는 사이입니다."

그런 다음 그녀는 딸을 품에 안고 청사 대문을 넘어 청허우가로 갔습니다. 도둑을 피하듯 걸어갔지요. 태양을 향해 피어난 해바라기, 송이송이 지지 않고 오늘 우정의 씨앗을 뿌렸으니 혁명의 우정 영원하리. 저는 사당 대문 밖에 서서 제가 걸어온 골목을 지나 청중가로 들어서는 그녀를 바라보았습니다.

이것이 바로 제 혁명적 사랑이고 열화와 같은 애정의 삶입니다. 그건 청가 사당에서 만났을 때 시작된 것이 아니라 그 3일 전에 서막을 올렸지요. 저는 저희의 혁명적 사랑이 아직 정식으로 시작된 게 아니라는 것을 알았습니다. 저희의 애정사는 청가 사원에서 무의식중에 새로운 장을 열었을 뿐입니다. 대장정의 첫걸음을 떼었을 뿐으로 설산과 습지는 나타나지도 않았지요. 혁명이 아직 성공하지 못했으니 동지들은 계속 노력해야 합니다. 고난과 풍파가 아직도 기다리고 있습니다.

아이가 뒤에서 저를 불렀습니다.

"아버지, 아버지."

4. 혁명가의 그리움

꿀을 맛보면 고구마가 달지 않다는 것을 알게 됩니다. 꿀을 알기 전까지의 향미가 사라지지요. 고구마는 고구마일 뿐, 영원히 꿀이 될 수 없습니다.

그녀는 이름이 샤훙메이이고 전임 진장 청톈민 집안의 며느리에 현성의 둥관東關 사람이었습니다. 남편은 청칭둥으로 제 중학교 동창이었고요. 졸업 후 제가 현성에 있는 고등학교에 진학했을 때 그는 지구의 사범학교에 갔습니다. 나중에 제가 군대에서 나라를 지킬 때 그는 졸업한 뒤 청강진으로 돌아와 중등학교 교사가 되었고요. 저희 두 사람의 혁명과 반혁명의 인생은 그렇게 갈라졌습니다.

그런 이야기는 전부 어머니한테서 들었습니다. 청자강으로 어머니를 찾아갔거든요. 언덕 위에 있던 십여 가구가 언덕 아래로 이사 간 뒤에도 그곳의 초가집은 쓰러질 듯하면서도 꼿꼿하게 제자리에 서 있었고, 몇몇 노인들은 이런저런 이유로 그곳에 계속 살았습니다. 저희 옛집에 도착했을 때 백발의 어머니는 닭에게 옥수수 이삭을 뜯어주고 계셨습니다. 저를 발견하고는 옥수수 이삭을 바닥에 내던지고 황급히 다가오셨지요. 지팡이에 의시해 저를 살피시는 어머니 눈에 눈물이 그렁그렁 맺혔습니다.

"어머니, 집에 모셔가려고 왔어요."

어머니가 고개를 가로저었습니다.

"청구이즈가 못되게 굴면 내쫓을게요."

어머니가 준엄한 눈빛으로 저를 쏘아보셨지요.

"저는 공산당원이고 혁명을 할 거예요. 나중에는 청톈칭 지부 서기도 제 말을 들어야 할걸요."

어머니가 깜짝 놀라면서 이해할 수 없다는 표정으로 당신의 아이가 정신병에 걸리기라도 한 것처럼 저를 바라보았습니다. 성공하기 전까지 혁명은 몰이해와 비난에 맞닥뜨릴 수밖에 없지요. 그건 역사에서 이미 증명된 경험이자 교훈입니다. 저는 더 이상 아무 말도 하지 않았습니다. 어머니한 테도 낙후되고 우매한 측면이 있으니까요.

　석양 속에서 어머니와 옛집 대문 앞에 앉아 청강진의 전경과 풍광을 바라보았습니다. 스싼리허十三里河에서 끌어온 젓가락처럼 똑바르고 사시사철 출렁이는 수로가 마치 영원히 구부러지지 않는 비단 끈이 산맥 아래에 꿰매진 것처럼 마을 뒤쪽의 언덕 아래를 지나갔습니다. 시선을 수면에 고정하자 눈이 깨끗하게 씻기는 것 같았습니다. 그리고 마음까지 깨끗하게 가라앉았을 때 청사 앞마당으로 시선을 다시 돌렸지요. 훙메이의 알루미늄 도시락이 문틀에 부딪힐 때 떨어진 붉은 칠이 아직도 디딤돌 위에서 빛나는 게 보였습니다.

　"그 여자는 누구예요?"

　제가 묻자 노친이 대답했습니다.

　"샤훙메이라고 한단다."

　"어디 사람이에요?"

　"도시 사람이야. 친정이 현성이라고 하더구나."

　저는 잠시 생각에 잠겼다가 묻는 듯 혼잣말하듯 말했습니다.

　"왜 청강진에 시집왔을까요? 도시 사람이 왜 이런 궁벽한 마을에 시집왔죠? 사람은 높은 곳으로 나아가고 물은 낮은 곳으로 흐르는 법인데 저 외모라면 구주시로 시집가야 맞을 텐데요."

노친이 저를 바라보았습니다. 제 속을 들여다본 것처럼 수수께끼를 풀 듯, 매듭을 풀 듯 천천히 말씀하시더군요. 그 애가 뭐 그리 대단하다고. 청강도 진이고 매달 5일과 15일, 25일에 장이 설 때마다 사방에서 온 사람들로 인산인해를 이룬다. 그 애네 현성에서 열리는 장 못지않아. 게다가 칭둥은 지구에서 대학을 다녔고 선생 월급을 받는데다 아버지가 진장이었지. 칭둥 아버지가 진장을 맡았을 때 걔네 아버지는 어디 있었는데? 도시에 있었다지만 마당을 쓸고 물을 끓이면서 진장 시중을 들었는데 그 애가 왜 청강진으로 시집오는 게 이상하니? 칭둥에게 시집오는 게 왜 이상해?

혁명이란 그렇게 공헌이 없으면 기반도 없고, 희생이 없으면 성공도 없습니다. 그녀는 스물도 안 되는 나이에 시집을 왔습니다. 뽀얗고 보들보들한 게 주변 100리에 그만한 꽃이 없었습니다. 시원시원하게 말도 잘하고, 손놀림도 재서 도시 사람들이 입는 서양식 스웨터를 하루에 하나씩 짤 수 있었습니다. 또 마을 아낙네들이 길에서 그녀를 둘러싸고 요청하기만 하면 도시 사람들이 부르는 노래를 들려주고 학교에서 배운 서양 춤을 추었지요. 바로 그렇게 콩이 물을 만나 싹을 틔우고 고목이 봄을 만나 꽃을 피우는 것처럼 간단하게, 그녀의 욕망과 왕성한 허영이 그녀의 인생과 운명을 지배하고 그녀와 제 일생일대의 빛과 슬픔을 초래했습니다. 비장하다고 하는 게 더 맞겠군요.

어머니는 안타깝게도 그녀가 혁명 강박증에 걸렸다고 하셨습니다. 병이 나자 전임 진장께 식사나 빨래를 해드리지 않는 것은 물론이고 어르신이 사용한 식기를 아무 데나 던졌다고도 하셨습니다. 전임 진장은 화가 난 나머지 사당으로 들어가셨고요. 얼마 전에는 아이와 남편도 내버린 채 며칠 동안 현성의 친정에 갔는데 돌아와서 사실은 친정이 아니라 베이징에 갔으며 마오쩌둥 주석님을 만나 악수까지 했다고 말했답니다. 베이징이 어디에 있니, 어머니가 물으시고는 스스로 답을 하셨지요. 베이징은 천리만리 떨어진 북쪽에 있는데 어떻게 갔겠니? 게다가 마오 주석님이 누구시니? 황제인데 어떻게 만날 수 있겠어? 어떻게 악수를 할 수 있겠니? 그 애는 마을로 돌아온 뒤 누구를 만날 때마다 손을 내밀며 마오 주석님과 악수한 손이라고 했단다. 그 손으로는 젓가락을 들지도 않고 씻지도 않으면서 마오 주석님 손의 열기가 자기 손에 남아 있다고 했지. 그러니 병에 걸린 거 아니겠니? 미친 거 아니겠어? 하셨습니다. 진장 어르신이 청텐칭에게 한의사를 불러오라고 했고 젊은이 셋이 그녀를 침대에 붙잡아 누르는 동안 한의사가 그녀의 머리와 손에 은침을 스물일곱 대나 놓았다지요. 그녀가 한참을 부들부들 떨었고요. 마침내 침을 빼내자 그녀는 병이 가라앉고 더 이상 이상한 소리를 하지 않았다더군요. 밥을 해야 할 때는 밥하고 돼지를 돌봐야 할 때는 돼지를 돌보고 사당의 시아버지께 식사를 가져다드려야 할 때는 가져다드렸다고요.

저도 강박증에 걸렸던 것 같습니다. 혁명에 사로잡히고 샤훙메이에게 사로잡혔지요. 저는 혁명과 애정 강박증에 동시에 걸렸습니다. 그날 청사에서 샤훙메이를 본 뒤부터 그녀의 목소리와 형상이 제 머리에서 떠나지 않았습니다. 거리에서 확성기 소리만 나면 그게 노래든 혁명극이든 몸이 초조하고 불안해지면서 신발 밑창과 바짓가랑이, 셔츠까지 온통 불이 붙은 것 같았습니다. 그럴 때면 교외 철도에서의 장면이 머릿속에 생생하게 되살아나는 통에 긴 밤을 뜬눈으로 지새워야 했습니다. 의욕을 잃어 제대로 잘 수도 먹을 수도 없었습니다. 혁명에 대한 투지마저 칼로 잘라낸 듯 싹둑 잘려나갔지요. 어느 날 밤 저는 제 몸의 불을 끄겠다며 손으로 허벅지와 몸을 꼬집고 양물에서 피를 뽑아냈습니다. 하지만 그래도 훙메이를 머릿속에서 몰아낼 수 없었고 철로에서의 장면도 지울 수 없었습니다.

저는 병이 깊을 대로 깊어져 치료할 수 없는 지경에 이르렀습니다. 세상에 자신을 구제할 수 있는 것은 오직 자신뿐, 구세주란 없으며 무슨 신선이나 황제도 불가능하다는 것을 잘 알고 있었습니다. 저는 스스로를 직접 구제할 수밖에 없었지요. 낮이 되면 마을 곳곳을 돌아다니다 청첸가 샤홍메이의 집 앞을 천천히 거닐면서 우연히 마주치기를 바랐습니다. 만날 수 없을 때는 일부러 청강진을 벗어났고요. 어느 달에는 아침 일찍부터 시골 고모 댁과 이모 댁 등 친척을 찾아다니다가 어두워진 다음에야 청강진으로 돌아왔습니다. 외삼촌 댁에서 이틀 동안 일을 도와드린 적도 있지요. 집을 짓고 있기에 인부들과 이틀 내내 흙벽돌을 쌓았습니다. 하지만 마을로 돌아왔을 때 밤새 잠들 수 없어 결국 한밤중에 아내 구이즈의 몸에 올라갔습니다. 구이즈를 올라탄 건 그녀를 샤홍메이로 상상하면서 머리카락을 만지고 얼굴을 쓰다듬고 그 굵고도 짧은 발가락과 악취 나는 발톱을 만졌기 때문입니다. 그러자 그녀가 불을 켠 뒤 잠이 잔뜩 묻은 목소리로 물었습니다.

"가오아이쥔, 또 하나 낳자는 말인가요?"

"하나 더 낳으면 좋겠어."

"그럼 와요. 그렇게 만지작거리지만 말고. 만지작거리면 아이가 나온대요?"

그녀는 제가 그 말을 한 다음에 얼마나 후회했는지 모를 겁니다. 그녀의 말을 들은 다음에 제 몸의 불꽃이 푸시시 사그라졌다는 것도 모를 것이고요. 청강진으로 돌아온 지 이미 두 달째라서 구이즈에게는 손톱만큼도 흥미가 없었습니다. 하지만 그때 저는 돼지였고 개였습니다. 의지가 굳건한 혁명가가 아니었지요. 저는 일을 치르지 않을 수 없었습니다. 눈 딱 감고 그녀 몸에 올라갈 수밖에 없었어요. 그녀가 불을 껐습니다. 그 일을 할 때면 늘 등잔불을 껐지요. 달빛이 창문을 넘어오고 한기도 창문을 넘어왔습니다. 등잔불이 꺼진 뒤의 노란 그을음 냄새와 봄이 무르익는 초록 내음, 먼지와 이불의 덜 마른 습한 곰팡내가 방 안을 떠다녔습니다. 아들 홍성과 딸 홍화는 침대 저쪽에 잠들어 있었지요. 홍화의 팔이 홍성의 가슴에 얹어져 있는 것을 보고 구이즈가 다가가 제대로 눕혔습니다. 그런 다음 불을 끄고 예전처럼 침대 끝에 앉아 아래 속옷을 벗어 침대 머리맡에 놓았습니다. 이불을 들추고 누운 다음에는, 어서 와요, 아들이면 좋겠어요 딸이면 좋겠어요? 하고 물었습니다. 저는 아들이든 딸이든 상관없다고 했지요. 와요, 거기 서서 뭐 해요? 하고 그녀가 묻더군요. 저는 창문에서 바람이 들어온다고 말하고는 창문을 꼭 닫았습니다. 그러고는 느릿느릿 옷을 창문에 걸어 달빛을 가리고 창호지가 찢긴 곳을 막았습니다. 어서 와요, 아이를 갖고 싶다면서요? 홍화가 사방을 뛰어다니니 나도 하나 더 있으면 했어요, 하고 그녀가 말했습니다. 천천히 침대 쪽으로 가지 않을 수 없었습니다. 침대 쪽으로 걸어갈 수밖에 없었던 것 같네요. 그렇게 가지 않으면 그녀의 눈이 산과 재를 넘듯 제 속마음을 꿰뚫어 교외에서 있었던 저와 홍메이의 그 놀라운 행각을 볼 것 같았습니다. 붉은 매화꽃이 피어 송이송이 빛을 뿜었습니다.* 하지만 그 순간 제 욕망이 갑자기 사그라지면서 우물물을 머리부터 뒤집어쓴 것처럼 온몸이 싸늘하게 식고 물건도 서리 맞은 풀처럼 물렁해졌습니다. 그녀에게 됐으니 다음에 하자고 말하고 싶었습니다. 병이 생긴 것 같다, 방금 전까지는 딱딱했는데 갑자기 바람이 불어서 그런가 나무가 쓰러지고 새가 날아갔다고 말하고 싶었습니다. 저는 제 붕괴와 궤멸이 다행스러웠습니다. 그녀 몸에 올라가 샤홍메이를 생각하고 샤홍메이의 하얀 살결을 떠올리면서 샤홍메이의 봉긋한 가슴과 계곡, 샤홍메이의 아

---

* 혁명곡 〈붉은 매화 찬양〉의 한 소절. '홍메이'가 붉은 매화를 뜻하는 이름이라서 인용한 것이다.

름다운 얼굴과 짧은 머리칼, 그리고 그녀의 홍시처럼 붉던 열 발가락의 발톱을 생각할 필요가 없어졌다는 게 너무도 다행스러웠습니다. 나무가 쓰러진 뒤 원숭이가 우리로 돌아가듯이 그 밤을 편안하게 잠들 수 있게 되었습니다. 하지만 그때, 제가 막 잠들려고 할 때 어디선가 고음의 확성기 소리가 들려왔습니다.

확성기에서 흘러나오는 음악은 〈전투 행진곡〉이었습니다. 음악이 어디에서 나오는지는 알 수 없었지만 확성기의 한 부분이 깨졌는지, 아니면 나무에 오래 걸려 있다 보니 비바람에 녹이 슬어 구멍이 났는지, 죽통의 갈라진 틈으로 떨어져 나오는 콩알처럼 곡조가 조금씩 끊어졌습니다. 약간 귀에 거슬리는 감이 있었지만 그래도 뭐라 할 수 없을 만큼 역동적이고 리듬과 음이 분명한데다 아주 다채로웠지요. 소리들은 저희 집 문틈을 비집고 들어와 버드나무 문을 삐걱삐걱 흔들었고, 창문 구멍을 비집고 들어와 창문에 걸어둔 옷을 들썩거렸습니다. 또 뒷벽 틈새로 헤집고 들어와 침대 이불을 부르르 흔들었으며 지붕 위로 살짝 솟아오른 기와와 이엉을 헤치며 들어와 온몸의 근육이 덜컹덜컹 뛰어오를 만큼 저를 옥죄었습니다. 그 곡조와 음악에 완전히 흥분하자 개미 떼가 혈관에서 스멀스멀 움직이듯 서서히 몸에 조바심이 퍼졌습니다. 피가 점점 뜨거워지면서 손과 발, 머리, 목, 그리고 은밀한 곳의 구석구석이 끈적끈적한 땀으로 뒤덮였습니다. 제가 또 미쳐가고 있다는 것을 알았지요. 모종의 무수한 힘이 팔다리에서부터 허벅지 중앙으로 뜀박질하듯 모여들어 제 물건이 헌걸차고 무한한 젊음으로 나무 막대기처럼 똑바로 일어서는 것을 느낄 수 있었습니다. '하나를 쓰러뜨리고 하나를 포로로 잡아 미군들 총을 빼앗았노라'는 곡조가 나올 때 저는 두 줄의 철궤가 멀리서 뻗어오는 것을, 철도 옆으로 끝없이 펼쳐진 농지를, 홍메이가 벌거벗은 채 납작해진 어린 곡식 위에 누워 제게 손짓하는 것을 보았습니다. 구이즈가 침대 위에서 몸을 반쯤 뒤집으며 "아직도 안 해요? 안 할 거면 나는 자야겠어요"라고 말했습니다. 저는 구이즈에게 고개를 끄덕이며 누워 있는 홍메이에게 걸어갔습니다. 홍메이가 햇살을 받으며 온몸에서 빛을 뿜어내는 것을 보고, 강렬한 밀싹과 홍메이의 살내가 뒤섞인 신선한 피부 냄새를 맡았습니다. 침대 옆에 이른 저는 신발을 벗고 군용 허리띠를 푼 다음 바지를 내렸습니다.

하지만 그때 확성기에서 나오던 노래가 사라졌습니다. 줄이 끊어진 것처럼 아무 소리도 들리지 않았습니다.

구이즈가 천천히 침대에 일어나 앉아서는 속옷을 입고 불을 켰습니다.

"되지도 않으면서 깨우지 말아요. 내일 아침 일찍 일어나 밥해야 하는데 당신은 어쩌자고 매일 이래요? 이게 밥을 주나, 옷을 주나? 부대에서 돌아온 뒤 벌써 몇 번을 했으면서도 도대체 끝을 모르는군요. 심지어 되지도 않으면서 하고 싶다니! 그리고 마을로 돌아온 지 벌써 한 달이 넘었다고요. 밭에 나가 뭐든 해야지요. 군인이 아니라 더 이상 혜택도 없는데, 일을 하지 않으면 집안 식구가 굶주리지 않겠어요?"

5. 또 한 번 울리는 혁명의 노랫소리

물론 굶주릴 수 없지요. 그런데 농사를 지어도 먹고살 수 있지만 혁명을 해도 먹고살 수 있습니다. 먹을 게 없어서 혁명을 하려는 것이니까요. 입대하기 전에 청톈칭은 제대하면 마을 간부를 시켜준다고 했습니다. 간부를 시켜준다고 했기 때문에 그 딸인 구이즈와 결혼한 것이고요. 간부는 미처 받지 못한 혼수였습니다. 이제 그 딸인 구이즈와 아이 둘을 낳았고 제대해 돌아왔으니 혼수를 받을 때가 되었습니다. 마을 간부가 되지 않고서 어떻게 마을에서 혁명을 지배할 수 있겠습니까? 지배할 수도 없고 인민공사 사원을 이끌 수도 없다면 어떻게 혁명을 주도할 수 있겠습니까?

그래서 다시 장인을 찾아가야겠다고 마음먹었습니다. 빚을 받으려요.

아침을 먹은 뒤 구이즈가 "어디 가요? 오늘 생산대에서 마을 앞에 수로를 만든대요"라고 말했습니다. 저는 대꾸하지 않았습니다. 눈길 한 번 주지 않았지요. 그런데 집을 나설 때 쫓아 나와 제 손에 삽을 쥐어주더군요.

"반나절만 일하면 4점이에요."

저는 삽을 발밑에 던져버렸습니다.

그러고는 걸어갔지요.

구이즈는 망연자실하며 그 자리에 서 있었습니다.

마을 골목의 햇살이 유리처럼 밝고 혁명가의 심장처럼 환했습니다. 벌써 식사를 끝낸 이웃 사람들이 삽과 괭이를 챙겨 문 앞에서 생산대의 종소리가 울리기를 기다리고 있었습니다. 그들 앞을 지나갈 때 혁명을 향한 용기가 발바닥을 떠받쳐 저를 허공으로 밀어주었습니다. 마을 사람 하나가 "아이쿤, 식사했나?" 하고 묻기에 "먹었습니다. 지부 서기께 가는 길입니다" 하고 대답했습니다. "지부 서기는 자네 장인이 아닌가?" 하고 웃으며 말하기에 "집에서는 장인이지만 마을에서는 공적으로 대해야지요" 하고 대답했습니다. 그들이 제 뒤에서 금빛 찬란하게 웃었습니다. 저는, 어디 웃어봐라, 혁명이 일어나면 내가 웃으라고 해야 웃을 수 있을 거다, 웃지 못하게 하면 울 수밖에 없을걸, 하고 생각했습니다.

그들의 웃음소리에 떠밀려 청허우가에서 청중가로 들어섰습니다.

골목을 꺾어 청중가로 접어들었을 때 갑자기 붉은빛이 반짝했습니다. 홍메이가 다른 골목에서 나타났던 겁니다. 구이즈의 친정 올케인 아이쥐와 함께였는데 손에 예의 알루미늄 도시락을 들고 있었습니다. 말할 것도 없이 사당의 시아버지께 식사를 가져가는 것이었지요. 그때 제2생산대의 출근 종소리가 울리자 인민공사 사원들이 도구를 챙겨 우르르 마을 밖으로 나갔습니다. 그녀는 젊은 여사원 가운데 끼어 있었습니다. 심장이 쿵쾅거리기 시작하고 지난 밤 확성기에서 갑자기 흘러나왔던 〈전투 행진곡〉이 생각나며 제 단단함과 연약함이 떠올랐습니다. 그녀들 쪽으로 어떻게 다가가야 할지 난감해진 나머지 다리가 조금 후들거렸지만 그래도 발밑에 왠지 모르게 힘이 들어갔습니다. 그때가 환한 대낮이고 사원들이 웃고 떠들었던 것에 정말 감사합니다. 그런 것들이 제 마음속에 타오르는 불을 억누르지 않았더라면 제가 홍메이 앞에서 무슨 짓을 했을지 모르겠습니다.

그건 마을로 돌아온 뒤 두번째 만남이었습니다. 옷차림이 완전히 달라졌더군요. 평직의 양목으로 된 파란 셔츠에 당시 도시에서 유행하던 데님 바지를 입고 발에도 한창 유행하던 검정색 해방군 신발을 신었습니다. 반면 저는 여전히 찬란한 초록색 군장 차림이었지요. 그녀들이 한꺼번에 제쪽으로 왔습니다. 저는 두 손을 바지 주머니에 넣고 일부러 주먹을 쥔 다음 사타구니 쪽에서 바깥쪽으로 밀었습니다. (잘 모르시겠지만 당시에는 그렇게 하는 게 유행이었습니다. 서양식으로요.) 하지만 젊은이라고 전부 두 손을 주머니에 꽂은 채 걸었던 건 아닙니다. 주먹을 쥐어 주머니를 불뚝하게 만드는 건 더 말할 필요도 없고요. 그런 행동은 제가 많이 배우고 군대에 있었으며 세상 물정을 아는데다 이상을 품고 힘이 있음을 증명하는 것이었습니다. 홍메이가 데님 바지를 입고 검정 해방군 고무신을 신은 것과 같은 맥락이며 같은 수준인 것이지요. 저는 그렇게 도로 중앙에서 그녀들 쪽으로 갔습니다. 시선을 자동차처럼 똑바로 그녀들에게, 그녀와 아이쥐에게 맞추었습니다. 사람들이 양쪽 길가로 피하자 그녀도 따라서 길옆으로 가더군요. 저를 전혀 모르는 것처럼 허공으로 얼굴을 돌린 채 다른 사람들과 이야기하며 스쳐 지나갔습니다.

"저기, 제가 혁명 조직을 만들면 들어올래요?" 제가 물었습니다.

그녀들이 전부 멈춰 서서 이게 무슨 헛소리인가 하는 눈으로 저를 바라보았습니다. 혁명이 시작될 때 최대의 적은 사람들의 무감각과 우매함이고, 거기서 벗어나는 유일한 출로이자 무기는 계몽이라는 것을 저는 잘 알고 있었지요. "전국 방방곡곡 모든 민족이 혁명의 물결에 휩싸여 있습니다. 현성도 발칵 뒤집혔지만 우리 청강진만은 고여 있는 물처럼 멈춰 있지요"라고 말할 때 저는 홍메이가 허공으로 쳐들었던 머리를 아래로 내리고 실눈으로 마치 낯선 사람을 보듯, 그 낯선 사람을 알고 싶어 하듯 저를 바라보는 것을 보았습니다. 그래서 홍메이를 가리키며 아이쥐에게 "처남댁, 이쪽은 누구십니까?" 하고 물었습니다. 아이쥐가 조금 놀라며 "서로 몰라요? 이쪽은 전임 진장님 댁 며느리이고 남편은 학교 선생님이지요"라고 말하기에 "아, 홍메이군요. 소양도 있고 도시에서 왔다던데 혁명에 관심이 있는지 모르겠네요"라고 했습니다.

홍메이가 조금 머쓱하게 길가에 서서 연붉고 노르께한 낯빛으로 말했습니다.

"지부 서기님 댁 사위시죠? 당원이고 깨치신 분이라고 들었어요."

"깨친 건 차치하고 혁명을 하지 않으면 제가 조직에 떳떳할 수 있겠습니까?"

그러자 아이쥐가 물었습니다.

"그 조직에 들어가면 작업 시간을 인정해주나요?"

"혁명에 어찌 득실을 따진단 말입니까? 그 질문을 다른 곳에서 했다면 당장 비판받았을 겁니다." 제가 말했습니다.

그때 한 나이 든 사원이 작업 시간을 인정해주지 않으면 우리는 굶어 죽어야 한다고 말하더군요. 이어서 또 누군가가 무슨 말을 했고 모두들 하하 웃으며 앞쪽의 사원을 뒤따라갔습니다.

거리에 저와 홍메이 둘만 남았습니다. 그녀가 다른 사람들과 함께 갈 것이라고, 앞쪽 골목을 돌아 집으로 갈 것이라고 생각했지만 그녀는 그 자리에 서서 움직이지 않았습니다. 연붉고 노르께한 얼굴빛이 곧장 두툼해지고 이마에서 가늘게 땀방울이 솟아나는데다 입가도 찰그랑찰그랑 소리를 내며 움찔거렸습니다. 앞뒤를 살펴보니 공허와 적막으로 가득 찬 거리에 저와 그녀밖에 없었습니다. 햇빛이 더할 나위 없이 밝고 사월의 따스함 속에서 초여름의 따가운 조급함이 묻어났습니다. 홍메이와 마찬가지로 그 따가운 조급함에 경직되어 저는 무슨 말을 해야 할지, 혁명을 논해야 할지 그리움을 이야기해야 할지 갈피를 잡을 수가 없었습니다. 그때 청허우가에서 밭일을 시작하자는 외침이 혼탁한 물처럼 정수리를 덮치고 지나갔습니다. 뒤이어 "마을 어귀의 수로 작업에 참여하는 사원들은 어서 가십시오. 늦으면 작업 점수를 깎습니다!"라는 간부의 소리가 마을 확성기에서 흘러나왔습니다. 공고가 세 번 연속 이어진 다음에는 〈동방의 붉음〉 노래가 나왔습니다. 모두가 잘 알고 누구나 부를 수 있는, 자기 아버지와 어머니만큼 익숙한 노래 말입니다. 그런데 그 진흙처럼 누런 음악이 저희 두 사람에게 억수처럼 쏟아져 내리자 제 몸이 가늘게 떨리고 손에서 땀이 배어 나오는 것이었습니다. 그녀의 연붉고 노르께하던 얼굴도 갑자기 희누르게 변했고요. 왜인지는 모르겠지만 저희 둘의 상황이 그랬습니다. 〈동방의 붉음〉 그 맑고 깨끗한 곡조가 청강진에서 금빛으로 메아리치고 마을 거리거리를 휘감더니 달리는 기차처럼 제 혈관으로 들어왔습니다. 곡조의 음표들이 포도나 감처럼 허공에서 떨어져 제 발밑에서 굴러다니는 게 보이고요. 빨강 주황 노랑 초록의 음악이, 그 매혹적인 향내가 저희 두 사람 주변에서 흩날리는 것을 느끼고, 그녀의 평직 셔츠 틈새로 비집고 나오는 살내가 설핏한 빛을 반짝이며 제게로 덮쳐오는 것을 보았습니다. 그 살내에서 하얀 벨벳처럼 끼어 있는 그녀 몸의 따뜻하고 보드라운 땀 냄새도 맡을 수 있었지요. 저는 두텁고 촘촘한 직물을 꿰뚫어 또다시 그녀의 가슴 사이로 오롯이 드러난 좁다랗고 깊은 가슴골과, 그 골짜기에서 하얀 배로 내달리다가 셔츠에 흡수되는 땀을 보았습니다. 양목은 광목처럼 땀을 잘 흡수하지 못해서 그녀의 셔츠에는 이미 점점이 수많은 땀자국이 있었지요. 파란 옷감 위의 땀자국이 셔츠에 튄 먹물처럼 까맣게 느껴졌습니다. 그런 그녀의 모습을 보면서, 저와 마찬가지로 확성기 소리에 불안해하는 모습을 보면서 저는 오히려 편안해졌습니다. 불빛이 눈앞에 있는 듯, 승리가 보이는 듯했습니다. 혁명의 서광이 창문에서 제 침상까지 들어온 것 같았습니다.

제가 바지 주머니 안에서 손의 땀을 닦으며 말했습니다.

"훙메이, 우리 같이 혁명을 합시다."

그녀가 저를 잠시 뚫어져라 쳐다보다가 조금 떨리는 목소리로 물었습니다.

"요즘……, 사당에서 저를 기다리지 않았던 거죠?"

제가 담담하게 대답했습니다.

"전에 만난 적이 없는 걸로 하자면서요."

"하지만 이렇게 잘 지킬 줄은 몰랐어요."

그러고는 낙담한 듯 고개를 돌렸다가 되돌렸는데 확성기 소리가 끊겼습니다. 그러자 그녀의 얼굴도 갑자기 떠오른 일이 실망감을 덮어버린 듯 담담해졌습니다.

"정말로 혁명 조직을 만들 건가요?"

"이름도 벌써 정했는걸요. 붉은 깃발 전투대."

"지부 서기가 사람들을 데려와 머리와 손에 은침을 놓지 않도록 소심해요."

그녀의 말에 제가 웃었습니다.

"지부 서기부터 끌어내릴 겁니다. 그를 끌어내리지 않고는 청강진에서 영원히 혁명을 도모할 수 없을 테니까요."

그때 골목에서 발걸음 소리가 들렸습니다. 홍메이가 새하얘진 얼굴로 돌아서서 걸어갔습니다. 저는 얼른 쫓아가 그녀를 불러 세운 다음 손을 좀 보여달라고 했습니다. 그녀가 영문을 모르겠다는 표정으로 손을 내밀었지요. 저는 얼른 그녀의 매끈한 손톱을 쓰다듬고는 누가 오니까 어서 가라고, 3일 뒤면 청강진에서 혁명이 성공할 것이라고 말했습니다.

그녀가 갔습니다. 손에 든 알루미늄 도시락이 흔들거렸습니다.

골목에서 나온 사람은 뜻밖에도, 책을 챙겨 학교로 향하는 그녀의 남편 청칭둥이었습니다. 몇 년 못 만난 사이에 검은 안경을 쓰고 점잖은 학자 같아졌더군요. 혁명의 물살에 휩쓸릴 전형적인 모습이었지요.

제 3 장

단단함과 부드러움

1. 나와 상인 청텐칭

"아버님, 드릴 말씀이 있습니다." 제가 말했습니다.

"앉게. 식사는 했나?" 그가 말했습니다.

"됐습니다. 드릴 말씀이 있어서요."

"일단 앉게나. 무슨 일인가?"

"전에 주겠다고 약속하셨던 것을 주셨으면 합니다."

"그게 뭔가?"

"마을 간부요."

"마을 간부라니?"

"구이즈와 약혼할 때 군대에서 몇 년 복역하고 나오면 청강진 간부 자리를 주신다고 하셨지요."

그가 깜짝 놀라며 저를 쳐다보았습니다.

"아버님, 잊으셨습니까?"

"아니네. 하지만 지금 마을위원회에는 빈자리가 없어. 부지부 서기와 대대장, 민병대 대장 전부 누군가 맡고 있지 않은가. 심지어 대대의 회계까지 사람이 다 찼는데 누구를 자르고 자네를 앉혀야겠나?"

"아버님, 마을위원회에서 아버님이 가장 연로하시죠. 지부 서기도 벌써 수십 년을 하셨으니 정 안 되면 아버님이 손을 떼십시오. 제게 지부 서기를 맡기고 아버님은 집에서 손자 손녀들과 여유롭게 지내십시오."

그의 눈빛이 빠지직 타올랐습니다.

"대체 무슨 소린가?"

"그만하시라고요. 구세대는 항상 신세대로 교체되기 마련이니까요."

"망할 놈!"

"아버님, 혁명의 물살이 두렵지 않으십니까?"

"얼마 전 톈민 어르신 댁 며느리 훙메이가 광병에 걸렸던데. 자네도 그 병에 걸린 게로군!"

"제가 걸린 건 혁명병입니다. 아버님이 권력을 내놓지 않아도 저는 청강진에서 혁명을 시작할 겁니다."

그가 냉소를 지으며 말했습니다.

"웃기는군. 내가 혁명에 참가했을 때 자네는 어디에 있었나? 내가 팔로군에 편지를 전해줄 때 자네는 어디 있었느냐고? 나, 청톈칭이 없었다면 자네 가오 집안 출신이 군인이 될 수 있었을까? 또 자네 가오아이쿤이 아들딸을 낳고 제대로 집안을 일굴 수 있었을까? 어림없는 일이었음을 잊지 말게. 한데 자네는 지금 배은망덕한 짓을 하고 있어. 혁명을 하겠다고? 혁명병에 걸렸다고? 잘 듣게. 자네가 그 광병에 걸렸기 때문에 마을위원회 내열에 자네를 합류시키지 않은 걸세. 그 병에 걸리지 않았다면 제대한 바로 다음 날 촌장에 앉혔을 거야."

"아버님, 옛날 밑천은 효력이 다 떨어졌습니다. 이제 아버님은 혁명의 걸림돌이라는 말입니다. 혁명의 물결이 곧 아버님을 휩쓸어갈 것입니다. 청톈민처럼 과감하게 물러나 권력을 이양하는 게 현명합니다. 어리석게 굴다가 혁명의 물살에 떠내려가지 말고 말입니다."

"당장 나가게!" 그가 소리쳤습니다.

그래서 저는 그의 집을 나왔습니다.

2. 본격적으로 시작된 혁명투쟁

혁명이 순풍에 돛을 달거나 곧고 평평한 길을 가듯 순조로울 수 없다는 것은 누구나 다 아는 사실입니다. 농부가 소에게 꼴을 먹일 때도 가뭄에 풀이 말라 어려울 때가 있고, 나무를 기를 때도 비바람에 가지가 부러지는 날이 있는 것처럼 말입니다. 하지만 비바람이 모자란 것도, 반대로 비바람이 지나친 것도 두렵지 않았습니다. 반동파들은 학살의 방식으로 혁명을 잠재우려 할 뿐이니까요. 요람 단계에 있을 때, 싹이 움트고 있을 때 눌러 죽이려 하지요. 그들은 많이 죽일수록 혁명이 힘을 잃을 것이라고 생각하며 혁명의 투쟁 불꽃이 완전히 꺼질 때까지 깡그리 없애려고 합니다. 하지만 그런 반동파의 주관적인 소망과는 반대로 반동파가 사람을 많이 죽일수록 혁명의 힘은 커지고 반동파는 멸망으로 치닫게 되지요. 이것은 항거할 수 없는 법칙입니다. 저희 청강진에서는, 살인을 거론할 단계는 아니어도 어쨌든 혁명을 억누르겠다는 반혁명 세력의 소망이 분분하게 일었습니다. 누가 우리의 적일까요? 또 누가 우리의 친구일까요? 그 문제는 기본적으로 해결되고 한눈에도 분명해졌습니다. 남은 것은 어떻게 적을 노출시키고 단서를 잡아 물에 빠진 개를 두들겨 패는가*였지요.

개가 물에 빠졌다고 죽었다는 의미는 아닙니다. 물에 빠졌던 개가 기슭으로 올라오면 더 미친 듯이 사람을 물 수도 있고 심지어 광견병이라는 특수한 무기를 동원해 사방을 뛰어다니며 보복할 수도 있습니다. 이것 역시 혁명에서 반드시 주의해야 할 원칙입니다. 미친개는 어떻게 처리해야 할까요? 군중을 동원해 한꺼번에 몰아붙임으로써 물에 빠진 개가 발붙일 만한 진지나 시장을 완전히 없애는 것이 유일한 방법입니다.

며칠 뒤 어느 날 밤, 저는 청칭린, 청칭썬, 청칭스, 청칭왕 등 '칭'자 항렬의 제대군인들과 그들보다 조금 어린 '셴'자 항렬의 청셴촹, 청셴민, 청셴펀, 중고등학생인 청칭안, 청칭롄, 청셴리, 청셴칭, 청셴추이, 그리고 잡가 거리의 톈촹촹, 런치주, 스다거우, 스얼거우, 장샤오수 등 다양한 연령대의 남녀 삼십여 명을 모았습니다. 최고령자는 서른두 살에 미혼이었고 최연소자는 열네 살에 막 중학교를 들어간 학생이었습니다. 장소는 저희 집 마당이었지요. 그들은 앉거나 서서 자리를 잡았습니다. 누구는 팔을 겨드랑이에 낀 채 쪼그

---

* 루쉰은 반혁명 세력과 끝까지 투쟁하라는 의미에서 '물에 빠진 개를 두들겨 패라'라고 주장했다.

려 앉고, 몇몇은 긴 걸상에 모여 앉고, 또 누구는 아예 자기 신발 한 짝을 깔고 앉았습니다. 담배를 피우는 사람들은 제가 부대에서 가져온 마지막 두 갑의 담배를 태우고 피우지 않는 사람들은 제가 백화점에서 특별히 사온 사탕 두 근을 먹었습니다. 달빛이 물처럼 마당을 청명하게 밝히고 미풍이 불어와 분위기가 무척 좋았습니다. 저는 구이즈에게 홍성과 홍화를 데리고 이웃집에 놀러 가라며 내보냈습니다. 모두들 그렇게 담배를 피우고 사탕을 먹으면서 청강진의 혁명 판도에 대한 제 분석과 견해를 듣고, 세계혁명의 준엄함과 위대한 조국의 한껏 고조된 형세에 대한 설명과 선동을 들었습니다. 그들은 모두 세상 경험이 풍부하지 못한 사람들이었습니다. 혁명에 대한 열망과 소망을 가슴에 품었지만 이상과 포부를 아직 이루지 못한 사람들이었지요. 모임에 대해 알릴 때, 집으로 찾아갔든 길에서 만났든 일단 모두를 형제나 자매로 칭한 다음 사람이 없는 곳으로 데려가 중요하게 상의할 일이 있으니 저녁 일곱시까지 우리 집으로 오라고, 다른 사람에게는 절대 말하지 말라고 했습니다. 시골에서는 집회를 열 때 몇 시라고 정하지 않고 저녁 식사 전이나 후, 해가 질 때나 달이 뜰 때라는 식으로 말합니다. 그런데 제가 일곱시라고 정한 데다가 일곱시에 긴히 의논할 일이 있다고

하자 모두들 깜짝 놀랐습니다. 무슨 일이냐고 물었지요. 저
는 와보면 안다면서 그 자리를 떠나 궁금증을 유발했습니
다. 절반은 일곱시에 도착하고 나머지 절반은 여덟시가 다
되어 달빛이 정수리로 떠올랐을 때에야 저희 집 마당 문을
열었습니다.

물론 샤훙메이에게 알리던 순간을 잊을 수 없습니다.

제일 먼저 알려준 사람이 바로 샤훙메이였습니다. 식사
때에 맞춰 도시락을 가져오는 그녀를 사당 문 앞에서 기다
렸습니다. 그리고는 청강진의 혁명동원회를 열 것이라고 조
용히 알려주면서 목적과 절차, 방법을 자세히 말했습니다.
그녀는 흥분한 나머지 빨긋하게 달아오른 얼굴로 죽어도 회
의에 참석하겠노라고 했지요. 그리고 이 회의는 청강진의
쭌이遵義회의*이자 구톈古田회의**이며 심지어 1921년 상하이
의 작은 배 위에서 열렸던 첫번째 당원대표회의에 상응할
만큼 의미 있고 중대하며 획기적인 의의와 가치가 있는 회
의라고 말했습니다.

그런데 그날 밤, 통지했던 다른 사람들은 다 왔지만 그녀

---

* 마오쩌둥이 공산당과 홍군의 주도권을 장악하게 된 1935년 구이저우성 쭌이
에서 열린 회의.
** 마오쩌둥이 공산당과 홍군 건설의 원칙을 확립한 1929년 푸젠성 상항현 구톈
에서 열린 회의.

만은 회의장에 나타나지 않았습니다. 그녀가 없이 어떻게 혁명을 할 수 있겠습니까? 그녀가 어떻게 그 뜻깊은 동원회에 참석하지 않을 수 있단 말입니까? 정성껏 준비한 일장 연설은 그녀를 위한 것이 아니었던가요? 하지만 그녀는 오지 않았습니다. 그녀가 오지 않았다는 것은 한 상 가득 정성껏 음식을 차렸는데 가장 중요한 손님이 오지 않은 것과 같고, 선물 바구니를 들고 친척을 찾아갔는데 선물 받을 주인이 없는 것과 같았습니다. 어떡해야 할까요? 음식을 차린 이상 중요한 손님이 오지 않았더라도 다른 손님들을 대접해야지요. 선물을 들고 찾아간 이상 주인이 없더라도 선물 바구니를 두고 와야지요. 게다가 모든 것이 혁명에 발동을 걸기위한 것이었습니다. 모든 것이 반드시 혁명의 필요에 따라야 했습니다. 사랑은 반드시 혁명 속에 포함되어야 하는 것이었지요. 혁명이 토대라면 사랑은 토대 위에 세워진 집이고, 혁명이 근본이라면 사랑은 근본 위에 핀 꽃이니까요. 그녀가 없더라도 저는 혁명을 해야 했고 그녀가 없더라도 청강진에서 혁명의 거센 불길을 당겨야 했습니다. 집의 대문이 닫히도록 내버려둔 채로요! 꽃을 잠시 시들게 내버려둔채로요! 이미 파도가 일어난 이상 혁명의 배는 앞으로 나아가지 않을 수 없고 독수리가 날개를 펼친 이상 물보라가 없다고 내려갈 수는 없었습니다…….

여덟시 정각에 저는 먹고 피우고 떠들고 웃는 젊은이들을 조용히 시켰습니다. 모두들 조용히 하세요, 학생 여러분, 친구 여러분, 전우 여러분 모두들 조용히요! 하고 제가 말했습니다. 그들은 제가 부르는 호칭이 이상한지 처음에는 웃었지만 곧 신기하게 조용해졌습니다.

저는 이어서 세계와 중국의 형세에 대한 분석을 시작했습니다.

"천근 벼락이 새로운 우주를 열고 만리동풍이 남은 구름을 몰아내고 있습니다. 오늘날 세계는 마오쩌둥 사상을 위대한 기치로 삼은 새로운 시대에 돌입했습니다. 그리고 마오쩌둥 사상의 찬란한 빛을 받으며 세계 억만의 혁명 대군이 제국주의자, 수정주의자, 반혁명주의자 그리고 모든 구세계에 맹렬한 공격을 개시했습니다. 사대양이 출렁이며 구름과 파도가 솟구치고 오대주가 흔들리며 광풍과 신뢰가 휘몰아치고 있습니다. 세계 어디를 둘러보건 마오쩌둥 사상의 깃발이 펄럭이고 있지요. 혁명의 물결이 세차게 출렁이고 있습니다!"

"전례 없이 우세한 상황이지만 파리 몇 마리가 윙윙대며 벽에 부딪치고 있습니다. 미국을 위시한 제국주의와 소련을 중심으로 하는 현대 수정주의 등 각국의 반동파들이 결탁해 반중국, 반공산당, 반인민, 반혁명의 새로운 신성동맹을 맺어 혁명 세력에 맹렬한 반격을 가하고 있습니다. 그래서 세상에 크지도 않지만 작지도 않은 반중국의 역류 현상이 나타났습니다."

제가 계속 말했습니다.

"중국의 사회주의, 이 역사 단계에는 아직도 계급과 계급 갈등, 계급투쟁이 남아 있습니다. 사회주의와 자본주의 두 노선 간의 투쟁과 자본주의 복원의 위험성도 존재합니다. 따라서 이러한 투쟁이 길고 복잡하다는 것을 인식하고 경계를 높이는 동시에 사회주의 교육을 실시해야 합니다. 또한 계급 갈등과 계급투쟁 문제를 정확히 이해해 처리하고, 적과 동지 사이의 모순과 계급 인민 내부의 모순을 명확히 구별해 처리해야 합니다. 그렇지 않으면 우리와 같은 사회주의 국가는 후퇴하고 변질되며 전복될 것입니다. 그렇다면 인민들은 다시 한 번 고통받고 학대받을 것이며 역사 또한 구사회로 후퇴할 것입니다."

"지금 네이멍구의 대초원에서 보하이완의 작은 어촌까지, 서북쪽의 거대한 사막부터 하이난다오의 해안 암초까지 수정주의자에게 당의 주도권을 빼앗기지 않기 위해, 또 자본주의의 복원을 막기 위해 마을 마을마다 심도 깊은 계급투쟁을 실시하고 3대 혁명운동을 펼치고 있습니다. 사회주의 교육운동을 진행하고 혁명의 계급 대오를 재정비해 자본주의와 봉건주의의 거센 공격에 맞서고 있습니다. 또한 계급투쟁이라는 거대한 물결, 거센 풍랑 속에서 도시부터 시골 마을까지 외부의 적을 막고 내부의 우환을 없애고자 무산계급 혁명의 후계자를 육성해 무산계급 진영을 더욱 공고하고 강대하게 만들고 있습니다."

제가 계속 이어서 말했습니다.

"지금 세계와 조국의 웅장한 형세 속에서 우리의 궁벽한 현성도 다른 곳보다는 늦었지만 열정적으로 혁명을 펼치기 시작했습니다. 이미 현위원회와 현정부, 당내의 반동파 앞잡이를 색출해 정권이 무산계급 인민의 손으로 돌아왔습니다. 하지만 우리 청강진, 그러니까 봉건세력이 압도적인 옛 청촌은 혁명의 서광이 아직 동쪽으로 높이 솟아오르지 못했습니다. 어둠의 담장이 높게 세워져 잔혹하게 빛을 가리고 막고 누르고 덮고 있습니다. 우리 청강촌의 혁명은 캄캄한 밤과 같지요. 하나 자산계급의 벽이 높아도 이미 서광이 비쳐들고 봉건계급의 산이 높아도 분명 무산계급이 깨어났으며 봉건계급에 분노의 주먹을 겨눈 사람이 나타났습니다."

"듣자 하니 저희 청강진의 샤훙메이 동지가, 오늘 밤 아쉽게도 이 회의에 참석하지는 못했습니다만, 혼자서 베이징에 다녀왔다고 합니다. 마오 주석님께서 수억만 청년들을 접견하신 뒤 여러 청년들과 악수할 때 앞쪽에 서 있었기 때문에, 비록 직접 하지는 못했지만 주석님께서 다른 사람과 악수할 때 주석님의 손이 그녀 손에 닿았다고 합니다. 그녀의 손에 닿았다는 것은 주석님께서 당신의 사상적 은혜를 우리 위시산간 지역에 뿌린 것이라고 할 수 있습니다. 이 지역에서도 오직 청강진에만 뿌려진 것이지요. 마오쩌둥 사상과 주석님의 은혜를 청강에, 그리고 청강 사람들에게 가져오기 위해 샤훙메이 동지는 3일 동안 그 손으로 젓가락도 들지 않고 씻지도 않았다고 합니다. 하지만 주석님에 대한 그녀의 깊은 감정을 우리 청강에서는 어떻게 갚아주었습니까? 당 지부 서기인 청톈칭, 그러니까 제 장인은 민병 세 사람과 한의사를 데려갔습니다. 그러고는 샤훙메이가 무슨 광병에 걸렸다며 억지로 침대에 눕히고 머리와 손에 스물일곱 개의 은침을 삼십 분이나 꽂아두었습니다. 이게 무슨 행동입니까? 바로 자산계급, 봉건세력이 새로운 사회 속에서 혁명을 추구하는 무산계급에 드러내놓고 반격한다는 뜻입니다. 국제적 반동 세력 및 국내 소수 반농파와 윈서리에서 호응하고 서로 결탁했음을 보여주는 추악한 행동입니다."

"모두들 생각해보십시오. 멀리서 찾을 것 없이 현의 혁명 물결을 모두들 보고 들었을 겁니다. 혁명가들은 현위원회와 현정부를 무너뜨렸을 뿐만 아니라 열사 묘역에 묻혔던 가짜 팔로군과 가짜 영웅의 시체를 파내 거리에 내던졌습니다. 그런데 우리 청강진은 어떻습니까? 가까이의 예를 살펴봐도 그렇습니다. 우리와 이웃한 동쪽 자오창 대대는 대대부로 사용하던 사당 건물을 전부 헐어내고 각 가정에서 모시는 신상을 교차로에 전부 모아 불살랐습니다. 서쪽 3리 바깥의 샤오터우얼 대대는 대자보를 마을 지부 서기 집 문이며 창문, 물독, 옷장, 밀가루 단지에 붙이고 촌장집 용마루에서 사자를 떼어냈으며 대대의 장부를 불태웠습니다. 남쪽의 다터우얼 대대는 마을위원회의 권력과 직인을 몰수했으며 북쪽 장자잉 대대는 지주의 첩을 아내로 삼은 촌장과 그 아내의 옷을 전부 벗긴 뒤 실오라기 하나 없이 줄에 묶어 조리돌렸습니다. 외부 대대의 혁명 청년들이 벌써 청강진 정부의 직인을 빼앗고 탁자를 부수기 시작했습니다. 아직 진장을 잡지는 못했지만 혁명의 물결을 진 정부의 앞마당까지 가져왔습니다. 그런데 우리 청강 대대는 어떻습니까? 우리는 혁명 대오에서 물러선 겁쟁이란 말입니까? 우리는 구세대에 태어났지만 붉은 깃발 아래서 깨달은 혁명 세대가 아니란 말입니까? 붉은 깃발 아래에서 태어나 새로운 사회에서 성장한 청년이 아니란 말입니까? 설마 사방에서 혁명의 불길이 맹렬하게 타오르는 것을 지켜보면서 빛이 없는 청강의 시간들을 계속 유지할 생각입니까? 대체 청강촌은 물이 스미지도, 바늘이 꽂히지도 않는 단단한 철판이라도 된다는 말입니까? 설마 자산계급이 우리 청강을 맹렬히 공격하는 것을 멍하니 앉아서 지켜보기만 할 생각입니까? 봉건주의가 우리 마을에서 서서히 되살아나는 것을 본체만체할 것입니까?"

제가 또 이어서 말했습니다.

"붉은 태양이 동해에서 떠올라 세상을 빛으로 물들이고 있습니다. 모든 산과 강이 환호하며 청강이 마오쩌둥 사상의 새로운 시대로 들어가길 고대합니다. 하늘에는 북두칠성이 빛나고 푸뉴산은 푸른 하늘을 찌를 듯 높습니다. 산 정상에 주석님이 계시니 우리는 웅대한 포부를 품어야 합니다!"

"바닷길은 조타수에 의지하고 만물의 생장은 태양에 의지하는 법입니다. 볏모가 비와 이슬의 촉촉함에 튼튼해지듯 혁명은 마오쩌둥 사상에서 굳건해집니다. 동지들, 전우 여러분, 가장 아름다운 이 송가를 부르면서 행동에 나섭시다. 온 하늘에 가득한 아침놀을 맞으며 우리 청강진의 어둠을 깨뜨

립시다. 모두 함께 혁명 노선의 첫번째 서광을 받아들입시다. 매화는 세상 가득한 눈을 좋아하니 파리가 얼어 죽는 것도 기이할 것 없네.* 위대하고 천하무적이며 백전백승인 마오쩌둥 사상으로 무장하고 중국 칠억 인민의 강한 단결을 배경으로 형제 대대의 혁명 청년들을 본받읍시다. 창청長城 안팎을 바라보면 울부짖는 주먹이 숲을 이루고 창장長江 남북을 바라보면 혁명의 급류가 바다를 이룬다고 합니다. 이제 포효의 함성 속에서 격류를 더욱 고조시키고 주먹을 들고 큰 걸음을 내딛어 청강혁명의 새로운 기원, 새로운 노선을 엽시다!"

"전우 여러분, 동지 여러분, 학생 여러분! 우리가 가장 먼저 해야 할 일은 내일 아침 해가 뜨기 전에 청강의 반동 계급 사상과 세력을 대변하는 양정고리 패방을 부수는 것입니다. 지금 문화혁명 승리의 빛이 위대한 조국의 만리 강산을 비추고 있습니다. 하지만 우리 청강진에서 가장 먼저 서광을 받는 곳은 꼿꼿하게 봉건주의를 숭상하는 패방입니다. 그곳을 통과하는 자동차와 사람들은 '마오쩌둥 만세!'라는 글귀를 가장 먼저 보는 게 아니라 봉건 황제가 친필로 쓴 '양정고

---

* 마오쩌둥의 사 「구름雲」의 구절.

리'와 '성지'라는 여섯 글자를 봅니다. 게다가 그 여섯 글자는 아직도 금칠로 치장해 휘황찬란하기까지 합니다. 이것이 의미하는 것은 무엇일까요? 이것은 지금도 봉건주의가 우리가 사는 여기에서 사회주의에 위세를 부린다는 뜻이며 감히 우리에게 일전을 벌이자고 도전하는 것입니다."

"전우 여러분, 동지 여러분, 끝까지 용맹하게 패잔병을 추격해야지, 명예를 탐한 패왕을 따라서는 안 됩니다.* 이제 모두 단결하고 연합해 부패한 무리를 처단하고 흉악한 자들을 속박하며 무도한 자들을 내쫓고 패잔병들을 추격합시다. 돌패방을 무너뜨리고 당 지부를 없애 청강 대대의 정권을 되찾아옵시다!"

제가 말했습니다.

"정권을 되찾은 다음에는 혁명에서 보여준 성과와 능력에 따라 마을 간부를 재선발하고 위원회를 재조직합시다. 촌장을 맡을 만한 사람은 촌장에 앉히고 대대장을 맡을 만한 사람은 대대장에, 민병대 대장을 맡을 만한 사람은 민병대 대장에 앉힙시다. 대대 회계부터 각 소대 생산대장까지, 수로와 관개를 책임지는 물 관리자부터 각 생산대의 기록원까지

---

* 마오쩌둥의 사 「인민해방군이 남경을 점령하다人民解放軍占領南京」의 구절.

모두 새롭게 바꿔야 합니다. 모든 정권을 혁명가 수중으로 찾아오고 농지의 작물 관리감독원, 산기슭의 삼림보호원까지도 전부 우리 혁명가나 혁명가 가족이 담당해야 합니다. 청강촌에서 혁명을 성공시킨 뒤, 정권을 공고히 한 뒤, 혁명의 경험을 쌓은 뒤에는 두번째로 전투 성과를 늘려야 합니다. 승리의 여세를 몰아 청강진 정부의 정권을 탈취하는 것이지요. 진 정부를 우리 청강촌에 주둔시켜 외부 대대의 혁명 청년들이 한 발 먼저 진 정부의 관인官印을 차지하는 일이 없도록 해야 합니다. 류촹, 자오촹, 다터우얼, 샤오터우얼 등 어떤 대대의 청년들도 우리 위에 올라서게 두어서는 안 됩니다. 우리는 스스로를 국가 간부로 키우고 붉은 혁명의 후계자로 육성해 청강진 내 열일곱 대대의 인민공사 사원과 민중, 행정 및 모든 사물을 관리하고 지도해야 합니다."

"전우 여러분, 동지 여러분, 학생 여러분! 혁명을 위해서는 우리의 손실과 희생이 불가피합니다. 개인과 가정의 이익을 버려야 하며 사심을 버리고 수정주의를 비판하며 공공을 추구하고 개인을 희생해야 합니다. 하지만 혁명도 여러분의 가정과 개인적 이익을 적절하게 고려할 것입니다."

"오늘 밤부터 일상적인 혁명 활동의 경우 반나절을 하루 노동으로 기록하겠습니다. 그러니까 오늘 밤 모두에게 노동 점수 10점을 드리겠습니다. 특별한 혁명 활동은, 예를 들어 내일 새벽에 패방을 부수는 일 등에는 20점씩 드리겠습니다. 곡괭이, 망치, 끌 같은 도구를 가져오면 각각 2점씩, 삽이나 호미 같은 도구를 가져오면 1점씩 드리겠습니다. 이 점수들은 모두 저, 가오아이쥔이 일단 공책에 기록했다가 사나흘 뒤 대대 조직원이 바뀌면 곧장 각 생산대로 통보해 정식 점수에 반영시키겠습니다."

"전우 여러분, 동지 여러분. 오늘 청강 대대 혁명동원회는 여기까지입니다. 최대한 빨리 스스로를 무산계급 혁명 사업의 붉은 후계자로 단련시킵시다. 계급투쟁의 풍파 속에서 강철처럼 단단하게 성장해나갑시다!"

"집으로 돌아간 뒤에도 우리의 회의 정신과 행동 계획이 누설되지 않도록 경계를 높이십시오. 내일 아침 날이 밝을 때 모두들 깨어 있어야 합니다. 잠이 들어서도 혁명 행동을 명심하고 정각 여섯시에 마을 입구로 모여 제 지시를 따르십시오."

"이제 돌아가십시오. 거리에서 최대한 발소리를 죽이고, 머리를 맞대 소곤거리다 적에게 수상쩍게 보이는 일이 없도록 주의하십시오."

그 동원회 때 저는 중대 통합 학습토론회에서처럼 절반

은 지역 사투리를 사용하고 절반은 일상적인 군대 말투를 써 분위기를 격앙시켰습니다. 암송하는 듯한 어투로 한 시간 반을 이야기했지요. 3일 동안 관보를 읽고 연구한 내용을 그 한 시간 반 동안 남김없이 청산유수같이 줄줄 쏟아냈습니다. 제가 말재주가 있는 것은 알았지만 그렇게까지 좋은 줄은 몰랐습니다. 부대에 있을 때 정치공작원은 제가 정치공작원으로서의 자질이 있다고 했고, 정치교도원은 정치교도원으로서의 자질이 있다고 했지만, 연대 정치위원은 정치위원으로서의 자질이 있다고 말한 적이 없습니다. 그런데 그 연설은 대대 청년들의 얼을 쏙 빼놓았습니다. 그들은 제 재능과 능력에 놀라 제가 마오 주석님과 함께 안위안^{安源}*에 가기라도 한 듯, 대단한 상부 인사가 청강진의 혁명가로 내려온 듯 느꼈습니다. 그들은 제 장인에게서 항상 사투리와 욕설로 가득한 지루한 연설만 들었었지요. 하루 종일 확성기에서 꿍얼거리는 소리만 듣다가 그날 밤 제 연설을 듣자, 깔깔한 잡곡에 익숙한 입으로 갑자기 쌀이나 설탕물이 들어온 것처럼 신선함에 놀라고 마음이 설레었던 것입니다.

"아이쿼, 정말 말을 잘하는군. 어디서 배웠나?" 누군가 물

---

* 마오쩌둥, 류사오치, 리리싼 등 1세대 혁명가들이 노동운동을 벌인 지역.

었습니다.

"끊임없이 책과 관보를 읽고 일상에서 정열적으로 실천해 그렇습니다."

제 대답에 또 누군가가 물었습니다.

"정말로 장인의 권력을 빼앗을 건가?"

"제가 빼앗는 게 아니라 혁명이 빼앗는 것입니다."

"지금 자네 장인이 우리 집 부지를 배정해주지 않고 있네. 자네가 권력을 잡으면 제일 먼저 우리 건물 부지부터 해결해주게."

"모든 토지는 무산계급에서 장악해야 합니다. 부지를 배정할 때도 혁명가에게 먼저 주어야 하고요."

"저는 혁명가로서 앞으로 아이쿤 동지가 혁명을 위해 죽으라고 하면 기꺼이 죽을 겁니다."

"혁명에 참가하면 정말로 노동 점수를 줍니까?"

누군가 말하고 또 누군가 물었습니다.

"혁명가는 손실을 감수해야 하지만 혁명은 결코 헛되지 않을 겁니다. 점수든 식량이든 부지든 권력을 얻으면 무슨 문제가 되겠습니까?" 제가 말했습니다.

"그럼 지금 기록하시오."

"걱정 마십시오. 서른 명에서 하나도 빼놓지 않을 겁니다."

"아이쿼, 정말 말솜씨가 좋군요. 나중에 관보를 읽고 학습하는 조직을 만들어주시오. 그리고 그 활동에 참여할 때도 점수를 주고."

"당연히 조직해야지요. 관보도 읽고 마오 주석님 어록도 외우고 주석님 책도 통독해야지요. 혁명은 여러분의 희생을 필요로 하지만 희생을 두고 보지만은 않을 것입니다. 다만 누구든 점수를 받아야만 혁명에 참여하겠다면 마지막에 혁명이 여러분 머리로 떨어질 수 있다는 것도 기억하십시오."

모두들 돌아갔습니다.

달이 청사 뒤편의 언덕을 따라 떠오른 다음 소리 없이 마을 어귀로 옮겨갔습니다. 넘실대는 푸른빛이 세상을 메우고 하얀 풍경이 끝없이 펼쳐졌습니다. 거리가 얼마나 고요한지 아무런 기척도 느껴지지 않았습니다. 사람들이 흩어지는 발걸음 소리가 수면에 미끄러지는 얄팍한 돌처럼 멀어지다가 문을 여닫는 소리 속으로 서서히 사라졌습니다.

마지막까지 남아 꼬치꼬치 캐묻던 젊은이들을 배웅하러 나가 그들이 골목으로 접어든 다음 나무 그림자와 담장 뒤로 사라지는 것을 지켜보았습니다. 그러고는 청강진의 고즈넉한 달빛을 둘러보면서 혁명이 시작되었고 승리할 것이라는 기대와 희열에 빠져들었습니다. 가슴이 저절로 쿵쾅거렸습니다. 영화 속 주인공이 폭풍우가 몰아치기 직전의 해안 부둣가에 서 있는 것처럼 제 머리카락이 바람에 휘날렸으면, 옷자락이 바람에 나부꼈으면 하고 바랐습니다. 하지만 바람 한 점 없이, 엷은 냉기가 밤을 부드럽게 메울 뿐이었습니다. 바람이 불면 얼마나 좋을까, 긴 머리카락을 날리며 해변에 서 있다면 얼마나 좋을까 아쉬워하면서 제 상고머리를 쓰다듬었습니다. 그리고 이제 혁명을 하게 되었으니 머리를 길러야 하는 게 아닐까 고민하면서 집 쪽으로 몸을 돌렸지요. 그런데 그때 저희 집 담 모퉁이 그늘에서 누군가가 튀어나왔습니다.

폭풍우가 정말로 휘몰아쳤습니다.

청천벽력처럼 찾아왔습니다.

"누구요?"

제가 물었지만 그녀는 아무 말 없이 제게로 다가왔습니다.

"누구요?" 제가 다시 물었습니다.

그녀가 제 앞까지 왔습니다.

"왜 이제야 온 거죠? 회의는 이미 끝났어요."

그녀가 갑자기 제게 달려들어 몸을 부들부들 떨더니 두 손으로 제 목을 감싸고는 제 물음과 서운함을 덮어버리려는 듯 차가우면서도 열렬하게 제 입술에 자신의 입술을 포갰습니다. 대체 무슨 일이 일어난 건지, 그녀가 왜 갑자기 참을 수 없이 흥분하고 대범하며 용감해졌는지 알 수가 없었습니다. 그때 어디선가 발소리가 들려와서 저는 길 한복판에서 저희 집 문 앞의 어둠으로 그녀를 반쯤 안아 옮겼습니다. 그러고는 품에서 떼어내며 어떻게 회의에 안 올 수가 있느냐고 묻고 의미가 아주 큰 회의였다고 말했습니다. 그녀가 달빛에 제 얼굴을 비춰보며 자신을 밀고 있는 제 한쪽 손을 두 손으로 잡았습니다. "내가 안 온 걸 어떻게 알았어요? 그리고 이건 우리의 첫번째 혁명동원회인데 내가 어떻게 안 오겠어요?"라고 그녀가 말했습니다. 그리고 이어서, 뜻밖의 사고로 회의가 중단될까 봐 밥을 먹자마자 날이 더우니 시아버지께 부채를 가져다드리겠다는 핑계를 대고 사당에 갔어요. 아무런 조짐도 느껴지지 않아 이번에는 당신 장인 댁으로 갔지요. 사람들을 데려와 제게 침을 놓을 때 두고 갔던 약병을 가지고요. 당신 장인이 집에서 제갈량이 맹획을 일곱 번 잡았다가 놓아준 이야기에 몰입한 걸 보고 나왔답니다. 그러고는 부지부 서기와 대대장 집 앞을 둘러보고 마을 어귀에서 더위를 식히는 사원들도 살폈어요. 모든 게 평소대로라는 것을 확인한 다음에 여기 대문 밖에서 당신의 연설을 들으면서 거리 동정을 살폈지요, 하고 말했습니다.

"우리 계획이 새어 나갈까 봐 걱정되지 않았어요?" 그녀가 물었습니다.

저는 아무 말 없이, 마치 오랫동안 서로를 흠모하고 경모했지만 끝내 만날 수 없었던 두 혁명가가 어느 달밤 광야의 오솔길에서 우연히 만난 것처럼 그녀를 바라보았습니다. 그녀를 품에 꼭 안았지요. 안지 않을 수 없었습니다. 그녀가 아름답고 불같은 열정으로 펄펄 끓는 도시 여자일 뿐만 아니라 능력과 자각, 경험과 견해를 지닌 시골 혁명가일 줄 정말 몰랐습니다. 저는 그녀의 허리에 한 손을 두르고 머리카락에 다른 손을 꽂은 채 그녀를 자세히 들여다보다가 이마와 눈썹, 귀와 눈, 코와 입술에 폭풍 같은 키스를 퍼부었습니다. 그런데 두 입술로 다시 한 번 그녀의 귀와 입술을 깨물 때 그녀가 단호하게 똑같은 질문을 던졌습니다.

"이번 계획이 새어 나갈까 봐 걱정되지 않았느냐고요?"

"아뇨. 내가 생각 못 한 걸 당신이 전부 생각했으니까요."

보십시오, 천부적인 말솜씨가 아닙니까, 제 말이 그녀의 가슴을 완전히 적셨습니다.

"아이쿼, 정말 말을 잘하는군요. 혁명가로서의 자질을 타고났어요. 당신이 1년만 일찍 돌아왔더라면 청강 대대의 혁명이 벌써 성공했을 텐데."

"난관으로 뒤덮인 길이 철벽같지만 지금 우리는 큰 걸음으로 넘어가리.* 우리가 좀더 박차를 가하면 청강의 혁명을 서두를 수 있고 빠르게 진행할 수 있어요. 2~3일 뒤면 청강대대의 혁명이 끝날 겁니다. 전열이 안정되면 청강진 정부도 혁명으로 쓸어버립시다. 그때 내가 진의 당위원회 서기를 맡을 테니 당신이 부서기를 맡아요."

"세상에……. 전 아직 공산당원도 아니에요."

"몸은 입당하지 못했지만 마음은 이미 입당했잖아요. 장인을 끌어내린 뒤에 청강의 당 지부는 당신을 입당시키는 일부터 할 겁니다."

그녀는 제 말에 완전히 감동했습니다. 제가 준 혁명의 선물에 완전히 반해서 극도로 굶주린 사람이 하얀 찐빵을 받은 듯, 태산 같은 선물을 멍하니 바라보기만 할 뿐 어쩔 줄을 모르더군요. 마을이 기이할 정도로 조용했습니다. 달빛이 사막을 적시는 물처럼 그녀의 상반신으로 흘렀습니다. 그녀의 얼굴이 문틀 그림자에 가려 옅은 홍조를 띠었는지, 아니면 불꽃같은 붉은색으로 타오르는지 볼 수 없었습니다. 그저 시계처럼 울리는 그녀의 심장 소리와 들보처럼 거칠고 굵

* 마오쩌둥의 사 「루산관裏山關」의 구절.

은 호흡 소리만 들을 수 있었습니다. 말할 것도 없이 혁명이 또다시 우리 두 사람에게 사랑의 수로를 뚫어주고 수로 사이로 감정의 격류가 날듯이 요동치게 만들었습니다. 그녀가 "아이쿤, 제 가슴이 좀 이상해요"라고 말하더니 제 손을 직접 자신의 가슴 한가운데에 올려놓았습니다. 그러고는 나른하게 제 품으로 쓰러져 제 손이 그녀 몸에서 물 만난 고기처럼 활보하게 두었습니다.

어쩌면 저는 그다지 고상한 사람이 아닌가 봅니다. 어쩌면 당시의 저는 100퍼센트 순수한 혁명가가 아니었나 봅니다. 또 어쩌면 '혁명가와 혁명가가 만나면 그들의 모든 것은 혁명을 위해서 부득이하게 하는 행동'이라는 말을 증명한 것인지도 모르겠습니다. 제 손이 대범하고도 뻔뻔하게, 또 아주 절박하게 한 마리 뱀처럼 그녀 아래쪽으로 미끄러져갔습니다. 그녀의 아래 은밀한 곳이 방금 억수 같은 비를 맞은 것처럼 촉촉하게 젖어 있었습니다. 제 손이 그 수풀가에서 멈췄습니다. 전에 교외에서 혁명 음악이 뚝 그치는 바람에 그녀의 온몸을 자세히 감상할 수 없었던 순간이 떠올랐습니다. 그녀는 머리부터 발끝까지 구이즈와는 완전히 다를 게 틀림없었습니다. 온몸 곳곳이 매력적인 아름다움을 품고 있을 것이며 머리카락과 피부, 콧날, 입, 가슴과 가슴골 그리고 허리띠를 매서 배에 에둘러 남은 뱀 같은 자국까지 모두 미혹적인 향기를 뿜어낼 것 같았습니다. 저는 그녀의 은밀한 곳을 자세히 감상하다가 충분히, 만족할 만큼 보았을 때 마지막으로 최후의 일을 하고 싶었습니다. 하지만 그 새카만 밤에는 교외에서처럼 그녀를 살펴보고 또 그녀를 만족시킬 수 없다는 것을 잘 알고 있었지요. 그저 손으로 숲 옆의 풀밭에서, 마치 맨발로 얕은 물에 들어가 수초를 헤치며 꽃을 꺾고 물고기를 잡는 것처럼 그녀를 천천히 음미할 수밖에 없었습니다. 저는 꽃을 꺾기 위해서뿐만 아니라 화초 아래의 물을 즐기기 위해서, 그 물속에서 허리를 숙인 채 걸어가는 제 모습을 보고 바짓가랑이를 걷은 채 조심스럽게 물속에서 첨벙거리는 스스로의 행동을 보며, 푸른 풀 사이 진흙에 닿아 천천히 미끄러질 때 제 맨발이 놀란 미꾸라지가 진흙을 파고드는 것처럼 미끄러지는지 살펴보았습니다. 말할 필요 없이 그 얕은 물에서 천천히 거니는 것이 허둥지둥 깡충거리다 돌발적으로 파고드는 것보다 훨씬 좋았습니다. 돌발적으로 파고들면 도중의 경치가 모두 사라지니까요. 그러면 작은 물고기가 수초 사이에서 헤엄치는 모습도 볼 수 없고, 동글동글 점점이 수풀 틈새로 새어 나온 햇살이 수면에서 반짝 반사된 다음 동그란 금화처럼 물밑 매끌매끌한 진흙 위에 가라앉아 금빛 찬란하게 빛나면서 물밑의 모든 풀뿌리와 꽃뿌리, 나무뿌리, 물고기 동굴과 새우 보금자리까지 전부 환하게 밝히는 것을 볼 수 없지요. 저는 교외 햇살 아래에서 그녀의 벌거벗은 상반신을 세밀하게 상상하던 순간을 줄곧 떨쳐내지 못하고 있었습니다. 제 손이 그녀의 촉촉한 허벅지 사이에서 움직일 듯 멈췄다가 멈출 듯 움직였습니다. 저는 그렁그렁한 물속에 얼마나 많은 풀과 꽃이 있는지 세어보듯 달빛이 서린 수초의 느낌을 손으로 만끽하고 검지와 중지를 물에 적신 다음 물 사이에서 화초를 골라 비비적비비적 흔들었습니다. 달빛이 다시 동남쪽으로 움직여 그림자가 우리 옆을 지날 때 명주실이 떨어지는 듯한 가느다란 소리가 났습니다.

"훙메이, 내가 건달 같다고 욕하지 않을 거죠?"

"아이쿤, 저를 좋아해서 이러는 거잖아요."

그녀의 대답에 제 마음이 녹아내렸습니다. 뭔가가 따뜻한 물에 잠겨 사라진 것 같고 몸이 붕 떠오를 것만 같았습니다. 하지만 그때 청중가 저쪽에서 발걸음 소리가 들리더니 말소리도 똑똑하게 들려왔습니다. 저와 훙메이는 아이들을 데리고 친정에서 돌아오는 구이즈의 소리를 분명히 들을 수 있었습니다. 두 사람 모두 떨리던 몸이 그대로 굳어버렸지요.

젠장맞을 청구이즈!

"사당 뒤 언덕 밑으로 갑시다."

제가 말하자 그녀가 말렸습니다.

"참아요. 내일 아침에 패방을 헐어야지요. 이번 혁명을 끝낸 뒤에 마을 옆의 스싼리허 모래톱에 가요. 거긴 늘 사람 그림자도 없으니까요."

말을 마친 그녀가 몸을 빼내 구이즈가 오는 반대편으로 걸어갔습니다. 그러고는 영화 속 비밀 공작원이 미행을 피할 때처럼 골목으로 꺾어 들어갔지요. 저는 혼자 그곳에 남아 차갑게 저를 덮쳐오는 구이즈의 발소리를 들었습니다.

정말이지 젠장맞을 구이즈!

3. 패방의 전투

당연히 예상하지 못했습니다. 누구도 생각하지 못했지요. 대체 누가 예상할 수 있었겠습니까? 저희 청강진의 첫번째 혁명이 실패했습니다.

예상했어야 했는데 그렇질 못했지요.

그날 새벽 세번째 닭 울음소리를 들은 뒤 저는 아무도 눈치채지 못하게 조용히 자리에서 일어났습니다. 미리 문 뒤에 챙겨두었던 8파운드짜리 쇠망치를 들고 곤히 잠든 구이즈와 아이들을 마지막으로 살펴본 다음 문을 나섰습니다.

모임 장소는 마을 북쪽 제3생산대의 탈곡장이었습니다. 제가 도착했을 때 벌써 대여섯 명의 열혈 청년이 끌과 망치, 삽, 호미 등을 챙긴 채 기다리고 있었습니다. 누군가 "집에서 쓰는 도구도 점수를 줍니까?"라고 묻기에 "어제 그렇다고 말하지 않았습니까" 하고 대답하자 그 사람이 안심했습니다. 이어서 청칭린, 청칭썬, 청셴촹, 청셴펀, 청칭안, 청셴칭, 톈촹촹, 런치주, 장샤오수, 스얼거우가 속속 도착했습니다. 물론 홍메이도 왔지요. 저보다 조금 늦게 도착했습니다. 저는 그녀에게 준비해온 명부를 꺼내라고 하고는 손전등을 비춰주며 모두의 이름과 도구, 점수를 기록하게 했습니다. 그런 다음에 군대에서처럼 큰 사람과 남자를 앞쪽으로, 작은 사람과 여자를 뒤쪽으로 보내 대열을 맞추고 노래와 구호로 대열 속에 떠도는 어수선함까지 완전히 정리했습니다. 동쪽이 밝아올 때 저는 서른여섯 명의 대오를 이끌고 청허우가에서 청첸가의 마을 남쪽으로 나아갔습니다.

질서 없이 흐트러졌던 발걸음이 노랫소리에 맞춰 가지런하고 기운차졌습니다. 탈곡장에서 청사 사당 앞까지 가는 동안 여름날 콩밭에서 콩꼬투리 터지듯 타닥타닥 발걸음 소리가 울렸습니다. 곧이어 제가 하나, 둘, 하나, 하며 구령을 불러 장단을 더하자 홍메이가 대열 속에서 〈이유 있는 반란〉 노래를 선창해 발걸음에 완전한 리듬을 부여했습니다. 정말 학생과 청년, 퇴역군인들답게 노래로 이불 속에서 가져온 몽롱함을 전부 날려버리고 난잡한 말소리마저 완전히 죽여버렸습니다.

홍메이가 대열에 소리쳤습니다.

"노래하지 않고 떠들기만 하는 사람은 그 자리에 서세요. 점수를 깎여도 상관없다는 거 아닙니까?"

그러자 모두 조용해졌습니다.

"다들 노래하세요. 오늘은 점수가 두 배인 거 아시죠? 노래를 못 하겠으면 소리를 질러요." 홍메이가 소리쳤습니다.

청사 앞에서 노랫소리가 크게 울려 퍼졌습니다. 모두들 최대한 소리를 내질렀지요. 날이 밝기 전의 어스름 속에서 저희 대열은 동쪽으로 나아갔습니다. 동쪽 산에서 떠오르는 붉은 태양 쪽으로, 위풍당당하게 청허우가에서 청중가로 접어들고 청중가에서 다시 청첸가로 나아갔습니다. 저희는 너무 부주의했습니다. 혁명의 첫 싸움에서 승리할 것이라는 믿음에 정신이 혼미해지고 말았습니다. 시끄러운 소리에 깨어난 사람들이 하나둘 문을 열고 나오는 것에만 신경을 썼지요. 사람들이 눈을 비비며 "무슨 일이죠?" 하고 물으면 대열의 누군가가 우쭐거리며 "혁명을 합니다"라고 대답하고 "날도 안 밝았는데 무슨 혁명이오?" 하면 "날이 밝기 전에 양정고리 패방을 부숴버릴 겁니다"라고 대답했습니다. 그러면 물어본 사람이 눈을 비비다 말고 새파랗게 질려서 다른 마을처럼 청강진에도 천지개벽할 일이 벌어지는구나 깨달았습니다. 저희는 그렇게 사람들이 놀라는 모습과 문 앞에 서서 넋을 잃는 모습에만 신경을 썼지, 더 많은 문이 우리가 탈곡장에서 출발하기 전에 이미 열려 있었다는 것에는 주의를 기울이지 않았습니다. 많은 사람이 그날 밤에 우리보다 먼저 일어났다는 것을 발견하지 못했고 심지어 날이 밝은 다음에야 열리는 청사의 붉은 짝문이 그 밤에 아예 닫히지 않았다는 것도 몰랐습니다.

청첸가에서 서쪽으로 향할 때 동녘이 완전히 밝아지더니 어느 순간 핏덩이 같은 태양이 산꼭대기로 떠올라 대지와 산천을 비췄습니다. 마을과 계곡 곳곳을 밝혀주었지요. 패방에도 찬란한 빛이 칠해졌습니다. 그런데 바로 그때, 거대한 패방 아래로 새까맣게 모인 사람들이 보였습니다. 집집마다 누군가가 한 명씩 나와 무리를 이룬 것 같았습니다. 그들은 멜대나 뽕나무 갈퀴, 식칼, 도끼, 작두, 몽둥이 같은 것을 들고 있었습니다. 확실히 저희를 적으로, 우리 혁명가를 적으로 여기는 것처럼 보였습니다. 더 중요한 것은 백 명에 이르는 사람들 속에 젊은이가 없다는 점이었습니다. 대부분이 마을의 장년층과 나이 지긋한 노인이었지요. 하얗게 센 수염이 빛을 받아 불덩이 같았습니다. 그들은 저희 대열 누군가의 아버지나 할아버지였습니다. 간간이 섞인 여자들은 아버지가 없는 사람들의 어머니였지요. 거기에 그렇게 많은 사람이 있을 거라고는 생각도 못했습니다. 또한 장인 청톈칭이 그들 앞이자 패방 아래의, 말에 타거나 내릴 때 밟는 노 둣돌 위에서 두 손을 허리에 올린 채 분노에 찬 눈으로 저희 대열과 발걸음, 노래를 지켜보고 있을 줄 몰랐습니다. 제일 먼저 저희 노랫소리와 발소리가 잦아들었습니다.

그 눈빛 속에서 대오가 완전히 멈췄습니다. 발소리와 노랫소리도 그에게 말살당했습니다. 모두들 죽은 듯한 정적 속에 한 덩이가 되어 멍한 눈빛을 제게 보내왔습니다. 훙메이도 조금 당황해하더군요. 이마에 송골송골 맺힌 땀방울이 햇빛을 받아 반짝이는 게 보였습니다.

저는 당당하게 대열 앞으로 걸어가 두 손을 허리에 짚은 장인에게 소리쳤습니다.

"마오 주석님께서, 우리 앞에는 적과 동지 사이의 모순과 인민 내부의 모순이라는 두 종류의 사회 모순이 있으며, 그 두 모순의 성질은 판이하게 다르다고 하셨습니다. 또 누가 우리의 적이고 친구인가가 혁명에서 매우 중요한 문제라고 말씀하셨지요."

저는 장인과 열 발자국 정도 떨어진 거리까지 나아가 더 큰 소리로 질책했습니다.

"오늘 청강 대대의 혁명 청년들이 봉건 왕조의 잔재인 패방을 부수려고 하는데 아버님은 진상을 모르는 군중을 선동해 막고 계십니다. 이 자리에서 한 가지 묻겠습니다. 아버님은 도대체 공산당원입니까, 아니면 봉건 자산계급의 대리인입니까?"

저는 포효하는 듯 큰 소리로, 산처럼 높은 기개로 맞섰습니다. 강철같이 단단한 제 질문이 포탄이 되어 청톈칭에게 꽂히는 것이 보이더군요. 그는 패방 아래의 노둣돌 위에서 무슨 말은 해야겠는데 반박할 말을 찾지 못해 아무 말도 못한 채 낯빛만 붉으락푸르락했습니다.

제가 또 고함쳤습니다.

"제 말에 대답하십시오. 도대체 적입니까, 아니면 중국공산당원입니까? 혁명가를 적으로 여기는 겁니까, 아니면 봉

건 자산계급을 적으로 여기는 겁니까? 지금 아버님의 모든
행동은 이미 당의 취지에 어긋나고 있습니다. 정신을 차리
고 멈추지 않는다면 아버님은 돌로 아버님 발을 내리찍게
될 것입니다. 동지를 적으로 대하면 스스로 적이 된다는 주
석님의 말씀처럼 말입니다. 그럼에도 기어코 스스로를 적으
로 몰고 가겠다면 이 사위가 육친의 정을 봐주지 않는다고
원망하지 마십시오!"

청톈칭의 붉으락푸르락하던 얼굴이 순식간에 누렇게 떴
습니다.

제가 계속 소리쳤습니다.

"대답하지 않겠다면 아무것도 모른 채 속고 있는 사람들
을 돌려보내십시오."

그는 사람들을 돌려보내지 않았습니다. 사람들 쪽으로 힘
껏 고개를 돌렸다가 다시 힘껏 저희 쪽으로 돌림으로써 정
말 특이한 명령을 내렸습니다. 사실 멜대와 식칼, 몽둥이를
든 인민공사 사원들이 저희를 죽이겠다며 몰려들 줄 알았습
니다. 그런데 생각지도 못하게, 그가 고개를 돌리자 사람들
이 식칼과 몽둥이, 멜대를 내려놓고는 패방 양쪽으로 움직
였습니다. 그리고 사람들 속에서 예닐곱 명의 칠팔십 된 할
아버지 할머니가 나왔습니다. 청셴주의 할아버지와 청셴칭

의 할아버지, 청칭린의 할아버지, 톈촹촹의 할머니였습니다. 그리고 손녀라면 끔찍할 정도로 챙기는 청칭안의 외할머니도 있었습니다. 그들은 맨주먹이었지만 태연한 얼굴이었고 혁명을 향한 손자 손녀들의 열정에 일말의 두려움이나 반대 의사도 전혀 보이지 않았습니다. 하지만 일출 속에 휘날리는 백발과 얼굴 가득한 세월의 깊은 주름은 가장 힘 있는 무기가 되었지요. 그들이 패방 아래에서 휘적휘적 걸어와 물기 어린 목소리로 손자손녀의 이름을 불렀습니다.

"셴칭아, 얼른 할아비랑 집으로 돌아가자. 이건 혁명이 아니야. 조상 머리에 망치를 휘두르는 게지."

"칭린아, 할아버지가 이렇게 빌 테니 집으로 가자. 아무리 가난해도 조상님 패방을 부숴서 돈을 벌 수는 없는 거다."

"칭쥐, 칭화야, 할머니랑 가자꾸나. 패방을 부수려거든 패방 밑에 할미부터 묻어라."

······.

노인들의 구슬픈 외침에 뒤이어 아버지 어머니들이 빠르게 다가왔습니다. 아이들의 이름을 부르고 노인들과 비슷한 말을 하면서 순식간에 혁명 대오를 와해시키고 아들과 손자들 손에 들린 쇠망치와 끌, 삽을 빼앗았습니다. 패방 아래가 한순간에 엉망이 되고 사방에서 고함 소리가 빗발쳤습니다.

햇살이 사람들 물결에 산산이 부서지고, 울음과 고함 때문에 허공으로 침이 튀었으며, 동지들이 돌아가며 남긴 노란 발자국과 물기 어린 말소리가 길을 가득 메우고, 무수한 몽둥이와 새끼줄이 길가에 던져졌습니다.

홍수에 땅이 잠기듯 대오가 무너졌습니다.

봄날 처음 꽃망울을 터뜨린 꽃이 그렇게 한류 앞에 시들어버렸습니다.

첫번째 혁명이 그렇게 꺾였습니다.

홍메이가 길가에서 두 손을 나팔 모양으로 입가에 댄 채 소리쳤습니다.

"여러분! 이렇게 가면 안 됩니다. 모두 남아주세요! 혈육이 적은 아니지만 정에 얽매여서는 안 됩니다. 계급의 적들에게 패한 게 아니라 아버지, 어머니, 할아버지, 할머니에게 패했다는 것은 우리의 최대 수치가 될 것입니다!"

저는 길 가운데에서 청톈칭 맞은편의 또 다른 노둣돌로 재빨리 달려가 허리 높이쯤 되는 패방 기둥에 올라섰습니다. 그리고 홍메이보다 더 크게 소리쳤습니다.

"전우들, 그리고 동지들! 기강을 확립하면 혁명은 반드시 승리합니다. 그러니 기강을 단단히 세우십시오! 꼭 남아서 목표를 달성할 때까지 투쟁합시다! 모두들 정신을 바짝 차려야 합니다. 오늘의 행동이, 우리 당과 국가의 운명이 청강진에서 살아남느냐 마느냐를 결정할 수 있는 중대한 발걸음임을 인식해야 합니다. 마오쩌둥 사상이 봉건주의, 자본주의, 수정주의와 청강에서 처음으로 벌이는 일대 격전임을 인식하고 모든 사람이 다시 고통과 학대로 되돌아갈 수도 있는 중대한 문제임을 인식해야 합니다. 그러니 모두들 가지 말고 남아주십시오. 끝까지 버티면 승리할 수 있습니다!"

저와 훙메이의 외침이 패방 아래에서 사방으로 흩날렸습니다. 하늘과 땅, 길가, 보리밭, 마을, 거리 그리고 멀리로 뻗은 바러우 산맥까지 곳곳이 저희의 붉디붉은 외침으로 가득차고 도처가 맹렬하게 흩날리는 저희의 격정과 열정으로 뒤덮였습니다. 아버지나 어머니의 품을 떨치며 남겠다는 사람이 나왔지요. 하지만 그때 훙메이의 남편 청칭둥이 사람들을 비집고 나와서는 미치광이를 끌어내듯 훙메이를 잡아끌어냈습니다.

훙메이가 격하게 반항하는 바람에 그녀 남편의 안경이 떨어지고 옷이 찢어졌습니다. 그녀가 분노에 가득 차 소리치면서 절망과 고함으로 뒤엉킨 채 저를 바라보는 게 보였습니다. 그녀를 구해야겠다는 생각에 허리 높이의 돌기둥에서 뛰어내렸지요. 하지만 그때 눈처럼 희고 피처럼 붉은 따귀

소리가 제 왼뺨에서 울렸습니다.

어머니가 제 앞에 나타난 것이었습니다.

"당장 돌아가거라!" 어머니가 호통을 치셨습니다. "또 소란을 피우면 이 패방에 머리를 부딪고 죽어버릴 게다!"

……

패방의 전투는 그렇게 실패를 고했습니다.

청강의 첫번째 혁명은 청강 대대에 뿌리 내린 봉건주의 자산계급의 대리인 청톈청에 의해 요람 안에서 목 졸려 죽었습니다.

제 4 장

자욱한 먹구름

1. 혁명가의 그리움

저는 스싼리허 모래톱에서 샤훙메이를 찾을 수 없었습니다. 저희는 패방을 부수고 집집마다 놓인 신상과 미신에 관련된 물품을 전부 불사른 다음 점심 식사 후 스싼리허 모래톱에서 만나자고, 그리고 서로의 몸으로 승리를 축하하자고 약속했었지요.

하지만 패방의 전투는 실패했습니다.

혁명이 성숙해지기도 전에 요람에서 봉건주의에 압사당했습니다. 산에 비가 내리기 직전 바람이 누각을 가득 메우고, 먹구름이 성벽을 무너뜨릴 듯 성으로 몰려왔습니다.* 스싼리허 강변에서 마을 거리로 접어들었을 때 사람들이 무슨 병자를 바라보듯 이상한 눈빛으로 저를 훑어보았습니다. 아침에 저를 따랐던 젊은 혁명가들조차 밥그릇을 들고 자기 집 앞 댓돌에 앉아 있다가 저를 보자 고개를 숙인 채 밥을 먹거나 다른 쪽으로 고개를 돌렸습니다. 자신들의 겁쟁이 같은 행동이 부끄러워 저를 똑바로 볼 수 없는 것인지, 아니면 갑자기 자신들의 아버지나 어머니, 할아버지, 할머니처럼 저를 멸시하며 무시하겠다는 것인지 알 수가 없었습니다.

저는 전자일 것이라고 생각했습니다. 모두의 몸에는 혁명 청년의 피가 흐르고 혁명을 통해 웅대한 계획과 이상을 실현하려는 위대한 맥박이 뛰고 있으니까요.

스싼리허는 바러우 산맥 깊은 곳에서 넓은 평지를 따라 서쪽에서 동쪽으로 총 13리를 흐르기 때문에 스싼리허라는 이름이 붙었습니다. 청강 남쪽으로 3리 떨어진 곳에서 물목을 만들며 이허伊河 강으로 세차게 내달리는데 그 물굽이에 만들어진 모래사장이 바로 청강 사람들이 말하는 스싼리허 모래톱입니다. 그날 제가 그 모래톱에서 얼마나 풀이 죽었는지, 얼마나 낙심했는지는 아무도 모를 겁니다. 저는 혼자 모래톱으로 가서 홀로 모래톱에 앉아 홍메이의 형상을

* 당나라 시인 허혼許渾과 이하의 시 구절.

찾을 수 없는 상태에서 당신들도 모두 외우는 시 구절을 떠올렸습니다. 나는 양카이후이를 잃고 그대는 류즈쉰을 잃었네. 양카이후이와 류즈쉰은 훨훨 날아 하늘 끝까지 올랐으리. 오강에게 무엇이 있느냐고 물으니 오강이 계화주를 내오네……*

그런 뒤 저는 울었습니다. 눈물이 구슬처럼 제 발밑의 자갈 위로 떨어져 부서졌습니다.

아득히 넓은 스싼리허 모래톱에는 사람 하나 없이 강물만 콰르르 흐르고 정오의 햇실이 수면 위에서 금빛 은빛 비늘처럼 팔딱거렸습니다. 사발이나 주먹만 한 자갈을 강 중간에 비스듬히 쌓아 만든 돌 제방이 강물을 무릎 절반 높이까지 들어올렸기 때문에 짙푸른 강물이 북쪽으로 청사 뒤편의 수로를 따라 논밭에 물을 대며 자신의 사명을 다했습니다. 한편 논밭으로 스며들지 못한 상당량의 물은 제방 위로 넘실거리거나 돌 틈새를 비집고 나와 이허 강 쪽으로 달려가면서 널따란 모래톱의 적막 속에 쉼 없이 하얗게 빛나는 추락의 울림을 남겼습니다. 어쩌면 그 새하얀 소리가 모래톱의 적막을 한없이 넓고 깊게 만들었다고 할 수도 있을 겁니

* 마오쩌둥의 사 「접련화蝶戀花, 리수이에게 답함答李淑一」의 한 구절. 오강吳剛은 달에 사는 신선.

다. 수면 위로 은백색 물새 두 마리가 오르락내리락하더니 깃털이 공중에서 빙그르르 하얀빛을 반짝이며 수면으로 떨어져 하류로 흘러갔습니다. 물새 부리에 물렸던 작은 붕어는 공중에서 버둥거리다 칼날처럼 물속으로 날아들어 곧장 자취를 감추었습니다. 아무도, 저를 제외하면 모래톱 어디에도 사람은 없었습니다. 첫번째 혁명이 실패했지만 홍메이가 약속대로 온다면 얼마나 좋을까 생각했습니다. 그녀는 제 유일한 혁명 동지이고 위안이었으니까요. 저의 유일한 지지자이자 추대자이고 밤낮으로 보고 싶은 그리움이자 버팀목이며 제 피와 살, 제 영혼이자 골수였으니까요.

강가를 거닐면서 끊임없이 청강진 쪽을 바라보았습니다. 혁명을 할 때는 절절하게 그리움이 넘쳐나더니 슬픔에 빠지자 강물만 도도하게 흐르는 것 같았습니다. 지칠 정도로 걷고 눈꺼풀이 부어오를 정도로 보았습니다. 그러고는 모래톱의 높은 곳에서 돌을 하나 골라 깔고 앉았습니다.

거기에 얼마나 오래 앉아 있었는지 모르겠습니다.

저는 돌에 앉아서 저도 모르게 혁명의 명예에 누가 되는 일을 했습니다.

수음을 했습니다.

수음을 끝낸 뒤에야 몽롱함에서 천천히 벗어날 수 있었습니다. 저는 극히 비판적으로 뺨을 한 대 때린 다음 강물에 손을 씻고 제 물건을 닦았습니다. 그리고 고개를 들어 어느새 서쪽으로 기울어진 석양을 바라보고는 무기력하게 마을로 돌아갔습니다.

다음 날 '약속 장소에서 회의를 합시다'라고 쓴 쪽지를 한 아이 편에 홍메이 집으로 보낸 뒤 모래톱에서 기다렸습니다. 하지만 그래도 오지 않기에 무작정 그녀의 집으로 갔지요. 그녀의 집은 북방 농촌 특유의 작은 쓰허위안四合院*이었습니다. 가마에서 깨진 청홍색 벽돌을 마당에 깔고, 사방을 둘러싼 기와 건물마다 최상의 푸른 벽돌로 각기둥과 들보를 쌓은데다 문과 창문 옆에도 벽돌을 촘촘하게 끼워 넣었더군요. 나머지 기둥이나 문밖과 창문 밖 담장은 흙벽돌이었지만 석회를 넣은 혼합토를 매끈매끈 윤이 나게 발랐습니다. 청사처럼 크거나 높지는 않아도 마을 대부분이 흙기와집이나 초가임을 감안하면 확실히 진장의 신분과 지위가 드러나는 집이었습니다. 마당 전체에 새 벽돌과 기와의 유황 냄새가 가득했습니다. 저는 옛 진장을 질투하고 청칭둥을 시기했으며 그 집을 증오했습니다. 제가 그 집을 소유하고 그 마

---

* 가운데 마당을 중심으로 사방이 집채로 둘러싸인 전통 주택 양식.

당을 차지하고 샤훙메이를 가져야 할 것 같았습니다. 청칭
둥은 동쪽 곁채의 창턱 밑에서 한약을 달이고 있었습니다.
커다란 한약 한 포를 질그릇에 넣고 물을 붓고는 물 위에 떠
오른 약초를 손으로 눌렀습니다. 창턱 옆에 놓인 대나무 광
주리에 검게 변한 한약 찌꺼기가 반쯤 담겨 있었습니다. 저
는 꿈에서도 갖고 싶을 그 집으로 들어갔습니다. 먼저 벽돌
의 노란 유황 냄새가 코로 들어오더니 곧이어 유황 냄새 사
이에 끼어 있는 연갈색 한약 냄새가 느껴졌습니다. 향기롭
고 군침이 도는 냄새를 코로 한껏 들이마시며 마당 가운데
에 섰습니다.

"청칭둥, 훙메이는?"

그가 몸을 돌려 차갑게 저를 흘겨보았습니다.

"친정에 갔네."

제가 깜짝 놀라 물었지요.

"언제 갔는데?"

그가 다시 고개를 돌리고는 약탕기를 창턱에 올려놓았습
니다.

"어제 점심 식사를 끝내고."

제 심장이 철렁하고 내려앉았습니다.

"언제 오는데?"

그가 약을 쌌던 종이로 약탕기를 덮었습니다.

"몰라."

저는 갑자기 옛 진장의 집 안으로 들어가고 싶어졌습니다. 홍메이와 청칭둥의 방으로 가서 침대에 앉아보고 진장집의 탁자와 의자까지 전부 눈에 담고 싶었습니다. 홍메이가 자는 침대와 침대 다리, 침구의 모양과 무늬, 색깔을 보고 싶고 베개의 크기와 베갯잇의 재질 그리고 베개에 남아 있을 그녀의 머리카락과 냄새를 전부 눈과 마음에 담고 싶었습니다. 하지만 마당에 서 있는 제게 청칭둥은 안으로 들어가자는 말을 하지 않았습니다. 한약을 다 달인 다음 발로 광주리의 약 찌꺼기를 밟아 크기를 줄이더군요. 다 밟은 뒤에는 땅에 떨어진 약 찌꺼기를 하나하나 광주리에 담고요. 저를 무시하는 것이었습니다. 그가 혁명가를 두려워한다는 것을 알고 있었습니다. 혁명에 가담하지 않은 사람들은 늘 혁명가를 두려워하고 혁명가에게 반대하니까요. 그때 창문 옆 벽에 세워진 삽이 눈에 들어왔습니다. 진장 집 안에는 노동자가 없었습니다. 진장과 그의 아들 모두 노동자가 아니며 청강에서 그들은 누구도 무산계급 노동자에 속하지 않았습니다. 하지만 그곳에 예리한 무기처럼 끝이 뾰족하고 면이 움푹한 삽이 세워져 있었습니다. 저는 그 삽으로 수박을 퍽

하고 박살내듯 청칭둥의 머리를 찍어버리면 얼마나 좋을까 생각했습니다. 정말로 청칭둥의 머리를 내려치고 싶었지만 저는 그 자리에 서서 물었습니다.

"칭둥, 우리가 얼마 만에 만나는 거지?"

약을 집던 그의 손이 허공에서 멈췄습니다.

"아이쿼, 부대에 남아 있지 뭐 하러 돌아왔어?"

"혁명 때문이지. 혁명을 위해 돌아온 거야."

"청강진에서 어떻게 너 같은 혁명가를 받아줄 수 있겠어?"

"홍메이를 수용할 수 있다면 나도 수용할 수 있지."

그가 무슨 뜻인지 이해하지 못한 채 저를 흘겨보고는 다시 고개를 숙여 약 찌꺼기를 주웠습니다.

"누가 병에 걸렸어?"

"아니, 아무도."

"그럼 누구 약을 달이는 건데?"

"내 거야."

"왜?"

"왜랄 것 없어. 그냥 좋으라고."

"멀쩡한 네가 왜 한약을 먹는데?"

"그냥 보약이야."

저는 더 이상 묻지 않았습니다. 좀 앉고 싶었습니다. 어디

안으로 들어가 앉고 싶다는 생각이 간절했습니다. 그래서 사방을 살피다가 본채 문 앞에 놓인 붉은 의자를 보며 말했습니다.

"칭둥, 우린 동창이잖아. 몇 년 만에 만났는데 들어와 앉으라고도 하질 않는군."

"돌아가. 가오아이쥔. 우리 집에는 너 같은 혁명분자를 받아줄 곳이 없어."

제 얼굴이 조금 달아올랐습니다.

"정말 이렇게 쫓아낼 거야?"

그가 서슬 퍼런 얼굴로 대답했습니다.

"쫓아내는 게 아니라 요청하는 거야."

저는 다시 반짝반짝 빛나는 삽을 한참 노려보다가 의연하게 그 유황 냄새와 한약 냄새로 가득한 마당을 나왔습니다.

홍메이 집에서 나오자 우울함과 절망감이 밀려들었습니다. 어떻게 들어가 앉지도 못하게 한단 말입니까? 또 그녀는 어떻게 아무 말도 없이 떠난단 말입니까? 어떻게 혁명이 패하자마자 친정이라는 피난처로 돌아간단 말입니까? 어떻게 우리 사랑의 약속을 내던져버릴 수 있단 말입니까?

저는 꼬박 3일을 꼼짝 않고 침대에 누워 있었습니다.

첫번째 혁명의 실패로 이루 헤아릴 수 없을 만큼 큰 타격

을 받았습니다. 나무가 쓰러지면 원숭이가 사방으로 흩어지
듯 제 몸에서 의지가 사라졌습니다. 기분이 완전히 가라앉
고 풀이 죽었습니다. 혁명의 미래가 암담하게 느껴지고 앞
으로의 인생이 막막하게 느껴졌습니다. 드넓은 바다에 버려
진 작은 배 같았습니다. 심지어 바다에 거센 풍랑마저 이는
데 섬이나 해안을 찾을 수 없는 것 같았습니다. 하지만 가장
의기소침해진 그 순간, 어느 날 점심 때 제 아이 홍성이 갑자
기 대문 밖에서부터 저를 부르며 침대까지 뛰어왔습니다.

"아버지! 아버지! 편지요, 편지. 아버지 편지요."

그건 소가죽 편지 봉투였습니다. 뒷면에는 붉은 명조체로
'무산계급 문화대혁명 만세!'라고 적혀 있고 앞면에는 제 주
소와 이름이, 오른쪽 모서리에는 '안을 보세요'라는 글이 적
혀 있었습니다. 그거 아십니까? 그건 하늘에서 내려온 편지
이자 하늘 바깥에서 날아온 편지였습니다. 천사가 제 암울
한 마음에 뿌려준 한 줄기 빛이었습니다.

아이쥔.

우선 투쟁하는 혁명의 이름으로 인사합니다. 아무 말도
없이 떠난 걸 용서해줘요. 왜 그랬는지는 돌아가서 설명할
게요. 26일에 청강진으로 돌아갑니다. 서광이 눈앞에 비추

니 혁명은 반드시 어둠을 뚫고 빛으로 나아갈 수 있을 거예요. 우리의 혁명애가 영원하길 빌어요.

홍메이
본월 22일

그건 정말로 제 어두운 가슴을 밝혀준 한 줄기 천사의 빛이었습니다. 그녀는 26일에 청강진으로, 제 곁으로 돌아온다고 했습니다. 하지만 더 중요한 것은 '우리의 혁명애가 영원하길 빌어요'라는 구절입니다. 혁명애가 무엇입니까? 혁명애란 저와 샤홍메이의 은정과 사랑이지요. 부부처럼 아무도 없을 때 서로를 어루만지고 살펴볼 수 있는 것, 도시의 화원에서 산보하는 것처럼 그녀의 옷에서 단추를 풀 수 있는 것, 그녀의 벌거벗은 몸을 머리카락부터 이마, 입가, 목덜미를 지나 가슴과 배, 허벅지와 그녀의 가장 은밀한 곳까지 자세히 살펴보고 천천히 어루만질 수 있다는 것입니다. 그녀가 제 시선과 두 손을 받아들이고 저도 당연히 그녀의 모든 시선과 애무, 요구를 받아들이는 것이지요. 저희는 그러한 감정 속에서 전투할 힘을 얻고 혁명의 대책을 상의하며 혁명의 행동을 계획하고요.

저는 그녀의 편지를 세 번이나 읽었습니다.

편지를 읽는 저를 쳐다보는 훙성에게는 통 크게 1마오를 주며 상점에서 사탕을 사 먹으라고 했지요.

점심 때 구이즈에게 라오몐탸오^{撈麵條}*를 만들어달라고 하고 저녁에는 충유빙^{蔥油餅}**을 구워달라고 했습니다.

동녘에서 떠오른 태양이 사해를 비추고 드넓은 가슴에 원기가 차오르는구나. 사방을 비추는 하늘의 꽃구름을 보고 산하를 메우는 사랑을 보네. 사회주의의 앞날이 밝으니 우리 함께 손을 잡고 앞으로 나아가세. 전진하세, 전진하세, 전진하세, 전진하세……

2. 대폭발

다음 날 아침 일찍 일어나 훙메이를 마중 나갔습니다.

투지가 불타고 열정이 끓어올랐습니다. 남쪽으로 향하는 길을 얼마나 빠르고 총총히 걸었던지 길가의 나무와 언덕이 전부 제 발밑에서 깔려 죽는 것 같았습니다.

현성에서 청강까지의 79리 길은 60리가 산을 휘감고 있

* 허난성 민간에서 가장 보편적으로 먹는 국수의 일종.
** 다진 파를 넣고 기름에 부친 밀전병. 북방 지역 사람들이 흔히 먹는다.

어 장거리 버스를 타면 보통 한 시간 반이 걸리고 조금 늦을 경우 두 시간 정도 걸렸습니다. 정상적인 상황이라고 가정하고 훙메이가 아침 식사 후 차를 타면, 그러니까 첫차를 타도 해가 어느 정도 떠오른 뒤에야 청강진에 도착한다는 뜻이었습니다. 저는 18리 바깥의 한 언덕으로 걸어갔습니다. 높고도 탁 트여서 언덕에 서자 10여 리 멀리까지 다 보였습니다. 길가의 회화나무는 가지가 무성하고 잎이 푸르렀습니다. 일찌감치 시들어버린 잎들은 땅 위에 한층 얇게 깔렸고요. 어쩌다 지지 않은 꽃이 나뭇가지에 남은 잔설처럼 듬성듬성 가지 위에서 흔들거렸습니다. 길 양쪽 비탈에는 일어섰다 누웠다 이리저리 흔들리면서도 허리가 꼿꼿한 밀이 가득했습니다. 어떤 것은 청록색으로 빛나며 비릿하면서 눅눅한 향을 강렬하게 발산하고, 어떤 것은 누렇게 떠서 잎과 포기 사이로 붉누른 흙이 드러나 강렬한 흙냄새가 적갈색 풍경의 사방으로 떠다녔습니다. 높은 하늘과 옅은 구름, 끝없이 펼쳐진 풍경이 무척 아름다웠습니다. 도로가 반짝이는 비단 허리띠처럼 제 뒤쪽에서 부드럽게 뻗어와 다시 앞쪽으로 유연하게 뻗어나가서는 바러우 산맥을 팔락팔락 넘어 푸뉴 산맥으로 사라졌습니다. 공기가 물로 씻어낸 듯하고 수목이 새파랬으며 하늘이 검푸르고 곡물이 짙푸르렀습니다.

오르락내리락하는 산봉우리와 고개들이 낙타 등을 닮고 봉우리 하나, 고개 하나가 진흙 알갱이 같았습니다. 혁명애만 있다면 아무리 험한 산과 강이라도 두려울 게 없었습니다.

언덕 위에서 한참 동안 샤훙메이를 기다렸습니다. 마침 배수용 수도교가 있기에 더 멀리 보려고 그 위로 올라가 홈통에 앉았습니다. 그러자 구름 위에 앉은 듯한 것이 손을 내밀면 머리 위의 흰 구름이 잡힐 것만 같았습니다. 그때 갑자기 마오 주석님께서 톈안먼 성루에 올라 수많은 군중에게 점잖게 손을 흔드는 장면이 떠올랐습니다. 저는 저도 모르게 홈통에서 일어나 뭇 산과 고개들을 바라보며 오른손을 허공에서 흔들었습니다.

흔들고 또 흔들었습니다. 큰 강이 동쪽으로 흐르면서 물결이 전부 휩쓸어가는구나. 지나간 영웅호걸들을 꼽아보지만 지금 현재를 더 돌아봐야 하리.*

손을 다 흔들고 나자 한 번도 느껴보지 못했던 개운함과 한 번도 가져본 적이 없었던 흡족함이 가슴으로 차올랐습니다. 마치 오래도록 가물었던 사막에 봄비가 내려 개울이 넘실대고 나무에서 움이 트고 풀에서 꽃이 피며 새들이 지저

---

* 소동파의 시와 마오쩌둥의 사 구절.

귀고 나비가 춤추는 것 같았습니다. 그게 사랑의 힘이 아니면 무엇이겠습니까? 그게 위대한 사랑이 아니면 무엇이란 말입니까? 혁명의 애정이 있어야만 혁명의 힘을 키울 수 있고, 무산계급의 사랑이 있어야만 혁명이 푸른 하늘에서 마음껏 나래를 펼칠 수 있습니다. 저는 공중에서 시리도록 오른손을 흔든 다음 수도교 위에서 두 팔을 펼쳐 날아오르는 동작을 취했습니다. 그러고는 입을 열어 하늘과 땅을 향해 목청껏 〈인민공사여〉, 〈사격의 노래〉, 〈단결이 힘〉, 〈침략자의 머리에 큰 칼을 휘두르자〉를 불렀습니다. 둔탁하고 느릿한 제 노랫소리가 햇살 아래에서 바람을 따라 떠다니면서 하늘에 색깔을 입히는 것과 힘찬 노래 마디마디가 채찍처럼 허공에서 찰싹찰싹 소리를 내고 깃발처럼 펄럭거리는 게 보였습니다. 또 짧지만 포효하는 듯한 가사가 비수와 포탄처럼 굉음을 내며 허공을 가르고 터지듯 울리는 것도 보였습니다. 그때 한 중년 농부가 소를 몰고 쟁기를 끌면서 수도교 아래에 와서는 손으로 이마에 차양을 만들어 저를 한참 동안 자세히 바라보았습니다. 그는 제가 수도교에서 투신자살하려는 게 아님을 확인한 뒤에야 황소를 몰고 제가 온 방향으로 걸어갔지요. 그 중년 농부가 저를 정신병 환자로 보지 않는 게 고마웠습니다. 그래서 혁명이 성공한 다음에 진장,

현장, 성장이 되면 황제가 예전에 자신에게 워워窩窩*를 준 사람을 찾아 보답하듯 그를 찾아서 세 칸짜리 커다란 기와집을 지어주거나 아들딸에게 좋은 일자리를 마련해주어야겠다고 생각했습니다. 저는 농부가 소를 몰아 도로에서 도랑으로 접어드는 것을 지켜보았습니다. 그리고 그의 머리가 다른 곳은 다 검은데 정수리 한 움큼만 하얀 것을 기억해두었지요. 그건 언젠가 성공한 뒤 혁명을 되짚을 때 그를 찾아낼 유일한 증거였습니다. 저는 머리 한 움큼만 백발인 농부가 걸어간 도랑 쪽을 보면서 오른 주먹을 불끈 치켜들고는 팔을 흔들며 소리쳤습니다.

"혁명은 반드시 성공한다, 성공한다면 꼭 성공할 것이다!"

"마음을 다잡고 희생을 두려워 말자. 모든 어려움을 뚫고 승리를 쟁취하자!" 제가 외쳤습니다.

"참수도 두렵지 않다, 사상만 진실하다면. 가오아이쿤을 죽여도 뒤따르는 자가 또 있으리!"** 제가 부르짖었습니다.

계속해서 팔을 흔들며 고함치고 싶었지만 그때 석탄 운송 트럭 뒤로 산비탈 아래에서 천천히 올라오는 장거리 버스가 보였습니다. 저는 부랴부랴 수도교에서 내려와 트럭을 보낸

---

* 밀가루나 잡곡 가루 등을 반죽해 둥글게 빚은 떡.
** 중국공산당 당원이었던 샤밍한夏明翰이 죽기 전에 남긴 시를 변용.

다음 도로 한가운데에서 버스를 세웠습니다.

　장거리 버스가 제 앞에서 급브레이크를 밟았습니다. 버스
기사가 머리를 내밀며 물었지요.

　"버스 타시게요?"

　저는 버스의 차 문을 붙든 채 머리를 창문 안으로 집어넣
었습니다.

　"안에 샤홍메이 있나요?"

　기사가 브레이크에서 발을 떼며 버스를 출발시켰습니다.

　"미친놈!"

　저는 버스를 쫓아가며 외쳤습니다.

　"샤홍메이, 샤홍메이!"

　한동안 정적이 흐른 뒤 두번째 버스가 왔습니다.

　저는 여전히 도로 중앙에 버티고 있었지요.

　기사가 차를 세우고 말했습니다.

　"빌어먹을, 죽고 싶소?"

　제가 버스 창문으로 달려가 물었습니다.

　"샤홍메이가 이 차에 탔나요?"

　기사가 버스를 출발시켰습니다.

　"젠장맞을, 샤홍메이가 뭔데?"

　저는 버스를 쫓아가며 소리쳤습니다.

"염병할, 샤훙메이가 샤훙메이지!"

세번째 장거리 버스가 또 제 앞에서 급정거했습니다.

"여긴 정류장이 아니란 거 몰라요?"

제가 운전석 차 문을 붙들고 물었습니다.

"기사님, 샤훙메이가 이 버스에 탔나요?"

"샤훙메이가 누군데요?"

"제 여동생입니다."

"여동생은 집에서 찾아야지."

"오늘 현성에서 돌아오는데 급히 전할 말이 있어서요."

기사가 차내로 고개를 돌려 물었습니다.

"샤훙메이라는 분 있어요? 오빠가 밖에서 찾아요."

차에 타고 있던 사람들 속에서 아무런 대꾸가 없자 기사가 제게 손을 흔들고는 차를 출발시켰습니다. 남아 있던 짙은 연기가 고갯길에서 빠르게 흩어졌습니다.

그 고갯길에서, 현성을 출발해 주두시로 향하는 장거리 버스 여덟 대를 세웠습니다. 일하러 나가는 수많은 농민을 보고 해가 꼭대기에 올라 일을 마치고 돌아가는 농민이 나올 때까지도 훙메이는 보이지 않았습니다. 다시 그녀의 편지를 펼쳐 26일이 맞는지 확인하고 있을 때 아홉번째의 신형 장거리 버스가 바람을 헤치듯 달려왔습니다. 저는 또 버스를 세우고 기사와 이런저런 이야기를 나누었습니다. 기사가 연거푸 "미친놈"이라고 욕하며 실성한 거 아니냐고 물었습니다. 저는, 지금 당신은 내게 치명적인 공격과 욕설을 퍼붓고 있소, 조만간 돌로 당신 발을 찍으며 후회하게 될 것이오, 하고 말했습니다. 그가 무슨 말이냐고 묻기에 또, 나를 공격하고 욕하는 것은 혁명가를 공격하고 욕하는 것이며 혁명가를 욕하는 것은 마오 주석님이 시작한 무산계급 문화대혁명을 욕하는 것이오, 라고 대답했습니다. 버스 기사가, 내가 병이 있다고 말하면 그건 병이 있는 거요, 당신이 정상 같소? 하고는 신형 버스를 몰아 또 바람처럼 달려갔습니다.

그런데 그 버스가 간 뒤, 버스 뒤의 연기 속에서 갑자기 훙메이가 나타났습니다. 그녀는 석탄 운송차를 얻어 타고 돌아오다가 길에서 기사와 싸우는 저를 발견하고는 차에서 내려서 빛바랜 군용 가방을 들고 제가 있는 곳까지 뛰어왔던 겁니다.

"아이쿤, 여기서 뭐 해요?"

저는 멍하니 그녀를 바라보았습니다.

"마중 나왔어요. 아침 첫차부터 계속 기다렸어요."

그녀가 제 앞에 섰습니다. 얼굴에 감동이 안개처럼 피어오르고 눈빛이 델 것처럼 뜨겁게 빛났습니다. 그녀는 그 눈빛으로 제 얼굴을 잠시 불태운 뒤 와락 달려들어 두 손으로 제 목을 감으며 얼굴을 바짝 붙였습니다. 그녀는 사랑이 자신을 덮치고 휘감아주길 기다리고 있었습니다. 그녀가 내뿜는 열기가 비릿한 젖내를 내며 제 얼굴로 퍼졌습니다. 그녀의 입꼬리가 조금씩 위로 올라가면서 땡그랑땡그랑 울리듯 떨렸습니다. 저는 그녀의 눈에서 찬란하면서 불과 같은, 뼈가 녹고 다리가 후들거릴 정도로 타올라 상대의 가슴을 파고들지 않으면 바닥에 쓰러질 것 같은 작열하는 불꽃을 분명하게 보았습니다. 그녀를 안고 싶었습니다. 뻔뻔하고 거침없이, 또 유쾌하게 그녀의 옷을 전부 풀어 헤친 뒤 곧장 그녀 몸으로 달려들고 싶었습니다. 하지만 그때 차 한 대가 다가왔습니다. 운전사가 저희 옆에서 속도를 줄이더니 고개를 내밀고 큰 소리로 물었습니다.

"이런 벌건 대낮에, 당신들 불륜 아니야?"

몽둥이로 머리를 한 대 얻어맞은 것 같고 온몸이 서늘해지면서 제 단단하던 열정이 와르르 무너져 내렸습니다.

하지만 홍메이는 제 목에 계속 매달린 채 운전사에게 말했습니다.

"저희는 부부예요. 결혼하자마자 제가 베이징 톈안먼까지 도보 훈련을 갔거든요. 중앙 최고지도자를 접견하고 오늘 돌아온다니까 남편이 마중 나온 거예요."

운전사가 홍메이의 말을 듣고는 "아!" 하더니 가속페달을 밟아 떠났습니다.

차가 떠나자 홍메이가 곧장 손을 풀었습니다. 코끝에 땀이 송골송골 맺혀 있었습니다. 저희 둘은 너무 흥분한 나머지 넋을 잃었음을, 혁명의 시대와 형세를 잊었음을 깨달았습니다. 이어서 일을 끝낸 농민 둘이 도로를 따라 밀리서 걸어왔습니다. 저희는 아무 말 없이 바로 떨어졌지요. 제가 앞서고 그녀가 몇 걸음 뒤에서 서로 모르는 것처럼 정북쪽으로 걸었습니다. 당시 서로 모르는 척했던 모습을 나중에 떠올려보니 눈 밝은 사람에게는 그게 더 심증을 굳혀주는 증거 같겠더군요. 하지만 아침의 따사로움이 오후의 뜨거움으로 바뀌고 도로의 회화나무 그늘이 길가에 깔리던 그때는 그렇게 그늘 속을 잰걸음으로 묵묵하게 걸어가면서 참을 수 없는 갈증에 바짝바짝 타들어갔습니다. 길가 한쪽에서 수시로 누군가가 나타나 의심의 눈초리로 저희를 훑어보다가 멀리 걸어간 뒤에도 고개를 돌려 바라보곤 했습니다. 차들도 계속 저희 옆을 지나갔고요. 그렇게 빠르고 묵묵히 걷다가 길옆 반쯤 비탈진 곳에서 야생 가시나무 숲과 그 사이로 난 오솔길을 발견했습니다. 저는 일말의 망설임이나 고민 없이 오솔길로 꺾어 들어갔고 그녀 역시 따라왔습니다.

오솔길은 폭풍우가 몰아치기 직전과도 같은 저희의 긴장과 불안을 해소시켜주었습니다. 두 사람의 숨통을 틔워준 것이지요.

"왜 아무 말 없이 친정으로 갔던 거예요?"

제가 묻자 그녀가 대답했습니다.

"그날 사람들이 패방에서 집으로 끌고 간 뒤에 구이즈 아버지가 그 한의사를 데려다 은침을 놓으라고 했어요. 그래서 화장실에서 담을 넘어 정류장으로 갔지요."

"젠장, 보아하니 혁명에 성공하지 못하면 우리는 제대로 살기 힘들겠군요."

"현성은 이미 완전히 뒤집혔어요."

"역사상 집권층에 핍박받지 않았던 혁명은 없었어요."

"현에서 현위원회 서기를 묶어 조리돌렸어요."

"진승陳勝, 오광吳廣,* 이자성李自成,** 신해혁명, 사오산韶山 봉기……."

"지금 새 현위원회의 서기의 나이는 고작 스물여덟하고 6개월이래요."

* 진나라 말기의 농민 반란 지도자. 기원전 209년 '진승오광의 난'을 일으킴.
** 명나라 말기의 농민 반란 지도자.

그 말에 제가 걸음을 멈추고 물었습니다.

"뭐라고요?"

그녀가 제 앞까지 걸어와 말했습니다.

"지금의 현위원회 서기는 스물여덟 살 반이라고요."

제가 잠시 침묵한 뒤 물었습니다.

"늙은이들은요?"

"반혁명자는 인민 군중이 조리돌리고 있어요. 그 하늘을 찌를 듯한 혁명 열기를 보고서 오늘 돌아온다는 편지를 보낸 거예요."

저는 뭔가 꽉 잡고 있어야 했던 것을 잃어버렸던 양 그녀의 손을 꽉 쥐었습니다. 그녀의 손은 매일 농사일을 하면서 터지고 흉 지고 못이 박힌 손이 아니었습니다. 그녀도 밥을 짓고 채소를 뜯고 빨래를 하지만 그녀의 손은 부드럽고 반들반들하며 손가락 하나하나가 모두 비단처럼 부드러웠습니다. 그녀는 자신의 말이 제게 얼마나 큰 충격이었는지 몰랐습니다. 차가운 물 한 통이 머리 위로 쏟아져 내린 것 같았습니다. 저는 이미 만 스물넷인데 그녀가 말한 신임 현위원회 서기는 고작 스물여덟 반이었으니까요. 갑자기 자괴감과 조급함이 밀려들면서 당장 돌아가 청텐칭을 생매장해버린 다음에 진의 당위원회 서기 사무실에서 책상 유리를 전부

162

박살내고 서기 겸 진장인 그 사람을 생매장할 수 없는 게 한스러웠습니다. 하지만 혁명이 성공하지 못했으니 동지들의 노력이 더 필요했지요. 그때 동쪽 개울에서 양 두 마리에게 물을 먹이는 사람이 보여 어쩔 수 없이 그녀의 손을 놓고 오솔길 서쪽으로 계속 걸었습니다.

그곳은 좁고 긴 골짜기로 밀이 빽빽하고 무성했습니다. 물을 대는 밭머리에서 농민들이 물을 뿌리며 끊임없이 저희를 쳐다보았지요. 뒤편은 도로고 왼쪽은 낭떠러지, 오른쪽 비탈은 작물 없이 잡초만 허리 높이까지 자란 황무지였습니다. 그런데 그 비탈면은 도로 한 굽이를 마주 보고 있었습니다. 지나는 차와 행인들이 굽이에서 고개를 돌리면 이쪽 비탈을 훤히 볼 수 있었지요. 갑자기 넓은 비탈 주변에 사람들이 모여 저와 샤훙메이를 주시하는 것처럼 느껴졌습니다. 도대체 어디로 숨어야 할지 알 수가 없었습니다. 이미 비탈을 크게 돌았고 개울 아래로 내려갔다가 다시 올라오느라 바짓가랑이에 풀 부스러기와 가시가 잔뜩 묻었지요. 저희는 어디로 가서 무엇을 하려는지 서로 말하지 않았지만 어딘가를 찾아 무엇인가를 해야 한다는 것은 두 사람 모두 알고 있었습니다. 땀에 제 옷깃이 푹 젖었고 그녀의 분홍색 데이크론 셔츠도 하얗게 젖었습니다. 셔츠가 몸에 달라붙으면

서 그녀의 봉긋한 가슴이 더 봉긋해졌습니다. 땀 때문에 그
녀의 얼굴이 붉고 요염해진데다가 희미하게 퍼지는 열기 때
문에 그녀 온몸에서 풍기는 현기증 나는 여인의 살내가 비
탈 곳곳으로 표표히 나부꼈습니다. 저희는 아무 말도 하지
않았습니다. 암묵적인 약속이 신발과 길처럼 저희 발밑에
깔렸습니다. 이미 한참을 걸었지만 그녀는 됐다는 식의 말
을 하지 않았습니다. 저는 더더욱 하지 않았지요. 아침 일찍
부터 그녀를 기다린 것은 그곳에서 그녀와 저만의 은둔처를
찾기 위해서였습니다. 그 은둔처라는 천국에서 저희는 타오
르고 폭발하며 혁명해야 했습니다. 쇠사슬을 부수어 새로운
사랑을 세워야 했습니다.

비탈에서 남쪽으로 조금 더 걸어간 뒤 무릎 높이까지 자
란 잡초 옆에서 걸음을 멈췄습니다. 완만한 비탈에 흙이 쌓
였고 흙더미 위로 풀이 무성하게 파랬습니다. 누가 일부러
잡초를 키우기 위해 흙을 쌓아놓은 것 같았습니다. 그리고
잡초가 무성한 흙더미 뒤 절벽 아래에서 생각지도 못하게
동굴 하나를 발견했습니다. 그 동굴이 저희의 시선을 사로
잡았습니다.

저희는 그 동굴로 걸어갔습니다.

동굴에서 나오는 차가운 바람이 싸늘하게 저희를 덮쳤습

니다.

그건 오래된 묘혈이었습니다. 시체를 이장하고 남은 텅 빈 묘혈이 절벽 아래에 숨겨져 있던 겁니다. 그녀나 저나 위시 산간 지역의 이장 문화를 잘 알고 있었지요. 위시 산간에서는 누가 죽었을 때 항렬이 낮으면 선산에 묻을 수 없습니다. 혹은 외지에서 죽거나 노인 중 한 사람이 죽었는데 다른 사람 역시 건강이 나빠 얼마 못 살 것 같은데다 집이 가난해 장례를 한꺼번에 치르려고 할 때 그렇게 절벽 옆에 임시로 묘를 파서 몇 년을 두었다가 나중에 정식으로 선산에 이장합니다.

저와 그녀는 한눈에 오래된 묘혈이라는 것을 알아봤지만 그 앞에 가만히 서 있었습니다.

"도처에 사람이 있어요. 이 사람들이 다 어디에서 나온 걸까요?"

제가 말하자 그녀가 체념하듯 주변을 둘러보고 고개를 들어 하늘을 보았습니다. 얼굴이 약간 창백했습니다.

"진으로 돌아가면 사람들 앞에서는 서로 눈길도 주지 말아요." 제가 말했습니다.

"어디선가 발소리가 들리는 것 같아요."

"여기가 제일 안전하겠어요. 누가 올 리 없을 테니까요."

"아이쿵, 우리가 미친 걸까요?"

"훙메이, 우리는 혁명과 교제하고 혁명과 사랑하는 것이지 절대 미친 게 아니에요."

그러고 나서 재빨리 그녀의 손을 잡고 묘혈로 갔습니다. 과연 저희가 온 길에서 발소리가 점점 가까워지더니 바로 머리 위에서 울리더군요. 저희 둘은 무덤 입구에 쪼그리고 앉아 있었지요. 저는 그녀를 품으로 끌어당기고 두 손으로 그녀의 손을 잡았습니다. 그리고 발걸음 소리가 멀어진 뒤 그녀의 고개를 돌려 얼굴에 미친 듯이 입을 맞췄습니다.

"무서워요?" 제가 물었습니다.

"뭐가 무서워요?" 그녀가 대꾸했습니다.

저는 오래된 무덤을 둘러보았습니다.

"안 무서워요. 뭐가 무서워요? 제깟 게 우리 둘을 잡아먹기야 하겠어요? 하지만 누군가 이곳을 지나다가 우리를 붙잡을까 봐 두려워요. 그러면 모든 게 끝이겠죠. 그럼 청강진에서 떳떳하게 혁명할 생각은 영원히 접어야겠죠." 그녀가 말했습니다.

"여기보다 더 안전한 곳이 어디 있겠어요?"

그렇게 말한 다음 그녀를 밭쪽에 앉혀놓고 먼저 무덤으로 들어가 살펴보았습니다. 가로 다섯 척, 깊이 일곱 척쯤 되는 게 사람 키만 한 작은 방 같았습니다. 축축한 바닥은 평평하게 진홍색을 띠고 관을 받쳤던 네모난 나무 두 개와 파란 벽돌 십여 개가 아직도 바닥에 남아 있었습니다. 입구 쪽 통풍구와 천장, 모서리에는 회색 거미줄이 잔뜩 있고 그 위를 거미가 이리저리 움직였습니다. 안쪽에는 한 층으로 얇게 파란 이끼가 끼었고요. 시체와 관을 옮긴 뒤 아무도 무덤을 드나들지 않았던 게 틀림없었습니다. 그 순간 이 무덤이 청강진 부근에 있다면 얼마나 좋을까, 그러면 영원히 나와 홍메이의 밀회 장소가 될 텐데, 하는 생각이 들었습니다.

하지만 안타깝게도 무덤과 청강진 사이에는 18리의 산길이 있었습니다.

안타깝게도 저와 홍메이가 청강진에서 원 없이 일을 치르는 것은 하늘에 오르는 것보다 어려웠습니다.

저는 바닥의 나무 막대와 벽돌을 한쪽으로 차내고는 나가서 입구의 잡초를 한 묶음 뜯어와 바닥에 깔았습니다. 그리고 다시 풀을 뜯으러 나가는데 홍메이가 벌써 한 무더기를 뜯어오더군요. 제가 "충분해요, 충분해"라고 말하자 홍메이가 "두껍게 깔아요"라고 했습니다. 저희는 묘혈 바닥에 풀을 두껍게 깔고 관머리가 있던 곳에 버들강아지를 베개처럼 쌓았습니다. 그러고 나자 단추를 풀고 옷을 벗을 차례가 되었습니다. 밤낮으로 애태우며 기다리던 일을 해야 할 때였습니다. 하지만 무엇 때문인지 저희는 움직이지 않았습니다. 풀 위에 마주 앉아 조용히 상대를 바라보기만 했지요. 방금까지 온몸을 채우던 갈증이 사라지고 뜻밖에도 마음이 차분하게 가라앉았습니다.

"절 좋아하지 않나요?" 그녀가 물었습니다.

"좋아해요."

"근데 왜 가만있어요?"

제가 그녀의 손을 잡았습니다. 손가락이 겨울날 처마 끝에 매달린 고드름처럼 차가웠습니다.

"손이 정말 차가워요."

제 말에 그녀가 쓸쓸하게 웃었습니다.

"무서워요? 무서운 거군요." 제가 말했습니다.

"아이쿠, 청강에서의 혁명이 성공할 수 있을까요? 성공 못하면 어떡하죠? 당신과 내가 쓸데없는 포부만 가진 거면요."

"훙메이, 걱정 마요. 성공하지 못할까 봐 두려워하지 말고 낙심하는 것을 경계해요. 굳은 의지만 있다면 쇠방망이도 바늘로 만들 수 있어요."

그녀가 믿음직하다는 듯 고개를 끄덕이며 말했습니다.

"제 단추를 풀어줘요."

그래서 저는 그녀의 단추를 풀기 시작했습니다. 그녀는 어린 여자아이가 어른이 옷을 벗긴 뒤 재워주길 기다리듯 제가 단추를 전부 풀도록 내버려두었습니다. 옷을 다 벗긴 뒤에도 그녀는 계속 무덤 입구의 빛 속에 앉아 셔츠로 두 무릎을 덮은 채 제가 단추를 풀고 옷을 벗는 걸 지켜보았습니다. 제 동작은 빠르지도 느리지도 않았습니다. 저는 셔츠를 벗으면서 그녀의 벌거벗은 몸을 감상했습니다. 묘혈에 흐르는 차가운 습기 때문에 그녀의 얼굴은 옅은 청색을 띠었고 눈처럼 흰 몸에도 쌀알 같은 소름이 돋았습니다. 그녀가 조금 추울 거라고, 어쩌면 마음도 시릴 수 있다는 생각이 들었습니다. 입가까지도 녹두처럼 파랗게 얼었지요. 그런데 그 순간 오후의 햇살이 입구에서 비쳐들며 네모난 숄처럼 그녀의 등을 덮었습니다. 제가 다가가 방금 벗은 웃옷을 햇살 아래에 깔고 말했습니다.

"훙메이, 여기 앉아요."

"아이쥔, 어서 좀 안아줘요. 정말 많이 어지러워요."

저는 황망히 그녀를 안아 새끼 양을 내려놓듯 빛 속에 내려놓았습니다. 그런 다음 팬티 하나만 입은 채 그녀 맞은편에 바짝 다가앉아서는 그녀의 매끈하고 차가운 두 다리를 제 허벅지에 올려놓았습니다. 저희는 그렇게 마주 앉았습니다. 햇살이 그녀의 어깨에서 흘러내려 젖꼭지의 날카로운 꼭대기를 쓸고는 제 허벅지로 떨어졌습니다. 그 햇살은 제 몸을 따뜻하게 덥히면서 실이 스치듯 간질였습니다. 무덤은 한없이 고요했지요. 무덤 입구에서 들어오는 공기가 가을날 나뭇잎이 허공을 가르는 소리를 내다가 햇살을 통과할 때는 물방울이 뜨거운 냄비 속에서 바짝 타들어갈 때의 뜀박질 소리를 냈습니다. 그녀의 머리카락이 전보다 많이 자라서 동그란 어깨에 거의 닿았습니다. 머리카락 한 가닥이 떨어져 한끝은 어깨에, 다른 한끝은 가슴 위에 다리처럼 놓이면서 중간에 빈 공간이 생겼습니다. 햇살 속의 미세한 먼지가 머리카락 아래의 빈 공간에서 뛰는 듯 춤을 추다가 가슴 한쪽의 그늘로 빨려 들어가는 것이 보였습니다. 그늘 속으로 들어갔던 또 다른 먼지 입자는 그녀 어깨 위의 빛으로 다시 도망쳐 나와 빛의 종착점을 찾아 뛰어다녔습니다. 그리고 결국 그녀의 오른쪽, 푸르스름한 차가움에서 되살아나기 시작한 젖꼭지를 찾아냈습니다. 햇살을 받아 어느새 남보랏빛에서 홍보랏빛으로 바뀐 젖꼭지가 잠자고 있던 토끼가 눈을 뜬 것처럼 그녀의 호흡 속에서 즐겁게 팔딱거리기 시작했습니다.

저는 그렇게 되살아난 젖꼭지에 조금 달아올라서 정성껏,

그리고 마음껏 젖꼭지를 주무르고 빨았습니다. 그러다 그녀의 오른쪽 몸은 따뜻해졌는데 왼쪽은 여전히 차가운 것을 발견했지요. 그래서 그녀를 덥석 안아 허벅지에 앉히고는 두 다리를 벌려 제 허리에서 등 뒤까지 감싸게 한 다음 바닥에서 몸을 반 바퀴 돌렸습니다. 햇살이 그녀와 제 가슴 사이로 들어와 그녀의 가슴 전체와 유방을 덥혀주도록요.

"따뜻해졌어요?" 제가 물었습니다.

그녀가 고개를 끄덕인 뒤 되묻더군요.

"우리가 결혼할 수 있을까요?"

제가 잠시 생각에 잠겼다가 대답했습니다.

"불가능해요."

"왜요?"

"당신과 나는 혁명을 하려고 하니까요. 당신이나 나나 모두 혁명가가 되려고 하잖아요."

그녀가 입술을 깨물고는 더 이상 아무 말도 하지 않았습니다.

그때, 미끈한 엉덩이로 제 맨허벅지에 너무 오래 앉아 있어서 불편했는지 그녀가 두 손으로 제 목을 더 꽉 감싸면서 허벅다리 안쪽으로 다가앉았습니다. 그녀의 가슴이 턱까지 올라와서 숨을 내뱉을 때마다 따뜻하게 달궈진 젖가슴이 부드럽게 제 입술과 턱을 스쳤습니다. 하지만 저는 젖꼭지를 빨지 않았습니다. 그녀가 저를 자극하거나 유혹하는 게 아님을 알고 있었으니까요. 저희는 가장 핵심적이고 예민한 문제를 논의하는 중이었고 혁명이 더 무거운지, 사랑이 더 무거운지 성심껏 무게를 재는 중이었으니까요. 그녀가 반쯤은 미혹되고 반쯤은 당황한 눈으로 저를 바라보았습니다. 햇볕을 따뜻하게 쬐어 이전의 아름다운 얼굴색을 되찾았지만 안개 같은 의혹이 얼굴을 뒤덮고 있었습니다. 그때 갑자기 묘혈의 가장 안쪽 흙담에서 마치 옥석이 폭신한 흙더미로 던져지듯 물방울이 오래된 관으로 똑 떨어졌습니다. 저희는 물방울이 떨어진 뒤쪽을 쳐다보았다가 다시 고개를 돌려 벌거벗은 채 안고 있는 서로를 바라보았습니다.

"내 말이 무슨 말인지 알아요?"

"알아요. 당연히 혁명이 중요하죠. 나도 고등학교를 졸업했고 1학년부터 줄곧 학급 간부를 맡은데다 학교 선전대 대원이었어요. 그런데 그걸 모를까 봐요? 난 정말로 결혼하자는 게 아니라 당신이 나와 결혼하고 싶은지를 알고 싶었을 뿐이에요."

"하고 싶어요. 꿈에서도 바라는걸요."

"정말요?"

"정말로요, 홍메이. 그런데 넓적다리가 저리네요."

그녀가 손을 풀며 말했습니다.

"아이쿠, 이렇게 벌거벗겨 앉혀놓으려고 그 아침부터 마중 나오고 무덤까지 데려온 건 아니잖아요?"

"당신을 보고 싶어서 그래요. 당신은 당신 몸이 얼마나 아름다운지, 얼마나 애간장을 녹이는지 모르지요? 내가 상상했던 것과 똑같아요."

"정말이에요?"

"그럼요. 몰랐어요?"

그녀가 일어났습니다. 자신의 셔츠로 가랑이 사이를 가렸지만 길고 늘씬한 다리가 옥기둥처럼 셔츠 뒤에서 흐릿하니 뽀얗게 빛나 더욱 정신을 차릴 수가 없었습니다. 이성을 내던진 채 달려들고 싶었습니다. 하지만 꾹 참았습니다. 아직 충분히 보지 못한데다 그녀의 벗은 몸이 정말로 제 상상과 똑같았거든요. 그녀는 그렇게 무덤 입구에 서서 고개를 숙인 채 자신의 가슴과 두 다리를 바라보다가 고개를 들었습니다. 얼굴에 요염한 빛이 반짝하더니 창문으로 태양이 떠오르는 것처럼 입가에 웃음이 걸렸습니다.

"내 어디를 보고 싶어요?" 그녀가 물었습니다.

"어디든 다 좋아요. 전부 다 보고 싶어요."

그러자 그녀가 갑자기 툭 하고 가랑이 사이를 가렸던 셔츠를 떨어뜨려 제 앞에서 자신의 나체를 훤히 드러냈습니다. 그녀의 얼굴은 혁명가로서의 자신감과 당당함으로 가득하고 아무것도 거칠 게 없다는 긍지와 오만으로 빛났습니다.

"아이췬, 어디든 보고 싶은 곳을 봐요. 어떻게 보고 싶든 마음대로 봐요. 지금부터 어두워질 때까지, 또 어두워진 다음부터 날이 밝을 때까지, 그리고 내일, 모레까지 계속 봐도 돼요."

그녀가 계속 이어서 말했습니다.

"여기서 눈 하나 깜짝 않고 사흘 밤낮을 봐도 돼요. 먹을 것만 있다면 평생 이 무덤에서 나가지 않아도 돼요. 평생 샤홍메이는 머리끝부터 발끝까지, 머리카락 하나, 솜털 하나까지 전부 혁명가 한 명의 것이에요. 당신 가오아이췬 거예요."

저는 홍메이의 기개에 압도당하고 늘씬한 나체에 놀라 뭔가를 말하고 싶었지만 목구멍 사이에 말이 걸려버린 것처럼 아무 말도 할 수 없었습니다. 대체 어떤 말이 걸린 것인지도 알 수 없었고요. 태양이 정수리 쪽으로 이동하면서 무덤의 네모난 수건 같던 햇살이 좁아지다가 무덤 바깥으로 한 뭉텅 물러났습니다. 사랑 때문에, 또 혁명의 열정과 불꽃 때문에 서늘함은 어느새 제 몸에 남아 있지 않았습니다. 홍메이

의 몸에서도 완전히 사라졌지요. 혁명과 사랑이 묘혈을 가
득 메웠습니다. 무덤 안도 좀 밝아져 입구 바깥에서 바람에
흔들거리는 잡초와 훙메이가 던져버린 셔츠 깃에서 햇살을
받아 반짝거리는 머리카락 한 올, 무덤 모서리의 거미줄에
매달린 먼지 한 톨과 물방울, 무덤 가장 깊은 곳 벽에 포시
시 돋아난 초록 이끼와 그 속에서 한 번도 햇빛을 보지 못한
채 손가락만 하게 세 가닥 작은 잎을 펼쳐낸, 살짝 건드리기
만 해도 벽에서 떨어질 듯한 보드라운 풀까지 전부 볼 수 있
었습니다. 그녀는 그렇게 선 채 양손으로 반대편 어깨를 잡
았습니다. 팔뚝에 밀려 가슴이 어깨 밑까지 봉긋 올라갔지
요. 마침 햇빛이 그녀의 두 가슴에 정통으로 쏟아져 풍만한
가슴이 빛으로 물들었습니다. 그녀의 가슴은 한없이 찬란한
은빛 태양 같았습니다. 그 태양 아래 상반신의 균형 잡힌 보
드라움이 끝나면 허리가 갑작스러우면서 완만하게 가늘어
졌습니다. 양손으로 꽉 누르면 손가락 끝이 닿을 것처럼 잘
록했지요. 하지만 잘록함은 그리 오래가지 않고 엉덩이에서
다시 툭하고 불거졌습니다. 교외에서 만났을 때 그녀의 잘
록한 허리와 탐스러운 엉덩이를 보지 못했다는 게 놀라웠
습니다. 그때 그녀가 앉아 있었기 때문일까요? 입술이 마르
고 깃털이 오르락내리락하는 것처럼 목구멍이 간질간질했

습니다. 저는 침을 꿀꺽 삼키고 아랫입술을 깨물어 제 마음이 싱숭하다 어느 순간 터져버리지 않도록 다잡았습니다. 계속해서 샅샅이 그녀를 훑어보고 싶었으니까요. 그녀의 매혹적인 나체를 제 두 눈에서 뱃속으로 삼켜버리고 싶었습니다. 딸 타오얼을 낳았다지만 매끈한 아랫배에 옅게 남은 붉은 임신선을 빼면 어디에서도 아이를 낳았다는 흔적은 찾아볼 수 없었습니다. 가늘고 긴 두 다리와 둥글고 매끈한 허벅지, 다리와 엉덩이 어디에도 군살이 없었습니다. 발톱은 여전히 붉게 물들여서 열 발가락에 분홍색 매듭이 달린 것 같았지요. 발가락이 그녀의 발을 빛나게 만들고 온몸을 눈부시도록 하얗게 만들었습니다. 생각해보십시오. 그렇게 매력적인 나체를 가졌는데 어떻게 그녀가 보통 여자일 수 있겠습니까? 어떻게 농촌 작은 마을의 아낙이 될 수 있겠습니까? 여인의 모습을 한 신이 아니고 무엇이겠습니까? 하늘이 남자에게 준 여신이 아니면 무엇이란 말입니까? 똑바로 서 있던 그녀가 너무 오래 서 있어서인지, 어쩌면 다른 목적이 있어서인지, 몸의 구석구석을 전부 제게 드러내기 위해서인지 몸을 살짝 돌렸습니다. 왼발을 앞으로 뻗고 상반신을 기울이면서 중심을 완전히 오른 다리에 두었지요. 그러자 점점 작아지던 햇살이 공교롭게도 아랫배 밑의 삼각형에 집중

돼 신비하고 어두침침하던 털들을 환한 햇살 속으로 끌어냈습니다. 부드러운 털들이 구불구불한 고집과 오기를 드러내고 털 하나하나가 전부 어떻게든 일어서 떳떳하게 햇볕을 쬐고 비바람을 견디면서 자신만의 세상을 만들겠다는 듯 허리를 폈습니다. 태양 아래 손바닥 반만 한 면적에서 황금빛으로 빛나는 털들이 하나하나 털끝에서 붉은빛을 방울져 빛냈지요. 햇살이 빽빽하게 뒤덮인 포도나무 시렁을 뚫듯 털들을 뚫고 그 아래 피부에 닿는 것도 볼 수 있었습니다. 햇빛이 무덤에서 쑥 빠져나간데다 이미 무덤 안의 빛과 공기에 적응했기 때문에, 사방의 진흙이 촉촉한 붉은색으로 짙어지고 거무스름한 빛까지 띤 것을 알 수 있었습니다. 짙은 검붉은색이 그녀를 더욱 뽀얗게 만들었습니다. 얼마나 뽀얀지 백옥이나 대리석에 조각된 여신상 같았습니다. 저는 그렇게 책을 읽고 문장을 외우듯 그녀를 자세히 살펴보고 오랫동안 바라보았습니다. 그녀를 보면서 뭔가 말하고 싶었지만 그 나신에게 무슨 말을 해야 할지 몰랐습니다. 제가 무슨 말을 해야 했을까요? 무슨 말을 해야 그녀가 제게 펼쳐 보인 아름다움 앞에 당당할 수 있었을까요?

"홍메이, 당신이 믿든 안 믿든, 당신을 위해 나는 죽어도 청강에서 혁명을 일으킬 것이고 반드시 청강의 혁명을 성공으로 이끌 거요."

그녀가 조금 피곤했는지 다른 발로 중심을 옮겼습니다. 유리 조각이 걸린 것처럼 햇살이 엉덩이를 비추었지요. 그러고 나서 그녀가 저를 바라보았습니다.

"가오아이궈, 당신이 청강에서 운동을 시작해 혁명을 일으킨다면 나 샤훙메이는 당신을 위해 죽어도, 혁명을 위해 죽어도 후회하지 않을 거예요."

물을 짜내듯 주먹을 움켜쥐자 손 사이로 땀이 비어져 나왔습니다. 저는 온몸의 조급함과 혁명을 향한 갈증까지 전부 손안에 움켜쥐었습니다.

"훙메이, 성공하지 못하면 내가 혁명에 떳떳할 수 있겠어요? 조직에 떳떳할 수 있겠어요? 당신 샤훙메이가 대낮에 옷을 벗고 내가 원하는 곳을 전부 보여준 그 진정 어린 마음에 떳떳할 수 있겠어요?"

노을이 하늘거리는 것처럼 흥분이 그녀 얼굴로 번졌습니다. 그녀가 고개를 숙여 자신의 열 발톱을 바라보다가 두 다리를 구부려 가슴이 살짝 출렁거릴 때 몸을 꼿꼿이 세웠습니다. 그러고는 또 갑자기 팔을 꽉 감싸 몸을 둥글게 말았다가 두 손을 깍지 껴 손바닥을 위로 뻗으면서 고개를 번쩍 들었습니다. 하지만 저를 바라보지 않고 오른쪽 벽을 바라보았지요. 삼월에 나부끼는 버들개지와 백양나무 꽃처럼 편안한 웃음이 그녀의 얼굴에 걸렸습니다. 그녀는 무대에서 춤을 끝낸 배우가 마무리 동작을 취하듯 자신의 몸이 가진 여인으로서의 특징을 빠짐없이 전부, 고스란히 드러내는 자세를 취했습니다. 봉긋하게 위로 솟은 젖가슴과 살짝 흔들리는 젖꼭지, 나선형으로 벌어진 임신선, 도드라지게 올라붙은 엉덩이와 엉덩이에 걸린 반짝이는 햇살, 단단하게 잡힌 허벅지살, 그리고 몸을 돌려 더 신비스럽고 모호하게 반쯤 가려진 가랑이 사이 아랫배 밑의 삼각형 털들. 그녀는 탁자 위에 화분을 내려놓듯 여인의 신비함을 제 앞에 펼쳐 보였습니다. 손바닥에서 땀이 줄줄 흘러나와 군복 바지에 계속 손을 문질러야 했지요. 땀이 흐르는 모공을 막지 않는다면 펄펄 끓어오르기 시작한 피가 혈관에서 손바닥으로 비어져 나와, 땀이 흘러나간 다음 몸 밖으로 배어 나올 것 같았습니다. 일을 마치고 돌아가는 무덤 바깥의 발걸음 소리가 머리 위에서 울리는 듯했습니다. 규칙적으로 다가오는 발걸음 소리는 물을 끼얹듯 욕정으로 불타는 제 몸을 식혀주었지요. 홍메이도 발걸음 소리가 들리면 얼굴이 설핏 노래졌다가 발소리가 멀어지면 꽃처럼 찬란한 홍분으로 발그레해졌습니다. 그녀가 아무 말 없이 저를 바라보다가 갑자기 가만하던 자세를 거두고 화다닥 한 발로 섰습니다. 한 팔은 허리를 잡고 다른 팔은 머리 위로 뻗으면서 집게손가락으로 무덤 위쪽을 찌르더군요. 숨을 참아 아랫배를 쑥 집어넣고 엉덩이도 단단하게 조이자 원래 늘씬하던 몸이 더욱 나뭇가지처럼 가늘어져 껍질을 벗겨낸 하얗고 촉촉한 파를 무덤 입구에 심어놓은 것 같았습니다. 곧이어 그녀가 '선회하는 학', '날아가는 기러기', '웅크린 참새', '날개를 편 봉황', '다리 바꾼 금계'니 하며 허리를 굽혔다가 등을 젖히면서 이리저리 방향을 바꾸었습니다. 그렇게 무내 위 춤동작을 단숨에 십여 개나 보여주었습니다. 바닥의 축축한 흙을 수없이 차낸 덕분에 오른발 다섯 개의 붉은 발톱 가운데 세 개가 흙에 덮였고, 팔을 계속 공중으로 뻗다 보니 열 손가락 중 몇 개가 천장의 붉은 흙을 긁었습니다. 한번은 허리를 굽혔다가 똑바로 일어설 때 천장에서 흙이 떨어졌습니다. 흙 알갱이가 그녀의 젖무덤에서 가슴골로 미끄러지더니 상반신을 천천히 일으킬 때 가슴골에서 아래로 굴러갔습니다. 그중 일부는 땅으로 떨어지고 일부는 그녀의 배에 분홍 별들이 박힌 것처럼 붙었습니다.

태양이 어느새 무덤 안에서 입구까지 물러났습니다. 바깥의 잡초가 더 이상 흔들리지 않았습니다. 바람이 없어 산비탈의 정적이 하늘을 메우고 땅을 덮었습니다. 멀리 계곡 저편의 파란 밀싹이 햇살 속에서 밝은 노란색으로 변했습니다. 쉬지 않고 지나는 자동차들 때문에 무덤 벽들이 가볍게 흔들렸고요. 홍메이는 완전히 동작에 몰입한 듯, 자신의 춤에 빠져든 듯 그렇게 무덤 안에서 온갖 춤동작을 취했습니다. 묘혈의 공간이 얼마든, 무덤의 벽들이 얼마나 답답하게 옥죄든 상관없이 그렇게 하나하나 자세를 잡고 춤을 추면서 여인의 특징과 아름다움을 펼쳐 보였습니다. 그 순간 제 몸의 불꽃이 사그라지면서 그녀의 색다른 매력에 압도당했습니다. 그녀가, 현성에 문화관이 있었고 어려서부터 그곳 학생이었다고 말했습니다. '해진 신발', '부패한 타락분자'라고 불리는 여선생에게 춤을 배웠고 현의 예극豫劇*단에서 문화관으로 옮겨온 청의青衣** 전문 남자 배우에게 예극을 배웠다고도 했습니다. 또 자신이 현성의 중고생 공연단에서 가장 촉망받는 여배우였으며 교장에게 선발돼 지구와 성도에서 온 향촌문맹퇴치운동 간부들 앞에서 춤추며 공연한 적이 있다고, 하지만 아쉽게도 고등학교에 가려 할 때 아버지가 오빠를 현의 고등학교에 보내느라 그만두게 했노라고 했습니

---

* 허난성과 산시성에서 유행한 중국 지방 전통극.
** 중국 전통극에서 젊은 여성이나 중년 여성 역.

다. 그렇게 해서 그녀의 아마추어 무대 인생이 현성에서 평생 대문을 지키고 마당을 쓸며 서기와 향장에게 찻물을 끓여주던 아버지에게 말살당했다고요. 만약 그때 그만두지 않았다면 지구의 연극학교에 합격했을지도 모른다고, 연극학교에 들어갔다면 지구나 현의 극단에서 전문 배우가 되었을지도 모른다고, 그러면 청강진으로 시집와 절대 지금처럼 선생의 아내와 전임 진장의 며느리로 평범하게 살지 않았을 거라고 말했습니다. 극단 배우가 되었다면 그녀는 어떤 모습이었을까요? 현장이나 현위원회 서기의 아내가 되었을까요? 그날 오직 저를 기다리기 위한 것처럼 혼자 교외에 앉아 있다가 저와 만났을까요? 운동과 혁명에 그렇게 열정적이었을까요? 머리와 손에 잔뜩 은침을 맞았을까요? 그 무덤에서 옷을 전부 벗어버린 채 저를 위해 '비상'이나 '독립', '뜀뛰기' 같은 동작을 연출해주었을까요? 당연히 그럴 리 없겠지요. 완전히 다른 운명이었을 겁니다. 그 무덤에서 저를 위해 미친 듯, 실성한 듯, 심취한 듯, 몰입한 듯 행동한 것은 그녀가 청강진 청톈민의 집으로 시집오고 그 영원히 달아오를 것 같지 않은 선생 청칭둥에게 시집왔기 때문일 겁니다. 그렇다면 그녀는 왜 청강진으로 시집온 걸까요? 물론 청씨 집안 며느리가 되어 자녀를 낳기 위해서도 아니고 유구한 역사와 뭇 사람들의 칭송을 받는 마을에서 한 백성이자 사원으로 살아가기 위해서도 아닙니다. 그것은 청춘으로 와서 저와 함께 청춘의 구태를 뒤엎고 혁명의 선구자와 조직자, 청강사업의 계승자가 되기 위해서입니다. 제 불행한 결혼을 보듬어 채워주고 저와 살을 맞댄 혁명가이자 왼팔인 동시에 오른팔이 되기 위해서입니다. 저는 조금 감격하고 과분한 사랑에 당혹스러워지기까지 했습니다. 생생한 현실 속에서 이렇게 달콤해도 되는 건가 의심이 들고 현기증이 났습니다. 갑작스럽게 제 삶으로 들어온 그녀가 조금 당황스러우면서도 그녀의 혁명과 충절에 감탄했고 저를 위해 기꺼이 모든 것을 내어준 열정에 부끄러우면서도 안심이 되었으며 시간과 장소에 개의치 않고 폭발적인 사랑을 드러내는 그녀의 열정에 불가사의함과 유쾌함을 동시에 느꼈습니다. 저는 계속 바뀌는 그녀의 동작과 그에 따라 변하는 작은 자세와 피부색, 표정을 물방울 하나 새어 나갈 틈 없이 전부 지켜보았습니다. '선회하는 학' 자세를 취하느라 머리를 위로 들자 얼굴이 주홍색으로 달아오르고 양쪽 귓불까지 꽃술처럼 붉어졌지요. 그때 가슴은 자연스럽게 아래를 향해 하얀 꽃잎에 붉은 꽃술을 가진 모란꽃이 거꾸로 매달린 것처럼 유방이 살랑살랑 흔들렸습니다. 가슴팍에서 떨어질 것 같았지요.

저러다 정말로 점토와 잡초로 가득한 묘지 바닥에 떨어지면 어쩌나 싶은 게 두 손을 뻗어 풍만하고 자유로운 젖가슴을 받쳐주고 싶었습니다. 반대로 등을 젖히는 자세에서는 유방이 가슴에 밀착하면서 유방으로 이어진 모든 선이 팽팽해지고 가느다란 혈관이 붉거나 파래졌습니다. 곡선이든 직선이든 무덤 입구의 허공에 순결하게 드러났지요. 그러다 그녀가 허리를 완전히 젖혀 뒤로 뻗은 양손을 바닥에 내려놓자 그녀의 아랫배와 허벅지가 단단히 조여지면서 그곳이 넓고도 아득한 평지처럼 드러났습니다. 그 평지는 묘실 허공에 떠다니듯 펼쳐져 꼭 가운데가 겨자색인 거울이 무덤 공중에 매달린 것 같았습니다. 그때 그녀는 자신의 가장 은밀한 방문을 열었다는 것을, 영원히 어둠에 잠긴 창문을 열어젖혔다는 것을, 여인의 신비를 조금도 남김없이 제 눈앞으로 보냈다는 것을 몰랐을 겁니다. 저는 그 밀실 속에서 촉촉하게 젖은 나비와 물고기를 보고, 나비가 꿈처럼 창문에서 날아나오는 것과 물고기가 문지방에서 헤엄쳐 나오는 것을 보았습니다. 또다시 온몸이 뜨거워지면서 양손에서 억수같이 땀이 흐르고 3년 동안 비 한 방울 내리지 않은 것처럼 목구멍이 바짝 말라갔습니다. 저는 참을 수가 없었고 제 열정을 더 누르고 싶지도 않았습니다. 굶주린 늑대가 음식으로 달려들

184

듯 시선을 그녀가 열어젖힌 문에 고정하고는 창문을 뚫고 들어가 날아오른 나비와 헤엄치는 물고기를 잡았습니다.

낚아채듯 그녀를 품에 안고는 풀더미에 눕혔습니다.

무덤 안에는 그녀와 제가 죽어버린 듯한 정적이 흘렀습니다.

그녀가 무덤 천장을 바라보았습니다.

제가 그녀를 바라보았습니다.

그녀는 관이 있던 자리에 누웠습니다. 무덤의 한가운데에서 머리는 안쪽, 다리는 바깥쪽을 향하게 두고 똑바로 누웠지요. 살아 있는 여신 같은 그녀가 파란 풀 위에서, 헤엄치다 지친 하얀 물고기가 가만히 멈춘 것처럼 쉬었습니다. 땀이 온몸을 촉촉하게 덮었습니다. 그렇게 똑바로 누워 기다리는 동안 숨을 내쉴 때마다 그녀의 가슴과 배가 갑작스럽게 올라갔다가 또 갑작스럽게 꺼졌습니다. 저는 그녀의 허벅지 옆에 반쯤 꿇어앉아 있다가 더 이상 참지 못하고 그녀의 허벅지에 손을 올려놓았습니다. 그러자 그녀의 다리 근육이 파르르하더니 온몸으로 떨림이 퍼졌습니다. 제 손길을 몇천 년 동안 기다리다가 마침내 그 무덤에 눕게 된 것 같았습니다. 저는 그녀의 얼굴에서부터 아래쪽으로 쓰다듬고 입맞추었습니다. 얼마나 부드럽고 민감한지, 종아리든 허벅지든 배든 가슴이든 어깨든 목이든 제 손이 어디에 닿든 온몸이 부르르 떨렸습니다. 무덤이 그녀의 파르르한 떨림과 거칠고 뜨거운 호흡 소리로 가득 찼습니다. 마지막으로 저는 발톱에 묻은 흙을 천천히 털어내 열 개의 햇살 조각 같은 발톱을 다시 선명하게 만들었습니다. 그때 그녀가 저를 가슴 아래로 끌어당기고는 간절하게 제 손을 잡아다 자신의 젖가슴에 올려놓았습니다.

그녀의 가슴 사이에 숨겨져 있던 두근거림이 수문을 빠져나와 거침없이 내달리는 물줄기처럼 제 손으로 달려들었습니다. 그녀도 더 이상 참을 수 없다는 것을, 저처럼 기다릴 수 없다는 것을 알 수 있었습니다. 불꽃이 이미 활활 타오르고 위태위태할 정도로 힘이 집중되고 있었지요. 사랑과 혁명이 긴박해지면 어느 한 순간이 전체 흐름을 좌우할 수 있습니다. 태양이 떠오르면 1000무의 밭이 밝아지고 달이 떨어지면 논밭이 어둠에 잠기는 법이지요. 나무에 둥글둥글 감이 열리고 가지가 눈앞까지 뻗어 있다면 딸 수 있을 때 빨리 따야 합니다. 늦는 것은 이른 것만 못하지요. 백로가 지나면 서리가 내리고 감이 떨어지면 후회해도 소용없습니다. 복숭아가 주렁주렁 열리고 가지와 초록 잎이 무성한 나무가 오월 단오에 가뭄을 만나 허리가 휠 만큼 말랐을 때, 당신이 맑은 샘물을 준다면 세상에서 오직 당신만이 선도를 맛볼 수 있게 됩니다. 제비 한 쌍이 지지배배 지저귀며 드나들더니 한 마리는 타액을 게우고 다른 한 마리는 바닥에 풀을 깔아 즐겁게 둥지를 만들고 혁명가를 불렀습니다. 혁명은 높은 산을 오르는 것과 같고 높은 산의 태양은 둥글고도 둥글지요. 한 계단을 오를 때마다 깨달음을 얻고 깨달음은 태양처럼 마음속을 밝혀줍니다. 마음속을 밝혀주면 마음이 따뜻해지고 뜨거워진 피가 가슴으로 스며들지요. 가슴으로 스며들면 심장을 적셔 기쁨에 활짝 웃게 되고요. 환하게 웃으면서 시를 쓰고 행복한 날이 억만 년, 억만 년, 또 억만 년, 억만 년……

그렇지만, 그렇지만, 그렇지만 정말 생각지도 못하게 그녀의 두 다리를 벌려 단단해진 제 물건을 그녀 몸 안으로 집어넣으려 할 때 꿇어앉은 무릎에 무엇인가가 걸렸습니다. 무릎 밑의 풀을 더듬더듬 헤쳐 보니 바싹하게 썩어가는 뼛조각이었습니다. 땅속에서 오래 묵은 대추나무나 느릅나무 조각처럼 거무튀튀하면서 희끄무레하고 손가락 두께에 길이는 한 치 반 정도 되며 위쪽으로 벌레가 파먹은 작은 구멍이 수없이 많았습니다. 가매장했던 시체의 손가락뼈라는 것을 한눈에 알 수 있었습니다. 죽은 사람의 손가락뼈라는 것을 깨닫자 한기가 손에서 확 오르더니 물이 빠져나가듯 주르륵 온몸으로 흘러 혈관에서 절절하게 끓어오르던 열기를 순식간에 차갑게 식혀버렸습니다.

저는 무너졌습니다. 허물어져 내려앉았지요. 동트기 전의 서광이 사라져버렸습니다.

황망히 무덤 밖으로 손가락뼈를 던졌지만 더 이상 단단하게 설 수 없었습니다.

홍메이가 일어나 앉더니 애틋하게 바라보더군요. 저는 그녀의 손을 가져다 제 뺨을 때렸습니다. 그녀가 잡혔던 손을 비틀어 뺐다가 다시 뻗어 제 얼굴을 쓰다듬었습니다.

눈물이 툭 떨어졌습니다.

저희는 그렇게 서로 기댄 채 촉촉한 은홍색의 무덤을 저희 두 사람의 관을 바라보듯 다시 살펴보았습니다. 묵묵히 아무 말도 하지 않았습니다.

햇살이 무덤 입구에서 더 멀어졌습니다. 입구 앞쪽의 서늘한 그늘은 담홍색을 띠고, 부슬부슬한 흙 위의 잡초는 여전히 포기며 잎에서 햇살의 윤기를 튕겨내고 있었습니다. 그때까지도 무덤 안은 한구석을 차지한 거미의 작은 녹용 같은 다리 돌기까지 알아볼 수 있을 만큼 환했습니다. 물기를 살짝 머금은 듯한 거미 다리의 솜털이 움직일 때마다 흔들거리는 게 보였지요. 바닥에 깐 풀더미에 훙메이가 누웠던 자국이 움푹 팼습니다. 무덤의 썩은 내와 풀냄새, 습기가 한데 섞여 파랗고 붉고 뽀얀 냄새가 되어 무덤 입구로 흘러갔다가 입구를 나가 햇살에 부딪히는 순간 연기처럼 흔적도 없이 사라졌습니다.

3. 대폭발

인적이 끊긴 한밤중, 평지에 천둥이 우르릉거리는 것 같았습니다.

당신들은 기적이 어떻게 일어나는지 알 수도, 이해할 수도 없을 겁니다. 제가 알려드리지요. 혁명가에게 기적이란 혁명으로 만들어질 수밖에 없습니다. 혁명은 모든 기적의 원천이고 기적의 원동력입니다. 혁명은 기적의 출발지이자 기적을 키우는 햇빛과 비, 이슬, 봄바람, 옥토, 계절과 절기입니다. 누가 생각할 수 있겠습니까? 누가 생각해낼 수 있단 말입니까? 저와 훙메이가 그 무덤을 나설 때 실망감이 눈서리처럼 저희 둘을 둘러쌌습니다. 저희는 불꽃처럼 타오르던 사랑이 뼛조각 하나의 한기 때문에 완전히 꺼져버릴 줄 생각도 못 했습니다. 무덤에서 다시 한 번 뜨거운 불꽃이 맹렬하게 타오르기를 기다렸지만 기다리면 기다릴수록 실망만 눈서리처럼 덮쳐왔습니다.

결국 손을 잡은 채 무덤을 나와 저희 사랑의 무덤으로 통하는 것 같은 산길을 묵묵히 걸었습니다. 서로 한마디도 하지 않은 채 시체처럼 걸어 산마루 길에 거의 도착했을 때 어느 마을에선가 확성기 소리가 어렴풋하게 들려왔습니다. 이월 경칩이 지난 뒤 산 저편, 하늘 멀리에서 울리는 천둥소리 같았습니다. 햇빛이 어느새 정남을 지나 서쪽으로 향하고 언덕의 밭에는 아무도 없었습니다. 멀리 계곡 저편의 산비탈 풀밭에도 줄에 묶인 채 풀을 뜯는 양만 보일 뿐, 양치는 주인은 집으로 식사를 하러 갔는지 아니면 어딘가에 누워 쉬고 있는지 보이지 않았습니다. 마을의 확성기 소리 틈새로 양이 걸어 다니는 소리와 푸르게하니 풀 뜯는 소리가 들렸습니다.

저희는 왔던 길을 되짚어 무덤 서쪽의 도로로 향했습니다. 샛길 가시풀의 손가락 절반만 한 가시가 저희 바지통을 찔렀다가 풀뿌리에서 의지가지없이 바닥으로 떨어지거나 바짓가랑이에 걸렸습니다. 도로가에 이르렀을 때 저희 둘의 바짓가랑이에는 검은 윤기가 반지르르한 잔가시들이 잔뜩 묻어 있고 후끈하게 달아오른 풀냄새가 희끗하게 코를 찔렀습니다.

저는 도시 사람들처럼 팔을 둥그렇게 말아 그녀에게 팔짱을 끼도록 한 다음 길을 걸었습니다. 햇살은 따스하고 들판은 고요했습니다. 논밭에서 나비와 나방, 메뚜기가 끊임없이 길로 튀어나와 이쪽 밭에서 저쪽 밭으로 건너갔습니다. 저희가 비탈을 절반쯤 올랐을 때 비탈 저편의 확성기에서 또 무슨 말소리가 들렸습니다. 비탈의 나무들에 가로막혀 무슨 말을 하는지 알 수 없었지만 말소리가 끝나자 가느다란 물소리 같은 이호二胡*와 생황 연주가 흐르고 곧이어 혁명가의 아름답고 분방한 노랫소리가 울렸습니다. 노래의 음표가 저희 머리 위에서 복숭아처럼 붉고 배처럼 하얗게 떠다니다가 꽃잎으로 뒤덮인 강물처럼 생기발랄하게 흘러가는 게 보였습니다. 발걸음이 갑자기 가뿐해지고 허기마저 음악에 쫓기듯 완전히 사라졌습니다. 저희는 걸으면서 듣고 들으면서 걷다가 한껏 달아올랐습니다. 결국 길 한가운데에 선 채 음과 가사에 귀를 기울이다가 더 이상 참지 못하고 입을 맞추었습니다. 그녀가 작은 원통처럼 혀를 말아 제 입으로 넣은

* 중국 청나라 중기에 생긴 현악기로 호금의 일종.

다음 그곳으로 시원한 바람을 불자 바람과 함께 그녀의 향기로운 침과 제 입천장으로 퍼지는 침방울이 느껴졌습니다. 그 맑은 바람과 침에서 황홀한 국화와 매화, 모란, 작약, 연근, 느티나무 꽃, 사과, 배, 귤, 포도 향이 풍기고 산비탈 풀들의 촉촉한 비린내와 하얀 수레국화의 은은한 향기, 노란 개나리의 농염한 향내, 은홍색 스타티세의 비릿하면서 달큰한 향, 백모와 쇠뜨기의 진득진득하면서 풋풋한 내음, 바랭이와 덩굴의 검자줏빛 달콤 쌉싸래한 한약 감초 같은 냄새가 났습니다. 그녀의 혀를 입안에서 단단히 잡고 있을 때 등 뒤에서도 확성기 소리가 울렸습니다. 똑같이 불분명한 사투리 소리가 들린 다음 분방하면서 열정적이고 우렁찬 혁명가 소리가 이어졌습니다. 그때 왼쪽과 오른쪽, 먼 마을과 가까운 논밭 곳곳에서, 온 사방에서 사람이 있는 곳이면 어디든, 건물이 있는 곳은 전부, 무슨 통지나 명령을 받은 것처럼 크고 작은 확성기를 모두 켜고 동시에 노래와 음악을 틀어 산과 들판 전체를 붉누르고 아름다운 음표와 리듬으로 가득 채웠습니다. 길가의 회화나무 잎이 음악 속에서 사르락 흔들리고 논밭의 곡식들이 날듯이 요동쳤습니다. 공중에서 음표들이 맞부딪히고 땅에서 노래가 뛰어다녔습니다. 저와 홍메이는 노래와 음악에 달아오르기 시작했습니다. 상부에서 사람들 마음속에 새로운 햇살과 비를 불어넣으려 하나 보다고 짐작했습니다. 곧장 산꼭대기로 달려가 새로운 최고 지시가 무엇인지 분명하게 듣고 싶었지만 저희는 그 노래에 사로잡히고 붉은 열정의 직격탄에 맞아 더 이상 참을 수도 없었고 벗어날 수도, 억누를 수도 없었습니다. 그녀의 얼굴이 더욱 붉어지고 눈가의 간절함이 깊어지며 입가와 콧방울이 쉴 새 없이 벌름거렸습니다. 저는 그녀의 혀를 제 입에서 밀어낸 뒤 제 혀를 칼날처럼, 도끼처럼 그녀의 입으로 집어넣고 혀로 그녀의 입천장과 혀뿌리를 헤치며 그녀 혓바닥의 달콤함과 청량함을 빨아들였습니다. 저희는 또다시 호흡이 가빠지면서 거칠게 숨을 헐떡이고 쾌락의 땀을 흘리며 현기증으로 어질어질해졌습니다. 아마 50리 바깥의 마을에서도 확성기를 틀고 200, 500리 바깥의 촌락에서도 확성기를 틀었던 것 같습니다. 도시에서 시골까지, 다싱안링大興安嶺의 붉은 소나무부터 하이난다오의 유자나무 위까지 사방팔방 방방곡곡 여기저기 우주 안팎으로 방송이 가능한 곳이라면 전부 노래를 틀어 음악이 거침없이 내달리는 것 같았습니다. 무덤에서 제 몸을 빠져나갔던 열기가 다시 끓어올라 머리와 발밑, 왼손, 오른손에서 혈관을 따라 제 물건으로 달음박질했습니다. 저는 왜 그런지, 그 뜨거운 노래와 선홍색 음악이 어떻게 제 욕망의 피를 달아오르게 해 무덤에서 죽은 듯 꺼져버린 물건을 순식간에 잠에서 깨어난 사자처럼, 시들지 않는 송백과 단단한 강철처럼 벌떡 일어나게 하는지 알 수 없었습니다. 홍메이가 저처럼 음악과 노래에 흥분했던 것인지, 아니면 제 활활 타오르는 열정에 불이 붙었던 것인지도 모르겠습니다. 그녀는 온몸이 녹작해지고 얼굴이 새빨갛게 달아올라 또다시 두 손으로, 손을 풀면 길가로 미끄러질 것처럼 제 목에 매달렸습니다. 저는 제 혀를 힘껏 그녀의 목구멍 안쪽까지 집어넣고 혀끝으로, 불판 위에 올려진 생선처럼 열기에 팔딱거리는 입천장을 예리하게 더듬었습니다. 그녀의 몸이 매혹적인 두려움에 놀랐는지 제 단단함에서 조금 떨어지려는 듯 미끄러졌습니다. 하지만 정말로 멀어지자 곧바로 제게 달려들더군요. 마치 부드러운 광목이 날카로운 칼날로 무모하게 달려들듯, 불나방이 불꽃으로 달려들듯, 창문에 걸린 커튼이 바람구멍을 찾듯 제 단단함으로 부딪혀왔습니다.

그녀가 "아이쿤…… 아이쿤……" 하고 속살거렸습니다.

저는 그녀를 안고 도로 동쪽으로 날듯이 걸었습니다. 위대한 순간이 왔으며 그때를 놓치면 저희는 한없이 후회할 것이고 저는 평생 부끄러움으로 얼굴을 들지 못할 것임을 잘 알았습니다. 그 터질 듯 울리는 고음과 저음의 확성기 소

194

리가 갑자기 그칠까 봐, 음악 때문에 일어선 물건이 돌연 허물어질까 봐 두려웠습니다. 저는 숲 저편으로 가지 않았습니다. 마침 북쪽 도로 밑에서 깊은 도랑을 발견했지요. 도로는 그곳에서 자연스럽게 가파른 절벽을 이루고 절벽 위에는 키가 절반쯤 되는 회화나무가 빽빽했습니다. 그곳에서 저희는 무덤에서 하지 못한 일을 치렀습니다. 앞뒤 가리지 않고 곧장 그녀의 몸속으로 돌진한 순간 저는 그녀가 희열에 들떠 소리 지르는 것을 보았습니다. 사월의 새벽노을처럼 붉은빛이 찬란하게 흘러넘치고 극도의 현기증을 동반한 쾌락과 행복이 저희가 부딪는 몸 사이에서 날아가 머리 위 빽빽한 회화나무 잎에 걸려서는 겹겹이 포개진 타원형 회화나무 잎을 하나하나 암홍색으로 물들였습니다. 그녀가 별을 원하고 달을 원하는 게 보였습니다. 깊은 산속 태양의 외침이 그녀 영혼에서 빠져나와 하얗고 빨갛게 작열하며 기세등등하게 회화나무 잎의 틈새를 뚫고 지나면서 잎의 가장자리를 태우고, 원래 누렇게 벌레 먹은 곳을 열기로 말아올리거나 바싹하게 태우길 바라는 게 보였습니다. 바싹해진 잎이 잇달아 빙그르르 돌며 나무에서 제 어깨로, 뜨거운 땀으로 흥건한 등으로 떨어지고 그녀의 쾌락에 달떠 빛을 내뿜는 얼굴과 가슴에 걸렸습니다. 사방팔방의 확성기 소리는 그때까지도 물이 흐르듯 파도가 일렁이듯 이어졌습니다. 진주와 마노같이 반짝거리는 가사 구절구절이 도로의 절벽 끝에서 뛰어내리고 황금색과 은백색으로 빛나는 음표가 회화나무 잎 사이에서 운석처럼 환한 꼬리를 끌며 우리 귓가로 미끄러져 들어왔습니다. 동쪽에서 들리는 노래는 검은 쇠와 하얀 강철 같은 〈마지막까지 혁명을〉이고 서쪽에서 들리는 노래는 우렁차고 열렬한 〈이유 있는 반란〉이었으며 남쪽의 노래는 낭랑하고 힘찬 〈미국 제국주의와 소련 수정주의의 반동파를 무찌르지〉이고 북쪽의 노래는 푸른 가운데 향기를 품은 〈쑤유차를 권하며〉와 땀과 눈물로 얼룩진 〈만악의 옛 사회를 성토하며〉이며 머리 꼭대기에서 내려오는 노래는 정감 넘치고 흙냄새가 물씬 풍기는 〈다자이를 본받자〉이고 땅바닥을 뚫고 올라오는 노래는 발랄하고 유쾌하며 비단이 춤추는 것 같은 〈좋은 인민공사〉였습니다. 저희는 노래에 포위당했지요. 노래를 깔고 노래를 덮고 노래로 호흡했습니다. 노래가 제게 힘을 주었고 노래가 열정을 주었으며 노래가 제 의지와 강인함을 지탱해주었습니다. 저는 한 노래의 리듬을 잡아 군대에서 행진곡에 발을 맞추듯 박자를 맞추었습니다. 노래의 리듬을 그녀와 제 육체로 가져갔지요. 노래의 클라이맥스에서 "아~" 하는 가사가 확성기에서 길게 흘러

나올 때까지, 확성기의 "아~" 소리 속에서 저와 훙메이도 약속한 듯 "아!" 하고 소리 질러 우리 두 사람이 동시에 내뱉는 "아!" 소리가 거친 파도처럼 확성기의 "아~" 소리를 집어삼킬 때까지, 저희의 "아!" 소리 속에서 머리 위의 파랗고 누런 회화나무 잎이 흔들리다 잇달아 떨어질 때까지 리듬에 맞춰 빠르게 혹은 느리게, 천천히 혹은 날쌔게, 가볍게 혹은 거세게 넣다 뺐다를 반복한 뒤에야 끝이 나고 승리했습니다. 태양빛이 대지를 밝게 비추었습니다.

저와 훙메이가 도랑에서 회화나무 가지를 붙잡고 도로로 올라와 산꼭대기 길까지 걸어갔을 때 노래와 음악이 끝나고 마침내 신화사에서 발표하는 주요 뉴스가 흘러나왔습니다. 마오쩌둥 주석님께서 새로운 최고 지시를 발표한 것입니다.

제 5 장

정책과 책략

1. 전환

여름이 지나갔습니다.

다른 사람들은 여름 석 달을 분주히 일하면서 보냈지만 저는 그 시간 내내 한 가지 문제만 생각했습니다. 어떻게 하면 청강 대대 군중의 힘을 그들 피와 뼈마디에서부터 끄집어낼 수 있을까였지요.

저희는 군중에 의지해야 하며 군중은 진정한 영웅이니까요. 그것은 어디에서나 통하는 진리지요. 그때 마을 입구에서 홍메이와 헤어질 때 "우리 꼭 혁명을 완수해요"라는 그녀의 말에 "걱정 마요, 홍메이, 군중에 의지한다면 머지않아 마을의 정권을 빼앗을 수 있을 거예요"라고 대답했습니다. 그런 다음 마을 어귀에서 헤어졌지요. 그녀가 청첸가 우물둔덕을 지나갈 때까지 지켜본 뒤 저는 에둘러 청허우가로 가서는 잰걸음으로 집에 들어갔습니다.

여름 동안 집 안에 틀어박혀 생각하고 생각했습니다. 여름 내내 군중에 의지해야 한다는 위대하고도 심오한 글귀를 수천수만 번 되뇌었지요. 그 글귀에서 저는 청강 대대 지도층이 강철 통처럼 물이 스며들 틈도, 바늘 꽂을 틈도 없는 것은 그들이 청씨 집안이라는 썩어빠진 혈연관계로 얽힌 탓도 있지만 더 중요한 이유는 저희들이 스스로 군중을 동원하지 않고 군중에 의지해 '감히'라는 올가미를 설치하지도, 정책과 책략을 구상하지도 않기 때문임을 깨달았습니다.

군중을 동원하려면 계획과 책략이 필요했습니다. 그 여름을 두문불출한 끝에 저는 갈색 펄프 공책에 다음과 같은 네 가지 계획을 적을 수 있었습니다.

(1) 세 사람이 핵심인 지도 조직을 신속하게 구성한다. 구성원은 나와 홍메이, 청칭린이나 청칭셴으로 한다.

(2) 신문이나 방송, 구주시와 현성 및 이웃 마을에서 혁명을 방해한 자들의 최후가 좋지 못했다는 사례를 널리 모은다.

(3) 사례를 전단으로 만들어 각 가정은 물론 모든 인민공
사 사원들에게 퍼뜨림으로써 청강에 전례 없는 긴장
과 불안의 정치 분위기를 조성한다.

(4) 긴장과 불안이 팽배했을 때 군중을 동원해 혁명의 돌
파구를 찾는다.

　첫번째로, 가을이 막 시작되었을 때 저와 훙메이는 청칭
린을 찾아가 "칭린, 솔직히 물을게. 지도 조직에 들어올 생
각이 있나? 그러면 청강 대대의 당 지부를 뒤엎은 뒤 부지부
서기가 될 거야"라고 했습니다. 그러자 그는 생각할 것도 없
다는 듯 "좋지요. 마을 간부만 될 수 있다면 시키는 대로 전
부 할게요"라고 대답했습니다. 그래서 청칭셴을 찾아갈 필
요도 없었습니다. 지도 조직의 핵심이 그렇게 곧장 결정되
었지요.

　두번째로, 저희는 보름 동안 은밀하게 일흔여덟 개의 사
례를 모은 뒤 열다섯 개의 전형적인 예를 추려 전단 200장을
찍었습니다. 비밀을 유지하기 위해 180리 떨어진 이웃 현의
전우에게 인쇄를 맡겼지요. (그 전우는 현위원회 타자실에서 일
했습니다.) 열다섯 개의 사례는 다음과 같습니다.

(1) 지구 구주시 둥청東城구에서 구위원회 서기가 젊은 혁명 선구자들의 반골 행위를 지지하지 않았을 뿐만 아니라 여자와 손을 잡은 채 대로를 거닐어, 선구자들이 그를 성문 건물에 매달고 산 채로 불태워 죽였다.

(2) 현성 훙메이의 모교에서 한 선생이 여자 변소를 훔쳐보아 학생들이 수업 시간에 그를 칠판 지지대에 묶은 다음 눈알을 파내 개에게 먹였다.

(3) 청강에서 6리밖에 떨어지지 않은 둥다터우얼 대대의 당 지부 서기가 마오 주석님 어록을 변소에 빠뜨렸는데 즉시 꺼내는 대신 흙벽돌 반쪽을 분뇨에 던져 떠 있는 어록을 가라앉혔다. 하지만 악한 자는 천벌을 피할 수 없고 종이로는 불을 담을 수 없으며 흙으로는 물을 막을 수 없는 법. 흙벽돌이 진흙으로 풀어졌을 때 혁명에 몰두해 생산량을 늘리고자 거름을 퍼 나르던 군중들이 붉은 어록을 건져냈다. 어록에서 마을 지부 서기의 이름을 발견한 군중들은 고함을 지르며 지부 서기를 끌어냈을 뿐만 아니라 함성 속에 그의 다리 하나를 부러뜨리고 그에게 자기 대변을 먹였다.

(4) 바러우 산맥의 깊은 골짜기에 위치한 샤오시小溪촌에서 다리를 건너는 사람들에게 마오 주석님 어록을 하

나씩 외우도록 시켰다. 그러다 한 여자 인민공사 사원이 외우지 못하자 다리를 지키던 청년이 "마오 주석님이 누구신지 아시오?" 하고 물었다. 그 여자가 한참을 생각한 뒤 고개를 흔들자 청년들이 그녀를 물에 빠뜨려 익사시켰다.

......

(13) 성도의 스물한 살밖에 되지 않은 반골파 청년은 성내 상임위원회 회원이자 선전부 부장이며 혁명으로 발탁된 전국 최연소 성급 지도 간부이다.

(14) 지구 한 공장의 스물여섯 살 여공인 자오샤추는 지도자를 접견한 뒤 하룻밤 만에 그 공장 7800명 노동자의 추대를 받아 공장장이 되었다.

(15) 청강진에서 22리 거리인 이웃 마자잉쯔 공사에서 열여덟 살밖에 안 되는 귀향 학생이 청년들을 이끌고 혁명을 주도해 촌당 지부 서기를 끌어내린 뒤 새로운 마을 지부를 조직했다. 그는 혁명의 공을 인정받아 최근 인민공사 서기가 되었을 뿐만 아니라 현위원회 위원이 될 가능성이 높다.

전단에 인쇄된 사례들을 살펴보자 모골이 송연해지고 살

이 덜덜 떨릴 정도로 놀랍기도 했지만 다른 한편으로 마음이 후련하고 흐뭇했습니다. 중국 대륙에서 스물한 살에 성위원회 선전부 부장이 되고 스물여섯 살에 7800명 국영 공장의 공장장이 되며 열여덟 살에 촌당 지부 서기 겸 인민공사 일인자가 되다니요. 다급해지면 변혁을 생각하기 마련이지요. 해야 했습니다, 혁명을 해야 했어요. 사회가 그렇게 매일 전진하고 사람들의 생각이 개조되고 있었으니까요. 그러다 혁명이 최고조에 이르면 당신들은 아침 여덟아홉시의 태양과 같으니, 세상은 당신들 것이 되고 또한 저희 것이 됩니다. 물론 결국에는 당신들 것이지만요. 저희는 행동에 나서지 않을 수 없었습니다. 마음이 약해져 머뭇거려서는 안 되었습니다. 총을 든 적들에 맞서 승리했으니 이제 총이 없는 적들에게도 승리해야 했습니다.

저희는 잉크 냄새가 풀풀 풍기는 전단을 배포했습니다. 마을 어귀에 서서 정말로 무슨 강박증에 걸린 환자들처럼 만나는 사람들에게 전부 한 장씩 쥐어주었습니다. "이게 뭔가?"라고 물으면 "전단입니다" 하고 "뭐라고 쓰였는데?" 하면 "보면 아실 거예요"라고 대답했습니다. "글자를 못 읽는데?" 하면 "다른 사람에게 읽어달라고 하세요"라고 했습니다. 그렇게 일을 마친 뒤 집으로 돌아가는 마을 사람들과 소나 양을 몰아 돌아가는 주민들, 책가방을 메고 학교에서 집으로 점심을 먹으러 가는 학생들이 전단을 받아 걸어가면서 읽었습니다. 어떤 사람은 교실에서 낭송하듯 큰 소리로 읽으며 걸었지요. 글자를 모르는 사람들은 전단을 읽어줄 사람을 찾아갔습니다. 그런데 한창 흥분해 듣고 있을 때 읽어주던 사람이 갑자기 얼굴이 하얗게 질려 읽기를 멈추었습니다. 듣던 사람들이 "어서 계속 읽어요" 하자 읽던 사람이 전단을 접으며 "일이 나겠어요. 아무래도 엄청난 일이 벌어질 것 같아요"라고 밀했습니다. 그러고는 재난을 피하려는 듯 황급히 집 안으로 들어갔습니다.

생각지도 못했던 기묘한 일이 벌어졌습니다. 200장의 전단을 저희 세 사람이 각각 30여 장씩 돌렸을 때 패방의 전투에서 부모와 조부모에게 이끌려 전장을 떠났던 젊은이들 대부분이 자발적으로 저희 곁으로, 혁명의 대오로 돌아온 것입니다. 청칭썬, 청칭스, 청칭왕, 청셴장, 청셴민, 청셴편, 청칭안, 청셴추이, 톈쾅쾅, 런치주, 스다거우, 스얼거우, 장샤오수가 전단을 보고 깜짝 놀라더니 다 읽은 뒤에는 전부 전단 배포를 도왔습니다. 그들은 남은 100여 장의 전단을 10장씩 가지고 청첸가와 청허우가, 마을 입구와 식당, 학교 교문으로 흩어져 눈송이를 흩뿌리듯 나눠주고 대문 입구나 나지막

한 대추나무와 감나무에 붙이거나 걸었습니다.

순식간에 청강촌이 공황에 빠졌습니다. 집집마다 전부 불에 타 죽은 구위원회 서기와 눈알이 뽑힌 교사, 다리가 부러진 촌당 지부 서기에 대해 이야기했습니다. 달큰한 옥수수 냄새를 빼면 가을날의 거리가 온통 거무끄름한 공포로 가득 찼습니다. "정말로 사람을 물에 빠뜨려 죽였을까?", "둥다터우얼촌의 지부 서기라면 내가 아는 사람인데 진짜 다리를 부러뜨렸을까?" 하고 물었습니다. 둥다터우얼촌에 친척이 있는 누군가가 재빨리 뛰어가 사실을 확인하고 새로운 소식까지 가져왔습니다. 지부 서기의 아들이 아버지가 흙벽돌로 똥통에 어록을 가라앉혔다는 소리를 듣고 "진짜예요?"라고 물었는데 아버지가 고개를 숙인 채 아무 말도 하지 않자 아들이 아버지의 따귀를 치고 심지어 가랑이를 걸어차기까지 했다더군요.

열렬한 사상투쟁이 회오리바람처럼 청강의 모든 가정에서 불어치기 시작했습니다. 눈 밝은 사람들은 모든 것을 휩쓸어갈 거센 바람 같은 혁명의 물줄기가 거침없이 청강진으로 밀려들고 있음을 알아보았습니다. 저는 그 힘을 몰아 어서 혁명의 돌파구를 찾고 적을 사지로 내몰 숨통을 찾아내야 함을 잘 알고 있었습니다.

간단히 말해서 촌당 지부 서기나 촌장의 반혁명적 언행을 찾아 일거에 당 지부를 붕괴시켜야 한다는 것이었지요.

당연히, 청톈칭을 무너뜨리는 것이 당 지부를 궤멸시키는 것이었습니다. 물론 청톈칭을 철저히 사지로 몰아넣으려면 그의 반혁명적, 혹은 이전에 혁명을 거슬렀다는 확실한 사실과 증거가 필요했습니다. 물론 그러한 증거를 찾지 못한 다고 해도 큰 문제는 아니었습니다. 그의 직계 가족으로도 충분했으니까요. 혁명의 중대한 고비에서는, 모든 길이 로마로 통하고 방법이 달라도 결과는 같은 법이지요.

절기가 이미 한로를 지나 가을이 깊어가고 있었습니다. 옥수수의 터질 듯한 단내가 밭에서 마을로 덮쳐오기 시작했지요. 청강진을 걷다 보면 서쪽에서 동쪽으로, 혹은 남쪽에서 북쪽으로 부는 바람 속에서 누르스름한 가을 냄새를 보고 만질 수 있었습니다. 초봄에 버들개지와 백양나무 꽃이 거리에 나부끼는 것처럼 말이지요. 그건 혁명에 가장 불리한 계절이었습니다. 농촌에서는 농사일 때문에 혁명이 지체되곤 했습니다. 농번기가 되면 혁명은 절대적으로 길을 하나 내주며 막대한 대가를 치러야 했지요. 저는 추수를 시작하기 전에 혁명의 돌파구를 찾고, 한창 추수로 바쁠 때 청톈칭을 청강 대대 황제의 자리에서 완전히 끌어내려야 한다고 생각했습니다.

그래서 혁명 간부회의를 열기로 결정했습니다.

청칭린이 구두 통지 방식으로 열일곱 명에게 회의 소식을 알렸습니다. 장소는 인적이 드문 스싼리허 모래톱(저와 홍메이가 만나지 못했던 약속 장소지요)으로 정했고요. 회의에서 청톈칭의 잘못과 죄를 통렬하게 폭로할 수 있도록 공책 열일곱 권과 볼펜심 열일곱 개, 빨간 잉크 한 통을 샀습니다. 전부 모이면 곧장 청톈칭의 잘못된 언행을 공책에 적게 한 다음 그 위에 자신의 손도장을 빨갛게 찍도록 할 생각이었습니다. 저는 그 비밀회의를 통해 청톈칭이 마오 주석님의 어록을 변소에 빠뜨렸다거나 주석님의 이름을 잘못, 혹은 엉망으로 적었다거나 언뜻 보면 별문제가 없지만 잘 분석하면 대경실색할 엄청난 말실수 같은 것들을 찾아낼 수 있기 바랐습니다. 그런 일이 조금만 있어도 혁명의 돌파구가 열리고 청강에 서광이 비추며 청톈칭의 발등에 불이 떨어질 수 있으니까요. 정오 무렵이라 무척 더웠습니다. 마을 사람들이 낮잠에 들면서 물이 전부 증발해버린 솥처럼 거리가 정적으로 바싹해졌습니다. 딸 홍화와 아들 홍성도 집에서 잠이 들었지요. 열일곱 개의 볼펜심을 글자를 쓸 수 있는 온전한 볼펜으로 만들기 위해 마당의 대나무 빗자루를 부러뜨려 열일곱 개의 가느다란 막대를 깎았습니다. 그러고는 신발을 꿰매는 끈으로 볼펜을 만들었지요. 그때 구이즈가 대문을 밀치며 들어왔습니다. 달걀과 오리알이 반쯤 든 바구니와 기계로 뽑은 가는 국수 다발을 들고 있었습니다.

"뭐 해요? 새 빗자루인데." 그녀가 물었습니다.

"잘 들어. 당신과 나는 이제 완전히 다른 차로에 있어. 앞으로는 내 일에 간섭하지 말라고."

그녀가 그 자리에 멍하니 섰습니다. 발작이라도 할 듯 얼굴이 푸르스름하게 변했지만 꾹 참더군요. 뭔가 제게 바라는 게 있다는 뜻이었습니다. 제게 부탁할 일이 있을 때면 항상 그렇게 터져 오르는 화를 억지로 눌렀거든요.

"오늘이 음력 몇 월 며칠인지 알아요?"

저는 고개도 들지 않은 채 계속해서 볼펜심을 대나무 막대에 끼웠습니다.

"몇 월 며칠이면 나하고 뭔 상관인데?"

"오늘이 우리 아버지 환갑날인 거 몰라요?"

저는 그녀를 흘겨보며 대꾸했습니다.

"예순 살이라고? 국가 간부가 예순이면 은퇴를 해야지, 뭣 때문에 지부 서기 자리를 꿰차고 앉아 내려오지 않는 건데?"

그녀의 얼굴이 새파래졌습니다.

"오늘 환갑잔치에 가지 않을 거예요?"

"혁명은 식사를 대접하는 일이 아냐. 그럴 시간도 없고."

그러자 구이즈가 눈물을 흘렸습니다.

"이 청구이즈가 부탁하는 셈 쳐도 안 돼요?"

저는 하던 일을 멈추고 대꾸했습니다.

"청구이즈, 보름 전 우리 어머니 생신에 내가 달걀국수 한 그릇만 언덕의 어머니께 가져다드리라고 했을 때 왜 안 했지? 왜 안 가져갔는데? 그래 놓고 오늘 나한테 부탁한다고? 좋아, 나도 부탁 좀 하지. 당신 아버지한테 4년 전에 지부 서기를 넘겨주겠다던 말, 이제 지켜달라고 해줘, 응?"

구이즈가 더 이상 아무 말도 하지 못했습니다. 좀 불쌍하게 문 앞에 서 있었지요. 어쩌면 제 어머니에게 불효막심했던 것을 후회했을지도 모르고 어쩌면 자기 아버지가 제게 지부 서기를 시켜주겠다고 했던 약속을 지켜야 한다고 생각했을지도 모릅니다. 또 어쩌면 정치와 가정이 충돌하면 보통 사람의 집에서 지부 서기의 딸로서 가졌던 위력과 권력을 잃게 된다는 것을 실감했을지도 모르겠습니다. 그녀는 자신이 청톈칭의 딸이기 때문에 청강 대로를 거닐 때면 예순, 일흔, 심지어 여든, 아흔이 되는 노인들까지 멀리서도 먼저 다가와 인사를 건네고 말을 붙인다는 것만 알았지, 혁명 시기에는 정치가 모든 것을 뒤집어엎고 아주 작은 정치적 힘으로도 가정의 불평등과 불균형, 의미 없는 권력과 권세를 무너뜨릴 수 있다는 것은 몰랐습니다. 학교를 몇 년밖에 다니지 않았고 책이라는 것은 전혀 읽지 않는 전형적인 농촌 아낙네였지요. 『인민일보人民日報』나 『해방군보解放軍報』가 무엇인지 모르고 『홍기紅旗』 잡지도 전혀 몰랐습니다. 그 전까지 그녀는 집안에 갈등이 생길 때 언제나 무조건적으로 우위를 점해왔습니다. 그러나 집안 갈등이 정치 및 사회와 맞부딪힐 때, 아주 사소한 것들조차 붉은색으로 칠해져 정치 강령의 비판을 받을 수 있을 때, 집안 갈등이 정치적 사회적 소용돌이로 빠질 때는 속수무책이 되어 좌우 어떤 손도 들 수 없었습니다. 그렇게 운명 지어졌던 것입니다. 그녀는 집안에서 정치적 희생양이 될 운명이었습니다. 마치 싼셴구가 중국 혼인혁명의 희생양이 될 수밖에 없었던 것이나 샤오얼헤이와 샤오친이 그 혁명의 기득권자가 될 수밖에 없었던 것처럼 말입니다.*

저는 죄상을 폭로해줄 투박한 심대의 볼펜을 다시 만들기 시작했습니다.

---

* 싼셴구, 샤오얼헤이, 샤오친은 자오수리趙樹理의 소설 『샤오얼헤이의 결혼』에 나오는 등장인물.

그녀가 잠시 제 앞에 서 있다가 국수와 달걀, 오리알을 부엌에 들여놓고 걸상을 들고 와서는 본채와 부엌 사이의 그늘에 앉았습니다. 그때 그녀가 무슨 생각을 했는지, 속에서 생사의 투쟁이 벌어졌는지 아니면 그냥 하얀 상태였는지는 모르겠습니다. 어쨌든 그렇게 제 뒤에서 두 장 정도 떨어져 앉은 채 제가 볼펜 만드는 것을 뚫어져라 쳐다보았습니다. 태양이 그녀의 시선을 지나치고 그늘이 그녀 눈앞에서 몸 뒤로 물러나 이글거리는 햇살이 고스란히 그녀에게로 떨어졌지만 그녀는 전혀 알아채지 못했습니다. 어질어질할 정도로 햇빛을 받으며 땀만 줄줄 흘렸지요.

열일곱 자루의 볼펜을 모두 만든 다음 자리에서 일어나 기지개를 켜다가 그때까지도 햇빛 속에 멍하니 앉아 있는 그녀를 발견했습니다. 마음이 조금 누그러지더군요. (때때로 선량함은 혁명가의 천적이지요.)

"햇빛에 다 타겠네." 제가 말했습니다. "당신 아버지한테 좋을 때 그만하시라고 전해. 내가 지부 서기가 돼도 손해나게는 안 해드린다고."

그녀가 뒤쪽 그늘로 물러났습니다. 얼굴이 햇볕에 그을려 검붉었습니다.

"병이 나셨어. 벌써 며칠째라고. 그날 당신들 인쇄물을 보시고는 침대에 쓰러지셨다고요." 그녀가 말했습니다. "오늘이 아버지 환갑날이라 조촐하게 축하 잔치를 열려는 거예요. 그러니까 이 기회에 가서 잘못했다고 사과해요. 그러면 나 청구이즈도 앞으로 당신한테 잘하고 당신 어머니한테도 잘할게. 어머니도 언덕에서 모셔와 함께 살고. 당신이 우리 아버지한테 잘하면 나도 당신 어머니한테 잘할게요."

저는 그곳에 앉은 청구이즈를 물끄러미 바라보았습니다. 한 번도 해본 적이 없던 애원을 하느라 얼굴이 하룻밤 지난 돼지 간처럼 진보라색이 되었더군요. 갑자기 한 번도 느껴보지 못했던 역겨움이 올라오고 처음으로 그녀가 만만하고 불쌍하게 느껴졌습니다. 내가 왜 저렇게 못생기고 멍청한 여자와 결혼했을까? 어떻게 저 여자와 아들딸을 낳았지? 이제 와서 우리 어머니에게 잘하겠다는 걸 조건으로 내걸어? 마땅히 해야 했음에도 진즉에 버려버린 효심으로 혁명의 중대 원칙을 논하겠다고? 대체 혁명의 문제를 가정적으로 해결할 수 있단 말인가? 설마하니 계급투쟁을 국수 삶는 젓가락으로 조율하겠다는 거야? 자산계급이 좁쌀이나 콩알 따위를 주면 무산계급이 감지덕지해야 한다는 건가? 하고 생각했습니다. 저는 구이즈의 얼굴을 잠시 쳐다보다가 손목의 '하이어우海鷗' 시계를 바라보고는 볼펜과 공책, 잉크를 들고 문을 나섰습니다.

"가오아이췬!"

그녀가 벌떡 일어나 저를 불렀습니다.

저는 고개를 돌리지 않은 채 대문 앞에 섰습니다.

"우리 아버지 환갑연에 가지 않겠다는 거지?"

제가 차갑게 "응" 하고 이어서 말했습니다.

"칭구이즈, 당신 아버지한테 전해. 지금 도처에서 절약 정신에 입각해 혁명을 벌이고 있다고. 공장에서는 석탄 한 삽을 줄이고 도시에서는 물 한 방울을 아끼면서 전국에서 모두들 더 많이, 빠르게, 효율적으로, 절감하며 혁명을 펼치고 생산을 촉진해 사회주의 건설을 새로운 단계로 끌어올리려 한다고. 마오 주석님께서 근검하게 공장을 가동하고 근검하게 상점을 운영하며 근검하게 국영 사업과 관련 사업을 처리하고 근검하게 다른 모든 일들을 처리하라, 무슨 일이든 근검을 원칙으로 삼아야 한다고 하셨어. 생산을 늘리고 최대한 절약하는 것은 이미 사회주의 건설을 위한 기본 원칙이 되었지. 그런데 당신 아버지는 공산당 간부이자 수천 명의 지도자이면서 예순 살 생일이라고 호사스럽게 잔치를 열어 낭비하다니 대체 무슨 의미지? 생일을 챙긴다는 건가, 아니면 다른 꿍꿍이가 있는 건가?"

제가 걸음을 뗐습니다.

그렇게 말한 다음 문을 나섰지요. 청구이즈가 화를 참지 못해 발을 동동 구르면서 "가오아이쥔, 후회하게 될 거야!" 하고 다시 한 번 제 이름을 부르며 소리쳤습니다. 그때는 그 말의 진짜 의미를 몰랐습니다. 그저 대문을 닫으면서 큰 소리로 "후회하는 건 내가 아니라 당신 아버지 청텐칭일걸" 하고 대꾸하고는 거들먹거리며 떠났습니다.

정오의 골목이 뜨거운 포대 같았습니다. 매미 소리가 볶은 모래알처럼 나무에서 떨어져 빈 포대에서 흐르고 굴러다녔습니다. 어느 집 개가 혀를 빼문 채 느릿느릿 고개를 들어 쳐다봤다가 다시 나무 밑에서 잠들었습니다. 그렇게 평범한 시간, 이상한 건 아무것도 없는 시간 동안 청강의 혁명 국면이 근본적인 변화를 겪고 좋은 방향으로 발전하고 있었습니다. 저희에게 유리한 방향으로 변하고 있었지요. 그것은 우연이고 필연(우연은 늘 필연 속에서 배태되지요)이었습니다. 그 시간의 평범함 때문에, 워낙 짧은 시간에 형세가 급변했기 때문에, 제가 혁명에 지나치게 몰입하고 힘을 쏟았기 때문에 서광이 암흑을 뚫고 나오는 그 순간을 미처 알아차리지 못했습니다.

제 손에 닫혀버린 가오아이쥔의 집이 쥐 죽은 듯이 조용했습니다.

제 다리에 뒤로 젖혀진 청강진이 쥐 죽은 듯이 조용했습니다.

마을을 나올 때 진鎭 정부의 구식 베이징 지프차가 어디선가 돌아오는 게 보였습니다. 늘 상고머리로 머리를 깎는 중년의 진장이 차에 타고 있었지요. 지프는 청강진 외곽도로를 돌아 진 정부의 마당으로 향했습니다. 그가 차를 멈추고 제게 말을 걸어주었으면 했지만 그냥 획 하고 지나쳐 갔습니다. 물론 그가 차를 세워 알은척할 리 없음을 잘 알고 있었습니다. 그는 저를 몰랐으니까요. 청강진에서 몸을 사린 채 기회를 엿보는 천재 혁명가도 모르고 그 혁명가가 중년 진장인 자신을 매장시킬 수 있는 사람이라는 것도 몰랐지요. 멀어지는 지프차를 바라보다가 돌을 집어 힘껏 던졌습니다. 저는 돌에 맞은 오동나무에서 껍질이 떨어지고 수액이 흘러나오는 것을 본 뒤에야 스싼리허로 걸음을 옮겼습니다.

스싼리허 모래톱에는 훙메이가 한 발 먼저 도착해 있었습니다. 딸 타오얼을 데리고 나왔더군요. 타오얼은 맨발로 강가에 앉아 하얀 연뿌리 같은 두 발로 물장구를 치고 있었습니다. 저를 본 훙메이가 민망하다는 표정으로 타오얼을 바라보며 말했습니다.

"울고불고 난리를 쳐서 데려올 수밖에 없었어요."

저도 타오얼 쪽을 바라보면서 말했지요.

"괜찮아요. 나중에 다시 이야기할 기회가 있겠지요."

두 사람 모두 뭔가를 다시 이야기하고 하게 될 것임을 잘 알았습니다. 저희는 늘비한 버드나무 아래의 그늘에 마주 앉았습니다. 당시 진에서는 흔치 않았던 그녀의 삼베 치마 (도시에서는 이미 크게 유행했지요. 정말이지 도농 격차란) 밑으로 백옥처럼 비현실적이게 하얀 다리가 드러나 사람 마음을 싱숭생숭하게 만들었습니다. 그녀 종아리 위의 솜털이 버드나무가지 사이로 드문드문 떨어지는 햇살 속에서 황금빛으로 반짝였습니다. 그녀는 제가 자신을 보고 있다는 것을 알아챘지요. 저희는 꽤 오랫동안 단둘이서 만나지 못한 상태였습니다. 두 사람 모두 둘만 따로 만날 수 있기를 무척 바랐지요. 제가 무슨 생각을 하고 있는지 알아챈 듯 그녀가 살짝 비틀렸던 몸을 앞쪽으로 돌려 저와 정면으로, 좀더 가깝게 앉았습니다. 그런 다음 입구가 네모난 코르덴 신발을 벗어 선홍색 발가락 열 개를 전부 드러내고 치마를 위로 걷어 풍만하면서 부드러운 허벅지를 노출시켰습니다.

입이 마르고 목이 칼칼해져 침을 한 모금 삼켰습니다.

한없이 조용한 모래톱에는 졸졸 강물 소리만 울리고 햇살

아래로 하얀 물새가 강둑에 맞닿은 수면에서 오르락내리락
했습니다. 그때 타오얼이 큰 소리로 "엄마, 엄마, 물고기! (청
강의 아이들은 전부 어머니라는 호칭을 썼는데 타오얼만은 엄마라
고 불렀지요.)" 하고 외쳤습니다. 홍메이가 고개를 돌려 "타오
얼, 혼자 놀아. 엄마는 아저씨랑 얘기해야 해"라고 소리쳤습
니다. 타오얼이 바지를 걷고 강가에서 물고기를 잡았습니다.
홍메이가 저를 보다가 제 어깨 너머로 마을과 이어진 방죽
길을 바라보았습니다.

"누가 와요?" 제가 물었습니다.

"아니요."

그녀가 대답한 다음 다시 제게 물었습니다.

"그럼……, 우리 저쪽 숲으로 잠시 갈까요?"

그때 제가 무엇을 필요로 하는지 홍메이보다 더 잘 아는
사람은 없었습니다. 저는 그녀를 사랑했고 죽도록 사랑했습
니다. 그렇게 묻고 난 다음 그녀는 제게 전부 내어주기 위해
일어서려 했습니다. 제가 고개를 살짝 끄덕이기만 했어도
그녀는 아무것도 개의치 않고 저를 위해 옷을 벗었을 겁니
다. 그렇지만 저는 고개를 저으며 말했지요.

"비상 시기예요. 대세가 우선입니다."

그녀는 잘 알겠다는 듯 고개를 끄덕이고는 열 개의 붉은

발가락이 눈앞에서 새빨갛게 빛나도록 제 허벅지에 발을 올려놓았습니다. 그러다 청칭린이 오자 아무 일 없었다는 듯 태연하게 일어나 볼펜 한 자루와 공책 한 권을 주었습니다.

이어서 사람들이 올 때마다 볼펜과 공책을 나눠주었지요. 그녀가 물건을 주면서 몇 마디씩 설명하자 사람들이 금세 신비스러운 혁명 분위기로 빠져들었습니다. 저는 모래톱 위쪽의 바구니처럼 생긴 돌에 앉아 모두가 볼펜과 공책을 든 채 저를 바라보는 것을 보았습니다. "누가 안 왔지요?" 하고 묻자 홍메이와 청칭린이 "모두 왔습니다"라고 대답했습니다. 당장 회의를 시작해 준비한 주제로 들어갈 수 있다는 뜻이었습니다.

하지만 저는 그렇게 하지 않았습니다.

"여러분께 좋은 소식 하나부터 전하겠습니다. 우리가 전단을 배포한 뒤 3일도 되지 않아 부지부 서기인 청톈수이가, 그러니까 청셴의 삼촌이지요." 저는 신발 한 짝을 깔고 앉은 청셴을 바라보며 말을 이었습니다. "어젯밤에 저를 찾아와, 땅바닥에 앉다가 주석님 어록이 바지 주머니에서 떨어지는 바람에 엉덩이로 어록을 깔고 앉았다고 했습니다. 그게 큰 잘못임을 전혀 몰랐으니 부지부 서기에 적합하지 않다고, 부지부 서기의 자리를 우리 중 누군가에게 양보한 뒤 자신은 일반 군중으로 교육받고 싶다고, 누군가를 따르는 보통 사람이 되고 싶다고 말했습니다."

거기까지 말한 뒤 저는 잠시 쉬면서 모두를 훑어보았습니다. 모두의 눈에서 빠지직 불꽃이 튀는 게 보였습니다.

"그리고 마을 전기공도 찾아와 직책을 내놓으며 주석님 어록 표지에 전기가 통하는지 시험해보려다가 전선에 문제가 있었는지 표지가 타고 주석님 초상이 훼손됐다고 했습니다. 전기공으로 적합하지 않으므로 언제든 전기공으로서의 권력을 내어놓겠다고 했습니다. 또 대대 회계도 주석님 초상을 돼지똥 위에 떨어뜨린 적이 있다고 말했고, 여성회 주임도 아이의 작문 구절에 주석님 말씀을 썼다고 했습니다. 이런 일들이 무엇을 의미하겠습니까?"

제 목소리가 높아지고 손에 든 죽간 볼펜이 쉬지 않고 허공에서 흔들렸습니다.

"우리의 첫 전투가 승리했다는 뜻이며 우리의 승리가 가능하다는 의미입니다. 크고 작은 잘못을 저지른 사람들이 우리 앞에서, 다가오는 거대한 혁명의 물결 앞에서 벌벌 떨고 뒷걸음질 친다는 뜻입니다. 또 무슨 뜻일까요? 모든 당파와 모든 동지가 혁명운동 속에서 검증과 선택을 받을 것이고 심사와 평가를 받을 것이라는 뜻입니다. 우리는 그들의 잘못을 문제 삼는 게 아닙니다. 잘못을 저질렀을 때 시정한다면 올바른 동지입니다. 그런데 잘못을 저질렀음에도 시정하길 싫어하고 성실히 넘기길 거부하며 심지어 거짓으로 모면하려는 사람들은 어떻게 처리해야 할까요? 길은 딱 하나뿐, 다른 방법이 없습니다. 그건 바로 군중을 동원하는 것입니다. 군중을 동원하고 또 군중을 동원하는 것이지요. 군중이 정말로 철저하게 움직인다면 잘못을 저지르고도 거짓으로 모면하고자 했던 사실들이 전부 드러나게 됩니다. 결국에는 온 천하에 진상이 낱낱이 밝혀지는 것입니다."

"이제 청강의 군중들이 기본적으로 각성했으므로 우리는 그들을 완전히, 철저하게 동원해야 합니다. 남은 일은 여기 있는 우리 한 사람 한 사람의 당원, 단원, 혁명 청년 들이 진정으로 선봉대로서의 역할을 맡고 전투대로서의 역할을 다하는 것입니다. 전장의 최전선에 서서 진심으로 혁명의 격랑 속에서 비바람과 거센 파도에 맞서고, 하늘과 땅에 투쟁하고 청강의 계급적 원수에 대항해야 합니다. 사심을 버리고 대중의 이익을 우선시하여 대담하게 여러분이 알고 있는 청텐칭 이하 당 지부 구성원들의 그릇된 언행을 남김없이 폭로해, 그들을 지탄의 대상으로 세상에 분명히 내보이고 군중 앞에 밝혀야 합니다. 군중들에게 자신들을 이끌어 혁명을 감행하고 생산을 촉진할 사람은 지금의 청톈청이 아니라 우리 하나하나가 공동으로 조직한 새로운 기구, 새로운 조직, 새로운 지부임을 알려야 합니다."

"지금 청톈청이 몸져누웠습니다. 이는 그들이 떨고 있을 뿐만 아니라 두려움에 혼비백산했다는 뜻입니다. 혁명이 머지않아 성공할 것이라는 말입니다. 혁명이 성공하기 전에, 우리가 정권을 빼앗아 오기 전에 우리 내부에서 분쟁이 일지 않도록, 우리 속에서 있어서는 안 될 공적을 따지며 다투는 일이 없도록 한 가지를 분명하게 짚고 넘어가겠습니다. 혁명이 정권 탈취를 목표로 하는 것은 맞지만 기존 권력의 분배를 의미하는 것은 아닙니다. 정권을 탈취한 뒤 여러분들은 각기 다른 직책을 맡을 것입니다. 그렇다면 누가 높은 직책을 맡고 누가 낮은 직책을 맡을까요? 누구의 권력이 크고 누구의 권력이 작을까요? 그것은 여러분이 적발한 내용과 노력이 얼마나 많은가에 달려 있고 혁명에서 얼마나 깨달았는가, 군중을 조직하고 동원하는 능력이 얼마나 큰가에 달려 있습니다. 우리가 논공행상을 하지는 않겠지만 각자의 실적을 따지지 않을 수 없을 것입니다. 분명히 말하건대 정권을 얻은 뒤 생산대의 부대장이든, 작업 시간 기록원이든, 소몰이든, 곡식 관리자든 좋은 직책이 혁명운동에서 좌시하던 사람이나 혁명에 무관심하고 무감각한 사람에게 돌아가지는 않을 것입니다."

"지금 여러분 손에 공책이 있습니다. 볼펜도 있지요. 모두들 몇 분 동안 조용히 기억을 더듬어 청톈칭 지부 서기와 부지부 서기, 촌장과 부촌장, 대대 모든 간부와 그들의 직계 친척 및 자녀까지 무엇이든 고발할 게 있으면 공책에 적고 인장을 찍으십시오."

말을 마쳤을 때 제 말이 청강혁명의 핵심분자들을 얼마나 자극하고 고무시켰는지는 알 수 없었지만 한 가지, 그들이 여전히 청톈칭에게 정면으로 반기를 들지 못하며 감히 공책에 적지 못한다는 것은 분명히 볼 수 있었습니다. 그들은 어쩔 줄 몰라 하며 서로의 눈치만 살폈습니다. 누가 먼저 고발할 만한 내용을 적기만 하면 전부 따라 적을 태세였습니다.

"또 한 가지, 모두들 안심하십시오. 누가 누구를 고발하든 어쩔 수 없는 상황이 아닌 이상 고발한 사람을 밝히는 일은 없을 겁니다."

그때 상황이 나빠졌습니다. 누군가 손에 들고 있던 볼펜을 아예 바닥에 내려놓고 "진짜 고발하고 싶지만 젠장, 정말로 아는 게 하나도 없어"라고 길게 탄식했습니다. 그건 부지부 서기의 조카인 청칭셴이었습니다. 그의 말에 전염이라도 된 듯 또 누군가가 볼펜을 바닥에 내려놓고는 아쉽다며 비슷한 말을 했습니다. 경험상, 그럴 때는 가벼운 역풍이 한껏 고조되는 혁명가의 열정을 날려버리지 않도록 막아야 한다는 것을 알고 있었습니다. 저는 볼펜을 내려놓은 사람들을 바라본 뒤 시선을 홍메이에게로 돌렸습니다.

홍메이는 즉시 무슨 뜻인지 알아챘습니다. 그녀가 사람들 옆에서 앞으로 나와 말했습니다.

"저는 제 시아버지 청톈민과 청톈칭을 고발합니다. 그들은 늘 사당 두번째 마당에 앉아 국가 대사를 논의하면서 혁명에 대해 탄식하지요. 한번은 현성의 혁명 청년이 나이 든 홍군을 조리돌린 일을 이야기했는데 청톈칭은 그 홍군을 잘 안다며 늙은 홍군을 조리돌린 청년들을 만나면 삽으로 머리를 내려칠 것이라고 했습니다."

(홍메이를 사랑합니다.) 제가 "적으세요. 그게 바로 죄증입니다" 하고 말했습니다.

홍메이가 사람들 앞에서 쓱쓱 공책에 적었습니다.

그렇게 간단하게, 진보 세력이 보수 세력을 압도하거나 보수 세력이 진보 세력을 압도하는 것입니다. 하지만 진보 세력이 보수 세력을 압도하는 경우가 더 많지요. 홍메이가 그렇게 말하고 적는 것을 보면서 청칭린이 따라서 "저는 청텐칭을 위시한 당 지부의 죄상 세 가지를 전부 공책에 적겠습니다. 언젠가 혁명이 그 세 가지 죄상을 공개하라고 한다면 저 칭칭린은 머리가 떨어진다고 해도 공개적으로 증언할 것입니다"라고 했습니다. 그러고 나서 앞쪽으로 한 걸음 나와 훙메이 옆에 쪼그리고 앉고는 공책을 무릎에 놓고 쓱쓱 적어 내렸습니다.

(태양이 동쪽으로 솟아오르니 벼가 무럭무럭 자라고, 단비가 내리니 꽃이 활짝 피어나네. 큰 강에 불어난 물은 도도하게 흐르고 잉어는 파도를 넘어 뛰어오르는구나. 곳곳에서 일어난 계급의 풍랑은 거센 고초에도 흔들림이 없다네.)

훙메이와 칭린이 공공연하게 고발하자 다른 사람들도 전부 손에 들고 있는 공책에 적기 시작했습니다. 어떤 사람은 공책을 무릎에 올려놓은 채로, 어떤 사람은 돌에 놓은 채로, 또 어떤 사람은 아예 바닥에 내려놓고 모래에 엎드린 채로 적었습니다. 그건 감동적인 장면이었습니다. 멀리는 가을 농작물이 익어 새빨간 옥수수 향기가 천지를 가득 메우고, 가까이는 하얗게 반짝이는 스싼리허 강물에서 물장구치는 타오얼과 구름 틈새로 비스듬히 보이는 물수리의 그림자가 있었습니다. 바로 옆 모래톱의 버드나무 숲에서는 가벼운 바람이 평온하면서 상쾌하게 불었고요. 청강진 뒤편으로 흐르는 도랑에서는 청개구리의 바스락대는 울음소리와 물속으로 퐁당 뛰어드는 소리가 도랑 턱을 넘어 울렸습니다. 이미 정수리에 이른 태양이 모두의 앞이나 뒤에서 내리쬐어 글 쓰는 사람들의 그림자를 흐릿한 뭉텅이로 만들었습니다. 손이 빠른 사람은 어느새 한쪽을 다 적은 다음 ① ② ③ 하고 순서까지 매겼고 손이 느린 사람은 하얀 종이에 배설물을 모아놓은 듯 삐뚤빼뚤한 글씨로 반 쪽 정도를 적었습니다. 고발거리를 적고 있는 사람들 사이를 오가면서 저는 사람들이 제출한 내용을 밤새 대자보에 적어 내일 아침 마을 사람들이 일어나면 하룻밤 만에 하얀 눈이 내린 듯 청강 거리거리의 담장이 청텐칭과 청톈민의 악취와 배설물, 죄악으로 가득한 것을 발견하게 만들리라 결심했습니다. 또 혁명이 성공한 뒤 종이에 배설물을 모았던 사람들을, 만일 대대 간부나 생산대장을 맡을 만한 능력이 없다면 산자락의 삼림 보호원이나 생산대의 기록원 혹은 대대 전기방앗간의 관리자로라도 앉히리라 결심했습니다. 어쨌든 누가 적이고 누가 친구인지의 문제는 혁명에서 가장 중요한 문제이며 혁명이 성공한 뒤에도 가장 중요한 문제이니까요. 혁명은 논공행상을 할 수 없는 것이지만 머리를 내던지고 뜨거운 피를 쏟은 동지들이 앞에서든 뒤에서든 손해를 보도록 둘 수는 없습니다. 그것은 혁명의 이익에 관한 문제이자 농촌에서 군중을 동원할 때 제일 먼저 고려해야 하는 전제에 해당하는 문제입니다. 저는 모두가 고발하는 동안 대자보를 쓸 펜과 종이, 풀을 어떻게 마련할지 계획하고, 혁명의 폭풍이 죽은 물이 고여 있는 듯한 청강촌에 거세게 몰아닥치는 모습을 상상하며, 잠잠한 물살이 큰 강물이 되어 동쪽으로 흘러가고 냉수 한 그릇이 강과 바다를 뒤집는 광경을 떠올렸습니다. 모래톱의 회의가 나중에 청강혁명사에 수록될 것이며 이 회의에서의 고발로 청강혁명이 진정한 전환기로 늘어설 것임을 느낄 수 있었습니다. 저는 청강에서 혁명을 촉발하는 제 행동들이 현성이나 주두, 성도의 혁명가들에 못 미친다는 것과 그래서 그들이 제 행동을 시골 마을의 어린애 같다고 비웃을 수도 있음을 잘 알았습니다. 공산당혁명 초기에 마오쩌둥이 사오산韶山에서 일으킨 농민 봉기를 촌놈들의 반란이라고 비웃은 사람이 있었던 것처럼 말입니다. 하지만 그러한 비웃음은 농민을 잘 모르고 농촌과 토지에 무지하기 때문입니다. 청강진과 양정고리의 독특한 봉건 문화에 대해 충분히 인식하지 못하고 이해하지 못하기 때문입니다. 엥겔스는 무산계급의 해방은 군사적으로도 고유의 특성을 드러낼 것이며 특수하면서 새로운 작전 방식을 창조해낼 것이라고 예언한 바 있습니다. 중국공산당이 이끄는 중국 인민의 혁명 전쟁은 엥겔스의 위대한 예언을 실현하고 위대한 마오쩌둥의 군사 사상을 새롭게 세웠습니다. 내일 청강 대대에서 혁명을 성공시킨 다음, 또 청강진에서 성공시킨 다음에 현성에서 성공시킨 다음, 지구와 심지어 성에서 혁명을 성공시킨 다음이라면 모래톱의 비밀회의가 역사책에 수록되지 않을 수 있겠습니까? 후대 사람들이 제 전기나 회고록을 쓸 때 그 개성 넘치는 고발 방식을 중요하게 다루지 않을 수 있겠습니까? 후대 사람이 제 평생과 혁명투쟁사를 연구할 때 그것이 제 혁명 생애에서 위대하고 중요한 전환점이었다고 말하지 않을 수 있겠습니까?

쓱쓱 볼펜 놀리는 소리 속을 거니는 동안 저는 그때 나눠준 열일곱 자루의 투박한 볼펜과 열일곱 권의 가장 값싼 공책이 역사의 기념물이 될 것임을 분명하게 인식했지만, 더 황당하고 어이없는 일이 발생했으며 더욱 놀라운 시간이 다가오고 있다는 것은 인식하지 못했습니다. 모래톱의 기동전과 산개전 같은 집회에서 얻으려 했던 가장 직접적이고 신속한 의미가 이미 확연하게 나타났다는 것을 몰랐습니다. 집회에서 거둔 의외이면서 마땅한 수확이 또 다른 방면에서 그 집회의 위대한 의미와 청강혁명의 전환점으로서 가진 복잡함과 심오함을 증명할 줄 상상도 못했습니다.

청칭린이 가장 먼저 세 쪽에 달하는 고발장에 인장을 찍어 제출할 때, 도랑 저쪽에서부터 청천벽력 같고 남보라색 피멍울 같은 외침과 새하야면서 새까만 고함 소리가 들려왔습니다.

"가오아이쥔, 거기 모래톱에 가오아이쥔 있어요? 가오아이쥔, 대체 어디에 있는 건가?"

제가 고함 소리 쪽으로 고개를 돌렸습니다.

"여보세요, 거기는 전부 죽은 사람만 있습니까? 가오아이쥔 거기 있어요, 없어요? 어서 집으로 돌아가라고 하세요. 아내 구이즈가 목을 맸습니다."

저는 그대로 굳어졌습니다.

모든 사람이 그대로 굳어버렸습니다.

"가오아이쥔, 당신 아내 구이즈가 목을 맸어. 사람이 죽었는데 당신은 대체 뭘 한다고 어딜 간 건가?"

저와 훙메이, 청칭린과 다른 사람들 얼굴이 전부 하얗게 질렸습니다. 훙메이의 얼굴은 하얗다 못해 노르스름하게 굳어지다가, 제게로 시선을 돌릴 때는 이마에 땀까지 맺히더군요.

"훙메이." 제가 태연하게 말했습니다. "모두가 적은 내용을 거두세요. 절대 한 권도 놓쳐서는 안 됩니다."

(얼마나 위대합니까, 장군 같은 풍모지요.) 그렇게 말한 다음 도랑을 역류해 흘러오는 거친 외침 쪽으로, 마을 쪽으로 뛰었습니다. 그러자 저를 찾던 마을 사람이 벽돌 같고 기와 같은 외침을 제게 정확히 조준해 날렸습니다.

"아이쿤, 빨리, 자네 아내 얼굴이 파랗게 질렸네! 혀까지 길게 나왔다고! 자칫하면 말 한마디도 나눌 수 없을 거야!"

2. 전환

구이즈가 죽었습니다.

구이즈가 덜커덕 죽었습니다.

집으로 뛰어가는 동안 '구이즈가 목을 맸다'라는 말이 고드름처럼 차갑게 제 머리에 가로걸렸습니다. 그러다 집에 도착하자 고드름이 머릿속에서 폭발해 온몸이 차가우면서 뜨거워졌습니다. 저는 학질에 걸린 것처럼 제대로 서 있을 수가 없었습니다. 제가 모래톱에 간 지 얼마 되지 않아 목을 맸던 것 같습니다. 이웃에서 물통을 빌리러 왔다가 발견했고, 다른 사람을 불러 들보에서 내렸을 때는 벌써 숨이 끊어져 구름이 바람에 흩어지듯 체온이 사라졌다고 합니다. 마을 사람들은 바람이 잘 통하는 방문 앞에, 머리를 마당 쪽으로 내려놓으며 바람이 그녀를 죽음에서 되살려주기 바랐지만 아주 빠르게 희망을 버려야 했습니다. 그녀의 얼굴이 이미 파래지고 있었기 때문이지요. 제가 사람들을 헤치고 들어갔을 때는 그녀의 두 눈이 멍하니 위로 뒤집히고 흰자에 어둑한 구름이 내려앉고 있었습니다. 그때 저는 이미 살릴 수 없겠구나, 하고 생각했습니다. 내가 자기 아버지 생신 잔치에 가지 않겠다고 해서가 아닌가, 어떻게 이렇게 답답할 수 있지? 생일이 뭐 그리 중요하다고. 자기 목숨보다 더 중요하다는 거야? 하고 생각했습니다. 실오라기라도 붙들겠다는 심정으로 허리를 숙여 코앞에 손을 갖다 댔지만 그녀 코앞은 얼음처럼 냉랭했습니다. 이미 구할 수 없다는 것을 알 수 있었습니다. 그리고 모두에게 손해 막심인 복잡한 형세가 제 앞에, 혁명 앞에 펼쳐졌다는 것을 예감할 수 있었습니다.

제가 천천히 바닥에서 일어났습니다. 구이즈를 내려주러 왔던 이웃들이 이상한 눈빛으로 저를 바라보았습니다. 딸 홍화와 아들 홍성은 구이즈 곁에 서 있었습니다. 집에 무슨 일이 일어난 건 알겠지만 대체 무슨 일인지 이해할 수 없다는 듯 두려움과 멍함이 반쯤 섞인 눈으로 저를 보았습니다. 잠시 뒤 아이들이 조용히 다가와 구원을 청하는 것처럼 제 손을 한쪽씩 잡았습니다. 말할 것도 없이 위험한 순간이 다가왔습니다. 마을 사람들의 눈빛에서 그 위험이 저 가오 아이췬뿐만 아니라 청강의 혁명과 미래, 방향과 노선에까지 해당되는 것임을 알 수 있었습니다.

모래톱에 모였던 사람들도 전부 달려와 제 얼굴에 시선을 고정했습니다. 집 안팎이 얼마나 고요한지 톱질하는 것처럼 울리는 공기의 흐름마저 들을 수 있었습니다.

수많은 곤충이 제 몸과 심장에서 꿈틀거리는 것처럼 가슴이 두근거렸습니다.

홍메이도 왔습니다. 희누르스름한 낯빛으로 다가와 홍성과 홍화를 가슴에 안았습니다. 위대한 어머니처럼 아이들을 품에 끌어안았습니다.

(위대한 홍메이, 죽어도 당신을 사랑해요!) 홍메이가 아이를 제 손에서 데려갈 때 문 앞을 둘러싼 사람들 너머로 방 안의 탁자 밑에 무엇인가 깨져 있는 것을 발견했습니다. 제가 구이즈 곁에서 걸음을 옮기자 구이즈 발쪽에 있던 이웃 몇이 길을 터주었습니다.

모든 시선이 제 발걸음을 따라 안으로 향했습니다. 그리고 전부들 원래 탁자 안쪽에 놓였던 주석님 석고상이 방 안에서 산산조각 나고 벽에 붙어 있던 주석님 초상화가 갈기갈기 찢기고 구겨져 벽 아래와 탁자 밑, 곡식 항아리 틈새, 문 뒤쪽 구석에 나뒹굴고 있는 것을 보았습니다. 탁자 위에 있었던 『마오쩌둥 선집』 네 권 가운데 두 권은 여전히 탁자 위에 있었지만 한 권은 펼쳐진 채 떨어질 듯 탁자 끝에 매달려 있고 다른 한 권은 연노랑색 표지가 갈기갈기 찢겨 책장 아래에 던져져 있었습니다. 동쪽 방으로 가서 발을 들추자 탁자와 벽에 있던 주석님 초상화도 완전히 찢겨 있었지요. 얼른 서쪽 방으로 가서 발을 걷자 창턱에 있던 주석님 배지가 바닥에 어지러이 널려 먼지와 뒹굴고 있었습니다.

(그녀는 틀림없이 그 신성한 물건을 찢고 부수면서 "가오아이쥔, 어디 혁명을 해보시지! 가오아이쥔, 혁명을 해보라고!"라며 저를 욕했을 겁니다. 구이즈, 어떻게 이럴 수 있어? 이건 엄청난 죄라고…… 문득 200장의 전단을 청강 곳곳에 뿌렸지만 구이즈에게는 주지 않았던 게 떠올랐습니다. 등잔 밑이 어두웠던 것이지요.)

저는 서쪽 방에서 나왔습니다.

저를 바라보는 사람들을 쭉 훑어본 뒤 말했습니다.

"모두들 움직이지 마세요. 현장을 보호해야 합니다."

그런 다음 사람들 속에서 눈으로 청칭린을 찾아내어 그에게 말했습니다.

"어서 가서 진의 파출소에 알려. 사진기를 가지고 얼른 오라고."

청칭린이 영문을 모르겠다는 듯 저를 바라보기에 소리쳤습니다.

"아직도 멍하니 서서 뭐 해?"

"아이쥔 형……."

제가 매섭게 그를 노려보았습니다.

홍메이가 오더니 의연하게 "제가 갈게요"라고 했습니다.

(위대하고 귀여운 홍메이!)

청칭린이 아무 말 없이 홍메이를 바라보다가 뭔가를 깨달은 듯 몸을 돌려 바깥으로 뛰어나갔습니다.

저는 사람들 속에서 런치주와 톈좡좡을 보며 말했습니다.

"두 사람은 대문에서 관계자가 아니면 들어오지 못하도록 막아요."

두 사람이 즉시 밖으로 나갔습니다. (나중에 그들은 대대의 민병대 대장과 부대장이 되었지요.)

마지막으로 방 안의 모든 사람을 바라보며 말했습니다.

"모두들 마당으로 나가세요. 방 안의 현장을 원래 모습 그대로 지켜야 합니다."

모두들 마당으로 물러났습니다. 금세 텅 빈 방에는 부서지고 찢어지고 구겨진 성물과 무지하고 말 없는 구이즈만 남았습니다. 순식간에 집 안에서 의심의 눈초리가 사라지고 격렬한 전투 같은 긴장이 깔리며 정치투쟁의 장벽이 삼엄하게 세워졌습니다. 마당 한가운데에 서서 기다리는 동안 얼굴이 철판처럼 딱딱하게 굳는 것을 느낄 수 있었습니다. 홍메이가 위로의 말을 하려는 듯 조용히 제 앞으로 다가왔다가 그 자리에 선 채 아무 말도 하지 못했습니다. "홍성과 홍화를 한쪽으로 데리고 가요. 절대 아이들이 놀라지 않게 해줘요"라고 말했습니다. 홍메이가 눈시울을 붉히며 홍성과 홍화를 마당 구석으로 데려갔습니다.

파출소에 새로 부임한 키가 큰 왕 소장이 제복 차림의 경찰 둘을 이끌고 왔습니다. 손에 57식 소총을 들고 하이어우 사진기를 목에 건 채 재빨리 오더군요.

결국 구이즈의 죽음은 반혁명 현행범의 자살 사건으로 규정되었습니다.

3. 전환

청톈칭이 미쳤습니다.

구이즈의 갑작스러운 죽음 앞에서 그는 하늘이 무너지고 화산이 폭발하며 황허가 요동치고 창장 제방이 무너지는 느낌을 받았습니다.

'어떠한 일도 개인의 의지로는 바꿀 수 없다'라는 절대적 진리이자 철학적으로도 영원한 혁명 명제가 있지요. 그날 낮잠에서 깬 청톈칭은 세수를 한 다음 집 안을 한 바퀴 둘러보았습니다. 아들과 며느리, 딸과 사위가 마당에서 야채와 고기를 손질하고 친손자, 친손녀, 외손자, 외손녀 들이 본채 한쪽에서 고무줄놀이며 소꿉장난을 하고 있었습니다. 자손들로 북적이는 광경을 흐뭇하게 바라보고 있을 때 행복한 삶의 마지막 순간이 다가왔지요. 누군가 문밖에서 뛰어들며 외쳤습니다.

"지부 서기님, 큰일 났어요. 구이즈가 목을 맸습니다!"

청씨 일가가 전부 놀라서 얼어붙었습니다.

청톈칭이 그 사람을 뚫어져라 쳐다보며 물었지요.

"지금 뭐라고 했나?"

"구이즈가 목을 맸다고요. 자기 집 대들보에 목매달았습니다."

확실히 청톈칭은 해방 전에 전쟁터 근처를 맴돌았던 사람다웠습니다. 얼른 정신을 가다듬은 다음 서둘러 집을 나와 청중가에서 골목을 가로질러 청허우가로 왔습니다. 하지만 저희 집에 도착했을 때는 속도를 조금 줄였지요. 입구에 서 있던 런치주와 텐창창이 감히 저지할 수 없어 큰 소리로 "지부 서기님", "텐칭 아저씨" 하고 외쳤습니다. 사람들이 그 소리에 알아서 길을 비켜주었습니다. 집 안으로 들어와 아직도 입 밖으로 늘어져 있는 구이즈의 혀와 허옇게 뒤집힌 눈을 바라보면서, 경찰 둘이 입구에서 권총을 들고 서 있고 키가 큰 소장이 깨지고 찢긴 마오쩌둥 주석님을 사진기로 찰칵찰칵 찍고 있는 모습을 보면서, 그는 딸의 코에 손가락을 가져다 대고는(제가 조금 전에 했던 것처럼) 곧장 얼굴이 하얗게 질리더니 이마와 콧잔등에서 억수같이 식은땀을 흘렸습니다. 사실 저는 그가 앞뒤 가리지 않고 벌떡 일어나 매서운 눈초리로 사람들을 훑어 저를 찾을 것이며, 제 멱살을 잡고 구이즈가 왜 목을 맸느냐고 닦아세울 줄 알았습니다. 하지만 그는 깨지고 찢긴 신성함에만 시선을 고정했습니다. 마치 안에 들어가지 않아도 구이즈가 목을 매기 전에 무슨 일을 했는지 아는 것 같았습니다. (혹시 집안 식구들끼리 계속해서 저에 대해 이야기한 게 아닐까요? 모두들 제가 혁명에 너무 집착한다고 하니까 구이즈가 집에 있는 혁명이나 주석님에 관한 것들을 언젠가 꼭 부수고 찢어버릴 것이라고 말했던 게 아닐까요?) 소장의 사진기에 시선을 고정한 청톈칭이 "왕 소장" 하고 불렀습니다. 왕 소장은 사진기에서 눈을 떼지 않은 채, 사진을 찍느라 구부린 허리를 펴지도 않은 채, 심지어 머리를 돌리지도 않은 채 담담하고 분명하게 말했습니다.

"청 지부 서기, 이건 큰 사건입니다. 십여 대대와 수만 명 인구의 청강촌에서 처음으로 반혁명 현행범이 나오고 또 자살했어요."

그러자 청톈칭이 돌연 싸늘해졌습니다.

"왕 소장, 좀 성급한 판단 아니오? 반혁명 현행범인지 아닌지는 당신네 진장이 판단한 뒤에야 성립하는 것이오."

왕 소장이 사진 찍던 손을 멈추고 이해할 수 없다는 듯 청톈칭을 바라보며 담담하게 물었습니다.

"죽은 사람과 어떤 관계입니까?"

"내 딸이오."

왕 소장이 "아" 하더니 말을 이었습니다.

"가서 진장을 모셔 오십시오. 현장을 보고 반혁명 현행범이 자살한 게 아니라고 말할 수 있는지 봅시다."

그러고 나서 왕 소장은 다시 사진을 찍기 시작했습니다. (정말 태도가 분명한 혁명가지요. 왕 소장, 감사합니다. 그리고 혁명가로서 의지가 확고한 당신에게 존경을 표합니다.) 그는 청톈칭이 아예 안중에도 없는 듯 행동했습니다.

그 자리에 있던 사람들이 전부 청톈칭의 얼굴이 누렇게 뜨는 것을 보았습니다. 청톈칭은 왕 소장을 쳐다봤다가 문 앞에 기둥처럼 서 있는 경찰을 바라보고는 갑자기 돌아서서 나갔습니다. 진 정부 쪽으로 걸어갔습니다. 중년의 진장을 찾아가는 게 분명했지만 그는 그렇게 간 뒤 다시는 저희 집으로 돌아오지 않았습니다.

언덕에 구이즈를 묻을 때까지도 그는 마을 거리에 나타나지 않았습니다.

청강에서 일주일 내내 그의 그림자조차 찾아볼 수 없었습니다.

보름이 되어도 보이지 않았습니다.

추수를 마치고 밀을 심은 뒤 작은 밀싹이 한 뼘 정도 자라나 황갈색 땅을 다시 한 번 연두색으로 뒤덮었을 때 그가 청강에 나타났습니다. 두 달 가까운 시간 동안 머리카락이 하얗게 센데다 봉두난발에 지저분하게 길었고 머리카락 사이에 닭털이며 나뭇가지 같은 것들이 잔뜩 붙어 있었습니다. 지난겨울 막 도착했을 때 그의 어깨에 걸쳐져 있던 군복 외투는 어디론가 사라지고 없었습니다. 아침저녁으로 마을 어귀와 패방, 식사 장소에서 만날 때마다 늘 더럽고 해진 검정

저고리를 입고 있었습니다. 깃보다도 더 두껍게 낀 땟국 때문에 옷깃이 햇빛을 받을 때마다 역겹게 번들거렸습니다.

병에 걸린 겁니다. 정말로 실성한 것이지요. (역사란 정말 장난을 잘 치지요.)

실성한 이후 그는 늘 마을 거리를 쏘다녔습니다. 그러다 사람들을 만나면 헤헤 웃거나 살기등등한 눈으로 노려보았지요. 하지만 노려볼 때조차 상대가 주먹을 휘두르면 얼른 주저앉아 두 손으로 머리를 감싸 안았습니다. 심지어 갑자기 꿇어앉아 머리를 조아리며 "제 딸은 이미 죽었으니 제발 저를 때리지 마세요. 잘못했습니다. 죄를 인정하지 않습니까? 제가 당원이었고 해방 전에 혁명에 참가했다는 걸 감안해서 이번에는 좀 봐주십시오……"라고 애원했습니다.

(우리 당과 이전 세대 혁명가들을 모욕한 것이나 진배없습니다!)

그는 딸 구이즈의 억울함을 호소하다가 미쳤습니다. 현縣 공안국과 법원에 소송을 내자 공안국과 법원 사람이 "이건 명명백백한 반혁명 현행범인데 무엇을 고발하겠다는 거요?"라고 말했습니다. 지구 법원에 고발하자 법원에서 "돌아가시오. 전에 어떤 사람은 영화를 틀다가 잘못해서 필름을 거꾸로 끼우는 바람에 주석님 머리가 바닥을 향해 유기징역 20년을 선고 받았소. 당신 딸이 목을 맸으니 망정이지, 그렇지 않았으면 몇 번이나 총살을 당했을 거요"라고 했습니다.
그러자 그는 팔로군의 명예를 걸며, 딸의 죄는 백만 번 죽어
마땅하지만 딸을 그렇게 만든 가오아이쥔이 어떻게 처벌받
지 않을 수 있느냐고 성^省 법원에 고발했습니다. 하지만 그
때 고발장 하나가 청강에서 현위원회 서기의 손으로 전해졌
고 현위원회 서기에서 다시, 청강의 반혁명 현행범 사건을
잘 처리해 현공안국 요직으로 옮긴 왕 소장의 손으로 들어
갔습니다. 고발장에는 청톈칭의 스물여섯 가지 죄목과 함께
열일곱 명의 손도장이 찍혀 있었습니다. 왕 소장은 성도에
서 고소 중인 청톈칭을 붙잡아 오라고 해서는 스물여섯 가
지 죄목이 적힌 고발장을 보여주었습니다. 그러자 청톈칭이
넋을 놓았습니다.

물론 그렇다고 청톈칭이 실성하게 된 직접적인 원인을 고
발장이라고 볼 수는 없습니다. 근본적인 원인은 그가 혁명
의 적이자 계급의 적으로서 혁명의 거대한 물결 앞에 겁을
먹었기 때문입니다. 저희는 혁명이 하룻밤의 폭풍우처럼 몰
아닥칠 때 적이 극심한 혼란에 빠진다는 것을 잘 알고 있었
습니다. 이는 위대함과 미약함, 강력함과 연약함, 정의와 불
의, 공명정대함과 간악무도함, 어느 계급의 정확성과 다른
계급의 반동성을 보여줍니다.

그러나 저희는 열 손가락을 못 쓰느니 한 손가락을 잘라
내는 게 낫다는 도리를 잊지 않았고, 잊어서도 안 되었습니
다. 모든 적이 종이호랑이라고 해도 그들이 가진 역겹고 지
독한 상처가 이미 곪아 참기 힘든 악취를 뿜으며 우리의 몸
과 사회를 부패시키고 있음 또한 잊지 않았고, 잊어서도 안
되었습니다. 저희는 긴 여정의 첫걸음을 내딛었을 뿐이며
혁명의 길이 멀다는 것을 잊지 않았습니다.

그렇게 혁명의 첫걸음이 성공했습니다.

저희는 어떠한 고난도 두려워하지 않고 등대를 향해 나아
갈 생각이었습니다.

4. 도표

청강의 혁명이 그렇게 의도했던 대로, 또 의도와 상관없
이 성공했습니다. 저희는 상부의 지침에 따라 당 지부를 혁
명위원회로 바꾸고 새로운 혁명지도부를 만들었습니다. 좀
더 보기 편하도록 도표로 그려보겠습니다. 하지만 이 표를
청강혁명의 성공에 따른 권력 분배표라고 보시면 안 됩니
다. 이건 청강혁명을 위한 연락망이라고 보셔야 합니다.

청강 대대 새로운 당 지부의 업무 일람표(1)

성명	직책	책임 업무	비고
가오아이쥔	청강 대대 혁명위원회 주임	혁명, 생산 및 전반적 사안	1호, 과거의 마을 지부 서기에 해당
샤훙메이	청강 대대 혁명위원회 부주임	가오아이쥔의 지도하에 전반적 사안 및 혁명 주관	2호
청칭린	대대장	가오아이쥔과 훙메이의 지도하에 생산 주관	3호
청칭썬	부대대장	혁명 내 수리水利공사	글자 모름, 4호
런셴주	민병대 대장	혁명 군사력	전직 군인, 5호
톈좡좡	민병대 부대장	상동	전직 군인, 6호
청셴펀	대대 여간부	여성 업무	우수한 젊은 여성, 7호
청칭쯔	대대 회계	지출 계정 관리	고등학생, 8호
청셴주	제1생산대 대장	제1생산대의 생산과 혁명	혁명 주체
청셴좡	제1생산대 부대장	상동	적극 가담자
청셴민	기록원		혁명 주체
청셴치	보관원		신뢰할 수 있음
청칭안	산림보호원		혁명 주체
청칭롄	방앗간 관리원		혁명 주체
청셴즈	대대 전기공	마을 전체의 전기회로	적극 가담자
청셴칭	대대 유아원 선생	유아원이 없으므로 매일 노동 점수 부여	공로자
청셴추이	경로원 책임자	경로원이 없으므로 매일 노동 점수 부여	공로자
스다거우	제2생산대 대장	혁명 독려와 생산 촉진	혁명 세력
스얼거우	제2생산대 부대장	혁명 독려와 생산 촉진	혁명 세력
장샤오수	생산대 회계	장부 기입	중학생
생략	생략	생략	생략

표가 무엇을 설명하는 것은 아니지만, 제가 청강혁명에서 성공하고 승리했음을 증명하고 해바라기가 태양을 좇는 것 같던 저와 홍메이의 노력이 성과를 거두었음을 보여주는 것도 사실입니다. 그렇게 된 겁니다. 혁명이 없으면 권력이 없지요. 권력은 혁명의 목표이고 혁명은 권력의 수단입니다. 모든 혁명이 권력에서 비롯돼 권력으로 끝이 납니다. 또한 혁명의 첫 성공은 투쟁에 희생이 따른다는 것을 증명했습니다. 사람이 죽는 일은 항상 있지만 어떤 죽음은 태산보다 무겁고 어떤 죽음은 기러기 털보다 가볍습니다. 혁명의 공익을 위해 죽으면 그 죽음은 태산보다 큰 의미가 있지만 개인의 이익을 위해 죽으면 깃털보다 가볍습니다.

제 6 장

혁명 낭만주의

1. 붉은 바다

권력을 잡은 뒤 저는 '혁명을 다잡고 생산을 촉진한다'를 모든 업무의 핵심으로 삼았습니다. 그런데 구이즈가 죽으면서 당장 곤란한 문제가 생겼습니다. 매일 한밤중에 딸아이 홍화가 갑자기 깨어나 큰 소리로 울며 엄마를 찾는 것이었지요. "엄마는? 엄마 데려와" 하는 울음소리가 루쉰魯迅의 위대한 비수처럼 예리하게 긴 밤을 갈기갈기 찢었습니다. 저는 밤새 잠을 이룰 수 없어 다음 날 제대로 집중하기 힘들었습니다.

자연스럽게 언덕에 계시던 어머니가 손주들 곁으로 돌아오셨지요. 진鎭 정부가 청강 대대에서 군중대회를 열어 새로운 혁명위원회 명단을 발표한 뒤, 어머니가 식사를 가져오시며 쭈뼛쭈뼛 물으셨습니다.

"아이쿤, 어미한테 솔직히 말해다오. 네 장인이 물러난 게 너 때문이냐?"

"어머니, 본인의 잘못 때문이에요. 담배에 중독된 나머지 『마오쩌둥 어록』을 찢어서 담배를 말았고, 손자가 똥을 누었는데 종이나 돌을 찾을 수 없자 주석님 책을 찢어 손자 엉덩이를 닦았다고요. 주석님 책이 무엇인데요? 그건 옛날 황제의 성지나 마찬가지예요. 옛날에 누가 감히 성지를 거역할 수 있었어요? 성지를 보고 꿇어앉지 않는 사람이 있던가요? 꿇지 않으면 목이 떨어졌지요. 지금 새로운 사회에 들어와 민주화가 된 덕분에 성지처럼 머리를 조아릴 필요는 없지만 그렇다고 감히 찢어서 담배를 말 수 있겠어요? 감히 손자 엉덩이를 닦을 수 있어요?"

제가 계속 말했습니다.

"게다가 그 페이지는 '혁명이란 손님을 대접하는 식사가 아니다'라는 부분이었어요. 미치지 않았으면 총살에 처해졌을 수도 있다고요."

어머니가 반신반의하면서 손자와 손녀의 밥을 챙겨주러 크지도 작지도 않은 발을 옮겼습니다. 그 뒤 제 위대한 어머니는 혁명 가정의 모든 책임과 의무를 짊어지셨습니다. 홍화가 한밤중에 깨어 울 때마다 홍화를 품에 안고 어르는 어머니의 모습을 볼 수 있었습니다. 제가 눈을 비비며 서쪽 방에서(저는 혼자 서쪽 방에서 잤습니다) 동쪽 방으로 건너가면 어머니는 "가서 자라. 내일 또 마을에서 일을 해야 하잖니. 기왕 간부가 되었으면 제대로 해야지"라고 하셨습니다.

어머니는, 세상 물정 모르는 그 양반은 세상에서 가장 순결하고 위대했습니다. 어머니가 어떻게 했는지는 모르겠지만 홍화는 더 이상 한밤중에 울지 않았고 홍성도 더 이상 이를 갈면서 잠꼬대하지 않았습니다. 구이즈가 가고 어머니가 돌아오신 뒤 집 안이 깔끔해졌습니다. 탁자와 탁자 위에 놓인 주석님 상, 붉은 책, 벽에 붙은 어록 문구까지 전부 반짝반짝 빛이 났습니다. 삿자리는 늘 돌돌 말린 채 문 뒤쪽에 있고 걸상도 사용하지 않을 때는 항상 방 안의 한쪽 벽에 놓여 있었습니다. 1학년생인 홍성이 학교에서 돌아오면 책가방이 마당이나 방바닥을 굴러다니곤 했지만 얼마 지나지 않아 책가방도 항상 벽에 걸려 있게 되었습니다.

어머니 덕분에 저는 혁명을 다잡고 생산을 촉진하는 위대한 운동에 전력을 다할 수 있었습니다. 농한기에 들어선 뒤 가장 먼저 양정고리 패방에 시멘트를 바르고 붉은 칠을 했습니다. 그러고는 테두리를 꾸민 다음 송조체로 왼쪽에는 '위대한 마오쩌둥 수령님 만세!', 오른쪽에는 '위대한 중국 공산당 만세!'라고 크게 적고, 가로 편액에 '새로운 성지'라고 적었습니다. 또 집집마다 담벼락의 자잘한 금을 석회로 메워 가로 두 자, 세로 두 자 다섯 치의 하얀 벽판을 만들게 하고는 붉은색으로 테를 두르고 노란색으로 '우리 사업의 핵심 역량은 중국공산당, 우리 사상의 이론 기반은 마르크스레닌주의'라고 적게 했습니다. 또 스싼리허의 커다란 버드나무를 몇 그루 베어 오라고 한 다음, 팔아서 주석님의 대형 초상화와 대련對聯*을 이루는 기다란 족자 두 개를 가구수에 맞춰 일괄 구매했습니다. 족자의 내용도 왼쪽은 '위대한 마오 수령님 만세!', 오른쪽은 '위대한 중국공산당 만세!'였습니다. 초상화와 족자는 각각의 집으로 보내 본채 정면 벽에 걸도록 했습니다. 또 모든 생산대의 논밭 머리마다 가로세로 1미터의 나무판을 해가 떠오르는 동쪽으로 향하게 세운 뒤 '마오쩌둥 주석님께 충성, 마오쩌둥 사상에 충성, 위대한 중국공산당에 충성'이라는 열정의 '3대 충성' 구절을 적게 했습니다. 그리고 당원, 단원, 청년과 퇴역 군인을 동원

* 중국에서 문이나 기둥에 써 붙이는 대구對句.

해 '1대 1 방식'으로 글자를 아는 사람이 문맹인 자를 돕도록 하고 앞선 사람이 뒤처진 사람을 돕도록 했습니다. 젊은이는 중년이나 노년의 연장자를 돕고 자녀는 어머니나 아버지를 돕도록 했습니다. 그리고 일흔 살 이상의 노인에게는 주석님 어록 30개를, 쉰에서 일흔 사이는 50개를 최대한 외우라고 했습니다. 서른에서 쉰 사이 연령에는 80개를, 열여섯에서 서른까지는 반드시 최소 100개를 외워야 한다고 했지요. 또 혁명위원회 명의로 청강학교에, 초등학교에서 진급할 때는 합격점을 받든 0점을 받든 점수는 상관없지만 반드시 주석님 어록 50개를 외워야 한다고 통지하고, 초등학교에서 중학교로 올라갈 때는 50개 외에 「인민을 위해 복무하라」, 「베쑨을 기념하며」, 「우공이산」의 세 편을 외워야 한다고 통지했습니다.

그 겨우내 온갖 생각을 쥐어짜고 사방에서 선례를 모아 문 앞과 집안, 논밭을 통일하는 '3대 통일'과 '1대 1 방식의 혁명 교육, 마을 전체 남녀노소의 마오쩌둥 선집 학습'이라는 뜨거운 혁명 분위기를 청강에 조성했습니다. 주석님 어록을 목표량보다 더 많이 외운 사람에게는 하나당 10점씩 노동 점수를 주고 외우지 못한 사람은 하나당 20점씩 점수를 제하면서 반항하는 기미가 있으면 즉시 고깔모자를 씌워 조리돌리는 식(모두 서른아홉 명이 이 벌을 받았습니다)의 상벌 제도를 도입하자 마을의 남녀노소(미치광이와 병자, 지적장애 인은 제외했습니다)가 전부 불타는 듯 붉은 환경에 놓이게 되었습니다. 모두들 끓는 솥에 던져진 물고기처럼 두려움에 펄떡거렸지만 누구도 솥에서 벗어날 수 없었습니다. 저는 환경이 바로 전부이고, 환경에서 모든 것이 창조된다는 진리를 절절히 느낄 수 있었습니다. 먹을 가까이하면 검어지고 주사朱沙를 가까이하면 붉어지는 법이지요. 옌안에서 아무리 혁명가일지라도 적의 점령지에서 그가 반혁명 기회주의자가 안 된다고 어떻게 확신할 수 있습니까? 저는 현 전체에서 유일무이한 새로운 '붉은 혁명 근거지'를 만들고 싶었습니다. 청강이 새로운 혁명 실험지가 되기를 바랐습니다. 그 겨울 동안 제 노력과 성과가 쌓이고 쌓여 청강의 혁명은 추위 속에서도 하늘을 찌를 듯, 사방으로 불꽃을 튀기듯 붉게 흘렀습니다. 크고 작은 골목의 담벼락마다 혁명의 표어와 구호가 가득하고 마을 안팎의 느릅나무와 회화나무, 쥐엄나무, 오동나무, 멀구슬나무, 참죽나무에 온통 혁명의 사과와 배가 가득 걸렸습니다. (나뭇가지에 배와 사과, 감, 복숭아, 살구 등이 그려진 플라스틱판을 잔뜩 걸고 과일 위나 옆에 주석님 어록 단락이나 구절을 적었습니다.) 하늘에 붉은 기운이 휘날리고 거리에 붉은 향이 깔렸으며 땅에 붉은 꽃이 피어나고 집 안에 붉은 탁자와 붉은 침대, 붉은 상자가 들어찼습니다. 붉은 바다와 붉은 호수, 붉은 산맥과 붉은 밭, 붉은 사상과 붉은 마음, 붉은 혀와 붉은 말들. 두 사람이 만나 한 사람이 "사심을 버리고 수정주의를 비판하자, 식사했어요?" 하고 물으면 상대가 "절약정신에 입각해 혁명을 벌이자, 먹었어요"라고 답하고 "사심을 버리고 대중의 이익을 우선시하자, 뭐 드셨는데요?" 하면 "낡은 것을 깨부수지 않으면 새로운 것을 세울 수 없다, 늘 그렇듯 고구마탕요"라고 했습니다. 또 물건을 빌릴 때도 찾아간 사람이 "인민을 위해 복무하라, 아주머니 광주리 좀 빌려주세요" 하면 아주머니가 급히 "베쑨 정신을 발휘하자, 여기 있어요. 새것이니 조심해서 다루세요" 하고 "최대한, 빠르고 우수하며 효율적으로 사회주의를 건설하자, 네. 고맙습니다"라고 대답했습니다.

당신이 그때 청강 대대를 왔더라면 '신시대의 붉은 혁명 근거지'가 무엇인지, '예리한 통찰력과 강한 투지를 가진 인재'란 어떤 사람인지 알 수 있었을 겁니다. 제가 마을 혁명위원회 주임으로 선포된 그날, 마흔다섯 살의 상고머리 왕 진장이 군중대회가 끝난 뒤 저를 회의장 한쪽으로 불렀습니다. 그러고는 "자네가 스물넷인가?" 하고 묻기에 "스물다섯

입니다. 제대한 지 1년 되었습니다"라고 대답하자 "아이쿠,
각오가 대단하군. 정말 혁명가 감일세. 하지만 내가 충고 두
가지만 하겠네. 우선 혁명을 진행하면서 청사를 부수지 말
게. 베이징에서도 쯔진청紫禁城의 풀 하나 건드리지 않았지.
청사를 부수는 것은 청가 사람들의 마음을 부수는 것과 같
으니 민심을 잃을 걸세. 도에 어긋나는 일은 도와주는 사람
이 적은 법이라네. 두번째는 혁명과 동시에 생산을 촉진하
라는 걸세. 농민에게 가장 중요한 것은 식량일세"라고 했습
니다. 그래서 저는 "걱정 마십시오, 왕 진장님. 혁명 문화유
산을 보호해야 한다는 것을 잘 알고 있습니다. 그리고 혁명
을 다잡아야만 생산을 촉진할 수 있으며, 혁명이 전제라면
생산은 결과라는 것, 혁명이 조건이고 생산이 목적이라는
것을 알고 있습니다"라고 말했습니다. 그러자 왕 진장이 놀
랐다는 눈으로 저를 잠시 바라보고는 어깨를 툭툭 치며 "그
럼 열심히 혁명을 해보게. 조직은 자네를 믿네" 하고 말했습
니다.

(당시에는 그 말이 사회주의를 뒤엎는 거대한 음모의 무의식적
발설이라는 것을 알아채지 못했지만 나중에 지혜를 발휘해 폭로해
냈지요.)

저는 왕전하이 진장이 정말로 저를 신뢰하는 것은 아님

을 잘 알았습니다. (그는 옛 진장인 청톈민의 사람이었으니까요.) 하지만 혁명에 대한 제 언행이 그를 탄복시켰기에 왕 진장은 저를 어떻게 할 수 없었습니다. 제가 청강에서 만들어낸 '3대 통일'과 '1대 1 교육' 활동은 저와 홍메이의 손에서「청강의 마오쩌둥 저작 학습을 위한 자료」로 쓰여 현위원회와 현정부에 보내지고『주두일보九都日報』와『허난일보河南日報』에 발송되었습니다. 그런데 생각지도 못하게 현에서 반응하기 전에『주두일보』와『허난일보』에서 먼저, 꽃 피우는 어느 봄날 같은 날짜에 게재했을 뿐만 아니라 '청강의 경험은 전 지구, 전 성의 농촌 무산계급 문화대혁명이 배워야 할 모범'이라는 편집자의 말까지 덧붙여졌습니다. 그래서 청강은 정말로 현의 혁명 실험지가 되었습니다.

같은 해 삼월, 청강 대대는 현정부로부터 '붉은 등대 대대'라는 호칭(옌안 보탑의 뜻을 따라서요)을 받고 저는 현위원회로부터 '농민혁명의 최선봉'이라는 명예 칭호를 받았습니다. 붉은 비단에 노란 글씨가 적힌 깃발이 대대부 회의실에 자랑스럽게 걸렸습니다. 그것은 제 혁명의 첫 성공을 증명하는 위대한 물증이었습니다.

2. 밀짚 아래

머릿속의 혁명과 홍메이의 육체에 대한 갈망은 도무지 해결할 수 없는 모순이었습니다. 홍메이는 매일 제 앞에 나타났지요. 여인의 열정이 한껏 뿜어져 나왔기 때문에, 또 정열을 숨길 줄 모르는 본래의 성격 때문에 대대 부서기가 된 뒤 그녀의 보일 듯 말 듯하던 수심이 얼굴에서 완전히 사라졌습니다. 점점 더 아름답고 매혹적이 되었으며 붉은 술이 달린 화려한 창처럼 늠름하기까지 했습니다. 여인의 아름다움을 간직하면서도 혁명가의 노련함과 민첩함까지 잃지 않았지요. 수많은 자리에서 저희는 늘 그렇게 마음이 통하고 호흡이 척척 맞았습니다. 매번 회의가 있을 때마다 그녀와 저는 항상 식사 시간에 미리 회의장으로 갔습니다. 대대 회의실에서 숨소리를 죽이며 서로 끌어안고 쓰다듬고 입을 맞추며 애무했지요. 그러다 발소리가 들리면 얼른 옷매무새를 고친 뒤 저는 초라한 주석 자리(버드나무 탁자 앞의 의자)로 돌아가 앉고 그녀는 십여 개의 긴 의자를 가지런히 정리했습니다. 회의가 끝나고 사람들이 돌아간 뒤 앞뒤 가릴 것 없이 그 일에 빠지면 좋으련만, 대대장인 청칭린과 민병대 대장 런셴주는 끝까지 논의하다가 물고기가 물을 떠날 수 없는 것처럼 집 앞까지 따라왔습니다. (끈끈한 계급이고 친밀한 우정이지요.) 그들은 훙메이도 각별히 챙겨 "어서 돌아가요. 여자 몸에. 집에서 타오얼이 기다리잖아요" 하고 말했습니다. 그러면 훙메이가 속절없이 저를 바라보았지요. 저는 "돌아가요. 길 조심하고요"라며 그녀를 보낼 수밖에 없었습니다. 의기투합한 혁명가들이 그림자처럼 달라붙어 저와 훙메이의 사랑을 단칼에 끊어버린 겁니다. 한번은 회의가 끝난 뒤 "모두들 돌아가고 훙메이만 남으세요. 둘이서 의논할 일이 있습니다"라고 분명하게 말한 적이 있습니다. 하지만 모두들 돌아간 뒤 옷을 막 벗고 침대 대신 나란히 붙인 걸상 세 개 위에서 훙메이를 안았을 때 대대 마당에서 발소리가 들렸습니다. 저희 두 사람은 식은땀으로 범벅이 되고 말았지요.

제가 회의실 밖으로 나가 물었습니다.

"거기 누구요?"

"접니다. 지부 서기님. 저예요."

샤오민이라는 민병대 간부가 회의실 창문 앞을 오가며 대답했습니다.

"뭐 하는데?"

"대장님께서 보초를 서라고 하셨습니다. 요즘 상황이 복잡해서, 지난달에도 동쪽 샤오터우얼 대대 간부가 회의를 마치고 집으로 돌아가는 길에 칼에 찔렸다고 합니다. 그래서 지부 서기님과 부지부 서기님이 일을 마치면 두 분을 집까지 바래다드리라고 하셨습니다."

민병대 대장, 제 훌륭한 전우이자 형제지만, 정말이지 가랑이를 냅다 차주고 뺨따귀를 올려붙이고 싶었습니다. 회의실로 돌아가자 훙메이가 등불 아래에서 머리카락을 묶고 있었습니다. 방금 세수를 마친 것처럼 얼굴에 식은땀이 가득했습니다. 그날 밤, 저희는 민병대원의 발소리 속에서 회의실 문과 창문 사이의 벽에 선 채로 숨을 죽이며 그 일을 치렀습니다. 일을 끝낼 때까지 두 사람 중 누구도 넋이 나가거나 행복에 겨운 감정을 느낄 수 없었습니다. 어쩔 수 없이 진흙탕에서 목욕을 한 것처럼, 씻었는데 더 더러워진 것 같은 게 깨끗한 샘물을 들이부어야 할 것 같은 심정이었습니다. 저희는 걸상 두 개에 마주 보고 앉아 손을 잡고 문밖 민병대원의 리듬감 있는 발소리를 들었습니다.

"이러다가 언젠가 큰일 나겠어요. 들통 날 거라고요. 그러면 우리의 혁명도 끝장나겠죠." 그녀가 말했습니다.

"그럼 어떻게 하자고요?"

"우선 만나지 말아요."

"그건 안 돼요. 절대로 안 돼요. 그러면 나도 청텐칭처럼 미쳐버릴 거요. 내일 자전거를 타고 18리 바깥에 있는 무덤으로 갑시다."

　다음 날 저는 대대의 하나뿐인 자전거를 타고 삼십 분 먼저 마을 바깥으로 나가 그녀를 기다렸습니다. 하지만 전의 그 무덤에 도착해보니 새 관을 가매장해 입구가 벽돌과 돌로 막혀 있었습니다. 그래서 외떨어져 있는 경작지를 찾았습니다. 저희는 위대한 혁명을 하는 동시에 초라한 밀애를 즐겼습니다. 깨우친 사람들이었지만 미혹에서 벗어나오지 못하는 타락자이기도 했습니다. 곰곰이 생각해보니 구이즈의 죽음과 청톈칭의 실성으로 대변되는 성공을 거둔 뒤 청강 부근의 모래톱과 숲, 밭머리, 회의하러 가는 길, 생산을 점검하던 도랑 등 곳곳에 저희의 기쁨과 슬픔이 배어들었습니다. 곳곳에 저희의 고상함과 추레함이, 흥분과 수치가 녹아들었지요. 혁명의 빛이 태양처럼 청강 대대 밭머리와 구릉을 비출 때 비루한 정액 또한 청강진 구석구석에 뿌려졌습니다. 그러다 마침내 그날이 되었습니다. 현 조직의 주요 3급 간부들이 저희 대대에서 제1기 '3대 통일'과 '1대 1 교육' 혁명현장회를 개최했습니다. 현위원회 조직부장이 찾아와 제가 현장에 주둔하는 진 당위원회 위원이 되었다고 알려주었을 때 저는 형용할 수 없는 기쁨과 흥분으로 가득 차올랐습니다. 그리고 청강을 참관하러 온 모든 윗선과 간부를 마을 어귀에 세워진 다섯 대의 트럭까지 배웅하고 왕 진장 일행까지 보내고 나자, 저는 새로운 성공에 격앙되어 뜨거운 마그마를 분출해야만 했습니다. 혁명의 열정으로 불붙은 육체의 화염을 더 이상 억누를 수 없었습니다.

저는 홍메이를 마을 어귀 제9생산대 탈곡장 옆으로 불렀습니다. 마을에서 반 리 거리에 있는 탈곡장은 세 면이 파랗고 노란 밀밭으로 둘러싸이고 나머지 한 면은 바러우산 비탈에 접해 있었습니다. 비탈이 탈곡장과 마을을 가르는 셈이었지요. 저희는 우선 대대 밀밭에서 '3대 충성' 팻말을 검사하는 척한 뒤 곡물이 잘 자라는지, 마르지는 않았는지 살펴보고 마지막으로 탈곡장에 갔습니다. 밭에 사람은 보이지 않고 어느 집 새끼 양이 멀리서 밀을 뜯으며 매매 우는 소리만 가늘게 들려왔습니다. 탈곡장에 도착했을 때 걸음을 멈추고 참관하러 온 간부를 맞이하기 위해 특별히 군용 셔츠를 차려입은 홍메이를 뜨겁게 쳐다보았습니다. 눈빛으로 그녀의 옷을 하나도 빠짐없이 전부 벗겨냈지요.

그녀가 사방을 둘러보며 말했습니다.

"아이쿤, 위험해요. 안 돼요. 내일 2차 참관단이 마을에 오는데 발견이라도 되면 전부 물거품이 돼요. 게도 구럭도 다

잃는다고요."

"훙메이, 내가 진 당위원회 위원이 되었어요. 현위원회 조직부의 이 부장이 직접 말했다고요. 현장회가 끝난 다음 발표하고 정식 문서를 내려 보낸다더군요."

처음에 그녀는 조금 놀란 듯, 믿지 못하는 듯했습니다. 하지만 붉게 달아오른 제 진지한 얼굴을 보고는 아무 말 없이 탈곡장 외곽으로 물러나 멀리를 살펴보더군요. 그런 다음 돌아와서는 다짜고짜 밀짚 두 더미 틈새로 저를 끌고 가면서 손으로 밀짚을 끌어내려 요처럼 깔고 순식간에 옷을 전부 벗었습니다.

그녀가 끌어내린 새하얀 밀짚에서는 풀과 흙이 뒤섞인 뜨뜻한 기운이, 위쪽 밀짚에서는 겨울날 눈과 비에 젖어 썩는 냄새가 밀짚을 흐트러뜨리면서 생긴 구멍으로 동시에 뿜어져 나왔습니다. 겨우내 갇혀 있던 적막 앞에 창문이 열린 것처럼 썩어가는 온기가 스멀스멀 퍼져 짚더미 사이의 틈새를 메웠습니다. 그 뜨겁고 하얀 냄새 속에 있으니 이불을 함께 뒤집어쓴 듯 늦겨울 초봄의 쌀쌀함이 느껴지지 않았습니다. 이미 오랫동안 그녀의 벗은 몸을 자세히 관찰하지 못하고 있었습니다. 매번 도둑처럼 애무하고 정을 통하는 바람에 다급함과 서두름, 초조와 불안만이 있었습니다. 하지만 그날은 제가 진 당위원회 위원이 되기 전날이었지요. 혁명이 또 한 번 승리했다는 기쁨에 저희는 정신이 혼미해져 경각심을 잃고 두려움을 놓아버렸습니다. 마을에서 겨우 반 리 떨어지고 청가 사당에서 200미터 거리였습니다. 몇 걸음 걷다가 그 나지막한 산비탈을 돌고 수로의 돌다리만 건너면 바로 마을이고 사당이었습니다. 하지만 저희는 아무것도 신경 쓰지 않았습니다. 그녀는 과감하게 옷을 전부 벗어 짚단에 던지더니 벌거벗은 채 무덤 입구에 섰던 것처럼 짚더미 사이에서 일어섰습니다. 벌거벗은 몸에서 부드럽고 뽀얀 빛과 향기가 흘렀습니다. 그녀는 두 발과 붉은 열 발톱을 바닥의 밀짚에 묻은 채 부드럽고 끈적끈적한 눈빛으로 저를 바라보았습니다.

"승진을 축하해요. 아이쿤, 하늘은 스스로 돕는 자를 돕는다더니."

이에 제가 단추를 풀며 말했습니다.

"언젠가는 농촌을 떠나 정식 국가 간부가 될 거요. 그러면 당신이 이어서 지부 서기를 맡아요. 내가 진장이 되면 당신이 부진장을 맡고."

"아직 단추 풀지 말고 내가 뭐가 달라졌는지 살펴봐요."

저는 손을 단추 위에 둔 채 다시 그녀를 살펴보다가 붉은 줄로 목에 건 정교한 하트 모양의 기념 휘장을 발견했습니다. 단추만 한 휘장이 그녀의 가슴골까지 늘어져 겨울날 새벽 바러우산 뒤쪽에서 솟아오르는 붉은 태양을 연상시켰습니다. "기념 휘장을 거기에 거니까 좋아요?" 하고 묻자 그녀가 "이건 우리의 혁명을 지켜주는 부적이에요"라고 대답하고는 "또 뭐요?" 하고 물었습니다. 저는 시선을 상반신에서 하반신으로 옮기다가 아랫배가 두두룩해지고 허리띠 아래의 임신선이 전보다 옅어진 것을 발견했습니다. 조금 놀랐지요.

"임신했어요?"

고개를 젓는 그녀의 얼굴에 노을빛 구름 같은 미소가 퍼졌습니다.

"살이 쪘네요."

"내가 뚱뚱한 게 좋아요, 마른 게 좋아요?" 그녀가 물었습니다.

"다 좋아요."

"도시 사람들처럼 날씬한 게 좋으면 조금 덜 먹을게요."

"조금 통통해도 좋아요."

그렇게 말하면서 손가락으로 그녀의 아랫배를 가볍게 어루만지자 아랫배의 매끄러움이 빠르게 제 손가락으로 뛰어들며 부르르 떠는 게 느껴졌습니다. 몇 번을 쓰다듬었더니 그녀의 얼굴이 창백해지고 눈빛이 뜨거워지기 시작했지요. 그녀는 항상 일을 치르기 전에 제가 자신의 나체를 감상하고 어루만지며 칭찬해주길 바랐습니다. "훙메이, 점점 더 달아오르게 만드는군요. 온몸이 전부 옥 같아요"라고 말하자 그녀가 웃으면서 나른하게 기대왔습니다. 상의를 벗은 제 맨몸을 따라 밀짚 위에 쓰러졌지요.

"나도 한참을 못 했어요." 그녀가 짚더미 사이의 하늘을 바라보며 소곤거렸습니다. "믿지 못할 수도 있지만 칭둥은 그 병이 있어서 절반만 남자예요. 난 그때 무덤에서 푹 빠져버린 뒤로 칭둥이 건드리지 못하게 했고요. 한약을 얼마나 먹건, 내 앞에 무릎을 꿇건 절대 손대지 못하게 했어요."

저는 조금 놀라며 창문 아래에서 약을 달이던 청칭둥의 모습을 떠올렸습니다.

"뭘 놀라요. 안 추워요?" 그녀가 물었습니다.

"칭둥한테 정말 그런 병이 있어요?"

"매일 한약을 먹잖아요."

"그것도 좋군요. 구이즈는 죽고 칭둥은 병이 있고."

그러면서 저는 옷을 전부 벗었습니다. 그때 고맙다고, 저를 위해 칭둥을 거부했다니 감격적이라고 표현해야 한다는 것을 알았지만 그녀가 내뱉은 말들이 한 글자 한 글자 참새처럼 변해 노랗고 하얀 그녀의 얼굴에 드러눕는 게 보였습니다. 저는 그녀에게 반응해 참새들을 날려 보내고 우리의 갈증을 충족시켜야 했습니다. 이미 옷을 전부 벗은 터라 더이상 아무 말도 하고 싶지 않았고요. 화산의 마그마가 벌써돌을 녹이고 지각의 표층에 도달한 상태였습니다. 저는 아무 말도 할 수 없었고 말로 옮기기에도 늦어버렸습니다. 한껏 달아올라 말할 틈도 없었고요. 제 뜨거운 눈빛이 그녀의아랫배 밑 사유지에서 타올랐습니다. 찬란하게 검은 사유지가 제 시선을 완전히 사로잡아버렸습니다. 저는 한쪽 다리는 그녀의 다리 사이에, 다른 한쪽은 그녀의 다리 바깥쪽에둔 채 무릎을 꿇었습니다. 제 무릎이 밀짚에 닿는 순간 바지직 타는 소리가 나고 밀짚보다도 하얀 그녀의 허벅지에 닿았을 때 그녀의 온몸이 떨렸습니다. 그녀 얼굴의 참새들이놀라서 푸드덕 날아가고 창백하고 노랗던 그녀의 얼굴이 흥분으로 벌겋게 달아올랐습니다.

"아이쿤……, 지부 서기님……, 진장님, 저 죽겠어요, 나죽겠어요……."

그녀의 말에 제 거센 피가 혈관 속에서 더욱 미친 듯 날뛰며 제방을 넘고 육체를 거스르려 했습니다. 이미 손가락과 발가락에서까지 피가, 마그마가 뿜어져 나올 것 같았습니다. 저는 허둥지둥 다급하고 거칠게 그녀의 다리를 벌리고 그녀의 다리 바깥쪽에 두었던 제 다리를 안쪽으로 옮겼습니다. 말할 것도 없이 또 한 번 가슴이 떨리고 심장이 찢어질 것 같은 순간이 다가오고 있었습니다. 말할 것도 없이 그녀의 검붉고 날카로운 교성이 무지개처럼 허공으로 날아올라 대지와 산맥을 비추고 우리 혁명의 들끓는 의지와 정신을 고무할 것이었습니다. 하지만 그때(세상에, 맙소사!) 저희 뒤쪽에서 발걸음 소리가 들리더니 갑자기 멈춰서 움직이지 않았습니다.

(어지러이 구름 흩날리고 소나무 숲 바람 소리 거세며 온 산이 흔들리네/총소리 다급하여 군인들 긴장하여라/어깨에 짊어진 부담이 천 근이구나/거센 비바람에 천지가 어둡지만/겹겹의 불길이 내 마음을 불사르네……)*

저는 곧바로 고개를 돌렸습니다.

갑자기 탈곡장에 청톈칭이 나타났던 겁니다.

봄이 되었는데도 여전히 낡은 검정색 제복 솜저고리(제가 어렸을 때도 늘 그 저고리를 입고 있었습니다. 저고리 주머니에 만년

* 경극 〈두견산杜鵑山〉의 소절을 인용함.

필을 꽂았는데 주머니 바깥으로 나온 클립에서 빛이 났지요)를 입고 주머니에는 풀 뭉치가 꽂혀 있었습니다. 얼굴이 더럽지는 않았지만 저와 홍메이를 바라보는 눈에 검은자보다 흰자가 유난히 많았습니다. 파랗게 질린 얼굴에서 나뭇잎처럼 두꺼운 경악이 묻어났고요. 저는 일이 잘못되었다는 것을 알았습니다. 혁명 도중 매복하고 있던 적에게 치명타를 맞은 것 같았습니다. 제가 고개를 돌리는 것과 동시에 홍메이가 일어나 앉았습니다. 그리고 앉는 것과 동시에 손에 옷을 쥐었습니다.

바로 그 순간, 스리$^+$뽀 산맥만큼이나 긴 그 순간 동안 청텐칭은 저를 뚫어져라 쳐다보고 저도 그를 보았습니다. 그때 제 머릿속은 하얗게 비어, 아무 글자도 그림도 없었습니다. 대체 그 상황에 어떻게 대응해야 할지 알 수 없었습니다. 얼마나 엄청난 재난이 다가올지도 예상할 수 없었습니다. 한기가 발바닥부터 시작해 손가락과 정수리까지 빠르게 퍼졌지만 코끝에는 뜨거운 땀방울이 방울방울 매달려 있었습니다. 제가 무너질 것이라는 생각에 온몸의 뼈마디가 녹작해졌습니다. 그런데 청텐칭이 갑자기 저와 홍메이를 향해 무릎을 꿇더니 마늘을 찧듯 머리를 조아리며 말하는 것이었습니다.

"봐주십시오……, 놓아주십시오. 제 딸은 이미 죽었으니 총살하지 마세요. …… 제가 잘못했습니다. 죄를 인정하지 않습니까? 제가 당원이었고 해방 전에 혁명에 참가했다는 걸 감안해서 이번 한 번은 좀 봐주십시오……."

(정말이지 당과 이전 세대 혁명가들에게 창피한 일입니다.)

저는 안도의 한숨을 내쉬며 침착하게 옷을 입기 시작했습니다. 홍메이에게 "걱정 마요"라고 말한 뒤 옷을 입고 단추까지 전부 채우고는 여유 있게 짚더미를 빠져나갔습니다. 그러고는 그때까지도 무릎을 꿇은 채 머리를 조아리고 있는 청톈칭 앞에 위압적인 자세로 서서 물었습니다.

"뭘 보았지?"

"제가 잘못했습니다. 주석님께 죄를 지었고 공산당 중앙위원회에 잘못했습니다. 하지만 일부러 주석님 책으로 손자 엉덩이를 닦은 게 아닙니다……."

제가 소리 높여 물었습니다.

"구이즈 아버지, 무엇을 보았느냐고!"

그가 여전히 고개를 숙인 채, 여전히 마늘을 찧듯 머리를 조아리며 대답했습니다.

"용서해주십시오. 해방 전에 팔로군에게 편지를 전한 일을 봐서……. 제 죄는 죽어 마땅합니다. 만 번 죽어 마땅합니다……."

그러면서 이번에는 머리를 조아리는 대신 꿇어앉은 채로 자기 뺨을 때리기 시작했습니다.

"이번만은 봐주겠다. 구이즈가 어떤 반혁명적 행동을 했든, 당신이 어떤 반혁명적 행동을 했든지 말이야. 하룻밤의 부부라도 만리장성을 쌓는다고 했고 어쨌든 홍성과 홍화의 외할아버지니까. 이제 집으로 돌아가시지."

그가 뺨 때리기를 멈추고 멀거니 고개를 들어 저를 바라봤습니다.

"가! 가서 저기 밀밭에 있는 양이나 쫓아내라고."

그가 멍청하게 또 머리를 조아리고는 벌벌 떨며 자리에서 일어나 양이 있는 먼 밀밭 쪽으로 갔습니다.

그가 떠난 뒤 고개를 돌려 줄곧 제 뒤에 서 있던 홍메이를 바라보았습니다. 노랗게 질린 얼굴에 두려움이 커튼처럼 드리워져 있었습니다.

"저자가 말하는 순간 당신과 나는 끝장이에요." 그녀가 말했습니다.

저는 잠시 생각하다가 밭두렁을 따라 멀어지는 청텐칭의 등을 향해 소리쳤습니다.

"청텐칭, 아무것도 못 본 거야. 그래야 살 수 있어. 무엇이든 보았으면, 한마디라도 하면 완전히 반혁명분자가 된다고. 그러면 혁명가들이 당신을 이 세상에 살려두지 않을 거야."

사실 그가 제 말을 들을 수 있으리라고는 생각하지 않았습니다. 하지만 그는 제 말을 듣고 걸음을 늦추더니 몸을 돌렸습니다. 그리고 아주 멀리서 저와 훙메이를 향해 무릎을 꿇고 공손하게 절한 다음 일어서서 갔습니다.

초봄의 햇살 속에 늦겨울의 한기가 아직 남아 있어 산비탈과 도랑에서 불어오는 바람이 싸늘함을 남기며 저희를 훑고 지나갔습니다. 청톈칭은 갔지만 두려움이 채 가시지 않아 그 일을 하고 싶다는 생각이 전혀 들지 않았습니다. 저희는 탈곡장 옆의 궁글대에 앉아 벌판과 청톈칭이 쫓아낸 양을 바라보고 밭머리마다 동쪽으로 서 있는 혁명 구호판과 어록판을 바라보면서 서로의 손을 꽉 쥐었습니다.

"아이췬, 뭔가 방법을 찾아야 해요. 우리의 앞날에도 방해가 되지 않고 우리의 혁명 기품을 지키면서 함께 있고 싶을 때면 함께 있을 수 있고 그게 생각나면 부부처럼 언제 어디서나 옷을 벗어 던진 채 할 수 있는 방법을요."

저는 훙메이의 말을 받지 않았습니다. 시선을 먼 들판에서 거둔 뒤 무의식적으로 저희가 방금 전에 비집고 들어갔던 짚더미 사이의 틈을 흘끗 쳐다보았습니다. 그런데 그 곁눈질로 놀랍고 위대하며 대단한 계획이 제 머릿속에 떠올랐습니다.

구름이 걷히고 해가 나오자 노을빛이 세상을 밝히고 천년된 소철에서 꽃이 피어났습니다. 제 머리에서 먼저 '땡' 소리가 울리더니 곧이어 우르릉하는 엄청난 소리가 났습니다. 그리고 바로 그 순간, 거대하고 불가사의한 계획이 머릿속에서 윤곽을 잡고 형상을 갖추고 일정을 정했습니다.

3. 오동나무 위에서

우리 집에서 홍메이 집까지 땅굴을 파서 밖으로 나갈 필요 없이 언제든 부부처럼 만나 일을 치르리라, 하고 굳게 결심했습니다.

그 계획이 노을빛처럼 반짝 떠올랐을 때 심장이 미친 듯 쿵쾅거렸지만 홍메이에게는 말하지 않았습니다. 저희 애정사에서 가장 장엄한 순간 같아서 모든 준비를 끝내기 전에 가볍게 말하고 싶지 않았습니다. 하지만 머릿속으로 계획을 세운 뒤로는 떠올릴 때마다 심장이 뜨거워지고 피가 끓어올랐습니다. 사실 곧장 실천할 수는 없었습니다. 먼저 저희 대대에서 열리는 현의 현장회를 성공리에 끝내고 체험 자료 세 건을 써야 했거든요. 자료란「'3대 통일'이 만들어낸 군중의 혁명 사상」과「'1대 1'로 시작해 전체로 퍼지는 혁명」,「청사는 봉건주의의 잔재인가, 문화유산인가에 대한 사유」였습니다. 모든 참관자가 청사의 화려한 장식과 용이나 봉황의 그림을 보면서 아름답다고 생각하면서도 불편해했습니다. 심지어 사당의 수많은 기와에서도 그랬지요. 푸른 벽돌을 장식한 명·청 시대 용이나 짐승의 머리는 확실히 혁명이 추구하는 새롭고 순수한 환경과는 거리가 멀었습니다. 저는 정말로 양정고리 패방과 청사를 부숴 혁명의 폭풍이 청강진을 완전히 휩쓸게 하고 싶었습니다. 하지만 실제로 그곳에 폭풍 세례를 퍼붓는다면 1960년대 초 성에서 반포한 성급 문물보호규정에 어긋날 뿐만 아니라, 더 중요한 것은 청사를 부술 경우 청강 대대 4분의 3에 이르는 청씨 사람들을 잃게 될 것이었습니다. (이 점은 왕 진장, 그 작자가 말한 게 맞습니다. 청사 때문에 청강에서 군중의 기반인 인민을 잃을 수는 없었습니다. 인민이 바로 역사를 창조하는 원동력이니까요. 군중은 사회 발전을 이끄는 진정한 영웅이므로 군중의 지지를 잃는다는 것은 혁명의 기본 터전을 잃는 것입니다. 이전에 양정고리 패방을 무너뜨리려 할 때 배우지 않았습니까?) 그래서 양정고리 패방과 청사를 무너뜨리기 전에 상부로부터 정식 문서나 구두 통지를 받고 싶었습니다. 그러면 그 모든 것, 옛날 세상을 쓸어버릴 수 있는 강력한 지지와 보호를 얻는 셈이니까요. 저는「청사는 봉건주의의 잔재인가, 문화유산인가에 대한 사유」에서 양정고리 패방과 청사의 9대 죄상을 나열했습니다.

(1) 양정고리 패방과 청사의 존재는 정이, 정호가 세운 '정주리학程朱理學'의 검은 기치가 붉은 혁명 속에 공공연하게 나부끼고 있음을 의미하며, 이는 혁명 판도에 공개적으로 맞서는 것이다.

(2) 이 둘의 존재는 수많은 참배자를 끌어들이고 주변 수백 리 인민 군중의 사상에 악영향을 미친다.

(3) 미신 행위를 늘린다. (춘제春節* 전후에 몰래 향을 피우고 제물을 바치는 사람이 끊이지 않음.)

(4) 패방과 청사 사당의 모든 벽돌과 기와에서 봉건주의의 악취가 풍긴다.

......

(9) 패방과 사당을 부수는 것은 '정주리학'의 사령부와

* 중국의 설, 음력 정월 초하룻날.

지휘처를 파괴하는 것과 같다. 반드시 바러우 산맥에서 마오쩌둥 사상의 위대한 기치를 높이 세우고 만대에 휘날리도록 해야 한다.

세 건의 자료를 몇 부씩 복사해서 인편에 현위원회로 보내고 지구 신문사와 성 관보에도 발송한 뒤 논밭에 비료를 뿌리고 물을 댔습니다. 그렇게 혁명과 생산을 일단락 지은 다음에 저의 웅대하고도 기이한 계획을 실행에 옮기기 시작했지요.

어머니가 홍화를 데리고 외출하시고 홍성이 학교에 갔을 때, 마당의 오동나무에 올라가서는 공병으로 복역하면서 익혔던 굴착 지식을 활용했습니다. 나뭇잎 사이로 훑어보면서 스다거우 집 뒤쪽의 느릅나무를 첫번째 푯대로 정하고 청추 이편 집 참죽나무를 두번째 푯대, 청텐칭 집 앞의 오래된 회화나무를 다섯번째 푯대로 삼았습니다. 청허우가의 저희 집에서 청첸가 홍메이 집까지는 직선거리로 550미터쯤 되었습니다. 중간에 청사 뒷마당 모퉁이와 제2생산대 대장인 스얼거우의 집을 비롯해 열일곱 개의 청씨 집과 청허우가, 청중가 두 길을 지나야 했지요. 지하 통로의 너비를 0.5미터, 높이를 1미터라고 하면 실제 토량은 275세제곱미터이고 흐트러진 토량은 최소 1.5배 많으니까 415세제곱미터가 된다는 뜻이었습니다. 550미터 통로의 중간인 청중가 대로 밑에 침대 하나를 넣을 수 있도록 대략 가로세로 3미터에 높이 2미터인 방을 판다면, 저희의 신방이 될 그 방의 실제 토량은 18세제곱미터, 흐트러진 토량은 27세제곱미터입니다. 그렇다면 통로가 직선에 착오가 전혀 없다 하더라도 실제 총 토량은 300세제곱미터이고 흐트러진 토량은 450세제곱미터가 됩니다. 낮에는 혁명에 집중하고 밤에만 생산(굴 파기)한다고 칠 때 매일 밤 최대 작업할 수 있는 토량을 0.7세제곱미터라고 하면 사랑의 통로를 파는 데 420일이 필요한 것이지요. 420일이면 거의 1년 반입니다. 그런데 그 1년 반 동안 외부에서 회의가 열리면요? 청강에서 야근이라도 해야 하면요? (예를 들어 농번기나 당과 단원들의 정치 학습을 조직할 때요.) 혹은 병에 걸려 열이 나면요? 제대로 계산하지 못해 통로가 비뚤어지면요?

그러니까 최대한 빠른 속도로 밤마다 땅굴을 판다고 해도 거의 2년이 필요하다는 뜻이었습니다. (그 2년 동안 진장이라는 또 다른 목표도 달성해야 하고요.) 2년은 태양 없는 아주 길고 검은 밤처럼 멀게 느껴졌습니다. 하지만 사랑으로 한껏 부풀어 오른 혁명가에게 그게 뭐 대수겠습니까? 항일전쟁은

8년이나 지속되지 않았습니까? 해방전쟁은 4년이었고요. 군대에서 4년간 복역했고 그때 1년 8개월 동안 산굴을 팠던 적도 있지 않았던가요? 승리하겠다는 의지만 있으면 극복하지 못할 어려움은 없습니다. 이건 누구의 말일까요? 제가 부대에서 호기롭게 적었던 말 같기도 합니다만, 신문에서 읽은 절묘한 표현일까요?

사람, 사람은 말입니다, 혁명사상으로 무장한 사람은 가장 용감하고 가장 지혜로우며 가장 사심이 없고, 어떤 어려움이든 극복할 수 있으며 아무리 높은 산이라도 오를 수 있고 어떤 기적이라도 만들어낼 수 있습니다. 아무리 어려운 시기라도 맞서고 아무리 절박한 고비라도 이겨내며 아무리 위험한 곳이라도 뛰어들고 아무리 힘든 임무라도 짊어집니다. 피땀이 없으면 명예도 없고, 희생이 없으면 행복도 없습니다. 웅대한 의지가 없으면 원대한 앞날도 없으며, 착실한 노력이 없으면 성공도 없습니다. 혁명은 비바람에서 시작되고 수확은 근면함에서 비롯되며, 즐거움은 피땀에서 쌓이고 행복은 좌절에서 나옵니다. 고개를 들고 힘차게 나아가면 비바람도 막지 못합니다. 협곡을 넘고 어려움을 겪어도 절대 고개를 숙이지 말아야 합니다. 전진해야지요, 미래가 손을 흔들고 있습니다! 노력해야지요, 호각 소리가 울리고 있습니다! 분투해야지요, 서광이 천년을 비춥니다!

그렇다면 450세제곱미터의 흙을 파낸 다음에는 어디에다 쌓아야 할까요?

저는 오동나무 위에서 몸을 돌려 저희 집 뒤쪽, 바러우 산맥의 청강산 아래에서 사계절 내내 흐르는 수로를 바라보았습니다. 얼마나 많은 흙을 담을 수 있을까? 어느 정도가 되면 물에 쓸려가지 않을까? 하면서요.

며칠 뒤 뒷마당 벽 한쪽을 헐어 쪽문을 달고 문 안쪽으로 돼지우리를 만든 다음 새끼 돼지 두 마리를 샀습니다. 돼지 우리로 가려진, 마을 뒤편 수로로 통하는 뒷문과 샛길이 마련된 셈이었지요.

땅파기는 사월 하순의 어느 날 한밤중에 시작되었습니다. 그날 밤은 열두시가 되어서야 하현달이 빠르지도 느리지도 않게 떠올랐습니다. 당연히 세상의 인민공사 사원들은 전부 잠들었지요. 달빛이 우유를 뿌려놓은 듯 마을 안팎을 비췄습니다. 저는 뒤채 마당의 고구마 저장고를 땅굴 입구로 정하고 미리 준비해둔 자루가 짧은 삽과 곡괭이, 새 대나무 광주리, 남포등, 입구로 연결할 끈과 갈고리를 고구마 저장고에서 한데 묶은 다음 공병대에서 굴착할 때 입던 하얀 저고리와 초록색 반바지를 입고 저장고 바닥으로 내려갔습니다.

그러고는 남포등을 진흙 벽에 걸고 손바닥에 침을 뱉어 서로 비빈 다음 바닥에 무릎을 꿇은 채 곡괭이를 힘껏 내리치자 사발만 한 첫 황토가 곡괭이에 딸려 올라왔습니다. 축축하고 신선한 흙냄새가 저장고에 남아 있던 묵은 고구마 냄새와 저장고로 떨어져 썩어가던 낙엽의 곰팡내를 곧바로 불그레하게 뒤덮었습니다. 혁명 덕분에 힘든 육체노동을 한참 동안이나 하지 않았지요. 청강 대대의 가장 높은 지도자가 된 이후로는 우물에 물을 길러 가거나 밭에서 곡식을 나누는 일조차 누군가 대신하고 집 안까지 날라다 주었습니다. 특히 보름 전에 진 당위원회 위원이 되었다는 공문이 내려온 뒤에는 마당을 쓸고 벽에 물건을 거는 사소한 일마저 집에 놀러 오거나 보고하러 온 마을 사람들이 대신해주었습니다. 제 집안일을 대신해주는 것을 명예라고 생각하는 듯했습니다. 부대에서 중대장이나 대대장의 차 심부름이나 빨래를 하는 근무병의 얼굴에 오만한 웃음이 걸렸던 것처럼 저희 집안일을 해주는 마을 사람들의 얼굴에도 친근하고 열정적이며 심지어 조금 만족스럽기까지 한 웃음이 걸리는 게 보였습니다. 틀림없이 제가 한마디만 하면 수많은 사원이 훙메이 집까지 땅굴을 파주었을 겁니다. 하지만 그건 안 되는 일이었습니다. 절대로 안 되지요. 혁명이 묵인하지 않을 뿐더러 그러한 행위는 스스로를 혁명의 반대편과 단두대로 몰아가며 혁명의 숙적이자 원수로 만드는 일이니까요. 물론 누구의 도움도 청하지 않을 생각이었습니다. 누구에게도 그 비밀을 알려줄 마음이 없었습니다. 그건 저와 훙메이가 영원히 공개하지 않을 어두운 통로이자 방이고, 저희의 신성하고 위대한 사랑의 결정체이자 증거였으니까요. 저는 두 광주리에 흙을 채운 다음 땅굴에서 기어 올라와 줄을 잡아당겨 광주리에 담긴 흙을 달빛 아래로 끌어냈습니다. 그런 다음 어깨에 메고 돼지우리 옆으로 뒷문을 나와서는 샛길을 따라 언덕 아래의 수로로 갔습니다. 언덕 위에 있던 달이 어느새 마을 꼭대기로 옮겨가 있었습니다. 청사 뒷마당에 있는 치셴탕 대전의 용마루와 추녀마루가 달빛에 부드럽게 녹아 느릿하게 출렁이는 것 같았습니다. 마을 거리에서 간혹 들리는 어슴푸레한 개 짖는 소리가 투명한 살얼음처럼 밤하늘에서 미끄러지자 초여름 달밤이 더욱 깊어지고 신비로워지며 형용할 수 없게 아름다워졌습니다. 수로에서 튀어 오르는 물소리가 가랑비처럼 달빛 아래에서, 밀밭과 제 발밑에서 촉촉한 풀 위로 뿌려졌고요. 개구리와 귀뚜라미 울음소리가 제 발소리에 잠시 멈췄다가 이내 다시 아무 걱정도 없다는 듯 울려 퍼지면서 제 발소리와 어깨 위 광주리의 삐걱거림을 삼켰습니다. 그러다 세상이 더할 나위 없이 고요해졌습니다. 그 정적 속에서 저는 바러우 산맥이 숨 쉬는 소리를 들을 수 있었습니다. 밀의 뿌리털이 벌판의 수분과 양분을 빨아들이는 것 같았지요.

첫번째 진흙을 수로까지 가져간 저는 땀을 닦은 다음 광주리의 흙을 수로에 부었습니다. 그리고 자리에서 일어나 해방 뒤 진 정부 마당에 새로 들어선 붉은 기와 건물을 보았습니다. 청강 북쪽에 있는 그 건물은 달빛을 받자 피가 응고된 것처럼 검자주색을 띠었습니다.

저는 2년 내에 550미터의 혁명적 사랑의 땅굴을 완성하고 제 정치 생애에 방해가 될 청강진의 크고 작은 장애물을 없애며, 스물일곱 생일 전에 진장이 되어 청강진의 최고 인물이 되겠다고 굳게 결심했습니다. 그날 밤 땅굴을 0.8미터 팠고 열아홉 번 흙을 수로로 날랐으며 열아홉 번 진 정부의 기와 건물을 보면서 열아홉 번 그런 결심과 다짐을 했습니다. 그러다 닭이 세 번 울고 동쪽에 우윳빛이 번지기 시작해 진 정부 쪽으로 소변을 본 다음 집으로 돌아가 잠을 잤습니다.

제7장

새로운 전투

1. 청사에서의 사랑

소만小滿 3일 전, 험난한 고비를 맞았습니다. 그 전날은 정호와 정이의 부친인 정향程珦의 생일이었지요. 마을은 낮에도 전날과 똑같았지만 밤이 된 뒤에도 똑같이 평온했습니다. 저도 여느 날처럼 땅굴에서 수로로 스무 번 정도 흙을 날랐고요. 하지만 날이 밝아올 무렵 홍메이와 청칭린이 다급하게 저를 깨웠습니다.

"큰일 났습니다. 제길, 큰일 났다고요! 어젯밤에 누군가 청사 앞에서 지전을 태우고 향을 살랐습니다."

청칭린이 제 침대 맡으로 달려들며 소리쳤습니다.

"이건 봉건주의적 미신 행위로 공공연하게 우리 무산계급에 대항하는 것입니다." 홍메이가 제가 방금 벗었지만 또다시 입어야 하는 옷을 건네주며 말했습니다. "이런 그릇된 기풍을 제대로 없애지 않는다면 우리 혁명위원회의 절대적 권위를 세울 수 없어요."

저는 사태의 심각성을 이해했습니다. 이번 일을 눈감아준다면 저를 중심으로 한 새로운 지도층이 무능하다고 보일 것이며, 언젠가 '새로운 붉은 혁명의 근거지'가 '미신 부락'이었다는 유력한 증거로 활용될 것이었습니다. 그럴 경우 영향을 받는 것은 비단 청강혁명위원회뿐만이 아니었습니다. 저 가오아이쿼의 정치생명과 앞날이 타격을 받는다는 게 더 큰 문제였지요. 저는 아무 말 없이 옷을 입고 홍메이, 칭린과 한달음에 청사로 갔습니다. 청사 대문 앞에는 정말로 서른 더미의 지전 재와 향이 있었습니다. 청톈민이 무슨 회의에 참석하러 현성에 가느라 대문을 바깥에서 단단히 걸어 잠그는 바람에 향을 피우려던 사람들이 들어가지 못하고 문 앞에서 지전을 태우고 향을 피웠던 것입니다. 줄줄이 늘어서 있는 잿더미와 밤이슬에 눅눅해진 향을 보면서 저는 어젯밤 왜 그들을 못 봤을까 생각했습니다. 그렇다면 향을 피우던 사람들은 저를 봤을까요, 못 봤을까요?

저는 향을 피운 사람들을 찾아야 했습니다.

민병대 대장 런셴주에게 현장을 지킬 민병대원을 부르라고 한 다음 저와 홍메이는 진 정부로 향했습니다. 그러고는 그때 막 일어나 세수를 하고 있는 왕 진장을 찾아 파출소 동지들을 동원해 조사해달라고 부탁했지요. 하지만 뜻밖에도 왕 진장은 저희 보고를 듣고서도 세숫대야 앞에서 수건으로 얼굴을 느긋하게 닦으며 말했습니다.

"자네 마을 어귀 10여 무畝에 물을 좀 대야겠더군."

저와 홍메이는 조금 당황했습니다. 저희가 혁명을 하는 게 아니라 무료함에 혁명을 흉내 내며 별일도 아닌 일을 크게 부풀리는 듯 취급했으니까요.

"오늘 당장 사람들을 모아 물을 대겠습니다. 하지만 왕 진장님, 아직도 조상에게 향을 피우며 제사 지낸다니요. 이는 밭에 물을 주어 생산을 늘리는 일보다도 훨씬 시급한 문제입니다."

왕 진장이 고개를 돌려 저와 홍메이를 바라보며 수건을 얼굴에 댄 채로 말했습니다.

"가오아이쥔, 내가 퇴역군인이라는 것을 모르나? 나는 부대에 있을 때 대대장이었고 지금은 진장이네. 샤홍메이야 군대에 가지 않아서 모른다고 해도 자네는 아랫사람으로서 상사에게 말하는 법도를 지켜야지."

"왕 진장님, 혁명에는 귀천의 구분이 없습니다. 아랫사람이 상사에게 복종하고 상사를 존중하는 게 마땅하지만 상사는 그보다 더 진리에 복종하고 진리를 존중해야 합니다."

왕 진장이 수건을 대야로 던졌습니다. 대야의 더러운 물이 저와 훙메이의 몸과 다리에 튀었습니다. 그가 "진리는, 자네들이 물을 주지 않으면 생산이 줄어들 것이고 생산이 줄면 백성이 배를 곯을 것이며 배를 곯으면 누구도 당을 따르거나 혁명에 가담하지 않을 것이라는 걸세"라고 소리를 지를 때 핏대가 솟아오르면서 얼굴이 검자줏빛으로 변했습니다. 그에게 배를 곯으면 당을 따르거나 혁명에 가담하지 않는 게 아니라 배를 곯기 때문에 당과 함께하고 당과 더불어 혁명을 하는 것이라고 말하고 싶었습니다. 그것은 이미 혁명사에서 여실히 드러난 절대적인 경험이자 진리지요. 하지만 그 말을 내뱉기 전에 왕 진장이 서랍을 열더니 가로줄 편지지의 복사본을 제게로 던졌습니다. 저와 훙메이가 추슬러 살펴보자 저희가 현과 신문사에 보냈던 「청사는 봉건주의의 잔재인가, 문화유산인가에 대한 사유」였습니다.

저희는 놀라서 할 말을 잃었습니다.

"가져가게. 자네들이 청사를 없애면 청강 대대 사람들의 마음도 잃을 걸세. 지지 세력을 잃은 뒤에 어떻게 일하고 간부를 하며 혁명을 하는지 내 지켜보겠네."

저와 훙메이는 진 정부를 나왔습니다.

저희는 왕 진장에게 꼭 본때를 보여주자고 다짐했습니다.

진 정부의 대문 바깥에는 벽돌을 깔고 빙 둘러 오동나무를 심은 곳이 있었습니다. 벽돌 틈새로 자잘한 잡초와 벌레가 보이더군요. 그곳에서 저희는 조금 누렇게 뜬 얼굴로 서 있었습니다. 그녀가 청사 및 우리의 앞날과 연관된 「청사는 봉건주의의 잔재인가, 문화유산인가에 대한 사유」를 들고 저를 바라보며 "어떻게 왕 진장의 수중에 떨어진 걸까요?" 하고 물었습니다. "위에서 아래까지 당 내부에 모종의 검은 선이 있다는 뜻이겠지요. 그렇지 않고서는 이 자료가 왕 진장 수중에 떨어질 리 없어요"라고 하자 그녀의 누렇게 뜬 얼굴이 살짝 창백해졌습니다. 잔인한 적이 저희 앞에서 총구를 겨누고 있기라도 한 것처럼 말입니다. "어떡하죠? 왕 진장에게 끌려 다닐 수는 없잖아요" 하고 그녀가 말했습니다. 물론 왕 진장에게 코를 꿰일 수는 없었습니다. 중국이 흐루시초프에게 끌려 다닐 수 없는 것처럼요. 우리가 어떻게 시시한 서기와 진장 따위에게 코를 꿰일 수 있겠습니까? 벽돌 바닥 옆 오동나무의 잎사귀 틈새로 동쪽 산에서 떠오른 태양이 핏물을 뿜어내듯 사락사락 산맥과 절반의 세상을 붉게 물들이고 세상과 우주를 밝게 비추는 게 보였습니다. 혈관이 터지는 것처럼 목이 쉰 듯 픽픽거리는 일출 소리가 들리고, 바로 앞 오동나무 나뭇가지에 매달린 벌레 고치에서 파삭 하며 벌레가 고치 속으로 들어가는 것도 보였습니다. 바로 그때 혁명에 대한 깨달음을 얻고 떠오르는 태양의 피 같은 붉음 속에서 힘을 받았습니다. 저는 허공에 매달린 벌레 고치에서, 혁명은 곧 삶이고 승리이며 혁명을 하지 않는 것은 실패고 죽음이라는 진리의 문을 열 수 있었습니다. 홍메이의 얼굴을 바라보자 그녀의 눈에 전에도 본 적이 있는 실의와 슬픔이 어려 있었습니다. "니미럴, 거지 같은 진장 놈, 대대장이 별거라고" 하며 욕하자 그녀가 "진장한테 맞서려고요?" 했습니다. 이에 "맞서지 않으면 우리한테 다른 길이 있나요?" 하고 반문한 뒤 잠시 침묵했다가 홍메이를 끈적끈적하게 훑어보며 "홍메이, 요즘 내 생각 했어요? 하고 싶었어요?"라고 물었습니다. 그녀가 다른 곳을 살핀 다음 얼굴을 돌려 응, 하고는 "아이쿼, 구이즈가 없으니 내가 생각나면 언제든 찾아와요. 안전하기만 하면 어디라도 좋아요"라고 말했습니다.

저는 홍메이의 손을 잡아 진 정부의 붉은 대문 앞에서, 대문 양측의 거대한 어록 팻말 아래에서, 오동나무의 둥근 잎

사귀 사이로 들어오는 얼룩한 햇살 속에서 대범하다 못해 무모할 정도로 무작정, 돼지나 개처럼, 말이나 소처럼 그녀의 손을 제 바지, 가랑이 사이로 집어넣었습니다. 그녀의 부드러운 손가락이 제 뻔뻔한 단단함에 닿는 순간 저희 둘은 감전이라도 된 것처럼 온몸을 떨었습니다. 그러고는 각자한 걸음씩 뒤로 물러나면서 머리를 획획 돌려 양쪽을 살폈습니다.

청씨 노인 하나가 물통을 들고 나와 청허우가의 우물로 물을 길러 가더군요.

저희는 고개를 돌려 서로를 바라보았습니다.

"아이췬, 오늘 해질 무렵에 스싼리허 모래톱에서 기다릴게요." 그녀가 말했습니다.

저는 희끄무레한 그녀의 얼굴을 실오라기 하나 걸치지 않은 나체 그림을 보듯 쳐다보았습니다.

"하고 싶지 않아요?" 그녀가 물었습니다.

"하고 싶어요. 죽도록 원해요. 앞으로 혁명에 성공할 때마다 미친 듯이 합시다. 자축하는 의미에서 평소보다 열 배, 백배 더 신나게 해요."

(제가 그녀를 바라보듯 그녀도 저를 바라보았습니다. 제 입을 보는 건지, 코끝을 보는 건지 알 수 없었습니다. 저도 나체 그림처럼 보

였을까요?)

"오늘 사람들을 이끌고 청사로 갑시다. 청사 건물은 부수지 말고 정호와 정이의 작품을 전부 불태웁시다. 그리고 왕진장이 우리에게 어떻게 하는지 본 다음에 강가로 가서 질펀하게 즐기며 자축합시다." 제가 말했습니다.

저희는 그 일에 굶주릴 대로 굶주렸을 때 청사를 공격하기로 결정한 것입니다. 패방 전투의 실패를 성공의 어머니로 삼았으니 청사의 전투가 필연적으로 승리할 것이라고 믿었습니다. 초여름 동안 청강의 지도권을 탈취하고 수많은 혁명 이력과 교훈을 얻었고요. 그때 저는 계급투쟁이란 틀 어쥐기만 하면 강렬하고 신비할 정도로 효과가 있다는 것과 혁명은 전쟁과 같다는 것을 아주 명확하게 알고 있었습니다. 혁명은 바로 전쟁입니다.

전쟁이 전쟁을 통해서만 끝날 수 있고 혁명이 혁명으로만 성공할 수 있는 이상, 혁명전쟁의 경험과 이론으로 현실의 혁명을 이끌어야 하지 않겠습니까? 왜 전쟁의 방식으로 혁명을 하지 않지요? 물론 저희는 혁명의 형식으로 전쟁을 벌이고 전쟁의 형식으로 혁명을 할 생각이었습니다. 당연히 청사로 달려가 정호와 정이의 서적 전부와 그들의 초상화, 짱징러우藏經樓에 숨겨진 사서오경과 누렇게 바랜 종이, 청씨 집안 족보, 사당의 재산 등기부, 과거 청씨 문중의 문화 고서와 자료들을 전부 불태울 생각이었지요. 소가죽과 가는 실로 장정한 기다란 서책과 선반 가득 담긴 곰팡내 나는 경서, 커다란 종이에 그려진 긴 수염의 조상들 초상화, 선생이나 학자로 여겨지던 귀신들을 들춰보는 사람은 극히 적었지만 청강 대대 청씨 사람들(주로 중노년층)은 하나같이 전부 경외하지 않았습니까? 그것을 명예라고 생각하지 않았던 가요? 청사의 영혼이라고 여기지 않았습니까? 혁명 중에 왕 진장은 특별히 청사를 챙겼습니다. 왕 진장과 청사는 무슨 관계일까요? 옛 진장인 청톈민과 단순히 전임 후임 청강 지도자라는 관계만 있는 걸까요? 혹시 그들 사이에 무슨 말 못할 비밀이 있어서 왕 진장이 감히 봉건적 미신 행위보다 물을 대는 게 더 중요하다고 말한 게 아니었을까요?

저와 홍메이는 청사로 돌아갔습니다. 런셴주와 붉고 흰 몽둥이를 든 민병이 달려와 공치사하듯 숨을 헐떡대며 말했습니다.

"가오 지부 서기님, 진상이 전부 드러났습니다. 향을 피운 사람들을 잡았습니다."

우리는 청허우가 중간의 연자매 앞에 멈춰 섰습니다.

"누구였나?"

"전부 외지에 사는 청씨 가문 후손이었습니다." 민병대 대장이 말했습니다. "청강에 이렇게 혁명의 바람이 불고 있으니 청강 사람이라면 감히 이 칼날로 달려들 리 없다고 생각했습니다. 그래서 몇 집을 뒤졌더니 과연 멀리 외지에서 온 청씨 사람이 있었습니다."

이에 홍메이가 말했습니다.

"일벌백계의 경종을 울리는 차원에서 외지 사람들도 조리 돌려야 합니다. 그들에게 청강 대대의 형세가 얼마나 대단하고 뜨거운지 보여줘 누구도 감히 청강혁명에 누를 끼치지 못하게 해야 합니다."

"당장 포승줄과 고깔모자를 준비하겠습니다."

민병대 대장 런셴주가 그렇게 말한 다음 민병대원을 이끌고 청중가 대대부로 가려 할 때 제가 말렸습니다.

"여기에서 지부회의를 열겠습니다."

제가 길가로 비켜서 한쪽 다리를 연자매 위에 올려놓자 그들도 가까이 다가왔습니다.

"저들을 조리돌리면 친척들의 원한을 살 겁니다. 모두 청씨 가문의 후손이니 청씨 사람들 모두 우리가 자신들을 징계하고 비판한다고 여길 수 있습니다. 더 큰 것을 염두에 두고 그들을 풀어주어야 합니다. 그러면 옛 진영과 친했던 청씨들의 이해와 지지를 얻을 수 있습니다. 그때는 짱징러우의 책을 불태우는 것은 물론이고, 청사를 부숴도 지난번에 패방을 부술 때처럼 저지하지는 않을 것입니다."

제가 계속 이야기했습니다.

"항일전쟁과 해방전쟁 때 해방군은 심리전을 사용했지요. 지금 우리도 심리전을 활용해야 합니다. 우리의 목표는 군중을 단결시켜 짱징러우의 고서(이건 청사의 영혼이지요)를 불태우고 다음 단계인 진 당위원회 정권을 탈취하기 위한 기반을 마련하는 것입니다."

"저들을 그냥 놓아주자고요?" 민병대 대장이 물었습니다.

"놓아주시오. 전부."

제 말에 홍메이가 찬성했습니다.

"동의합니다. 아이췬 동지는 우리보다 지위도 높고 멀리 보며 깊게 생각하는군요. 과연 우리 진영의 핵심 지도자로 손색이 없습니다."

(제 심장, 제 육체, 제 사랑, 그리고 제 영혼.) 가장 먼저 저를 이해해주는 것은 항상 샤훙메이이고 사랑 때문에 저희는 혁명에서 더욱 의기투합할 수 있었습니다. (푸른 장막에서 든 붉은 끈 일망무제라/퇴직하고 땅굴을 파니 산도 옮기겠네/사랑의 즙이 바러우의 토지를 적시고/혁명의 씨앗 꽃을 피웠으니 결실이 있으

리/공산당은 어머니처럼 나를 낳아 기르시고/샤훙메이와 가오아이
쥔 혁명의 마음으로 서로 의지하네/중국의 아들딸이 되기로 뜻을 세
워/웅대한 마음으로 전투의 깃발을 높이 들었구나.)*

2. 청사의 전투

청사 앞에서 향을 피운 외지의 청씨 사람들을 놓아주자
생각했던 대로 청강 대대에서 좋은 효과를 거둘 수 있었습
니다.

사람들을 풀어준 것은 아침 해가 중천에 떴을 때 청사 앞
에서였습니다. 태양이 조금씩 떠오르면서 햇살이 조국의 대
지와 산맥, 마을을 비췄습니다. 청사 앞의 공터와 돌 위, 담
벼락 아래는 세수도 안 한 인민공사 사원과 군중 들로 인산
인해를 이루었습니다. 그들은 일어나자마자 누군가 청사 문
앞에서 향을 피웠다는 소리를 듣고 꾀죄죄한 얼굴이 창백해
질 만큼 놀랐습니다. 더러운 천에 서리가 낀 것 같았지요. 뭔
가 심상치 않은 일이 벌어지리라 직감한 것은 물론이고요.

* 현대 경극 〈평원작전平原作戰〉의 구절을 변용한 것이다.

그때 장인인 청톈칭이 여전히 솜이 비죽한 낡은 솜저고리를 입고 머리에 풀을 붙인 채 겁먹은 모습으로 사당 문 앞에 서 있는 게 보였습니다. 얼마 전 저와 훙메이가 밀짚 아래에서 들켰던 장면이 떠올라 매섭게 노려보자 얼른 사당 동쪽의 사람들 속으로 숨더군요. 청사 대문은 그때까지도 단단히 닫혀 있었지만 큰 마당 문틈에서 고색창연한 습기가 마당을 넘어온 바람처럼 사람들한테 전해졌습니다. 제가 청사 대문 앞으로 향하자 사람들이 길을 열어주었습니다. 인민공사 사원들과 군중들이 모두 뚫어져라 저를 바라보며 분향 사건에 대한 제 판결을 기다렸습니다.

저는 사당 앞 돌사자의 네모나고 커다란 받침돌에 한 발로 올라서 다른 발로 사자의 뒷다리를 밟은 다음 왼손으로 허리를 짚고 오른손으로 돌사자의 머리를 누르면서 저를 향해 쏟아지는 하나같이 무력하고 애절한 눈빛을 보았습니다. 곧장 입을 열어서는 안 된다는 것을 잘 알고 있었지요. 그래서 그렇게 사자 석상에 선 채로 차갑고도 뜨거운, 따뜻함 속에 서늘함이 스치고 서늘함 속에 따뜻함이 묻어나는 눈빛으로 사당 앞에 빽빽하게 모인 청강 사람들을 보았습니다. 제가 이끌고 있는 인민과 군중, 제가 부리는 백성과 관리를 보았지요. 제 침묵 속에 사원들의 심장 박동 소리가 진눈깨비처럼 떨어지는 게 보였습니다. 앞쪽에 서 있는 혁명 핵심 인물들은 얼음처럼 파리한 낯빛을 고수하고 민병대 간부는 세자 길이의 붉고 흰 몽둥이(특별히 제작한 것으로 총처럼 항상 지니고 다녔습니다. 그건 그들에게 제2의 생명이었지요)를 비스듬히 들고 있었습니다. 동쪽에서 떠오른 태양은 새로 칠한 것처럼 반짝였지만 핵심 인물과 민병대원 뒤쪽의 사원들은 얼굴이 잿빛이었습니다. 전 그때 제 시선이 얼마나 차가웠는지도 모르겠고, 얼마나 복잡했는지도 모르겠습니다. 그저 저와 시선이 마주치면 사람들의 눈꺼풀이 마른 풀처럼 말려 내려가고 순식간에 눈빛이 무너지며 뜨거운 태양 아래의 풀처럼 머리가 수그러지는 것만 볼 수 있었습니다. 그때, 그 순간, 그 짧은 시간 동안 저는 갑자기 농촌에서의 혁명, 농촌에서의 전쟁이나 전투에서는 때때로 칼과 총, 언어를 쓰지 않아도, 논쟁이나 무력 다툼을 하지 않아도, 그저 눈빛만으로 백성과 관리를 굴복시킬 수 있다는 것을 알았습니다. 저는 눈빛으로 그들의 머리를 치고 얼굴을 훑고 옷과 다리, 발을 흔든 다음 침묵 속에서 가볍게 헛기침을 했습니다. 폭우 직전의 차가운 바람처럼 낮고도 싸늘한 마른기침이 칼이나 바늘처럼 모두의 가슴을 찔렀습니다. 그런 뒤 헛기침을 하고 또 흠흠 하며 목을 가다듬고는 큰 소리로 백성들에게 말했습니다.

"오늘 우리 청강 대대 사원들은 이 새로운 혁명 옌안에서 매우 불행하게도 분향과 제사라는 끔찍한 사건이 발생한 것을 전부 보았을 것입니다. 이번 사건을 어떻게 규정해야 할까요? 이것은 미리 공모된 계획적이고 배후가 있는 반당, 반혁명, 반사회주의, 반무산계급 문화대혁명, 위대한 수령이신 마오 주석님에 대항하는 가장 전형적이고 가장 반동적인 반혁명 사건으로 모두 잡아서 감옥에 처넣지 않으면 다리라도 부러뜨려야 합니다."

제가 계속 이어서 말했습니다.

"하지만 저 가오아이쥔은 절대 그런 몰인정한 일을 하지 않을 것입니다. 저 가오아이쥔은 비록 청씨는 아니지만 이 1600명 청씨 마을의 지부 서기입니다. 청강 대대의 지부 서기일 뿐 아니라 결연한 혁명가이고, 혁명가일 뿐 아니라 우리 청강, 청씨 사람들의 지도자입니다. 혁명의 원칙을 따르자면 분향 사건에 연루된 사람들은 남녀노소 할 것 없이 전부 잡아서 감금하고 감옥에 보내거나 최소한 고깔모자를 씌워 조리돌려야 합니다. 하지만 저는 그러지 않겠습니다. 그렇게 하지 않을 경우 훗날 저를 음해할 유력한 증거가 될 수 있음을 잘 알고 있습니다. 그러나 청강을 위해서, 우리 청씨 사람들(우리 청씨 사람들?)을 위해서 저는 기꺼이 정치적 잘못이라는 모험을 택하겠습니다. 훗날 저를 반대하는 사람들에게 빌미가 될 만한 증거를 기꺼이 남겨주겠습니다. 어젯밤 분향과 제사 사건은 더 이상 죄를 묻지 않고 조리돌리지 않을 것이며 공안에 접수하지도 않을 것입니다. 그리고 이미 체포한 사람들 역시 즉시 풀어주겠습니다. 당장 풀어주겠습니다!"

(모두의 눈이 갑자기 커다래졌습니다. 홍메이의 얼굴은 비밀을 간직한 연분홍빛이었고 셴주는 흥이 깨지고 낙담한 듯 어두운 잿빛이었습니다. 한편 사원들은, 청씨 사람들은 제가 보기에 따뜻하면서 환한 표정이었습니다. 저는 곧장 주제로 들어가야 했지요.)

제가 말했습니다.

"사원 여러분, 어르신과 마을 주민 여러분, 분향과 제사는 크게 말하면 안팎으로 결탁한 반혁명 사건이고, 작게 말해도 최소 봉건적 미신 행위로 부패하고 몰락한 계급의 영혼이 다시 살아나기를 바라는 행동입니다. 정이와 정호는 분명 우리 청강 사람들의 조상이지만 시대가 변하면 사람도 마음도 그에 따라 변해야 합니다. 이제 새로운 사회가 되었고 문화대혁명이라는 완전히 새로운 시대가 열렸는데 여러분은 왜 아직도 미신에 사로잡혀 향을 피우고 절을 합니까? 어리석은 일입니다! 여러분 모두 어리석습니다! 어리석어요……. 이 일을 제가 어떻게 보고해야 합니까? 저는 그저 여러분을 책망하지 않는다고, 어르신과 주민 여러분을 책망하지 않고 삼촌과 숙모, 형과 형수를 책망하지 않으며 할아버지, 할머니를 책망하지 않고 모든 사원 여러분을 책망하지 않는다고, 다만 조상이 우리에게 남겨준 사당과 짱징러우에서 봉건 자산계급의 악취를 내뿜는 경서와 서화를 책망할 뿐이라고 말할 수밖에 없습니다. 저 가오아이쿼도 여러 번 생각했고 당 지부도 연구해보았습니다. 분향하고 제사 드린 마을 사람들을 풀어준 다음 상부에 어떻게 보고해야 할까요? 물론 가장 좋은 방법은 사람들을 풀어준 뒤 이 사당을 부수는 것이지만, 사당을 없애면 여러분은 물론 저 가오아이쿼도 무척 마음이 아플 것입니다. 이건 명나라 때 지어진 옛 건물이고 우리 청씨 사람들의 얼굴이자 우리 청강 대대의 상징이니까요. 그럼 어떻게 할까요? 아무리 생각해봐도 유일한 방법은 짱징러우의 책과 서화를 비롯해 잡다한 것들을 태우는 것입니다. 그러면 향을 피우고 절한 사람들과 사당을 지키는 동시에 상부에도 할 말이 생깁니다. 우리가 사당의 영혼을 불태웠다고, 마음에서 혁명을 일으켰으며 남은 청사는 겉모습, 죽은 껍데기에 불과하다고 말할 수 있습니다."

저는 홍메이와 청씨 사람들을 보았습니다. 그들은 조용히 저를 바라보고 홍메이와 칭린을 바라보고 있었습니다.

홍메이가 큰 소리로 외쳤습니다.

"서책을 태우지 않으면 체포된 사람들을 현 공안국으로 보내야 합니다."

사람들 사이에서 움직임과 수군수군 논의하는 소리가 일었습니다.

청칭린이 앞으로 한 걸음 나오더니 돌아서서 자신의 동족을 노려보며 말했습니다.

"서책을 태우고 말고는 지부 서기님의 말 한마디면 끝나지만 지부 서기님이 여러분을 존중하기 때문에 의견을 물은 것입니다. 그대로 따르지 않는다면 결국 수십 명이 공안국으로 넘겨지고 결국에는 사당과 책이 전부 사라질 것입니다. 그때는 게도 구럭도 전부 놓친 형국이니 후회해도 소용없습니다."

"서책을 태우고 싶지 않습니까? 그런 것입니까?" 제가 소리쳤습니다.

그때 누군가 대답했습니다. 대답 소리는 사람들 한가운데에서 벼락처럼 터져 나왔습니다.

"합시다, 불태웁시다! 그따위 것들을 남겨놓은들 무엇 합니까!"

또 누군가 호응했습니다. 사람들 속에서 와 하는 외침이
생겼습니다.

"불태우자! 당장 불태우자!"

"사람만 지킬 수 있다면 그깟 물건이야 깡그리 태워버리
자……."

저의 인민들 마음이 그렇게 제 외침을 따라 제게로 오고,
그렇게 또 한 번 저로 인해 끓어올랐습니다. 사람들 사이의
외침이 폭우처럼 거세지자 뒤쪽에 숨어 있던 청씨들도 한껏
고조된 외침을 따라 앞으로, 저를 향해 몰려왔습니다. 저는
격앙된 사람들을 청사 대문으로 몰고 갔습니다.

제가 직접 대문을 뜯어냈습니다.

무더위가 기승을 부리는 한여름이라 마을 어귀까지 다다
른 태양에서 벌써 뜨끈뜨끈한 열기가 퍼지기 시작했습니다.
사당 문을 열어젖히자 마당의 맑은 습기가 확 느껴졌습니
다. 사람들이 전부 제 뒤를 따라 앞쪽 큰 뜰로 들어갔습니다.
말할 것도 없이 10년, 20년, 심지어 생전 처음 그 마당의 짱
징러우를 보는 사람도 있었습니다. 마침내 볼 수 있는 기회
가 왔고, 그들에게 기회를 준 것은 혁명이었습니다. 모두들
앞사람을 바짝 뒤쫓으며 그 신비한 사당으로 들어가 봉건주

의의 잔재를 파괴하는 전투 행렬에 참여했습니다.

제가 제일 먼저 중간 마당에 들어갔습니다.

중간 마당의 좌우 대칭되는 '허평간위'와 '레르추솽' 두 사랑채는 한창 무성한 포도 시렁에 덮여 있었습니다. 광서 27년(1901년) 시월, 덕종제와 자희태후가 시안에서 베이징으로 돌아가는 길에 주두에 들러 유람할 때 각각 정호와 정이에게 하사한 '이락연원伊洛淵源'과 '희종안맹希踪顔孟'의 편액이 '허평간위'와 '레르추솽' 사랑채 상인방에, 역시 포도나무잎에 가려진 채로 걸려 있었습니다. 수십 년 전에 심었을 마당의 사발만큼 굵은 포도나무 네 그루에는 채 익지 않은 작은 포도송이가 주렁주렁 매달렸는데 나지막한 것은 사람 머리에 닿았습니다. 포도나무의 무성한 뿌리는 중간 마당의 네모난 벽돌 바닥에서 툭툭 불거져 나와 사당을 한층 더 예스럽고 그윽하게 만들었지요. 사람들이 앞마당 큰 뜰에서 중간 마당으로 몰려 들어올 때 중간 큰 뜰의 그윽함이 사람들의 난잡함을 완전히 누르고 제압했습니다. 철사와 대나무로 만든 포도 시렁 아래의 상쾌한 서늘함이 한순간 사람들을 조용하게 침묵으로 빠뜨렸지요. (그동안 사정을 모르던 사람들은 왜 청톈민이 사당에 들어갔는지 그때서야 이해할 수 있었습니다. 그곳은 신선들의 거처였지요.) 그런 생각을 하면서 여덟 장

깊이의 포도원을 지나 맞은편 짱징러우에 도달했습니다. 짱징러우는 벽돌과 나무로 지어진 2층 건물로 크고 작은 다섯 칸으로 구성되었습니다. 1층의 중간은 뒷마당으로 통하는 복도이고 양측 두 칸에는 오래된 잡화와 도구가 쌓여 있었는데 묵은 먼지와 돗자리가 제일 많았습니다. 2층과 연결되는 중간 복도 방에는 정호와 정이의 제자인 주희朱熹가 친필로 썼다는 '짱징러우' 현판이(일설에는 정호와 정이의 제자인 양시楊時가 썼다고도 하지만 역사 기록도 없고 고증하는 사람도 없습니다. 청씨 사람들 사이에서 선해지는 설일 뿐이지요) 중간 마당에서 짱징러우가 갖는 위상을 여실히 드러내고 있었습니다.

저와 훙메이 등이 아래층에 멈춰 섰습니다.

사원들도 전부 그 아래층에 섰습니다.

마을 사람들도 모두 그 자리에 섰습니다.

민병 몇 명을 입구에 세우고 청강 대대 간부들에게 위층을 살펴보자며 함께 짱징러우 2층으로 올라갔습니다. 계단은 입구 왼쪽 모퉁이에 있었습니다. 그런데 삐거덕거리는 계단을 통해 2층에 올라갔을 때 전혀 생각지도 못했던 엄청난 일이 모두의 눈앞에 펼쳐졌습니다.

학생 때도 들어가보고 청톈칭 집안의 사위가 된 뒤에도 들어가보았기 때문에 저는 짱징러우의 위아래 다섯 칸 방들을 아주 똑똑하게 기억하고 있었습니다. 방습과 방화를 위해 발라놓은 석회가 세월이 흐르면서 두꺼워지고 누렇게 바랜 벽과 그 누런 북쪽 벽 아래의 붉게 칠한 구식 소나무 책장들, 중간에 자물쇠가 달린 책장과 그 안을 가득 메운 『유서遺書』, 『외서外書』, 『문집文集』, 『역전易傳』, 『경설經說』, 『수언粹言』같은 정호와 정이의 저서까지 전부 기억하고 있었지요. 그 때 정호와 정이는 바러우 산지와 현, 진에서 역사적 명예로 여겨져 선생님은 늘 그들에 대해 강의하고 봄과 가을이면 학생들을 이끌고 참관하러 왔습니다. 그러고는 직접 학생들을 나누어 쌍징러우에 들어가서는 책장 앞에서 그에 대한 숭배와 지식을 늘어놓았습니다. 제가 현의 고등학교에 지원하기 1년 전, 그 노비처럼 생긴 꼽추 선생님(하지만 그는 언문을 젠장할 정도로 잘 가르쳤습니다. 제 글솜씨와 언변도 대부분 그에게서 배운 것이지요. 혹시 누가 그를 비판한다면, 제 정치생명과 앞날에 영향이 없는 한 그를 보호할 용의가 있습니다)은 특별히 몇 명을 골라 책장 앞에 세운 뒤 한 권 한 권 정호와 정이의 작품을 알려주고 두 사람 가운데 동생인 정이의 작품이 더 많다고 설명했습니다. 정이의 작품에는 『상인종황제서上仁宗皇帝書』, 『사면서경국자감교수표辭免西京國子監教授表』, 『삼학간상문三學看詳文』, 『안자소호하학론顏子所好何學論』, 『위가군상재상서爲家君上宰相書』등등이 있지만 형인 정호의 작품은『상전찰자上殿札子』,『답횡거장자후선생서答橫渠張子厚先生書』,『안락정명顏樂亭銘』등 몇 가지밖에 없다고 했습니다. 어문 선생님은 자신이 말한 것을 전부 받아 적고 완벽하게 외우라면서 매년 지구의 시험 문제에 정호와 정이에 관한 추가 문제가 나오며 맞힐 경우 10점에서 15점의 점수를 얻는다고 했습니다. (그해에 정말로 그런 추가 문제가 있었습니다. 그건 이미 은퇴한 꼽추 선생님이 출제자였기 때문이었지요.) 그 외에도 책장 앞에서 정호와 정이의 글씨와 서화를 보여주고 그들의 생졸 연도와 관직에서의 굴곡에 대해서도 알려주었습니다.

하지만 제 눈앞, 그 뒷벽의 책장에는 정호와 정이의 책이 한 권은커녕 한 페이지도 없었습니다. 서화 역시 한 장도 없고 당시 대충 말린 채 책장에 놓여 있던 제자 주희와 양시의 초상화마저 온데간데없이 사라진데다, 서가 한가운데 탁자의 액자 속에서 완전히 퇴색해버린 그 앙상하고 길쭉한, 정호와 정이의 선생인 주돈이周敦頤의 초상화 역시 사라졌습니다. 대신 책장에는 도시의 신화서점에서 모두 볼 수 있는 네 권의『마오쩌둥 선집』을 비롯해 다양한 유형과 판본의『마오쩌둥 어록』과『마오쩌둥 시사』, 대형 판형의 마르크스와 엥겔스의『자본론』, 레닌과 스탈린의 저작물, 각종 소설 수

백 권이 채워져 있었습니다. 마르크스에서부터 마오 주석님까지 위대한 다섯 인물의 저서가 붉은 종이 받침 위에 가지런히 놓여 있었지요. 다른 책장들은 비어 있거나 지도자들의 컬러 초상화가 반듯하게 자리해 있었습니다. 서가 가운데 탁자 위의, 원래 주돈이의 초상화가 끼워져 있던 커다란 액자에는 우산을 낀 채 힘든 여정을 거쳐 안위안^{安源}으로 혁명을 떠나는 마오 주석님의 생동적이고 생기 넘치는 전신상이 들어 있었습니다.

다시 말해 짱징러우에 보관되어 있는 것은 전부 마르크스, 엥겔스, 레닌, 스탈린, 마오쩌둥의 저서들이었다는 말입니다.

다시 말해 가장 봉건적이고 가장 핵심적인 곳이 이미 청강혁명사상과 무산계급이론의 보고가 된 것입니다.

다시 말해 저희 혁명의 발걸음이 한 걸음 늦춰졌으며 적이 먼저 혁명의 깃발로 저희의 진정한 혁명적 행동을 막았다는 말입니다.

다시 말해 저희가 조만간 청사에서 전쟁을 일으킬 것임을 누군가 벌써 눈치챘었다는 뜻입니다. 제가 조만간 그 이학경서를 불태울 것임을 청톈민은 진즉에 예상하고 있었다는 것이지요.

마을 간부들이 멍하니 짱징러우의 2층 서가 앞에 섰습니다. 포도 시렁보다 높게 자리한 문양이 새겨진 창문으로 햇살이 저희 얼굴과 몸으로 살며시 떨어지면서 유치한 혁명병을 앓고 있는 모두의 회색 얼굴에 난감함이 고스란히 드러났습니다.

그 경서들은 이미 2년 전에 짱징러우에서 없어졌다고 했습니다. 어떤 사람이 2년 전에 현 문화관에서 가져갔다고 하자 어떤 사람이 지프차가 와서 가져갔다고 덧붙였습니다. 그러자 또 다른 사람이 그때 문화관에서는 탁자와 의자만 가져갔을 뿐, 책은 한 권도 가져가지 않았다고 했습니다. 그렇다면 어디로 간 것일까요? 속수무책으로 서로만 바라보는 사람들 얼굴에 암울한 구름이 걸렸습니다. 말할 것도 없이 모두들 옛 진장이 감췄다고 의심했지요. 청칭린이 찡장러우에서 뒷마당으로 통하는 복도 문을 부수고 청톈민의 거처를 뒤지자고 제안했습니다. 하지만 저는 생각에 잠긴 채 한참을 아무 말도 하지 않았습니다. 생각해보십시오. 만일 정말로 청톈민이 2년 전에 경서와 서화를 치웠다면 수색할 수도 있는 셋째 마당에 두었겠습니까? 끝내 찾지 못하면 청톈민을 어떻게 대합니까? (제기랄 노친네, 모두들 그가 현정치협상회의 위원이고 현임 현위원회 서기와 친하다는 것을 알고 있었습니다. 진장은 아니지만 진장보다 더 대단하지요.) 그러니 저희가 셋째 마당으로 들어갈 수 있었겠습니까? 전혀 거리낌 없이 뛰어 들어가 뒤질 수 있었겠습니까? 혁명은 충분히 생각하면서 행동으로 옮겨야 하고, 높은 곳에 올라야 멀리 볼 수 있는 법입니다. 전쟁에서 가장 경계해야 하는 것이 적의 사정을 모르는 상태에서 맹목적으로 공격하는 것입니다. 지피지기면 백전불패라 했지요. 혁명과 혁명전쟁은 공격을 주로 하지만 방어와 후퇴를 할 때도 있습니다. 그게 정확한 표현입니다. 공격을 위해 방어를 하고 앞으로 나아가기 위해 후퇴하며 정면으로 가기 위해 측면을 향하고 곧은길로 가기 위해 우회로를 택하는 것, 이는 수많은 사물의 발전 과정에서 필연적으로 나타나는 현상입니다. 하물며 혁명이야, 또 혁명속 군사 행동이야 더 말할 게 있을까요.

(젠장, 청텐민이 현위원회 서기와 친분이 있는 것처럼 제가 현장이나 서기와 친분이 있었다면 좋았을 텐데요.)

마을 간부와 까맣게 몰려 있는 제 백성들을 바라보면서 저는 당당함을 잃지 않고 말했습니다.

"지금 우리가 타도할 목표는 정권을 잡고 있는 주자파이지, 물러난 주자파가 아닙니다. 우리는 투쟁의 큰 방향에서 벗어나면 안 됩니다. 청텐민이 경서를 숨겼다는 것을 안다고 해도 우리가 찾을 수 있는 곳에 숨겼을 리 없습니다."

제가 계속 말했습니다.

"지금 해결해야 할 주요 모순은 진 정부의 정권입니다. 주요 모순이 해결되면 부차적인 모순은 저절로 해결됩니다. 청톈민과 청사 같은 것들은 부차적인 모순이자 지류로, 주요 모순이 해결되면 덩달아 해결될 것입니다. '강거목장綱擧目張'이라고 하지 않았습니까? 진 정부부터 뒤엎고 나서 청사와 나머지 오합지졸을 수습하는 게 바로 핵심부터 파악한다는 '강기목장'을 생생하게 실현하는 것입니다."

평소라면 아침 식사를 이미 끝냈을 무렵, 저희는 중간 마당에서 덕종제가 친필로 쓴 '이락연원' 편액과 자희태후가 친필로 하사한 '희종안맹' 편액, 그리고 주희나 양시가 친필로 썼다는 '짱징러우' 현판 및 앞마당에 있던 역대 왕조에서 정호와 정이, 혹은 청사에 내린 편액과 각종 액자를 청사 문 앞의 분향하고 제사 지낸 그곳에서 불살랐습니다. 또한 문 앞의 송대와 명대에 청사를 세울 때 만든 비석 두 개와 청나라 말기에 어느 고관이 보냈다는 사당 앞 돌사자 둘도 부쉈습니다. 그리고 그것을 승리의 상징으로 혁명 진격의 종결을 선포했습니다.

3. 승리

청사의 편액을 불태우고 비석을 부수는 승리를 거둔 다음, 왕전하이가 화를 참지 못하고 진 정부 식당에서 밥그릇을 내던졌다는 소리를 들었습니다. 저희(제)가 기대하고 있던 목표를 달성한 셈이었지요. 저는 그가 밥그릇을 내던지며 욕을 퍼부은 시간과 장소, 증인을 전부 제 개인 공책에 기록해두었습니다. (적의 본색을 폭로해야지요.) 저희는 미신을 없애고 봉건 행위를 처벌하고 사람들의 사상을 개조하면서 의식을 고양했는데 그는 대체 왜 화가 나서 그릇을 내던졌을까요? 어떻게 감히, 밭에 관개도 않는 굶어 죽을 개새끼들이라고 욕할 수 있을까요? 누가 개새끼입니까? 우리 혁명가들이오? 우리가 개새끼면 그는 반혁명적 봉건 늙은이가 아닙니까? 혁명 청년이 개새끼라면 저희는 기꺼이 개새끼가될 테니 그는 반혁명적 봉건 늙은이나 하라지요! 청사와 정호, 정이의 이학으로 대변되는 청강 봉건계급의 가장 훌륭하고 권위 있는 보호막이나 되라지요! 루쉰은 침묵도 일종의 반항이며 어쩌면 가장 효과적인 반항일 것이라고 했습니다. 왕 진장과 몇몇 문제들을 저희는 고발하지 않은 게 아닙니다. 시간이 무르익지 않았을 뿐이었지요. 시간이 되면 자연히 고발할 것이었습니다. 시간이 되면 고발하지 않아도 저절로 드러날 것이었습니다.

저는 이미 당당한 청강진 당위원회 위원이 되었기 때문에 당당하게 청강진 당위원회 회의에 참석할 수 있고 회의 때마다 왕 진장의 일거수일투족을 제 갈색 표지 공책에 적을 수 있었습니다. 초겨울, 밀을 심을 때가 되었을 때는 이미 그의 반동적 언행이 72가지나 적혀 있었습니다. 예를 들어 "혁명을 다잡고 생산을 촉진하자, 생산을 촉진하지 않고 어떻게 혁명이 가능한가!"라고 했습니다. (혁명이 우선이고 생산은 부차적인 것이니 혁명과 생산의 관계를 뒤엎은 말이 아니고 무엇입니까? 생산력만을 중시하는 게 아니고 무엇입니까?) 또한 "여자는 보배이고 혁명은 좆이야"라고도 했습니다. (이는 가장 전형적인 반혁명 언사지만 애석하게도 진의 홍보 담당자인 리 간사가 해준 이야기입니다. 그 비겁한 놈은 절대로 증명서를 쓰거나 증인이 될 수 없다고 하며 심지어 제게 알려준 것을 후회했습니다. 제가 진장이 되면 그 간사에게 본때를 보여줘 정말 후회하게 만들 겁니다.) 또 왕 진장은 농번기 동원회의에서 각 대대 지부 서기들에게 강연할 때 마오 주석님 어록의 '인민의 군대가 없으면 인민의 모든 것이 없는 것이다'를 '입에 풀칠할 식량이 없으면 인민의 모든 것이 없는 것이다'로 바꾸었습니다. 그리고 그 회의에서 술을 마시고 자오슈위라는 여자 지부 서기(마흔 살 남짓에 무척 못생겨 감히 홍메이에게 비할 수도 없는 사람이지요)의 손을 잡아끌며 "자오 지부 서기, 당신은 내가 대대장으로 있을 때 우리 제2중대장 집사람과 꼭 닮았네. 그녀처럼 대담하고 입도 무겁고. 모든 대대 간부 가운데 내가 가장 믿는 사람이 자네지"라고 했습니다. (의심스러운 관계가 아닙니까? 그러면 아주 좋지요!)

일반적인 농촌혁명이 그렇듯 밀을 심고 나자 농한기에 접어들었습니다. 그리고 혁명과 사랑 모두 새로운 절정을 맞이했지요. 그 한 해 동안 저는 침묵하고 인내하며 왕 진장의 지시를 따랐습니다. 사실 제가 침묵할 수 있었던 것은 그해 저와 홍메이의 중대한 애정 공사가 생각만큼 순탄하지 않았기 때문입니다. 땅굴을 파다가 나무뿌리에 부딪혀 공사가 늦어지곤 했습니다. 100미터 남짓 파들어갔을 때 붉은 돌흙 층에 부딪히기도 했고요. 그나마 흙 같기도 하고 돌 같기도 한 돌흙 층이 몇 미터에 불과해 스물일고여덟 날을 밤 샘해 뚫었지, 만일 10미터나 20미터였다면 어땠을까요? 예상 시간 내에 저희 사랑의 통로를 뚫을 수 있었을까요? 더 큰 문제는 공사를 계획할 때 터널의 통풍과 배기 기능을 고려하지 않은 것이었습니다. 수십 미터를 파들어가자 공기가 희박해지면서 호흡이 어려워졌습니다. 그래서 저는 이런저런 방법을 생각하다가 소형 송풍기를 샀지요. 하지만 송풍기는 전기가 필요한데다 마을의 전기도 걸핏하면 정전이 되었습니다. 그럼 통풍구를 뚫어야겠다 싶었는데 이번에는 뚫는 게 문제가 아니라 안전이 문제였지요. 그러다가 결국 탐사용 반달 모양 삽을 이용해 약 10미터 간격으로 아래에서 위로 작은 사발이나 팔뚝 두께의 가느다란 통풍구를 뚫기로 결정했습니다. 단, 반드시 담장이나 벽 아래에 뚫기로 했지요. 워시 사람들이 담이나 벽을 만들 때 지면에서 일 척 내지는 몇 촌 높이로 돌을 쌓아 토대를 만드는 것을 아실 겁니다. 통풍구를 그 토대에 뚫는다면 발견될 확률이 없을 뿐만 아니라 쌓아 올린 돌 틈 사이로 지면의 공기가 지하 통로까지 들어갈 수 있지요. 그 탁월하고도 효과적인 설계와 공사를 통해 저는 제가 천재적인 혁명가일 뿐만 아니라 천재적 땅굴 기술자라는 것을 알게 되었습니다. 제가 배운 수학과 물리에 지면에서의 관찰, 공병으로 복역하면서 얻은 지식과 경험을 더해 마침내 4~5미터 깊이의 통풍구 열일곱 개를 뚫었습니다. 거리의 연자매 아래와 청사 문 앞 백양나무의 나무 구멍에 뚫은 통풍구를 빼고 나머지 열다섯 개가 전부 담장 밑에 뚫렸습니다. 그중 열네 개는 계획했던 곳에 똑바로 뚫렸지만 하나는 편차가 생겨 청구이편 집 담벼락 바깥으로 뚫렸지요. 하지만 다행히도 그곳에는 연료용 건초더미가 있었습니다. 저는 돌로 그 통풍구를 막아 폐기하면서 건초를 전부 태운 뒤 주인이 구멍을 발견한다고 해도 족제비나 다른 야생동물 굴이라고 생각하며 건초 가지로 자연스럽게 막을 거라고 생각했습니다.

결과적으로 말해 과정은 험난해도 미래는 밝았습니다. 제방대하고 힘겨운 지하 애정 공사가 어느새 250여 미터나 완성되었고 앞으로 10여 미터만 더 파면 청텐칭의 반 무짜리 뒷마당 공터에 다다라 방(진정한 신방이지요)을 만들 터였습니다. 그러면 육체적으로 참기 어려울 때 언제든 홍메이와 그 신방에서 부부가 될 수 있지요. 편안하고 대담하게 운우지정을 나누며 실오라기 하나 걸치지 않은 맨몸으로 그 일을 하면서 웃고 떠들고 혁명이나 업무에 대해 상의할 수 있다는 말입니다.

아직 홍메이에게는 그녀를 향한 제 엄청난 행동과 방안에 대해 말하지 않은 상태였습니다. 몇 번인가 야외에서 일을 치를 때 그녀가 깜짝 놀라 제 손의 굳은살을 만지며 "아이쿤, 손이 왜 이래요?" 하고 묻기에 하마터면 비밀을 전부 털어놓을 뻔했지만 잠시 망설이다가 "날 때부터 노동자여서 그런

지 조금만 일해도 못이 박혀요"라고 대답했습니다. 땅굴을
그녀 집까지 연결한 뒤에 갑자기 알려주고 싶었습니다. 놀
라서 눈을 동그랗게 뜬 채 절 바라보게 만들고 싶었습니다.
혁명에서 또 큰 성과를 거둔 뒤, 예를 들어 제가 진장이나 현
위원회 위원이 되었을 때 무척 놀란 눈으로 제 뒤에서 한 걸
음 한 걸음 터널을 따라 들어가면서 진흙을 만지고 자신에
대한 제 사랑과 소유욕에 감탄하게 만들고 싶었습니다. 그
녀를 땅굴 깊은 곳으로 이끌면서 단추를 풀도록 하고 다섯
걸음마다 선녀가 꽃을 뿌리듯 옷을 하나씩 벗어 던져 중간
신방에 도착했을 때는 하나도 남지 않은 완벽한 나체가 되
도록 하고 싶었습니다. 그런 다음 신방의 침대에서 배가 고
프면 먹고, 목이 마르면 마시고, 허기도 갈증도 나지 않으면
미친 듯이 구름 위를 떠다니듯 그 일에 몰입하는 겁니다. 하
루에 여덟 번, 한 번에 세 시간씩 운우지락에 빠지는 거지
요. 그녀의 육체를 향한 일생의 허기를 처음 동굴에 들어간
3일 밤낮 동안 완전히 채우고 나서 그녀를 안은 채 3일 밤낮,
72시간을 꼬박 자고 일어나 정력을 회복하는 겁니다. 그런
다음에 그녀와 땅굴을 나와 불같이 뜨거운 투쟁, 불같이 뜨
거운 혁명, 불같이 뜨거운 인생에 매진하는 것이지요. (처음
동굴을 나올 때 무언가를 잃어버린 듯, 다시 미친 듯 탐할지도 모릅

니다. 동굴 입구의 빛 속에서 다시 한 번 저의 절정과 그녀의 절정을 완성할 수도 있지요.)

하지만 그 모든 것은 제가 통로를 완성하고 진짜 신방을 만들어냈을 때의 이야기였습니다. 당시 저는 신방을 새롭게 설계하고 있었습니다. 청톈칭의 집 4미터 아래에 신방을 만들되 흙을 다 파내지 않고 침대로 대신할 수 있도록 네모나게 흙을 남기는 겁니다. 청톈칭의 담벼락 밑과 그의 침실 뒷벽이나 침대 밑에 두 개에서 세 개 정도 통풍구를 뚫고요. 그러면 침대나 뒷벽의 통풍구를 통해 청톈칭 부부가 침대에서 하는 소리를 들을 수도 있고 미친 청톈칭이 대대와 진의 정보나 비밀을 말하는 것도 들을 수 있을 테니까요. (이봐…… 이봐…… 마을별로 개인별로 전투를 벌이라고…… 총을 한번 쏘면 장소를 바꿔야지…… 쏘고 나면 장소를 바꿔…… 헛방을 쏘면 안 돼, 헛방을 놓으면 안 돼.)* 하지만 제가 막 신방을 파려 할 때 참으려야 참을 수 없는 일이 발생했습니다.

밀을 심은 뒤 진에서 열린 일선 간부회의에 참석했다가 우연히 진의 당위원회 문건과 회의 기록을 담당하는 톈 비서를 만났습니다. 그런데 톈 비서가 저를 회의장 한쪽으로

---

* 항일 영화 〈땅굴전〉의 대사.

잡아끌더니 비밀스럽게 "가오 지부 서기, 왕 진장에게 뭐 잘못한 거 있어요?" 하고 물었습니다. 저야 왜 밉보였는지 알았지만 "제가 어떻게 감히 왕 진장님께 잘못하겠어요? 저는 왕 진장님 노선의 절대적 지지자인걸요"라고 했습니다. 그랬더니 톈 비서가 "잘 생각해보세요. 왕 진장한테 잘못한 게 없다면, 지난달에 현위원회 조직부에서 현 청년단위원회 서기를 선발하면서 가오 지부 서기를 세 후보 가운데 1순위로 점찍고 진으로 조사원을 보내왔거든요, 그때 왕 진장이 왜 당신을 겉만 번지르르하고 나서기를 좋아하는 전형적인 가짜 혁명가라고 했겠습니까?"라고 말하는 것이었습니다.

저는 놀란 나머지 곧장 톈 비서를 회의장 구석에서 회의장 바깥의 남자 화장실로 데려갔습니다.

"왕 진장이 또 뭐라고 말했습니까?"

톈 비서가 화장실 바깥을 다시 둘러보고 말했습니다.

"당신과 샤훙메이는 혁명 놀음을 하는 소인배로 언젠가 당신들이 뜻을 이루면 백성들 눈에서 눈물이 마르지 않고 혁명이 부패할 것이라고 했습니다."

"조직부 동지는 뭐라고 했나요?"

"조직부에서 부부장이 왔는데 무척이나 실망한 눈치였습니다."

"그럼 청년단위원회 서기는 누가 됐습니까?"

"결국 두번째 사람이 선정됐다고 들었습니다. 현 비단 공장의 부공장장이지요."

혁명이 왕전하이에게 너그러워서는 안 된다는 게 증명되었습니다. 그는 이미 역사의 발전을 저해했으며 완전하고 철저하게 혁명의 적이자 걸림돌이 된 것입니다. 누가 저를 건드리지 않으면 저도 그를 건드리지 않지만, 저를 건드린다면 반드시 되갚아줍니다. 그것은 중국혁명의 국제적 원칙이고 중국혁명에 가담한 저 가오아이쿈의 기본 원칙이기도 합니다.

저는 집에 틀어박혀 사흘 밤낮 동안 왕 진장을 파멸시킬 '청강진 왕전하이 진장의 추악한 면모를 폭로한다'라는 제목의 고발 자료를 작성했습니다. 총 28쪽에 1만 3000자라서 부제를 '왕전하이를 성토하는 만언서'라고 붙였지요. 대략적인 내용은 다음과 같습니다.

1. 왕전하이의 반동적 언사에 관하여
2. 왕전하이의 남녀 관계 문제에 관하여
3. 왕전하이의 봉건 행동 지지에 관하여
4. 왕전하이의 경제적 탐욕에 관하여

발신인에 청강진 혁명 군중의 고발 자료라고 적고 일부러 글씨를 틀려가면서 왼손으로 먹지를 대고 세 부를 작성해 현위원회와 현 정부, 현위원회 조직부에 보냈습니다. 그러고 나서는 문건이 현에 잘 들어갔는지, 어떤 반응이 있었는지 알아보는 대신 청강 대대에서 농한기 두엄 마련 작업에 착수했습니다. 각 가정에 농한기 동안 문 앞이나 건물 뒤에 나뭇잎과 잡초로 3세제곱미터에서 5세제곱미터씩 거름을 쌓은 뒤 비료를 진흙에 이기고 꼭대기에 물을 부을 수 있는 홈을 만들도록 했지요. 그리고 열흘에서 보름마다 풀이 발효되고 썩을 수 있도록 홈에다 물을 부으라고 했습니다. 이듬해 봄 밀 농사에 쓸 비료를 준비하는 것이었습니다.

제가 천재적인 혁명가이자 정치가, 군사전략가라고 했지요. 저는 또 한 번 제가 정말로 천재적인 혁명가이자 정치가, 군사전략가라는 것을 증명했습니다. 1만 자에 이르는 고발 자료를 포탄처럼 진의 우체통에서 현까지 날려 보낸 지 16일째 되는 날, 홍메이에게 똑같이 세 부를 작성해 '청강진 혁명 간부'의 명의로 현의 각기 다른 부서에 보내라고 했습니다. 다시 열흘 뒤에는 홍메이에게 왼손으로 3부를 써서 부치라고 했고요. 그렇게 농한기 동안 서로 다른 발신인으로 그 고발 자료(때로는 고치고 큰제목과 소제목을 바꿔가며)를 총 아홉 차례, 27부를 작성해 현의 각 부서와 주요 간부에게 보냈습니다. 모두 왕전하이의 죄목을 폭로하는 1만 자짜리 글이었지요.

마침내 다음 해 봄, 현에서 혁명 공작 조사 소조가 내려왔습니다. 조장은 뜻밖에도 지방에 군정을 펴기 위해('삼지양군三支兩軍'*이라고도 하지요) 현에서 활동하는 나이 든 연대장이었습니다. 연대장은 진 관공서에서 사흘 밤낮 동안 간부들을 일일이 면담한 뒤(군대 간부들이 일하는 전통적 방식이지요) 관공서에서 조사 소조를 이끌고 나가 청강 거리를 둘러보았습니다. 그리고 온 거리에 가지런히, 줄줄이 쌓인 두엄을 발견했지요. 그가 두엄 겉에 말라붙은 진흙을 발로 차내자 풀 거름의 뜨뜻하고 축축하며 구수한 썩은 내가 그와 조사 소조 사람들의 코로 곧장 풍겨들었습니다.

그날 연대장이 청강 대대부로 왔습니다.

"자네가 가오아이쥔인가?"

"네."

---

* 좌파, 농업, 공업을 지원하고 군사를 관리 및 훈련하는 정책.

"군인이었나?"

"지휘관께서는 제 이름에서 유추하신 겁니까?"

"나는 외모로 사람을 평가하거나 이름으로 추측하지 않네. 자네 대대의 두엄더미가 가지런하고 일괄적인 것을 보고 알았지. 군에 복역한 사람이 아니고서는 백성들에게 그렇게 요구하지 못할 걸세."

제가 웃었습니다.

"자네가 현에서 '혁명 급선봉'이란 칭호를 얻었다던데?"

제가 무척 민망하다는 듯 또 웃었습니다.

"자네는 혁명과 생산의 관계를 어떻게 보는가?"

"최대한 혁명을 다잡고 맹렬하게 생산을 촉진해야 합니다. 생산이 충분하지 못하면 혁명은 헛소리로 보이기 쉽고, 생산이 충분하면 혁명의 깃발은 어디에서든 휘날릴 수 있습니다."

연대장이 눈을 반짝하더니 뚫어져라 저를 쳐다봤습니다.

"가오아이쥔, 솔직히 말해보게. 왕전하이 진장에 관한 고발 자료를 자네가 쓰지 않았나?"

제 눈이 커다래졌습니다.

"고발 자료라니요?"

그가 계속 차갑게 저를 노려보았습니다.

"정말로 자네가 쓰지 않았나?"

"지휘관님, 조사를 하신 겁니까? 제가 대체 무엇을 썼다는 것입니까? 왕 진장에게는 잘못이 있고 확실히 전 불만이 있습니다. 예를 들어 이론적으로 수준이 낮다든가, 강연 때 욕을 한다든가, 청강 대대의 봉건 미신 행동을 용인한다든가 하는 것들에 불만이 있어 현에서 언급한 적도 있습니다. 하지만 제가 그렇게 말했기 때문에 조사도 없이 결론을 내릴 수는 없습니다. 마오 주석님도 조사하지 않은 일에는 발언권이 없다고 말씀하셨으며……."

연대장이 손을 흔들며 제 말을 막았습니다.

"청강진에서 3일 동안 스무 명이 넘는 사람과 대화했네. 나와 말할 때면 모두들 긴장했는데 자네만은 당당하고 말도 더듬지 않는군."

연대장이 갑자기 말을 멈추더니 화제를 돌렸습니다.

"자네 올해 스물 몇인가?"

"스물일곱입니다."

"음……. 아직 많은 건 아니군. 진 정부로 가서 일할 생각이 있나?"

"혁명 전사는 벽돌과 같아서 필요로 하는 곳이라면 어디든 갑니다."

저희의 대화는 그렇게 끝났습니다. 앞뒤 전부 합쳐서 반 리里* 길도 못 갈 시간이었지요. 하지만 겨우 반 리를 갈 시간에 저는 20년의 실무 경험을 가진 진장과 서기를 압도하고 중대장이나 대대장을 압도하는 모습을 보였습니다. 어떠한 상황에서든 침착하고 막힘없이 대답했으며 속마음을 잘 숨기고 조리 있게 대응해 늙은 연대장에게 절묘하면서도 깊은 인상을 남겨주었습니다.

그런 인재를 쓰지 않을 수 있겠습니까? 왕전하이 따위가 어떻게 제 승진을 막고 역사의 바퀴를 막을 수 있겠습니까? 결국 저는 청강진의 명실상부한 제1부진장이 되었습니다. 말할 것도 없이 그것은 제 혁명 인생에서 가장 중요한 걸음이었습니다.

---

* 길이의 단위로 1리는 약 500미터.

제8장

실패와 축전

1. 우공이산

중국 고대 우화 가운데에 '우공이산'이라는 우화가 있습니다. 옛날 화북 지역에 한 노인이 살고 있었습니다. 북산^{北山}의 우공이지요. 우공의 집 대문 남쪽에는 태항산^{太行山}과 왕옥산^{王屋山}이라는 커다란 산이 있어 오가는 게 불편했습니다. 그래서 우공은 자식들과 괭이로 두 산을 파내기로 결정했습니다. 그걸 본 지수라는 노인이 비웃으며, 정말 어리석은 행동이 아닐 수 없군, 당신들 부자 몇 명이 저렇게 큰 산을 옮길 수는 없다고, 하고 말했습니다. 그러자 우공이, 내가 죽으면 내 아들이 있고 아들이 죽으면 손자가 있네, 자자손손 한없이 이어지지, 그러나 저 산은 아무리 높아도 더 높아질 수는 없지 않은가, 팔수록 줄어들 텐데 언젠가는 평평해지지 않겠는가? 하고 대답했습니다. 이 일은 상제를 감동시켰지요. 상제는 신선 둘을 하계로 내려 보내 두 산을 옮겨주었습니다.

2. 마침내 찾아온 축전

늙은 소가 낡은 수레를 끄는 것처럼 더디고 제 사랑 땅굴의 진척보다도 느렸습니다. 저는 늙은 연대장이 번개처럼 빠른 군대식 업무 처리 방식에 따라 현에 돌아가자마자 곧장 저를 진 국가 간부에 임명할 줄 알았습니다. 그건 제가 진장, 현장, 지구 행정관이 되기 위한 중요한 걸음이었지요. 하지만 그가 떠난 뒤 3일이 지나도 아무 소식이 없고 일주일이 되어도 감감무소식이며 보름이 지나도 제 임명 소식은 들리지 않았습니다.

조금 실망스러웠습니다. 왕전하이는 몇 차례 조사를 받은 뒤에도 여전히 서기 겸 진장인데, 저는 길고 긴 기다림 뒤에도 여전히 촌 지부 서기이자 생산 현장의 진 당위원회 위원이었습니다. 그러니까 저는 여전히 중국 최일선의 농촌 간부였지요. 물론 경험이 풍부한 혁명가답게 상황이 뒤집혔다고 초조해하거나 혁명 조급증에 시달리지는 않았습니다. 아무렇지도 않다는 듯 침착하게 그해 겨울 내내 회의를 열고 투쟁하며 마오 주석님의 책을 읽었을 뿐만 아니라 퇴비운동에 박차를 가하고 우공 정신을 계속 강조하며 매일 밤 부지런히 땅굴을 팠습니다.

겨울이 끝나갈 무렵 제 지하 신방이 완성되었습니다. 신방의 통풍구 세 개와 구들 같은 침상도 갖춰졌지요. 그날은 하늘이 높고 구름이 옅은 데다 봄기운이 완연했습니다. 새벽이 밝아오기 전 하늘빛이 투명하고 선명해질 때 마지막 흙을 수로에 부은 다음 하루 종일 잘 생각으로 자리에 누웠는데 진의 톈 비서가 찾아왔습니다.

"가오 지부 서기, 한턱내시지요."

제가 눈을 비비며 몸을 일으켰습니다.

"혁명은 식사 대접하는 게 아니며 그림을 그리거나 수를 놓는 것도 아닙니다."

그러자 톈 비서가 샐샐거리며 말했습니다.

"그렇죠, 그렇죠. 부진장은 대장정의 첫걸음일 뿐이고 설산과 황야가 아직도 남아 있지요. 잘 알고 있습니다."

제가 후다닥 침대에서 일어났습니다. 졸음이 한순간에 연기처럼 사라졌지요. 알 수 없는 표정을 짓고 있는 텐 비서에게 무슨 말이냐고 묻자, 청강진의 부진장이 되었다며 공문이 진에 도착했기에 미리 알려주러 왔다고 대답했습니다. 저는 조금 의심스러웠지만 그게 사실이라는 것을 알았습니다. 목청껏 소리 지르고 바닥을 데구루루 구르고 싶었지만 어머니가 마당에서 돼지에게 먹이를 주고 아들 홍성과 딸 홍화가 학교에 가려고 책가방을 메고 있었습니다. 저는 그때가 아침 식사를 막 끝낸 오전이라고 생각해 흥분을 누르며 점심을 대접하겠다고, 괜찮다면 돼지머리 고기와 소 내장을 사 오겠다고 말했습니다.

"점심요? 지금 다들 점심을 먹었습니다. 어젯밤에 무엇을 하셨는데요? 밤낮이 뒤바뀐 채 정신없이 주무시더군요."

밖으로 나가보니 정말로 태양이 마을 어귀의 나무 꼭대기에 걸려 있고 마당에 노란 따사로움과 풀에서 움트는 연둣빛 냄새가 가득했습니다. 어머니가 돼지 구유에 먹이를 부어주며 말씀하셨습니다.

"아이쿤, 점심을 솥 안에 넣어두었으니 가서 먹어라."

제가 어머니를 보며, 어머니의 완전한 백발을 보며 말했습니다.

"어머니, 저를 부진장으로 임명한다는 공문이 내려왔어

요. 오늘부터 어머니 아들이 국가 간부예요."

어머니가 그 자리에 서서 한참 동안 저를 살펴보셨습니다. 마치 더 이상 자신의 아이를 알지 못하는 것처럼요.

그날 오후 저는 청강 대대 지부의 모든 사람을 청칭린의 집(칭린의 아버지가 음식을 잘했습니다)으로 부르고 국영 식당에서 익힌 소고기와 돼지고기, 돼지 내장, 월동 무와 배추를 산 다음 전분피와 당면을 준비하고 바이주 몇 근을 받아갔습니다. 요리 아홉 종류와 탕 세 종류가 준비되었지요. 저희는 텐 비서와 오후부터 황혼이 내릴 때까지, 또 황혼부터 달이 떠오를 때까지 먹고 마셨습니다. 제가 술잔을 들고 모두에게, 부진장에 임명된 것은(여전히 생산 현장에 있고 계속 농업 호구지만) 나 가오아이쿼의 성장과 진보가 아니라 청강 대대의 투쟁이 거둔 성과이며 모두 함께 발전했다는 상징이자 승리라고 말했습니다. 또 앞으로 더욱 단결하고 함께 투쟁하자고, 최대한 빨리 모든 방법을 동원해 왕전하이를 서기와 진장의 자리에서 끌어내리자고, 내가 진장이 되면 텐 비서를 진 당위원회 부서기로, 훙메이를 부진장 겸 진 정부 여성연합회 주임으로, 청칭린을 진 당위원회 위원 겸 청강 대대 지부 서기로 임명하고 다른 지부 구성원들도 한두 급씩 승진시키겠다고 독려했습니다. 그때는 누구든 도움이 필요할 때, 예를 들어 남동생이나 여동생이 일자리를 찾는다든가, 농업 호구를 비농업 호구로 바꾸고 싶다든가 할 때 아무어려움이 없을 거라고 했습니다.

모두들 제 부진장 승진에 건배하며 제가 어서 진장이나 진 당위원회 서기가 되기를 애타게 바랐습니다. 물론 가장 좋은 것은 서기 겸 진장이 되거나 진장 겸 서기가 되어 당과 행정 권력을 전부 손에 쥐는 것이었습니다. 모두들 한껏 들뜨고 흥분한데다 투지마저 넘쳐 56도의 고구마술을 다섯 근이나 마시고 완전히 취해버렸습니다. 톈 비서는 탁자 밑에 쓰러져 제 손을 잡으며 "가오 부진장, 나중에 진장이나 서기가 된 다음에 감히 저를 부서기로 임명해달라고 하지는 않겠습니다. 하지만 꼭 승진시켜서 5년간의 비서를 면하게 해주십시오. 호구가 아직도 산간 고향입니다"라고 말했습니다. 이에 제가 가슴을 치며 "걱정 마십시오. 저 가오아이쥔이 공수표만 남발한다면 아직도 당원이겠습니까? 당의 지도 간부라고 할 수 있겠습니까? 말에 신용이 없다면 앞으로 또 어떻게 혁명을 하겠습니까!" 하고 답했습니다.

톈 비서는 눈물 콧물을 흘리며 술 반 사발을 또 들이켰습니다.

마침내 사람들이 우르르 쓰러졌습니다.

저와 홍메이가 취했는지 안 취했는지는 모르겠습니다. 반쯤 취하지 않았을까 싶습니다. 마침내 부진장이 되었다는 소식을 들은 순간부터 달이 술기운을 품은 채 높이 떠오를 때까지 몸 안의 피가 쉼 없이 달려가는 창장과 황허처럼 세차게 일렁였습니다. 봄비가 촉촉하게 내리면 움이 단단해지고 해바라기는 송이송이 태양을 향해 핍니다. 북국의 풍경은 천 리가 얼음이고 만 리가 눈이며, 창청 안팎은 끝없는 비에 젖어 커다란 강물 줄기 세차게 굽이치고, 은빛 뱀이 춤추는 산은 하얀 코끼리 같으니 하늘이 또 뭐 그리 대단하겠습니까. 붉은 옷을 입은 하얀 대지를 보면 유난히 아름답고 매혹적이지요. 강산이 그렇게 아름다워서 무수한 영웅이 허리를 굽혔던 것입니다. 진시황과 한무제는 글재주가 조금 부족했고 당태종과 송태조는 문학적 재능이 다소 떨어졌으며 한 시대를 풍미한 흉노족은 독수리를 쏠 줄만 알았습니다. 어쨌든 모두 지나갔으니 영웅호걸들을 세어보려면 지금 현재를 보아야 합니다.* 아아아, 아아아, 아아아, 아아아……… 핏방울 하나하나, 물보라 하나하나가 전부 뜨겁게 달아오르고 펄펄 끓었습니다. 홍메이만 바라보면 홍메이도 저를 바

---

* 북국의 풍경은 (중략) 보아야 합니다: 마오쩌둥의 사 「심원춘沁園春, 설雪」을 변용한 것이다.

라보기만 하면, 저희는 식탁 위에서 서로를 훔쳐보았지요, 서로의 강한 눈빛이 허공에서 칼을 휘두르듯 맞부딪치고 불꽃이 일면서 그 하얀 술기운 속에 저희 두 사람의 복숭아색 갈망과 욕망이 퍼지고 탁자의 온갖 냄새 속에 저희의 분홍색 초조함과 조급함이 배어들었습니다. 모두들 잔을 부딪치며 축하 인사를 건네는 탁자 아래로 저와 홍메이의 발이 한시도 쉬지 않고 움직였습니다. 그녀가 제 발을 살짝 밟으면 저는 그녀를 슬며시 차고, 그녀가 신발을 벗어 제 바짓가랑이에 발을 넣으면 저는 그녀의 바짓가랑이에 집어넣은 발가락으로 그녀 종아리를 꼬집었습니다.

마침내 사람들이 취해서 쓰러지자 저희는 더 이상 거리낄 필요가 없어졌습니다.

칭린의 아버지와 어머니에게 제 곁에서 열심히 전투해온 혁명가들을 보살펴달라고 하면서 안심하십시오, 제가 진장이 되면 칭린은 부진장이 되고 제가 현장이 되면 부현장, 성장이 되면 지구 행정관이 되거나 그게 아니라도 현장이나 현위원회 서기가 될 것입니다, 하고 말했습니다. 칭린의 부모는 감히 믿기 힘들다는 듯, 칭린이 지금의 저처럼 부진장 겸 마을 지부 서기만 될 수 있다면 충분하다고, 제 옆을 보좌할 수 있다면 헛되지 않는다고 말했습니다. 저는 시야가 너무 좁다고, 되새가 어찌 봉황의 깊은 뜻을 알겠느냐고 말했지요. 그러고는 그들이 눈만 휘둥그렇게 뜬 채 아무 말도 못하는 사이 홍메이의 손을 잡고 칭린의 집에서 나왔습니다. 밝은 달이 머리 위에서 빛나고 기분이 한없이 좋았습니다. 칭린의 집을 나서자마자 홍메이가 제 품으로 파고들더니 제 입에 혀를 집어넣고는(제 영혼, 제 육신, 그녀는 늘 제가 언제 자신을 가장 필요로 하는지 알고 있지요) 한참을 휘젓다가 달아나듯 도로 뺐습니다. 입과 마음이 텅 비어버린 것 같았습니다.

"오늘 밤은 죽어도 함께 있어야 해요." 그녀가 말했습니다. "앞으로 진 정부의 절반이 당신 건데 이렇게 도둑처럼 몰래 만날 수는 없어요."

그때 청중가에서 발걸음 소리가 들렸습니다. (어떻게 거리끼는 게 없겠습니까? 마음대로 해도 된다고 혁명이 허락했습니까? 감정적으로 일을 처리하는 것은 유치하고 우스울 뿐입니다.) 저는 아무 말 없이 얼른 그녀를 데리고 청허우가로 향했습니다. 그녀가 어디에 가느냐고 묻기에 아무것도 묻지 말고 그냥 따라오라고 했습니다. 그녀에게 위대한 사랑의 공사를 보여주고 그 엄청난 공사를 사랑의 징표로 그녀에게(제 영혼이자 육신에게) 주어야 했습니다. 이제 부진장이 되었으니까요. 아직 생산 현장을 떠날 수는 없지만 국가와 당의 정식 지도자가 되었고 어쨌든 사랑의 동굴도 거의 완성되었으니, 그날 밤이 아니면 대체 언제가 제 승진과 저희의 승리를 저와 불가분의 관계인 혁명 동반자에게 바치기 적합하겠습니까?

그렇게 밤의 적막을 밟으며 저희 집으로 갔습니다.

창문 안에서 어머니 목소리가 들려왔습니다.

"아이췬, 저녁 먹었니? 먹어야 되면 데워주마."

"어머니, 주무세요. 배고프면 제가 직접 데워 먹을게요."

"하루 종일 뛰어다니느라 피곤할 텐데 오늘은 파지 말고 일찌감치 자거라."

"신경 쓰지 말고 아이들이랑 주무세요."

(어머니, 어머니, 제 위대한 모친이시여. 공사를 시작해 20여 미터쯤 팠을 때, 어느 날 밤 땅굴에서 올라왔더니 어머니가 등잔불을 든 채 입구에 서 계셨습니다. "아이췬, 뭘 하는 건지 솔직히 말해라. 내가 이미 몇 번이나 내려가서 살펴봤어"라고 하셔서 얼마나 놀랐는지 모릅니다. 그래서 "지금 전란 중은 아니지만 상황이 그보다 더 복잡해요. 한 달이라도 누가 죽었다는 소리를 듣지 않고 지나간 적이 있으세요? 반혁명으로 총살당한 얘기는요? 어머니 아들이 혁명 지도자다 보니 수많은 사람이 등 뒤에서 지켜보고 있어요. 심지어 마오 주석님도 땅굴을 깊이 파라고 당부하셨으니 우리 집도 퇴로를 만들어야 하지 않겠어요?" 하고 말했지요. 또 "어머니가 혁명을 잘 모

르셔서 그래요. 혁명이라는 배에 한번 올라타면 내려올 수 없어요. 내리면 바로 반혁명이 되죠. 그래서 이 땅굴이 꼭 필요해요. 이 땅굴이 있어야 제가 마음 놓고 대범하게 혁명할 수 있고 진장이 되고 현장, 지구 행정관, 성위원회 서기에 도전할 수 있어요. 어머니 아들은 다 될 수 있을 거예요"라고 말하자 어머니가 한참을 멍하니 서 계셨습니다. 그날 밤 제가 잠든 뒤에도 어머니는 한동안 동굴 입구에 계셨지요. 다음 날 가서 보니 돼지우리에 옥수숫대가 늘어나 입구가 더 잘 보이지 않더군요.)

마침내 땅굴에 새로운 사람, 앞으로 땅굴의 주인공이지 주인이 될 사람이 들어갈 순간이 되었습니다. 저는 남포등을 켜고 홍메이의 손을 잡으며 입구 쪽으로 걸어갔습니다.

달빛이 꼭 물 같았습니다. 마당은 습하고 서늘했지만 그녀의 손은 불판 위의 생선처럼 뜨끈했습니다. 돼지우리로 가는 도중 그녀가 손끝으로 제 손바닥을 간질이기에 그녀의 손끝을 꽉 누르며, 위대하고 신성한 순간이니 다른 행위는 이 순간에 대한 불경이자 모독이라고 말했습니다. 돼지우리의 나무 문을 열자 하얀 돼지 두 마리가 늘 그렇듯 고개를 들고 저를 봤다가 다시 나른하게 누웠습니다. 돼지우리의 서남쪽으로 가서 남포등을 내려놓고 옥수숫대를 옆으로 치우자 땅굴 입구가 턱하니 달빛과 등불 아래에 드러났습니다.

홍메이의 얼굴에 의문이 짙어졌습니다. 마을의 죽은 듯한 정적 속으로 어느 집 닭 울음소리와 개의 가르랑 소리가 사막에서 솟아나는 샘물 소리처럼 울렸습니다. 그녀가 입구를 뚫어져라 보고 땅굴의 나무 받침과 도르래, 땅굴로 연결된 줄과 광주리, 입구에 흩어져 있는 땅 파는 도구를 바라본 뒤 천천히 시선을 제 얼굴에 고정시켰습니다.

"내려갑시다." 제가 말했습니다.

제가 먼저 남포등을 들고 아래로 내려가 그녀를 부축해 천천히 조금씩 내려오도록 한 다음 둘이서 나란히 땅굴 바닥에 섰습니다. 저는 그녀의 얼굴에 입을 맞춘 뒤 홍메이, 이 세상에 나만큼 당신을 사랑하는 사람이 또 있다면 당장 당신 앞에서 죽을 거요, 하고 말했습니다. 그러면서 남포등을 안쪽으로 뻗자 곧고 따스한 통로가 바람이 가득 든 포대처럼 노랗고 시원하게 드러났습니다.

얇은 비단 커튼처럼 드리웠던 의문이 그녀의 얼굴에서 사라지고 놀라움이 붉은빛과 보랏빛을 띠며 그녀의 이마와 눈, 눈썹, 코, 위로 들린 턱 위에 내려앉았습니다. 다물고 싶어도 다물 수 없는 것처럼 입이 반쯤 벌어졌으며, 강철같이 차가우면서 버들개지같이 보드라운 기색이 입가에 고스란히 굳었습니다. 그녀는 신비로움에 사로잡히고 모종의 힘에 무너져 내린 듯 눈이 휘둥그레지고 입이 딱 벌어진 채 어쩔 줄 몰랐습니다. 그때가 환한 대낮인지 컴컴한 밤인지, 지금 천국에 있는지 지옥에 있는지 아니면 인간 세상에 있는지 분간하지 못하는 것 같았습니다.

"내 뒤에서 따라와요."

하지만 그녀는 그대로 선 채 움직이지 않았고 굳은 얼굴도 여전히 얼음 같았습니다.

"땅굴은 총 550미터예요." 제가 안으로 한 걸음 옮긴 뒤 멈춰 서서 말했습니다. "앞으로 몇 장만 더 파면 당신 집까지 연결되지요. 이제는 그게 하고 싶을 때 다른 곳에 갈 필요도 없고 누가 본다거나 혁명에 방해될까 봐 걱정할 필요도 없어요. 나는 우리 집에서, 당신은 당신 집에서 안쪽으로 걸어가면 방도 있고 침대도 있으니까 아무것도 두려워할 필요 없이 부부 생활을 누릴 수 있어요."

그녀는 여전히 얼이 빠진 모습이었습니다.

우리 사랑에 어떤 일이 발생했는지, 얼마나 큰 변화와 전환이 일어났는지 감히 믿지 못했습니다. 눈앞에 서 있는 사람이 위대한 혁명가이자 보기 드문 순정남이라는 것을 믿지 못했습니다. 제 손에서 남포등이 살며시 흔들리자 흙탕물 같은 불빛이 그녀의 놀란 얼굴에서 흔들흔들 어른거렸습니다. 이어서 통로의 흙벽 앞에 굳어 있던 그녀의 얼굴에 커다란 기쁨을 맛보았을 때의 창백함과 암홍색이 떠오르기 시작했습니다. 반쯤 벌어진 입은 뭔가를 말하고 싶어도 말할 수 없고 다물고 싶어도 다물 수 없는 것 같았습니다. 그녀는 그렇게 입구에 선 채 저를 보고 안으로 곧게 뻗은 통로를 보면서 한참을 움직이지 못했습니다. 1년 내내 움직이지 못하고 반평생 동안 아무 말도 못할 것 같았습니다.

저는 다시 허리를 반쯤 굽히고 그녀를 땅굴 안쪽으로 이끌었습니다. 지온地溫이 깊은 곳으로 퍼져가는 계절이라 땅굴의 순박하고 깨끗한, 따스하면서도 달큰한 흙냄새가 밀이 익을 때면 강가에서도 그 기운을 느낄 수 있는 것처럼 강렬하게 풍겼습니다. 홍메이가 무척 조심스럽게 제 뒤를 따라오면서 통로의 벽과 천장을 손으로 만졌습니다. 10여 미터쯤 걸어 통풍구가 나올 때마다 그녀를 멈춰 세우고 허리를 펴면서 통풍구가 누구네 집 담장 밑에 있는지, 어느 나무 구멍 속에 있는지, 연자매 받침 밑과 청톈칭의 침대방 벽에도 있다는 것을 알려주었습니다. 그리고 왜 통풍구가 필요했는지, 왜 통풍구가 담장 아래 돌 틈에 있는지를 말해주고 터널을 2년 하고도 며칠 동안 팠으며 얼마나 많은 광주리와 삽이 못 쓰게 됐는지, 얼마나 많은 흙을 마을 뒤 도랑에 버렸는지 말했습니다. 또한 누군가 도랑을 자세히 살핀다면 수많은 수초가 노란 흙에 눌려 있는 것을 발견할 수 있을 거라고도 했습니다. 다만 아쉽게도 자세히 살펴보는 사람이 없었고, 아쉽게도 흙에 눌릴수록 수초가 왕성해지고 빠르게 흙을 뚫고 올라와 노란 흙을 덮어버렸다고 했습니다. 홍메이 들어봐요, 통풍구가 전부 피리 같지요, 우리를 위해서 연주하는 악기 같잖아요, 때로는 어느 집에서 침대나 탁자를 움직이고 장작을 패거나 돌 던지는 소리, 싸우는 소리까지 들려요, 한번은 청톈칭의 손사와 손녀가 싸우는지 왕왕 울면서 소리소리 지르는 것까지 들었다니까요, 하고 제가 말했습니다. 그렇게 계속 말하면서 몸을 구부려 일곱번째 통풍구 아래에 도착했을 때 또, 홍메이 여기에 귀를 대봐요, 이 위가 청칭린네 곁채예요, 했습니다. 하지만 홍메이는 통풍구에 귀를 대지 않았습니다. 고개를 들고 몸을 펼 수 있는 통풍구 아래에서, 딱 두 사람이 들어갈 수 있는 그 공간에서 멍하니 저를 바라보다가 눈물이 그렁그렁해져서 말했습니다.

"아이쿤, 손 좀 보여줘요."

제가 등불을 들지 않은 오른손을 뻗었습니다.

그녀의 가느다란 손가락이 제 손바닥의 굳은살을 만질 때 그녀 눈가에 고였던 눈물이 투두둑 떨어져(얼마나 아름답고 깊은 사랑인가요, 그 눈물 두 방울만으로도 땅굴은 팔 만한 가치가 있었습니다) 제 손목에서 부서졌습니다. 향긋한 벌레가 가슴에서 꿈틀거리는 듯하고 심장이 따뜻한 물에 푹 젖어버린 것 같았습니다. 더 이상 참을 수가 없었고 혈관이 폭발할 것만 같았습니다. 당장 8~9제곱미터의 신방, 그 구들 같은 침대로 가고 싶었습니다. 하지만 중심으로 가려고 급히 서두르다가 머리를 천장에 부딪고 말았습니다. 통증이 찬물처럼 제 뜨거운 머릿속으로 퍼졌습니다.

"아프죠?" 그녀가 물었습니다.

"괜찮아요."

"그게 그렇게 급해요?"

제가 웃었습니다.

"아까 입구에서 뭐라 그랬죠?" 그녀가 물었습니다.

"아무 말도 안 했어요."

"한마디 했어요."

"아, 옷을 벗으라고 한 것 같네요. 땅굴이 겨울에는 따뜻하고 여름에는 시원하다고."

그녀가 정말로 걸으면서 옷을 벗기 시작했습니다. 벗을 때마다 바닥으로 휙 던지자 옷이 활짝 핀 꽃처럼 날아 떨어졌습니다. 저는 뒷걸음치면서 그녀가 단추를 풀고 옷을 벗는 것을 보았습니다. 등불처럼 노란 흙벽 아래에서, 흙벽처럼 노란 등불 아래에서 그녀의 뽀얗고 보드라운, 노란빛에서 하늘하늘 움직이는 누드화 같은 발가벗은 상반신을 보았습니다. 저도 벗기 시작했지요. 그녀가 "당신도 벗어요"라고 말해서 뒷걸음질 치면서 옷을 벗었습니다. 그렇게 남포등을 바닥에 내려놓고 땀에 젖은 셔츠를 머리 위로 벗었을 때 그녀는 어느새 또 다른 통풍구 아래에서 조금 뻐근해진 허리를 똑바로 펴고 있었습니다. 그녀의 팽팽한 유방이 산꼭대기로 보이는 양 머리처럼 천장 밑에서 우뚝 솟아오르고 두 다리 사이의 은밀한 부분도 검은 국화처럼 땅굴 허공에서 활짝 피어났습니다. 제 시선이 땅굴 안에서 더 이상 움직이지 않았습니다. 아주 오랜만에 책이나 신문을 보는 것처럼 그녀의 나체를 바라보았습니다. 유방과 아랫배에 흙 알갱이가 뽀얀 살을 장식하는 꽃술처럼 붙어 있고, 아랫배 밑의 불룩한 듯 평평한 듯한 삼각지가 임신선이 사라져 비단처럼 매끈하고 투명해진 것을 보았습니다. 짙은 흙냄새 사이로 하얗고 빨간 여자의 향기가 복숭아꽃과 배꽃 향기를 뒤섞은 듯 갈마들며 넘실거렸습니다. 저는 그 색깔과 냄새 앞에 무릎을 꿇었습니다. 제가 승진을 앞둔 부진장이라는 것도 잊고, 천재적인 혁명가이자 정치가이며 보기 드문 군사전략가라는 사실도 잊어버렸습니다. 무릎을 꿇은 채 미친 듯이 그 검은 국화에 입을 맞춰 저희의 사랑과 승진을 축하하고, 혁명이 또 한 번 승리했으며 청강의 역사 바퀴가 빠르게 나아가고 있음을 축하했습니다. 저는 그녀의 배와 아랫배에 입을 맞추고 아랫배 아래의 삼각지대와 꽃잎이 활짝 벌어진 검은 국화에 입 맞추었습니다. 또한 국화 주변의 야들야들한 하얀 땅에 입 맞추고 허리를 펴면서 팽팽해진 허벅지 살의 단단함과 매끄러움에 입 맞추었으며 흥분해 제 머리카락을 꽉 움켜쥐던 손가락과 손톱에 입 맞추었습니다. 잘 익은 포도 같은 선홍색 열 발톱에도 입 맞추고 싶었지만 고개를 숙였을 때 그녀의 발이 제가 깨끗이 치우지 않은 흙더미에 묻혀 있는 것을 보고 어쩔 수 없이 고개를 들어 포도알 같은 유두를 입에 물고 목구멍 깊숙이 빨았습니다. 그녀가 제 미친 듯한 입맞춤에 뜨겁게 달아올라 시원한 통로에서 온몸이 화끈화끈해지더니 불붙은 진흙처럼 무너져 내렸습니다. 그러고는 약간 넓은 청가와 홍가 담벼락의 통풍구 밑에서 꼼짝도 못하며 도홍색 신음 소리만 내뱉었습니다. 그녀가 더이상 참을 수 없게 되었다는 것과 저 역시 신방의 흙침대까지 버틸 수 없다는 것을 알았습니다. 그녀가 언제든 펼칠 수 있는 새하얀 삿자리처럼 제 앞에 깔리자 저는 무더운 여름날 시원한 자리에 몸을 뉘이듯 그녀 위에 엎어졌습니다. 땅은 습하면서 시원한데 그녀의 몸은 뜨겁고 펄펄 끓었습니다. 그녀에게 엎어질 때 그녀의 꾹 누르는 바싹한 신음 소리가 바위 틈새를 뚫고 나오는 물처럼 등불 아래로 흘러나왔습니다. 훙메이, 걱정하지 말고 소리치고 싶으면 소리치고 고함지르고 싶으면 고함질러요, 이 통로는 우리 집이고 고함 소리에 집이 무너진다고 해도 아무도 못 들어요, 하고 빠르게 말하면서 그녀의 다리를 제가 원하는 자세로 놓은 다음 제 단단한 물건을 집어넣었습니다. 바로 그 순간, 광란과 신성함, 기묘함에 온몸이 떨리는 그 순간, 그녀의 쾌락에 젖은 신음 소리가 처음으로 폭발적으로 터지고 아무것도 거리낄 게 없다는 듯 거친 숨소리가 촉촉한 그녀의 입에서 솟아나 날카로우면서 매끄럽게 붉은 비단처럼 통로에서 휘날렸습니다. 땅굴 통로의 벽과 천장에서 흙 부스러기가 흔들렸습니다. 저희 옆의 불빛도 요동쳤지요. 그 소리는 통로 양측으로 흩어지다가 아주 빠르게 땅굴 안 흙으로 흡수되었습니다. 저는 그녀의 신음 소리 속에서 한 남자의 보기 드문 강인함과 위대함을 느끼고 흔치 않은 힘과 편안함을 느꼈습니다. 그리고 그녀의 신음 소리가 언제까지나 계속되도록 할 수 있을 줄 알았습니다. 그녀가 기진맥진해지고 목소리가

다 쉬어 더 이상 소리칠 힘이 남아 있지 않을 때까지 가능할 줄 알았지만 그녀의 날카로운 외침에 놀랐는지, 쾌락에 젖은 신음에 흔들렸는지, 대체 왜 그런지 모르겠지만 제가 갑자기, 의지와 상관없이, 한 번도 그랬던 적이 없었는데 불현듯 투두둑 와르르 무너지더니 온몸의 기운이 물 새 나가듯 전부 사라졌습니다.

그녀의 몸 위에 무너졌습니다.

그녀의 세번째 교성이 반쯤 나오다 천천히 사그라졌습니다.

두 사람 모두 한없이 아쉬운 표정으로 서로를 살폈습니다.

흔들거리는 등불이 노래기가 꿈틀거리듯 통로에서 출렁였습니다.

"병에 걸린 게 아닐까요?" 제가 말했습니다.

"무슨 병요?"

"당신 남자인 칭둥과 같은 병."

"아이쿼, 지금 칭둥 얘기를 왜 해요?"

"그런 병에 걸린 건 아닐까요?"

"당신이 언제 그런 적 있어요? 오랫동안 숨어서 하다가 갑자기 트인 곳에서 하니까 안 된 거죠. 조금 지나면 괜찮아질 거예요. 틀림없이 괜찮을 거예요."

그렇게 조용히 앉아 손을 잡은 채 서로를 위로하고 있을 때 바닥과 벽에서 냉기가 비처럼 흘러나와 온몸에 쌀알 같은 소름이 돋았습니다. 제가 그녀의 옷을 하나 집으며 "입어요. 조금만 더 가면 방이에요"라고 말하자 그녀가 옷을 다시 바닥에 던지며 "안 입을래요. 몇 년 동안 부부처럼 마음껏 벌거벗은 채로 있어본 적이 없잖아요"라고 했습니다.

(그녀를 사랑합니다. 제 영혼, 제 피와 살!)

저희는 발가벗은 채 다시 땅굴 안쪽으로 걸어가기 시작했습니다. 저희의 신방을 향해 걸어갔지요. 방금 전에 쾌락과 붕괴를 맛본 터라 두 사람 모두 조용했습니다. 저는 더 이상 뒷걸음질 치며 그녀의 뽀얀 나체를 감상하지 않았습니다. 남포등을 든 손은 앞으로 내밀고 다른 손으로는 절벽 위의 양을 이끌듯 뒤쪽의 그녀를 잡았습니다. 발밑의 폭신한 흙이 발바닥을 기분 좋게 간질였습니다. 저희는 청허우가를 지나 청사 뒤채의 모퉁이 지하에서 청사 앞마당의 나무 구멍 아래까지 간 다음, 청칭안 집의 토대와 청칭롄 집의 토대, 톈좡좡 집의 토대 밑을 지나 청중가 중심의 연자매 밑에 다다르고 마침내 가로세로 3미터에 높이가 2미터인 신방에 도착했습니다. 저는 신방의 사방 벽을 반질반질하게 치고 바닥을 평평하게 다졌을 뿐만 아니라 북쪽에 네 척 넓이에 두 척 높이로 구들 같은 흙침대까지 만들어두었지요. 그리고 하얀 석회를 두껍게 한 층 깔아 석회가 점토와 섞이면서 습기를 빨아들이고 침대가 흰빛을 띠도록 했습니다. 신방 벽에는 청톈칭 뒷마당의 담벼락으로 이어진 통풍구와 청톈칭의 침상 아래로 이어진 통풍구, 비스듬히 청톈칭의 이웃인 청셴치 집 부엌 벽으로 이어진 통풍구가 있었습니다. 남포등을 흙침대에 놓자 불빛이 한층 흐릿해졌습니다. 동쪽 벽에 만든 홍메이 집으로 향하는 통로가 희미한 등불 아래에서 메마른 우물처럼 누워 있었습니다.

방에 들어선 홍메이가 두 손으로 가랑이 사이를 가린 채 고개를 들어 천장에서부터 벽, 벽에서부터 흙침대까지 훑어본 다음 마지막으로 자신의 집으로 향하는 통로에 시선을 고정했습니다.

"아이쿤, 저건 언제 뚫리는 거예요?"

"곧이오. 반년만 더 파면 되니까 늦어도 칠팔월이면 연결될 거예요."

홍메이가 저를 보다가 쪼그리고 앉더니 두 다리를 꽉 붙이고 두 팔을 교차시켜 어깨를 감쌌습니다. 푸르스름한 빛이 도는 하얀 공이 흙침대 밑에 놓여 있는 것 같았습니다.

"추워요?" 제가 물었습니다.

"당신은 안 추워요? 이리 와서 안아줘요."

제가 바닥에 쪼그리고 앉아 그녀를 품에 안았습니다. 온
몸이 매끈매끈했지만 매끈함 속에서 쌀알 같은 것들이 부딪
혀와 한 번도 느껴보지 못했던 편안함과 기쁨을 맛볼 수 있
었습니다. 벌거벗고 있을 때면 그녀는 늘 격정적이고 열광
적이라 온몸이 항상 불에 굽거나 삶는 것처럼 뜨거웠습니
다. 그런데 처음으로 그녀 몸의 냉기가 제 피부를 넘어 뜨거
운 핏속으로 들어왔습니다. 처음으로 제 품에서 공처럼 웅
크린 채로 머리카락을 제 얼굴과 어깨에 늘어뜨리고 제 목
에 숨을 내쉬었습니다. 그녀의 손이 제 목을 감싸자 젖가슴
표면에 굳은 단단한 차가움이 제 가슴으로 다가왔습니다.
젖꼭지의 부드러운 얼음 구슬이 제 가슴 앞 늑골을 찔렀고
요. 저희는 그렇게 두 사람이 아니라 한 사람인 것처럼, 하나
의 육체인 것처럼 바닥에 딱 붙어 엉긴 채로 흔들리는 등불
밑에서 서로에게 온기를 주다가 또 서로를 바라보았습니다.
그녀가, 어떻게든 트집을 잡아 칭둥과 싸운 다음 곁채로 옮
겨야겠다고 말했습니다. 그럼 땅굴 입구를 곁채 옷장 밑에
파겠소, 당신이 보고 싶을 때면 통로를 걸어가 당신 집 옷장
을 두드릴 테니 이 방으로 와요, 당신도 내가 보고 싶으면 통
로를 따라 우리 집으로 올라와 마당에서 기침을 하거나 창
문을 두드리고, 그럼 나도 통로로 올 테니까, 하고 말했습니

다. 그리고 또, 상황이 변하거나 진짜 적이 우리를 해치려고 하면 혹은 3차 세계대전이 일어나도 우리는 이 통로로 도망갈 수 있지요, 하고 말했습니다. 그러자 그녀가, 난 그렇게 멀리까지 보지도 않고 그렇게 많이 생각하지도 않아요, 그냥 당신이 보고 싶을 때 통로를 따라 당신을 찾아갈 수 있고 여기 땅굴 방에서 당신을 볼 수 있다면 당신이 지금처럼 나를 안아줄 수 있다면 내 삶은 헛되지 않아요, 그것만으로도 혁명에 가담한 의미가 있고요, 하고 말했습니다.

"훙메이, 내가 혁명으로 현장과 지구 행정관까지 오를 수 있을까요?"

"현장이나 행정관이 된 뒤에 혹시 이 훙메이가 싫어지지는 않겠죠?"

"우리는 혁명 동반자이자 천생의 배필이에요. 당신이 없으면 혁명은 엔진을 잃은 것이나 마찬가지고. 당신을 떠날 수 있다면 내가 왜 2년이나 고생고생하면서 이 땅굴을 팠겠어요?"

"아이쿼, 자신을 가져요. 당신은 천재적인 혁명가이고 그 천재성은 린뱌오에 조금도 뒤지지 않아요. 아니, 린뱌오보다……."

제가 한 손으로 그녀의 입을 막으며 말했습니다.

"그냥 내가 계속 혁명을 하면 현장과 행정관이 될 수 있을지 없을지만 말해요."

"혁명의 방향을 정확히 잡고 정치적 입장을 올바르게 세우기만 하면, 마흔이나 쉰 살이 되어서도 혁명에 대한 열정이 지금처럼 끓어넘친다면 반드시 성장까지 될 수 있을 거예요."

제가 주체할 수 없는 사랑에 멍하니 그녀의 눈을 바라보았습니다.

"내 말을 못 믿는 거예요?" 그녀가 물었습니다.

"믿어요." 제가 대답했습니다.

"내가 계속해서 당신을 따라 혁명하면 난 어느 위치까지 오를 수 있을까요?" 그녀가 또 물었습니다.

"현, 지구, 성 간부가 모두 가능하지요."

그녀가 사랑이 가득한 웃음을 지으며 제게 입을 맞추었습니다.

"당신 가오아이쥔의 빠른 승진과 입신양명이 없다면 이 샤훙메이도 현이나 지구, 성의 간부를 꿈꿀 수 없겠지요. 그건 나도 잘 알아요. 그 이치를 모른다면 우리 둘의 감정이 이렇게 깊을 리 있겠어요? 당신이 나를 혁명 동반자로 여기겠어요?"

저는 더 이상 아무 말도 하지 않았습니다. (제 영혼, 제 육신.) 그렇게 말하는 동안 그녀의 눈빛이 제 눈빛 위에서 화르르 타올랐습니다. 한참을 붙어 있다 보니 어느새 땅굴의 냉기가 느껴지지 않았습니다. 혁명을 이야기하면서 열정이 되살아났지요. 저는 아까 사그라졌던 피가 다시 혈관에서 꿈틀대기 시작하는 것을 느낄 수 있었습니다. 힘이 다시 제 몸으로 돌아왔습니다. 냉기가 그녀의 몸에서 물러났습니다. 그녀 몸에 돋았던 쌀알 같던 작고 푸른 점들이 그녀의 피부로 다시 들어갔습니다. 그녀의 온몸이 원래대로 하얗고 매끄러워지기 시작했고 처음처럼 열정적이고 보드라우며 탱탱해지기 시작했습니다. 그녀 젖가슴이 제 가슴에서 또다시 팽팽해지면서, 굴을 나가고 싶어 몸이 근질근질한 토끼처럼 푸들거렸습니다.

"난 이제 부진장이고 대장정의 첫걸음을 겨우 떼었을 뿐이에요."

"첫걸음을 걸었으니 두번째 걸음도 잘해낼 거예요. 대장정 그 먼 길 가운데 거친 황야를 이미 지났고요." 그녀가 말했습니다.

"부진장이 되었으니 그놈의 왕전하이와 회의에서 더 자주 만나겠군. 그 말은 그를 진장 자리에서 끌어내릴 기회가 많아졌다는 뜻이지요."

"여성연합회 주임의 떫은 감 같은 얼굴을 보니 밥맛이 다 떨어지더라고요. 분명히 내가 훨씬 잘할 거예요."

"혁명이 우리에게 이런 기회를 주는데 이 기회를 놓친다면 정말 멍청이요."

"다 좋은데 결국 우리를 지하로 내몬 것도 혁명이에요."

"당신 몸에 붙은 흙 좀 봐요."

제가 말하면서 그녀의 부풀어 오른 왼쪽 젖꼭지를 가리켰습니다. 노란 콩 같은 흙 알갱이가 젖꼭지에 새로운 젖꼭지가 솟아난 것처럼 붙어 있었습니다. 그녀가 고개를 숙여 흙 알갱이를 보더니 털어내려고 손을 들었다가 갑자기 도로 내려놓았습니다.

"당신이 털어줘요." 그녀가 말했습니다.

"지금 진장한테 흙을 털라는 것이오?"

"가오 현장님, 제 젖에 붙은 흙 좀 털어주세요."

"세상에, 지금 현장을 부려먹겠다는 것이오?"

"가오 행정관님, 이 흙 좀 핥아내주세요."

"맙소사, 행정관을 아이 부르듯 부르는군."

"가오 성장님, 혀끝으로 제 젖꼭지의 흙을 떨어뜨려주세요."

"성장이 그런 일을 할 수 있겠소?"

"성장도 남자인걸요. 가오 성장님, 제발 이 흙 좀 핥아서 떨어뜨려주세요."

"혁명가라고 불러봐요."

"천재 혁명가님, 당신은 중국 대륙에서 떠오르는 찬란한 별이지요. 당신 혀의 샘물은 목마른 인민과 대지를 적시니 그 샘물로 제 젖꼭지에 붙은 황토를 씻어내주세요."

그녀의 어투에서 강약 리듬이 느껴졌습니다. 적당히 쉬었다가 비틀고 낭송하듯 찬양하듯, 애원하듯 신이 난 듯 말하면서 뜨거운 시선을 제 얼굴에서 불사르고 두 손으로 제 몸과 가랑이 사이를 쉴 새 없이 애무하며 어루만졌습니다. 자석처럼 끌어당기는 목소리에 이끌려 제 목구멍과 입술이 바싹해지고 당장 하고 싶어졌습니다. 하지만 조급함과 간절함을 꾹 참았습니다. 혁명 색채가 농후한 그녀의 말 속에 좀더 젖어들고 좀더 오래 즐기고 싶었습니다. 그래서 두 손으로 그녀의 귓불을 잡고 손목을 어깨에 걸쳐 붉은빛으로 가득한, 금빛 찬란한 보살 같은 얼굴을 들며 말했습니다.

"난 천재적인 혁명가일 뿐만 아니라 천재적 정치가요. 내 정치적 재능을 무시하는 거요?"

그녀가 한 손으로 제 아랫도리 물건을 계속 애무하면서 다른 손을 자신의 유방 앞에 세우고는 흙이 떨어지지 않도록 천천히, 조심스럽게 젖꼭지를 평행으로 받쳤습니다.

"친애하는 혁명가이자 정치가인 가오아이쥔 동지, 제 젖꼭지의 황토를 핥아주세요."

"혁명가 겸 정치가일 뿐만 아니라 천재적인 군사전략가요. 군사전략가가 아니고서야 이 땅굴을 팔 수 있었겠소?"

그녀가 두 손을 합장해 가슴 사이에서 코 밑까지 들어올리고는 머리를 반쯤 숙이고 눈을 살짝 감으면서 제 앞에 무릎을 꿇었습니다.

"제가 가장 경애하는 위대한 정치가이자 천재적 군사전략가, 전무후무한 혁명가이며 젊고 유능한 진장님, 다재다능한 현장님, 민중을 최우선시하는 행정관님, 정열적이고 전문적이며 조직 능력과 지도력이 막강한 성장님, 제가 최고로 사랑하고 최고로 충성하며 최고로 신뢰하는 황제이신 가오아이쥔 동지, 지금 당신의 신하이자 백성, 당신의 종이자 혁명의 연인, 인생의 동반자, 미래의 애인이며 아내, 황후가 당신 앞에 무릎을 꿇고 유두에 흙이 묻었으니 혁명과 사랑으로 만들어진 혀와 감로로 유두의 흙을 떨어뜨려달라고 간구합니다. 청강혁명에서 또 한 번 승리한 것을 축하하고 혁명 가운데 촌장에서 진장에 오름으로써 위대한 승진이 시작된 것을 축하하기 위해, 바라옵건대 당신의 그 고귀하고 지혜롭고 혁명의 깨달음으로 충만한 머리를 숙여 혁명 흐름 가운데 나타난 위대한 여인의 위대한 가슴에 붙은 흙을 핥아내 주십시오!"

그녀가 또 책을 읽듯 경전을 외우듯 말했습니다. 그러고는 허리를 굽혀 흙이 젖꼭지에 착 달라붙어 떨어지지 않는다는 것을 확인한 다음 바닥에 엎드리며 두 손으로 제 물건을 받쳐 들고 가볍게 입을 맞추고 또 입을 맞추었습니다. 그녀가 제 물건에 세 번 입을 맞춘 다음 몸을 일으켜 무릎을 꿇자 그녀의 젖꼭지가 제 얼굴 앞으로 쑥 올라왔습니다.

저는 그 황토 알갱이를 뱃속으로 삼켜야겠다고 생각했습니다.

그녀의 봉긋 솟은 가슴을 보면서, 젖가슴 끝에 매달린 젖꼭지와 젖꼭지에 붙은 콩알 같은 황토를 보면서 제가 말했습니다.

"알바니아의 인민 영웅들은 유럽에서 위대한 사회주의의 등불이 되었지요. 소련 수정주의 집권층, 온갖 반혁명분자와 노동운동의 배반자들, 유고슬라비아 티토 무리는 그들에 비하면 황토 한 움큼에 불과해요. 반면 그들은 하늘을 찌를 듯 높은 산이라 할 수 있지요. 나를 혁명가, 정치가, 군사전략가라 부르지 말고 진장이나 현장, 행정관, 성장이라고도 부르지 마요. 우리는 모두 온 천하의 사람들로 귀천의 구분이 없으니 서로 아끼고 도와야지요. 내 모든 노력은 군중의 공복이 되고 당신의 공무원이 되기 위해서예요."

그러면서 혀끝으로 황토를 핥기 시작했습니다. 세 번을 핥은 뒤에야 황토가 그녀의 젖꼭지에서 떨어졌습니다. 향긋한 진흙 냄새가 이내 입안으로 퍼졌지요. 저는 바싹 마른 입술을 그녀의 뜨거운 젖꼭지에서 떼는 대신, 금을 핥듯 은을 삼키듯 진흙을 뱃속으로 삼킨 다음 혀를 힘껏 내밀어 젖꼭지를 핥기 시작했습니다. 그녀의 젖꼭지가 제 혀의 축축함과 흔들림 속에 자주색 포도알처럼 부풀어 올라 동글동글 암홍색으로 빛났습니다. 이어서 저는 그 포도를 입에 넣고, 젖가슴 절반을 입안에 넣은 채 게걸스럽게 빨았습니다. 제가 물고 빠는 동안 그녀의 목구멍에서 가쁘고 씨근거리는 도홍색 흐느낌이 붉은 물이 끊어졌다 이어졌다 하는 것처럼 제 얼굴과 몸, 심장으로 뿌려졌습니다. 저는 이미 통제할 수 없는 상태였습니다. 피가 홍수처럼 몸의 한곳으로 흘러갔습니다. 그녀도 참을 수 없는 지경에 이르러 웅얼웅얼 제 이름을 부르고 진장, 현장, 행정관을 외치며 혁명가, 정치가, 군사전략가를 찾다가 "안 되겠어요, 가오 진장님, 빨리 저 좀 구해주세요" 하며 애원하기에 이르렀습니다. 그녀는 외침과 동시에 제 눈앞에서 미끄러지듯 쓰러지더니 해안에 올라온 물고기처럼 누워서 부들부들 몸을 떨었습니다.

제가 그녀를 안아 흙침대에 뉘었습니다.

"아이쿤, 어서 들어와요. 미치겠어요. 진장님, 절대 들어오지 마세요. 들어오면 나 죽어요." 그녀가 말했습니다.

그렇게 횡설수설 부르짖으며 두 손으로 제 넓적다리 안쪽을 눌렀습니다.

"나 죽겠어요. 아이쿤, 절대로 들어오지 말아요. 하지만 들어오지 않으면 날 업신여기는 거죠. 고생고생하면서 이 땅굴을 판 건 여기서 부부처럼 즐기기 위해서가 아닌가요?"

그녀의 두 다리 사이에 활짝 핀 검은 국화 앞에 제가 무릎을 꿇었습니다.

"어서 들어와요, 아이쿤. 나를 위해서, 앞으로 우리가 혁명에 매진할 수 있도록 어서 들어와요. 왜 안 들어와요?"

제가 아랫입술을 꽉 깨물었습니다.

"혁명가, 군략가, 당신……, 어서 들어와요!"

세상에! 맙소사! ……. 꽉 깨물고 있던 아랫입술을 풀었습니다. 또 한 번 와르르 제방이 터져 하릴없이 무너져 내렸습니다. 산이 무너지고 땅이 갈라지듯 무너져 내렸습니다.

그녀가 계속 교태 섞인 말을 내뱉다가 천천히 목소리를

낮추더니 마침내는 아무 말도 하지 않았습니다. 무슨 일인지 알아챈 듯 잠시 침대에 똑바로 누워 있다가 길게 한숨을 내뱉고는 몸을 일으켜 앉았습니다. 그리고 침대 가운데에 제가 쏟아낸 뿌연 물을 바라보고 아무 말 없이 조용하게 저를 쳐다보았습니다.

또 한 번 무너지고 나자 열정이 얼음물을 뒤집어쓴 듯 사그라지고 방 안의 냉기가 순식간에 다시 엄습해왔습니다. 등불도 한층 어두침침해진 것 같았지요. 제 앞에 앉은 그녀의 얼굴에서 실망이 흙침대처럼 회백색을 띠고 눈가에서 눈물 두 방울이 배어 나왔습니다. 미안함과 무력함을 표현하기 위해 저는 제 뺨을 때렸습니다. 따귀를 치는 시퍼런 소리가 방 안에서 무겁고 답답하게, 항아리 안에서처럼 울렸습니다. 스스로를 때리는 제 모습에 그녀 얼굴의 회백색이 곧장 놀라움으로 굳어졌습니다. 그 놀라움의 회백색에서 위로를 받는 동시에 상쾌함을 느낄 수 있었습니다. 잘못은 제게 있는데 상대가 도리어 자아비판을 하는 것처럼, 조금 미안하긴 해도 더 효과적이고 생각대로 되었다는 느낌이었습니다. 그녀가 자신의 눈물과 침묵에 더 미안해지도록 저는 무릎까지 꿇고 두 손을 바꿔가며 뺨을 비 오듯이 세차게 쳤습니다. 놀라서 멍해졌던 그녀가 정신을 차렸을 때는 이미 왼뺨과 오른뺨을 각각 네다섯 차례씩 때린 뒤였습니다.

홍메이가 엄청난 잘못을 저지른 것처럼 저를 따라 꿇어앉은 뒤 제 손을 꽉 잡았습니다.

"아이쥔, 뭐 하는 거예요? 내가 책망을 했어요, 원망을 했어요? 때리려면 나를 때려요, 당신을 때리지 말고, 네?"

저는 두 손을 잡아 뺀 다음 더욱 거세게 얼굴을 때리고 가슴을 치며 넓적다리와 제 물건을 꼬집었습니다. "병신 같은 놈, 병신 같은 놈! 그렇게 고생고생 땅굴을 팠는데 네놈이 이렇게 보답해?" 하며 계속 때리자 그녀가 놀라서 자책하며 말렸습니다. 그녀가 말릴수록 저는 더 필사적으로 때렸지요. 얼굴과 몸, 허벅다리 등 곳곳이 타들어가듯 아프면서도 통쾌했습니다. 그녀의 자책하는 울음소리가 온수처럼 제 마음을 따뜻하게 적셨고요. 그녀의 울음소리 속에서, 퍽퍽 하는 제 주먹질 속에서 그녀가 천천히 입을 열었습니다.

"아이쥔, 확성기를 가져올 방법을 찾아봐요. 예전에 벌판에서 음악이나 혁명 노래가 나오면 무서울 정도로 변했잖아요. 확성기에서 혁명 노래가 나오지 않으면 힘들었고, 아니에요?"

제가 때리는 것을 멈췄습니다.

그녀를 더욱 꽉 끌어안았습니다. 남포등의 기름이 떨어졌는지 불빛이 흔들리다가 방 안이 무덤처럼 컴컴해졌습니다.

3. 변증의 모순

모순의 보편성 혹은 절대성 문제는 두 가지 측면에서 의미가 있습니다. 하나는 모든 사물의 발전 과정에 모순이 존재한다는 것이고, 다른 하나는 각 사물의 발전 과정에서 모순이 처음부터 끝까지 작용한다는 것입니다.

누군가 모순의 보편성을 이렇게 설명했습니다.

수학에서는 플러스와 마이너스, 미분과 적분.

역학에서는 작용과 반작용.

물리학에서는 양전기와 음전기.

화학에서는 원자의 화합과 분해.

사회과학에서는 계급투쟁.

생명에서는 삶과 죽음.

사람에서는 남과 여.

문학에서는 진실과 허구.

사물은 범위가 지극히 넓고 무한히 발전하기 때문에 일정한 조건에서 보편성을 띠던 것이 다른 조건에서는 특수성을

띨 수 있습니다. 반대로, 일정한 조건에서 특수성을 띠던 것
이 다른 조건에서는 보편성을 띨 수도 있습니다.

모순의 보편성과 특수성의 관계는 모순의 공통성과 개별
성의 관계입니다.

이 공통성과 개별성, 절대와 상대의 개념은 사물의 모순
문제를 파악하는 핵심으로, 그것을 이해하지 못한다는 것은
변증법을 포기한 것과 같습니다.

제 9 장

새로운 혁명

1. 발전 중인 모순과 새롭게 등장한 주요 모순

사물은 점진적으로 발전하지만 모순은 비약적으로 승화합니다. 하나의 모순이 해결되면 또 다른 모순이 발생하고, 심지어 갑작스럽게 들이닥치기도 하지요.

일이 그렇게 되었습니다.

그렇게 그렇게 하다 보니 그렇게 되었습니다.

홍메이의 남편인 청칭둥이 죽었습니다.

생각지도 못하게 제가 거의 3년에 걸쳐 판 사랑의 통로가 겨우 2년을 행복하게 사용한 뒤 홍메이 남편의 무덤이 되었습니다. 그렇게 간단하게 오래된 주요 모순이 해결되고 새로운 주요 모순이 생겼습니다.

통로가 완전히 뚫린 것은 제가 부진장이 된 지 아홉 달이
지난 뒤였습니다. 원래 계획보다 반년 넘게 지체되었지요.
공사가 늦어진 이유는 부진장이 된 뒤 회의가 눈덩이처럼
늘어났기 때문입니다. 특히 청년 혁명가로서 진에서 수많은
회의를 조직하고 참여하는 것은 물론, 수시로 현에, 때로는
지구까지 가서 회의에 참석해야 했지요. 청강진을 떠날 때
마다 식견과 이론 지식이 풍부해지고 사상적 깨달음도 한층
깊어졌을 뿐만 아니라 상부 지도자들을 많이 만나 다음번
행보를 위한 기반을 착실히 닦을 수 있었습니다. 하지만 잃
는 것도 있었지요. 가장 큰 손실은 위대하고 신성한 사랑의
지하 땅굴이 늦어지고 홍메이의 육체에 대한 갈망이 심해지
는 것이었습니다. 그나마 통로가 개통되기 전에 땅굴 신방
이 구색을 갖춘 게 다행이었지요. 저는 청강 대대 노인 가정
에 전기와 방송을 지원한다는 명목하에 대대 회계에게 얇은
피복선과 방송용 구리 피복선을 구매토록 했습니다. 그리고
저희 집 뒤쪽 창문 아래에 작은 고랑을 판 다음 전선과 방송
선을 통로로 넣었습니다. 그렇게 해서 통로에 전등 몇 개를
연결하고 방에도 200와트짜리 커다란 전구를 달 수 있었습
니다. 또한 진 방송국에서 더 이상 쓰지 않는 낡은 라디오 확
성기를 통로로 옮겨오고(제가 여전히 생산 현장에 머물며 농업

호구를 갖고 있는 부진장이었지만 혁명 사업에서 워낙 뛰어나 곧 진장과 현장이 될 가능성이 컸지요. 확성기를 빌려가고 싶다고 하자 방송원이 바로 수리해서 그날 밤으로 집까지 보내주었습니다. 그게 바로 권력의 힘이지요) 신방 천장과 흙침대에 스피커 세 개를 설치했습니다. 또 석회를 섞은 흙침대에 볏짚과 자리를 깔고, 2촌 두께의 2단 나무함을 놓은 다음 습기를 막아줄 하얀 석회로 나무함의 틈새를 채우고 라디오 확성기와 이불, 요 및 습기에 약한 물품들을 그 안에 넣었습니다. 홍메이는 결혼할 때 마련한 파란색 타이핑양표 침대보와 원앙 베개, 베갯잇을 가져왔습니다. 그렇게 해서 지하 방은 저희의 명실상부한 신방이 되었습니다. 통로가 완전히 뚫린 다음 홍메이는 붉은색 기름종이로 '쌍희^{雙喜}'자를 오려 흙침대에 붙였습니다. 그리고 나머지 세 벽 가운데 한 벽에는 위대한 분의 대형 초상화를, 한 벽에는 리위허와 리톄메이, 양쯔룽, 커샹, 우칭화, 엔웨이차이의 초상화를, 나머지 한 벽에는 '사심의 사자도 떠올리지 말자'라든가 '전국 인민이 단결해 무산계급 문화대혁명을 끝까지 완수하자!' 등과 같은 경전 어록과 표어를 걸었습니다. 종이로 된 초상화와 어록 구호들을 홍메이는 낮이든 밤이든 습기에 구애받지 않고 언제까지나 그 열정과 활력을 발산하도록 정성껏 비닐로 포장했습니다.

지하 통로가 연결됐던 시간들은 짧지만 잊을 수 없는 아름다운 혁명의 시간들이었습니다. 등불을 머리 위에 걸어/빛이 비추니/거인의 두 손/영웅의 기개/청강 산하를 재배치했네/무한한 신앙/무한한 숭배/검은 밤에 샛별을 찾고/혁명의 항로를 내가 열었어라/그 고난의 시간을 회상하면/내 마음 파도처럼 세차게 일렁이네/한 삽 한 삽 시작해/두 어깨로 만 짐의 사랑을 나르며/수많은 심혈을 기울여/행복의 건물을 지었네/곤륜산은 하늘 끝까지 높고/창장은 동해로 흐르니/이론으로 무장한 보통 사람도/조각난 시대를 거스를 수 있다네/발밑의 장애를 차버리고/시대를 앞으로 밀어내/승리를 산맥 전체에 퍼뜨렸네/원자탄과 수소탄 쉼 없이 터지고/사방으로 튀는 쇳물의 불꽃 사그라지지 않았어라/산마다 고개마다 깃발 내걸리고/두렁마다 뙈기마다 수리水利의 꽃 피었어라/천만의 레이펑雷鋒*이 또 일어나고/새로운 세대의 인물들이 뒤를 이었네/무산계급의 독재 체제를 공고히 하면/조국의 산하 변색되지 않으리/물에 빠진 개를 두들겨 패고/썩고 더러운 옛 세상을 철저히 없애야 하리/얼어 있는 독사도 사람을 물 수 있고/죽은 척하는 호랑이도 달

---

* 중국공산당과 정부에서 영웅으로 치켜세우는 인민해방군의 모범 병사.

려들 수 있으니/경계를 높이고/광명이 있으면 검은 밤이 있음을 절대 잊지 말아야 하네/오대주를 손에 잡고/사해를 마음에 품었네/아프리카의 전쟁 북소리 둥둥 울리고/베트남 밀림의 군가는 얼마나 용맹한가/중국 대지에서 고조되는 징과 북소리/청강혁명이 만든 무대/우리를 위한 응원이 아니겠는가/우리 사랑을 위한 갈채가 아니겠는가/우리 머리 위로 쏟아지는 불꽃이 아니겠는가/발밑에 사랑의 길을 열도록 우리를 돕는 게 아니겠는가/가오아이쥔과 샤훙메이여/그대들의 혁명, 그대들의 사랑/길은 여전히 멀고/여전히 험하지만/앞으로 서광이 있으리/앞으로도 계속 흐리고 맑고 차고 이지러지겠지만/힘껏 돛을 올리세/용기가 있어야만 바다로 나아갈 수 있고/앞으로 나아가야만 승리할 수 있으니/세상에는 이유 없는 증오란 없고/이유 없는 사랑 역시 없다네/그대들은 천지에 대항해/하나의 무대에 오르고/사람에 대항해/뜻을 꺾지 않았어라/그대들이 단결해 나아간 것은/혁명이 그대들을 이어주었기 때문이네/그대들은 혁명의 연인/도처에 전해지는 영원한 사랑/어쩌면 형장에서 혼례를 올리겠지만/누가 또 사랑의 꽃이 피지 않는다고 말할 수 있으리/나아가세/발밑의 함정을 조심하며/싸우세/불의의 습격을 주의하며/가슴을 펴 파도와 부패에 맞서고/고개 들어 미

래의 세계를 바라보면/광풍과 폭우가 어찌 두려우리/벽력
이 친다 해도 얼굴색 하나 변하지 않으리/전진하는 길에 함
정이 있을 수 있고/성공하기 전에 필경 실패를 겪어야 하리/
달이 떠오를 때 월식이 있고 노을빛 비출 때 구름이 있을 수
있네/모순은 항상 바뀌니/바뀌지 않는 것은 해결할 수 없으
리/웃을 때는 통쾌하게 웃어도/슬플 때는 애통해하지 않았
네/늠름하고 위풍당당한 모습 얼마나 웅장한가/천지개벽
할 변화에 격앙되었어라/절대 패왕처럼 명예를 탐하지 말
고/남은 용기를 다해 나아가야 하리/아이쿤과 홍메이 서로
사랑함에/군을 사랑하고 무예를 익혔네/붉은 매화꽃이 피
었어라/열 손가락이 힘을 만들고/천 가닥 작은 강물이 바다
를 이루니/와야 할 것은 오게 하고/무너져야 할 것은 무너지
게 하리라/강산과 강산이 붉도록 지시하고/글을 진작시켜
새로운 사랑을 적었네/새로운 하늘 새로운 땅 새로운 세계
를 창조하고/모든 탐욕스러운 인간을 소탕하였네/맑은 하
늘 만 리에 먼지 하나 없으니/높이 올라 멀리 바라보며 새로
운 장을 썼다네/강산에 미래를 만들라 지시함에/눈물과 피
땀을 잊을 수 없어라/눈물과 슬픔을 기억하며/성공의 날들
을 처음부터 기리고/위대한 승리를 성공의 외침으로 만드
리/전진하라! 전진하라! 전진하라! 소리치라! 소리치라! 소

리치라!/아이쥔은 영원히 총을 들고/홍메이는 영원히 꽃피우리/아이쥔은 영원히 총을 들고/홍메이의 꽃은 영원히 지지 않으리/영원히 지지 않으리!

저희는 변증법과 변증유물주의를 아직 완벽하게 이해하지 못하고 모순론과 실천론도 책으로만 학습할 뿐 혁명과 생산, 실제 생활, 사랑의 모순에 적용하지 못하고 있었습니다. 지하 통로가 완성되고 신방 배치가 끝나자 홍메이가 청둥과 예정된 다툼을 한 뒤 거처를 곁채로 옮겼습니다. 시집 올 때 가져온 옷장과 상자, 박자까지도 전부 옮겼지요. 저는 청둥이 학교에 출근했을 때 홍메이의 옷장 아래로 통하는 마지막 흙을 파내고 옷장의 밑판을 뜯어냈습니다. 그러고는 옷을 전부 옷장에 걸고 밑판을 살짝 얹었지요. 저희는 모든 것이 빈틈없이 완전무결하다고 생각했고, 저희의 사랑 및 육체에 대한 갈망이라는 혁명 속 주요 모순, 혹은 모순 속 주요 난제가 해결되었다고 생각했습니다.

분명 실제로도 해결되었습니다.

통로가 완성된 날 흙침대에서 일을 치렀습니다. 그 뒤 하고 싶은데 제 물건 때문에 안 될 때는 그녀에게 손바닥으로 몇 대 때려달라고 했습니다. 그러면 물건이 단단하게 일어서 그런대로 할 수 있었습니다. 그러다가 라디오 확성기와 스피커를 연결한 뒤에는 하고 싶을 때 라디오를 켜고 빨간 바늘을 중앙인민방송국이나 성방송국 채널에 맞추기만 하면 혁명 노래가 흘러나왔습니다. 침대맡에 놓인 스피커 소리를 작게 맞췄음에도 지하 통로의 자연적인 울림 덕분에 음악이나 가곡이 흘러나오기만 하면, 행군 대열의 구호가 나오기만 하면, 주요 혁명 지도자의 강연이나 최신 혹은 최고 지시가 나오기만 하면 통로 안은 낮고 육중한 흥분과 새빨간 음악 및 징과 북소리로 가득 찼습니다. 그럴 때면 저와 홍메이 모두 참을 수 없게 되었지요. 자리를 깔고 옷을 벗으면서 진홍색 음악이 침대보 위를 흐르다 홍메이의 매끈하고 뽀얀 피부를 훑는 것을 보고 초상화와 어록이 음악 소리 속에서 오르락내리락하며 사스락거리는 소리를 들으면, 온몸의 피가 제 몸에서 지극히 규칙적으로 요동쳐 오랫동안 단단한 상태로 할 수 있었습니다. 저희는 부부로서의 쾌락과 행복을 몇 배는 더 누렸습니다. 그건 부부가 아니기 때문에 몇백 배 더 느낄 수 있는 남녀의 환락이었습니다. 일을 치른 뒤에는 늘 침대에 누워 "혁명은 할 만해, 죽어도 좋아!"라고 말했습니다. 그 짧고 아름다운 시간 동안 혁명 연인의 신성함과 위대함, 기묘함과 심오함, 아슬아슬한 두려움과 무한한 즐거움을 수도 없이 느꼈습니다. 겨울에 실오라기 하나 걸치지 않아도 전혀 춥지 않았고 오히려 그 일을 할 때마다 땀에 흥건히 젖었습니다. 무더운 여름날도 마을 사람들은 폭염과 모기 때문에 한낮과 밤이 되면 마을 어귀의 바람이 잘 통하는 곳에 자리를 깔고 부채를 부치며 모기를 쫓고 더위를 식혔지만 저희는 집 밖으로 나가지 않았습니다. 식구들이 밖으로 나가면 서로 약속한 시간에 통로를 걸어 시원한 흙침대에 누웠지요. 한번은 지하방에서 한참을 기다렸는데도 그녀가 오지 않아 몸을 구부린 채 그녀 집 곁채로 갔습니다. 그러고는 옷장 바닥을 가볍게 세 번 두드렸는데 바닥에서 쪽지 한 장만 떨어졌지요.

경애하는 가오 진장님, 위대한 혁명가님.

월경을 시작해 스싼리허로 딸아이 옷을 빨러 가니 오늘은 기다리지 마십시오. 부디 흔들리지 않는 혁명의 의지로 저에 대한 사념을 참기 바랍니다. 인내가 없다면 최상의 즐거움도 없다고 했습니다. 이는 당신이 제게 누누이 강조한 가르침이지요.

당신의 혁명 연인: 한 송이 붉은 매화
투쟁하는 혁명에 경의를 표하며! 당일 오후

완전히 김이 새서 돌아섰는데 정말 생각지도 못하게, 그녀가 빨래를 끝낸 뒤 저희 집 통로로 내려와 땅굴 방에 벌거벗은 채 서 있는 게 아니겠습니까. 어느새 자리도 깔아놓고 음악도 틀어놓은데다가 침대 머리맡에 잘 씻은 오이까지 몇개 두었더군요. 일을 치른 뒤 먹으려고 말입니다. 지난겨울 큰 눈이 흩날리던 어느 밤은, 막 잠이 들었을 때 누군가 창문을 두드리는 것 같은 소리가 들렸습니다. 자리에서 일어나 지하로 내려갔지만 땅굴은 텅 비어 있었지요. 창문 소리를 잘못 들었나 보다 생각하면서 잠자리로 돌아설 때 흙침대 머리맡의 나무함에서 그녀가 폴짝 뛰어나왔습니다. 실오라기 하나 없이 완전히 벌거벗은 채 하얀 나비처럼 제 품으로 안겼지요. 그 2년 동안(얼마나 짧은 2년인지요!) 마을에 있을 때는 거의 매일 땅굴에서 만나고 거의 매번 했습니다. 사나흘 동안 회의에 다녀온 어느 날은 그녀에게 알리지도 않은 채 한밤에 지하 통로로 그녀의 곁채까지 올라가 이불 속을 더듬기도 했습니다. 물론 그건 아주 큰 모험이었지요. 잘못하다가는 그녀와 제 혁명 미래가 매장될 수 있는 행동이니까요. 열 살, 초등학교 3학년인 그녀의 딸 타오얼이 매일밤 그녀의 발밑에서 자고 있었지요. 그래서 현이나 지구 회의에 다녀올 때면 공식적으로 그녀 집에 사람을 보내 샤 지서님, 가오 진장님이 몇 시에 회의 내용을 들으러 오시랍니다(마을 사람들은 저를 부를 때 '부'자 없이 진장이라 부르고 그녀를 부를 때도 '부'자를 뺐습니다. 아주 좋지요. 들을 때마다 마음에 쏙 들고 좋은 징조이자 축원처럼 느껴졌으니까요), 라고 전했습니다. 회의 내용은 언제나 지하 흙침대에서 알려주었고요. 일을 치르는 동시에 회의 내용과 재미있는 소식을 들려주었습니다. 때때로 회의에서 돌아왔는데 허기와 갈증처럼 그녀 육체가 못 견디게 생각날 때는, 일이 급하니 곧장 우리 집으로 오시오, 라는 전갈을 보내거나 한밤중에 보고 싶으면 몇 시 몇 분까지 대대 회의실로 오시오, 라는 전갈을 보냈습니다. 제가 시간을 통지하면 그녀는 항상 정각에 지하에서 저를 기다렸지요. (제 영혼, 제 육체, 제 혁명의 동반자이자 생명.) 몇 번인가는 '곧장' 앞에 '반드시'를 덧붙이기도 했습니다. 그녀는 밥을 짓다가도 누군가 찾아와 제가 회의를 마치고 집으로 돌아갔으며 "반드시 곧장 오시오"라고 했다고 전하면, 밀가루를 반죽하거나 야채를 다듬던 손 그대로 지하방에 왔습니다. 그럴 때 광풍이 지나고 나면 이불이며 몸, 라디오나 스피커 위에 그녀의 하얗거나 진흙 묻은 누런 손자국이 남았지요. 물론 그녀가 현이나 지구에서 열린 회의에 다녀올 때도(그런 경우는 많지 않았지만요) 몇 시에 회의 내용을 보고하

374

겠다고 알려왔습니다. 그러면 저는 미리 지하로 내려가 그녀를 기다렸고요. 한번은 왜 항상 회의 내용을 즉시 보고하지 않고 시간을 지체하느냐고 불평했더니 그녀가 이렇게 항의하더군요.

"집에 돌아가 옷을 갈아입고 몸도 좀 닦을 수 있게 해줘요. 장거리 차를 탔더니 온몸이 먼지투성이에요. 심지어 거기도 먼지가 가득 찼다고요."

"먼지를 털어내지 못할까 걱정하지 말고 빗자루가 닿지 못할까 걱정해야지요."*

"방어를 위주로 해야지요. 위생을 중시하며 인민의 건강 수준을 높여야 하고요." 그녀가 말했습니다.

"용기를 가지고 과감히 맞서며 희생을 두려워 말고 계속 싸우면서 전진해야 해요. 그래야만 세상이 우리 것이 돼요. 모든 마귀가 완전히 사라지지요." 제가 말했습니다.

"질적 변화는 양적 변화에서 시작되고 커다란 죄악도 새싹부터 시작돼요. 모순을 맹아 단계에서 해결하지 않는다면 그 앞에는 좌절과 실패가 기다릴 뿐이에요."

"좀 늦게 닦거나 한 번 덜 씻는다고 몸에 종기가 생기지

* 이 단락의 대화는 마오쩌둥의 말을 인용하거나 비틀고 있음.

않아요. 설령 생긴다고 해도 짜면 되죠. '사심'의 '사'자가 맞서면 달아나고 질책하면 사라지는 것처럼요."

"먼지란 단기적으로는 질병의 통행증이고 장기적으로는 행복의 걸림돌이에요. 흐르는 물은 썩지 않는 반면 썩은 물은 움직이지 않지요. 먼지를 제때 쓸어내지 않으면 급속도로 만연하게 되고, 그러다 영혼까지 침범해버리면 후회해도 소용없어요. 제 도끼로 제 발등을 찍는 꼴이라고요." 그녀가 말했습니다.

"왼손에는 철 빗자루, 오른손에는 천근 방망이를 들어야지. 개미국의 부마가 되었다고 어찌 대국을 얻었다 자랑할 수 있고, 개미가 나무를 흔드는 게 어떻게 가능하겠어요? 봉건주의, 자본주의, 수정주의 모두 우리의 적수가 되지 못하지요. 지주, 부농, 반혁명, 불량분자, 우파에게 본때를 보여줘야 하며 미국 제국주의자와 소련 수정주의자에게 일갈해 제 나라로 돌려보내야 해요." 제가 말했습니다.

그런 다음, 그런 다음에 저는 라디오를 틀 필요 없이, 폭력적 수단으로 제 물건을 때릴 필요는 더더욱 없이 저희가 스스로 만들어낸 확성기 노래처럼 들끓는 뜨거운 분위기 속에서 그 일을 제법 잘 마쳤을 뿐 아니라 두 사람의 더욱 단단하고 깊은 기억과 말장난, 이론과 깨달음을 찾아낼 수 있었습니다.

라디오와 체벌이 전혀 없는데도 하루에 한 번씩 제가 단단해져서 그 일을 할 수 있었습니다. 그건 저와 홍메이가 처음 발견하고 시도한 행위였지요. 쾌락은 짧았지만, 음악이나 노래를 들을 때만큼 길고 열광적이지는 않았지만 특별한 포근함과 부드러움, 섬세함과 촉촉함이 있었습니다. 마른 대지에 보슬비가 내리듯, 땀으로 흠뻑 젖은 몸에 시원한 바람이 불듯, 입안이 바싹 타들어갈 때 도시에서 파는 매실을 입에 문 듯했습니다. 저희는 그런 발견이 무척 만족스러웠습니다. 때로는 그걸 하고 안 하고가 중요한 게 아니라 혁명의 설전 자체가 주는 자극과 즐거움이 더 중요했습니다. 이후 꽤 오랫동안 땅굴에서 라디오를 켜는 대신 아무렇게나 물건을 가리키며 문제를 낸 다음 한나절씩 설전을 벌이곤 했습니다. 통로에 던져진 낡은 괭이를 거론하기도 하고 흙침대의 석회나 라디오와 스피커를 문제로 내기도 했습니다. 볏짚, 침구, 물방울, 궤짝, 머리카락, 손톱, 유방, 베개, 기포, 옷을 문제로 내기도 했지요. 벽에 걸린 지도자의 초상화와 표어 외에 지하 통로에서 볼 수 있고 생각할 수 있는 모든 것들이 저희 설전의 대상이 되었습니다. 또 저급하면서도 신성하게 남녀의 물건을 주제로 혁명 시가에 대해 설전과 언쟁을 벌이기도 했습니다. 저희는 술자리에서 벌주를 주듯 승자와 패자를 나누어 벌칙을 내렸습니다. 대답을 못하거나 주제에서 벗어나는 사람이 패자가 되었지요. 승자는 상대에게 오십 번이나 백 번 입을 맞출 수 있고(입을 맞추다가 입술에 감각이 없어지곤 했습니다) 패자는 상대의 어디어디를 애무해주거나 가랑이 사이의 물건을 입에 넣어야 했습니다. 저희는 돼지 같고 개 같았습니다. 천진난만하고 다시 어려진 것 같았습니다. 순결하고 신성하며 감정에 충실했습니다.

제가 벽 모서리에 놓인 삽을 가리키며 말했습니다.

"혁명을 다잡고 생산을 촉진한다. 삽으로 밭을 갈지요."

"삽으로 혁명을 일으켜 적의 간담을 서늘하게 한다." 그녀가 받았습니다.

"삽으로 땅을 뒤집고 하늘도 뒤바꾸니 억만 인민의 얼굴에 웃음꽃 피네." 제가 말했습니다.

"삽을 총으로 삼아 영웅의 투지 드높아라."

"풍작의 물결을 기쁘게 바라보며 영웅이 석양 속 연기처럼 곳곳에 많다는 것을 깨닫네."

"가오아이쥔, 가오 진장님, 그 말에는 삽이 없네요. 등이 가려우니 시원하게 긁어주세요." 그녀가 말했습니다.

"샤훙메이, 샤 지서님, 삽으로 밭을 갈지 않았다면 어떻게 물결이 넘실거리는 듯한 풍작을 거둘 수 있지요? 발바닥이 가려우니 가볍게 열 번만 긁어주세요." 제가 말했습니다.

그녀가 제 발바닥을 열 번 긁어주었습니다. 긁는 동안 두 사람의 웃음이 한데 엉켜 침대 위에서 빗발치듯 날아다녔습니다.

이번에는 그녀가 자신의 머리카락을 가리키며 말했습니다.

"머리카락이 길고 식견도 짧지 않으니, 여성이 세상의 절반을 떠받치네."

저도 제 머리카락을 가리키며 말했지요.

"머리카락이 짧지만 식견이 많아서 국가 대사를 가슴에 담네."

그녀가 자신의 눈을 가리키며 말했습니다.

"마음이 맑고 눈이 예리하며 포부도 크다."

저도 제 눈을 가리키며 대꾸했습니다.

"예리한 안목으로 미국 제국주의와 소련 수정주의를 주시하고 뛰어난 안목으로 국내의 온갖 요괴를 처단한다."

그녀가 자신의 왼쪽 유방을 가리키며 말했습니다.

"풀을 먹고 젖을 짜낸다. 저 홍메이가 전쟁에 나서는 것을 보세요."

제가 그녀의 오른쪽 유방을 가리키며 말했습니다.

"형식을 도모하며 아름답다고 말하지만 단지 고인 물에 불과하네."

"가오아이쥔, 유방은 형식이 아니고 젖도 물이 아니에요. 허벅지가 가려우니 혀로 좀 긁어주시지요."

저는 혀로 그녀의 허벅지를 정성껏 핥았습니다.

몇 달 내내 저희는 혁명 투지를 완전히 상실하고 혁명의 진취성과 경각심을 완전히 잃은데다 무모하다 싶을 만큼 완전히 혁명 문자놀이에 빠졌습니다. 꼭 필요한 회의나 학습 문건이 아니면 생산대 밭으로 생산 지도를 하러 나가지 않았고 대대 회의실에서 계급투쟁과 관련된 회의도 열지 않았습니다. 이웃에서 죽네 사네 싸워도 상관하지 않고 수로가 마지막 가을비에 무너져 수리해야 하는 것에도, 마을 어귀의 '홍보용 밭'이라는 나무 팻말이 초겨울 바람에 쓰러져도, 심지어 지주의 아들이 빈농의 아들 머리에 오줌을 쌌다며 빈농이 고발해도 상관하지 않았습니다. 그 모든 것을, 미리 연습해봐야 한다는 명목하에 청칭린에게 맡겼습니다. 언젠가 저와 홍메이가 승진해 떠날 때를 대비해 청강 대대의 모든 업무를 배워야 한다고요. 새로운 놀이는 새로운 즐거움을 가져다주었지만 벌거벗은 채 땅굴 속 물건들을 전부 설전 주제로 사용한 뒤에는 새로운 문제를 찾지 못해 흙침대 끝에 멍하니 앉아 있어야 했습니다. 술자리에서 주령^{酒令}을 생각해내지 못해 젓가락을 들지 못하는 것처럼 한참을 맥없이 앉아 있었지요. 그래서 집에서 밥을 먹다가, 혹은 어디선가 회의를 하다가 갑자기 새로운 문제가 생각나면 미칠 듯이 기뻐하고 후련해하면서 곧장 종이에 적어 봉한 다음 어떻게든 인편에 상대에게 전했습니다. 상대가 응답하고, 또 응답한 뒤 서로 열광할 정신적, 물질적 준비를 하도록 말입니다.

십이월(검은 십이월이었지요)이 되어 날씨가 매서워지자 마을 사람들은 한가롭게 집에서 지냈습니다. 한가해지면 사람들은 한데 모이거나 마실 다니는 것을 유난히 좋아하지요. 함께 모여 앉아 불을 쬐면서 혁명과 투쟁부터 화제로 삼기 시작해 잡다한 이야기에 이러쿵저러쿵 입방아를 찧으면서 시간을 보내는 겁니다. 그럴 때 마을의 젊은 남자들은 주로 저희 집으로 모이고 혁명에 관심이 많은 젊은 여자들은 훙메이의 집으로 모였습니다. 저희는 지하에서 밀회를 즐길 만큼 좋은 주제를 찾지 못해 보름 연속 땅굴에서 만나지 못했습니다. 보름의 시간이 얼마나 길게 느껴지는지 진에서 현까지, 혹은 현에서 주두까지 100여 리 길을 걸어가는 것 같았습니다. 어떻게든 주제를 찾아서 만나고 싶었지만 영감도, 기발한 생각도 떠오르지 않아 고심만 하고 있었습니다. 그런데 그렇게 고민하고 있던 어느 날, 막 점심 식사를 마쳤을 때 훙메이가 학교에 가는 타오얼 편에 쪽지를 보내왔습니다. 펼쳤더니 다음과 같이 적혀 있었지요.

가장 새롭고 가장 아름다운 글을 쓰고
가장 새롭고 가장 아름다운 그림을 그려봐요.

그녀도 저처럼 보름이 너무 길다고 느꼈던 겁니다. 그리고 그녀가 새로운 주제를 찾았음을 알 수 있었지요. 저는 늘 찾아오는 마을 손님도 기다리지 않고 밥그릇을 그대로 내려놓고는(심지어 아들 훙성이 숙제장 살 돈을 달라고 했는데 그것도 잊은 채로) 땅굴로 갔습니다.

지하방에 도착하자 훙메이가 벌써 와서 기다리고 있었습니다. 저를 보는 그녀의 얼굴에 창문에 드리워진 분홍색 커튼처럼 웃음이 걸렸습니다. 말할 것도 없이 저희는 꼭 끌어안고 입부터 맞췄습니다. 그렇게 포옹과 입맞춤으로 보름의 그리움을 채운 다음 저는 그녀 집에 있던 닭이 먹이를 쪼는 형상의 쌍링표 자명종이 나무함 위에서 똑딱거리는 것을 보면서 가장 새롭고 가장 아름다운 글과 그림이 무엇이냐고 물었습니다. 그녀가 주머니에서 연필 두 자루와 네모 칸이 쳐진 종이 두 장을 꺼내 각각 하나씩 쥐어주며, 칭둥이 현 교육국에서 교사 대표로 선발돼 주두에서 열리는 지구 교육 조직의 '장톄성을 기리며' 회의에 참석하러 갔어요, 그런데 가면서 바닥에 펜을 떨어뜨렸거든요, 그걸 보면서 당신은 절대 생각하지 못할 주제를 찾았지요, 하고 말했습니다.

"뭔데요?" 제가 물었습니다.

"맞혀봐요. 연필과 관련 있어요."

"총."

"총이면서 총이 아니에요, 총이 아니면서 또 총이고요."

그녀가 저를 쳐다보며 비밀스럽게 잠시 침묵한 다음 말을 이었습니다.

"'정권은 총자루에서 나온다'*는 문장에서 주요 단어 다섯 개를 뽑을 수 있어요. 총, 자루, 나다屵, 정치, 권력. 이 다섯 가지를 주제로 삼는 거예요. 우선 '총'으로 오 분 동안 마르 크스에게 바치는 칠언율시를 쓰고, 역시 오 분 동안 '자루'를 주제로 엥겔스에게 바치는 200자 미만의 산문, '나다屵'를 주제로 레닌에게 바치는 찬사 다섯 문장, '정치'를 주제로 스탈

* 마오쩌둥의 말.

린에게 바치는 철언^{哲言} 다섯 문장, 그리고 마지막으로 '권력'을 주제로 마오 주석님께 바치는 호언^{豪言} 다섯 단락을 쓰는 거죠."

저는 제 재능을 믿었기에, 그녀가 이미 다섯 주제로 준비했을 것임을 알았지만 그냥 시원하게 좋다고 했습니다. 그러고는 "벌이 뭔데요?" 하고 물었습니다.

"마음대로 정해요." 그녀가 웃으며 대답했습니다.

"내가 지면 손을 쓰지 않고 입으로 당신 단추를 전부 풀고 옷도 전부 벗겨줄 테니까 당신도 지면 입으로 내 단추와 옷을 벗겨줘요."

"좋아요!" 그녀가 눈을 반짝이며 대답했습니다.

새로운 형식으로 매우 독창적이면서 재난의 화근을 품은 저희의 교전이 그렇게 시작되었습니다. 자명종을 침대에 놓고 흰 종이를 돗자리 위에 펼친 다음 두 사람 모두 침대 아래에 쪼그리고 앉았습니다. 그 몇십 분 동안 방에는 자명종의 급박한 똑딱 소리를 제외하면 저희의 다급하고 흥분한 호흡 소리와 신나게 뛰어다니는 연필의 사각사각 소리, 수시로 고개를 돌려 위인들의 초상화를 바라볼 때 목에서 나는 투두둑 소리, 머리가 빠르게 회전하는 소리만 있었습니다. 긴장된 공기와 혼탁한 등불이 방 안을 메웠습니다. 비 오듯 땀이 흐르고 손목이 시큰거렸습니다. 돗자리가 종이 밑에서 재잘재잘 낮은 소리를 내고 종이가 연필 밑에서 후둑후둑 소란을 떨었으며 연필심이 저희 손 밑에서 끼익끼익 날카로운 소리를 냈습니다. 서로를 몰래 훔쳐볼 때마다 시선이 독수리 발톱처럼 상대의 글자 위에 꽂혔습니다. 위인들의 차분하게 웃는 얼굴이 온수처럼 저희 등으로 뿌려졌고요. 그 이십오 분은 사실 저희 둘의 사상적 인식과 이론 수준, 문학 재능의 100미터 달리기 경주와 같았고, 서로를 정복하고 사랑을 승리로 이끌 마지막 육탄전이었으며, 육체와 영혼의 모순이 해결된 뒤 정해진 시간에 동시에 펼치는 공연과 같았습니다. 그녀는 경기 전에 충분히 준비했던 게 틀림없습니다. 그렇지 않고서야 혁명 천재인 제가 다섯 장의 답안을 이십사 분 반 만에 완성하는데 그녀가 이십삼 분 만에 끝냈을 리 없지요.

그건 그동안의 설전 가운데 최고의 작품이었고 진정한 두 혁명가가 조우하는 순간이었습니다. 저희는 각자 마르크스와 엥겔스, 레닌, 스탈린, 마오쩌둥에게 바치는 시와 산문, 철언, 찬사, 호언을 벽에 걸린 각각의 초상화 밑에 붙인 다음 읽으면서 평가하기 시작했습니다.

그녀가 마르크스에게 바친 시는 이렇습니다.

총

— 마르크스에게 헌정

당신의 사상은 총알,

나의 펜은 총신.

계급의 적들 낭연狼烟처럼 일어남에

죄상을 폭로하여 무너뜨렸네.

미국 제국주의와 소련 수정주의가 변경을 압박함에

천 근 철퇴를 휘둘러 끝장냈네.

세상 인민들 한마음으로

적개심을 불태우며 세상을 뒤흔드는구나.

제가 마르크스에게 바친 시는 이렇습니다.

총

— 마르크스에게 헌정

명아주 가득한 강가에 태양이 떠오르듯

위대한 이론이 광명을 비추는구나.

옛 세상에 칼날을 휘두르는 것처럼

총으로 여명의 소리를 내는 것처럼.

밝은 날과 검은 밤에 경계가 있듯

선진과 반동 두 진영으로 나뉘니

제국주의는 반드시 망하고

공산주의가 세상과 함께하리.

(그녀의 시는 주제가 확실하고 기세가 드높은데 제 시는 입장이

분명하고 시화 분위기가 물씬 풍겼습니다. 특히 '명아주 가득한 강가

에 태양이 떠오르듯'이라는 구절이 좋았지요. 시는 무승부가 되었습

니다.)

제가 엥겔스에게 바친 산문은 이렇습니다.

자루

— 엥겔스에게 헌정

'자루'란 몽둥이이고 몽둥이는 병기이다. 엥겔스의 위대

한 걸작인 『공상에서 과학으로의 사회주의의 발전』은 무산

계급이 자본계급에 투쟁을 알리는 이론적 무기가 되었고,

사회주의가 자본주의에게 자신의 과학성을 증명하는 위대

한 기반이 되었다. 유물론적 역사관과 잉여가치설의 서술

로 사회주의는 공상에서 과학으로 올라서고, 이러한 과학

사회주의를 통해 무산계급은 계급투쟁에 과학을 접목시킬

수 있게 되었다. 또한 노동자 계층에게 사회란 중세사회, 즉 개별 소생산에서 자본주의 혁명으로 나아가다가 다시 무산계급 혁명으로 발전할 수밖에 없는 필연성을 보여주고 착취와 억압에 시달리는 무산계급에게 해방과 미래라는 방향성을 보여주었다.

(홍메이가 좋기는 하지만 조금 공허하고 산문이라기보다 논문에 가까우며 현학적이라 별로라고 평했습니다. 저도 동의했지요.)

홍메이가 엥겔스에게 바친 산문은 이렇습니다.

자루

— 엥겔스에게 헌정

여기서 '자루'란 깃대를 뜻한다.

마르크스는 세계에서 가장, 가장, 가장 위대한 인물이므로 그와 예니의 사랑 또한 가장, 가장, 가장 위대한 사랑이다. 그러나 마르크스에 대한 엥겔스의 공평무사하고 공산주의 정신으로 빛나는 원조가 없었다면 마르크스의 『자본론』이 존재할 수 있었을까? 『자본론』이라는 위대한 저서가 없었다면 마르크스와 예니의 위대한 사랑이 있었을까? 마르크스가 마르크스주의의 가장 중요하고 위대한 구성 요소라면 엥겔스는 마르크스를 위대하게 만든 교량과 같다. 마르크스가 마르크스주의의 펄럭이는 깃발이라면 엥겔스는 마르크스주의라는 위대한 깃발을 받치는 깃대이다. 깃발이 휘날리기 위해서는 깃대의 지지가 필요하다. 우리는 기계의 웅웅거리는 소리를 찬양하지만, 그보다 묵묵히 소리 없는 나사못 정신을 더 찬양해야 한다. 우리는 마르크스주의의 이론 깃발을 숭배하지만 그 깃발을 하늘로 올린 엥겔스의 깃대 정신을 더욱 숭배해야 한다.

(저는 자루에서 깃대로, 깃대에서 마르크스의 성공과 엥겔스의 깃대 정신으로 확대된 연상이 돋보인다고 평했습니다. 문장도 뛰어나고 글자 수도 제「자루」보다 몇십 자 더 많아서 저는 패배를 인정했습니다.)

'나다^吶': 찬사

— 위대한 레닌에게 헌정

- '사^私'자를 내보내고 '공^公'자를 맞아들였다.
- 문을 나서 군중과 접하면 곤란한 국면에서도 희망이 생기지만, 문을 닫아걸고 주관에 빠지면 첩첩산중 길

이 끊긴다.

- 문을 나서 고개를 들면 높은 하늘 옅은 구름 속에 대아大我가 빛을 발하지만, 집에 들어가 벽을 마주하면 눈앞이 막막해지면서 소아小我가 오점을 남긴다.

- 두 산이 머리 위로 솟았을(나왔을) 때는 하루 종일 하늘을 볼 수 없었지만 두 산을 옮기고 나자 길이 하늘까지 통했다.

- 두 노선의 투쟁 속에서 문제를 찾고 영혼 깊은 곳에서 원인을 찾으며 마오 주석님의 저서 속에서 답을 찾은 뒤, 밖으로 나가 투쟁과 실천 속에서 검증해야 한다.

(다섯 문장 모두 분명히 훌륭했지만 마오 주석님께 바치는 게 더 적합하다는 생각이 들었습니다. 레닌에게 헌정하기에는 그다지 적절해 보이지 않았지요. 하지만 홍메이가 "설마 레닌이 공평무사를 제창하지 않았다는 건가요? 레닌이 제창한 공산주의 정신이 '공공' 아니었나요?" 하고 묻는데 대답할 말이 없었습니다. 홍메이는 의기양양하게 웃었지요.)

제가 레닌에게 바친 찬사는 이렇습니다.

나다[註]

— 레닌에게 바치는 찬사

- 당신이 써낸 『국가와 혁명』은 사회주의의 발전을 이끄는 등댓불.
- 당신이 써낸 『철학노트』는 마르크스 레닌주의 사상의 위대한 구성 요소.
- 당신이 써낸 『제국주의, 자본주의의 최고 단계』는 무산계급 혁명운동의 필연적 성공을 예시하는 사회 발전에 관한 위대한 예언.
- 당신이 써낸 『고타 강령 비판』은 밤하늘의 북극성, 무산계급 독재의 사회주의국가를 실현할 미래의 조명.
- 당신이 써낸 『우리의 혁명에 대하여』는 국제기회주의의 외피를 벗겨낸 비수, 러시아혁명의 길을 연 도끼.

(홍메이는 제 찬사에 대해 "내가 쓴 것보다 확실히 레닌에 가깝지만 '나다'를 '써내다'로 변용한 것은 단조로울 뿐만 아니라 기회주의적으로 보여요"라고 평했습니다. 홍메이의 말이 정확했을 뿐만 아니라 더 중요한 것은 『고타 강령 비판』이 마르크스의 저서라는 것이었습니다. 레닌의 다른 작품이 도무지 생각나지 않아서 『고타 강령 비판』으로 대신했는데 다행히 홍메이는 알아채지 못했지요. 어쨌든 또

무승부가 되었습니다.)

제가 스탈린에게 바친 '정치'의 철언은 이렇습니다.

(1) 봉건 정부는 늘 무산계급을 매장하려 하지만 결국에
는 스스로 무덤에 묻히고, 무산계급은 다른 사람을
착취하거나 억압할 뜻이 없지만 오히려 봉건계급을
매장한다. (홍메이가 "좋은데요" 하고 말했습니다.)

(2) 반란은 혁명가의 동행증이고 보수는 반혁명가의 묘
비명이다. (홍메이가 "당신이 생각한 거예요, 아니면 다른
사람의 말이에요?" 하고 물어 "나를 너무 얕보는군요, 홍메
이" 했습니다. 홍메이는 아무 말도 하지 않았지만 얼굴에 진
짜 시인을 보는 듯한 존경이 어렸습니다.)

(3) 인민의 이익을 도모하면 죽어도 영원히 살고, 자신의
이익을 도모하면 살아도 죽는 것과 같다. (홍메이가
"정말 좋아요!" 하고 말했습니다.)

(4) 혁명가라면 혁명을 위해 폭력을 사용하는 것 역시 정
치적 인도주의지만, 반혁명가라면 계급 이익을 위해
민주 정치를 행한다 해도 가장 반인도적인 파시즘일
뿐이다.

(5) 군사전략가이며 정치가인 스탈린은 세계 영웅이 될 뜻이 없었지만 2차 대전 때 위대한 영웅의 표상을 수립하였고, 군사전략가지만 비정치가인 히틀러는 패권을 휘두르는 세계 위인이 되고자 했지만 2차 대전 중 빠르게 괴멸해 망나니로 평가받을 뿐이다. (홍메이가 "당신은 정말 지식이 풍부해요. 여기서는 내가 졌어요"라고 말했습니다.)

홍메이가 스탈린에게 바친 '정치' 철언은 이렇습니다.

(1) 스탈린이 서 있을 때는 소련의 정치도 일어서고 스탈린이 쓰러지자 소련의 정치도 무너졌다. (강렬하지만 철언이라기보다 찬사에 가깝지요.)
(2) 스탈린은 죽었지만 사회주의 인민들의 마음속에 영원히 살아 있고 흐루시초프는 살아 있지만 사회주의 인민들은 언제까지나 그를 정치 귀신으로 볼 것이다. (저와 너무 비슷하게 써서 "당신이 내 걸 훔쳐본 게 틀림없어요" 했더니 그녀가 "이미 졌다고 인정했잖아요?"라고 대답했습니다.)
(3) 세상에는 원래 정치 노선이 없었지만 가는 사람이 많

아지자 정치 노선이 생겼다. (제가 "이건 루쉰의 생각이죠. '누군가 가는 곳에는 정치 노선이 없다가도 생기고, 가지 않는 곳에는 정치 노선이 있다가도 사라진다'로 고쳐야 해요"라고 말했습니다.)

(4) 마음에 정치의 등불이 있으면 까만 밤도 환해지지만 없으면 하얀 낮도 까매진다. (좋았습니다.)

(5) 혁명을 위해 살면 삶이 천금의 가치를 가지지만 개인을 위해 살면 바늘 하나만 못하며, 금이냐 바늘이냐는 행동으로 결정된다. (평범하고 '정치'노 나오지 않았습니다.)

홍메이가 마오 주석님께 바친 '권력'에 대한 호언은 이렇습니다.

- 세상에서 가장 높은 것은 무엇인가?
  인민이 주석님께 준 권력이 가장 높네.
  세상에서 가장 붉은 것은 무엇인가?
  톈안먼 위에 솟은 태양이 가장 붉네.
  세상에서 가장 친근한 것은 무엇인가?
  위대한 지도자이신 주석님이 가장 친근하여라.

세상에서 가장 행복한 것은 무엇인가?

인민을 위해 복무하는 것이 가장 행복하네.

세상에서 가장 영광스러운 것은 무엇인가?

혁명투쟁이 가장 영광스럽네.

- 하늘은 밝아지고 땅은 어두워질 수 있어도 우리의 붉은 마음은 영원히 변하지 않는다. 작은 물도 흐르고 큰 물도 흐르지만 손안의 권력은 흘려보낼 수 없다.

- 인민을 위해 권력을 장악하면 인민들이 안심하고 당을 위해 권력을 잡으면 당 중앙위원회가 앞장서지만, 자신을 위해 권력을 잡으면 감옥이 기다릴 뿐이다.

- 권력이 손에 있으면 인민을 마음에 두어야 하고, 권력이 마음에 있으면 마오쩌둥 사상을 영혼에 두어야 하며, 권력이 영혼에 있으면 마오 주석님을 따르겠다는 충심이 핏속에 흘러야 한다.

- 정권을 지키면서 생사를 넘나드는 풍파를 겪고, 정권을 공고히 하면서 노선투쟁 중에 경험을 키운다.

제가 위대한 지도자이신 마오 주석님께 바친 '권력'에 관한 호언은 이렇습니다.

- 손에는 붉은 권력을 잡고 마음에는 주석님을 담는다.
- 하늘과 땅은 변해도 주석님에 대한 충성심은 영원히 변하지 않고, 머리가 잘리고 피가 흘러넘칠지라도 계급의 적에서 빼앗아 온 권력은 놓치지 않는다.
- 오늘의 계급투쟁에 내가 있어 계급 형제들의 이익이 있고, 내일 제3차 세계대전이 터져도 내가 있어 진영이 있고 무산계급의 정권이 있으며 주석님의 웃음이 있다.
- 권력은 계급의 적들 손에서 빼앗고 의지는 계급투쟁의 용광로에서 연마하며 혁명에 대한 충성심은 마오쩌둥 사상에서 기르고 각성은 학습하려는 노력에서 배양한다.
- 혁명을 위해 나는 조금 더 일할 뿐만 아니라 거기에 또 조금 더 일할 것이다. 동지를 위해 좋은 일을 좀더 할 뿐만 아니라 그 위에 또 하나를 더 행할 것이다. 권력을 위해 조금 더 투쟁할 뿐만 아니라 계속해서 조금 더 심도 있게 진행할 것이다.

  혁명의 사랑을 위해 나는 피땀 흘리는 것을 아까워하지 않을 뿐만 아니라 마지막 한 방울까지도 기꺼이 흘릴 것이다.

붉은 매화꽃이 영원히 피도록 더 높은 권력을 얻으려 노력할 뿐만 아니라 모든 방법을 강구해 한 단계씩 더 높이 올라갈 것이다.

홍메이가 마지막으로 마오 주석님께 쓴 제 글을 읽은 다음 주석님 초상화 아래에서 한참 동안 묵묵히 움직이지 않았습니다. 제가 '혁명의 사랑을 위해 나는 피땀 흘리는 것을 아까워하지 않을 뿐만 아니라 마지막 한 방울까지도 기꺼이 흘릴 것이다. 붉은 매화꽃이 영원히 피도록 더 높은 권력을 얻으려 노력할 뿐만 아니라 모든 방법을 강구해 한 단계씩 더 높이 올라갈 것이다'라는 문장을 쓸 것이라고는 생각하지 못했기 때문이지요. 사실 저희는 그 신선하고 자극적이며 재능을 드러내는 놀이에 이미 정신이 혼미하고 극도로 흥분한데다 안달이 난 상태였습니다. 이미 25분 동안 자신과 상대가 보여준 생각지도 못했던 재능에 매료되고 흥분했지요. 원래대로라면 승패를 낸 뒤 패자에게 단추는 물론 옷까지 전부 입으로 벗기게 하려고 계속 논쟁을 벌였을 겁니다. 둘 다 상대에게 벗겨달라고 하고 싶었기 때문에 글을 읽을 때마다 자기 작품이 훌륭하다고, 심오하며 고상한데다 아름답고 재능이 돋보인다고 칭찬하면서 상대 작품은 경박하고 직설적이며 주제와 거리가 멀고 억지스럽다고 평하고 있었거든요. 그러니 원래대로라면 작품을 다 읽은 다음 설전을 계속하며 원수처럼 깎아내리거나 원수를 사랑하는 종합적 평론과 쟁론을 벌였겠지요. 하지만 홍메이가 자신에게 바친 저의 두 문장을 읽은 다음 그 자리에 선 채 조용히 다시 한 번 읽고는 잠시 생각에 잠겼다가 무척 격정적으로 "아이쥔, 당신 단추를 어떻게 풀지 알려줘요" 하고 말했습니다.

저는 침대에 누웠습니다.

그녀에게 우신 옷을 전부 벗은 다음 침대 옆에 꿇어앉아 제 목부터 시작해 군용 외투의 단추를 하나씩 물어서 풀고 모직 셔츠와 와이셔츠 단추도 하나씩 열어서 벗기라고 했습니다. 그런 다음 허리띠를 풀고 바지 지퍼를 열라고 하고는 내복 바지와 속옷을 벗기라고 했지요. 그녀의 입술은 촉촉하고 혀와 이는 민첩했습니다. 제 몸에 꼭 붙은 옷에서 단추를 풀 때나 속옷을 벗길 때면 부드러운 벌레와 나비가 몸 위에서 한바탕 꿈트럭꿈트럭 지나갔다가 다시 멈춰서 꿈틀대는 것 같았습니다. 한 곳에 이를 때마다 그 벌레와 나비의 호흡이 포근하게 제 피부로 불어왔습니다. 시원한 산들바람이 뜨겁게 달궈진 제 몸을 쉼 없이 스치는 것 같았지요. 저는 진즉부터 피가 들끓고 한껏 흥분해 미치도록 하고 싶었습니다. 작품 낭송이 끝나기 전에 이미 단단하게 섰지만 대단한 의지력으로 참고 있었지요. 그녀의 입술과 치아, 혀가 제 몸 위에서 미끄러지고 기어 다니는 것을 최대한 즐기고 싶었으니까요. 최소한 한 시간은 누리고 싶었습니다. 그러다 제 몸에 엎드린 그녀가 거칠게 호흡하면서 땀범벅이 돼 세상에서 가장 큰 진주 같은 땀방울을 떨어뜨리는 순간, 저는 전광석화처럼 빠르게, 수백 리 산길을 가는 양을 뒤쫓아 낚아채듯 그녀를 제 아래에 쓰러뜨렸습니다.

마침내 그녀의 편안하면서 쾌락에 젖은 날카로운 진보라색 교성이 다시 한 번 통로에서 길게 오래도록 메아리쳤습니다. 저희는 우레가 울고 번개가 치듯 그 일을 마친 다음 조용히 흙침대에 누웠습니다. 그녀가 한 손은 제 어깨를 짚고 다른 손은 제 가슴에 놓은 채 물에서 한참을 표류하다 기슭에 올라온 것처럼 만족스럽게 헐떡거리고 즐거워했습니다. 저는 피곤에 지친 여동생을 위로하는 오빠처럼 한 손으로 그녀의 머리카락을 빗어 내리면서 다른 손으로 가슴을 어루만졌습니다. 그리고 그녀의 반짝이는 이마를 넘어 벽에 붙은 저희의 놀이와 작품을 바라보았습니다.

"훙메이, 정말 많이 늘었어요."

제 말에 그녀가 눈을 깜박거리며 물었습니다.

"뭐가요?"

"문장력과 이론, 입담이랑 인식까지요."

그녀가 웃으며 대꾸했습니다.

"당신한테 많이 배웠지요."

"겸손은."

"정말이에요. 당신은 내 혁명의 스승이에요."

그러고는 몸을 굴려 제 손을 잡았습니다. 정말로 선생님 손을 붙잡고 걷고 싶어 하는 학생 같았습니다.

제가 그녀의 손을 꽉 쥐며 아주 만족스럽게 말했습니다.

"선생님일 뿐만 아니라 지도교수지."

하지만 그녀는 천장을 바라보며 또박또박 조금 슬픈 어조로 말했습니다.

"선생님으로 삼기도 싫고 지도교수로 여기기도 싫어요. 평생 혁명 연인이기만 하면 좋겠어."

저도 또박또박, 물방울 맺힌 천장을 바라보며 말했습니다.

"이미 혁명 연인이 아닌가?"

"내 말은 '평생'요."

"분명 평생일 거요."

그러자 그녀가 말했습니다.

"단언하기 어렵죠. 당신은 당신한테 얼마나 재능이 많은

지 몰라. 이 세상에서 나만 알걸요. 지금은 진장이라 그렇지 현장, 행정관, 성장이 되면 어떻게 변할지 누가 알겠어."

"혁명이 내 잔꾀를 용납할까?" 제가 말했습니다.

"그렇긴 하네. 나는 받아줘도 혁명은 용납하지 않을걸요."

"사실, 홍메이, 나도 당신이 중간에 변절할까 두려워요."

"아니에요. 절대로 그럴 리 없어요." 그녀가 말했습니다.

"무슨 근거로요?"

"당신은 나를 파직할 수도 있고 내 당적을 박탈할 수도 있잖아요."

"내가?" 제가 물었습니다.

"당신한테는 그런 권력이 있잖아요. 당신은 영원히 내 상사일걸요."

"그건 그렇지요."

그때 그녀가 시선을 천장에서 거두더니 갑자기 일어나 앉아 벽에 가득한 초상화와 표어를 바라보며 말했습니다.

"아이췬, 우리 맹세해요."

"무슨 맹세요?"

"우리의 사랑을 위인들 앞에서 맹세하자고요."

"그래요." 저도 몸을 일으켜 앉으며 말했습니다. "존경을 표하기 위해 옷을 입어야겠어요."

"아니요. 우리는 저들의 후손이에요. 자녀가 부모 앞에서 맨몸인 게 더 진실해 보일걸요."

제가 잠시 생각한 뒤에 대답했습니다.

"그 말도 맞네요."

저희는 초상화와 저희의 재능이 듬뿍 담긴 작품 밑에서 벌거벗은 채 숨을 죽였습니다.

제가 먼저 오른손을 들어 말했습니다.

"선서, 저 가오아이줜은 평생 위대한 지도자이신 마오 주석님께 충성하고 당신의 사상과 사회주의 노선에 충성하며, 영원히 어머니께 효도하고 어머니가 평안한 노년을 보내실 수 있도록 할 것입니다. 그뿐만 아니라 영원토록 저와 샤훙메이 동지의 사랑에 충성하며 사철 푸른 송백과 남산의 바위처럼 변함없이 감정을 유지할 것입니다."

훙메이가 저를 곁눈질하며 물었습니다.

"현장, 행정관, 성장이 되면요?"

제가 위인의 눈을 마주보면서 오른손을 더 꽉 쥐고 더 높이 들며 말했습니다.

"직책이 변해도 마음은 변치 않을 것이며, 바닷물이 마르고 돌이 썩을지라도 사랑은 강철 같을 것입니다."

훙메이가 고개를 돌려 저를 똑바로 바라보며 물었습니다.

"내가 늙으면, 초췌해지고 주름투성이가 되어 더 이상 예쁘지 않으면 어떡할 거죠?"

제가 아랫입술을 깨물었습니다.

"백 살이 넘어도 초심을 유지하고 백발이 성성해도 진심을 다할 것입니다."

훙메이가 또 물었습니다.

"변하면 어떡할 건데요?"

저는 저를 믿지 못하는 것에 분개해 화내는 듯, 맹세하는 듯 대꾸했습니다.

"당 중앙위원회와 마오 주석님 앞에 내 부패와 타락을 고발하고 내가 거짓 혁명가이며 허위로 가득 찬 마르크스레닌주의자라고 고발해요. 그리고 당신과 내 관계를 전단으로 작성해 내가 현장이 되면 위원회 마당 곳곳에 뿌리고 행정관이 되면 성위원회 마당에 뿌려요. 성장, 성위원회 서기가 되면 베이징에 뿌리고."

그녀가 더 이상 아무 말도 하지 않았습니다.

저는 오른손을 내려놓고 거기에 가만히 서 있는 그녀를 보았습니다. 온몸이 옥기둥처럼 티끌 하나 없이 하얀데 눈가에 맑은 눈물 두 방울이 매달려 있었습니다.

"당신 차례예요, 맹세해요." 제가 말했습니다.

그녀가 저처럼 천천히 오른손을 든 다음 고개를 들어 초상화를 바라보았습니다. 오른팔의 혈관이 봄날의 밀이나 덩굴처럼 짙푸른 색이었습니다.

"가오아이쥔 동지가 말한 세 가지 충성 이외에 제 딸 청타오얼을 정성껏 보살피고 교육하겠습니다. 우수한 혁명 계승자가 되도록 잘 가르치고 이끌 것입니다. 또한 평생 고달픔 없이 끝없는 행복을 누리도록 살피고 성인이 된 뒤에는 좋은 일자리와 밝은 미래, 좋은 남자와 좋은 가정을 마련해주겠습니다."

(그러자 제가 맹세할 때 아들 훙성과 딸 훙화를 빼놓은 게 생각났습니다. 훙메이의 말을 듣고 저도 마음속으로 아이들을 위해 맹세했습니다. 훙메이가 타오얼을 위해 한 말을 얼른 제 아이들에게 적용해 속으로 읊었지요.)

"저와 가오아이쥔 동지의 관계가," (저는 깜짝 놀라 마음을 가다듬고 훙메이에게 집중했습니다. 얼마나 꽉 쥐었는지 오른손 새끼손가락의 둥글게 말린 살 안쪽이 새빨갛더군요.) 그녀가 말했습니다. "제 남편 청칭둥에게 죄스러운 일임을 알고 있지만 저와 가오아이쥔 동지의 관계는 가장 순수한 혁명적 사랑입니다. 샤오창춘과 자오수핑*, 파벨과 토냐**처럼요. 여기에서 당신께 맹세합니다. 저는 죽을 때까지 가오아이쥔 동지에게 충절을 다하는 혁명 연인일 것입니다. 만일 조금이라도 변심한다면 두 눈이 멀고 날벼락을 맞아 벌판에 시체로 나뒹굴 것입니다."

"가오아이쥔이 늙으면요?" 제가 물었습니다.

"가오아이쥔이 늙어도 인생의 동반자로 그의 지팡이처럼 지낼 것입니다."

"현장, 행정관, 성장이 되지 못하면요?"

"감옥에 갇혀도 나 샤훙메이는 대바구니로 음식을 나르며 옥바라지를 할 것입니다."

"늙지 않았는데 병으로 몸 상태가 나빠져 더 이상 여자로서의 쾌락을 느끼게 해주지 못하면 어떡할 거죠?"

제 질문에 그녀가 조금 화를 냈습니다.

"나 샤훙메이는 당신의 혁명적 동지이자 전우이고 형제자매지, 당신 몸에서 쾌락이나 찾는 기생충이 아니에요. 당신 몸이 나빠져서 샤훙메이에게 기쁨과 사랑을 줄 수 없다고 해도 샤훙메이는 변심하지 않고 원망하지도 않을 거예요. 반대로, 당신이 샤훙메이를 필요로 하고 그녀가 당신에게 즐거움과 쾌락을 줄 수 있는 한 그녀는 반드시 몸과 마음

* 혁명 소설 『화창한 봄날艶陽天』의 주인공.
** 니콜라이 오스트로프스키의 소설 『강철은 어떻게 단련되었는가』의 주인공.

을 다해 할 수 있는 모든 것을 할 거예요. 당신이 무엇을 시키든 전부 할 거예요."

제가 말꼬리를 붙들고 물었습니다.

"하라는 대로 하지 않으면요?"

"남들이 볼 수 없는 신체 부분을 그림으로 그리고 어디 점이나 혈관까지 전부 표시한 다음에 전단으로 만들어 세상에 뿌려요."

"이제 팔을 내려요." 제가 말했습니다.

"아니요, 당신도 다시 올려요." 그녀가 말했습니다.

저는 다시 맹세하기 위해 오른손을 들었습니다.

그녀가 오른 주먹을 허공으로 치켜들며 말했습니다.

"하늘이시여, 위인이시여, 오늘의 맹세는 구구절절 전부 진실입니다. 이후에 조금이라도 어긴다면 제 머리를 베고 피를 뿌리며, 죽어서 묻힐 곳조차 없게 하십시오."

저는 홍메이의 맹세에 감동했습니다. 정말로 감동받았습니다. 그래서 저도 감명 깊은 말을 해야겠다 싶어서 홍메이처럼 주먹을 끝까지 올리고는 잠시 생각에 잠겼다가 말했습니다.

"하늘이시여, 위인이시여, 그녀처럼 저 가오아이쥔도 오늘 한 맹세에 한 글자라도 거짓이 있다면, 한 글자라도 어기는 일이 있다면 제 앞길을 끊으시고 명예를 땅에 떨어뜨리십시오. 일만 군중 앞에서 저를 산산조각 찢어 죽이시고 수많은 인민 군중과 자손들이 전부 산산조각 난 제 시체를 밟게 하시며 영원히, 대대손손, 또 영겁에 이르도록 거기에서 벗어나지 못하게 하십시오."

제 예상대로 진정 어린 마지막 말이 다시 한 번 홍메이를 뒤흔들며 그녀를 정복했습니다. (저는 정말로 연설에 있어 천부적인 말재주가 있습니다. 확실히 영원하고 진정한 연설가입니다.) 끝으로 제가 오른손을 내려놓자 그녀가 또다시 뜨거운 눈물로 그렁그렁한, 애정이 담뿍 담긴 눈으로 저를 바라보았습니다.

저도 그녀를 바라보았습니다.

저희 눈이 서로의 진심에 촉촉하게 젖었습니다. 저희는 반복해서 서로를 끌어안고 또 끌어안았습니다. 그저 꼭 끌어안아 그녀의 매끈한 맨몸을 제 몸에 붙이고 제 거친 맨몸을 그녀 몸에 밀착시킬 수밖에 없었습니다. 땅굴 바닥의 습기가 감격으로 열린 모공을 통해 물처럼 살과 혈관, 골수로 들어왔습니다. 천장에서 떨어진 물방울은 바닥에서 흙탕물이 된 다음, 이리저리 구르는 저희 몸에 붙었습니다. 저희는 그 진흙 바닥 위에서 바퀴처럼 구르며 상대가 내어준 육체와 진심에 감동했습니다.

결국 진흙 바닥에서 또 한 차례 미친 듯 그 일을 치르고 완전히 기진맥진해져 잠이 들었습니다.

그때 양적 변화가 조용히 질적 변화로 바뀌고 새로운 모순이 발생했습니다.

재난이 닥쳤습니다.

역사의 바퀴가 거꾸로 돌기 시작했습니다.

혁명이 나선형으로 치솟는 함정에 빠졌습니다.

지희가 얼마나 깊이 잠들었는지, 얼마나 잤는지, 그때가 몇 시 몇 분이었는지는 모르겠습니다. 순간 어렴풋하게 나직한 발소리가 꿈결 같기도 하고 현실 같기도 하게 울렸습니다. 거의 동시에, 저와 홍메이가 손에 잡혔다가 탈출한 물고기처럼 벌떡 일어나 앉았고, 동시에 청칭둥이 손전등을 든 채 파랗게 질린 얼굴로 땅굴 방에 있는 것을 보았습니다. 마르고 길쭉한 몸에다 당연하게도 땅굴을 걸을 때 어디에서 머리를 낮춰야 하는지 어디에서 몸을 기울여야 하는지 몰라서, 땅굴 위쪽에 부딪혀 이마 두 곳에 진흙이 붙고 3대 7로 갈랐던 머리카락 일부가 누런 진흙이 묻은 채 이마 앞으로 늘어져 내렸습니다. 그렇게 긴 땅굴이 자신의 집에 연결된 것만으로도 충분히 놀랐을 텐데, 저와 홍메이가 벌거벗은 채 끌어안고 흙바닥에서 잠든 것을 보았으니 멍해질 수밖에 없었을 겁니다. 어쩌면 벌거벗은 저희를 한참 동안 멍하니 지켜보다가 놀랐던 얼굴이 서서히 검푸르게 변했을 수도 있고, 어쩌면 그가 막 방에 들어왔을 때 저희가 경계심에 깼을 수도 있습니다. 어쨌든 칭둥의 파랗게 질린 낯빛을 보았을 때 제 머릿속에 제일 먼저 떠오른 생각은 흙침대 머리맡에 있는 바지를 가져와야겠다는 것이었습니다. 청칭둥의 갑작스러운 출현이 간통 현장을 잡기 위해서가 아니라 제 옷을 빼앗아 입기 위해서인 것처럼 말입니다. 하지만 제가 몸을 일으켜 바지를 잡으려 할 때 홍메이가 자기 집 침대에서 깬 것처럼 아무렇지도 않게 물었습니다.

"칭둥, 회의 때문에 주두에 가지 않았어요?"

청칭둥이 홍메이 몸을 꼬집듯 흘겨보면서 잇새로 짙푸르게 독기 어린 말을 내뱉었습니다.

"이런 뻔, 뻔, 한!"

그 말에 홍메이가 정신이 번쩍 들면서 무슨 일이 일어났는지 알아차리고 본능적으로 가랑이 사이의 비밀스러운 곳을 두 손으로 가렸습니다. 그리고 순식간에 새하얗게 변한 얼굴로 경련이 일어난 것처럼 재빨리 칭둥 앞에 무릎을 꿇었습니다. 그 한마디 묻고 답하고 꿇어앉는 동안 일어나서 바지를 잡으려던 제 동작이 주춤해졌습니다. 고개를 돌려 홍메이를 곁눈질할 때 청칭둥이 제 의도를 눈치채고는 한 발 앞서 저와 홍메이의 옷을 전부 품에 안았습니다.

천지를 뒤흔들고 귀신도 울릴 만한 사건이 그 짧은 순간의 변화무쌍함 속에서 진척되고, 짐작도 못했던 모순이 그 특수한 조건 속에서 변해갔습니다. 오래된 모순이 해결되고 새로운 모순이 부상하며 전에는 부차 모순이었던 것이 주요 모순으로 바뀌었습니다. 저는 청칭둥이 저희 옷을 빼앗은 뒤 협상에 들어가 어떻게, 어떻게 하라고 강요할 줄 알았습니다. 그런데 예상과 달리 옷을 들자 갑자기 몸을 돌리더니 자신의 집 쪽으로 가는 것이었습니다. (제가 홍메이에게 선물한 분홍색 속옷이 바닥에 떨어지자 황급히 집더군요.) 그 모습은 정말로 간통 현장을 잡으러 온 게 아니라 저와 홍메이의 옷을 훔치러 온 사람 같았습니다. 그의 발걸음은 다급하고 둔탁했습니다. 땅굴 바깥으로 달아나기 위해 뛰고 싶은데 길을 잘 몰라 발만 빠르게 놀리는 것 같았습니다. 하지만 걷는다고 해도 뛰는 것에 가까워 땅굴 벽에 붙은 그의 그림자가 빠르게 사라지고 황토색 발소리만 지하방에 남아 저와 홍메이의 굳어버린 맨몸과 텅 빈 머리를 찍어 눌렀습니다.

등불이 어둑어둑했습니다.

칭둥의 발소리가 점점 작아졌습니다.

갑자기, 꿇어앉아 있던 홍메이가 몸을 일으키더니 발바닥을 데기라도 한 것처럼 벌떡 뛰어올라 손바닥을 위로 해 가슴 양쪽에서 주먹을 단단히 쥐었습니다. 그녀는 이마에 콩알만 한 땀방울을 매단 채 칭둥이 걸어간 통로 입구를 바라보며 큰 소리로 외쳤습니다.

"아이쿤, 칭둥이 나가면 당신하고 나는 끝장이에요!"

그건 신령이 준 깨달음이자 급박한 상황에서 울린 경종이며 갈피를 잡을 수 없을 만큼 복잡한 모순 속에서 홍메이가 제게 준, 주요 모순을 해결할 금열쇠였습니다. 그 순간 제가 무슨 생각을 했는지 기억나지 않습니다. ('혁명은 폭력을 떠날 수 없다'는 이론적 근거가 아니었을까요?) 어쩌면 아무 생각도 하지 않았을 수도 있고 어쩌면 반짝하며 '혁명은 폭력을 떠날 수 없고 때때로 폭력은 가장 효과적인 혁명이다'라는 말을 떠올렸을 수도 있습니다. 어쨌든 저는 지하방 구석에 있던 삽을 들고 통로를 따라 청칭둥을 (성큼성큼) 쫓아갔습니다.

생각해보십시오, 그 통로를 청칭둥이 저만큼 잘 알았겠습니까? 그는 한겨울 솜옷을 입은데다 저와 홍메이의 옷까지 들었지만 저는 완전히 벌거벗었는데 그가 저보다 빨리 뛸 수 있었겠습니까? 청첸가 청칭안 집 아래의 통풍구에 이르렸을 때 칭둥이 제가 쫓아가는 발소리를 듣고 몇 걸음 뛰어가다가 갑자기 넘어졌습니다.

그리고 제 손에 있던 삽이 칼처럼 그의 머리를, 수박을 자르듯 내리쳤습니다.

그렇게 그가 죽었습니다. 날카로운 비명을 내지르고 피를 벽에 튀기며 죽었습니다.

2. 삽 혁명가

남: 혁명을 다잡고 생산을 촉진한다,

　삽으로 밭을 간다.

여: 삽으로 혁명을 일으켜,

　적의 간담을 서늘하게 한다.

남: 삽으로 땅을 뒤집고 하늘도 뒤바꾸니,

　억만 인민의 얼굴에 웃음꽃 핀다.

여: 삽을 총으로 삼아,

　영웅의 투지를 높일 수 있다.

남: 풍작의 물결을 기쁘게 바라보며,

　영웅이 석양 속 연기처럼 곳곳에 많다는 것을 깨닫는다.

3. 투쟁, 혁명병의 유일한 처방

정말 암흑 같은 날들이었습니다.

저희는 칭둥의 시체를 지하방으로 끌고 가 북쪽 표어 밑에 묻었습니다. 매장한 뒤에야 그 2년 동안 저희 영혼과 육체에 수많은 즐거움을 주었던 땅굴에 더 이상 갈 수 없다는 것을 깨달았습니다. 청칭둥이 거기에 있으니 간다고 해도 더 이상은 영혼의 기쁨과 육체의 절정을 느낄 수 없을 테니까요.

훙메이를 땅굴에서 집까지 데려다주었을 때 밤은 이미 깊을 대로 깊어져 있었습니다. 저희는 살금살금 곁채의 옷장을 통해 밖으로 나왔습니다. 둘 다 긴장한 뒤라 지치고 피곤하긴 했지만 그래도 기운을 잃을 정도는 아니었습니다. 하지만 마당의 달빛 아래에서 엄마를 기다리다가 잠이 든 타오얼을 보았을 때 훙메이가 갑자기 무너지듯 주저앉더니 타오얼을 가슴에 안고 울지도 못하면서 추위에 떨듯 오들오들 떨기 시작했습니다.

"왜 이래요? 이럴 때일수록 정신을 차려야지요." 제가 말했습니다.

"어서 가요. 타오얼이 깨기 전에."

"우리가 했던 말을 절대 잊지 말아요."

마지막으로 그렇게 당부한 뒤 홍메이 집을 나섰습니다. 회의를 마치고 늦게 귀가하는 것처럼 큰길을 휘적휘적 걸었습니다.

하지만 길에서 한 사람도 만나지 않았습니다.

심지어 개 한 마리 없었습니다.

하루가 지나갔습니다.

이틀이 지나갔습니다.

사흘이 지나갔습니다.

청강 대대는 예전과 똑같았습니다. 여전히 매서운 겨울바람이 홍보용 밭의 홍보 그림을 갈가리 찢고, 여전히 나른한 점심때의 햇살에 불을 때지 않는 사람들이 전부 양지바른 곳에 모여 이를 잡으며 수다를 떨었습니다. 아침 일찍 우물가에서 물을 긷는 도르래 소리도 여전히 끼이익 끼이익 울렸습니다. 그 3일 동안 저는 진으로 가서 두 차례 회의에 참석했습니다. 왕 진장이 문서를 읽은 다음 늘 그렇듯 머리를 흔들고, 회의가 끝난 다음 늘 그렇듯 냉랭하게 "가오 부진장, 다른 일이 또 있나?" 하고 물었습니다. 제가 "없습니다" 하자 "회의 마치지"라고 했고요. 모든 게 아무 일도 일어나지 않은 것처럼 지난날과 똑같았습니다. 심지어 학교에서도 청칭등의 어문 수업 시간인데 강단에 아무도 없자 다른 선생님이 "청 선생님이 회의에 가서 아직 안 오셨나? 그럼 우리 오늘도 산수를 하자"라고 했습니다.

나흘째 되는 날, 훙메이가 청사로 가서 시아버지이자 옛 진장인 청톈민에게 "아버님, 회의 때문에 주두에 간 칭둥이 왜 아직도 안 오죠? 회의가 하루고 오가는 시간을 따져도 사흘이면 충분할 텐데 오늘이 벌써 나흘째예요"라고 했습니다. 그리고 닷새째, 훙메이가 또 청사로 시아버지를 찾아가 "닷새가 됐는데 아직도 안 왔어요!" 하고 말했습니다.

엿새째, 훙메이가 주두로 남편을 찾으러 갔습니다. 청톈민이 타오얼의 손을 잡고 진 버스정류장까지 나가 장거리 버스에 오르는 그녀를 배웅했습니다. 이레째 되는 날 주두에서 엄청난 소식이 날아왔습니다. 주두 교육국에서 개최한 '장톄성 학습 경험 교류회'가 일주일 전에 전부 취소되었으며 대표들 중 일부는 사전에 통지를 받아 오지 않았고 일부는 통지를 받지 못해 주두까지 왔지만 모두 당일에 되돌아갔다는 것입니다. 그런데 그 며칠 동안 주두의 대로와 광장에서 대형 교통사고와 파벌투쟁이 두 건 발생했고, 파벌혁명투쟁 중에 양측 모두 실탄을 사용해 각기 세 명의 사망자와 십여 명의 부상자가 발생했는데 그때 무고하게 죽은 시체 두 구가 이틀 동안 광장에 놓여 있었지만 아무도 수습해 가지 않았다고 했습니다. 또한 교통사고로도 일곱 명이 사망했는데 시체 네 구는 친척들이 수습했지만 세 구는 수습하는 사람이 없었다고 했습니다. 아무도 수습하지 않은 시체들은 정부 관련 부처에서 낡은 풍속을 고친다는 위대한 구호 아래 한창 보급되고 있는 화장장으로 보냈고요.

(푸르고 드넓은 하늘이여, 넓고 아득한 땅이여!)

홍메이가 유골함을 안고 주두에서 돌아와 어스름한 석양을 받으며 장거리 버스에서 내렸습니다. 그녀는 버스 앞에 창백한 얼굴로 서 있는 선생님과 학생들을 보고, 저와 함께 침묵에 빠진 대대 당 지부의 간부와 사원들을 보고, 타오얼을 안은 채 사람들 속에 주저앉아 있는 청톈민을 보더니 왈칵 눈물을 쏟았습니다. 다리 힘도 풀렸는지 하마터면 유골함을 받으러 다가간 청칭린 가슴에 쓰러질 뻔했습니다.

"어떻게 눈물을 흘릴 수가 있어요?"

"타오얼을 보니까요. 이제 정말로 아버지가 없잖아요."

"내가 타오얼에게 잘해줄 거라고 믿지 못하는 거요? 그런 최소한의 인식과 인도주의는 아직 갖고 있다고."

"믿어요. 하지만 어쨌든 친아버지가 없는 건 사실이에요."

"당신 아직도 청칭둥한테 미련이 있군요. 우리 혁명의 우

416

정이 당신과 칭등의 사적인 감정보다 중요하지 않나 보군. 당신은 어두운 그림자에서 탈피해 미래와 광명을 보고 대세를 중시해야 해요. 우리 두 사람의 앞날과 혁명 사업을 중요시해야 한다고요. 과거는 잊고 가벼운 마음으로 박차를 가해서 더 빠르고 성공적으로 우리의 이상을 실천해야 해요. 우리의 이상을 실현해야 한다고요."

"그저께 다룬 문건은 어떤 내용이었어요?"

"계속해서 농업 생산량을 다자이처럼 늘리자고요."

일이 그렇게 지나갔습니다. 풍파가 가라앉았습니다. 모두들 청칭등이 회의 참석차 주두에 갔다가 혁명투쟁의 총격전에 휘말려 죽었다고 믿었습니다. 지금에 와서 앞뒤 맥락을 되짚어보니, 청칭등은 진작부터 저와 홍메이의 관계를 의심했던 게 틀림없습니다. 증거가 없어서 말할 수 없었고, 저와 홍메이가 혁명가로 승승장구하고 있으니 감히 발설할 수 없었던 데다 나약한 마을의 지식분자답게 말하고 싶지 않았던 겁니다. 그래서 주두 회의에 갔다가 갑작스럽게 돌아올 수 있는 기회가 생기자 조용히 홍메이의 곁채로 들어갔겠지요. 그렇게 땅굴 입구를 발견했겠지요. 그런데 버스정류장에서 집으로 돌아오는 길에 어떻게 아무도 만나지 않았을까요? 갑자기 나타나려고 일부러 마을 사람들을 피했을까요? 아니면 그날(대체 몇 시였을까요) 돌아올 때 때마침 길에 사람이 없었던 걸까요? 혹은 누군가 그를 봤지만 굳이 염두에 두고 있지 않던 터에 갑자기 훙메이가 유골함을 가지고 돌아오니까 봤는지 안 봤는지 확신할 수 없었던 걸까요? 어쨌든 사람이 죽는 일은 항상 일어나지요. 이후 저희 대대에서는 누가 죽든 간에, 취사원이든 전사든, 생전에 이로운 일을 했다면 장례에 참석하고 추도식을 열어주기로 했습니다. 일반 사람들에게도 그런 방식을 알리고요. 마을에서 누가 죽으면 추도회를 연다고 말입니다. 그러면 애도를 표할 수 있을 뿐만 아니라 모든 인민을 단결시킬 수 있으니까요.

그래서 저희는 청청둥을 위한 추도식을 열었습니다.

유골을 묻은 뒤 청톈민은 진 보건소에 보름이나 입원할 정도로 크게 앓았습니다. 퇴원했을 때는 구이즈가 죽은 다음 청톈칭이 갑자기 미친 것처럼 충격으로 폭삭 늙어 걸음걸이조차 비틀비틀했습니다. 그는 청사에 돌아가서는 사당 밖으로 거의 나오지 않았습니다. 마을에서는 거의 볼 수 없었지요. 일이 그렇게 되었습니다. 투쟁은 잔혹하고 혁명은 무정하며 때때로 잔인하기까지 하지요. 그건 어쩔 수 없고 필연적이기까지 한 일입니다. 그 이후, 겨울 내내 훙메이는 풀이 죽은 듯 기운이 하나도 없고 제가 무슨 말을 하든, 어떻게 현실을 직면하고 미래를 바라보며 포부를 키워야 하고 내일을 위해 혁명관을 불태워야 하는지 아무리 말해도 정신이 딴 데 팔려 들은 척 만 척했습니다. 저는 일어나야 할 일이 일어난 것이니 과거는 과거로 흘려보내라고 말했습니다. 그녀는 잠이 들기만 하면 제가 휘두른 삽에 칭둥의 머리가 수박처럼 터지는 광경이 보인다고, 칭둥을 묻을 때 절대로 눈을 감지 않으려 했던 모습이 떠오른다고 말했습니다. 그녀가 그 그림자에서 최대한 빨리 빠져나올 수 있도록, 어디에서든 사람이 없으면 열정적으로 그녀를 끌어안고 쓰다듬었지만 그녀는 아무런 반응이 없었습니다. 축 늘어진 손을 잡을 때면 나뭇가지를 줍는 것 같고 입을 맞출 때면 빨간 고무 조각에 입을 갖다 대는 것 같았습니다. 기운을 북돋으려고 단추를 풀고 가슴을 애무해도, 저항하지는 않았지만 워낙 반응이 없어서 차가워진 만터우를 허기 때문에 감지덕지 먹는 느낌이었습니다.

그해 늦겨울 그녀는 혁명에서는 산송장, 저희 사랑에서는 산 인형이었고 청강촌 사람들에게는 애절한 동정의 대상이었습니다. 결론적으로 그녀는 혁명 우울증을 앓고 혁명 의욕상실증에 걸렸습니다. 그녀의 지도자로서, 그녀 혁명의 인도자이자 그녀와 생사고락을 함께하는 전우와 연인으로

서 저는 그녀를 그 우울과 의욕 상실에서 구해내야 했습니다. 병에 걸린 혁명가에게 가장 좋은 처방은 혁명이라는 것을 저는 잘 알고 있었지요. 혁명에서 넘어졌으니 혁명에서 일으켜야 했습니다. 전쟁 때 가장 좋은 혁명 방식은 총과 실탄을 가지고 전투에 임하는 것입니다. 환자를 전쟁터에 내보내면 모든 것을 잊기 때문에 병도 사라지게 되지요. 한편 비전투 시기에 가장 중요한 혁명의 형식은 투쟁이며 투쟁의 주요 형식은 회의입니다. 회의에서 발언하든 안 하든, 누군가를 비판하든 누군가로부터 비판을 당하는 그런 투쟁은 혁명가의 병을 서서히 치료해줄 수 있습니다.

그래서 저는 홍메이를 끊임없이 회의에 보냈습니다. 대신 참석해도 되는 회의라면 저 대신 홍메이를 보내고 대신 발표해도 되는 강연이라면 저 대신 그녀를 연단에 올렸습니다. 겨울의 끝인 이월이 되자 현에서 진으로 나일론 포대에 담긴 일본산 저가의 요소 비료를 보내왔습니다. 일반적으로 진에서 각 대대로 요소 비료를 보내면 대대에서 각 생산대로 보내고 비료를 다 뿌린 뒤 포대를 도로 회수해 군인 가족과 열사 유족, 저소득층 노인들에게 보냅니다. 저희는 일찌감치 요소 비료의 배급과 포대 분배를 마쳤습니다. 군인 및 열사 가족과 저소득층 외에 각 가정으로도 포대를 하나씩 보내 바지나 염색 셔츠로 만들어 입도록 하고 남은 포대는 당원 간부들, 그 혁명 핵심층과 계급투쟁의 적극적 참여자들에게 주었습니다. 그런데 그때 진에서 봄맞이 일선 간부 확대회의라며 대상을 각 생산대의 대장까지로 확대해 회의를 열었습니다. 그리고 회의 때 왕 진장은 당위원회 검토도 거치지 않고 멋대로 지난해 여름과 가을의 무당 평균 생산량과 총생산량을 커다란 도표로 작성해 회의실에 붙였습니다. 표에 따르면 청강 대대의 지난해 무당 밀 생산량은 210근, 옥수수는 290근(저희는 비료 만들기 운동을 좀 소홀히 했습니다)이고 1인당 한 해 평균 배급량은 190근에 단위당(10점) 임금은 1마오 7편에 불과했습니다. 다시 말해 한 사람이 하루 종일 일해서 1마오 7편을 벌었고 하루에 먹을 수 있는 잡곡과 쌀, 밀가루가 여섯 냥에 불과하다는 뜻이었습니다. (저희 청강 대대는 나라에서 식량을 가장 많이 지원받아야 하는 사회주의 단체가 되었습니다.) 그 수치는 진 전체에서 제일 낮았고요. 다른 대대는 아무리 적어도 무당 평균 320근을 생산해 단위당 임금이 3마오 5편이었습니다. 무당 생산량이 가장 높은 곳은 바러우산 깊은 곳에 위치한 왕자위 대대로 427근을 생산해 단위당 임금이 5마오 1편이었습니다. 왕자위 대대 지부 서기는 전에 제가 말했던 자오슈위였지요. 왕자위 대대는 왕 진장의 본거지였고요. 그 확대회의 역시 홍메이가 청강 대대를 대표해 참석했는데 회기가 하루 반나절이라 진 정부에서 숙식을 해결했습니다. 첫날 오후에 문건을 연구하고 다음 날 오전에 왕 진장이 혁명과 생산을 총결산한 다음 오후 반나절 동안 토론하는 일정이었습니다. 왕진장의 총결산이 있던 둘째 날 오전, 왕 진장이 회의실에 통계표를 붙이자 각 대대 간부들이 난리가 났습니다. 혁명으로 들끓던 '신 옌안'의 1인당 배급량이 190근, 임금이 1마오 7편에 불과하다는 것을 확인한 사람들이 전부 홍메이에게로 시선을 돌렸습니다. 하지만 더 중요한 것은 왕 진장이 그도표를 읽은 다음 선언한 내용이었습니다.

"마오 주석님의 '혁명을 다잡고 생산을 촉진한다'는 지시를 실현하기 위해 올봄 화학 비료와 구제 식량의 절반을 무당 생산량이 350근을 넘은 대대와 생산대에 지급하고 400근을 넘은 대대에는 최소 구제 식량 6000근과 요소 비료 50포대를 상으로 내리겠소."

회의장에 한바탕 소란이 일었고 모두들 부러움에 벌게진 눈으로 왕자위의 자오슈위 지부 서기를 바라보았습니다.

홍메이는 대회 휴식 시간에 회의장을 나왔습니다.

"이건 왕전하이가 공개적으로 우리 청강 대대를 모욕한

거예요." 그녀가 저(그날 저는 대대부에서 무엇을 했을까요?)를 찾아 대대부로 왔습니다. "각 대대에 우리 청강 대대가 거짓 모범일 뿐이며 거울 속의 샤오빙*은 먹을 수 없고 물속의 달은 빛나지 않는다고 선언한 거라고요."

저희가 사랑의 광란과 좌절에 빠져 왕 진장과의 투쟁을 미루고 있을 때 왕 진장은 뜻밖에도 저와 홍메이의 다사다난했던 가을 동안 폭풍과 폭설을 준비하고 있었습니다. 그건 혁명투쟁에서 네가 적을 정복하지 않으면 적이 너를 정복할 것이다, 적에게 세력을 비축할 틈을 주면 그는 독수리처럼 너를 공격할 것이다, 라는 말에 꼭 들어맞는 상황이었습니다. 저희에게 화학 비료를 덜 준다면 봄에 어떻게 생산합니까? 구제 식량을 적게 준다면 저희 백성은 무엇을 먹으란 말입니까? 홍메이가 말하는 동안 저는 종이를 한 장 접고 있었습니다. 종이를 접으면서, 계급은 타협할 수 없고 투쟁은 절대 멈춰서는 안 되는 거야, 하고 냉정하고 결연히 스스로에게 되뇌었습니다.

"이건 왕전하이가 우리의 새로운 노선에 물을 먹이겠다는 뜻이에요." 홍메이가 말했습니다. "요소 비료를 벌써 사원들

---

* 밀가루 반죽을 둥글납작하게 만들어 화덕에서 구운 빵.

에게 나누어주었는데 이제 와서 화학 비료를 주지 않겠다면 빈농과 하층 중농, 열성분자 들을 어떻게 대하란 말이에요?"

그날 대대부에서 무엇을 하고 있었는지는 정말로 기억나지 않습니다. 저는 탁자 앞에 앉아 홍메이의 말이 전혀 들리지 않는 것처럼 차분하게 종이만 접었습니다.

"가오아이궈 동지, 왜 아무 말도 하지 않아요? 전에는 매일같이 왕 진장을 무너뜨려야 한다고, 꼭 진장이 되어 생산 현장을 떠나겠다고 하더니 최근 2~3년 동안은 그 말을 하지 않았지요. 지금 왕 진장이 공공연하게 낭신 머리 꼭대기에서 온갖 위세를 떨고 똥오줌을 퍼붓는데 당신은 방귀조차 뀌지 못하는군요."

저는 그래도 계속 손안의 종이를 보며 더 이상 접을 수 없자 네모난 뭉치가 될 때까지 뭉뚱그렸습니다. (정말 생각이 깊고 성격이 차분하지요.)

홍메이가 다급해졌는지 갑자기 제 손에서 종이 뭉치를 빼앗아 탁자에 던졌습니다.

"가오아이궈, 당신은 자칭 천재적 혁명가이자 정치가 아니에요? 혁명에 나서야 할 때라고요. 모두에게 전략을 짜주고 왕전하이에게 선전포고를 해야 할 때인데 왜 아무 말도 하지 않는 거죠? 감히 나설 수가 없는 건가요? 왕전하이를 이길 수 없는 거예요? 속수무책인 건가요?"

그렇게 말하는 동안 그녀의 얼굴에 예전의 빛과 열정이 되살아났습니다. 혁명을 말할 때나 혁명 정황에 변화가 있을 때 나타나던 불안과 흥분이 떠올랐습니다. 투쟁이라는 처방이 홍메이의 몸에서 약효를 발휘하기 시작한 것이지요. 그녀의 우울함이 혁명투쟁에서 사그라졌기 때문에, 혹은 젊고 아름다운 지부 서기로서 왕전하이의 멸시를 받자 인격적 모욕감을 느꼈기 때문일 것입니다. 마침내 제가 걸상에서 일어나 바닥을 꽉 디디며 "젠장, 계급과 계급은 역시 타협할 수 없다니까. 네가 그를 사지로 몰지 않으면 그가 조만간 너한테 총구를 겨눌 거라고"라고 했습니다.

그리고 홍메이에게 말했습니다.

"홍메이, 숨기려던 게 아니라 시간이 무르익지 않아서 말하지 않은 일이 있어요. 때가 되면 알려주려고 했지요. 지금 왕전하이가 또 우리 청강 대대를 노리는군요. 우리 두 사람이 정신없는 이때에 총을 쏘다니. 당신 말이 맞아요. 가만 앉아서 모르는 척할 수는 없지요. 본체만체 무감각하게 대응할 수는 없어요."

제가 계속 말했습니다.

"홍메이, 당장 회의장으로 돌아가서 왕전하이랑 자오슈위를 주의 깊게 살펴봐요. 그 둘이 아무 관계가 아니라고 믿을 수 없거든요. 왕전하이 마누라는 앉은뱅이라 침대에서 그걸 할 수 없어요. 그렇다고 왕전하이가 진짜 성인이라고 생각되지도 않고요."

홍메이가 저를 바라보기만 할 뿐 움직이지 않았습니다.

"가요. 곧 점심시간이에요. 지금 제일 중요한 건 꼬투리를 잡는 거예요. 왕전하이와 자오슈위 사이에서 꼬투리만 잡으면 왕전하이를 뒤집어놓을 수 있어요."

홍메이가 반신반의하면서도 자신만만하게 갔습니다.

그녀가 회의에서 다시 돌아온 것은 점심 식사를 마치고 난 오후였습니다. 저희는 그때도 대대부에서 만났고 전에 몇 차례 침대로 사용했던, 느릅나무 다리에 버드나무 상판이 얹힌 탁자 앞에 앉았습니다. "어땠어요?" 하고 제가 묻자 그녀가 미심쩍다는 듯 대답했습니다.

"조금 이상했어요. 점심 식사 때 왕 진장이 자기 밥그릇에 있던 고기를 자오슈위 밥그릇에 놓아주는 거예요. 자오슈위가 '괜찮습니다'라고 하니까 왕 진장이 '사양하지 말게. 우리는 바깥에 있다 보니 산에 있는 자네들보다 고기를 많이 먹어'라고 했어요."

"왕 진장이 다른 사람에게도 고기를 주던가요?" 제가 물었습니다.

"아니요."

제가 조금 흥분해서 다시 물었습니다.

"또 다른 것은요?"

"회의가 끝났을 때 왕 진장이 정부 입구에서 각 대대의 지부 서기들을 배웅했는데 자오슈위와 악수할 때 손을 더 꽉, 더 오래 잡는 것 같았어요."

"악수할 때 자오슈위의 얼굴이 빨개졌나요?"

그러자 훙메이가 아쉬워하며 대답했습니다.

"그때 자오슈위 뒤에 있어서 볼 수 없었어요. 하지만 왕 진장의 눈은 특별히 반짝이는 것 같았어요."

"두고 보라지. 200퍼센트 뭔가 관계가 있다니까."

"꼭 그렇다고 단정할 수는 없어요. 하지만 적어도 왕 진장이 자오 지부 서기에서 각별한 건 확실해요."

"당신은 남자를 몰라요. 확실히 관계가 있어요." 그러고는 제가 다시 물었습니다. "헤어질 때는 무슨 얘기를 했죠?"

훙메이가 잠시 생각한 다음 대답했습니다.

"왕 진장이 자오슈위의 손을 잡으면서 '슈위, 그 일은 내가 말한 대로 하게. 혹시 문제가 생기면 전부 나한테 미루고'라고 하니까 자오슈위가 '왕 진장님, 저희는 정부의 손이 닿기 힘든 곳이잖아요. 무슨 일이 생겨도 진장님을 끌어들이지 않을 거예요'라고 했어요."

제가 주먹으로 탁자를 치자 탁자 위에 유일하게 놓여 있던 빈 물병이 튀어 올랐다가 바닥으로 굴러떨어졌습니다.

"그 일이 뭘까요? 남녀관계가 아니면 뭐겠어요? 그런 것들에서 왕 진장과 자오슈위의 관계가 보통이 아니라는 것을 알 수 있어요." 제가 계속 이야기했습니다. "홍메이, 마오 주석님이 하신 말씀이 하나도 틀리지 않아요. 공산당은 열의를 두려워할 뿐이라고 했지요. 우리가 열의를 다하면 세상에 해내지 못할 일은 없어요. 또 위장한 반혁명분자들은 사람들에게 허상을 보일 뿐 진상은 은폐하고 있다는 말도요. 하지만 그들이 반혁명을 하는 한 완벽하게 진상을 숨길 수는 없을 거예요. 언젠가는 꼬리를 드러내겠지요. 우리가 열의를 갖고 있으면 그가 꼬리를 드러냈을 때 그걸 놓치지 않고 정치 무대에서 그를 끌어내릴 수 있어요."

"아이쥔, 간통은 두 사람의 현장을 잡아야 해요. 아니면 적어도 누가 증언 자료를 작성해주든가요."

제가 웃음 띤 얼굴로 탁자 건너에 있는 홍메이의 손을 꼭 쥐며 말했습니다.

"두고 봐요. 당신은 내일 대대 회계에게 10위안을 빌려요.

양쯔룽의 말처럼 호랑이굴에 들어가지 않고 어떻게 호랑이 새끼를 얻겠어요? 왕 진장의 고향인 왕자위에 가서 증언 자료를 사가지고 옵시다."

　다음 날 저희는 한층 심도 있고 광범위한 투쟁을 벌이기 위해 바러우산 깊은 곳에 위치한 왕자위로 갔습니다.

제 10 장

위대한 승리

1. 적의 후방에서

적의 후방에서 놈들을 깨끗이 소탕하자.*

계급사회에서 혁명과 혁명전쟁이란 불가피한 것입니다. 그것 없이는 사회를 비약적으로 발전시킬 수 없고 반동의 통치 계급을 무너뜨려 인민이 정권을 쟁취하는 것도 불가능합니다.

혁명이란 군중의 혁명으로, 군중을 동원해야만 혁명이 가능하고 군중에 의지해야만 혁명을 실현할 수 있습니다.

(홍메이, 돈은 충분히 가져왔어요?)

---

* 작곡가 셴싱하이의 〈적의 후방에서〉의 한 소절.

(충분해요. 집을 수리하는 거라면 이엉 한 마름을 살 수 있겠어요.)

(여기에 승부수를 걸었으니 어떻게든 왕 진장에 대한 증거를 사가야 해요.)

(정말 머네요. 왕자위 사람들이 왕 진장을 비난할지도 모르겠고.)

(걱정 말아요. 평생 아무 잘못도 저지르지 않거나 누군가의 미움을 사지 않는 사람은 없으니까. 또 돈만 있으면 군중을 동원하지 못할 리도 없고.)

진정한 철옹성이란 무엇일까요? 군중입니다. 진정으로 혁명을 옹호하는 천만 백만의 군중. 그게 진정한 철옹성이지요. 어떠한 힘으로도 부술 수 없고 절대로 부술 수 없는 것.

중국의 혁명은 실질적으로 농민혁명입니다.

이러한 근거지에서 장기적인 혁명투쟁을 벌일 경우 외진 농촌 지역을 혁명 근거지로 삼을 것임을 절대 간과할 수 없었습니다.

(아이쿵, 다리 아파요. 목도 마르고.)

(마실 물을 구해올 테니 여기서 기다려요.)

(됐어요, 우리 여기 앉아서 잠시만 쉬었다가…….)

(홍메이, 정말 희한하게 며칠 연속으로 청사와 패방을 모조리 불태우는 꿈을 꾸었어요. 이게 무슨 뜻일까요?)

(꿈에 제가 나왔어요?)

(우리 둘이 대대부 느릅나무 탁자에서 그걸 하고 있는데 우지끈 하고 탁자 다리가 부러지는 거예요. 당신이 고함을 치면서 둘 다 탁자에서 떨어졌는데 당신이 쓰러진 곳은 온통 피바다였고.)

(정말 꿈에서 피를 봤어요?)

(당신 다리 사이에서, 그곳에서 피가 강물처럼 흘러나왔어요.)

(아주 좋네. 꿈에 피가 보이는 건 성공한다는 징조예요.)

혁명의 법칙은 모든 혁명 영도자와 지도자가 연구 및 해결해야 하는 문제입니다.

군중혁명의 법칙은 모든 군중혁명의 영도자와 지도자가 연구 및 해결해야 하는 문제지요.

중국 군중혁명의 법칙은 모든 중국 군중혁명의 영도자와 지도자가 연구 및 해결해야 하는 문제입니다.

중국 북방 군중혁명의 법칙은 중국 남방에 근거지를 둔 군중혁명의 법칙과 완전히 다른 것으로 북방 지역의 정치와 문화, 지리, 생존 환경에 따라 결정됩니다. 모든 북방 군중혁명의 영도자는 이 점을 고려해서 해결해야 합니다.

중국 북방 위시 산간 지역 바러우 산맥 군중혁명의 법칙은 북방 산간 지역 및 북방 위시 산간 지역의 혁명과 완전히 다른 것으로 바러우 산맥의 역사와 정치, 문화, 특수한 지리 환경, 생존 여건에 따라 결정됩니다. 바러우 산간 지역의 군중혁명에 참여하고 이를 인도, 지도, 영도하는 모든 사람은 반드시 이 점을 명심하고 연구해야 하며 이로 인해 발생하는 모든 문제와 모순을 해결해야 합니다.

(아이쿼, 왕자위에 아직도 못 왔어요?)

(음, 거의 다 왔어요. 앞쪽에 보이는 저 마을일 거예요.)

지금 저희의 혁명은 전례 없는 혁명입니다. 저희의 혁명은 바러우 산맥이라는 특수한 땅에서의 혁명입니다. 따라서 일반적인 혁명 법칙과 더불어 특수한 혁명 법칙도 연구해야 하며 한층 특수화된 중국 북방 위시 산간 지역 바러우 산맥의 군중혁명 법칙에 유념해야 합니다.

저 가오아이쿼은 바러우 산맥 토박이로 학창 시절에는 우등생이었고 군 복무 때는 우수한 사병이었으며 내무반장을 맡았을 때는 중대 전체에서 가장 뛰어난 내무반장이었습니다. 복무할 때 썼던 시의 명구는 지금까지도 군대에서 회자되어 제가 죽은 뒤 수십 년이 지나면 '침상 앞의 밝은 달빛, 땅에 내린 서리인가 하였네'*처럼 군대에서 널리 칭송될지도 모릅니다. 제 시는 '혁명 전사는 벽돌과 같아 어디든 필요로 하는 곳으로 가네, 혁명 전사는 진흙과 같아 어디든 필요

---

* 이백의 「정야사静夜思」 구절.

로 하는 곳에서 쓰이네, 혁명 전사는 날기와와 같아 어디든 필요로 하는 곳에 쌓을 수 있네'로 그중 첫째 구절이 제일 유행했습니다. 그 밖에 '주둔지를 고향처럼 여기고 인민을 부모처럼 여긴다'는 구호도 제 붓끝에서 나온 문장입니다. 사기를 진작하는 제 글은 여러 차례『해방군보』와『공정병보工程兵報』에 실렸지요. 퇴역한 뒤 농촌혁명을 벌인 최근 몇 년 동안에도 성보와 지구 신문에서 제게 원고 청탁 편지를 보내오곤 했습니다. 저는 교양과 지식이 풍부하고 기억력이 뛰어나며 말재주가 좋고 대담하고 희생을 두려워하지 않고 용감하며 지략이 뛰어난데다 바러우 산맥의 사람과 물건, 산과 물, 풀과 나무, 새와 짐승, 남자와 여자, 노인과 아이, 모래와 흙, 곤충과 매미, 돼지와 개, 성과 사랑, 봄과 가을, 나뭇잎과 도로, 방침과 방언, 정책과 소, 가난과 부유, 혼인과 장례, 쾌락과 여인, 개돼지와 봄가을, 공기와 가옥, 문란과 정절, 위대함과 남자, 혁명과 기아, 행복과 작물, 한로와 동지, 성공과 권력, 숭배와 까마귀, 온갖 잡귀와 지주, 부농, 반혁명, 불량분자, 우파, 인민 군중과 빈농, 하층 중농, 무산계급과 쟁기, 파종기, 호미, 갈퀴를 가장 잘 이해하는 사람입니다. 위로는 바러우 산맥의 달과 별부터 아래로는 바러우 산맥의 개 소리까지 모르는 게 없고 이해하지 못하는 게 없는데 왕

자위에서 성공하지 못할 리가 있었겠습니까? 바러우 산맥의
권력과 혁명의 새로운 별로서 서서히 떠오르지 못할 리 있
었겠습니까?

적의 후방에서 놈들을 깨끗이 소탕해야지요.

온몸이 찢길지라도 황제를 자리에서 끌어내릴 것입니다.*

2. 적의 후방에서

사실 지난날을 돌이키고 정리해 이렇게 풀어놓으면서 저
는 당신들은 영원히 발견할 수 없는 위대한 법칙을 찾아낼
수 있었습니다. 그건 세상에서 가장 최고로 복잡한 일이 때
로는 가장 간단하고, 가장 최고로 간단한 일이 때로는 제일
복잡하다는 것입니다. 바로 혁명이 미묘하게 수천수만 번
바뀌고 심오하면서 간단명료하기 때문에, 혁명가는 혁명 속
에서 즐거움과 자극을 느끼고 위험을 무릅쓴 채 혁명의 파
도에 몸을 내던지는 것입니다.

홍메이의 우울증을 치료하는 게 복잡한 일이었을까요, 간

* 『홍루몽』의 한 구절.

단한 일이었을까요?

왕 진장을 무너뜨리는 게 복잡한 일이었을까요, 간단한 일이었을까요?

왕 진장과 그의 고향인 왕자위 대대의 여자 지부 서기 자오슈위 사이에 모종의 남녀관계가 있을 것이라는 추측을 실제로 증명하는 것이 간단한 일이었을까요? 그것으로 혁명과 정권 탈취의 목적을 달성하는 것과 평지에 건물을 짓는 것이 뭐가 다를까요?

하지만 저는 해냈습니다.

가볍게 목적을 달성해 왕 진장을 무너뜨린 것은 물론 감옥으로 보내고 현장에서 반혁명분자로 낙인찍어 20년의 징역을 선고받도록 했습니다. 그 일은 의외로 간단해 저와 홍메이는 혁명의 매력에 흠뻑 빠지고 자극까지 받았습니다. 홍메이는 칭둥의 죽음이라는 그림자에서 완전히 빠져나와 햇살 아래의 투쟁 무대로 되돌아왔고요. 저희는 당시에 왜 장님이나 절름발이나 개나 소나 전부 혁명을 하고 싶어 하고 혁명을 일으킬 수 있는지, 혁명가가 되고 싶어 하고 될 수 있는지 근본적인 이유를 알 수 있었습니다.

저와 홍메이는 해가 질 무렵 왕자위 대대에 도착했습니다. 바러우의 깊은 곳까지 들어간 것은 그때가 처음이었습니다. 저희는 60리 넘는 길을 절반은 걷고 절반은 마차나 소달구지를 얻어 타면서 갔습니다. 가다가 대화에 몰입해 흥이 오르고 감정이 북받쳐 아무도 없는 황야 길옆에서 옷을 벗고 두 번이나 했고요. (마침내 그녀도 예전처럼 격정적이 되어 열뜬 신음을 내뱉었습니다.) 왕자위 마을 어귀에 도착했을 때는 눈이 빙빙 돌고 두 다리가 후들거릴 정도로 피곤해 누구 집에든 들어가 물을 한 사발 마시고 침대에 쓰러지고 싶었습니다. 산비탈에 위치한 왕자위촌은 왕자위 대대의 자연 부락으로 대대부 소재지이기도 했습니다. 하지만 자오슈위 지부 서기 집은 몇 리 바깥의, 산등성이를 두 개 넘고 도랑 하나를 건너야 하는 자오자와趙家注에 있었습니다. 산마루의 마차와 소달구지 길에서 왕자위촌까지는 양 창자처럼 꼬불꼬불한 길을 3리 더 걸어야 했지요. 저희는 도랑 옆으로 꼬불꼬불 굽이진 오솔길을 따라 왕자위 마을로 들어갔습니다. 비탈 밭의 밀이 추위에도 벌써 파란 기운을 왕성하게 내뿜는 것이 있는가 하면, 입동 전에 뿌렸는지 얼마 되지 않아 보이는 것도 있었습니다. 멀리 높은 곳에서 그 땅을 내려다보자 검고 빽빽한 짙은 구름 같은 곳이 있는가 하면 누렇고 빨갛고 갈색에 자주색이 한데 뒤섞인 곳도 있어, 그때그때 형태가 바뀌는 거대한 양탄자나 침대보 같았습니다. 산마루와 오솔길에 사람은 하나도 없고 길옆 절벽에서 풀을 뜯는 야생 양 두 마리만 보였습니다. 밭에서 풍겨오는 비릿하고 달달한 흙냄새가 따스하고 찬란하게, 옅은 금색을 띠면서 저희 코밑을 맴돌았고요. 마을에서 피어오르는 밥 짓는 연기는 서쪽으로 기우는 햇살 아래 빨강이 부드럽게 순화된 색깔로, 바람을 따라 올라가는 실처럼 허공에서 나부꼈습니다. (몇 년 전까지 이 둑 바깥은 황폐한 모래사장이었지만/우리가 두 손으로 비옥한 밭을 만들었네/추위와 눈을 무릅쓰고 꽃샘추위를 참으며 오랫동인 고생한 끝에/그 황폐한 모래사장을 곡창지대로 만들었지/개간을 위해 얼마나 많은 더위와 추위를 겪었던가/비옥한 땅으로 개척해 몇 년 연속 높은 수확을 내니/온갖 꽃이 만발한 봄 동산이 되었네*) 그날 홍메이는 제가 대대 공금으로 사준 진홍색 양털 옷을 입고 작은 깃과 단추 네 개가 달린 셔츠를 걸치고 있었습니다. 그녀가 셔츠 앞자락으로 연신 얼굴에 부채질을 하며 걷다가 갑자기 발을 멈추고 그 자리에 섰습니다.

옆쪽 밭에서 난데없이 얼룩 토끼 한 마리가 뛰어나오더니 횃불 같은 눈을 동그랗게 뜬 채 길가에서 움직이지 않는 것이었습니다. 홍메이가 손을 내밀자 밭으로 몇 발자국 달아

* 경극 〈용강송龍江頌〉의 일부.

났다가 다시 고개를 돌려 저희를 바라보더군요.

"아이쿼, 어서 좀 봐요!" 홍메이가 소리쳤습니다.

위대한 토끼였습니다. 혹시 정령이 아니었을까요? 토끼가 저희에게 무엇을 보여주었는지 맞혀보십시오! 저는 토끼굴이 있는 네모반듯하고 2무 남짓한 그 밭에서 밀싹이 절반은 이미 꼿꼿하게 반 척 가까이 자란 데다 검게 빛나는데 나머지 절반은 세 치 정도 크기에 푸르누런 것을 보았습니다. 옆으로 가서 자세히 살펴보니 또 한 떼기의 밀싹은 이제 막 흙을 뚫고 나온 듯한 게 동면에서 깨어나지 못한 모습이었고요. 조금 이상했습니다. 같은 밭에 있는 밀싹의 성장 속도와 색깔이 세 종류라니요. 그래서 다섯 치까지 자란 밀싹의 흙을 자세히 살펴보자 흙이 가늘고 자잘했습니다. 반면 세 치까지 자란 곳의 흙덩이는 크고 단단하며, 동면 중인 것 같은 싹의 흙은 얼마 전에 쟁기질한 것 같았습니다. (무슨 일이 있으면 자세히 분석하고 앞뒤 맥락을 살펴 주요 모순이나 주요 모순의 중요한 실마리를 포착해야 모순을 놓치지 않고 해결할 수 있으며 제대로 마무리할 수 있습니다.) 대체 같은 밭이 아니란 말입니까? 분명히 같은 밭으로, 밭두렁이 네모반듯하게 세 종류의 싹을 한꺼번에 에워싸고 있었습니다. 그런데 왜 한 밭의 밀싹이 세 종류인 것일까요?

"아이쿤, 이 토끼를 좀 봐요!" 홍메이가 소리쳤습니다.

(위대한 토끼여.) 저는 다른 곳의 삼각형 밭을 향해 몇 걸음 나아갔습니다. 삼각형 밭의 밀싹 역시 겨우 흙을 뚫고 나온 게 있는가 하면 지나칠 정도로 푸른 것도 있었습니다.

(발견이 없으면 창조가 없고, 창조가 없으면 사회는 제자리걸음을 할 뿐 영원히 전진할 수 없습니다.)

"아이쿤, 어디 가요?" 홍메이가 소리쳤습니다.

"소변 좀 보고 올게요."

"소변보러 왜 그렇게 멀리 가요? 세가 무서운 거예요? 무서우면 오늘 밤에 같이 안 자면 돼요."

저는 같은 밀밭임에도 밀싹이 두세 종인 밭머리로 가서 밀싹의 색과 흙덩이가 달라지는 경계를 발로 찼습니다. 두 번째 발길질을 했을 때 위대한 발견이 발밑에서 쿵 하는 소리와 함께, 정말 평지에 갑자기 건물이 들어서듯 나타났습니다. 몇 촌 깊이에 짧은 말뚝 하나가 묻혀 있었습니다. 허리를 굽혀 꺼내자 위에 '왕바오민'이라고 적혀 있더군요. 다른 밭으로 가서 밀싹의 색깔이 달라지는 밭머리를 팠습니다. 역시 짧은 말뚝이 나왔고 이번에는 '왕다순'이라고 쓰여 있었습니다.

저는 그 비탈에서 연이어 여섯 개의 말뚝과 목패를 더 찾아냈습니다. 모든 말뚝과 팻말에 이름이 적혀 있었지요. 그때 빛이 지붕창에서 제 머리로 곧장 내리쬐듯, 붉은 깃발을 방금 공격당한 적진에 꽂은 듯, 호각 소리가 산꼭대기에서 울리는 듯, 등대가 망망대해에 나타난 듯 제 머리가 번뜩하며 환해졌습니다. 홍메이가 의아해하며 제 옆으로 와서 "뭐 해요?"하고 물었습니다. 저는 말뚝 하나를 그녀 손에 놓아주고는 손에 땀이 저절로 배는 엄청난 추측과 발견을 증명하기 위해 또 다른 곳을 파러 갔습니다. 홍메이가 말뚝을 멍하니 바라보다가 갑자기 무슨 일인지 깨달은 듯 말뚝을 내던지고는 잔뜩 흥분해서 함께 밭머리를 팠습니다. 이름이 적힌 말뚝이 또 하나 나왔습니다.

저희는 미친개가 음식을 헤치고 굶주린 닭이 땅을 쪼듯 말뚝 네 개를 또 파냈습니다.

마지막으로 가늘고 짧은 말뚝 하나를 꺼냈을 때 저희는 거기에 적힌 이름을 보고 깜짝 놀랐습니다. 잔뜩 흥분한 얼굴로 바닥에 무릎을 꿇은 채 네 손으로 그 흔하디흔한 말뚝을 붉게 타는 쇳조각처럼 받쳐 들었지요. 손이 덜덜 떨리고 흥분한 나머지 숨이 막혔습니다.

그 말뚝에 쓰인 것은 진장의 이름, 왕전하이였습니다.

그때 다리 쪽에서 둔탁하고 느릿한 소 발굽 소리와 발소리가 들려왔습니다. 고개를 들어 보니 쟁기를 짊어진 노인 하나가 붉은 소를 몰며 다리에서 내려오고 있었습니다. 저와 홍메이는 아무 말도 하지 않았습니다. 하지만 그녀가 저를 쳐다보았을 때 저는 재빨리 그녀를 가슴에 끌어안고 가까운 두둑으로 굴렀습니다. (지뢰전, 네! 지뢰전 같았습니다.) 그렇게 연발 지뢰탄을 피하듯 두 척 높이의 두둑 아래로 굴러 내려가 꼭 끌어안은 채 움직이지 않았습니다. 두 혀가 뱀 머리처럼 맞부딪혀 싸우다가 제가 그녀의 입으로 공격해 들어가면 그녀가 다시 제 입으로 반격해왔습니다. 그녀의 달콤한 침을 빨아 삼킨 뒤 그녀가 손해라도 본 것처럼 자신의 침을 돌려달라고 하면 어쩔 수 없이 혀에 제 침을 곱절로 실어 돌려주었습니다. 점점 가까워지는 소 발굽과 발소리가 돌덩이처럼 밀밭을 압박하고 저희 정수리와 열정을 눌러 저희는 큰 소리로 호흡할 수도, 함부로 말하거나 움직일 수도 없었습니다. 그저 저희의 위대한 발견과 초전부터 압도한 빛나는 성공, 더할 나위 없이 위대한 승리를 혀로 축하할 수밖에 없었습니다. 잡초가 길고 무성한 오솔길에 소 발굽이 떨어질 때마다 텅 빈 오동나무로 진흙을 두드리듯 부드럽고 한가하며 편안하고 느긋한 소리가 울렸습니다. 노인의 발걸음도 소 발굽처럼 한가롭고 자상했지요. 하지만 그 소리들이

444

지나가고도 한참이 되도록 저와 홍메이는 숨을 죽인 채 움직일 수 없었습니다. 저는 여전히 그녀의 생기발랄한 혀끝을 깊이 잠든 뱀처럼 제 입속에서 살며시 누르고 있었습니다. 계속 그렇게 탱탱한 그녀의 몸 위에 엎드려 있다가, 그렇게 소와 노인이 저희 옆을 지나 석양 속의 왕자위로 들어간 뒤에야 그녀의 혀를 원래의 동굴로 돌려보냈습니다. 저희는 숨을 길게 몰아쉬고 왕 진장의 이름이 적힌 말뚝을 든 채 두둑의 나지막한 절벽에서 서로에게 기댔습니다.

"여기서는 땅을 각 가구에 나누어주었나 봐요." 그녀가 말했습니다.

"자본주의가 부활하려 한다는 주석님 말씀은 정말로 겁을 주기 위한 괜한 소리가 아니었어요."

"이건 저들의 남녀관계보다 훨씬 중요한 일이에요."

"말뚝과 팻말을 전부 수거하고 그걸 왕 진장이 지원했다는 증언을 좀 확보하면 왕전하이를 진장 자리에서 끌어내리는 것은 일도 아니겠어요. 누구든 감히 반대하다가는 자기 자리를 내놓아야 할 테고."

그리고 나서 태양이 사스락사스락 산으로 떨어졌습니다. 산등성마루 저편에서 산골 사람이나 저 같은 농촌의 초인들만 들을 수 있는, 태양이 서산으로 떨어지는 사스락 소리가 들려왔습니다.

3. 적의 후방에서

그날 밤 저희는 세 칸짜리 기와집의 작은 마당 별채에 묵었습니다. 홍메이가 이와 벼룩을 싫어하기 때문이었지요. 그 집은 설 전에 며느리를 새로 들여 대문과 새집 문에 붙인 대련까지 색과 글자가 모두 온전했습니다. 저희가 마을에 들어가자 인민공사 사원들이 전부 놀라서 눈을 동그랗게 뜬 채 저희를 바라보았습니다. 저희도 그곳 사람들이 천국 같은 나날을 보내고 있음을 보았지요. 일찌감치 저녁 식사를 하는지 밥그릇을 들고 문 앞으로 나왔는데 기름에 튀기거나 하얗게 찐 만터우를 손에 들고 있는 게 아니겠습니까. (세상에, 청강진에서는 설에나 먹을 수 있는 음식을 평소에도 먹다니요.) 그들은 홍메이와 저를(주로 홍메이요) 하늘에서 떨어지기라도 한 듯 쳐다보았습니다. 그녀의 새하얀 얼굴과 새까맣고 짧은 머리카락, 긴 목과 목 아래의 붉은 털옷과 깃 있는 셔츠로 더욱 돋보이는 보들보들하고 뽀얀 피부 그리고 시골 사람들은 입어본 적이 없는 일자바지. (여전히 대부분의 사람이

가랑이 위쪽은 넓고 다리 쪽은 가는 바지를 입고 있었습니다. 남자들은 위쪽을 접어서 천 허리띠를 매고, 여자들은 오른쪽이나 왼쪽 가랑이에 가위집을 낸 다음 앞뒤 구분 없이 붉은 허리띠를 매서 입었습니다.) 훙메이를 바라보는 부인들과 아가씨들의 눈이 유난히 반짝거렸습니다. (그녀들은 저도 보았지요.) 남자들과 청년들은 훙메이를 보다가 시선을 얼른 한쪽으로 돌리더니 이내 저를 바라보았고요. 그러고 나서 그들은 더 이상 식사를 하지 않았습니다. 밥그릇과 젓가락, 만터우가 손에 그대로 들려져 있었습니다.

저희가, 사회주의 교육을 위해 현에서 농촌으로 파견된 간부인데 긴급회의를 위해 돌아가는 길이며 날이 저물어 이곳에서 하룻밤 묵었으면 한다고 말하자 한 중년 남자(나중에 알고 보니 생산대장 리린이었습니다)가 밥그릇을 돌 위에 내려놓으며 말했습니다.

"그럼 차오더구이 어르신 댁에 묵으십시오. 그 집 아들이 지난달에 결혼해서 방과 침대, 이불이 전부 새겁니다."

(이 얼마나 소박하고 참된 무산계급의 감정입니까.)

저희는 차오더구이의 집으로 안내 받았습니다. 마당에 들어서자 200제곱미터쯤 되는 큰 뜰의 대추나무에 붉은 소 한 마리가 묶여 있고 쟁기가 처마 밑에 걸려 있었습니다. 저희를 맞이한 사람은 다름 아니라 해가 지기 전에 보았던 바로 그 노인이었습니다. (홍메이가 놀라서 저를 바라보기에 단호한 눈짓을 보냈습니다. 그러자 곧장 저처럼 아무 일도 없었던 듯 행동했지요. 부창부수입니다.) 더구이 노인은 저희를 본채로 데려간 다음 며느리에게는 다진 파를 넣은 요우빙油餅*과 달걀국수를 준비하라고 이르고 아들에게는 신방을 청소하라고 했습니다. 저희는 생산대장 리린이 지부 서기인 자오슈위에게 현의 사회주의 교육 간부가 왕자위에 왔다고 알리지 못하도록 끊임없이 말을 걸고 대화를 유도했습니다. 그는 저희와 식사를 했고 더구이 노인의 아들이 그의 식기를 집에 가져다주었습니다.

달이 뜨기 시작했습니다. 저녁 식사도 끝났지요. 더구이 노인 집에 모두 모여 있으려니 불편했습니다. 그런데 그때 홍메이가 성긴 실로 털옷 짜는 법을 새 며느리에게 가르쳐주는 것이었습니다. (저의 지혜로운 홍메이, 제 심장, 제 육신, 제 이상적 혁명 동반자이자 여인!) 저는 2위안을 더구이 노인 손에 건네며 밥값이라고, 저희 사회주의 교육 간부가 농촌에 오면 가난한 농민에게 식사비를 지불해야 한다고 말했습니다.

---

* 기름에 구워낸 큰 빈대떡처럼 생긴 음식.

그러자 더구이 노인이 조금 화를 내며 받은 돈을 돌려주었습니다.

"평생 바러우산에 몇 번이나 오겠습니까?"

제가 다시 돈을 주며 말했습니다.

"한 번이라도 내야 합니다. 이건 조직 규율이며 당 조직의 전통입니다."

이에 더구이 노인이 말했습니다.

"뭐가 규율입니까, 두 분은 당원이니 가난한 농민들 밥을 먹는 것은 자기 집 밥을 먹는 것과 같습니다. 자기 집 밥을 먹으면서 돈을 주는 사람도 있나요?"

이번에는 훙메이가 거들었습니다. (제 영혼, 제 육신, 옆에서 맞장구를 얼마나 잘 쳤는지요.)

"어르신, 받으세요. 받지 않으시면 저희는 현에 돌아가 당소조회의에서 자아비판을 해야 합니다."

저도 다급히 말했습니다.

(정말 잘 준비된 연극 같지 않습니까.) "'3대 규율, 여덟 가지 수칙'에서 규정된 것으로 마오 주석님이 정한 규칙입니다."

더구이 노인은 돈을 들고 난감해했습니다.

그러자 식사를 마친 뒤 잎담배를 피우던 리린 대장이 담뱃대를 신발 바닥에 툭툭 털고는 논란을 마무리 짓듯 말했습니다.

"이렇게 하시지요. 1인당 2마오씩 더구이 어르신께 4마오를 드리는 겁니다. 그럼 두 간부는 식대를 치르는 것이니 규정을 어기지 않지요. 전에 전하이도 시골에 가면 꼭 밥값을 낸다고 했으니까요."

왕전하이를 거론했습니다. 마침내 왕전하이를 말한 겁니다. 홍메이가 뜨개질 가르치던 손을 멈추고 물었습니다.

"지금 말씀하신 전하이란 누구신지요?"

"왕 진장이요, 청강진의 왕 진장입니다." 리린이 대답했습니다.

제가 조금 놀란 척하며 물었습니다.

"왕 진장님이 이 마을 사람입니까?"

리린과 더구이 노인이 자랑스러운 듯 동시에 말했습니다.

"뒤쪽 세번째 집이지요."

저와 홍메이는 타지에서 고향 친구를 만난 것처럼 한마디씩 돌아가며 저희가 왕 진장과 얼마나 잘 아는지, 왕 진장을 얼마나 존경하는지 말했습니다. 그리고 저는 현조직부의 간부로 현장과 현위원회 서기에게 자료를 제공하거나 대회 발표 원고를 작성해주는 일을 하고, 홍메이는 현위원회 선전부 통신원으로 지구와 성 신문에 원고를 기재한다고, 기자와 같은 일이니 현에 기거하는 성 신문 기자와 같다고, 그녀가 누군가를 칭찬한 글이 『인민일보』에까지 실렸으며 그 대상이었던 인민공사 서기는 지금 현위원회 최연소 부서기가 되었다고 말했습니다. 거기까지 말하자 리린 생산대장과 빈농 더구이 노인, 젊은 신혼부부의 눈이 남포등 밑에서 동그랗게 커졌습니다. 두 신선이 갑자기 왕자위에 내려온 것마냥 신기하고 놀라워했습니다.

리린 대장이 말했습니다.

"세상에, 그럼 현장님을 모시는 사람들입니까? 현장님께 저희 마을 전하이에 대해 말씀 좀 잘해주십시오. 정말 백성들을 위해 목숨을 걸고 일합니다."

(이 얼마나 연극 대사 같습니까.)

"왕 진장님을 취재한 적이 있습니다. 앉아서 한참을 이야기했지만 공치사하는 성격이 아니어서인지 누가 좋다는 얘기만 하고 본인 얘기는 한마디도 하지 않으시더군요."

홍메이가 말하자 리린 대장이 다리를 탁 치며 맞장구쳤습니다.

"맞습니다. 제가 잘 알지요. 저희 둘은 함께 오줌을 누며 자란 불알동무입니다. 커서 그는 군인으로 승승장구하다가 제대한 뒤 진장이 되었지요. 어려서부터 좋은 건 전부 남한테 양보했습니다."

"자기 잇속은 전혀 챙기지 않고 남을 먼저 배려하는 사람이군요. 현위원회에서 진작부터 그런 본보기를 만들고 싶어 했습니다. 현 간부들에게 모범이 되도록요. 하지만 그런 인물을 찾을 수가 있어야지요." 제가 말했습니다.

리린이 또 담배를 털며 말했습니다.

"현장님께 전하이 같은 사람을 본보기로 세우시라고 건의 좀 해주십시오. 많이 배우지는 못했지만 온통 백성들 생각뿐입니다."

홍메이가 거칠고 헝클어진 실을 내려놓고 펜과 공책을 꺼내며(제 심장, 제 사랑, 제 육신이며 영혼) 말했습니다.

"공적을 구체적으로 좀 말씀해주세요."

리린이 담배를 입에 가만히 문 채 뭔가 말하려는 듯하다가 다시 피우기 시작했습니다. 그러면서 더구이 집안 사람들을 흘끗흘끗 쳐다보았습니다.

정적이 흘렀습니다.

"말씀하시기 불편하면 안 하셔도 됩니다. 요즘 형세가 복잡하니까요. 하지만 왕 진장님이 가난한 농민들을 위해 공적을 세웠다면 언질을 좀 주십시오. 정말로 백성들을 위한 일이라면, 군중을 고려한 일이라면, 진심으로 당과 인민을 위한 생각이라면 잘못이 있다 하더라도 저희는 입을 꾹 다물 겁니다. 현장님과 서기님이 아셔도 비판은커녕 비공개적으로 표창하고 승진시킬 겁니다." 제가 리린 대장을 흘끗 보면서 비밀스럽게 말을 이었습니다. "새로 발탁된 현위원회 자오칭 부서기가 어떻게 승진했는지 아십니까? 원래 다먀오 인민공사 서기였는데 작년에 대대 토지를 각 가정에 나눠줘 그 마을의 무당 생산량을 평균 450근까지 높였기 때문이라고 합니다."

(영화 〈땅굴전〉을 보면 간첩이 빨치산 대장으로 분장한 뒤 가오자 좡으로 들어가 그런 식으로 군중을 꾀지만 실패하고 오히려 아군에게 붙잡힙니다. 하지만 그건 그가 적이고 불의를 대변하기 때문이지요. 저희는 혁명가에 정의와 진보를 대변하고요.)

"어디가 450근이에요, 447.5근이지요." 홍메이가 말했습니다.

"그게 450근이나 마찬가지지요. 아무튼 무당 생산량이 현에서 제일 높았답니다."

"생산량이 많았다기보다 핵심 인물들이 대담했던 거지요. 각 가정에 땅을 몰래 나누어주었으니까요." 홍메이가 말했습니다.

"그야 그렇지요." 제가 맞장구쳤습니다.

리린 대장의 눈이 반짝반짝 빛나고 입이 벌어졌다 다물어졌다 했습니다. 더구이 노인이 빨리 털어놓으라고 재촉하는 듯 쉬지 않고 리 대장을 쳐다보았습니다.

"정말로 땅을 집집마다 나누어주었습니까?" 리 대장이 물었습니다.

"이건 우리 사회주의 교육 간부들이 해서는 안 되는 말이니 그냥 흘려들으세요. 마음에 담아두지 마시고요." 제가 대답했습니다.

"땅을 나눠준 사실을 현에서도 안다고요?"

대장의 물음에 이번에는 훙메이가 대답했습니다.

"현장님과 현위원회 서기님까지 전부 알고 계세요. 다만 그들을 위해 비밀을 지킬 뿐이지요."

"거기 인민공사 서기를 감옥에 보내지 않았다고요? 자리에서 쫓아내지 않았습니까?" 대장이 또 물었습니다.

"백성들을 위한 일이라 오히려 현위원회 부서기로 승진시켰다니까요." 제가 대답했습니다.

그러자 대장이 왕전하이가 더 대단한데 아쉽다는 듯 털어놓았습니다.

"두 분은 남을 해칠 사람으로 보이지도 않고(웃기는 소리지요) 혁명하는 사람으로도 보이지 않으니(더 웃기는 소리고요)

솔직히 말씀드리겠습니다. 저희 마을 토지도 5년 전에 전하이가 각 가정에 나누어주었습니다. 5년 전 마을에서 몇 명이 굶어 죽는 걸 보고 진장이 되자마자 자오슈위 지부 서기에게 땅을 분배하라고 한 겁니다. 이곳의 연평균 생산량은 두 분이 말씀하신 그 마을보다 수십 근 더 많고요."

며칠 동안 적의 동정을 살피며 거둔 수익이 적지 않구나/세심하게 분석하고 작전 계획을 고심하였네/웨이후산은 엄폐호와 비밀 통로에 의지하니/승리하려면 지략을 높여야 하리/뛰어난 자를 토비로 속여 적의 마음을 공략하면/안팎으로 협력해 비적의 소굴을 소탕할 수 있으리/이렇게 막중한 임무를 누구에게 맡겨야 할까?/가오아이쿼, 샤훙메이가 책임을 맡을 만하니/빈농 출신에 본성이 좋구나/어려서부터 이상을 이루려 온갖 고초를 겪었네/사무치는 원한을 품고 적의 죄증을 찾으리/적을 뿌리 뽑겠다 맹세함에/혁명 중 온갖 시련을 겪고 집안이 풍비박산나면서 공을 세웠네/그들의 마음이 불같이 붉고/의지가 강철 같으니/반드시 왕가 놈을 이길 수 있으리.*

또 다른 부유한 집으로 갔습니다. 지난가을에 수확한 옥

---

* 현대 경극 〈지략으로 웨이후산을 차지하다〉의 구절을 변용.

수수 꾸러미가 처마 밑에 나란히 걸려 있었습니다. 리린 대장이 처마 밑에 남아도는 풍성한 곡식을 보여준 다음 작은 건물로 데려가 주인이 밀과 콩을 쟁여둔 항아리들도 보여주었습니다. 집에 들어서자 썩어가는 곡식의 향긋한 냄새가 홍수처럼 밀려와 익사하는 줄 알았습니다.

하지만 저는 "식량이 충분한가요?" 하고 물었습니다.

집주인이 웃으며 대답했지요.

"때려죽여도 다 못 먹을 만큼입니다."

이번에는 홍메이가 물었습니다.

"땅을 개인에게 주는 게 좋은가요, 아니면 집단 경작이 좋은가요?"

집주인이 대장을 바라보자 대장이 말했습니다.

"얘기해요. 좋은 사람들이니까 하고 싶은 대로 말해요."

"왕 진장님 덕분이지요. 당연히 개인에게 준 게 좋습니다." 집주인이 대답했습니다.

"왕 진장님을 위해서 토지 분배 상황을 글로 써주실 수 있으십니까?"

제가 묻자 집주인이 흔쾌히 대답했습니다.

"그럼요. 하지만 저는 글자를 모릅니다."

그러자 대장이 홍메이를 보면서 말했습니다.

"작성한 다음에 인장을 찍으라고 하세요."

그래서 훙메이가 썼습니다.

저희는 몇 집을 더 다니며 증언을 받았습니다. 다 마치고 왕더구이 노인 집으로 향할 때는 이미 별과 달이 하늘을 메워 땅에 서리가 내린 것 같았습니다. 바러우산의 밤은 놀라울 정도로 고요해 대나무 장대가 부러지듯 맑고 선명하게 발걸음 소리가 울렸습니다. 왕자위 맞은편 산마루의 마을이 나무 그림자처럼 비탈 중간에서 흔들리고, 그곳의 개 짖는 소리가 희끄무레하고 푸르스름하게 도랑과 다리를 넘어와 저희 머리 위에서 흩어졌습니다. 훙메이가 "저건 무슨 마을인가요?" 하고 묻자 대장이 "자오자와입니다. 슈위 지부 서기가 저 마을에 살지요"라고 대답했습니다. 저희는 자오슈위와 왕 진장의 관계를 떠올렸습니다. 원래는 그들의 관계를 캐러 왔지요. 하지만 혁명 정세는 끊임없이 변해 복잡한 게 간단해지는가 하면 간단하다가도 복잡해지곤 합니다. 또 우연 속에 필연이 있고 필연 속에 우연이 있고요. 이러한 철학적 관계, 이러한 모순론과 상대론을 작업에 탄력적으로 활용한 결과, 당시 현지의 실제 상황에 접목한 결과 저희는 훨씬 중요한 모순과 실마리를 잡을 수 있었습니다. 그러면서 원래 상상하던 주요 모순이 부차 모순으로 변했습니다.

주요 모순을 포착한 뒤에는 부차 모순을 소홀히 했고요. (잠시 망각했습니다.) 그러다가 주요 모순이 대충 해결되자 부차 모순이 다시 주요 모순으로 떠올랐습니다.

"리 대장님, 왕 진장님이 토지 분배 지지자이긴 하지만 실제 실행자는 자오슈위 지부 서기인데, 진장님은 자오 지부 서기가 배신할 수 있다고 염려하지 않습니까?" 제가 물었습니다.

"그럴 리가요? 슈위는 지부 서기일 뿐만 아니라 왕 진장의 사촌동생입니다. 왕 진장 고모의 딸인데 사촌오빠를 배신하겠습니까?"

달이 습기를 머금은 동그랗고 하얀 종이처럼 허공에 붙어 있고 마을 어귀 바닥에 깔린 나무 그림자가 바스락바스락 흔들렸습니다. 기이할 정도로 조용한 산속의 한밤중, 각 가정에 분배된 개인 경작지에서 밀싹이 쑥쑥 자라나는 소리가 들려왔습니다. 저희는 대장의 어투에서 그가 산간 지역 인간관계에 대한 저희의 무지에 놀라고 이해하지 못한다는 것을 느낄 수 있었습니다.

"산골 사람들은 인품을 가장 중요하게 여깁니다. 전하이는 수백 명의 왕자위 사람들이 배부르고 따뜻하게 지낼 수 있도록 목숨을 걸고 땅을 나누어준 것입니다. 그런데 누가 양심도 없이 그를 고발하겠습니까?" 그가 말했습니다.

(그렇게 된 것이었습니다! 저희는 군중에서 오고 군중에게 가야만 모든 것을 이해할 수 있습니다. 군중은 진정한 영웅이고 군중이야말로 역사를 창조하는 동력입니다.)

더구이 노인의 집으로 돌아가자 집안 식구들이 전부 잠자리에 들지 않은 채 기다리고 있었습니다. 마당으로 들어섰더니 더구이 노인이 등잔불을 손으로 가리면서 마중 나와 말했습니다.

"남자분은 제 아들과 본채 서쪽 방에서 주무십시오. 그곳에도 새 이불을 깔아두었습니다. 여자분은 며느리와 신방에서 주무시고요. 두 사람 다 젊으니 괜찮을 겁니다."

저와 훙메이는 멍해졌습니다. 벌거벗은 채 침대에 누워 한껏 입을 맞추며 끌어안고 애무하고 미친 듯 저희의 위대한 성공을 축하하는 행위가 얼마나 절실했는데요! 꽉 끌어안은 채 같은 침대와 베개에서 다음번 혁명 행동을 비밀스럽게 모의하는 게 얼마나 필요했는데요! 훙메이를 바라보자 달빛 속 등불 아래로 그녀의 눈에 불꽃이 반짝이는 게 보였습니다. 제 눈이 그녀의 눈빛에 타오르기 시작했고요. 그렇게 가볍게 바라보는 것만으로도 서로의 생각을 알고 피가 통했기에(그게 바로 사랑, 위대한 혁명적 사랑이자 욕망이지요)

더구이 노인에게 말했습니다.

"어떻게 자도 상관없습니다. 저희 둘은 노부부라고 할 수는 없지만 결혼한 지 몇 년이 되었으니까요."

대장과 더구이 노인의 눈이 커다래졌습니다.

"두 사람이 부부라고요?"

홍메이가 얼굴을 붉히면서 대답했습니다.

"결혼한 지 몇 년 되지 않았어요."

대장이 "진작 말씀하시지 그랬어요" 하고는 고개를 돌려 더구이 노인에게 분부했습니다. "아들과 며느리를 본채에 재우시고 두 간부에게 신방을 주시지요."

모든 일이 그렇게 정해졌고 모든 일이 그렇게 성공했습니다. 저희의 바러우행으로, 적의 후방을 노린 작전으로, 저희는 적의 속사정을 파악하고 증거를 확보했을 뿐만 아니라 저와 홍메이가 처음으로 진짜 신혼 침대에서 첫날밤을 보낼 수 있게 되었습니다.

그 얼마나 정신을 차릴 수 없던 밤이었는지요.

4. 적의 후방에서

적의 후방에서
놈들을 깨끗이 소탕하세
노동자와 농민 형제들이여
우리는 모두 한 가족
본래가 하나의 뿌리
모두가 고통받는 자
우리가 만든 집과
우리가 심은 곡식이지만
지주와 매판 자본가는 흑심으로
우리를 완전히 착취하니
적의 후방으로 가서
놈들을 깨끗이 소탕하세
공산당을 따라
칼과 총을 드세
항전의 날이 왔으니
앞쪽에 서광이 비치니
큰칼을 놈들 머리에 휘둘러
해방을 이루세

하나를 쓰러뜨리고 하나를 포로로 잡아

미군 총들을 빼앗으세

제11장

돌변하는 풍운

1. 〈회화나무 마을〉의 비극

때때로 혁명의 급속한 성공은 감각을 무디게 만듭니다. 혁명에서 굴곡은 일시적일 뿐이며 성공은 필연적이라고, 구름이 걷히면 해가 나오고 날이 밝으면 환해지는 것처럼 필연적이고 간단하게 성공할 것이라고 여기지요. 하지만 그러한 잘못된 생각은 저희와, 저희가 천신만고 끝에 다져놓은 혁명의 근거지 및 군중 기반에 치명적 손실이나 피의 교훈을 가져올 수 있습니다. 예상보다 빠른 혁명적 성공이란 당의 방침과 노선, 정책을 정확히 실천한 결과이며, 군중으로 파고들고 군중을 동원하고 군중에 의지한 결과라는 것을 명심해야 합니다. 성공으로 그것을 잊는다면 그건 적의 존재를 망각하는 것이며 성공을 무덤으로 바꾸는 것과 같습니다. 기억하십시오. 반드시 꼭 기억해야 합니다. 그렇지 않으면 실패하고 실패할 뿐입니다. 성공보다 훨씬 큰 실패 역시 똑같이 가장 간단하고 가장 돌발적이며 가장 빠른 방식으로 예상보다 빨리 찾아올 것입니다.

안타깝게도 저는 그 점을 잊었습니다. 갑자기 찾아온 의외의 성공은 너무나 빠른데다 파급도 엄청나 저희는 정신이 혼미해질 정도로 도취되고 말았습니다. 승리 앞에서 냉정을 유지해야 한다는 것을, 꽃과 명예 앞에서 교만하지 말고 성급하지 말며 자만하지 말아야 한다는 행동 준칙을 잊었습니다. 결국 실패가 성공 뒤에 바짝 붙어 쏜살같이 다가왔습니다. 예상보다 몇 배나 크게 성공할 것도 몰랐지만 예상보다 수천 배 크고 참혹한 실패를 겪게 될 줄도 정말 몰랐습니다.

희극은 큰 웃음을 주었지만 그 큰 웃음이 유발한 비극은 눈물조차 나지 않고 죽고 싶을 만큼 슬프게 만들었습니다. 성공의 희극은 저와 훙메이의 젊은 생명을 앗아가는 비극의 무대를 마련하는 동시에 저희를 위한 생명의 찬가까지 지었습니다.

말해봤자 감히 믿겠다는 사람도 없겠지만, 어쨌든 저희는 왕전하이가 토지를 각 가정에 나누어주었다는 증언 자료

(인증)와 땅에 묻었던 나무 조각(물증)을 직접 현으로 보냈을 뿐만 아니라 상부의 각별한 관심을 끌기 위해 지구위원회에 그것은 사회주의 집단을 전복시키려는 음모라는 고발 편지도 보냈습니다. (제가 위대한 예언가처럼 그렇게 똑똑한 줄은 미처 몰랐습니다.) 그때 의외의 사건이 제가 말했던 것처럼 엄청난 기세로 닥쳐왔습니다.

그 한 달 동안 저는 현에서 왕 진장의 자본주의 사상을 한층 더 폭로하라는 통지를 보낼 것이라 생각하며 기다리고 있었습니다. 그런데 한 달도 안 되어 받은 통지는 뜻밖에도, 왕전하이와 원래 다먀오 인민공사 서기였던 자오칭 현임 현위원회 부서기가 같은 날 저녁에 체포되었으며 각각 유기징역 20년을 선고받았다는 내용이었습니다. (여기에서 또 한 번 계급투쟁의 잔혹성과 비타협성이 증명되었지요.) 자오칭은 정말로 왕전하이처럼 산간 지역 대대의 토지를 분배했던 것입니다. (세상에, 그한테는 불행하게도 제 말이 적중했습니다. 저는 제가 사람인지 신인지 알 수 없었습니다. 그 대대의 무당 생산량이 220근에서 450근으로 뛰어 현위원회 부서기로 발탁되었다는 소리를 들었을 뿐인데 그게 정말로 왕전하이처럼 사회주의 집단을 희생하는 대가였다니요.) 더 중요한 것은 꿈에도 생각하지 못했는데, 자오슈위도 체포된 데다 감옥에 갇힌 지 보름도 안 되어 '토지 분

466

배는 왕전하이와 상관없이 전부 나 자오슈위 혼자 한 것이다(유치하지요)'라는 진술을 쓴 다음 1차 심문 후 자살한 것입니다. 그리고 리린 대장은 왕자위 대대의 농민 수십 명에게 맞아 죽었다고 하더군요. 저와 훙메이를 데리고 집집을 돌며 증언을 받았기 때문이지요. 왕자위 사람들은 리린 대장만 아니었다면 저와 훙메이가 토지 분배 사실을 알아내지 못했을 것이고, 그러면 왕전하이가 정부에 잡혀가지도 자오슈위가 감옥에서 자살하지도 않았을 것이며 당연히 그들의 땅도 집단이라는 광주리로 회수되지 않았을 것이라고 여겼습니다. 그렇게 그녀는 자살하고 그는 맞아 죽었습니다. 비극이지요, 가슴 아픈 비극입니다! 그건 정말 농민의 편협한 생각이자 짧은 안목이고, 꽉 막힌 어리석음과 무지가 만들어낸 비극입니다. 어쨌든 자오슈위와 리린 대장을 생각하고 더구이 노인과 조용하던 그 집 아들 내외를 떠올리면 미안한 마음이 들고 죄스러웠습니다. 그래서 저와 훙메이가 현장과 진장이 되면 매년 왕자위 대대에 수천 근의 구제 식량을 더 배정하고 공정가의 화학 비료를 마을로 보내주리라 다짐했습니다. 그게 저와 훙메이가 왕자위에 해줄 수 있는 유일한 일이고, 저희는 혁명가이지만 분명 혁명의 인도주의자이기도 하니까요. 왕전하이와 자오칭은 각각 유기징역

20년을 선고받고, 왕 현장은 당적에서 제외되는 동시에 당내외 모든 직책에서 파직될 것이라고 들었습니다. 그것 역시 의외였지만 또한 혁명의 법칙에 맞아 보였습니다. 생각해보십시오, 국가와 민족, 당과 인민이 공동으로 추구하는 이상은 빠르고 효과적으로 사회주의를 건설하고 공산주의 실현에 박차를 가하는 것입니다. '당장黨章'과 '헌법'에도 우리나라의 본질은 사회주의이며 우리 당의 최종 목표는 공산주의 실현이고, 사회주의와 공산주의 기반은 집단주의이며 사회주의 공유제의 실행이라고 적혀 있습니다. 이것은 개미가 줄을 지어 집으로 돌아가고 개가 오줌을 누어 길을 기억하는 것처럼 당연한 이치인데 왕전하이와 자오칭은 인민공사의 토지를 다시 각 가정에 나누어주었으니 이게 사회주의에서 자본주의가 되살아나려는 게 아니면 무엇이란 말입니까?

일개 진장과 인민공사 서기가 국가와 민족, 당과 인민에 대적하는데 무산계급의 강철 같은 독재정치가 그가 아니면 누구를 겨눈단 말입니까? 설마하니 그 유명한 연극 〈회화나무 마을〉의 이야기를 못 들어보신 겁니까? 그 유명한 궈 부인과 추이즈궈의 첨예한 대화 내용을 모르십니까?

추이즈줘: (웃으며) 그렇다면 그게 무슨 사회주의입니까? 당신들에게 트랙터가 있습니까? 수력발전소가 있습니까?

궈 부인: 우리한테는 당의 지도자가 있고 마오 주석님이 계십니다! 우리처럼 가난한 농민들이 한마음으로 모여 협동조합을 잘 꾸리고 영원히 마오 주석님을 따른다면 사회주의, 공산주의로 나아갈 수 있어요!

추이즈줘: 제가 보기에는 창고를 가득 채우는 게 나아갈 방향이에요. 개인으로 일하면서 '말 세 마리와 쟁기 하나'를 가질 수 있도록 재산을 모아야 한다고요. 회화나무 마을 농민의 80퍼센트가 말 세 마리와 쟁기 하나씩을 가질 수 있다면 그게 바로 좋은 시대지요!

궈 부인: 그건 누가 한 말인가요? 정말로 당신 말대로 한다면 가난한 사람은 더욱 가난해지고 부자는 더욱 부유해지며 빈농이나 하층 중농은 계속 밥을 빌어먹으면서 착취당하게 될 거예요. 그건 옛날 사회로 돌아가는 게 아닌가요? 그게 당신 아버지 뜻이에요?

추이즈줘: 아니, 아니, 아니에요! 아버지는 그렇게 수준이 높지 않았어요. 그건 위대한 사람의 말인데 우리 아버지도 그 의견에 동의…….

궈 부인: 아, 그 위대한 인물은 지주나 자본가와 한통속

인가 보군요.

이야기는 궈 부인이 이끄는 협동조합이 완전히 승리하고 처음부터 끝까지 무대에 나오지는 않지만 뒤에서 사사건건 방해하며 자본주의 노선을 고집하는 덩 서기를 붙잡는 것으로 끝납니다.

유월 하늘의 병사가 부패한 무리를 처단하고 만 장(丈) 되는 긴 끈으로 곤(鯤)과 붕(鵬)을 묶으리.*

왕진하이와 자오칭이 농민에게 토지를 분배한 사실을 왕 현장은 전부 알고 묵인했다고 합니다. 자세히 분석하고 면밀히 살펴보니 왕 현장과 왕전하이, 자오칭 세 명은 모두 군에서 전역한 간부로, 각각 미국에 대항해 북한을 지원한 한국전쟁과 인도와의 전쟁에 참여한 적이 있는 전우이자 형제였습니다. 같은 참호의 상사와 부하로 있었는데 어떻게 그들이 반혁명 집단이 아니라고 증명할 수 있겠습니까? 어떻게 그들이 사회주의 단체의 전복과 자본주의의 부활을 꾀하지 않았다고 증명할 수 있지요? 그 놀랍고 엄청난 소식이 번개처럼 제 앞을 지날 때 저는 어안이 벙벙해져서 마당에서

* 마오쩌둥의 사 「접련화, 팅저우에서 창사로」의 한 부분.

470

밥을 먹다가 입을 사발만큼 크게 벌리고 눈을 사발 바닥만큼 크게 떴습니다. 일단 자오슈위와 리린 대장, 더구이 노인과 왕자위 마을 사람들에게 깊은 동정을 표한 다음 곧장 자리에서 일어나 하늘을 향해 큰 소리로 부르짖었습니다.

붉은 깃발 서풍에 휘날리며/오늘 창룡蒼龍을 잡았노라/좁은 길과 깊은 숲, 미끄러운 이끼에도/마침내 붉은 깃발이 그림처럼 휘날리는구나/햇빛은 붉고/새소리 울려 퍼진다/푸른 회화나무와 비취색 오동나무/초록색 느릅나무와 여린 참죽나무/도처에서 꾀꼬리 노래하고 제비가 춤추며/졸졸 물이 흐르고/높은 길 구름까지 닿았네/그대는 어디로 가는가 물으니/참새가 신선의 아름다운 누각이 있다고 대답하네/푸른 하늘을 등지고 내려다보니/전부 인간의 성곽이었구나.

2. 혁명의 전례 없는 성공

소식이 전해진 지 얼마 되지 않아 저와 훙메이를 맞으러 승용차 한 대가 왔습니다. 저희를 데려오라고 한 사람은 일반 간부가 아니라 대장정에 참여한 지구위원회 관 서기(군관구 정치위원이기도 합니다)였습니다. 마르고 가무잡잡하며 머리가 하얗지만 눈빛이 또렷한 그는 옛 군복을 입고 있었습니다. 저희가 상상하던 모습 그대로였지요. 그때, 저희가 무슨 일이 벌어졌다는 것을 눈치챘을 때, 잘 모르는 현 간부 두 명이 아침 식사 시간에 갑자기 저희 집으로 들이닥치더니 밥그릇을 빼앗아 그릇 안의 옥수수탕을 보며 "아직도 이런 것을 드십니까? 어서 갑시다. 앞으로는 특별한 식사를 하게 될 겁니다"라고 말했습니다. 제가 영문을 모르겠다는 듯 바라보자 그들이 또 아주 익숙하다는 듯 "지구 책임자께서 당신과 샤훙메이를 직접 만나 당신들이 삶은 중대한 반당, 반사회주의 집단에 대해 이야기하고 싶어 하십니다. 당신과 샤훙메이는 분명 진장이나 진당위원회 서기가 될 것입니다"라고 말했습니다.

저희가 되려는 것은 진장이나 진의 보잘것없는 서기가 아니었습니다. 어쨌든 저희는 양정고리 패방 아래에 서 있는 승용차를 보고서야 저희를 데리러 온 사람이 지구위원회 조직부에서 각 현의 지도층을 전담 관리하는 류 처장이라는 것을 알았습니다. 마흔 살 남짓한 류 처장은 노련하고 신중한 데다 등이 약간 굽어 쉰 몇 살처럼 보이는 중늙은이였습니다. 그는 멀리서부터 다가와 제 손을 잡고는 조용히 "가오 현장" 하고 불렀습니다. 저는 그의 호칭에 벼락을 맞은 듯 홍분해 당장 설명해달라고 하고 싶었지만 그때 마침 현위원회 여성 간부 하나가 홍메이를 데리고 골목에서 나왔습니다. 그러자 류 처장이 비밀스럽게 "차에 타게, 가오 현장, 아무것도 묻지 말고. 현에 가면 알게 될걸세"라고 말했습니다.

저희는 그렇게 청강에서부터 모셔져 갔습니다. 양정고리 패방과 청사, 천여 명의 청강 대대 사람들과 작별하고 혁명과 투쟁, 전투와 우정, 적과 친구, 청칭린과 청톈순, 대로와 골목, 땅굴과 탈곡장, 바러우와 나무, 닭과 돼지, 밥그릇과 젓가락 등등과도 작별했습니다. 저는 차 앞좌석에 앉고 나머지 세 명은 뒷좌석에 앉았습니다. 차 안 작은 거울로 보이는 홍메이의 얼굴이 홍분과 의문으로 가득 차 어슴푸레한 노을이 걸려 있는 것 같았습니다. 그때 제가 얼마나 뒷좌석으로 가서 그녀와 나란히 몸과 몸을, 무릎과 무릎을 딱 붙이고 몰래 손을 잡으면서 두 사람의 격정과 쿵쿵 뛰는 기쁨, 옥죄어오는 답답함을 나누고 싶었는지 모를 겁니다. 하지만 이미 지구위원회 조직부의 처장에게 혁명의 새로운 별, 현장으로서 앞좌석을 배정받은 상태였지요. 그런데 현장일까, 아니면 부현장일까? 아마 부현장이겠지, 분명 서른도 안 되었고 원래 부진장이었던데다 호적도 여전히 청강 대대에 있어 엄밀히 말하자면 아직도 농민이니까, 하고 생각했습니다. '부'가

붙은 직책을 부를 때 '부'를 생략하는 유행이 그때는 얼마나 싫던지요. 저는 제가 도대체 현장인지 부현장인지 알고 싶어도 물어볼 수 없는 그 행복한 고민 때문에 조바심이 났지만 뛰어난 혁명가의 모습을 보여주기 위해 꼼짝 않고 단정하게 앉아 있었습니다. 그렇지만 저와 훙메이가 미친 듯 사랑하던 청강에서 18리 떨어진 무덤을 지날 때만큼은 창밖으로 고개를 돌려 가볍게 마른기침을 했습니다.

제 마른기침의 의미를 잘 안다는 듯 훙메이도 두어 차례 기침을 했습니다. 그러고 나서 승용차가(저희 둘은 승용차를 처음 탔는데 좌석이 말로 표현할 수 없을 만큼 푹신했습니다. 가는 내내 이 까맣고 반짝이는 철갑의 승용차가 내가 정말로 현장이 되면 내 소유가 되는 게 아닐까, 하고 수도 없이 생각했습니다) 왕자강 대대를 지나고 훙쿠 인민공사, 다핑 인민공사, 현성의 옛 시내를 지났습니다. 그 79리를 바람처럼 달려 눈 깜짝할 사이에 저희를 현위원회 큰 뜰 뒤편의 작은 마당으로 데려갔습니다.

네모반듯한 작은 마당은 삼면이 붉은 기와 건물이었고 정면에 있는 두 쪽짜리 큰 철문은 반만 열려 있었습니다. 저희가 다가가자 총을 든 보초병이 차량 번호판을 확인하고는 얼른 철문을 열었습니다. 붉은 기와와 붉은 담장, 붉은 벽돌이 깔린 작은 마당의 주차장에서(핏물 속으로 들어간 것 같았습니다) 류 처장이 먼저 한 건물로 들어갔다가 저희를 다른 건물 밖의 접견실로 데려가더니 공손하게 물을 따라주고 소파에 앉으라고 권했습니다. (저와 홍메이는 그때 처음으로 소파에 앉아보았습니다. 승용차 좌석보다 푹신할 거라고 생각지 못해서 딱딱한 바닥에 앉듯 앉다가 얼른 몸을 앞쪽으로 들고 소파 끝에 걸쳐 앉았습니다. 다행히 류 처장은 차를 우리느라 보지 못했지요. 지구위원회 조직부의 처장이 직접 저희에게 차를 끓여주다니 이게 무엇을 말하고 무엇을 증명하는 것이겠습니까?) 처장이 녹차를 우린 유리잔 두 개를 저희 앞에 있는 찻상에 놓고는(나중에서야 그 암홍색의 길쭉하고 나지막하며 작은 탁자가 찻상이라는 것을 알았습니다) 기계처럼 "지구위원회 관 서기님이 지내시는 곳이네. 조금 뒤에 나오셔서 말씀하실 테니 우선 차를 들게나" 하고 말했습니다. 그러고 나서 류 처장은 밖으로 나갔습니다.

주두 지구위원회 서기의 이름이 관밍정이라는 것은 알았지만 지구위원회 서기가 직접 저희와 이야기한다는 것과 혁명에 천지개벽할 커다란 변화가 일어났다는 것을 선뜻 믿기는 힘들었습니다. 저희는 그저 바러우 산에 가서 왕전하이가 토지를 나눠준 음모를 혁명의 대명천지에 공개했을 뿐이니까요. 직접적인 목적도 최대한 빨리 왕전하이를 자리에서 쫓아내 그 수중의 권력을 빼앗아 오는 것이었지, 저희가 폭로한 내용이 전국 최대의 자본주의 재건에 관한 일일 줄 생각이나 했겠습니까? 그 안건이 현장마저 자리에서 끌어내리는 포탄일 줄 상상이나 했겠습니까? 뜨끈뜨끈한 성공의 빛이 정말로 앞당겨 다가와 두 눈을 혼미하게 흐리고 마음을 조마조마하게 만들었습니다. 저희는 예상보다 빨리 찾아온 성공에 아무런 준비도 하지 못했습니다. 처음 청강으로 돌아와 혁명을 일으킨다며 치기 어린 행동을 할 때와 똑같았지요. 그런데 그 혁명의 성공은 저와 홍메이를 재난의 구덩이로 완전히 밀어넣었습니다.

류 처장이 나간 뒤 저희는 감히 큰 소리로 말할 수조차 없었습니다. 둘 다 뜨겁게 달아올라 애타는 눈으로 서로를 바라보며, 대장간에서 붉게 달궈진 쇠붙이에 당장 담금질할 차가운 물이 필요한 것처럼 상대의 눈에서 안정과 냉정을 갈망하고 있음을 느꼈습니다. 소파에 앉아 창문 앞을 지나가는 류 처장을 확인하자마자 저희의 두 손(그녀의 왼손과 제 오른손)이 동시에 쿵 하며 맞붙었습니다. 그녀의 손이 제 손 안에서 뜨겁다 못해 펄펄 끓고 나른하면서 콩콩 흔들렸습니다. 손가락에 흐르는 피가 제 손바닥으로, 절벽에서 떨어지는 폭포처럼 부딪쳐왔습니다.

"아이쿤, 우리 혁명이 성공했어요." 그녀가 말했습니다.

"우리에게 어떤 기구의 권력을 줄 것 같아요?" 제가 물었습니다.

"틀림없이 청강진 대권을 줄 거예요."

그녀의 대답에 제가 웃었습니다.

"최소한 부현장으로 승진할 거요."

그녀가 갑자기 손을 빼고는 멍하니 저를 쳐다보았습니다.

"현장인지 부현장인지는 확실하지 않아요. 하지만 이제 우리의 출세 가도가 시작되었어요."

그녀가 방 안팎을 둘러보고 믿을 수 없다는 듯 천천히 고개를 가로저었습니다.

제가 류 처장의 말과 행동으로 제 추측에 대한 근거를 제시하려 할 때 어디선가 아주 작은 나무토막이 창턱이나 탁자에서 떨어지는 듯한 소리가 들렸습니다. 그 먼지를 대동한 소리에 저희는 깜짝 놀랐지요. 그때, 그 순간에서야 맞은편 안쪽 벽에 열려 있는 문이 있다는 것을 발견했습니다. 저희가 앉아 있는 접견실에 소파 한 쌍과 찻상, 책상, 유선전화기, 세면대와 깨끗한 물 이외에 세면대 옆으로 붉은 문이 있고 하얀 발이 문의 대부분을 가리며 발에 '인민을 위해 복무한다'라는 글씨가 수놓여져 있다는 것을 발견했습니다. 발

뒤에 문이 숨겨져 있던 것이지요. 저희는 방금 그 소리가 방 안에서 났는지, 문밖에서 들려온 것인지 알 수 없었습니다. 지구위원회 서기가 갑자기 그 문으로 들어올까 걱정이 되고, 조금 전의 대화를 듣고 저희 손이 용접이라도 한 것처럼 딱 붙어 있는 것을 보았을까 봐 불안했습니다.

화들짝 손을 떼고 엉덩이를 다시 붉은 소파 끝에 걸치며 단정하게 앉았습니다. 목이 살짝 말랐지만 유리잔의 차를 마실 엄두가 나지 않았습니다. 당장 옷을 벗고 맨몸으로 뒤 엉키고 싶었지만 더 가까이 앉을 수도 없었습니다. 지구위원회 관 서기가 회의실에서 회의를 하고 있다는 것을 알았지만 갑자기 하얀 발을 걷으며 나올 것 같아 조마조마했습니다. 저희는 꼼짝도 못하고 말 한마디 하지 못한 채 더운 여름날 시원한 바람을 기다리듯, 길고 어두운 밤을 보내는 중국이 등잔불을 기다리듯, 암담한 사회가 붉은 태양이 솟아올라 세상을 밝혀주길 기다리듯 관 서기가 오기만 기다렸습니다. 시간이 수문 뒤의 홍수처럼 꽉 막힌 채 부풀고, 초조함이 솥단지 속 개미처럼 사방팔방으로 날뛰었습니다. 조금 후더운 방 안 공기에서 파랗고 빨갛고 진득한 냄새가 느껴지고 창문과 문으로 들어오는 햇빛 속으로 먼지 알갱이가 금빛 찬란하게 춤을 추었습니다. 먼지가 날아다니다 텅텅

부딪히는 소리마저 들을 수 있고 먼지 그림자가 바닥에서 아주 작고 검은 나비처럼 나풀거리는 것을 볼 수 있었습니다. 방 안의 향기가 관 서기를 위해 특별히 뿌려진 것이며 로션 냄새가 곳곳에 상쾌하게 퍼져 있는 것도 분별할 수 있었지요. 시간이 갈수록 멍하고 끈적끈적해졌고(저는 현장이 되면 이 작은 마당의 이 건물에서 살겠다고 결심했습니다) 공기가 점점 더 뜨겁고 혼탁해졌으며(혁명이 또 한 번 크게 성공했으니 훙메이와 결혼해야 하는 게 아닐까 생각했습니다) 눈에 들어오는 먼지 알갱이가 점점 커지고 금빛도 옅어졌습니다(지금 훙메이와 단둘이서 바러우산의 아무도 없는 도랑에 있다면 얼마나 좋을까 생각했습니다). 방 안의 향기가 점점 새벽 풀 냄새와 뜨거운 말똥 냄새, 어느 집에서 고기 삶는 냄새가 뒤섞인 듯한 냄새로 변했습니다. (지금 바러우산이나 청강진에 있다면 훙메이에게 실오라기 하나 걸치지 않은 벌거벗은 몸으로 내 앞에서 광란의 춤을 추라고 할 텐데, 하고 생각했습니다.) 저희는 너무도 무료하고 거북했습니다. 목이 말라도 컵을 들지 못하고 더워도 단추를 풀지 못하며 그게 하고 싶어도 감히 손조차 잡지 못했습니다. 정말 무엇이든(예를 들어 신문을 보거나 문건을 학습하는 등) 하고 싶어서, 정말이지 적당한 화제를 찾아 잡담이라도 하고 싶어서(예를 들어 최근 국제적으로 무슨 일이 발생했는지, 중앙에서 또 무슨 새로운 지시나 정신을 발표했는지 등) 시선을 찻상에서 책상으로 돌렸다가 전화기 밑에 깔린 커다란 『참고소식參考消息』 신문을 발견했습니다. 자리에서 일어나 『참고소식』을 집는데 갑자기 그 속에서 네 치 되는 컬러 사진 한 장이 떨어졌습니다. 안경과 챙 없는 모자를 쓴 단정한 중년 여군의 사진이었는데 얼굴이 무척 낯익었습니다. 눈앞의 무엇인가를 얕보는 듯 매서운 표정을 짓고 있었지요. 사진 아래에는 자연스러운 한마디가 적혀 있고요.

나의 사랑하는 부인!

사진 속 여자가 굉장히 낯익다고 생각하면서도 그게 누구인지 잠시 떠오르지 않았습니다. 그녀가 누구라고 감히 믿을 수도 없었고요. 그녀가 정말로 누구라면 누가 감히 사진에 그런 말을 쓸 수 있단 말입니까? 저는 사진을 잠시 바라보고 한 획 한 획 매끄럽게 써 내려간 '나의 사랑하는 부인!'을 바라보다가 재미있다는 듯 홍메이에게 건네주었습니다.

홍메이가 사진을 받아 재빨리 훑을 때 저희가 기다리던 그 장엄하고 잊을 수 없는 순간이 갑자기 닥쳐왔습니다. 위대한 순간이 찾아온 것이지요. 문밖에서 불현듯 침착한 발걸음 소리가 들려왔습니다. 빠르지도 느리지도 않게 리듬감이 있으면서 친절하고 따뜻한 발소리가 창문 아래에서 평생 잊을 수 없는 울림으로 들려왔습니다. 저희는 지구위원회관 서기가 회의실에서 나왔다는 것을 알았습니다. 마침내 저희가 진의 혁명 계승자가 될지, 현의 혁명 조타수가 될지 알 수 있는 역사적 순간이 눈앞에 온 것입니다. 파격적으로 승진할지, 아니면 사다리나 계단을 한 칸씩 올라가야 할지 알 수 있는 결정적 대화가 시작되려 했습니다. 저와 홍메이가 서로를 쳐다보다가 동시에 소파에서 일어나자마자 중년의 지구위원회관 서기가 제가 상상했던 모습 그대로 입구에 나타났습니다. 앞서 말씀드렸지요, 마르고 가무잡잡하며 하얀 머리와 또렷한 눈매에 옛 군복을 입고 있었다고요, 그는 제가 생각했던 것과 똑같은 모습이었습니다. (방금 사진 속의 중년 여군과는 무슨 관계일까 생각했지요.) 방에 들어온 그가 붉게 빛나는 얼굴로 호기롭게 저희를 바라보고 악수를 청했습니다.

"앉게, 앉아요. 차도 마시고, 자."

(얼마나 친절하고 상냥했는지 평생 잊을 수 없을 겁니다! 그런데 대체 사진 속 중년 여군과 그는 무슨 관계일까요?)

관 서기가 저희에게 차와 자리를 권하며 책상 옆에 있던 의자를 끌어와 앉았습니다. 그러고는 바쁜 일정에서 틈을 낸 듯 짧은 대화를 시작했습니다.

"두 사람의 서류와 행동을 다 검토했네. 훌륭하더군. 혁명은 자네들 같은 계승자를 필요로 하지."

"자네들은 왕전하이에 대한 자네들의 발견과 폭로가 얼마나 큰 의미인지 아는가? 성에서도 중요시할 뿐만 아니라 중앙 지도층에서도 공식적으로 지시를 내렸네. 이건 사회주의 집단 속에 묻혀 있는 끔찍한 시한폭탄 사건일세. 자네들이 발견하지 않았다면 어느 날 폭발했겠지. 그랬으면 사회주의의 파란 하늘에 검은 구멍이 뚫렸을 걸세."

"가오아이췬, 잘 생각해보게. 나와 지구위원회 조직부 동지들은 자네에게 현 업무를 맡기고 싶다네. 현장일지 현위원회 서기일지는 다시 상의하기로 하고. 책임이 무거울수록 당 조직에서 자네를 더 많이 시험하겠지만 두려워하거나 걱정하지 말고 대범하게 일하게나. 방침과 노선만 확실히 지키면 좋은 성과를 거둘 수 있을 걸세."

그런 다음 관 서기가 고개를 돌려 훙메이에게 말했습니다.

"샤훙메이, 지구에서 일한 지난 몇 년 동안 자네처럼 깨어 있는 여성 동지는 거의 만나지 못했네. 특히 농촌에서는. 자네와 가오아이췬은 정말 흔치 않은 청년 간부일세. 젊고 능력 있고 앞날이 창창하지. 현 여성연합회 주임을 맡길지 부현장을 맡길지는 우리가 좀더 생각한 뒤 결정할 걸세. 물론 여성연합회 주임도 현위원회 위원이고 부현장급일세."

저희가 감격한 나머지 떨리는 목소리로 감사하고 상급 조직의 지원과 교육을 절대 저버리지 않을 것이라고 말할 때, 관 서기가 붉은 의자에서 일어나 낮고 잠겼지만 힘 있는 목소리로 말했습니다.

"회의가 아직 끝나지 않았으니 자네들은 초대소로 가 있게. 오늘 오후에 시간을 내서 다시 자세한 이야기를 하겠네." 그가 미소를 지으며 저희 둘을 바라보았습니다. "자네들 집안 상황도 다 들었네. 두 사람 모두 불행하더군. 하지만 두 사람 다 가정이 불행하다고 의지를 꺾지 않았고. 정말 보기 드문 한 쌍이라, 자네들이 서로 동지애와 혁명애를 느끼고 추구하는 바가 같다면 이 지구위원회 서기가 자네 둘의 중매를 서고 싶네. 조건은, 결혼할 경우 같은 단위에서 일할 수 없다는 것일세. 한 사람은 외부 현이나 지구로 가야 하지. 이건 당의 규율이고. 공산당은 혁명 사업에 부부를 함께 두지 않는다네."

끝으로 관 서기가 친절하고 우호적으로 악수를 청하고 바깥까지 배웅하면서 저희 둘을 현위원회 초대소에 데려다주라고 명했습니다.

3. 태양 아래의 그림자

봄바람을 향한 꽃봉오리의 그리움, 흐르는 물에 대한 논밭의 소망, 폭풍에 대한 바다제비의 기다림, 열린 수문에 대한 홍수의 부르짖음 같았습니다. 현위원회 초대소 단칸방에 따로따로 안내된 다음 저희는 속사정을 모르는 직원이 어서 떠나기만 기다렸습니다. 하지만 저와 홍메이가 현의 미래 지도자라는 것을 알고 있기라도 한 듯 직원은 쉴새없이 수건은 어디에 있고 비누는 어디 있는지, 물을 다 마시면 곧장 가져올 테니 부르기만 하라고, 침대 머리맡의 스위치 가운데 어떤 게 벽걸이 등이고 어떤 게 천장 등이며 어떤 게 라디오인지(라디오도 있다니, 언제든 혁명 노래와 음악을 들을 수 있다는 것이지요) 설명했습니다. 장황하고 열정적이며 귀찮으면서도 감동적이었습니다. 저는 그가 가자마자 침대 머리맡의 라디오 스위치를 눌렀습니다. 정말로 혁명 모범극의 한 토막이 흘러나오기에 부랴부랴 2호방에서 홍메이가 묵는 8호방으로 뛰어갔습니다. 그러다 먼지 하나 없는 복도에서 제

방으로 오는 훙메이를 만났지요. 그녀가 저를 보자마자 제가 하고 싶은 말을 했습니다.

"아이췬, 우리 방 침대 머리맡에 라디오가 있어요. 지금 혁명 모범극인 〈지략으로 웨이후산을 차지하다〉가 나오고 있고요."

"방으로 갑시다. 내 침대 머리맡에도 라디오가 있어요."

저희는 2호방으로 돌아왔습니다.

방에 들어오자마자 한시도 지체할 수 없다는 듯 문을 걸어 잠그고 커튼을 친 다음 라디오를 켜고 옷을 벗었습니다. 불같은 열정에 극도로 흥분해 아무 말도 하지 않고 어떠한 손짓이나 암시도 없이 묵묵하면서 광적으로 침대에 올라 일을 시작했습니다.

저희는 그 일로 저희의 성공과 기쁨을 기리고, 그 일로 가슴속 흥분과 파도를 잠재우며, 그 일로 동지애와 혁명애를 키웠습니다.

라디오 반주에 맞춰 행복에 들뜨고 정신마저 혼미해지는 일을 하는 동안 저는 훙메이가 늘 그렇듯 제 밑에서 날카로운 쾌락의 비명을 지를 거라고, 심지어 언젠가처럼 얼굴이 하얗게 질려 땀을 비 오듯 흘리다가 기절할 수도 있다고 생각했습니다. 하지만 그녀는 빨갛게 달아오른 쾌락의 날카로운 비명도 지르지 않았고 당연히 하얗게 질려 기절하지도 않았습니다. 제 밑에서 멍하니 제 얼굴을 바라보면서 두 손으로 제 얼굴을 어루만지다가 갑자기 흑흑 울음을 터뜨렸습니다. 억수 같은 눈물이 얼굴에서 베개까지 흘러내렸습니다. 저는 그녀의 울음에 놀라고 말았지요. 눈물을 보고는 제가 너무 흥분해 어디를 다치게 했나 싶어 다급하게 동작을 멈추고 그녀의 눈물을 닦아주었습니다.

"왜 그래요?"

제 물음에 그녀는 다정하게 제 얼굴을 어루만졌습니다.

"아니에요."

"울어서 베갯잇이 젖었어요." 제가 말했습니다.

"아이췬, 우리 괜찮았지요. 혁명도 가치 있고 우리 삶도 가치 있고."

저는 그녀의 눈물로 젖은 머리카락을 귀 뒤로 쓸어 넘겨주었습니다.

"그것 때문에 우는 거예요?"

"옛날 일을 떠올렸더니 겁이 덜컥 나면서 눈물이 났어요." 그녀가 대답했습니다.

"뭐가 겁나요? 우리는 이상과 포부가 있고 힘껏 노력했기에 말단에서 현장까지 단숨에 올라선 거예요. 우리가 노력하고 노력하고 또 노력하면, 혁명하고 혁명하고 또 혁명하면, 현장급, 부지구행정관급, 지구행정관급, 부성장급, 성장급으로 한 단계씩 올라갈 수 있어요. 농민에서 고위 간부가되는 거라고요. 고위 간부가 되면 과거가 또 무슨 대수겠어요? 혁명을 하려면 희생이 있기 마련이고, 당신과 내가 아는그 일은 하늘도 모르는데 뭘 걱정해요?"

극도로 진지한 화제를 입에 올렸기에, 그녀의 눈물이 닦을수록 더 심해져서, 그녀의 갑작스러운 슬픔이 제 격앙된열정을 뒤덮었기 때문에 그 직전까지 도무지 참을 수 없었던 조급함이 천천히 사그라지더니 완전히 가라앉았습니다.제가 한없이 아쉬운 눈으로 그녀를 바라보자 그녀가 너무나미안해하며 "아이쿤, 내 탓이에요" 하고 말했습니다. 제가라디오를 끄면서 "괜찮아요. 라디오가 있으니까 하고 싶을때 언제든 할 수 있어요"라고 말하고는 그녀를 침대에서 일으켜 앉히고 제 몸과 침상을 정리했습니다. 옷을 입고 이불을 개고 침대보를 평평하게 펴고 눈물 젖은 베갯잇을 돌려놓은 다음 커튼을 걷었습니다. 사월의 봄 햇살이 화르륵 쏟아져 들어와 방 안을 혁명가의 가슴처럼 환하게 비춰주었습니다.

이미 한낮이라 방으로 들어오는 햇살 속에서 금빛 찬란

한 먼지 입자가 춤추듯 흩날리는 게 보였습니다. 벽에 붙은 마오 주석님 초상화와 경극 〈홍등기紅燈記〉의 공연 포스터가 햇살을 받아 어렴풋하게 빛났고요. 창밖을 내다보니 초대소 마당의 커다란 화단에서 초봄의 공기를 맞으며 파르스름함을 넘어 검푸른 색을 띤 감탕나무가 눈에 들어왔습니다. 나무들이 낮고 평평하게 깎였기에 자세히 살펴보자 '충忠'자 모양으로 심어졌더군요. 잎이 무성해 '충'자가 흐릿하지만 힘 있게 보였습니다. 창문을 연 채 '충'자를 보다가 홍메이에게, 이리 와서 좀 봐요, 관 서기가 나한테 현의 업무를 생각해보라고 했지요, 현장이나 서기가 되면 제일 먼저 현성의 교차로마다 커다란 화단을 만들고 소나무나 백양나무를 '충'자 형태로 심어야겠어요, 하고 말했습니다. 홍메이가 침대를 정리한 다음 다가와 제게 기댄 채 화단의 파란 '충'자를 보고 '충'자로만 만들면 너무 단조로우니 '세 충성'과 '네 무한'*의 글자로 만들자고 했습니다. 제가, 그럼 나무가 얼마나 많이 필요한데요? 화단은요? 하고 묻자 그녀가 잠시 생각해보고 다시 웃으면서 자연스럽게 두 손을 깍지 끼어 제 어깨

* 문화대혁명 때의 정치 구호이다. 공산당 지도층과 마오쩌둥 사상, 무산계급 혁명 노선 이 세 가지에 충성하고 마오 주석에게 무한한 사랑, 숭배, 신상, 충성 이렇게 네 가지 감정을 가진다는 내용.

에 걸치고는, 우리는 혁명과 농업뿐만 아니라 임업에 수리, 농촌의 축산업까지 돌봐야겠군요, 임업을 관리할 때는 커다란 산자락에 '마오 주석님 만세!' 모양으로 나무를 심어요, 그러면 10리 밖에서도 글자를 볼 수 있고 비행기에서도 '마오 주석님 만세!'를 볼 수 있을 테니 순식간에 전국적으로 유명해지겠지요, 어쩌면 베이징에서 우리 일을 기록 영화로 찍어 전국 각지에서 상영할 수도 있어요, 하고 말했습니다.

홍메이의 생각이 아주 그럴듯해 저는 몸을 돌려 두 손으로 그녀의 얼굴을 받쳐 들었습니다. 그녀의 맑고 빛나는 두 눈을 들여다보려고 했는데 뜻밖에도 눈가의 주름이 보였습니다. 주름이 가시처럼 제 가슴에 박혔지요. 제 표정이 변하는 것을 보고 그녀가 걱정 반, 상심 반인 목소리로 "늙었죠?" 하고 물었습니다. "인간은 늙기 쉽지만 하늘은 노쇠하지 않지요. 하늘에 감정이 있다면 하늘 역시 노쇠할걸요"*라고 대답했습니다. 그녀가 "내가 늙고 추레해져도 정말 계속 좋아할 건가요?" 하고 묻기에 "우리는 혁명의 연인이에요. 우리를 하나로 묶는 것은 혁명이지, 세월이나 외모가 아니라고. 혁명이 끝나지 않는다면 우리 감정도 영원히 끝나지 않을

---

* 마오쩌둥의 시사 구절이지만 둘째 문장은 당대 시인 이하의 「금동선인사한가金銅仙人辭漢歌」에서 따온 것이기도 하다.

거요"라고 대답했습니다. 그 대답에 그녀가 만족했는지는 모르겠지만 적어도 그녀가 할 말이 없어졌다는 것은 확실했습니다. 대꾸할 말이 없어진 그녀는 침대로 돌아가 앉았습니다. 저는 그녀를 위로하기 위해 의자를 그녀 옆으로 가져가 앉은 다음 두 손으로 그녀의 손을 쥐며 말했습니다.

"여성연합회 주임이 되고 싶어요, 부현장이 되고 싶어요? 부현장이 더 그럴싸하게 들리지만 결정권이 현장한테 있으니 부현장은 현장의 지시를 따라야 하지요. 반면 여성연합회 주임은 그럴싸하시는 않아도 여성연합회의 모든 것을 주관할 수 있고."

홍메이가 제 손에 잡힌 자신의 손을 보드라운 새가 둥지에서 몸을 말듯 둥글게 말고 뭔가 고대하는 듯한 시선으로 제 얼굴과 입가를 바라보았습니다. 하지만 막상 그녀 입가에는 조금 불안하고 야릇한 웃음이 걸려 있었습니다.

"당신이 현장이 아니라 현위원회 서기를 맡고 싶어 하는 거 알아요. 우리 사업을 이끄는 핵심 역량은 중국공산당이지요. 당이 모든 것을 이끄니까. 당은 무기를 통제할 수도 있고. 그러니까 당신은 서기가 되고 싶을 거예요. 나는 뭐가 되고 싶은 것 같아요? 난 부현장 겸 여성연합회 주임이 되고 싶어요. 우리가 떳떳하게 결혼하고도 함께 있고, 언젠가 당신이 지구로 옮겨 가면 현장이나 서기가 되길 바라요."

"그게 어떻게 가능하겠어요?" 제가 물었습니다.

"왜 불가능하지요?" 그녀가 되물었습니다.

"관 서기가 허락할 것 같아요?"

"우리는 관 서기를 결혼 중매인으로 세우는 것뿐만 아니라 어떻게든 친척으로 만들어야 해요." 그녀가 말했습니다.

"지금 명예를 탐한 패왕 같다는 거 알아요?"

제가 그녀의 손을 놓으면서 말하자 그녀가 웃었습니다.

"불가능할 것 같아요?"

그녀가 저 때문에 땀이 밴 손을 침대보에 문지른 뒤 반짝반짝 총기가 도는 눈으로 큰누나가 동생을 바라보듯 쳐다보며 말했습니다.

"난 어려서부터 현의 휴게소 홍군들이 어린아이들을 손자 손녀 삼는 걸 자주 봤어요. 관 서기가 중매를 서면 우리와 관 서기의 관계는 특별해져요. 사나흘에 한 번씩 관 서기 집에 갈 수 있다는 말이지요. 그러면 갈 때마다 홍성과 홍화, 타오얼을 돌아가며 데려가 아이들한테 관 서기를 할아버지라고 부르게 하고 관 서기 부인을 할머니라고 부르게 하는 거예요. 그런 다음 관 서기 고향이 어디인지 알아내고요. 남방 사람이면 갈 때마다 고추나 절인 음식을 가지고 가는 거죠. 비싼 물건을 가져가면 절대 안 돼요. 북방 사람이면 좁쌀이나 대추를 가져가고. 그러면서 아이들한테 애교를 떨며 할아버지, 할머니라고 부르게 하면 어떻게 손자 손녀로 삼고 싶지 않겠어요? 그렇게 관계를 맺어두면 우리가 함께 일하지 못하도록 할 수 있을까요? 날 부현장 겸 여성연합회 주임이 못 되게 할까요? 이번에 당신이 서기가 아니라 현장이 된다고 해도 당신이 서기가 되고 싶을 때 언제든 옮길 수 있지 않겠어요?"

(제 영혼, 제 육신, 제 혁명의 연인이자 부인!) 홍메이의 말에 저는 무척 기쁘면서도 말문이 막혔습니다. 선생님이 평생 풀지 못한 수수께끼를 학생이 풀어낸 것처럼 멍청하게 홍메이의 입을 바라보고 홍메이의 얼굴을 쳐다보고 홍메이의 머리카락과 어깨를 바라보았습니다. 그렇게 쳐다보다가 또 갑자기 홍메이의 두 손을 날아가는 새 한 쌍을 잡듯 움켜쥐고 말했습니다.

"관 서기는 북방 사람 같아요. 혹시 둥베이 사람이라면 갈 때마다 둥베이 펀피^{粉皮}나 량피^{凉皮}*를 가져가고 산둥 사람이면 노란 부추나 젠빙^{煎餠}**을 가져가며 산시 사람이면 좁쌀과

---

* 고구마, 감자, 옥수수 등의 가루를 묽게 반죽해 얇고 둥글게 만든 음식.
** 전병, 여러 곡물을 섞은 반죽을 납작하게 구운 부꾸미 같은 음식.

수수를, 산시^{山西} 사람이면 묵은 식초를 가져갑시다."

점심 식사 전까지 저희는 초대소 방에 앉아 혁명과 업무, 사업과 미래, 결혼과 가정, 관계와 우정에 관한 계획을 세웠습니다. 취임 발표와 더불어 결혼함으로써 겹경사를 치르자고, 저희 인생의 화려한 비단 위에 웃음꽃을 활짝 피우고 저희 혁명의 항선에 돛을 모두 올려 전속력을 내자고 결정했습니다. 그렇게 기세 좋게 나아가며 붉은빛을 태우고 쉼 없는 번영으로 세상을 밝히고, 하루에 천 리씩 하늘 높이 오르기를 바랐습니다. 가장 이상적인 상황은 저희가(제가) 서른셋에서 서른다섯 살 사이에 지구 부행정관이나 주두시 시장으로 승진해 현에서 지구로 옮겨가는 것이었습니다.

바로 그때, 바로 그 순간 초대소 소장이 식사하러 오라고 알려왔습니다.

식사는 물론 최고 수준이었습니다. 초대소는 새로운 현장의 환영식 기준에 완벽히 맞춰 생선구이와 닭찜, 갈비, 소금물에 절인 오리, 완자탕 등 갖가지 음식을 탁자 네 군데에 차렸습니다. 하지만 저희와 함께 식사한 사람은 지구위원회 조직부의 류 처장뿐이었습니다. 원래는 현의 지도층 인사들이 모두 모이고 관 서기가 식탁에서 저와 훙메이를 '내부 소식'의 방식으로 모든 현 간부에게 소개할 예정이었습니다. 저희가 최대한 빨리 각 부문 책임자와 업무를 파악하도록요. 하지만 관 서기는 물론 현의 지도층까지 전부 오지 않았습니다. 현위원회 초대소의 커다란 식당에 네 탁자 가득히 음식이 차려졌지만 류 처장과 홍메이, 저 세 사람뿐이었습니다. 돌이켜보면 그때 이미 저희의 혁명 사업에 위태로운 조짐이 싹트고 단단하던 땅이 흔들리기 시작했던 겁니다. 하지만 승리에 정신이 혼미해져 혁명의 밝은 전망 뒤에 가려진 거대한 비극을 알아채지 못했지요. 초대소 2층에서 내려와 모퉁이를 돌아 동쪽의 단층짜리 대식당에 도착했을 때, 저는 류 처장에게 신임 현장으로서 상냥하게 악수를 청하고 홍메이는 "처장님" 하고 잘 익은 붉은 살구처럼 사근사근하게 인사를 건넸지만 류 처장은 손가락을 잡아당기듯 대충 악수하고 홍메이에게도 흘끗 쳐다보며 시큰둥하게 대답했습니다.

제가 네 탁자에 가득 차려진 음식과 술, 술잔을 보며 물었습니다.

"관 서기님은 아직 안 오셨습니까?"

류 처장이 의자에 앉으며 대답했습니다.

"오시지 않을 걸세."

뭔가 좀 이상하다는 생각이 들었습니다.

"그럼, 현의 다른 간부들은……."

그러자 류 처장이 젓가락과 밥그릇을 들며 말했습니다.

"일단 듭시다. 다 먹고 난 뒤에 이야기하지."

발밑이 살짝 흔들리고 발바닥에서 찬바람이 올라오는 게 느껴졌습니다. 홍메이를 보자 얼굴이 살짝 창백했습니다. 말할 것도 없이 그녀도 류 처장의 태도와 행동에서 불길함과 이상함을 느낀 겁니다. 분명 저희는 투쟁의 비바람을 뚫고 나온, 투쟁 경험이 풍부한 혁명가로 혁명 속에서 온갖 비바람을 보았고, 설령 보지 못했더라도 들어보았으니까요. 저희는 혁명이 한순간에 성공할 수도 있지만 한순간에 실패할 수도 있다는 것을 알고 혁명의 성공이 투쟁의 끝과 같은 의미가 아니라는 것을 잘 알고 있었습니다. 계급이 존재한다면 계급투쟁은 영원히 끝나지 않을 것입니다. 무산계급과 자산계급 간의 투쟁, 각 정치 세력 간의 계급투쟁, 무산계급과 자산계급의 권력투쟁과 이데올로기 다툼도 여전히 장기적이고 복잡하게, 때로는 심지어 변화무쌍하고 격렬하게 일어날 수 있습니다. 류 처장이 먼저 젓가락을 들고 음식을 먹기에 저는 하는 수 없이 홍메이에게 눈짓을 보냈습니다. 그를 사이에 두고 떨어져 앉아 식사를 시작했지요.

네 탁자에 차려진 따뜻한 음식에서 김이 올라왔습니다.

동면을 끝낸 파리와 새로 태어난 파리가 거리낌 없이 탁자를 오가며 배를 불리는 흐릿한 웅웅 소리가 경극 〈기습백호단奇襲白虎團〉에서 대창하는 부분의 베이스 소리 같았습니다. 햇살이 유유히 타오르면서 식탁에서 저희 얼굴과 몸으로 옮겨와, 저와 훙메이의 몸에 기름 묻은 천이 드리워지는 것 같았습니다. 초대소장은 무슨 일이 일어났는지 몰라 조심스럽게 식당 문밖을 지켰습니다. 류 처장이 고추고기볶음 접시에서 쉴새없이 젓가락을 놀리며 밥 반 공기를 먹었습니다. 저와 훙메이는 밥을 담고도 밥그릇을 든 채 먹는 둥 마는 둥 했고 요리 접시에서도 야채만 집을 뿐 생선이나 갈비, 닭이나 오리에는 손을 뻗지 못했습니다. 시간이 돼지기름처럼 저희 젓가락 끝에 굳어버린 것 같았습니다. 류 처장의 음식 씹는 소리가 석회 기와 조각처럼 식탁에 떨어졌고요. 계속 저를 살피는 훙메이의 얼굴은 물에 젖은 검은 천 조각처럼 어두웠습니다.

제가 마침내 밥그릇을 허공에 든 채로 물었습니다.

"류 처장님, 무슨 일입니까?"

류 처장이 저를 곁눈질하며 대꾸했습니다.

"무슨 일인지는 오히려 자네에게 묻고 싶네, 자네들 둘에게 말일세."

저는 밥그릇을 탁자에 내려놓았습니다.

"저희는 모두 당원이고 동지이며 추구하는 바가 같은 혁명가입니다. 한마음 한뜻으로 마오 주석님과 공산당을 섬기고요. 대체 무슨 일인지 솔직하게 말씀해주십시오."

류 처장이 의혹에 찬 눈으로 저를 바라보았습니다.

홍메이도 밥그릇과 젓가락을 내려놓으며 말했습니다.

"류 처장님, 나이로 따지면 저희 부모님과 비슷하시고 연륜으로 따지면 혁명 선배이시며 직책으로도 저희보다 훨씬 위이시니 비판할 게 있으면 비판하시고 비평할 게 있으면 비평해주십시오. 아무 말씀도 안 하시면 저희가 잘못을 고치고 싶어도 고칠 수가 없지 않겠습니까?"

마침내 류 처장이 들고 있던 밥그릇을 내려놓았습니다. 직접 일어나 식당의 문을 꽉 닫은 다음 자리로 돌아와서는 손으로 입을 닦고 이 사이에 낀 밥알을 탁자에 뱉었습니다.

"가오아이쥔, 샤훙메이." 푸른색 석판 같은 얼굴로 류 처장이 말했습니다. "이제부터 공식적인 대화라고 여기게. 조직에서 정식으로 거론하는 것이라고. 자네들은 전도가 유망한 계승자이지. 관 서기님은 자네들 안건을 보고 중점 육성하겠다고 결정하셨네. 서기님은 조만간 성으로 옮겨 가실 걸세. 중앙 지도자들과 친분도 있으시지. 그런데 자네들은 관 서기님의 기대를 저버리고 당 조직의 육성과 교육을 저버렸네. 무슨 일이 있었는지는 나는 모르겠네. 하지만 서기님은 자네들 때문에 화가 나서 얼굴이 시퍼렇게 질리고 전화기를 바닥에 내던지셨네. 이유야 자네들이 제일 잘 알겠지. 지금 조직과 당, 마오 주석님에 대한 자네들의 충성이 진실한지 아닌지를 보고 계시네. 바른대로 말하면 아직 늦지 않았을 수도 있지만 말하지 않으면, 털어놓지 않으면 현장과 여성연합회 주임이 되지 못하는 것으로 끝나는 게 아니라 정치적 미래가 완전히 박살날 걸세."

류 처장이 식당 바깥을 흘끔거리고 저희 둘을 쳐다본 다음 창밖으로 누군가 두 사람이 지나가는 동안 잠시 입을 다물었다가 뭔가 알려주듯, 겁을 주듯 말했습니다.

"이 혁명이 얼마나 잔혹한지는 자네들이 나보다 더 잘 알 걸세. 계급투쟁이 얼마나 복잡하고 무정한지도 알 거고. 하지만 한 가지, 계급투쟁 중에 절대로 스스로 똑똑하다고 자만해서는 안 되네. 절대로 돌로 자기 발을 찧는 일이 없도록 하고 스스로 혁명 진영에서 반혁명 진영으로 넘어가서는 안 될 걸세."

류 처장이 다시 밥그릇을 들고 먹기 시작했습니다. 해야 할 일을 끝낸 듯 아주 편안하게 닭다리를 입으로 가져가더군요. (형세가 돌변해 반동 군인들이 다시 전투를 시작하였구나. 안개비 자욱하게 희뿌옇고 구이산과 서산이 창장을 막았어라. 이제 어디로 가나? 간장贛江 곳곳에 눈보라 휘몰아치네. 바이윈산 꼭대기는 구름이 우뚝 서고자 하고 바이윈산 아래는 호흡 소리 다급하네. 호랑이를 물리쳤다는 소식이 갑자기 세상에 전해지자 대야를 엎은 듯 눈물이 날리는구나.)* 저희는 뭔가 아주 중대한 일이 일어났다는 것을 알았습니다. 시간을 따져보니 관 서기와 만나고 얼마 지나지 않았을 때로 저희가 초대소에서 남녀의 즐거움에 빠지고 미래를 계획할 때 일어난 것입니다. 그 일이란 진짜 문제, 청칭등의 죽음이라는 예감이 들었습니다. 류 처장 너머로 훙메이를 흘끗 바라보자 얼굴이 백짓장처럼 하얗고 탁자 끝에 놓인 손이 누가 손목을 잡고 흔드는 것처럼 덜덜 떨리고 있었습니다. 저도 당황스럽기는 마찬가지였지만 저는 남자고 진장이며 새로운 현장, 청년 혁명가에 보기 드문 정치가이고 수많은 정치투쟁을 겪은 군사전략가지요. 소용돌이에 빠진 아이가 해안의 부모를 바라보듯 훙메이가 제 눈을 보았습니다. 저는 남자나 혁명가답지 못하다거나 군사전략가나 정치가답지 못하다는 인상을 그녀에게 줄 수 없었습니

* 마오쩌둥의 사와 경극의 구절들.

다. 그녀는 제 영혼이자 육신, 정신이며 반려자이므로 당연히 실망시킬 수 없었습니다. 목을 가다듬어 헛기침을 함으로써 당황하지 말고 침착하라고, 감옥에 갇혀도 감옥 바닥을 뚫겠다는 결심과 의지, 용기와 담력만 있으면 된다는 신호를 보냈습니다.

제가 시선을 훙메이의 얼굴에서 류 처장의 기름진 손으로 옮긴 뒤 말했습니다.

"류 처장님, 마오 주석님께서는 말이건 행동이건 목적성이 있고 근거가 있어야만 남을 납득시킬 수 있고 진심으로 탄복시킬 수 있다고 하셨습니다."

류 처장이 닭다리 먹던 것을 멈추고 차가운 눈으로 쏘아보며 말했습니다.

"가오아이쥔, 솔직히 말해서 자네들한테 화난 사람은 내가 아니라 지구위원회 관 서기님일세. 서기님이 왜 화가 나셨는지는 자네들이 알겠지. 식사를 하지 않겠다면 방으로 돌아가 반성하고 있게. 식사를 마친 뒤 내가 서기님께 보고해 지시를 받겠네. 어쩌면 서기님이 직접 허심탄회하게 자네들과 이야기하실 수도 있지."

그래서 저와 훙메이는 먼저 식당을 떠났습니다.

4. 특별구류실

왕전하이와 자오칭의 감금과 왕 현장의 당적 및 공직 박탈에 한 달밖에 걸리지 않았다지만 저와 홍메이가 현장과 여성연합회 주임 예정에서 공안국 특별구류실로 보내지기까지는 하루도 걸리지 않았습니다.

점심 식사가 끝난 지 얼마 되지 않아 류 처장이 제 방으로 와서 저와 홍메이에게 딱 세 가지를 말하고는 저희를 공안국으로 보내 특별 조사를 받게 했습니다.

"첫째, 관 서기님은 오늘 오후 성에서 열리는 긴급회의에 참석하셔야 해서 자네들을 만나지 않기로 결정하셨네. 둘째, 자네들이 저지른 잘못이 얼마나 심각한지는 자네들이 제일 잘 알 걸세. 시간이 나면 서기님이 직접 이 일을 추궁하실 것이며 그때 자네들이 잘못을 인식해 무산계급 독재라는 철벽에 맞서지 않기를 바라시네. 셋째, 시간이 없으면 서기님은 가장 신임하는 사람을 보낼 것이며 그때 자네들이 숨기거나 회피하지 않고 솔직하게 말하길 바라시네. 그러면 자네들을 용서하실 걸세." 류 처장이 말했습니다.

왜소한 류 처장이 말을 마친 뒤 2호방을 떠났습니다. 류 처장에 대해 말하자면 좋은 동지라고 할 수 있을 겁니다. 그는 문 앞에서 다시 고개를 돌리더니 동정 어린 눈으로 저와 홍메이를 보며 말했지요.

"자네들은 아직 젊으니 억지로 숨기지 말고 말해야 하는 것을 전부 말하게. 혁명 때문이라면 10여 명을 죽이고도 계속 관직에 있을 수 있는 시대인데 자네들이 말 못할 게 뭐가 있겠는가?"

그런 다음 류 처장이 나갔습니다.

류 처장이 나가자마자 제복을 입은 우람한 사내 넷이 방으로 들어와서는 두말하지 않고 저희 몸을 수색했습니다. 그들은 홍메이의 머리카락과 머리카락에 가려진 귀 뒤까지 전부 훑어본 다음 저와 홍메이에게 수갑을 채웠습니다. 그때 홍메이의 눈가에 눈물이 맺혔지만 그녀는 입술을 꽉 깨물어 눈물을 삼켰습니다. 류 처장이 도착하기 전 저와 홍메이는 생각을 정리해두었지요. "홍메이, 후회해요?" 하고 제가 묻자 그녀가 "당신이 진심으로 나를 좋아한다면 후회하지 않아요"라고 대답했습니다. "난 후회해요. 진작 떳떳하게 당신과 결혼하지 않은 것을 후회해요"라고 말하자 그녀가 와락 울음을 터뜨렸습니다. 제 몸에 엎드려 울면서 "아이쿼, 됐어요. 충분해요. 당신의 그 말만으로도 당신과의 혁명은 충분히 가치 있었어요" 하고 말했습니다. 저희는 무슨 일이 일어나든지 눈물은 흘리지 말자고 약속했습니다. 절대 누구도 저희 이 한 쌍의 혁명가를 진흙 인형이나 허수아비, 종이 인형으로 취급하도록 두지 말자고 했습니다. 머리가 잘리고 피가 흘러도/혁명의 의지는 버릴 수 없네/우리가 족쇄에 쇠고랑을 찼다고 우습게 보지 말기를/우리 두 다리와 두 손을 묶었다고/우리의 웅장한 포부와 뜻을 묶을 수는 없으니/하토야마가 비밀을 요구하며 잔혹한 형벌을 가해/뼈가 부러지고 살이 뜯겼지만 의지는 강철같이 강하네/형장에서도 기세 등등하게 고개를 들어 멀리 바라보네/우리는 보았지/혁명의 붉은 깃발 높이 오르고/투쟁의 봉화 이미 들판을 태웠구나/다만 비바람이 지나고 온갖 꽃들이 피어나듯/새로운 마을이 아침 해처럼 세상을 비추기 기다리네/그때 중국 방방곡곡에 붉은 깃발 꽂히리니/그때를 생각하면 우리의 믿음 커지고 투지 굳세진다네/나는 당을 위해, 그녀는 인민을 위해 작은 공헌을 했네/가장 큰 관심은 혁명애와 동지애가 백년을 흐를 수 있을까/대대로 전해질 수 있을까.*

진짜 죄수처럼 수갑을 차고 검은 천으로 두 눈까지 가려진 채 저희는 두 시간 가까이 차로 끌려갔습니다. 검은 천이

* 경극 〈홍등기〉 구절을 따온 것이다.

눈에서 치워지고 수갑이 풀렸을 때는 이미 무슨 감옥의 특별구류실에 도착해 있었지요. 구류실은 방 세 칸 정도 크기로 청강진의 당위원회 회의실만 했지만, 밝고 환한 회의실 창문과 달리 구류실의 창문은 마오 주석님의 상반신 사진만큼 작았습니다. 방 세 칸짜리 공간에 창문이라고는 딱 하나였으며 그나마도 사람 키를 훌쩍 넘어 뒤꿈치를 들고 팔을 뻗어도 창턱에 닿을 수 없을 만큼 높았습니다. 또 창문에는 손가락 두께의 쇠창살이 기껏해야 주먹 하나가 들어갈 간격으로 가시나무 숲처럼 빽빽하게 꽂혀 있었습니다. 종합석으로 특별구류실은 제국주의나 수정주의와의 전쟁에 대비해 식량을 비축하는 창고 같았습니다. 그런데 특별한 것은 구류실이 식량 창고 같다는 것이 아니라 구류실 바닥과 천장, 네 벽에, 각 방향과 구석마다 달린 전구를 제외하면 마르크스와 엥겔스, 레닌, 스탈린, 마오쩌둥의 어록과 초상화(마오 주석님이 80퍼센트 이상이었지요)가 붉은색, 노란색, 초록색, 방송체, 신위체, 신류체,* 마오 주석님 시사의 웅장한 서법으로 빽빽하고 가지런하게 채워져 있다는 것이었습니다. 검은 천이 눈에서 풀렸을 때(뜻밖에도 저희 둘을 같은 방에 가두더군요)

---

* 방송체, 신위체, 신류체: 인쇄체의 종류.

저희는 어떻게 해야 할지 갈피를 잡을 수가 없었습니다. 붉게 타오르는 혁명의 기운에 숨이 막혔지요. 머리 위 천장의 정중앙에는 거대하고 반짝거리는 붉고 노란 오각별 그림이 붙어 있고 별의 뾰족한 오각 모서리마다 전구가 매달려 있었습니다. 전구뿐만 아니라 마르크스와 엥겔스, 레닌, 스탈린, 마오쩌둥의 초상화가 돌아가며 붙어 있고 다섯 장의 초상화 바깥으로 위인들의 명언과 주장이 천장의 네 면과 모서리까지 이어져 있었습니다. 그리고 높다란 네 벽에는 붉은 바탕에 동일한 크기의 노란 글자로 서로 다른 내용을 적은 어록 포스터가 다섯 줄로 나란히 붙어 있었습니다. 천장부터 바닥까지 다섯 줄의 명언이 해양처럼 자리해 네 벽의 벽돌이 전혀 보이지 않았지요. 끝으로 구류실 입구로 통하는 바닥은 가운데 1제곱미터만 시멘트 바닥이 보였습니다. 그곳에 세 자 높이에 넓이는 책 종이만 한 걸상 두 개가 놓여 있고, 다른 곳은 전부 크고 작은 마오 주석님 석고상이 있었습니다. 눈을 가렸던 천을 벗기고 수갑을 풀어준 사람은 휘장과 모표를 단 젊은 사병이었습니다. 그는 왼손에는 찰랑거리는 수갑을, 오른손에는 검은 천을 든 채 이상한 눈으로 저희 둘을 쳐다보았습니다. 그러고는 발로 두 걸상을 세 자 정도 떨어뜨린 다음 계급이나 감정이 전혀 섞이지 않은 목소리로 말했습니다.

"올라서! 언제든 솔직하게 말하고 싶어졌을 때 우리를 부른다."

서슬 퍼러면서 검푸르게 내리꽂히는 말에 저와 홍메이가 머뭇거리다가 나무를 심듯 그 높은 걸상 위로 올라갔습니다. 올라설 때에야 걸상 한가운데에 대못 세 개가 밑에서 위로 1촌 넘게 튀어나오도록 박힌 것을 발견했습니다. 그러니까 그 걸상에는 서거나 쪼그려 앉을 수는 있어도 엉덩이를 내려놓을 수는 없다는 겁니다. 앉는 순간 대못 세 개에 살점이 찢길 테니까요. 혁명의 인도주의를 실행해야 한다는 말을 떠올리며 사병에게 몇 마디 하려고 했습니다. 하지만 사병은 허리를 굽힌 채 뒤로 물러나면서 커다란 마오 주석님 초상화 뒷면에 풀칠을 하더니 저희의 걸상 사이 바닥에 붙이고 양쪽에 밀려 있던 각종 마오 주석님 석고상을 마술을 부리듯 여기서 하나를 꺼내 입구로 향하는 왼쪽 바닥에 놓고 저기서 하나를 들어 오른쪽 바닥에 놓았습니다. 재빠르게 움직이면서 입으로 뭔가 주문을 외우듯 중얼거리더군요. 그가 입구까지 물러나자 주석님 석고상들이 바닥에 네 줄의 물결무늬로 놓여 오가는 길이 완전히 막혔습니다. 그때서야, 바로 그 순간에야 저희가 특별감옥의 특별구류실에 갇혔다는 사실을 알았습니다. 한 번도 들어보지 못한 구류실이었지요. 대혁명의 세계에 그런 구류실이 있을 줄은 상상도 못했습니다. 쿵, 싸늘한 소리를 내며 사병이 두꺼운 나무판에 철판으로 테를 두른 문을 닫자 실내가 순식간에 어둑해지고 적막이 덮쳐왔습니다. 정말 느닷없이 세상과 단절되었습니다. 여전히 혁명에 둘러싸여 있었지만 그건 완전히 다른 혁명이고 완전히 다른 분위기였습니다. 홍메이는 서쪽 걸상에, 저는 동쪽 걸상에 섰습니다. 걸상 사이에 놓인 거대한 마오 주석님 초상화가 저희 둘을 갈라놓았지요. 그런데 창으로 들어오는 황혼의 빛줄기에서 홍메이의 얼굴이 전보다 더 고요한 것을 발견했습니다. 그 모든 것을 이해하고 그 모든 것에 대응할 수 있다는 듯한 게 조금 위엄까지 느껴졌습니다. 저희가 어떤 차에 실려 왔는지(아마 뒤가 네모난 지프차 같습니다만), 그녀가 제 어느 쪽에 앉았는지, 차에서 덜덜 떨다가 눈물을 주르륵 흘렸는지, 천천히 밖으로 스며들게 했는지, 아니면 리위허*가 사형장에 갈 때처럼 위풍당당했는지는 모르겠지만요. 그때, 아마 태양이 서산으로 떨어지는 중이었는지 간수실의 작은 창문으로 한 줄기 붉은빛이 쏟아져 들어왔습

---

* 경극 〈홍등기〉 속 인물.

니다. 붉은 빛줄기는 도처의 붉은색과 그림이 뿜어내는 빛 속에서 점점 더 불꽃처럼 새빨개졌습니다. 바깥에서 천천히 거니는 보초병의 발소리가 들리고 작은 창문으로 얼굴 하나가 끊임없이 들여다보는 게 보였습니다. 들여다볼 때마다(틀림없이 받침대 같은 것에 올라섰겠지요) 실내의 빛이 파삭 하고 어두워졌습니다. 그 어둑함으로 저희는 어떻게 감시당하는지, 어떻게 관리되는지 알 수 있었습니다. 구류실의 명언과 주장들을 대충 둘러보니 대부분 혁명에서 항상 다루는 것으로 열 명 가운데 여덟 명은 유창하게 외울 수 있는 내용이었습니다. 예를 들어 '우리 사업을 이끄는 핵심 역량은 중국 공산당이며 우리 사상을 이끄는 이론은 마르크스레닌주의이다'나 '계급투쟁은 완전히 장악해야 효과를 거둘 수 있다', '노선이 핵심이며, 핵심을 파악하면 나머지는 저절로 해결된다', '학습하고 학습하고 또 학습하며, 나아가고 나아가고 또 나아가라' 등등이었습니다. 하지만 네 벽 중앙에 있는 것과 제 눈길을 사로잡는 것은 달랐습니다. 내용이 깊이 있고 타당하며 뜻이 심오하면서 오래도록 여운이 남고 깊이 생각하게 만들면서 두렵게 만드는 것들이 있었습니다. 문 맞은편 벽에서 가장 시선을 끈 것은 '솔직히 자백하면 관용을 베풀지만 저항하면 엄중 문책한다'였습니다. 제 맞은편 벽에서는

'인민이란 무엇인가? 중국의 현 단계에서는 노동자 계급, 농민 계급, 도시 소자산계급과 민족 자산계급이다. 이들 계급은 노동자 계급과 공산당의 지도하에 단결해 자신의 나라를 조직하고 자신의 정부를 세워 제국주의의 주구인 지주계급과 관료 자산계급 및 이러한 계급을 대변하는 국민당 반동파와 그 앞잡이들에게 독재를 실시해야 한다. 그들에게 규칙만을 허락하고 함부로 말하거나 행동할 수 없도록 압박을 가해야 한다'라는 글이, 제 뒷면으로 홍메이가 바라보는 벽에서는 '우리의 경험을 모두 모아 하나에 집중하면 그것이 바로 노동자 계급이 지도하는 노농동맹을 기반으로 한 인민민주주의 독재 정권이다. 이 독재 정권은 반드시 국제 혁명 세력과 단결해야 한다. 이것이 우리의 공식이며 주요 경험이고 주요 강령이다'라는 글이 눈길을 끌었습니다. 그리고 창문 아래에는 뇌관이나 폭약과 같은 그 유명하고 강력한 말이 있었습니다. 창문 왼쪽의 '투쟁하다 실패하면 다시 투쟁하고 또 실패하면 승리할 때까지 하라. 이것이 인민의 논리이며 그들은 절대 이 논리를 어기지 않을 것이다'와 창문 오른쪽의 '계급투쟁에서 어떤 계급은 승리하고 어떤 계급은 소멸할 것이다. 이것이 역사이고 바로 수천 년의 문명사이다'였지요. 또 천장에는 무산계급의 독재정치에 관한 마르크스의 위대한 예언이자 등대처럼 사회주의의 방향을 밝힌 지혜로운 주장, 즉 '자본주의 사회와 공산주의 사회 사이에는 전자가 후자로 바뀌는 혁명 전환기가 있으며 여기에 상응하는 정치적 과도기도 있는데 이 시기의 국가에는 오직 무산계급의 혁명 독재 정권만이 있을 뿐이다'가 있었습니다. 바닥에서는 마르크스주의를 더욱 심화 발전시킨 레닌의 위대한 학설의 핵심, 그러니까 '무산계급 독재는 잔혹한 전쟁이다. 무산계급이 한 나라에서 승리를 거두더라도 국제적으로는 여전히 약하다…… 현재 우리가 보고 있는 이런 투쟁은 역사상 찾아볼 수 없으며…… 인민은 이러한 전쟁 경험이 없을 것이다. 우리는 반드시 이러한 경험을 창조해야 한다'라는 계급투쟁의 혁명에 관한 내용이 눈길을 끌었습니다.

혁명의 일상생활에서라면 그러한 어록과 주장에서 웅장함이나 힘을 느끼지 못했겠지만 감옥, 특별취조실 혹은 구류실이다 보니 명언들을 읽고 나자 발밑으로 거대한 물줄기가 조용히 꿈틀거리는 게 느껴졌습니다. 황허나 창장이 발밑 10미터, 50미터 땅속에서 쉴 새 없이 굽이치고, 토사가 저와 훙메이가 서 있는 걸상 밑에서 몸부림치고 부르짖으며, 폭발을 앞둔 화산의 마그마가 지각 밑에서 배탈이라도 난 듯 용틀임하는 것 같았습니다. 바닥이 흔들리고 나무 걸상의

510

다리가 후들거리는 게 어렴풋하게 느껴지면서 언제든지 걸상에서 떨어질 수 있을 것 같았습니다.

제가 사방의 명언과 주장을 빠르게 훑는 동안 홍메이도 걸상에서 몸을 비틀며 조용히 그것들을 읽었습니다. 그녀의 석회빛 얼굴에 석양빛이 비치자 그 위로 흐릿한 진빨강이 깔렸습니다. 저희는 1미터 정도 떨어져 있었고 바닥 중앙 위의 거대한 마오 주석님 초상화가 험난한 가시밭길처럼 저희 둘 사이를 가로막았습니다. 유리산이나 유리벽 같은 눈앞의 초상화 때문에 서로를 볼 수는 있어도 손을 잡을 수는 없고, 말을 할 수는 있어도 가래나 침방울을 튀길 수는 없었습니다. 저희를 그 특별구류실에 감금한 것은 저희가 철두철미한 혁명가이자 열성적이면서 전문적인 지도자이고 하루 반나절만 지나면 정식 임명되었을 예비 현장과 상임위원이기 때문이라고 생각했습니다. 혁명의 인도주의와 동지에 대한 애증 때문에 진짜 감옥에 감금하지 않은 것이라고, 그렇게 혁명의 징벌을 내린 다음 다시 어딘가에 가둘 것이라고 생각했습니다.

"홍메이, 괜찮아요?"

제가 묻자 그녀가 고개를 끄덕이며 대답했습니다.

"다리가 조금 후들거려요."

"그럼 쪼그리고 앉아요. 절대 바닥에 내려가지 말고."

"알았어요."

그때 창문 앞의 그림자가 흔들리더니 마르고 긴 얼굴이 구류실 안을 들여다보았습니다. 어깨에 멘 총 끝의 칼이 마르고 긴 목과 나란히 일직선을 이루고 있었지요. 저와 홍메이가 그를 바라보았지만 그는 대화를 막거나 쪼그려 앉는 것을 제지하지 않았습니다. 저희는 혁명 인도주의의 온기를 한층 더 느끼면서 쪼그리고 앉아 두 손으로 책 종이만 한 나무 걸상의 가장자리(버드나무 같았습니다)를 잡았습니다.

"벽에 붙은 어록 구절들은 사상을 개조하기 위함이고 바닥에 가득 늘어놓은 주석님 석고상과 초상화는 달아나는 걸 막기 위함이겠지요. 한 발만 내려놓아도 정치 죄가 성립되면서 죄목이 늘어날 거예요." 제가 말했습니다.

그녀가 바닥의 주석님 초상화를 바라보면서 쓸쓸한 미소를 지었습니다. 무언가 말하고 싶지만 말하지 못하는 것 같았습니다.

"혁명애만 있으면 마음이 통하니까 해서는 안 되는 말은 당신 눈짓으로 알 수 있어요." 제가 말했습니다.

"이 걸상에 밤새 쪼그리고 앉아 있어야 할까요?"

"모르지요."

"밤새 쪼그리고 앉아 있다가는 바닥으로 떨어지고 주석님 초상화를 밟게 될 거예요."

"그렇게 되면 저들 생각대로 되는 거지요. 죄가 한 등급 올라가게."

그때, 방 안으로 들어오던 마지막 햇살이 물러나면서 어스름이 조금씩 올라오기 시작할 때, 갑자기 구류실의 전등이 전부 켜졌습니다. 방 안의 모든 등이 환해졌지요. 조명은 천장에 다섯 개, 벽마다 두 개씩 네 벽에 여덟 개가 있었습니다. 200와트나 500와트짜리 전구 열세 개의 새하얀 빛이 나팔 같은 전등갓 방향을 따라 저와 훙메이에게 집중되었습니다. 갑자기 온몸이 불타는 듯하고 빨갛게 달궈진 바늘로 찌르는 것처럼 눈이 따갑고 아팠습니다. 작열하는 강한 빛에 적응하려고 황급히 눈을 비비는 동안 작은 창문이 철컹 닫혔습니다. 그리고 보초병이 감시소에서 내려가는 발소리와 나무 사다리가 발밑에서 삐걱거리는 소리가 들렸습니다. 저희를 혁명의 용광로에 던져넣고 떠나면서 심문과 상관없이 반혁명의 폐기물로 만든 다음 들고 나가게 되기만, 저희라는 반혁명의 폐기물을 발로 밟고 또 밟아 사지에 몰아넣게 되기만, 영원히 인간 축에도 끼지 못하는 개똥 같은 쓰레기로 만들게 되기만 기다리는 것 같았습니다.

제 예리함이 그 점을 꿰뚫어 보았습니다.

저희의 직감이 그 모든 것을 꿰뚫어 보았습니다.

저희는 100퍼센트 그들의 속셈과 목적을 예견했습니다. 발밑에 깔린 주석님 초상화는 전부 먼지 하나 없이 깨끗해 걸상에서 내려가 발을 내딛는 순간 신발 자국이 남고 신발을 벗는다고 해도 발자국이 남을 터였습니다. 게다가 입구까지 네 줄 물결무늬로 놓인 주석님 석고상은, 불이 들어오자 몇몇 좌상 옆면에서 붓으로 대충 적어놓은 '공工'자, '십十'자, '오五'자, '삼三'자, '혹或'자 같은 한자가 보였지요. 그건 말할 것도 없이 크기와 형태가 제각각인 석고상이 어디에 있든 비밀 표시를 따른다는 뜻이었습니다. 그런데 더 큰 문제는 석고상의 얼굴이 일정한 방향을 향하고 있다는 것이었지요. 결국 그러한 표식이 석고상의 좌표와 방위는 물론 방향까지 의미한다는 말이었습니다. 저와 훙메이가 자세히 살펴보니 한 발짝이라도 내리려면 두 개 내지 세 개의 석고상을 들어야 하고 걸상에서 내려와 두 발을 디디려면 대여섯 개를 들어내야 했습니다. 내려온 다음에는 한 걸음을 옮길 때마다 지나온 석고상을 원래 자리에 두어야 할 텐데 그때부터 정말 힘들어지고요. 서너 개, 심지어 대여섯 개의 석고상 위치는 기억할 수 있어도 그 방향까지 기억하기란 불가능하니까요. 석고상들은 같은 방향을 바라보는 게 거의 없을 뿐만 아니라 각각의 방향 또한 정동이나 정서, 정남, 정북이 아니라 정동이나 동북동, 서남과 동남동, 혹은 동남과 서남서 식이었습니다. 다닥다닥 붙어 있는 그 네 줄의 물결무늬 주석상은 비결을 모른 채 들어가면 절대 나올 수 없는 혁명의 팔괘진八卦陣 같았습니다.

저와 홍메이는 서로를 바라보기만 할 뿐 누구도 입을 열지 않았습니다. 다행히 한여름이 아니라서 찜통에 들어간 것처럼 숨이 막히게 덥지는 않았습니다. 황혼이 내린 뒤(아마도 황혼이 내린 뒤였을 겁니다)의 적막 속에서 시내 공장이 돌아가는 웅웅 소리나 매일 밤 석탄을 싣고 교외 철로를 지나는 기차의 기적 소리(잊을 수 없는 교외 철길!)가 들리지 않았습니다. 대신 어렴풋하게 비단처럼 문틈과 창틈을 비집고 들어오는 논밭의 비릿한 냄새가 느껴지고 그 사이로 설핏설핏 벽돌이나 기와를 굽는 가마 냄새가 끼어들어왔습니다. (어쩌면 논밭의 냄새가 가마의 유황 냄새에 섞인 것일 수도 있고요.) 제 얼굴이 어떤 색인지는 볼 수 없었지만 제 마음이 물에 젖은 남색 천이나 회색 천처럼 차가운 잿빛이라는 것과 홍메이의 얼굴이 언제부터인지 다시 창백해진 것은 볼 수 있었습니다. 또다시 조금 당황한 것 같았습니다. 흐르지 않는 누런 진흙물처럼 시간이 진득진득 더디게 그 텅 비고도 거대한, 혁명의 광경으로 가득한 방에 넘쳐흘렀습니다. 저희는 그렇게 1미터 높이의 두 발만 놓을 수 있는 버드나무 걸상에 쪼그린 채 발을 보다가 발밑의 마오 주석님(그 노인네는 여전히 인자한 미소를 짓고 있더군요)을 보다가 또 고개를 들어 서로를 쳐다보았습니다. 뭔가 기운을 북돋을 수 있는 말을 하고 싶었습니다. (물질이 일차적이고 정신이 이차적이지만 일정한 시간과 특수한 조건에서는 물질이 정신에게 자리를 내줘 물질 대신 정신이 일차적이 되어 주도하고 통솔합니다. 이것이 유물변증법이고 역사유물주의 우주관입니다.) 저희는 정말로 투지를 북돋울 화제를 찾아 이야기를 나누고 싶었습니다. 한참을 생각한 끝에 제가 마침내 할 말을 찾았지요.

"훙메이, 배고프지 않아요?" 제가 물었습니다.

그녀가 고개를 저었습니다.

"이럴 줄 알았으면 그렇게 잘 나온 점심을 잘 좀 먹어둘걸 그랬어요."

제 말에 그녀가 소리 없이 웃었습니다.

"관 서기가 우리 일을 어떻게 알아낸 것 같아요?"

제가 또 묻자 그녀가 눈을 동그랗게 뜨고 잠시 생각하다가 조용히 말했습니다.

"당신 방에 있을 때 혹시 누가……?"

"불가능해요. 커튼을 틈새 하나 없이 잘 쳤다고요." 제가 단호하게 말했습니다.

"그럼…… 누가 고발한 걸까요?" 그녀가 물었습니다.

"틀림없이."

"누가요? 하늘도 모르고 땅도 모르는데……."

"당신 시아버지, 청톈민밖에 없어요. 왕전하이가 잡혀갈 때 당신과 내 혁명이 성공하고 고속 승진할 것을 예감했겠지. 우리가 사랑하고 승진하는 것을 그가 기꺼워했겠어요? 자기 아들의 죽음에 의심을 품지 않았을까? 몰래 우리 행동을 관찰하지 않았을까요?"

제가 문과 창문을 살피고 바깥의 적막이 바람처럼 귓가로 불어오는 것을 확인한 뒤 이어서 말했습니다.

"오늘 오전에 우리가 진을 떠나는 걸 보았겠죠. 아마 우리가 간 다음에 집으로 돌아가 당신 방으로 들어갔을 거예요. 방에 들어갔다가 옷장 아래에서 땅굴 입구를 찾고. 입구를 발견했다면 모든 것을 알아챘을 테니 곧장 성으로 따라와 관 서기와 우리가 면담을 끝낸 얼마 뒤에 고발했겠지."

홍메이가 반신반의하며 저를 바라보았습니다. 쪼그리고 앉아 있어서 다리가 저렸는지 조심스럽게 일어나 천천히 허리를 폈습니다. 하지만 걸상이 흔들흔들하자 다시 황급히 주저앉아 걸상 언저리를 잡았습니다. 놀랐는지 얼굴에서 땀이 흘러내리고 낯빛도 더 창백해져 종잇장 같았습니다. (아직도 가장 새롭고 아름다운 그림을 그릴 수 있을까요?) 제가 "조심해요"라고 말하자 그녀가 정신을 가다듬으며 "당신은 저리지 않아요?" 하고 물었습니다. 제가 저리다고 답하자 그녀가 "열쇠로 방문을 잠갔는데 어떻게 들어갔겠어요?"라고 말했습니다.

"청톈민은 늙은 여우라서 진즉에 당신 방 열쇠를 맞춰두었을 거예요."

그러자 그녀가 멍하게 저를 쳐다보며 말했습니다.

"방문 열쇠는 맞췄다 해도 옷장 열쇠까지 맞출 수는 없어요. 옷장 열쇠는 나한테만 있으니까."

"이번에 나올 때도 옷장을 잠갔어요?" 제가 물었습니다.

"잠갔어요."

하지만 훙메이는 잠시 생각하다가 자신이 입고 있는 짧은 깃의 담홍색 셔츠를 보더니 완전히 확신할 수 없는지 혼잣말처럼 중얼거렸습니다.

"집을 나올 때 장롱을 열고 이 옷으로 바꿔 입었는데 정말 잠갔나?"

"잘 생각해봐요." 제가 말했습니다.

"어쩌면 안 잠갔을지도 몰라요."

"분명히 잠그지 않은 거예요. 잠그지 않은 걸 내가 여러 차례 봤고."

그녀는 더 이상 아무 말도 하지 않았습니다. 결국 옷장 문을 잠그지 않은 게 생각난 듯 얼굴에 남아 있던 후회가 황토색으로 변해 예쁜 얼굴이 논밭의 황토와 곡물 가루로 뒤덮인 것 같았습니다. 그녀가 그렇게 조용히 저를 바라보다가 고개를 깊이 숙였습니다.

"천 리 제방이 개미구멍에 무너지는 법이에요." 제가 말했습니다.

그녀가 다시 고개를 들었습니다. 눈물이 가득한 얼굴에서 후회와 부끄러움으로 바닥에 머리라도 찧어 죽음으로써 자신의 죄책감과 후회를 드러내고 싶어 하는 게 보였습니다. 전등은 하얗게 빛나고 그녀의 낯빛은 연보라색과 남색을 띠었습니다. 분홍 셔츠 위에 떨어진 눈물방울은 검은 잉크 같았지요. "내가 정말 잠그지 않았다면 나를 증오할 거예요?" 하고 물을 때 용서를 비는 그녀의 눈빛이 하얗게 빛나 마치 껍질을 벗긴 밀 줄기 같았습니다. 목소리가 떨리고 눈물 두 방울이 걸상 가장자리에 떨어지면서 먼지를 일으키더니 작

은 눈물방울로 쪼개져 미세한 모래 알갱이가 떨어지듯 주석
님 초상화에 떨어졌습니다.

"훙메이, 절대로 울면 안 돼요. 주석님 초상화에 눈물을 떨
어뜨리면 안 된다고요."

하지만 그녀는 상관하지 않았습니다. 계속 걸상과 바닥의
주석님 초상화에 눈물을 떨어뜨리면서 고집스럽게 물었습
니다.

"말해봐요, 정말 그러면, 내가 당신의 정치생명을 끝장낸
거라면 나를 미워할 건가요?"

저도 그날의 비극이 그녀가 옷장 문을 잠그지 않아 일어
난 것이라고 믿기 시작했지만 그녀를 미워하고 싶어도 미워
할 수 없었습니다. 그녀는 제 영혼이자 육신이고 혁명의 동
반자이자 혁명의 열정을 일으키는 위대한 발동기이니까요.
제가 또박또박 진지하게 대답했습니다.

"훙메이, 전혀 원망하지 않고 조금도 후회하지 않아요. 다
만 내가 미울 뿐이고 빨리 당신을 아내로 맞지 않은 게 후회
될 뿐이에요."

그녀가 눈물이 그렁그렁한 눈으로 그 말 속에 어디까지가
진실이고 어디까지가 거짓인지 알아내려는 듯 저를 바라보
았습니다.

제가 다시 진지한 어조로 말했습니다.

"정식으로 당신과 결혼했더라면 총살당해도 마을 사람들이 함께 묻어주었을 테니까."

그녀 눈에 맺힌 눈물 두 방울이 갑자기 콩알보다 커지고 투명하게 빛났습니다. 아래 눈꺼풀에 떨어질 듯 매달렸지만 그녀는 떨어뜨리지 않고 그대로 머금었습니다. 그녀의 눈물에서 강렬한 짠맛이 풍겨왔습니다. 그녀는 제 고백에 완전히 감동받았지요. 저는 그 눈물 두 방울에 완전히 정복되었고 저를 바라보는 애달픈 눈빛에, 창백하고 흐릿한 낯빛에 사로잡혔습니다. 정말로 마음속 깊은 곳에서부터, 진짜로 그녀가 옷장 문을 잠그지 않아서 특별감옥의 특별구류실에 갇혔더라도 정치가답고 혁명가다운 너그러움으로 그녀를 용서하고 이해할 뿐만 아니라 더욱 열정적으로 사랑하고 아낄 것이라고 생각했습니다. 저희의 혁명애를 사랑하고 동지애를 소중히 여기겠다고요. 저는 저희의 혁명애를 후대의 모범이자 영광으로, 영원히 칭송되는 걸작이자 절창으로 만들고 싶었습니다. 그리고 제 절절한 속마음이 드러나는 멋진 말을 몇 마디 더 하고 싶었지만 강렬한 슬픔이 솟구쳐 한마디도 하지 못한 채 아랫입술을 꽉 깨물고 뚫어져라 그녀의 창백해서 더 아름다운 얼굴과 눈물로 더 사랑스러워진 두 눈을 바라보기만 했습니다. 저희는 그렇게 한참을 서로 바라보고 그렇게 깊이 침묵했습니다. 촉촉하고 진지한 서로 의 눈을 바라보고 깨끗하면서 고결한 서로의 마음을 느끼며 전등으로 환하게 밝혀진 시간이 눈앞에서 째깍째깍 흘러가 는 소리를 듣고 똑똑 선명하게 풀잎 끝과 나뭇잎의 밤이슬 이 쉬지 않고 풀밭이나 마른 잎으로 떨어지는 것처럼 각자 의 심장이 뛰는 소리를 들었습니다. 문틈과 천장에서 가마 의 노란 유황 냄새가 코와 목을 적셔줄 만큼 촉촉하고 입을 크게 벌려 뱃속으로 삼키고 싶을 만큼 친근하게 흘러들어왔 습니다. 저희는 그렇게 서로를 바라보고 그렇게 침묵하면서 조금 피곤해질 때까지 조용히 응시했습니다. 그러다 그녀가 갑자기 눈물 두 방울을 닦아내고는 고개를 숙인 채 눈부시 게 웃으며 물었습니다.

"아이쿤, 내가 지금 제일 하고 싶은 게 뭔지 알아요?"

제가 고개를 저었습니다.

그녀가 웃음을 거두고는 진지하게 말했습니다.

"마지막으로 한 번만 더 당신 앞에서 옷을 벗고 실오라기 하나 걸치지 않은 채 그때 무덤에서처럼 미친 듯 춤을 춘 다 음 당신 앞에 편안하게 드러누워 당신이 하라는 대로 하고 당신이 하고 싶은 대로 하도록 두는 거예요."

그녀의 말이 갑작스럽다거나 의외라고 느껴지지 않았습니다. 그 순간 가장 듣고 싶던 말을 들은 것 같았습니다. 저는 그녀의 고백에 완전히 감동받았습니다. 제가 그녀를 100퍼센트 감동시킨 것처럼 그녀도 저를 100퍼센트 감동시켰지요. 그때 제가 한 말이 오랫동안 생각했던 것인지, 그녀의 진심을 알아보기 위해 되는대로 내뱉었던 것인지 모르겠습니다. 저는 그녀의 얼굴을 바라보고 귀 뒤에서 앞으로 넘어온 검은 머리카락 가닥들을 쳐다보면서 전에 없이 흡족하고 기쁜 마음으로 들떠서 물었습니다.

"그 말 진심이에요?"

그러자 제 질문이 조금 놀랍고 이해할 수 없다는 듯 그녀가 되물었습니다.

"나를 못 믿어요?"

"믿어요." 제가 말했습니다. "그런데 내가 지금 제일 하고 싶은 건 뭔지 알아요? 둥춘루이*처럼 폭탄을 끌어안고 청사를 폭파시키고 싶은 마음이 갑자기 너무 간절한 거 있죠. 당신과 실오라기 하나 걸치지 않은 채 대낮 사당에서 앞뒤 가리지 않고 미친 듯이 그걸 하고 싶고."

* 국민당과의 전쟁에서 열아홉 살에 폭탄을 안고 순국한 인민해방군 영웅.

"어떻게 그런 생각이 들어요?"

"왜 그런지는 모르겠지만 갑자기 그러고 싶네요." 제가 말했습니다.

"청사를 폭파하는 것은 우리 혁명의 목표도 아니지요."

"하지만 어려서부터 청씨 집안 사람들이 거기 모여 제사 드리는 걸 볼 때마다 언젠가 청사와 패방을 없애버리겠다고, 청사와 패방을 폭파시켜버릴 거라고 다짐했어요."

그녀가 쪼그리고 있느라 저린 다리를 가볍게 움직이고는 조심스럽게 일어났다가 다시 쪼그려 앉아 제 얼굴을 보며 물었습니다.

"왜 청사에서 그걸 하고 싶은데요?"

"청사에서 미친 듯 그 일을 벌이면 청사의 따귀를 때리거나 청사의 가슴을 발로 차는 것보다 더 통쾌할 것 같아요." 제가 대답했습니다.

"우리가 나갈 수 있을까요?" 그녀가 물었습니다.

"모르죠."

"나갈 수 있다면 당신이 하고 싶은 대로 해요." 그녀가 말했습니다.

그때 바깥에서 발소리가 들리더니 사병 하나가 창문 아래에서 나무 사다리를 타고 올라와 창문을 열어 안을 들여다

보고는 다시 사다리를 내려가 어딘가로 걸어갔습니다. 그가 오고 간 덕분에 바깥이 완전히 어두워졌으며 저녁 식사 시간이 한참 전에 지났다는 것을 알 수 있었습니다. 갑자기 허기가 느껴지고 종아리가 시큰거리면서 저려왔습니다. 저희를 둘러보고 간 사람을 불러 먹을 것이나 생수 한 사발이라도 달라고 하고 싶었지만 그의 발소리는 점점 멀어지다 이내 사라졌습니다. 누가 다시 오면 먹을 것이나 물을 달라고 할 마음을 먹었지요. 그러나 뜻밖에도 그날 밤 저희 둘을 살피러 다시 창문으로 올라온 사람은 아무도 없었습니다.

특별구류실의 혁명사적 의미가 풍부한 형벌이 아직도 부족한가 보다고 생각했습니다. 그러다 허기가 엄습해왔을 때, 말을 하느라 혀가 바싹 말랐을 때, 걸상에서 일어섰다가 쪼그려 앉고 쪼그렸다가 일어서면서 마침내 한밤중이 되었을 때, 저희는 저희가 받는 형벌이 얼마나 가혹한지 뼈저리게 느낄 수 있었습니다.

졸음이 사방팔방에서 덮쳐왔습니다. 강렬한 전등 빛이 바늘로 안구를 찌르는 것처럼 눈을 찔렀습니다. 걸상의 뾰족한 못 세 개가 반짝거리며 발 사이에서 어금니를 드러내고 발톱을 휘둘렀습니다. 앉을 수는 없고 서 있으면 다리가 후들거리고 쪼그리고 앉으면 발이 저렸습니다. 그 밤을 어떻게 보냈는지 모르겠습니다. 쪼그렸다가 서고 섰다가 쪼그려 앉으면서, 정말 졸릴 때는 두 손으로 걸상 가장자리를 꽉 잡은 채 잠깐 졸았지요. 방이 크고 휑한데다 창문 앞에 보초도 없어 다리만 뻗으면 걸상에서 내려가 바닥에 누워 잠들 수 있었습니다. 하지만 내려갈 수 없었습니다. 절대 내려가서는 안 되었지요. 바닥의 주석님 초상화를 밟기만 하면, 석고상을 쓰러뜨리기만 하면, 주석님 어록의 어느 글자든 일단 밟으면 그게 어떤 잘못이고 죄가 되는지 잘 알고 있었으니까요. 전에 지은 죄목에 대해 한 글자도 꺼낼 필요 없이, 한 번이라도 밟고 건드린다면 그 죄는 그동안 지은 죄보다 훨씬 크다는 것을 잘 알았으니까요. 저희는 혁명의 풍랑을 헤쳐 나온 사람들이고 진정한 혁명가였기에 걸상을 내려갔을 때 다가올 엄청난 결과를 누구보다 잘 알고 이해했습니다. 총명하고 지혜로우며 능력 있는 사람들로서, 절대 스스로를 정치의 단두대로 내몰 수 없었습니다.

자정이 지나자 세상이 쥐 죽은 듯 조용해졌습니다. 어렴풋하게 어디선가 공장의 기계 소리가 들리고 가물가물하게 열차 두 대가 철길을 지나는 덜커덩 소리도 들렸습니다. 그 소리들로 판단할 때 현성에서 최소한 30리나 50리는 떨어진 것 같았습니다. 밤이슬 냄새가 차갑게 구류실 안으로 스며

들어왔습니다. 강렬한 조명의 이글거림 때문에 졸음에 저항하거나 맞서기가 점점 더 힘들어졌습니다. 몇 번이나 졸음을 못 이겨 걸상에서 마오 주석님 초상화 위로 넘어질 뻔하고, 몇 번인가는 걸상에 주저앉는 바람에 날카로운 못에 엉덩이를 찔렸습니다. 홍메이도 못에 찔려 아야 하고 천장의 먼지가 풀풀 내려올 정도로 날카로운 비명을 질렀습니다. 하지만 그녀는 깨어난 뒤에도 눈꺼풀에 찰싹 달라붙은 졸음을 떼어내지 못했습니다.

"아이쿼, 이 혹형을 못 견뎌낼 것 같아요." 그녀가 말했습니다.

"참지 못할 만큼 졸려요?"

"조만간 우리 둘 다 걸상에서 떨어져 반혁명 현행범이 될 거예요."

"어떤 일이든 마지막 순간까지 버티다 보면 흐름이 바뀌고 이길 수 있는 순간이 와요." 제가 말했습니다.

"발도 저리고 다리에 힘도 없고 눈꺼풀도 쑤셔요. 얼마 못 견딜 것 같아요."

"걸상 가장자리를 붙잡고 눈을 감아요. 마음 놓고 졸되 내가 숫자 세는 걸 잘 들어요. 열까지 세면 눈을 뜨고요. 눈을 뜨지 않으면 내가 불러서 깨울게요."

그녀가 걸상 가장자리를 잡고 눈을 감자 저는 숫자를 세면서 그녀를 바라보았습니다. 그러다 머리가 기울어지면 얼른 깨웠지요. 저희는 그렇게 한 사람이 졸고 한 사람이 숫자를 세면서 지켜보았습니다. 열에서 열 몇까지 센 다음에 상대를 깨웠지요.

저희는 의지와 지혜로 마침내 그 긴 밤을 견뎌냈습니다.

날이 밝자 젊은 사병이 방금 이를 닦았는지 양치 컵과 칫솔을 들고 문을 열었습니다. 그는 양치 컵과 칫솔을 문 안쪽 바닥에 내려놓고는 네 줄 물결무늬의 마오 주석님 석고상을 대충 양쪽으로 밀며 길을 냈습니다. 그러자 대충 분필로 적어놓아 무슨 뜻인지 알 수 없는 한자와 부수가 두 줄 드러났습니다. 그가 한자 사이로 걸상까지 다가와 걸상 사이의 주석님 초상화에 발자국이나 다른 흔적이 있는지 살펴보았습니다. 허리를 굽힌 채 문으로 들어오는 햇빛에 의지해 발자국이나 손자국을 찾았지요. 저희가 주석님의 거대한 초상화를 밟지 않았다는 것을 확인한 다음에는 걸상 뒤와 양옆의 초상화와 어록들도 살펴보았습니다. 그는 최소 10분 동안 걸상 주변을 둘러본 뒤 마침내 저희가 밤새 걸상에 있었음을 인정하고는 놀란 얼굴로 저희 둘을 보았습니다.

"정말로 밤새 내려가지 않았습니다." 제가 말했습니다.

"걸상에서 밤을 견뎌낸 건 당신들이 처음이다." 그가 말했습니다.

"지금 무척 시장합니다. 뭔가 먹을 것을 주어야 하지 않습니까? 탕 한 모금이라도 마시게 해주십시오."

"먹을 것도 있고 마실 것도 있지만 그걸 준다면 내가 그 걸상에 서 있어야 해."

"인도주의 정신을 좀 발휘하시지요." 제가 청했습니다.

"그만 고백하시지. 고백하면 걸상에서 내려올 수 있다. 끝까지 버티다가 고백은 고백대로 하고 죄목까지 더해져 반혁명 현행범이 되지 말고."

"무슨 말을 하라는 겁니까?"

제가 떠보듯 묻자 그가 차가운 눈으로 저를 바라보며 말했습니다.

"그걸 나한테 묻는 건가? 죄를 지었으면 당신이 제일 잘 알겠지. 말하고 싶지 않으면 걸상 위에서 죄목을 늘리든가."

그렇게 말한 다음 다시 뒷걸음치면서 옆으로 밀었던 석고상을 하나하나 원래 자리로 돌려놓았습니다. 그러다 가끔 어디에 두어야 할지를 잊어버렸는지 석고상을 밀쳐 석고상 밑면을 살피고 바닥에 적힌 한자나 부수를 확인하고는 다른 석고상으로 바꿔놓았습니다. 그런 그의 행동이 저와 홍메이의 시선을 잡아끌었습니다. 그가 중얼거리는 내용은 들을 수 없었지만 입이 열렸다 닫혔다 하는 것과 석고상을 옮겼던 중앙 두 줄의 물결무늬에서 저희 쪽 석고상 아래에 적힌 한자와 부수는 볼 수 있었습니다. 첫째 줄의 처음 다섯 글자는 '오五, 산山, 위委, 착辶, 월月'이고 둘째 줄의 처음 다섯 글자는 '인人, 수氵, 수水, 수扌, 운云'이었습니다. 뒤쪽은 잘 보이지도 않고 기억도 나지 않았습니다. 그 두 줄의 열 글자와 부수를 재빨리 머릿속에 넣자 곧장 '오산위주월五山委走月, 인수수수운人水水手云' 두 마디가 떠올랐습니다. 젊은 사병이 구류실을 나간 다음 두 마디를 머릿속으로 읊으면서 홍메이에게 물었습니다.

"석고상 밑에 있던 글자를 외웠어요?"

"일고여덟 개 정도요. 앞줄 네 개는 오, 산, 위랑 뭐였고 뒷줄 네 개는 인, 수, 수, 수였어요." 홍메이가 대답했습니다.

"그게 무슨 뜻인지 알겠어요?"

"알면 걸상에서 내려가도 되게요."

저희는 '오, 산, 위, 착, 월'과 '인, 수, 수, 수, 운'의 열 글자와 부수가 주석님 상과 무슨 관계가 있는지, 각각의 글자와 부수로 표시된 주석님 상이 왜 꼭 서쪽이나 동쪽을 향하고 있는지 추정하기 시작했습니다. 그런데 각 글자나 부수가 석고상 하나를 표시한다는 것은 분명했지만 글자와 글자, 글자와 부수 사이에 무슨 관계가 있는지는 알 수 없었습니다. 저희는 배고픔과 목마름, 노곤함을 잊고 견디기 힘든 시간을 버티며 최대한 빨리 그것들을 저희 앞에서 없애기 위해 한참을 게임 같은 추측에 몰입했습니다. 우선 획수가 많은 글자가 큰 석고상을 의미할 거라고 가정했습니다. 그러나 여덟 획인 '위'에 주석님의 반신상이 있는데다 크기도 주먹만 했습니다. 그래서 획수가 적은 게 큰 석고상을 의미하나 했는데 네 획인 '운'자 위에 일 척이 넘는 전신상이 있고 두 획인 '인'자 위에 크지도 작지도 않은 석고상이 있는 것을 발견했지요. 글자에 놓인 상들이 전부 동쪽이나 동남과 동북쪽을 바라본다고 가정했지만 편방 부수 위에 있는 상도 동쪽을 바라보고 있었고요. 부수에 있는 상들이 전부 서쪽을 보거나 서남과 서북을 향한다고 가정했지만 '수氵'에 놓인 상은 정동을 바라보더군요. 또 각각의 글자나 부수가 모여서 하나의 구나 성어 혹은 시를 이룰 것이라고 가정했지만 아무리 생각해봐도 '오, 산, 위, 주, 월'이 무슨 뜻인지, '인, 수, 수, 수, 운'이 대체 어떤 의미를 지니는지 알 수 없었습니다. 하지만 첫째 구절 '월'과 둘째 구절 '운'은 확실히 대구를 이루고 있었습니다. 저희는 저희가 아는 당시와 송사를 총

동원하고 외울 수 있는 고시 가운데 '운'과 '월'이 있는 구절은 뭐가 됐든 전부 떠올려보았지만 '오산위주월, 인수수수운'과 모종의 관계를 맺으면서 혁명의 진영 배치도를 풀어줄 열쇠를 제시해주는 것은 하나도 없었습니다. 마오 주석님의 시와 사를 전부 외워볼 수도 있었지만 주석님의 시는 전 인류를 품는 대범하면서 성대한 것이라 어울리지 않았습니다. 주석님의 시에는 음풍농월의 구절이나 버드나무를 읊조리는 내용이 전혀 없다는 말입니다. 그렇게 글자와 부수를 풀어갔지만 결국 막다른 골목에 이르고 말았습니다. 새까만 문으로 들어갔다가 갇혀 죽는 것 같고 도랑에 들어갔다가 낭떠러지와 절벽에 이른 것만 같아 고개를 돌려 돌아나오는 수밖에 없었습니다.

"저 글자와 부수 들이 무슨 뜻인지는 죽어도 못 맞힐 것 같아요."

그러면서 홍메이가 네 줄의 물결무늬 석고상에서 시선을 거두었습니다.

그때 언제 열렸는지 모르겠는 창문에서 보초병이 움직이는 게 보이고 햇빛이 탐조등 불빛처럼 창문으로 쏟아져 들어왔습니다. 벌써 시간이 한참 지났는지 햇살 속에서 뜨거운 기운이 방 안으로 퍼지기 시작하는 게 느껴졌습니다. 홍메이가 선 채로 무릎을 문지르고 종아리를 주무른 다음 주먹으로 발등과 발꿈치를 두드렸습니다. 이미 걸상에서 섰다가 앉았다를 반복하며 하룻밤 하고도 반나절, 최소한 열다섯 시간을 보냈습니다. 그날도 관 서기가 면담할 사람을 보내지 않는다면 걸상에 쪼그린 채로 또 한 번의 낮과 밤을 보내게 될 판이었습니다. 또 한 번의 낮과 밤은, 쪼그렸다 섰다가 섰다 쪼그렸다 하면서 버텨낸다고 해도 가장 잔혹한 투쟁이자 적이 될 것이고, 말할 것도 없이 결국 패하는 쪽은 저희일 터였습니다. 하지만 설령 그게 심문이라 할지라도, 공식적인 대화 없이 모든 것을 말할 수 없었고 뜻을 이루지 못한 상태에서 저희 스스로를 배신할 수 없었습니다. 반드시 지구위원회 관 서기를 만나야 했습니다. 분명 저희는 관 서기가 높이 평가한 혁명 계승자이니까 어쩌면 저희 혁명의 공적과 성과로 저희 잘못을 청산해줄지도 몰랐습니다. 다차치하고 관 서기는 관직도 높고 도량도 크니까 틀림없이 저희를 용서해줄 것 같았습니다. 또 류 처장이 저희와 헤어지던 마지막 순간에 "10여 명을 죽이고도 계속 관직을 지키는 사람도 있는데 자네들 일이 뭐 그리 대수인가"라고 말하지 않았습니까? 혁명에는 희생이 따르기 마련이고 사람이 죽는 것도 흔한 일이지요. 혁명의 규칙과 논리를 관 서기가 모를 리 없고 이해하지 못할 리 없었습니다. 중요한 것은 저희가 관 서기나, 최소한 관 서기가 직접 보낸 사람을 기다려야 한다는 것이었습니다. 아니, 그때 가장 중요한 것은 반드시 그 힘겨운 시간을 버티고 어떻게든 가로 다섯 치, 세로 여덟 치의 걸상에서 목마름과 배고픔, 허리 통증과 다리 피로, 근육통과 발 저림을 머리에서 지운 채 절대로 걸상에서 내려가 주석님 초상화를 밟아서는 안 된다는 것이었습니다.

"아이퀸, 오늘은 심문하러 누가 올까요?" 홍메이가 말했습니다.

"심문을 하러 오건, 오지 않건 우리는 걸상에서 떨어지면 안 돼요."

"아이퀸, 난 오늘 밤까지 견디지 못하고 떨어질 거예요. 주석님 초상화를 밟게 되겠지요. 이미 내 종아리랑 발목이 밀반죽처럼 부풀어 올랐어요."

홍메이에게 바지를 걷어보라고 하자 정말로 발목이 종아리만큼 굵어지고 반들반들 빛이 났습니다. "어떡해요? 이렇게 걸상에서 죽기만 기다려야 하나요?"라는 그녀의 말에 이야기를 들려주겠다고 했지요. 그녀는 듣고 싶지 않다고 했지만 그래도 이야기를 시작했습니다. 마오 주석님께 특별히 충성하고 당 중앙위원회에 충성하며 당신이나 나보다 사상적으로 훨씬 많이 깨우친 사람이 있었어요, 그는 수천수만의 학생들이 톈안먼 광장에서 마오 주석님을 만난다는 소리를 듣고 나라고 왜 베이징 톈안먼에 못 가겠어? 하고는 돼지와 양, 집안의 곡식과 나무를 팔아 여비를 마련해서는 베이징으로 멀고 먼 길을 떠났대요, 자동차를 타고 기차를 타면서 차가 지나지 않는 산길은 걸어서 가을부터 여름까지, 다시 여름에서 가을까지 걷고 걸어 마침내 베이징 톈안먼 성루 앞의 광장에 도착했지요, 그가 광장 한가운데에 서서 뭐라고 말했게요?

홍메이가 저를 바라보았습니다.

"뭐라고 말했는지 맞혀보라니까요?" 제가 재촉했습니다.

"팔을 높이 들고 '마오 주석님 만세' 하고 외쳤어요." 홍메이가 대답했습니다.

"아니요."

"'공산당 만세'라고 했나요?"

"틀렸어요."

"톈안먼 광장 중앙에는 인민영웅 기념비가 있지요. 틀림없이 기념비를 보면서 '자유로워짐에 공산당을 잊지 않고 해방됨에 마오 주석님을 잊지 않네. 물을 마시면서 우물 판 사람을 잊지 않고 행복함에 붉은 깃발을 잊지 않네' 같은 시를 지었을 거예요."

"역시 아니에요."

"그럼 무슨 말을 했는데요?" 홍메이가 물었습니다.

"다시 맞혀봐요."

"정말 모르겠어요."

"톈안먼 광장을 한 바퀴 걷고는 마지막으로 광장 한가운데에 서서 말했대요. 세상에, 정말 큰 광장이구나, 몇 무나 되는지 계산도 못 하겠네. 나무도 없고 깨끗한데 마오 주석님은 왜 선국의 곡식을 여기로 가져와 말리라고 지시하지 않는 걸까?"

제 대답에 홍메이가 두 손으로 걸상 가장자리를 잡고 웃었습니다. 웃다가 떨어질 뻔했지요. 창문 밖의 보초병이 그녀의 웃음소리에 무슨 일인가 싶어 안을 들여다보고는 손으로 창문을 쳐서 저희의 즐거움과 웃음을 제지했습니다. 웃음을 멈춘 뒤에도 홍메이는 자신의 발목이 부은 것과 밤새 잠을 자지 못한 것, 저희가 감옥 구류실에 있다는 것을 전부 잊었습니다. 아이췬, 하나 더 이야기해줘요, 하고 그녀가 말했습니다. 저는 혁명과 관련된 우스갯소리와 이야기를 세 개나 연속해서 들려주었지요. 그녀는 그러고 나서도 더 듣고 싶어 했습니다. 하지만 아무리 쥐어짜도 더 이상 떠오르지 않았습니다. (저는 제가 혁명가이지, 혁명 이야기꾼이나 혁명 만담꾼, 혁명 개그맨이 아니라는 것을 알았지요.) 그래서 저희는 시 잇기 놀이를 시작했습니다. 제가 앞 구절을 말하면 그녀가 다음 구절을 말하고 그녀가 앞 구절을 말하면 제가 다음 구절을 말하는 식이었습니다.

"중산鐘山에 비바람 어지러이 일어나니." 제가 말했습니다.

"백만의 정예 병력 창장을 건너네." 그녀가 뒤를 이어 받았습니다.

"봄바람에 흔들리는 버드나무의 수많은 가지들."

"육억 중국인은 전부 요순 같은 성인이라."

"나는 양카이후이를 잃고 그대는 류즈쉰을 잃었네."

"양카이후이와 류즈쉰은 훨훨 날아 하늘 끝까지 올랐으리."

"늦가을에 홀로 서니 샹장湘江이 북으로 쥐저우橘州 앞까지 흐르네."

"만 산이 온통 붉고 숲이 전부 물들었네. 유유하게 흐르는 맑고 푸른 강에서 수많은 배들이 물길을 다투는구나."

"산, 달리는 말에 채찍을 가하며 안장을 내리지 않았네. 놀라서 고개를 돌려보니 하늘에 거의 맞붙었어라."

"산, 바다와 강이 출렁이며 거대한 물결을 말아 올린 것 같구나. 거세게 내달리는 모습이 천군만마의 격렬한 전투 같네."

"혁명의 땅과 혁명의 하늘." 그녀가 먼저 시작했습니다.

"찬란한 햇빛과 찬란한 달." 제가 뒤를 이었습니다.

"옌안의 보탑과 항해의 등."

"톈안먼 성루와 민족의 별."

"모든 민족과 인민의 마음 당을 향하고, 우리의 마음 붉은 태양을 향하네."

"지구는 태양 주위를 돌고, 억만 인민은 당을 따르네."

"두 팔을 활짝 펴고 새로운 태양을 맞이하자."

"가슴을 활짝 열고 혁명의 사랑을 심자."

"우리는 풀처럼 소박하고 철길의 초석처럼 사심이 없으며 나사못처럼 녹슬지 않으리."

"우리는 들판처럼 광활하고 산맥처럼 굳세며 창장과 황허처럼 거침없이 내달리며 끊임없이 싸우리."

"붉은 등을 들고 사방을 바라보네, 위에서 룽탄隆灘으로 사람을 파견했으니." 이번에는 제가 먼저 시작했습니다.

"일곱시 반으로 시간을 약속해 이번 차를 기다리네." 그녀가 뒤를 이었지요.

"사람들은 세상에서 혈육의 정만 두텁다고 말하지만."

"내가 보기에는 계급의 정이 태산보다 두텁네."

"황련과 담낭의 맛은 구분하기 어렵지. 그는 차를 밀고 그대는 가마를 메니 똑같이 한을 품고 똑같이 세상의 길이 울퉁불퉁하다고, 길이 울퉁불퉁하다고 원망하네."

"언젠가 그의 옷 해진 곳에서 핏자국을 보았네. 어떻게, 어떻게 오래된 상처에 새로운 상처를 또 더할 수 있단 말인가?"

"격렬한 전투 속 군인과 민간인들 똘똘 뭉치고, 아녀자들 회원을 구하고 군대를 옹호하는 데 앞장섰네."

"몇 번인가 식량을 나르는 사람이 보이지 않았다지만 나는 전방을 지원하기 위해서라면 평원을 걷는 것도 두렵지 않네."

"우리는 산으로 들어온 노동자와 농민의 인민군이니, 반동파를 소탕해 세상을 바꾸리." 제가 말했습니다.

"수십 년 혁명을 위해 남북을 전전하는 동안, 공산당과 마오 주석님이 앞으로 나아가도록 이끄셨네. 붉은 별 하나를 머리에 달고 혁명의 붉은 깃발 양쪽에 꽂았지. 붉은 깃발이 지적한 곳에서 먹구름 걷히고, 해방구 인민들 지주를 무너뜨려 자유를 얻으니……."

"주롱강九龍江에서 벌어진 전투, 서로 도와 정이 쌓이는구나."

"고개 들어 바라보니 10리 긴 제방에 사람들 오가고 투쟁의 의지 드높아라. 나 결심하노니, 영웅을 따라 막중한 책임을 지며 밭머리를 밟고 가슴으로 붉은 태양 바라보며 시대의 새로운 개척자가 되리라. 청춘을 혁명의 빛으로 불사르리라."

"아이췬, 이제부터는 나만 기존 구절을 읊기로 해요. 당신은 그 뒤를 직접 만드는 거죠. 너무 오래 걸려도 안 되고요." 훙메이가 말했습니다.

"세상에 공산당원이 못 하는 일은 없어요. 해봐요."

"고향은 안위안安源 핑수이허萍水河의 끝, 삼대가 석탄을 캐며 소와 말처럼 살았네." 그녀가 말했습니다.

"고개 숙여 옛날을 떠올리니 두 눈으로 눈물이 하염없이 흐르네."

"좋아요! 출정 길에 달 밝고 바람 시원하여라. 날듯이 사자방沙家浜을 습격하였네."

"걸으면서 노래하였네. 검은 달 거센 바람도 우리의 즐거운 마음과 강한 뜻을 막을 수 없어라. 의지가 굳세고 투지가 드높구나."

"그냥 그래요. 어디 대사를 옮겨온 것 같고. 이제부터 주의

해요. 내가 말하는 글자 수에 맞춰서 말하고 대구와 압운을 지키면서 당신이 만든 것이어야 해요." 그녀가 말했습니다.

"좋아요."

"수탉이 우니 천하가 훤하게 밝았네."

제가 잠시 생각한 뒤 말했습니다.

"꾀꼬리 소리 높여 밝은 달을 칭송하네."

이번에는 그녀가 잠시 생각하고 제시했습니다.

"역참 바깥의 끊어진 다리 옆."

제가 잠시 생각한 뒤 대답했습니다.

"적막하나 꽃은 아름답구나."

그녀가 또 생각에 잠겼다가 말했습니다.

"홍군은 원정이 힘들까 걱정하지 않네."

제가 웃으며 대답했지요.

"숱한 산과 물이 평범하게만 보이네."

"웃지 마요. 마지막에 웃는 사람이 이기는 거라고요. 다섯 개의 봉우리 굽이굽이 작은 파도처럼 이어졌구나."

"높이 솟은 산맥들이 진흙 알과 같아라."

"그건 시가 아니라 말장난이잖아요. 진샤강金沙江의 거센 강물 낭떠러지를 치지만 따스하구나. 대구를 이루는 완전한 칠언율시로 만들어봐요."

저는 생각에 잠겨 곧장 대답하지 못했습니다.

"잘 생각해봐요.『해방군보』에 시를 발표하기도 했다면서
요?"

그녀가 말했지만 저는 계속 아무 말도 하지 않았습니다.

"진샤강의 거센 강물 낭떠러지를 치지만 따스하구나. 너
무 오래 생각하고 있다고요." 그녀가 재촉했습니다.

"방금 말한 구절이 뭐였죠? 다섯 개의 봉우리 굽이굽이 작
은 파도처럼 이어졌구나?"

"'다섯 개의 봉우리 굽이굽이 작은 파도처럼 이어졌구나'
는 이 앞에 제시한 구절이고 이번에는 '진샤강의 거센 강물
낭떠러지를 치지만 따스하구나'라고요."

그때 제 머리로 번개가 번쩍했습니다. 머릿속에서 우르릉
산이 무너지고 땅이 갈라지는 소리가 들려왔습니다. '오, 산,
위, 착, 월'과 '인, 수, 수, 수, 운'이 '다섯 개의 봉우리 굽이굽
이 작은 파도처럼 이어졌구나五嶺逶迤騰細浪', '진샤강의 거센
강물 낭떠러지를 치지만 따스하구나金沙水拍雲崖暖'와 비밀스
런 관계가 있다는 것을 깨달았기 때문이지요. 그것들이 바
닥의 주석님 석고상 좌표와 관련이 있다는 것을요. 저는 갑
자기 혁명의 팔패진을 열 수 있는 금열쇠를 손에 얻었습니
다. 바로 그 순간, 그 눈 깜짝할 사이에 '오五, 산山, 위為, 착ㄴ,

월月'이 바로 '다섯 개의 봉우리 굽이굽이 작은 파도처럼 이어졌구나, 즉 오령위이등五嶺逶迤騰' 다섯 글자의 편방 부수와 한자이고 '인亻, 수氵, 수水, 수扌, 운雲'은 '진샤강의 거센 강물 낭떠러지를 치지만 따스하구나, 즉 금사수박운金沙水拍雲' 다섯 글자의 편방 부수와 한자라는 것을 깨달았던 것입니다. 제가 고개를 돌려 네 줄 물결무늬의 석고상을 바라보는데 홍메이가 '진샤강의 거센 강물 낭떠러지를 치지만 따스하구나'의 대구를 만들지 못하겠느냐고 물었습니다. 저는 손을 흔들고는 허공을 손으로 누르며 조용히 앉아 저처럼 석고상을 살펴보라는 신호를 보냈습니다. 그녀는 제가 석고상을 오갈 수 있는 비밀 통로를 찾아냈음을 알아채고 그 작은 눈사람 같은 상들로 시선을 고정시켰지요. 주석님 상들을 세어보자 모두 쉰여섯 개로 칠언율시의 쉰여섯 글자와 같고 줄마다 놓인 석고상도 열네 개씩으로 시 두 구절의 숫자와 같았습니다. 다시 말해서 첫째 줄 열네 석고상에 대응되는 것은 마오 주석님의 칠언율시 「장정長征」의 처음 두 구절인 '홍군은 원정이 힘들까 걱정하지 않으니, 수많은 물과 산이 평범하게만 보이네紅軍不怕遠征難, 萬水千山只等閑'이고 둘째 줄의 열네 석고상에 대응되는 것은 '다섯 개의 봉우리 굽이굽이 작은 파도처럼 이어졌구나, 우명산의 성대한 기세가 작은 진흙 알이 구르는 것 같네^{五嶺逶迤騰細浪, 烏蒙磅礴走泥丸}'였지요. 셋째 줄은 「장정」의 다섯번째와 여섯번째 구절, 넷째 줄은 일곱번째와 여덟번째 구절에 해당할 것이고요. 그것을 증명하기 위해 살피다가 첫째 줄의 일곱번째 석고상 옆에서 바깥으로 드러난 '우^又'자를 찾아냈습니다. 「장정」 첫째 구절의 일곱번째 글자인 '난^難'에 '우'자가 있지요.* 넷째 줄의 두번째 석고상 옆에서도 '구^口'자가 보였는데 그건 「장정」 일곱번째 구절의 두번째 글자인 '희^喜'에 포함된 글자고요.

주석님 석고상의 네 줄 배열이 주석님의 칠언율시 「장정」의 쉰여섯 글자를 물결처럼 배열한 것임을 파악하자 힘들이지 않고도 석고상의 동서남북 방향이 칠언율시의 높낮이, 사성의 독법에 대응된다는 것을 알 수 있었습니다. 저는 1성은 동쪽이고 2성은 서쪽, 3성은 남쪽, 4성은 북쪽일 거라고 가정했습니다. 그리고 조용히 '홍군은 원정이 힘들까 걱정하지 않으니^{紅軍不怕遠征難}'를 읊조려보았습니다. 일곱 글자의 성조가 각각 2성, 1성, 2성, 4성, 3성, 1성, 2성이라 그에 대응시킬 경우 석고상의 방향은 서, 동, 서, 북, 남, 동, 서여야 했습니다. 그래서 다시 첫째 줄의 석고상 일곱 개를 살폈더니 정

* '난^難'의 간체자가 '难'이기 때문임.

말로 서, 동, 서, 북, 남, 동, 서였습니다. 이번에는 '삼군이 지나간 뒤 모두들 희색이 만면이네三軍過後盡開顔'를 조용히 읊어 보았습니다. 성조가 1성, 1성, 4성, 4성, 4성, 1성, 2성이라 그에 대응되는 마지막 줄의 석고상은 동, 동, 북, 북, 북, 동, 서여야 했지요. 살펴보니 역시 석고상 일곱 개의 방향이 동, 동, 북, 북, 북, 동, 서였습니다.

저는 그 쉰여섯 개의 석고상이 만들어낸 혁명의 팔괘도와 혁명의 지옥도를 완전히 풀어낸 것입니다.

모든 것이 자명해졌습니다. 제가 천재적 혁명가이자 정치가일 뿐만 아니라 정말로 천재적인 군사전략가이자 점술가라는 것이 다시 한 번 증명되었습니다. 홍메이에게 설명해주자 그녀가 바닥에 놓인 석고상을 세고 '오, 산, 위, 착, 월'과 '오령위이등'의 관계를 따져 셋째 줄과 넷째 줄 앞쪽에 놓인 석고상들의 방향을 살펴본 뒤 눈을 반짝였습니다. 사형수가 특별 사면을 받은 것처럼, 심한 갈증에 시달리던 사람이 졸졸 흐르는 강물을 발견한 것처럼, 지하에 열흘, 여드레 갇혀 있던 사람이 새벽의 태양을 본 것처럼요. 방 안의 전등은 진즉에 꺼지고 창문에서 쏟아져 들어오는 태양빛이 도로를 질주하는 차량의 타이어처럼 윙윙 소리를 냈습니다. 창문 쪽 보초병이 계속 창문으로 머리를 들이밀었지만 무엇을 보고 무엇을 생각하는지는 알 수 없었습니다. 지난밤 벽돌 가마의 노랗게 타들어가던 유황 냄새는 온데간데없고 뜨겁게 달아오른 들판 냄새와 햇빛에 증발하는 방 안의 습한 기운만이 느껴졌습니다. 저희는 스스로의 발견에 격앙되어 아무 말 없이 서로를 바라보았습니다. 그녀의 얼굴에서 불그레하게 흥분이 피어오르는 게 보였습니다. 그 흥분은 그 일을 할 때만, 그녀가 절정에 도달했을 때에만 나오는 것이었지요. 발그레하니 매혹적인 그녀의 아름다움이 위대한 해독과 발견에 더해져 제 차가워진 피를 순식간에 뜨겁게 달구고 쿨렁쿨렁 끓어오르게 만들었습니다. 그녀에 대한 갈망이 창장과 황허처럼 제 온몸을 내달리며 거세게 흐르고 환하게 꽃을 피웠습니다. 방 안 가득한 명언과 주장, 주석님의 석고상들이 수문이나 제방처럼 제 혈관 곳곳에 가로세로로 놓여 흐름을 막거나 잘라내는 것 같았습니다. 문득 처음 만났을 때 교외 철길에서 보았던 그녀의 어색한 아름다움과 분방함이 떠오르고 무덤에서의 광란과 흥건함, 2년여 동안 땅굴에서의 아늑함과 자유로움이 떠올라, 바로 그 순간, 감옥을 탈출해야겠다고 결심했습니다. 그녀와 함께 달아나야겠다고요. 단지 광야 어딘가에서 마지막으로 알몸이 되어 하고 싶은 대로 마음껏, 몸과 마음을 다해 미친 듯이 그 일을 하기 위해서일지라도, 오직 한 번의 그걸 위해서일지라도 탈출해야 했습니다.

탈출해야겠다는 생각이 들자 두 손에 땀이 흥건히 고이고 불이 붙은 듯 얼굴이 뜨거워지면서 경직되었습니다. 창밖의 보초가 또 안을 들여다봤다가 저희가 여전히 쪼그리고 앉아 있자 고개를 다시 돌렸습니다. 저는 창문과 문을 살펴본 다음 손가락으로 허공에 '도망' 하고 두 글자를 썼습니다. 연속해서 다섯 번을 쓴 뒤에야 홍메이가 글자를 알아보았지요. 그때 그녀는 두려움이나 창백함이라고는 하나도 없는 얼굴로 두 입술을 다문 채 저를 잠시 바라보다가 '될까' 하고 허공에 썼습니다.

저는 힘껏 고개를 끄덕였습니다.

그녀가 입술을 앙다문 채 잠시 생각하더니 저보다도 더 힘껏 고개를 끄덕였습니다.

(제 영혼, 제 육신, 제 정신이자 골수!) 위대하고 위험하며 기이하고 전례 없는, 역사책에 수록될 만한 계획이 그렇게 홍메이의 끄덕임에서 탄생했습니다.

개선

1.「장정」분해도

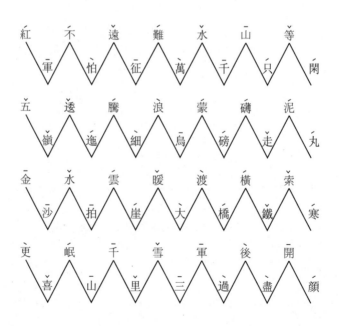

(서)　　(서)　　(남)　　(서)　　(남)　　(동)　　(남)
공(工)　소(小)　원(元)　우(又)　수(水)　산(山)　촌(寸)

　　(동)　　(북)　　(동)　　(북)　　(동)　　(서)　　(서)

거(車)　백(白)　정(正)　일(一)　십(十)　구(口)　문(門)

(서)　　(동)　　(서)　　(북)　　(서)　　(서)　　(서)
오(五)　위(委)　월(月)　수(氵)　초(艹)　석(石)　수(氵)

　　(남)　　(서)　　(북)　　(동)　　(서)　　(남)　　(서)

산(山)　착(辶)　전(田)　일(一)　석(石)　토(土)　구(九)

(동)　　(남)　　(서)　　(남)　　(북)　　(서)　　(남)
인(人)　수(水)　운(云)　백(白)　수(氵)　목(木)　소(小)

　　(동)　　(동)　　(서)　　(북)　　(서)　　(남)　　(서)

소(少)　수(扌)　산(山)　대(大)　목(木)　금(金)　면(宀)

(북)　　(서)　　(동)　　(남)　　(동)　　(북)　　(동)
일(日)　산(山)　십(十)　계(彐)　거(車)　구(口)　일(一)

　　(남)　　(동)　　(남)　　(동)　　(북)　　(북)　　(서)

구(口)　산(山)　토(土)　일(一)　착(辶)　천(天)　혈(頁)

2. 포기할 수 없는 꿈

마침내 저희는 「장정」의 비밀 통로에서 빠져나와 그 감옥과 특별구류실을 탈출했습니다. 감옥은 정말로 현의 군량창고를 개조한 것이었습니다. 나중에 알고 보니 그 당시에 정치범이 갑자기 늘어나 감옥이 포화 상태에 이르자 현에서 다른 지역이 하는 것처럼 군량 창고를 정치범 전용 감옥으로 개조하고 특별구류실을 만든 것이더군요. 그날도 저희는 식사는커녕 물 한 모금도 마시지 못했습니다. (식량 창고에서 인도주의를 한 톨도 찾아볼 수 없었지요.) 하지만 저희는 스스로의 발견에 고무되고 탈출 계획에 격앙되어 한껏 들뜨고 부글부글 끓어오르며 파도처럼 거세게 밀려오는 열정에 휩싸였습니다. 그리고 초인적인 용기가 솟구치면서 산처럼, 물처럼 용맹스럽게 팔괘진을 뚫고 나왔지요. 초병이 저녁 식사를 하러 초소에서 내려갈 때 저희는 한마디 말도 없이 쪼그려 앉아 미동도 하지 않았습니다. 식사를 마친 초병이 구류실에 전기를 넣어 저희 사방과 상하를 환하게 밝힌 다음 "솔직해지고 싶으면 불러라!" 하고 소리치고 초소에서 내려가기만 기다렸지요.

총체적으로 항일전쟁을 살펴보면 적이 공격과 외선 작전

을 펼쳤기 때문에 저희는 방어와 내선 작전으로 대응했던 것입니다. 당연히 적에게 포위당했고요. 저희는 반드시 그 포위를 뚫어야 했습니다. 그 외에는 살 길이 없었으니까요.

드디어 행동을 개시했습니다.

우선 걸상의 한끝을 밟은 채 석고상 제일 앞쪽으로 내려와 앞쪽 네 석고상 밑에 '홍, 오, 금, 경' 네 글자의 약자나 부수가 적혀 있는지 확인한 다음 홍메이를 걸상에서 받아 내렸습니다. 저희는 꼭 끌어안고 입부터 맞추었지요. 그러고는 크기와 방향이 각기 다른 주석님 석고상을 전부 밀어내 지나간 다음, 다시 「장정」의 비밀 코드에 따라 배치하면서 한 걸음에 입구까지 갔습니다. 그렇게 쉽게 감옥을 탈출할 수 있을 거라고는 생각 못 했습니다. 특별구류실의 철판 문 바깥이 잠겨 있지 않을 거라고도 생각 못했지요. 그냥 고리쇠에 걸쇠를 걸어놓은 게 고작이고 소위 감옥이라는 철문도 식량 창고였을 때의 문 그대로에다 철문 옆에 '208창고'라는 글자마저 남아 있었습니다. 저희는 사방을 자세히 살필 틈도 없었고, 맞은편 방의 살짝 닫힌 문 너머에서 들리는 시끌벅적한 대화 소리나 사병들의 와자지껄 포커 치는 소리에 귀를 기울일 틈도 없었습니다. 홍메이가 길고 가는 손가락으로 고리를 벗겨 문을 나설 때 입구의 초병이 다른 초병에게 물을 좀 갖다 달라고 하자 상대 초병이 직접 따라 마시라고, 소대장과 중대장도 안에서 놀고 있지 않느냐고 하고는 총을 멘 채 철문 서쪽 방으로 가더군요. (적이 경각심을 잃었을 때가 바로 아군이 공격할 때이고 승리할 때입니다.) 저는 몸을 떨고 있는 훙메이를 이끌고 특별구류실을 빠져나와 문고리를 원래대로 해놓고는 살금살금 담장 밑을 따라 대문 아래까지 갔습니다. 그러고는 반 척 높이의 철문과 바닥 사이 틈으로 기어 나왔습니다.

음력 보름이라 달빛이 더할 나위 없이 좋았습니다. 감옥 철문을 빠져나와 일어섰을 때 촉촉한 달빛이 얼굴과 몸, 고개 젖힌 목으로 서늘하게 흩뿌려지는 게 느껴졌습니다. 눈병 걸린 눈에 약물이 스며들듯 눈이 부드럽게 젖어들었고요. 저희는 살금살금 빠르게 감옥의 대문을 등지고 동쪽으로 걸었습니다. 발밑의 풀과 주변의 나무가 하나씩 등 뒤로 사라졌습니다. 발소리가 초병 귀에 들리지 않으리라는 확신이 들었을 때 저희는 후다닥 산비탈을 향해 뛰기 시작했습니다. 땀범벅이 되고 숨이 가빠졌습니다. (출정의 길 임무 다급하여/채찍을 휘두르며 말을 재촉하네/고개 들어 사방을 바라보니/달과 별이 대지를 비추는구나/내일의 태양이 찬란하도록/오늘 밤은 어둡고 바람 거세네. 사방에 깔린 적들로 초목과 바람 소리, 학 울음소리에 놀라지만, 머리가 잘리고 피를 흘린들 어찌 애석해하리.)

산허리에 도착했을 때 홍메이가 더 이상 뛸 수 없을 만큼 지쳐 걸음을 멈추었습니다. 확실히 산비탈의 회화나무 숲에 들어와 있었습니다. 오월의 회화나무 향이 비릿하고 달큰하게 사방에서 덮쳐오고 벌레 먹은 나뭇잎이 달빛 속에서 빙글빙글 춤을 추다가 가느다랗게 바삭 혹은 털썩 소리를 내며 바닥으로 떨어졌습니다. 나뭇잎 사이로 허공에 막 떠오른, 눈처럼 하얗고 쟁반처럼 둥근 보름달이 보였습니다. 달속의 산맥과 나무, 강물, 사람 그림자와 토끼, 양이 흔들거리는 게 또렷하게 보였지요. 회화나무 숲이 기이할 정도로 고요해 달의 산기슭을 오가는 토끼와 양, 사람의 발걸음 소리마저 들리고 수풀의 귀뚜라미와 다른 곤충들이 전고를 울리는 것처럼 치열하게, 세상을 자신들의 환호와 언쟁으로 가득 채우려는 듯 울어대는 것이 고스란히 들렸습니다. 저희는 안전해졌다는 것을 알았지요. 산 아래 감옥 쪽을 바라보았지만 감옥의 위치나 전체적인 생김새를 자세히 살피는 대신 저희가 걸어온 방향의, 말라붙은 하천 제방을 따라 사물에 형태를 부여하는, 길 같기도 하고 아닌 것 같기도 한 길쭉한 달그림자만 보았습니다. 달그림자가 처음과 똑같고 사람은 그림자도 보이지 않자 헐떡임이 바로 가라앉았습니다.

저희는 기쁨이 가득한 눈으로 축하하듯 서로를 바라보면서 약속이라도 한 것처럼 서로의 품으로 달려들었습니다. 상대를 품에 꼭 안은 채 미친 듯이 입을 맞추고 더듬고 광적으로 포옹하면서 물어뜯었습니다. 제 두 입술로 그녀의 부드러운 아랫입술을 물어뜯어 삼킬 수 없다는 게 한스러웠습니다. 제가 그녀의 머리와 목, 가슴을 애무하는 동안 그녀는 셔츠 너머로 제 어깨를 물었습니다. 어깨가 뜨겁게 늘어나면서 참기 힘든 통증과 함께 무한한 쾌락이 동반돼 정말로 물어뜯겨 그녀 뱃속으로 삼켜졌으면 하고 바랐습니다. 저희는 한마디도 하지 않았습니다. 숨 쉬는 것을 빼면 오로지 입을 맞추고 애무하며 바닥을 구르면서 물어뜯기만 했습니다. 감옥을 탈출한 게 숲에 오기 위해서였던 것처럼, 숲에 온 것이 말 한마디 없이 애무하다 그걸 하기 위해서였던 것처럼 말입니다. 바닥에는 밑동 없는 파란 풀과 나뭇잎, 마른 나뭇가지와 지난해 떨어진 회화나뭇잎 파편들이 깔려 있었습니다. 이미 침묵으로 가라앉고 초여름 무성함에 빠져 죽었던 그것들이 저희 때문에 다시 숨결을 되찾아 재잘재잘 떠들고 웃으며 새로운 청춘과 생명, 새로운 쾌락과 의미를 부여받았습니다. 언젠가, 저는 기억나지 않지만 모든 사람이 알고 있는 한 외국인이 100퍼센트 위대하고 지혜롭고 정확한 말을 한 적이 있습니다. 값진 인생이란 삶의 마지막 순간 과거를 떠올릴 때 허송세월했다며 후회하지 않는 것이라고요. 그때 저희는 그 말을 실천했습니다. 저는 홍메이를 밑에 깔아 눌렀습니다. (아마 홍메이가 몸을 뒤척여 저를 위로 올렸을 겁니다.) 모든 벌레가 휴전한 듯 울음을 멈추고 저희 둘을 주시하며 저희 둘의 소리를 듣고 저희 둘의 냄새를 맡았습니다. 심지어 저희 둘을 만지고 싶어 하는 것 같았지요. 그녀가 원하는 대로 두 손을 옷 아래로 넣어 가슴을 쥐자 아주 익숙하지만 감옥에서 나온 탓에 낯설고 신비스러워진 젖가슴이 제 두 손 사이에서 땀범벅이 되어 출렁거렸습니다. 제 손에서 도망가려고 안달하는 것 같기도 하고 제 손을 통해 제 몸 어딘가로 들어가고 싶어 하는 것 같기도 했습니다. 머리 위의 달빛이 맑고 상쾌했습니다. 그때 저희는 뒤에 감옥이 있다는 것을 잊고 감옥에서 기껏해야 2리밖에 떨어지지 않았다는 사실도 잊었습니다. 감옥을 나오기 전에 했던 생각과 말도 잊고 달아나려던 방향과 길, 목표도 잊었으며 저희가 혁명가이자 정치가일 뿐만 아니라 천재적 군사전략가, 점술가라는 사실도 잊고 미래와 운명도 잊었으며 복잡한 혁명 정세와 눈앞에 떨어진 임무와 목적도 잊고 국내의 지주와 부농, 반혁명, 불량분자, 우파도 잊었으며 국제적 제국주의, 수

정주의, 반혁명주의도 잊고 주변의 지형과 지대, 형세와 적
도 잊었습니다. 저희는 아무것도 신경 쓰지 않고 모든 것을
잊은 채 감옥을 탈출한 잠시 뒤부터 달빛 아래 감옥 부근의
숲, 그 산비탈에서 위대하고 영광스럽고 올바른 일에 돌입
하기 시작했습니다. 바로 3일 전 청강에서 타오얼이 등교했
을 때 그녀 방에서 벌거벗은 채 뒹굴었음에도 3개월 동안 그
일을 하지 않은 것만 같았습니다. 3년 동안 만나지 못하다
가 갑자기 만나 그것부터 탐닉하는 것 같았지요. 그때 저희
에게는 혁명 음악도 필요하지 않았고 실오라기 하나 걸치지
않은 채 서로를 감상하고 희롱할 필요도 없었습니다. 계모
가 아이를 대하듯 제 몸 어느 곳을 때리거나 꼬집을 필요는
더더욱 없었고요. 단추를 채 풀기도 전에, 유혹의 말 한마디
하기도 전에 참을 수 없을 정도로 달아올라 서로의 마음을
읽기라도 한 것처럼 한데 뒤엉켜 그 일을 했습니다.

가장 짧은 시간에 그 일을 끝냈습니다. 젓가락 반 토막만
큼 짧고 처마에서 물방울이 떨어지는 것만큼 짧았습니다.
일을 치른 뒤에도 저희는 아무 말, 한마디도 없이 얼른 몸
을 추슬렀지요. 그러고 나서 본능적으로 그녀의 손을 잡고
는 수풀의 그림자 진 오솔길을 따라 잰걸음으로 산꼭대기를
향했습니다. 예전처럼 정신이 나갈 정도로 쾌락에 들뜨지도

않았고 급하게 금방 끝난 것에 안타까워하거나 불만을 품지도 않았습니다. 저희는 그 일을 위해서 탈옥한 것 같았습니다. 그걸 하지 않으면 마음을 가라앉힐 수 없고 차분하게 혁명과 운명, 형세와 인생을 생각할 수 없을 것만 같았지요. 그래서 일을 마치자 갈증이 날 때 충분히 물을 마신 것처럼, 걷다가 지쳤을 때 다리를 쉰 것처럼, 날이 가물 때 비가 온 것처럼, 배가 고플 때 배불리 먹은 것처럼, 더울 때 시원한 나무 그늘로 들어가 더위를 식힌 것처럼 완전히 평화로워졌습니다. 빠른 걸음으로 산을 올랐지만 조금도 당황하거나 두려워하지 않았습니다. 뒤에서 누가 쫓아와 다시 잡아간다고 해도 그다지 유감스럽지 않을 것 같았습니다.

저희는 이미 그 일을 끝마쳤지요. 그리고 산꼭대기에 올랐습니다.

산꼭대기는 투명하게 반짝이는 달빛과 적막으로 가득 차 있었습니다. 숲을 빠져나온 저희는 딱딱한 돌바닥 고지에 서서 길게 숨을 내쉬고는 돌아서서 산 아래를 둘러보았습니다. 그때서야 편안한 마음으로 감옥의 창문에서 새어 나오는 환한 빛과 드문드문 늘어선 건물을 분명하게 볼 수 있었습니다. 붉은 기와 건물이 달빛 속에서 연갈색을 띠어 산자락 아래에 황토 더미 몇 개가 쌓여 있는 것 같았습니다.

몇 줄로 늘어선 건물 끝에서 흐릿한 담장과 담장 위의 철망이 보였다 사라졌다 하는 길고 네모난 그림자처럼 흔들렸고요. 네모난 그림자의 마지막 모서리에는 평지 위로 불뚝 솟은 벽돌 가마 네 개가 있고, 가마 두 곳의 불을 끄는지 어렴풋하게 꽤 많은 사람이 보였습니다. 죄인일 게 거의 확실한 그들은 물통을 지고 가마를 오르락내리락했습니다. 가마 꼭대기에서 피어오르는 우윳빛 짙은 연기가 달 아래에서 새파란 색이 되어 높이 오르기도 전에 달빛에 녹아들었습니다. 다시 가마 앞쪽을 바라보자 1리에서 2리쯤 되는 곳에 검은 마을 하나가 꼭 누군가 집과 임야를 아무렇게나 버려둔 것처럼 조용히, 소리 없이 잠들어 있었습니다. 문득 그 죄인들 틈에 던져져 벽돌과 기와를 굽거나 가마를 지피지 않았던 게 다행스럽게 느껴졌습니다. 저희는 분명 혁명가이고, 필경 중국의 모든 농촌혁명에 성공적 사례를 제공한 혁명가이니까요. 필경 청강진을 썩은 물 같은 봉건 마을에서 붉은색의 새로운 혁명 근거지로 탈바꿈시켰고요. 저희의 혁명 사례는 현 전체와 지구에 십여 차례 소개되었고 성의 지도자들이 저희의 경험과 자료에 친필로 '편집자 의견'을 쓰기도 했습니다. 청강은 필경 중국 북방 농촌혁명의 보배이자 등대이며 저희는 분명 천재적이고 보기 드문 농촌 혁명가였습니다. 그러니 저희를 일반 범죄자로 취급해 가마를 굽도록 해서는 안 되지요. 어쩌면 훗날 그들은 감옥에서 저희에게 파쇼적으로 굴지 않았던 것을 다행으로 여기는 한편 식사와 물을 주지 않았던 것을 후회할지도 모릅니다. 저희는 바로 이 현의 현장과 부현장이 될 뻔했지요. 제가 현장이 되었다면 그 감옥은 제가 원하는 사람을 가둬야 했을 겁니다. 그랬다면 무산계급 독재정치의 강인함과 부드러움이 전부 제 수중에 놓였겠지만 일이 틀어져 저희가 갇히고 말았습니다. 그런데 감옥에 갔다는 게 제가 영원히 현장이 될 수 없다는 뜻일까요? 훙메이가 현 여성연합회 최고가 되지 못한다는 말일까요? 세상일은 예측하기 어렵고 미래는 알 수 없는 법이지요. 중국혁명사라는 흐름에서 수많은 사람이 감옥에 갇히지 않았던가요? 그들이 위대한 것은 감옥에 갇혔기 때문이 아니던가요? 리다자오와 취추바이, 교과서에 등장하는 예팅 장군 모두 감옥에 갇혔기 때문에(혁명 전사가 드나드는 문은 항상 닫혀 있지만 개가 넘나드는 구멍은 항상 열려 있지요) 그들 인생사가 더욱 찬란하고 밝게 빛나는 것이며, 그들이 혁명 중에 감옥에 갔다가 감옥에서 또 혁명의 흐름으로 뛰어들었기 때문에 훗날 군대와 국가의 지도자가 되고 후대 혁명의 모범이자 천추에 길이 빛날 위대한 본보기가 된 것입니다. 혁명의 흐름 속에서 감옥에 가지 않았더라면 그들의 운명이 지금처럼 될 수 있었을까요?

저희는 감옥에서 하룻밤과 낮을 보냈다고 슬퍼한 것도 아니고 혁명적 기지로 충만한 특별구류실에서 감시와 허기, 갈증에 시달렸다고 분노한 것도 아닙니다. 어쩌면 그 짧은 역사는 저희 미래의 투쟁에 새로운 의미를 부여하고 운명적 손실에 더 큰 보상을 해줄지도 모르니까요. 안타까운 것은 그 일이 하루만 늦게 왔더라면 하는 것이었습니다. 하루만 늦었더라면 관 서기는 현에서 저희의 승진을 발표하고 저희는 명실상부한 현장과 여성연합회 주임이 되었겠지요. 저희가 현장과 여성연합회 주임이 되었더라면 감옥에서 저희에게 식사와 물을 주지 않을 수 있었겠습니까? 「장정」의 팔괘진을 문까지 늘어놓을 수 있었겠습니까? 달이 북쪽에서 남쪽 하늘로 옮겨가고 산맥의 고요함이 점점 더 세상을 잠식하면서 먼 광야가 새카매졌습니다. 천지가 짙은 어둠에 싸여 그곳이 알곡이 들어서기 시작한 밀밭인지, 아니면 아직 무릎을 넘지 못한 들풀 군락지인지 알 수 없었습니다. 아스라이 바닥에서 풀 혹은 곡물이 제가 부대에서 보았던 해면이 오르락내리락 출렁이는 것처럼 바람에 흔들렸습니다. 저는 그때도 여전히 홍메이의 손을 잡고 있었지요. 그녀의 낯빛은 비처럼, 안개처럼 어둑어둑 흐릿했지만 손가락은 선명하게 차갑고 서늘했습니다. 어쨌든 그녀는 여자이고 완전히 성숙한 혁명가가 아니라 눈앞의 성패에 일희일비하는 연약한 혁명가였으니까요. 저는 사내대장부에 그녀의 지도자이자 전우, 포부가 큰 혁명가, 보기 드문 최고의 연인, 혁명의 방향을 이끌어주는 인도자, 책략이 뛰어난 정치가로서 그녀의 허리를 받쳐주어야 한다고 생각했습니다. 그녀가 감옥에 갇혔던 것을 별거 아니라고 생각하고 감옥을 탈출한 것도 두려워할 일이 아니라 혁명과 혁명가의 장난에 불과하다고, 혁명사에서 우리 당이 좌경이나 우경 기회주의를 범했던 것처럼 작은 오해에 불과하다고 생각하게 만들어야 했습니다. 그래서 우리 당이 그런 좌경이나 우경 기회주의의 잘못된 노선이 없었다면 지금처럼 성숙하고 위대해졌겠느냐고, 그런 원리에 따라 우리도 혁명의 삶에서 작은 잘못을 범하거나 샛길로 빠지지 않는다면, 혁명이 우리와 장난을 치지 않는다거나 오해가 전혀 없다면 우리가 성숙하고 굳세질 수 있겠느냐고, 수많은 혁명 경험을 쌓을 수 있겠느냐고, 우리가 혁명을 위해 온 힘을 다한 뒤에야 수만 명이 우리 추도회에서 슬퍼하며 울지 않겠느냐고, 그들이 진정으로 우리를 농촌혁명의 탁월한 정치가이자 지도자로 인정하지 않겠느냐고 말했습니다. 저는 제 샤훙메이를 위로하고 교육하고 북돋아야 했습니다. 그녀는 제 영혼이자 살이고 육체이자 마음이며 골수이자 정신이니까요. 저는 훙메이의 손을 더 꽉 쥐면서 손바닥에 그녀의 손가락을 문질렀습니다.

"무슨 생각 해요?" 제가 물었습니다.

"아무 생각도 안 해요."

"바다 본 적 있어요?" 제가 또 물었습니다.

"아니요."

"나중에 꼭 칭다오青島에 데려가 바다를 보여줄게요. 베이징에 가서 톈안먼도 보여주고."

그러자 그녀가 제 얼굴을 바라보며 물었습니다.

"그런 날이 올까요?"

제가 그녀의 눈을 똑바로 쳐다보며 대답했지요.

"그런 날이 왜 없겠어요?"

"아이퀀, 도대체 왜 도망친 거죠? 잡히면 죄가 더 무거워지는 거 아니에요?"

"방금 전 그 일이 너무 짧아서 원망스러워요?"

그러자 그녀가 제 손에서 자신의 손을 빼며 말했습니다.

"단지 그 일을 위해 도망친 건가요?"

"물론 아니지요. 돌아가서 청사와 패방을 부숴 내 어릴 적

숙원도 풀어야 해요. 당신은 집으로 가서 땅굴 입구가 발각되었는지 확인하고. 정말 그렇다면 우리 잘못을 고백하고 새로운 공을 세울 수 있는 기회를 달라고 혁명의 관대함에 호소해야지요. 하지만 땅굴 입구가 그대로 닫혀 있다면 관서기가 우리를 가둔 것은 그 일 때문이 아니라는 말이니까 다른 수단과 태도로 응대해야 해요."

홍메이가 조금 다급해졌는지 고개를 들어 하늘을 보며 저희의 위치를 가늠해보았습니다.

"그렇다면 빨리 가지 않고 여기서 뭘 하는 거예요? 날이 밝기 전에 돌아올 수 없으면 어떡해요?"

"방향을 똑똑히 파악해야지요. 우리가 현 동쪽에 있는지 서쪽에 있는지 알아요? 청강진으로 돌아가려면 남쪽으로 가야 할까요, 북쪽으로 가야 할까요?"

제 말에 그녀의 얼굴에서 막막함과 초조함이 옅어졌습니다. 저는 시선을 숲 꼭대기에서 10리, 20리 바깥의 밤하늘로 돌렸습니다. 거대하고 어렴풋한 빛이 바닥에 깔렸고 가끔 용접할 때 튀기는 불꽃이 허공에서 번쩍거렸습니다.

"현에 기계 공장과 자동차 수리 공장이 있나요?" 제가 물었습니다.

"있어요. 농기계 제조 공장도 있지요. 하지만 전부 가동을 멈췄는걸요." 훙메이가 대답했습니다.

"누군가 혁명에 박차를 가하면 누군가 생산을 촉진하고 공장이 가동을 멈추면 밤에 더 많이 작업하게 되지요. 이건 혁명 규칙과 투쟁 규칙이 정한 거예요. 그러니까 당연히 저기가 현성일 거라는 말이죠."

그런 다음 저는 나무 옆으로 가서 몸통을 더듬으며 태양을 등진 매끈한 부분과 태양을 향한 거친 부분을 확인했습니다. 그렇게 해서 감옥이 마침 현의 정북에 있고 저희는 감옥의 남쪽에, 청강진은 감옥과 현 중간에서 북쪽에 치우쳐 있다는 것을 알아냈습니다. 감옥과 현, 청강이 예각삼각형을 이루는데 마침 청강과 감옥이 예각에서 가장 짧은 변의 양 끝에 있었지요. 중고등학교 시절에 배웠던 기하가 여전히 제 머릿속에 남아 있고 군에 있을 때 공통 과목이었던 방위점方位點 기본 상식이 사라지지 않은 덕분이었습니다. 결국 저희는 감옥 부근의 산 정상에 있었으며 집에서 더 멀어진 게 아니라 가까워졌던 겁니다. 따라서 그 밤으로 청강에 갔다가 날이 밝기 전에 쥐도 새도 모르게 되돌아와 감옥 특별 구류실 의자에 설 수 있다는 뜻이었습니다.

온갖 어려움을 헤치며 적의 감방을 나왔네/멀리 바라보고 청강을 생각하니/투지가 더욱 불타오르는구나/당이 우리에

게 무한한 희망을 걸고/가족들과 동지들 깊은 뜻을 품었네/
거듭 거듭 부탁하니 우리에게 무한한 힘을 주소서/하나하
나 불타는 마음이 가슴을 덥히는구나/대담하고 신중할 것을
가슴 깊이 새기고/용기와 뛰어난 지략에 의지해야 하리/당
의 말은 구구절절 승리를 보장하고/마오쩌둥 사상은 영원히
빛나리라/용기와 지혜 있으나 과감하지 못하면/대로 앞에
서도 눈이 먼 듯 보지 못하리/웨이후산이 겹겹이 막아서도/
산을 내려오는 길이 만 리 멀어도/총이 수풀 같고 총탄이 비
오듯 쏟아져도/보루와 지하도 곳곳에 설치되었어도/지혜롭
고 정확히 계산한다면/대로를 밟는 것처럼 살얼음판을 걸
어갈 수 있으리/이틀 동안 적의 동정을 살핌에 안개비 자욱
하여라/달아나 자세히 살펴야만 훤히 알 수 있네/지피지기
면 당황할 일 없고/백전백승이 보장되리/또한 어릴 적 꿈을
이루어야 하니/청사를 무너뜨리고 패방을 없애 봉건 잔재
를 소탕하리/혁명에 헌신한 이상 철저하리라/일편단심으로
당에 충성하리라/달아날 때 위험을 무릅쓰고 재삼 고려하였
네/화살 하나로 독수리 두 마리를 잡을 수 있다면 주저하거
나 방황할 수 없으니/칼날의 숲이라도 뛰어들리라/온갖 어
려움을 헤치고 산을 내려가고도/기회를 놓쳐 계획을 망치면
스스로에게 미안하고 당을 볼 낯이 없으리/운명을 그르치

고 혁명을 망치면 인민과 청강에 송구하리/산이 높아도 길
을 막을 수 없고/사랑이 위험해도 마음을 저버릴 수 없네/
혁명에 위대한 뜻 품었으니 절대 혼란에 빠질 수 없어라/혁
명에 뜻을 세우니 가슴이 밝아지고/숲과 설원을 지날 때에
도 기세가 드높구나/호방함과 큰 뜻을 품고 뭇 산을 대하며/
붉은 깃발이 전 세계에서 펄럭이기를 바라네/설령 불바다와
칼산이라도 앞으로 나아가리/흩날리는 눈을 봄비로 바꿀 수
없고/검은 밤을 밝은 낮으로 바꿀 수 없는 게 한스럽구나/아
침놀이 세상을 비추기 기다리고/동방화촉이 인생을 밝히기
기다리네/새로운 미래가 새로운 장을 펼치기 기다리며/뜨
거운 피로 세월을 기록하기 바라네/꿈이 실현되지 않았으니
기세를 멈출 수 없어라/다만 그날 함께 축하주를 마시며/붉
은 깃발이 세계에 펄럭이는 것을 보기 바라네.

"훙메이, 어서 동북쪽으로 걸어요."

"잘못 가는 거 아니겠죠?" 그녀가 물었습니다.

"틀릴 리 없어요."

제가 그녀의 왼손을 잡고 달빛 속 오솔길을 따라 동북쪽
으로 걸음을 재촉했습니다. 감옥과 숲, 현이 저희 뒤로 점점
멀어졌습니다.

조금도 에돌지 않고 똑바로 산마루를 넘어 달빛의 작은

길에서 청강으로 통하는 자동차 도로로 들어갔습니다. 길에서 석탄을 운송하는 트랙터를 세워 10여 리를 얻어 탔지요. 저희는 현의 모 공장에서 일하는 부부 노동자인데 어머니가 편찮으시다는 연락을 받고 저녁 식사도 못 한 채 급히 집으로 돌아가는 중이라고 말했습니다. 마흔이 넘은 기사는 저희 말을 진심으로 받아들여 무척 감동하고는 차에 태워주었을 뿐만 아니라 자신의 음식까지 주었습니다.

"아들이 수십 리 밤길을 걸어 어머니를 뵈러 가는 것은 당연하지만 며느리가 식사도 거른 채 시어머니를 뵈러 수십 리를 걸어가기는 쉽지 않지. 그게 마음에 드는군. 여기 내 음식을 먹게나." 그가 말했습니다.

계급의 정에서 형제애는 감동을 주고 오누이의 우애는 연민을 자아내지요. 저희는 기사에게 진심 어린 감사를 수없이 하면서 그가 가지고 있던 하얀 만터우 세 개를 모두 먹었습니다. (언젠가 다시 현장이 되면 꼭 그 기사를 현 기계 공장 공장장이나 부공장장으로 임명할 겁니다. 이름도 기억해두었지요. 류홍리라고 하며 쿠네이 인민공사 류린 대대 사람으로 초등학교만 나온 빈농 출신이었습니다.) 10여 리를 얻어 탄 덕분에 예정대로 청강진에 도착했습니다. 밤이 무척 깊었지요. 저와 홍메이가 양정고리 패방 앞에 서서 깊이 잠든 마을을 바라보고, 청첸가 길가의 전봇대와 나무를 바라보고, 집집마다 대문 앞에 만들어놓은 퇴비 더미와 구덩이를 바라보고, 길 중간에 한가롭게 놓인 오래된 연자매와 제2생산대 외양간의 소와 짚 더미를 바라보았습니다. 물처럼 맑고 고요한 달빛이 마을의 모든 건물 칸칸과 땅뙈기, 물건 하나하나에 골고루 분배되었습니다. 뒤쪽 들판에서 밀이 익는 비릿하면서 달달한 냄새가 파랗고 하얗게 날아와 저희는 문득 수많은 혁명의 좌절에 슬퍼하고 아파했습니다. 마을에 오래 머물 수 없다는 것을 잘 알고 있었지요. 날이 밝기 전에 감옥으로 돌아가 그 특별구류실의 걸상에 서 있어야 했습니다. 조금 일찍 돌아간 덕분에 초병이 아직 졸고 있거나 새벽 한기 때문에 안에 들어가, 저희가 다시 철문 밑으로 기어들어갈 수 있기를 바랐습니다. 혁명이 아직 성공하지 않았으니 동지들은 계속 노력해야 합니다. 시간 대 저희의 관계는 밀가루 한 움큼과 길고 무한한 허기 간의 관계와 같아, 한 걸음 앞서 잡지 않으면 엄청난 결과가 발생할 수 있었습니다. 저와 훙메이는 패방 아래에 몇 초 동안 서 있었습니다. 단지 그 몇 초 동안 저는 패방의 기둥 반석에 오줌을 누었지요. 그녀도 다른 기둥 반석에 쪼그리고 앉아 소변을 보았습니다. 그런 다음 저희 둘은 헤어졌습니다.

"어디에서 당신을 찾아야 하죠?" 그녀가 물었습니다.

"집에 가면 자세히 살펴봐야 해요. 타오얼과 이모할머니가 있으면 놀라게 하지 말고(그녀는 떠날 때 타오얼을 이모할머니에게 맡겼습니다) 청사 담벼락 밑으로 와요. 내가 보이지 않으면 박수를 세 번 치고."

"어머니와 아이들 보러 집에 들르지 않을 거예요?"

"시간이 없어요." 제가 대답했습니다. "당신도 타오얼을 창문 너머로 보는 것까지만 돼요. 절대 깨우지 마요. 절대 화근을 만들면 안 돼요."

그녀가 청첸가의 높은 기와 문루로 들어갔습니다.

3. 사령부에 포격을

저는 패방 앞에서 청중가로 꺾어 곧장 대대부로 향했습니다. 혁명가의 발걸음 소리에 개들이 놀라 몇 번 짖었지만 이내 조용해졌습니다. 거리는 사람 하나 없이 텅 비었지요. 달빛이 스르륵 소리를 내며 길 위로 흘렀습니다. 대대부 문 앞에 도착한 뒤 대문을 뜯어내고 화장실 옆의 창고 문도 뜯어냈습니다. 창고에는 수리 공사용으로 수로를 만들고 구멍을 뚫으라고 현에서 내려온 폭약 200킬로그램과 뇌관이 있었습니다. 저는 기름종이로 잘 포장된 반 근짜리 폭약 서른 개와 뇌관 세 묶음, 도화선 두 똬리, 가위 하나를 꺼낸 다음 다시 창고 문과 대대부의 느릅나무 대문을 원래대로 달고는 성큼성큼 청사로 향했습니다. (혁명 사업에는 다른 길이 없습니다. 폭력을 통해서만 근거지를 늘리고 전 중국을 해방시키며 결국에는 전 인류를 해방시킬 수 있습니다.) 가슴에서 코로 올라오는 폭약의 둔탁하면서 축축한 냄새 때문에 기세등등해지고 투지 넘치며 뜨거운 땀이 손안 가득 고이고 심장이 쿵쾅거렸습니다. 저는 지나칠 정도로 격앙된 마음을 가라앉히기 위해 양쯔룽이 적을 소탕하러 산에 오르는 '숲을 뚫고 설원을 넘을 때 나의 기세 하늘을 찌르네' 대목이나 〈평원작전〉 중 자오융강의 노래 '며칠 동안 왜구와 평야에서 교전을 벌이다/요새 마을로 옮기니 물 만난 고기로구나/일본 놈과 왕징웨이, 장제스가 결탁해 만행을 저지르니/마을 사람들이 모진 고통에 시달리네/방 안의 가족들 평안히 잠들어 아무 소리 없구나/보고 싶고 보고 싶지만 아내를 놀라게 할까 걱정이네/인민의 안위를 항상 가슴에 새기리/뇌우가 지나도 하늘이 별빛으로 가득 찰 것 같지 않구나'를 간절히 부르고 싶었습니다. 그건 완전히 저를 위해 만들어진 노래 같았습니다. 그래서 제 마음이 더 잘 드러나도록 가사를 고쳐보았지요. 며칠 동안 적과 산속에서 교전을 벌이다/청강진으로 옮기니 물 만난 고기로구나/음험한 적들 여전히 만행을 저질러/모함을 받고 고통에 시달리네/마을의 가족들 편안히 잠들어 아무 소리 없구나/보고 싶고 보고 싶지만 아이들과 어머니를 놀라게 할까 걱정이네/인민의 안위를 항상 가슴에 새기리/머리 위로 하늘 가득한 달빛만 보이네.

청사로 걸어갈 때 노래하고 싶었지만 감히 할 수 없어서 어떻게 가사를 고칠 수 있을까 생각했던 겁니다. 가사를 생각하기 시작하자 심장이 다른 방향, 다른 길로 뛰었습니다. 그러다가 '청강진으로 옮기니 물 만난 고기로구나'를 생각해냈을 때 쿵 하고 그 가사 위에서 심장이 멈추고 어지럽던 마음도 천천히 가라앉았습니다. 폭약을 안은 사람의 마음을 가사가 가라앉혀줄 거라고는 생각도 못 했기 때문에 그 경극 가사를 쓴 문예 전사들에게 감사한 마음이 들었습니다. 그들에게 경례를 하고 싶었습니다. 제가 어떻게 마음을 가라앉히고 청사에 폭약을 묻는지 보여줄 수 있다면 얼마나 좋을까, 청사를 폭파하는 걸 직접 보여줄 수 있다면 정말 좋을 텐데 생각했습니다. 그러면 얼마나 감동적이고 멋진 클라이맥스가 되겠습니까.

폭약을 묻고 뇌관을 장착하고 도화선을 연결하는 일은 저같이 우수한 공병에게는 아주 간단한 일입니다. 저는 한 시간도 되지 않아 청사에 그 모든 것을 끝냈지요. 우선 청사 대전의 뒷벽과 네 모퉁이 벽의 토석 틈새에 폭약과 뇌관을 넣었습니다. 네 벽 모서리에 각각 두 개, 즉 한 근의 폭약을 넣었지요. 그런 다음 마당 담벼락 곳곳에도 반 근짜리 폭약 하나씩을 넣고 마지막으로, 남은 폭약과 뇌관을 셔츠에 담아 어깨에 짊어지고는 담장 옆의 회화나무를 타고 중간 마당의 담으로 올라가 다시 백양나무를 타고 안으로 들어갔습니다. 그러고는 앞쪽 큰 마당의 춘평팅, 리쉐거 기둥 밑에 폭약을 장착했습니다. 몇 분 뒤 중간 마당의 다오쉐탕 대전과 '허핑간위', '례르추솽' 곁채의 앞마당 기둥 밑과 뒷마당 모서리 밑에도 장착했고요. 그리고 다시 다오쉐탕 대전의 기둥 밑에 폭약을 넣는데 담벼락 밑에서 쥐 한 마리가 뛰어나와 제 발밑의 뇌관을 밟는 바람에 가슴이 천둥처럼 철렁하고 우르르 얼굴에서 식은땀이 폭발했습니다. 그렇게 한바탕 놀란 다음 쥐구멍으로 화약 하나를 밀어 넣었지요.

청사 안은 더할 나위 없이 고요하고 우윳빛 달빛이 하늘하늘 나부끼며 나무 그림자가 아름답게 어우러져 신비함으로 가득했습니다. 저는 청사 스물두 곳에 스물여덟 개의 폭약을 묻고 손에 남은 마지막 폭약과 뇌관을 주머니에 넣은 다음 허리를 펴면서 홍메이가 와야 하는데, 집에 돌아간 시간이 도화선 한 뙈기보다도 길다니, 더 늦으면 시간을 놓칠 텐데, 기회를 그르칠 텐데, 하고 생각했습니다.

그때 살짝 중간 마당과 앞마당 문이 열려서 나가보니 홍메이가 청사 문루의 그림자 속에 서 있었습니다.

"왔으면서 왜 박수를 안 쳤어요?" 제가 물었습니다.

"당신이 안에 있는 게 느껴져서." 그녀가 말했습니다. "여기서 망을 봤어요."

"어떻게 됐어요?"

그러자 그녀가 고개를 숙였습니다. 달빛 속의 얼굴이 회백색이었습니다.

"당신이 말한 그대로였어요."

그녀가 잠시 말을 멈추고 고개를 들어, 마음껏 울면서 하소연할 수 있는 사람을 바라보듯, 죄를 고백한 뒤 아량을 기대할 수 있는 사람을 바라보듯 저를 바라보았습니다. 그리고 느릿하고 조용하게 슬프고 처량하게, 아이쿤, 정말로 당신이 말한 그대로였어요, 타오얼은 아직 이모할머니 댁에 있고요, 집에 가자마자 곁채로 갔는데 방문이 잠겨 있기는 했지만 창문을 밀자 그대로 열렸어요, 깜짝 놀라서 들어

가 불을 켰더니 침대의 담요와 베개를 누군가 만진 흔적이
있고, 장롱을 확인하니 옷은 전부 있었지만 바닥 땅굴 입구
에 놓았던 이불이 전과 달랐어요, 항상 이불의 모란꽃이 입
구 쪽을 보도록 놓았는데 동쪽을 향해 있더라고요, 하고 말
했습니다. 그런 다음 또 눈물을 흘리기 시작했습니다. 후회
가 회색 부직포처럼 고스란히 얼굴에 걸리고 회한의 눈물이
투두둑 바닥으로 흘러넘쳤습니다. 어느새 달이 마을 남쪽에
이르고 별이 흐릿해지고 있었습니다. 마을 어느 골목의 소
울음소리와 되새김 소리가 바람에 풀과 마른 잎이 휘감겨
소용돌이치듯 땅을 따라 울렸습니다. 그때 저는 비 오듯 눈
물을 흘리는 홍메이의 얼굴을 바라보면서 따귀를 한 대 때
릴 수 없다는 게, 물어뜯을 수 없다는 게 한스러웠습니다. 그
녀 때문에 저희 일이 드러난 것도 있지만 그보다 2~3일만
더 있었다면, 어쩌면 딱 하루만 더 있었다면 저는 현장으로,
그녀는 부현장급인 여성연합회 주임으로 공표되었을 게 더
큰 이유였습니다. 그런데 이제 모든 것이 무너지고 수포로
돌아갔지요. 천신만고에 피땀을 흘려 만든 운명이라는 제
방이 정말로 개미구멍, 쥐구멍 때문에 터져 흙 한 톨, 돌 하
나까지 전부 흔적도 없이 쓸려간 것 같았습니다. 그 상황으
로 저는 현장이 될 수 없고 그녀는 현 여성연합회 주임이 될

수 없게 되었을 뿐만 아니라 결국, 수년 동안의 혁명에도 저와 그녀는 농민으로 남게 되었습니다! 호적이 아직도 바러우산 청강촌이니까요. 제가 여전히 농민이라는 생각이 들자 두 손이 다리 옆에서 바들거렸습니다. 그러면서 문득 쓰고 비릿하며 흑설탕이 섞인 듯한 냄새가 두 손에서 풍기는 것이 느껴졌습니다. 그 냄새를 맡았을 때에야 제가 두 주먹을 꽉 쥐어 손가락 틈새에서 땀과 폭약 냄새가 비어져 나온다는 것을 알았지요. 저는 땀과 폭약 냄새를 바지에 문질러 닦은 다음 두 주머니에 나눠 담은 폭약과 뇌관을 만지작거리면서 고개를 들어 하늘을 보았습니다. 샛별이 이미 마을 어귀에 떠올랐고 매년 여름 한밤중이면 바러우산에서 볼 수 있는 붉은 별들이 마치 푸른 비단에 담긴 불처럼 멀리서 부드럽고 아름답게 반짝였습니다. 붉은 별들이 나왔다면 훨씬 전에 자정이 지났다는 뜻이었지요. 훙메이가 손으로 눈물을 닦고 이마와 귀 앞으로 내려온 머리카락을 뒤로 넘기면서 말했습니다.

"아이쿤, 나도 당신처럼 진작 땅굴 입구를 막아버렸으면 좋았을걸."

"이불을 들어내고 바닥 나무판을 건드린 흔적이 있는지 확인해봤어요?" 제가 물었습니다.

"봤어요. 그런데 원래 어떻게 놓았는지가 기억이 잘 나질 않아요."

"그럼 창턱과 책상에 청톈민 발자국이나 손자국이 남아 있는지는요?"

그러자 그녀가 깜짝 놀라며 말했습니다.

"지금 돌아가서 확인해볼까요?"

"됐어요. 치밀하고 교활한 놈이니 발자국이 남았어도 직접 닦아냈을 거예요."

"이제 우리의 혁명은 무용지물이 되는 걸까요?"

홍메이의 질문이 막대기처럼 제 머릿속에 가로놓이고 목구멍에 걸렸습니다. 그녀의 얼굴을 쳐다보니 조금 전까지의 슬픔은 사라지고 혁명의 성공을 눈앞에서 부주의로 놓쳐버렸다는 후회와 회한만이 남아 있었습니다. 그 후회 때문에 그녀의 얼굴이 한밤중 달처럼 유백색이 되어 달빛에 완벽하게 녹아들었습니다. 분홍색 셔츠와 까맣게 빛나는 머리카락이 아니었다면 그녀의 얼굴은 부드럽고 아름다운 달빛이 되었을 겁니다. 물론 혁명은 혁명가가 앞뒤를 재도록 내버려두지 않고 거기에 참여한 사람이 좌절로 낙담하도록 두지 않습니다. 교훈은 미래의 혁명을 위한 귀중한 자산이고 투쟁과 전쟁은 교훈을 보완하는 최고의 약이지요.

"물론 이렇게 미래를 망치고 혁명을 매장할 수는 없지요. 내가 왜 청사와 패방을 부수려 하는데요? 그건 내 어릴 적 이상이자 숙원일 뿐만 아니라 우리가 철저히 혁명의 바둑알로 혁명에게 바칠 수 있는 마지막 예의이기 때문이에요. 지금, 당신 시아버지가 당신과 나를 감옥에 보내고 현장과 여성연합회 주임이라는 앞날을 망쳤어요. 그럼 청사를 폭파하는 것만으로 되겠어요? 그럼 청톈민을 너무 봐주는 거 아닌가요?"

"그럼 어쩌자고요?" 그녀가 물었습니다.

"누가 나를 건드리지 않으면 나도 그를 건드리지 않지만, 누가 나를 건드리면 반드시 갚아준다. 그의 방식으로 그를 징벌한다. 우리를 간통으로 고발하지 않았나요? 우리를 능지처참해야 한다고 고발하지 않았겠어요? 그럼 좋아요. 우리 간통하고 그걸 능지처참해버립시다. 일단 마지막 폭약 두 개를 패방 기둥 밑에 묻은 다음에 청사 뒷마당으로 쳐들어가 청톈민 눈앞에서 그걸 하는 거예요. 당신과 내가 간통하는 걸 직접 보도록. 나 가오아이쥔이 어떻게 당신 샤훙메이를 사랑하고 당신 샤훙메이가 어떻게 나 가오아이쥔을 사랑하는지 직접 보게 해주자고요. 우리가 한 쌍의 혁명가일 뿐만 아니라 혁명의 연인이며 죽을 때까지 사랑한다는 것을 똑똑히 보여줍시다. 혁명가의 진정한 사랑과 힘을 보여주고 혁명의 완성과 끝이 어떤 건지 느끼게 해줍시다. 그래서 당신과 나를 고발한 것을 후회하게 만들고 후회 속에 죽게 합시다!"

그 말의 앞쪽 절반은 계획했던 것이지만 뒤쪽 절반은 분노 때문에 저절로 잇새를 비집고 나온 것입니다. 저는 홍메이가 그 계획에 찬성하지 않을 것이라고 생각했습니다. 그녀는 분명 저처럼 철저한 혁명가도 아니고 어쨌든 그 일을 할 때 마주할 적이 자신의 시아버지, 청칭둥의 친아버지이니까요. 하지만 제 말을 듣고 난 다음 그녀는 반대하거나 아니라고 말하지 않았습니다. 제 말이 충분히 고려된 계획인지, 아니면 감정적 보복이나 원한인지 알아보려는 듯 제 얼굴을 바라보았습니다. 달빛에 비추어 반은 차갑고 반은 뜨겁게 몇 초 동안 제 얼굴을 응시하다가 단호하게 세상에서 가장 걸출한 여인만이 할 수 있는 말을 했습니다.

"아이쿤, 이 지경에 이르렀는데 혁명을 위해, 투쟁을 위해 그렇게 할 수밖에요."

그래서 세상이 흔들리고 귀신이 곡할 계획이 탄생하고 실천에 옮겨졌습니다. (저희의 모든 계획은 행동으로 실현되어야만 합니다. 말하고 행동하지 않는다면 말하지 않은 것과 똑같지요.) 일이 그렇게 되었습니다. 혁명가가 추구해야 하는 것은 행동하는 거인이지 말하는 난쟁이가 아닙니다. 혁명을 위해, 투쟁을 위해 저희는 저희의 마지막 무기를 꺼내 들기로 했습니다. 우선 청톈민 앞에서 천지를 뒤집을 만한 그 일을 벌인 다음 청사와 패방을 무자비하게 폭파하기로 한 것입니다.

그래서 마지막 폭약을 재빨리 패방 아래에 묻었습니다.

그러고는 승리를 거두고 돌아오는 것처럼 패방에서 돌아왔지요. 그녀가 남은 도화선을 들고 제 뒤를 따라 청사 대문을 들어설 때 혁명투쟁의 위엄과 장중함이 구름처럼, 안개처럼 저희 둘을 덮었습니다. 가장 위대한 순간이 오기 직전의 긴장과 신비로움이 느껴지고 실패를 되돌릴 승리와 기쁨으로 피가 강물처럼 거세게 쿨렁거리면서 심장이 전투의 북소리처럼 둥둥 울렸습니다. 앞마당의 늙은 백양나무 그림자가 유난히 검고 굵어 거대한 시체가 마당에 가로누워 있는 것 같았습니다. 훙메이가 제 뒤에서 문을 닫자 마당으로 희뿌옇고 축축한 썩은 냄새가 모여들었습니다. 그 냄새에 조금 당황했지만 제가 혁명가이고 지금 하려는 일이 위대한 혁명에 속한다는 것과, 어쩌면 후대 사람들에게 오해를 받을 수도 있지만 어쩌면 그래서 더 역사책에 수록될 수 있을 거라는 생각을 하자 당황스러운 마음이 열정과 힘으로 바뀌고 편안히 가라앉으면서 흥분까지 느껴졌습니다. 저희는 중간 마당으로 들어갔습니다. 포도 시렁이 장막처럼 머리 위를 덮었습니다. 포도 넝쿨이 덮지 않는 마당의 네 가장자리 땅에만 달빛이 석회분처럼 뿌려졌지요. 저는 다오쉐탕 대전 밑에 묻어둔 폭약을 살폈습니다. 한끝이 바깥으로 나오고 뇌관도 좀 얕게 박힌 것 같았습니다. 한편 도화선은 끈처럼 담벼락 밑동을 따라 구불구불 뻗어 있었습니다. 저는 도화선 길이를 꼼꼼하게 계산해두었습니다. 불을 우선 중간 마당과 앞마당에서 붙인 나음 밖으로 달려 나가 뒷마당 대청 바깥에서 붙이고 마지막으로 양정고리 패방의 두 기둥 아래에 붙일 계획이었습니다. 거기에 전부 불을 붙이면 스물여섯 개 폭약에 연결된 도화선 길이가 1척 5촌이니까 그 1척 5촌이 타들어가는 만큼의 시간이 생기지요. 그 시간이면 저와 홍메이가 천천히 바러우 산맥의 산등성이에 올라 북쪽으로 펼쳐지는 불꽃을 감상하기에 충분했습니다. 그런데 그 뇌관이 좀 얕게 박힌 것 같아서 좀더 쑤셔 넣으려고 홍메이에게 중간 마당의 문을 닫게 한 다음 다오쉐탕으로 향하는데 뒷마당 문이 끼익 열렸습니다.

"누구요?"

청톈민이 하얀 속바지와 단추가 전부 풀린 하얀 비단 옷

옷(해방 전 지주와 부농은 그런 비단옷을 입었지요) 차림으로 문틀에 서서 물었습니다. 하지만 한눈에 훙메이를 알아보고 황급히 가슴 앞의 단추를 여미며 진정된 어조로 다시 물었습니다.

"훙메이냐? 여기서 뭐 하는 게야? 그건 누구고?"

훙메이가 포도 넝쿨 아래에서 그대로 굳은 채 아무 말도 하지 못했습니다. 말할 것도 없이 손을 써야 하는 시간이었지요. 그 순간을 놓쳐 청톈민이 소리치고 마을 사람들이 몰려오면 다가오던 성공을 또다시 놓치게 될 테니까요. 훙메이가 고개를 돌려 저를 바라보는 게 보였습니다. 저는 청강진의 늙은 진장이자 적인 청톈민을 향해 걸어갔습니다.

"이 사람은 당신 며느리 샤훙메이가 아니야." 제가 싸늘하면서 뜨겁게 말했습니다. "이 사람은 우수한 혁명 노동자이자 농촌의 혁명가, 정치가, 영도자라고. 나 가오아이쥔의 가장 친밀한 친구이자 부인이고 생사를 함께하는 전우이자 동지이지."

그렇게 말하면서 청톈민 앞으로 다가갔습니다. 문틀 그림자에 가려서 그의 얼굴이 어떻게 변하는지는 보이지 않고 단추를 잠그던 손이 가슴 앞에서 멈추는 것만 보였습니다. 그가 놀라서 굳어진 순간 저는 성큼성큼 날듯이 다가가

오른팔로 그의 몸을 끌어당기면서 왼손으로 입을 막아 미처 나오지 못한 비명을 목구멍 속에 가뒀습니다.

그가 마른 장작단처럼 그렇게 가벼울 거라고는 생각도 못 했습니다. 부대에 있을 때 제국주의자, 반혁명주의자, 수정주의자를 막기 위해 배웠던 제압법이 그 순간에 제 손과 다리, 발에서 되살아날 거라고도 생각 못 했지요. 저는 목화 더미를 겨드랑이에 낀 것처럼 청톈민을 끼고 뒷마당 둥장탕東講堂 문 앞으로 갔습니다. 홍메이는 그때까지도 멍하니 중간 마당의 포도나무 시렁 아래에 서 있었습니다. 줄 대신에 사용하려던 도화선 반 똬리가 언제인지 홍메이 발밑에 떨어져 있었고요.

"홍메이, 빨리 줄을 가져와요."

하지만 그녀는 계속 멍하니 서서 움직이지 않았습니다.

"생사가 걸린 투쟁에서 아직도 멍해 있으면 어떡해요?" 제가 외쳤습니다.

그 소리에 그녀가 정신을 차렸습니다. 갑자기 허리를 굽혀 도화선 똬리를 집어 들고는 달려와 건네주더군요. 그러고는 곧장 치셴탕 대전의 서쪽으로 뛰어가 눈 깜짝할 사이에 시장탕西講堂 방에서 의자와 베개 수건을 가지고 나왔습니다. 그녀는 뒷마당 한가운데에 의자를 놓은 다음 수건을 건네며 쓰라고 하고는 자신의 발자국을 되밟아 시장탕 북쪽 방으로 뛰어갔습니다. 그녀가 또 무엇을 하려는지 알 수 없었지요. 다만 베개 수건을 받을 때 까맣게 기름에 전 머리카락 냄새로 시장탕 북쪽 방이 청톈민의 거처라는 것을 알았습니다. 홍메이가 그 방으로 뛰어 들어가는 게 보였습니다. 창문을 넘어 마당으로 떨어지는 방 안의 불빛이 하얗게 빛나는 얇은 목판처럼 네모반듯했습니다. 저는 얼른 시선을 거두고 노련하게 청톈민 입에 수건을 쑤셔 넣은 다음 의자에 앉히고 순식간에 손을 의자 뒤로 묶었습니다. 청톈민을 묶는 것은 엄마가 아이에게 젖을 먹이는 것처럼 부드럽고 자연스러웠습니다. 예순이 넘은 그는 머리만 팔팔할 뿐 몸에는 수분도 없고 기력도 없는 것 같았습니다. 그 연령대에는 몸을 잘 돌봐야 하는데 그는 오히려 저와 홍메이에게 선전포고를 하고 혁명가를 감옥에 보내려 했지요. 어쩔 수 없었을 겁니다. 정말로 어쩔 수 없었겠지요. 그건 그의 계급과 이데올로기가 결정한 것이니까요. 의식이란 물질세계가 일정한 단계로 발전할 때 나오는 산물이고, 사회투쟁이 지금처럼 발전할 경우 만들어지는 필연적 결과이며, 그의 대뇌라는 고도로 조직된 특수 물질의 기능이고, 그가 장기간 사회 활동을 하면서 만들어낸, 교육하거나 바꿀 수 없는 자산계급의 사령부입니다. 그런데 그 사령부가 저희에게 공공연히 선전포고를 하고 전혀 생각하지 못한 승리와 수확도 거두었지요. 하지만 저희도 앉아서 죽을 수는 없었습니다. 그에게 생각지 못한 실패와 후회를 주어야 했습니다. 저는 그의 손을 묶고 그의 몸을 묶고 그의 두 다리를 의자의 두 다리에 묶었습니다. 정호와 정이의 애제자 주희, 그 송대의 반동 철학가는 정호와 정이의 구린내 나는 학문을 퍼트리고 발전시키면서 아주 많은 책을 쓰고 수많은 말을 했습니다. 지금은 모두들 잊고 기억하지 못하지만 한마디만큼은 남아 있지요. '그 사람의 방식으로 그에게 돌려준다'는 말입니다. 저희는 그렇게 배웠고 그렇게 했을 뿐입니다. 그럴 수밖에 없었습니다. 단지 그뿐입니다! 혁명의 독재 정권은 반혁명의 독재 정권과 성질이 완전히 다르지만 결국은 그것을 따라 한 것입니다. 이러한 학습은 매우 중요하지요. 혁명 인민이 만일 반혁명 계급에 대응할 통치 방법을 배우지 않는다면 정권을 유지할 수 없어 반동파에게 정권을 잃게 될 것입니다. 반동파는 중국 농촌에서부터 부활할 것이며 혁명 인민은 재난을 입을 것이고요. 이는 여러 차례 경험으로 증명된 교훈입니다. 그때 저희는 또다시 청사의 뒷마당에서 그러한 이론과 학문을 실천하기 시작했습니다. 청톈민을 묶을 때 그가 왜 움직이지 않았는지, 반항하지 않았는지, 발버둥치지 않았는지, 수건에 막힌 목구멍에서 우우 하는 소리를 내지 않았는지는 모르겠습니다. 이런 날이 올 것이라고 진작부터 예상했을 수도 있고, 그의 나이가 반항할수록 좋은 결과가 없다는 것을 말해주었는지도 모르겠습니다. 반항, 실패, 또 반항, 또 실패라는 논리와 규칙에서 벗어날 수 없다는 것을 알았겠지요. 그처럼 일생의 대부분을 반혁명의 배후에서 움직인 사람은 음모를 꾸미는 데는 능수능란해도 정말로 1대 1로 진짜 무기를 들고 싸울 때는 속수무책에 힘을 쓰지 못합니다. 그게 바로 대다수 지주계급, 봉건 자산계급이 가진 문제점이고 우리가 그들을 무너뜨리고 독재할 수 있게 만드는 유리한 조건이지요. 보십시오, 청톈민은 의자에 앉아 손이 뒤로 묶였는데 발버둥치거나 반항하지 않고 저를, 마치 그가 저를 묶은 것처럼, 저를 가지고 놀듯이 바라보았습니다. 마르고 누런 얼굴이 달빛 속에서 지나칠 만큼 태연하고 눈빛이 따뜻하지도, 뜨겁지도 않고 따지거나 노한 것 같지도 않았습니다. 평소보다 조금 더 커지고 흰자위가 더 많아졌을 뿐이었지요. 이마의 주름이 평소보다 더 깊어지고 목이 평소보다 좀더 길게 나왔을 뿐이었습니다. 또 무슨 변화가 있었더라. 아, 하얀 비단 웃옷이 저 때문에 엉망이 되었습니

다. 꽁꽁 묶은 도화선 때문에 걸레처럼 되었고 신발 한 짝이
세번째 마당 입구에서 벗겨지는 바람에 한 발이 맨발이라
정말로 혁명가의 포로 같았습니다. 오늘 같은 결과를 상상
도 못했지? 혁명이 결국 당신 머리를 덮칠 줄 알았느냐고?
우리가 당신이 했던 그대로 갚아줄 것도 몰랐지? 남이 나를
건드리지 않으면 나도 남을 건드리지 않지만 나를 건드리면
반드시 되갚아준다고. 나는 두 배로 당신을 치고 괴롭히고
무너뜨려야겠어. 이건 투쟁의 규칙이고 혁명투쟁의 방법이
며 전투의 수단이라고. 총을 가진 적이 죽어도 총이 없는 적
들은 여전히 남아 있지. 때로는 그들이 더 잔혹하고 더 무정
하게 우리를 공격해. 우리는 그런 총이 없는 적들에게 잔혹
함에 잔혹함을 더하고 잔인함에 잔인함을 더할 수밖에. 우
리는 다른 선택이 없다고. 다른 방법이 없어. 옛 진장, 청톈
민, 둘째 어르신, 당신은 여기 앉아서 나와 홍메이가 당신 앞
에서 그걸 하는 걸 봐야 해! 나와 당신 며느리가 당신 앞에서
실오라기 하나 걸치지 않고 운우지정을 나누는 걸 보라고!
현에서 관 서기에게 우리의 간통을 고발한 걸 계속 후회하
게 될 거야!

　그런데 홍메이는 왜 시장탕에서 안 나오지?

　저는 시장탕 북쪽 방으로 갔습니다. 그 중간 크기의 방에

들어가자 홍메이가 청톈민 침대에서 파란 요를 뜯고 있었습니다. 무얼 하느냐고 묻자 그녀가 "어서 와봐요" 하더니 반쯤 찢은 요를 가리키며, 침대를 옮기려고 요를 드는데 뭔가이상한 거예요, 그래서 요를 만져봤더니 안에 책이 든 것 같더라고요, 뜯어보니 짱징러우에 있던 정호와 정이의 작품과주희의 책이 전부 들어 있었어요, 하고 말했습니다. 겨울날누군가 썩힌 밀짚을 들친 것처럼 뜨뜻한 회색 곰팡이 냄새가 풍겨왔습니다. 냄새를 따라 시선을 돌리자 홍메이가 들쑤신 창가 옆 침상이 보였지요. 그리고 찢겨진 요 속에는 정말로 선장본 책들이 깔려 있었습니다. 책은 땀과 습기에 망가지지 않도록 하나하나 비닐 포장이 되어 있었습니다.

저는 포대를 들어 곡식을 쏟아내듯 요에서 책을 쏟아냈습니다. 좁고 긴, 전부 파란색 표지에 세로줄, 번체繁體*에 석각石刻 영인본인 정호, 정이, 주희의 서적들이 한 권 한 권, 한 질 한 질 투두둑 침대와 바닥으로 떨어졌습니다.『유서』,『외서』,『문집』,『역전』같은 것들이 노란 등불 속에서 아직 잠이 깨지 않은 듯 누웠습니다. 비닐 포장이 벗겨지면서 페이지가 말려 몽롱한 눈꺼풀을 깜박거리는 것처럼 보이는 게

* 필획이 간략화되지 않은 한자의 전통적인 서체.

있는가 하면, 이불 속에서처럼 고스란히 포장지에 들어 있
는 것도 있었습니다. 그것들은 자신의 주인이 마당에 묶인
것도 모르고 자신들이 오늘 천수를 다하고 죽을 것도 몰랐
습니다. 책들의 비닐 포장을 털어내면서 앞서 말한 것 외에
『경설』과 『수언』, 『상인종황제서』, 『삼학간상문』, 『안자소호
하학론』, 『위가군상재상서』 등 정이의 단본과 『상전찰자』,
『답횡거장자후선생서』, 『안락정명』 등 정호의 단본도 발견
했습니다. 한 권짜리도 있고 여러 권짜리도 있었는데 하나
같이 가지런하고 누가 들쳐본 흔적이 없었습니다. 어려서부
터 청톈민은 조상들의 수많은 저작을 외울 수 있다고, 해방
전 진에서 교장을 할 때 하루 종일 『이정전서』를 읽었다고
들었는데 그 책들은 한 페이지도 구겨지지 않았습니다. 그
렇다면 대체 무엇을 읽은 걸까요? 방 안 여기저기를 둘러보
니 생각과 달리 청톈민의 방도 보통 사람들처럼 엉망이었습
니다. 이쪽의 책상과 침대 외에 뒤쪽으로 대나무 꽃병과 밥
그릇 두 개, 젓가락 한 쌍이 놓인 긴 탁자가 있고 탁자 아래
에 솥과 반찬 그릇이 있으며 한쪽 옆으로 나무 상자가 있었
습니다. 나무 상자 안에는 이불과 옷뿐, 달리 특별한 게 없었
습니다. 서랍을 열자 붓과 만년필, 파란 잉크, 오래된 벼루가
있었고요. 또 다른 서랍에는 마오 주석님 책이 가지런히 놓

590

여 있었습니다. 전부 빨간 종이로 포장한 뒤 표지에 유체柳體
로 '마오쩌둥 선집'이라고 하고 몇 권인지를 적어놓았더군
요.『마오쩌둥 선집』위와 옆에는 플라스틱 표지의 작은『마
오쩌둥 어록』과『마오쩌둥 시사』및 주석님 배지 같은 것이
있었습니다. 그 배치와 모습은 청강진 여느 가정과 다를 바
없었습니다. 차이점이라면 주석님 책을 누구는 침대 머리에
놓고, 누구는 창턱, 누구는 책상에 놓는다는 것뿐이었습니
다.

　저는 서랍을 닫았습니다.

　하지만 닫히는 순간 도로 잡아 뺐습니다. 불현듯『마오쩌
둥 선집』들이 조금 길고 이상하다는 생각이 들었기 때문이
지요. 그중 한 권을 펼치자 붉은 줄이 그어진 번체 세로줄의
작은 해서체 붓글씨가 제 눈으로 뛰어 들어왔습니다.

　임금의 도는 지성과 인애를 근본으로 한다.

　다른 곳들도 온통 그런 고문체 말이었습니다. 그래서 당
장 표지를 뜯었더니 뒷면으로 '이정전서'라는 글자가 보였습
니다. 저는 그 '마오쩌둥 선집'이라고 적힌『이정전서』몇 권
을 홍메이에게 건네고는 침대 머리맡의 베개도 털어보았습

니다. 제 예상 그대로였지요. 베개에 작은 해서체 붓글씨의 두꺼운 종이 두 더미가 차곡차곡 한 뼘 두께는 되도록 쌓여 있었습니다. 종이는 가로줄 편지지로 위쪽 여백에 '인민을 위해 복무하라'가 인쇄되어 있었지만 본문은 청톈민이 최근 10여 년 동안 쓴 글이었습니다. 젠장, 저는 아직 책을 쓰지 않았는데 그는 책을 쓰다니요! 빌어먹을, 그가 아니면 누구를 공략하겠습니까? 검은 글자로 가득한 편지지 더미의 첫째, 둘째 빈 페이지를 넘기자 불현듯 몇 줄이 눈에 들어왔습니다.

정학程學의 새로운 의미

1. 정학이 송대 치국에 미친 영향.
2. 이정과 주희 철학이 송대 이후 역대 왕조의 치국에 미친 영향.
3. 새로운 사회에서 정학은 어떤 역할을 해야 하는가?
4. 위시 바러우 산간 지역에 정학은 어떤 영향을 미쳤는가?

(연화락)* 무대 뒤에서 대나무 판을 치며 노래한다:

---

* 청대 장시성에서 성행했던 민간의 설창 문예로 대나무 판을 치면서 노래함.

세상에, 세상에, 이런 세상에나. 새가 땅으로 들어가려 하고 쥐가 하늘로 날아오르려 하네. 풀이 곡식이 되려 하고 나무가 무지개로 변하려 하다니. 개미가 바다를 건너고 우쭐대는구나. 원래 암탉의 친정이 봉황의 둥지였던가, 피난 와 밥하던 사람도 나라를 세워 군주가 되려 한다네.

(낯빛이 창백하고 몸이 왜소한 노인이 몇 사람에게 붙들려 무대 앞에 무릎 꿇려진다.)

갑: (놀라며) 이것 좀 보세요, 이게 뭐야?

을: (경악하며) 세상에, 반환장부*잖아!

(모두들 침묵하며 무대 앞에서 떨고 있는 노인을 노려본다.)

갑: (무대 앞으로 한 걸음 성큼 걸어가) 해방이 되고 새로운 중국이 세워진 뒤 총을 든 적들은 내쫓겨 사라졌지만 총을 들지 않은 적들, 숨은 적들, (꿇어앉은 노인을 흘끗 보며) 그들은 하루도 사회주의 조국을 뒤엎으려는 소망을 멈추지 않았고 무산계급 정권을 탈취하려는 음모도 멈추지 않았소. 나무는 고요하고자 하나 바람이 그치지 않으니…….

병: (반환장부를 손에 들고 분개하며) 이 반환장부가 아니었

* 원문은 변천장變天賬: 공산당 혁명 초기 재산을 몰수당한 유산계급이 정권이 바뀔 경우 재산을 되찾기 위해 사람과 재물을 기록해놓은 장부.

다면 왕라오우라는 저 착실해 보이는 농민이 장제스가 중국 대륙을 공략하기 위해 남겨놓은 특수 요원이라는 것을 어떻게 알았겠습니까?

을: (무대 앞에 꿇어앉은 왕라오우를 노려보며 주먹으로 자기 무릎을 친다.) 이런……, 바로 어제, 왕라오우가 먹을 게 없다기에 구제 식량 한 포대를 직접 집으로 져다 주었는데.

갑: 괜찮소. 그렇게 해서 한층 눈이 밝아지고 적대 계급의 상판대기를 분명히 알게 되었으니. (모두를 바라보며) 동지들, 주민 여러분, 반환장부가 우리 손에 들어왔습니다. 왕라오우를 어떻게 해야 할까요?

을: (화를 내며) 가죽을 벗깁시다!

병: (이를 갈며 두 손으로 허공에서 찢는 시늉을 한다) 힘줄을 뽑아버립시다!

(왕라오우가 놀란 나머지 얼굴이 땀투성이가 된다.)

정: (잇새로 말을 뱉어내듯) 머리를 베어 마을 어귀 문에 걸어둡시다!

무: 휘발유를 뿌리고 불을 붙입시다!

경: 고문 의자에 앉힙시다!

(왕라오우는 사람들의 격하고 거센 반응에 표정이 계속 바뀌다가 결국에는 혁명의 분노를 견디지 못하고 무대 위에서 혼절한다.)

갑: (큰 소리로 저지하며) 됐습니다. 감정적으로 일을 처리할 수는 없습니다. 우리에게는 우리의 민주가 있고 우리의 법률이 있으며 우리의 독재 정권이 있습니다. 일단 왕라오우를 가둡시다!

(사람들이 벌벌 떨고 있는 왕라오우를 붙잡아 가둔다. 박수 소리.)

저희는 청톈민의 침대를 셋째 마당의 한가운데, 그의 면전으로 옮겼습니다. 그는 저희가 무엇을 하려는 건지, 혁명이 어떤 상황까지 발전했는지 몰랐을 겁니다. 그저 의자에 앉은 채 저희를 보면서 방에 들어갔다 나왔다 하는 저희 발걸음을 따라 고개를 움직였지요. 몇 년 동안 침대 밑에 던져졌던 오래된 목판 같은 회색빛 얼굴에는 아무런 표정이 없었습니다. 그날 밤의 달은 유난히 밝아서 발밑 벽돌 틈새에 자라는 풀 색깔까지 보이고 간혹 지나가는 뜬구름 조각이 하얀 실처럼 달 저편 하늘에 걸리는 것도 보였습니다. 마을은 변함없이 조용해 발소리 하나 없고 개 짖는 소리나 닭 울음소리마저 들리지 않았지요. 앞마당 오랜 백양나무의 까마귀 둥지에서 살얼음 같은 울음소리가 쉼 없이 떨어져 퍼지다가 사당의 적막 속에 녹아들면 이어서 셋째 마당의 치셴탕 대전 처마 밑 참새의 잠꼬대 같은 울음이 마당으로 촉촉하게 퍼져나갔습니다. 저희는 이불과 깔개는 물론 청톈민의 침대보마저 내오지 않았습니다. 대신 대나무로 엮은 바자를 그의 침대에 깔았습니다. 제가 대나무 바자를 들어다 침상에 깔자 홍메이가 깔개를 까는 게 어떠냐고 물었습니다. 더러운데 괜찮겠느냐고 했더니 청톈민 여동생이 며칠 전에 친정에 왔다가 이불과 깔개를 빨아놓고 갔다고 했습니다. 이에 저는 아무리 빨아도 적대 계급이 사용한 것이라고 반대했고 그녀는 대나무 바자만 깔 수는 없다고 대꾸했습니다.

"정이, 정호의 책과 청톈민의 원고를 전부 침상에 깝시다." 제가 말했습니다.

"그것도 좋겠네요. 청씨 집안 성경을 없애버려요." 그녀가 찬성했습니다.

저희는 정이, 정호의 저서와 주희의 주석본을 풀처럼 안고 나와 대나무 바자에 깔았습니다. 책을 내려놓을 때 청톈민의 눈이 훨씬 커지고 마침내 목구멍에서도 지금 무얼 하는 거냐고 묻는 듯한 새하얀 웅얼거림이 터져 나왔습니다. 저희는 아무 말도 해주지 않았지요. 저희가 무엇을 하는지 보게 될 테니까요. 마지막으로 『정학의 새로운 의미』라는 소위 책 원고 뭉치를 찢고 구기면서 침대 위에 깔았습니다. 그는 저희가 찢고 구기는 게 무엇인지 알아챈 듯 의자에서 머리를 흔들며 더 큰 소리로 우우, 꺽꺽거리다 달빛으로 그것이 『정학의 새로운 의미』임을 확인하고는 갑자기 발끝으로 바닥을 짚으며 일어섰습니다. 그 바람에 엉덩이 아래의 의자가 지면 위로 따라 올라갔지요. 그리고 의자가 다시 바닥으로 떨어질 때 쾅 하는 맑은 울림과 함께 마당의 달빛과 별빛, 건물 그림자와 나무 그림자가 흔들렸습니다.

"청톈민!" 제가 최대한 목청을 누르며 냉엄하게 소리쳤습니다. "움직이지 마. 이따위 책을 쓴다고 세상을 바꿀 수 있을 것 같아? 사회주의 정권과 무산계급 독재 정권을 엎을 수 있을 것 같으냐고?"

저는 말하는 동시에 눈송이를 떨어져야 할 곳으로 떨어뜨리듯 그의 원고를 손에서 침대 위로 뭉텅뭉텅, 한 장 한 장 떨어뜨렸습니다.

청톈민이 정말로 버둥거림을 멈추고 목구멍으로 우우 소리도 더 이상 내지 않았습니다. 그렇게 한번 움직여본 뒤에야 자신이 무산계급 독재 정권에 의해 묶여 있음을 알아챈 것 같았습니다. 그제야 자신이 마주하고 있는 게 젊고 건장하며 정열적인 두 혁명가라는 것을 깨닫고, 더 중요하게는 자신이 강대한 혁명가 진영 앞에서 몰락하고 부패한 봉건 자본주의를 대변하고 있음을 깨달은 듯했습니다. 개미국의 부마가 되었다고 대국을 얻었다 허세부리고/개미가 나무를 흔들려 하나 어떻게 가능하겠나/작고 작은 세상/파리 몇 마리가 벽에 부딪치네*/진리를 마주했으니/헛소리를 용납할 수 없어라/웨이후 대청에서 루안핑을 심문하고/양쯔룽은 호랑이굴에 들어가 영웅이 되었네/루안핑을 대청 밖 서남쪽으로 끌고 가/총구를 가슴 뒤쪽에서 겨누며/"루안핑, 너는 수십 년 동안 온갖 악행을 저질러/피맺힌 원수가 수도 없고 죄질 또한 용서하기 어렵다/내가 인민을 대표해 너를 처결한다!⋯⋯"/'탕탕탕!' 총성이 울린 뒤 루안핑이 고꾸라졌네.** 저는『이정전서』를 침대에 깔았습니다.『정학의 새로운 의미』는 허공에서 조각냈고요. 별빛이 환하게 마당을 밝히고 빌어먹을 정학이 허공을 날아 눈송이처럼 땅에 떨어지면서 사랑의 침상이 한층 신성해졌습니다. 청톈민, 눈을 크게 뜨고 나와 훙메이의 하늘마저 뒤흔들 애정 행각을 지켜보라고, 당신이 몰래 다가와 횡포를 부리거나 흉악한 짓을 해도 두렵지 않아, 당신이 우리의 간통을 고발하며 혁명이 아니라고 말해도 두렵지 않다고. 진짜 혁명인지, 거짓 혁명인지는 역사가 확실히 판가름해줄 테니까. 비바람이 봄을 보내

---

* 마오쩌둥의 사「만강홍, 궈모둬 동지에 화답함」의 구절.
** 현대 경극〈지략으로 웨이후산을 차지하다〉의 구절을 변용.

자 날리는 눈송이가 봄을 맞아오네. 산에 꽃이 만발할 때 그녀가 수풀 속에서 웃고 있으리.*

침대에 다 깔고 난 뒤 홍메이가 침대 옆으로 한 걸음 다가와, 전등 스위치를 올려 세상을 밝히라는 명령을 기다리듯 저를 바라보았습니다. 달이 어느새 서남쪽으로 한층 더 기울어져 있었습니다. 침대를 준비하는 데 시간이 좀 오래 걸렸는지 중간 마당에서 들어오는 담장 그림자가 좀더 길고 두꺼워졌습니다. 그때서야 저는 뒷마당 주위를 자세히 살펴볼 수 있는 여유가 생겼지요. 치셴탕 대전은 어릴 때 보았던 그대로 높고 커다란데다 등마루와 처마가 날렵해 달밤에 더욱 신비롭고 위엄 있어 보였습니다. 2무 남짓한 마당 양측에는 강당 네 개가 마주 보며 서 있었고요. 강당은 정이와 정호의 제자들이 수업을 듣던 곳으로 나중에도 정학의 후예들이 차를 마시고 토론하는 장소로 쓰였다고 합니다. 해방 이후에는 쓸모가 없어져 텅 비고 케케묵은 먼지만 가득해졌지만 정호와 정이를 기리는 한가한 사람들이 참관하러 와 과거와 현재를 비교하고 주저리주저리 말도 안 되는 과장을 늘어놓으며 멀쩡한 얼굴로 사람을 미혹시키면서 봉건 왕조의 부활

---

* 마오쩌둥의 사 「복산자卜算子, 영매咏梅」의 구절.

을 위해 여론을 조성하는 데 사용되고 있었습니다. 그 순간 치셴탕 대전과 강당 네 곳, 건물 위의 노랗고 둥근 기와, 처마 끝의 풍경, 기둥의 용과 봉황 장식, 마당의 무성한 초목, 그리고 침대 밑의 네모난 벽돌 바닥 모두 자신이 곧 천수를 다하고 죽을 것임을 알았습니다. 그곳에 숨은 채 유유자적하면서 무산계급 정권의 전복을 기다리도록 혁명이 더 이상 내버려두지 않을 것임을 알았지요. 그것들은 아무 소리도 내지 않고 한마디 말도 하지 않았습니다. 위로 치솟은 대전 네 모서리의 풍경조차 벙어리처럼 아무 말도 하지 않았습니다.

청톈민은 그 순간까지도 저희가 왜 자신의 침대를 끌어내오고, 왜 『이정전서』와 『정학의 새로운 의미』를 침대에 깔았는지 모르는 것 같았습니다. 그는 때려 죽여도 저와 훙메이가 자신의 앞에서 공공연하게 애정 행각을 벌일 줄 몰랐을 겁니다. 자산계급이 마지막으로 이 세상에서 사라질 때까지도 작은 불티 같던 사회주의가 들판을 태울 만큼 커다란 기세로 번질 줄 믿지 못하는 것처럼요. 진리는 그렇게 불가사의한 힘을 가지고 있습니다. 공격을 하면 할수록 진리는 오히려 증명되고 충족되며, 더 나아가 더욱 빛나고 강해지지요. 진리의 힘은 그를 공격하는 사람과 사건, 사물에서 비롯

됩니다. 청톈민 앞에 놓인 침대에서 침구를 3~4년 동안 빨지 않은 것처럼 진한 곰팡내가 올라왔습니다. 냄새가 덮쳐 올 때 훙메이가 코를 위로 치켜들고 하늘의 별과 달을 바라보며 아이쿤, 침대보를 깔아요, 하고 말했습니다. 저도 하늘을 보며, 깔지 마요, 우리는 혁명을 하려는 거니까 저 더러운 것들을 가장 직접적으로 공격하고 없애야 해요, 하고 말했습니다.

"시간이 많이 지났어요." 그녀가 머뭇거리며 저를 보고 청톈민을 흘끗 쳐다본 다음 애원하듯 말했습니다. "당신 먼저 벗어요."

그녀에게 여자로서의 수치심이 올라왔다는 것을 알 수 있었습니다. 그녀는 저희가 하려는 것이 투쟁이고 저희의 모든 말과 행동이 적의 공격에 대한 방어이자 반격이며, 혁명의 순조로운 전개와 혁명적 전과 및 성과를 높이기 위해서라는 것을 잊었던 것입니다.

제가 단추를 풀기 시작했습니다.

"당신도 풀지?" 제가 말했습니다.

그녀도 단추를 풀었습니다. 투두둑, 밀을 베는 것처럼 단추가 풀렸습니다.

첫번째 옷은 오히려 그녀가 먼저 벗었습니다. 옷을 벗자 청텐민도 마침내 자기 앞에서 저희가 무엇을 하려는지 알아 차렸습니다. 그의 얼굴이 멍하게 굳기 시작하더니 홍메이가 셔츠를 벗자 화락 하얗게 질리고, 목구멍에서 바싹하게 갈라진 외침이 밀밭의 늙은 개구리가 여름밤 폭염을 더 이상 견디지 못해 내지르듯 터져 나왔습니다. 그의 그렁그렁한 부르짖음 속에서, 그가 몸을 흔들어 엉덩이 아래의 의자가 쿵쿵거리는 울림 속에서 저희는 옷을 전부 벗어 침대 머리에 걸쳤습니다. 홍메이가 벌거벗은 채 청텐민에게서 먼 쪽으로 침대 옆에 섰습니다. 바닥에 떨어진『정학의 새로운 의미』원고 한 장이 그녀의 맨발에 밟혔습니다. 감옥에서 고생했음에도 그녀의 몸은 예전처럼 투명하게 빛났습니다. 피부도 그날 밤 달빛과 구분이 안 갈 만큼 보드랍고 하얬습니다. 그녀의 뽀얗고 보드라운 맨몸이 청텐민의 목구멍에서 갑자기 기괴하고 거칠고 둔탁하지만 10리는 늘어질 듯한 울부짖음을 폭발시켰습니다. 하지만 왜인지 그가 갑자기 조용해지더니 의자도 더 이상 흔들지 않았습니다. 무슨 욕을 내뱉은 뒤 안정을 찾고 화를 가라앉힌 것 같았지요. 하지만 평정을 되찾았다고 해도 그의 얼굴은 새파랗고 목의 힘줄은 또렷하게 불거져 있었습니다. 그리고 눈알이 튀어나올 듯 홍메이를 노려보았습니다.

그의 분노가 최고조에 이른 것 같았습니다.

분노하라, 포효하라, 창장이 거세게 내달리고 황허가 포효하는구나. 38식 보총을 잘 닦은 다음 탄창에 총알을 장전하고 탄띠를 두른 채 용감하게 전진하네. 수류탄을 들고 장제스 도적 떼를 소탕하리라. 칼집에서 총검을 빼니 번쩍번쩍 빛이 나는구나!* 하지만 바로 그때, 훙메이가 옷을 전부 벗었을 때 저는 온몸에 혁명의 열정과 복수의 욕망만이 있을 뿐, 그걸 할 격정과 힘이 없다는 것을 발견했습니다. 예전의, 그 말로 표현하기 힘든 문제가 다시 찾아왔다는 것을 알았지요. 제 빌어먹을 물건이 그 순간 가랑이 사이에서 잠에서 깨어나지 못한 새처럼 늘어졌습니다. 마지막으로 속옷을 벗으려 할 때 발견했지요. 직전까지 혁명과 청사에 대해 너무 많이 생각하고 정이, 정호의 저서와 청톈민의 원고에 모든 주의력을 쏟았기 때문이었습니다.

속옷을 벗던 제 손이 사타구니에서 굳어지는 것을 보고 훙메이가 무슨 일이 벌어졌는지 알아챘습니다. 얼굴에 당혹감이 스치더니 시아버지인 청톈민을 등진 채 침대 가장자리에 앉았습니다. 제 영혼, 제 육신, 제 정신이자 골수. 침대 가

---

* 〈혁명행진곡〉 가사의 일부.

장자리에 앉아 있던 그녀가 또 갑자기 일어나더니 제 속옷을 벗기고 청천벽력처럼 제 물건을 두 대 때렸습니다. 손바닥 소리가 퍼렇고 하얗게, 눈부신 얼음 조각처럼 사원 주변으로 빠르게 날아가 달빛에 부딪혀 드르륵 탁탁 유리 깨지는 소리를 내고 담벼락에 부딪혀 탁탁탁탁 나무 몽둥이가 맞부딪히는 소리를 냈습니다. 제가 놀라서 소리치며 뒤로 한 걸음 물러나 무슨 일인지 어리둥절하고 있을 때 홍메이가 또 쫓아오더니 쪼그려 앉은 듯 꿇어앉은 듯 몸을 구부리고 머리카락을 휘날리며 미친 것처럼 제 물건을 한 대, 또 한 대 치고 사타구니를 텁석텁석 걸머잡았습니다. 때리고 잡고 꼬집고 긁으면서 "우리를 고발하게 해주지! 고발하게 해주겠어! 우리가 간통하고 살인하고 혁명에 반대했다고 고발해, 하지만 당신이야말로 진짜 반혁명분자에 음험하고 악랄한 망나니야, 눈 하나 깜짝 않고 살인하는 음모자!" 하며 욕설을 내뱉었습니다. 그녀가 욕하면서 때릴 때마다 저는 계속해서 뒤로 물러났습니다. 그러면 그녀가 다시 저를 잡으러 다가왔고요. 그때 두 다리 사이에서 뜨거운 고통과 펄펄 끓는 팽창이 느껴졌습니다. 사타구니가 빠르게 밀가루 반죽처럼 부풀어 오르고 온몸의 피가 펄쩍펄쩍 소리 지르며 그 솟구침을 향해 달려갔습니다.

제 물건이 팽팽한 고통 속에서 단단해지지 시작했던 것입니다.

저는 당장 훙메이를 안고 침대에 올랐습니다.

제가 안는 동안에도 그녀는 계속해서 "우리를 고발하게 해주지! 우리를 고발하게 해주겠어! 자기가 반혁명분자면서 우리더러 반혁명분자라고 하다니!" 하고 중얼거렸습니다.

가장 신성하고 자극적인 순간이 다가왔습니다.

달빛이 고요하고 별들이 깜박이며 수목이 숙연히 기립하고 대전이 고개를 숙이고 풍경이 소리를 멈추며 송백이 허리를 굽히고 포도가 주목하고 담벼락이 가슴을 펴며 기와가 팔을 벌리고 그림자가 움직임을 멈추며 마을이 숨을 죽이고 산맥이 호흡을 멈추며 소와 양이 목을 늘이고 새가 눈을 크게 뜨고 모기가 허공에 머무르고 공기가 흐름을 멈추었습니다. 훙메이를 찌르며 들어가자 그녀가 늘 그렇듯 온몸을 부들부들 떨었습니다. 그러고는 마치 그걸 처음 하는 것처럼, 인생에서 자극적이고 신성한 순간을 처음 욕심내는 것처럼 목청을 낮춘 채 뜨겁게 달아오른 날카로운 교성을 질렀습니다. 그녀의 소리는 절반은 쾌감을 못 이겨 저절로 나온 것이지만 절반은 시아버지에게 들려주기 위해 일부러 과장한 것이었습니다. 하지만 어쨌든 그녀의 뜨겁게 달아오른 교성에 자극을 받아 과감하게 그 일에 몰두할 수 있었습니다. 전 청톈민을 쳐다보지 않았습니다. 다시 청톈민의 부득부득 이 가는 소리와 몸을 돌려 우리를 등지고 싶어 들썩이느라 의 자 다리가 벽돌 바닥에 부딪히는 소리가 들려왔습니다. 하 지만 귀에 거슬리고 마음이 쓰이는 것은 청톈민이 만들어내 는 소리가 아니라 훙메이 위에서 제가 몸을 오르락내리락 할 때마다 높아졌다 낮아지는 침대의 건조한 삐걱거림과 저 희 아래에서 뼈마디가 부러지고 근육이 찢기는 책과 종이 의 울부짖음이었습니다. 공기 속으로 우윳빛 비린내가 진동 하고 투명하게 빛나는 땀방울이 날아다니면서 자줏빛 살내 가 넘실거렸습니다. 소리가 이리저리 날다 부딪히고 달빛이 파랗고 하얗게 빛나며 별들이 붉은색과 초록색을 띠었습니 다. 저는 더 이상 청사와 청톈민을 생각하지 않았습니다. 오 로지 단단함과 혁명을 생각하고 쾌락과 흥분을 생각하며 저 와 벌거벗은 훙메이를 생각하고 이 단단함이 대체 얼마나 지속될까를 생각했습니다. 그런데 얼마나 오래 견딜 수 있 을까를 생각하는 순간 어렵다는 것을 알았습니다. 곧 우르 르 무너지고 주저앉을 것임을 알았습니다. 옆으로 드리워진 담장 그림자가 아직 그 자리에 있고 침대 그림자의 한 경계 선이 여전히 벽돌 이음새에 있는 게 보였습니다. 그리고 단단함의 시간이 담배 반 가치만큼 남았다는 것을, 한 모금 빨아들여 입에 잠시 머금었다가 다시 내뱉을 만큼의 시간밖에 없다는 것을 알았습니다. 저는 그 순간 견디지 못하고 쏟아낸 다음 와르르 무너져 수몰될까 봐 두려웠습니다. 필경 감옥에서 하룻밤과 낮을 쪼그려 앉아 있었고 자정 전에 다른 사람의 만터우 하나를 먹었을 뿐이었으니까요. 그 밤에 저희는 수십 리를 걸었으니까요. 온몸이 오그라들고 목구멍이 바싹 마르면서 뜨거운 땀으로 몸이 축축해졌습니다. 정말로 곧 무너질 것 같았습니다. 더 이상 못 견디고 끝날 것 같았습니다. 저는 그 무너짐이 단순히 저와 훙메이의 일로 끝나는 게 아님을 잘 알았습니다. 그건 혁명을 중도에 포기하는 것이고 적에게 반격을 시작하자마자 식량이 떨어지고 총탄이 바닥나는, 기껏 격파한 적에게 달아날 길을 순순히 열어주는 것이었습니다.

제가 그대로 쏟아내고 무너져 내릴까 봐 두려웠습니다.

쏟아낼 때의 쾌감이 떠오르며 그 유혹과 자극을 견디기 힘들었습니다.

점점 미친 듯 빠르게 움직였지요.

훙메이가 제 밑에서 분명하게 감지해냈습니다. 저희는 부부는 아니어도 부부보다 더 깊은 사이였으니까요. 그녀는 저에 대해 손금 보듯 훤히 꿰뚫고 있었기에 제 동작이 이미 최고조에 임박한 것을 알아차렸습니다. 그러자 그녀가 갑자기 교성을 멈추고 손으로 제 두 어깨를 흔들며 말했습니다.

"아이쿼, 들어봐요, 들어보라고요!"

"뭘요?" 제가 깜짝 놀라 물었습니다.

"저기서 누군가 노래하는 것 같아요."

제가 귀를 세웠지만 끝없는 적막이 사당을 덮쳐오는 것만 들렸습니다.

지는 다시 제 동작을 시삭했지요.

그녀가 제 등을 세게 후려치며 말했습니다.

"다시 들어봐요, 산 저쪽에서 〈혁명의 장병 총칼을 들고〉가 들리잖아요."

제가 다시 귀를 기울였습니다.

정말로 산 저쪽, 달빛이 떨어지는 곳에서 실 가닥 같은 음악 소리가 들려오는 것 같았습니다. 구월 계수나무 꽃향기 가득할 때/사방에서 들려오는 군가 소리/가난한 자 해방을 맞고/노동자 총칼을 들었네, 하는 가사도 들리는 것 같았습니다. 홍메이가 들리느냐고 물어 제가 고개를 끄덕였습니다. 홍메이가 또, 다시 잘 들어봐요, 물이 흘러오는 것처럼 소리가 점점 커져요, 하고 말했습니다. 저는 두 손으로 그녀의 젖가슴을 받치면서 두 귀를 허공에 세웠습니다. 그 순간 제 귀로 들어온 노래는 바러우 산머리에서 들려오는 〈혁명의 장병 총칼을 들고〉가 아니었습니다. 남쪽에서 〈새로운 승리를 위해 진군하라〉가 어렴풋하게 들려왔지요. 아주 멀리, 10만 8000리는 떨어진 듯하고 방송 스피커가 접촉 불량인지 들렸다 들리지 않았다 했습니다. 그 노래의 가사를 계속 듣고 싶었지만 느닷없이 〈류양허瀏陽河〉로 노래가 또 바뀌었습니다. 소리가 훨씬 커지고 한 여자가 샘물이 흐르는 듯한 목소리로 청강진 남쪽 모래톱에 서서 노래하는 것 같았습니다. 아울러 현악기와 생황 같은 악기들이 모래톱의 버드나무 둑에서 연주되는 듯했고요. 저는 평소부터 〈류양허〉를 좋아했습니다. 〈류양허〉를 들을 때마다 아리따운 시골 처녀가 대바구니와 낫을 들고 시냇물을 따라 걸어가면서 노래하고, 노래하면서 풀을 베고, 그러다 바구니가 가득 차고, 더워지면 벌거벗은 채 시냇물에 들어가 목욕을 하고, 물을 자신의 하얗고 풍만한 몸으로 부으면서 류양허는 몇 번을 굽어 흐르나? 샹장강까지 몇십 리 물길인가? 강 옆에는 어떤 현이 있는가? 어떤 사람이 인민을 해방시켰나? 하며 노래하는 걸 상상했습니다. 그런데 그 순간 또 그러한 광경이 펼쳐졌지요. 열일곱 혹은 열여덟 살밖에 되지 않은 처녀가 옷을 벗고 첫째 단락을 노래했습니다. 그녀는 미소를 머금고 끊임없이 제게 어서 오라는 손짓을 했습니다. 저는 그녀에게 가지 않을 수 없었지요. 물을 첨벙첨벙 밟고 나아가면서 이성에 아직 눈뜨지 않은 몸을 뚫어져라 쳐다보았습니다. 그녀 앞에 이르러서는 포도 위에 맺힌 이슬을 건드리듯 조심스럽게 처녀의 진자줏빛, 쌀알처럼 작고 파란 점들이 있는 젖꼭지를 어루만지면서 그녀의 목소리에 맞춰 이중창을 불렀습니다. 제가 부른 부분은 류양허가 아홉번째 굽이를 돌아 50리 물길이 바러우 신에 도착하고 산 아래에 있는 청강진에서 가오아이쥔이 인민 해방을 이끌었다는 내용이었습니다. 그 열일고여덟 살의 처녀는 노래를 듣고 난 뒤 머리를 제 어깨에 기대고 두 손으로 제 가슴을 어루만지면서 〈류양허〉의 셋째 단락을 불러주었습니다. 류양허가 아홉 굽이를 돌아 50리 물길이 청강에 닿았네. 강물이 도도하게 쉬지 않고 흐르지만 가오아이쥔의 인민을 향한 마음만큼 길지는 않다네.

저는 그녀의 노랫소리에 완전히 감동받고 그녀의 매끈하고 야들야들하며 뽀얀 몸에 제대로 정복당했습니다. 그녀의 노랫소리에는 여름과 가을 동안 햇살에 달궈진 물소리와 초봄 풀과 나무에서 싹이 돋을 때의 파랗고 싱그러운 풀 냄새와 우유 냄새가 들어 있었습니다. 생생한 젊음으로 몸에 주름 하나 없고, 입술 위 하얗고 가느다란 솜털 위에는 보드라운 빛이 손을 대기만 하면 물방울로 변해 또르르 굴러떨어져 사라질 것 같은 물기처럼 매달려 있었습니다. 하지만 그녀는 또 얼마나 성숙한지, 노래하거나 웃을 때면 늦가을의 찬란함이 얼굴을 가득 메웠습니다. 풍만한 가슴과 엉덩이, 잘록한 허리와 가느다란 허벅지, 물에 서 있는 모습이 강가의 버드나무 같았지요. 그런 점들도 감동스러웠지만 그보다 더욱 마음을 흔드는 것은 저에 대한 그녀의 존경과 숭배, 충절과 칭송이었습니다. 저는 그녀의 머리카락에 입을 맞추고 콧등에 입을 맞추고 입술에 입을 맞추고 그녀의 혀끝을 물었습니다. 입맞춤을 받자 그녀가 벌거벗은 채 기슭으로 뛰어올라 감미롭고 맑은 목소리로 물 흐르듯 〈류양허〉의 넷째, 다섯째 단락을 제게 바쳤습니다. 가오아이쥔, 당신은 태양처럼/우리를 앞으로 이끌었지요/영원히 당신을 따르리니/행복의 강산 만대에 이어지리. 넓고도 긴 류양허여/양 기슭에서 부르는 노래 사방으로 울리네/달콤한 노래 끝없이 울리고/행복한 생활 영원하여라……. 노래를 끝냈을 때 그녀의 얼굴이 붉은빛으로 반짝이고 눈이 기대로 충만해졌습니다. 저는 저를 향한 찬가에 감동받은 나머지 눈물이 그렁그렁해지고 온몸이 덜덜 떨리며 어떻게 해야 할지 알 수가 없었습니다. 그런데 그때, 그 순간, 그 찰나에 그녀가 불현듯 무척 낙담한 목소리로 "내가 싫어요? 나보다 더 예쁘고 아름다운 몸을 본 적 있어요?" 하고 물었습니다. 저는 결국 울고 말았습니다. 와락 눈물을 바닥으로 떨어뜨리며 덥석 그녀를 품에 안아 침대에 눕혔습니다. 침대는 휴지가 가득하고 곰팡내가 풍겼지만 그녀는 괜찮다고, 당신이 나를 좋아하기만 하면 어디든 상관없다고 말했습니다. 저희는 그 침대에 누워 서로를 애무하고 귓속말을 하면서 낮부터 밤까지, 초저녁부터 한밤중까지 다른 마을과 광야에서 들려오는 혁명 노래를 들으며 그걸 했습니다. 그렇게 힘차게, 그렇게 단단하게, 그렇게 오래도록. 그걸 하면서 사방팔방에서 들려오는 음악 소리를 들었지요. 동쪽에서 〈톈산의 푸른 소나무 뿌리를 얽고〉가 들리고 남쪽에서 〈높은 산과 흐르는 물 한없이 붉어〉 노랫소리가 들려왔습니다. 북쪽에서는 영화 〈화창한 봄날〉의 주제곡 〈한마음으로 전진〉이, 남동쪽에서는 〈모든 인민공사와 대대여, 다자이를 본받자〉가, 동북쪽에서는 〈난징로 8연대를 칭송하며〉가, 서남쪽에서는 영화 〈난징 창장대교〉의 주제곡 〈우뚝 선 중산의 아침 해〉가, 서북쪽에서는 영화 〈사스위沙石峪〉의 주제곡 〈우공이 바꾼 새로운 세상〉이 들렸습니다. 또 하늘에서 〈사격 노래〉가 떨어지고 땅에서 〈레이펑처럼〉, 〈칠억 인민과 칠억 병사〉, 〈전 세계 인민이여 단결하라〉가 솟아올라왔습니다. 저희는 노랫소리에 둘러싸이고 노랫소리에 고무되었습니다. 노래가 하늘을 메우고 곡조가 땅을 뒤덮었지요. 음표가 쌀알 같고 아름다운 가사가 꽃송이 같으며 전투의 악보가 갈퀴 같았습니다. 노래하고 춤추면서 전투하고, 말하고 웃으면서 포효했습니다. 하늘도 땅도 두렵지 않았지만 징과 북소리가 잦아들고 노랫소리가 사라질까 두려웠습니다. 하늘 높이 솟은 청사도, 청톈민이라는 대단한 인물도 두렵지 않았지만 거센 물길이 끊기고 수문에 막힐까 두려웠습니다. 노래를 침대로 삼고 곡조를 이불로 삼아 용감하게 졸음과 싸웠습니다. 곡조가 이불이 되고 노래가 침대가 되자 혁명의 노래가 빛을 뿜었습니다. 투쟁하고 투쟁하고 또 투쟁하여 승리하고 승리하고 또 승리했습니다. 투쟁이란 공격이고 공격이란 승리이며 승리란 개선이고 개선이란 꽃을 의미하지요. "아이쿤, 저게 무슨 노래지요? 손풍금 소리가 정말 기운차네요." 홍메이가 물어서 제가 "모르겠어요? 저건 〈유격대 행진곡〉이잖아요" 하고 대답했습니다. "저기 이호로 연주하는 것은요?" 하기에 "〈땅굴전〉에서 일본 놈들이 마을로 들어오는 대목이잖아요?" 하고 대답했고요. 그녀가 또 저 곡은 무엇이냐고 물어 저는 귀

를 남동쪽으로 세웠습니다. 그녀의 몸 위에서 귀를 남동쪽
으로 기울이자 이호와 생황, 피아노, 피리 등 중국 전통 악
기와 서양 악기가 어우러진 무슨 협주곡이 때로는 시냇물처
럼, 때로는 큰 강물처럼, 때로는 높은 산 하얀 구름처럼, 때
로는 맹렬하게 불어나는 홍수처럼 들려왔습니다. 저게 무슨
노래지? 하자 그녀가 어쨌든 혁명행진곡이라고 말했습니다.
그래서 저런 혁명행진곡은 들어본 적이 없다고 했지요. 당
신 얼굴에서 땀이 내 눈으로 떨어졌어요, 하고 그녀가 말했
습니다. 지금 몇 시지? 왜 닭 울음소리가 들리지 않을까요?
하자 그녀가 몇 시면 어때요, 오늘 밤 이렇게 하다가 이 침대
에서 죽으면 좋겠어요, 하고 말했습니다. 제가 조금 힘이 빠
진다고 하자 그녀가, 밑에 누워서 좀 쉬어요, 라고 했습니다.

그래서 그녀가 몸을 뒤집어 제 위에서 해방되도록 그녀
밑에 누웠습니다. 눕자마자 제 땀이 『이정전서』와 『정학의
새로운 의미』를 흠뻑 적시는 게 느껴지더군요. 그 휴지 조각
들이 등 밑에서 축축한 나뭇잎 뭉치로 바뀌면서 먹물의 악
취가 홍메이의 살내에 섞여 코를 찔렀습니다. 달빛이 엷어
지고 별들도 듬성듬성해졌습니다. 밤의 절정을 넘긴 촉촉한
이슬 냄새만 갈수록 짙어졌지요. 저희는 시간을 잊고 환경
을 잊고 혁명과 세상을 잊고 적과 투쟁을 잊었습니다. 마을

에서 닭이 울고 개가 짖기 시작한 것도 듣지 못하고 별이 절반은 떨어진 뒤 달빛이 더욱 얇고 축축해진 것도 보지 못했으며 청톈민이 그렇게 오랜 시간 그곳에서 저희를 보고 있다는 것과 이를 부득거리며 머리를 한쪽으로 돌리고 있다는 것도 생각하지 못했습니다. 그렇게 오랫동안, 영원 같은 시간이 유수처럼 지나도록 그는 목구멍으로 저희를 욕하는 그르렁거림을 계속 내뱉었을까요? 그를 묶어놓은 의자가 계속 탕탕 울렸을까요? 노랫소리가 하늘 곳곳을 날아다니고 사랑이 땅을 온통 뒤덮었습니다. 침대가 삐걱삐걱 부르짖고 종이들이 뭉그러져 곳곳으로 떨어졌습니다. 훙메이가 제 위로 올라갔습니다. 훙메이가 제 위에 앉았습니다. 제가 훙메이 앞에 있었습니다. 제가 훙메이 뒤로 갔습니다. 훙메이의 두 다리를 하늘로 올리고 침대 옆에 섰습니다. 훙메이에게 침대 위에 엎드려 엉덩이를 허공으로 올리게 한 다음 그녀 뒤에 섰습니다. 훙메이를 옆으로 눕히고 저도 그녀 뒤에서 가로누웠습니다. 훙메이에게 다리 하나를 구부려 제 다리를 감싸 누르도록 했습니다. 그녀가 저를 침대 가장자리에 앉힌 다음 제 사타구니 위에 올라앉았습니다. 그녀가 저를 침대 가장자리에 반듯이 눕힌 다음 침대 옆에 섰습니다. 그녀가 손을 쓰면서, 입을 쓰면서, 혹은 손과 입, 몸을 동시에 쓰면서 저에게 그녀의 손과 입, 몸에 맞춰 움직이도록 했습니다. 저희는 하지 않는 게 없고 못 할 게 없었습니다. 머리를 쥐어짜 할 수 있는 모든 방법을 생각해내고 전 세계 모든 방법을 실험했습니다. 저희는 돼지 같고 개 같았습니다. 닭과 같고 봉황과 같았습니다. 버들개지처럼 부드럽고 맹수처럼 거칠었습니다. 천연적으로 생긴 신선의 동굴, 험난한 봉우리에 무한한 풍경이 펼쳐지는구나.* 생명은 흐르는 유수와 같으니 죽음을 두려워하지 않고 혁명하리. 저희는 돼지였고 개였습니다. 저희는 닭만도 못했는데 어디 봉황에 비하겠습니까. 사실 저희는 나귀 한 쌍이었고 사실은 소 두 마리였습니다. 사실은 말 두 필이었고 사실은 노새 두 마리였습니다. 이리도 저희보다 선량하고 사자도 저희보다 부끄러워하며 호랑이도 저희보다 온순하고 늑대도 저희보다 부드러웠습니다. 저희는 벌거벗은 채 쉬지도 멈추지도 않았습니다. 오직 시작만이 있을 뿐 영원히 끝이 없었지요. 실오라기 하나 걸치지 않는 것은 투쟁의 가장 좋은 무기입니다. 이것저것 숨길 것도 없고 수줍어할 필요도 없으니까요. 혁명을 위해서라면 설령 적이 똥통을 머리 위로 뒤집어씌운

---

* 마오쩌둥의 사「리진 동지가 찍은 루산 선인동 사진에 대해爲李進同志題所攝廬山仙人洞照」의 구절을 인용.

들 어떻겠습니까. 혁명이란 사랑이고 혁명과 사랑은 한 우물에서 시작되었습니다. 여자는 혁명 때문에 사랑스러워지고 남자는 혁명 때문에 영웅이 되는 것입니다. 벌거벗은 몸보다 더 강력한 무기는 없고 벌거벗은 몸보다 더 영광스러운 혁명도 없습니다. 혁명하자, 캄캄한 어둠에 맞서, 전투하자, 여명을 맞으며. 저희에게 돼지라고 하면 저희는 돼지였고 개라고 하면 개였습니다. 짐승이라고 욕하면 미소 지었을 것이고 짐승만도 못하다고 욕하면 고개를 끄덕였을 겁니다. 세상 누구도 혁명가보다 더 가슴이 넓을 수 없고 누구도 혁명가보다 의지가 강할 수 없습니다. 저희는 혁명하고 전투했습니다. 생명이 붙어 있는 한 전투를 멈추지 않을 것입니다. 전투의 기치를 어깨에 메고 선열의 손에서 총을 건네받아 영웅의 발자취를 좇으며 영원히 혁명하고 전진하리. 용감하게 나아가 투쟁하며 영원히 전쟁터를 떠나지 않으리. 천하를 둘러보니 광풍과 신뢰로 뒤덮였구나. 들판을 태우는 거센 불길, 노동자들이 무장하고 세상의 반동파를 모조리 묻어버리겠노라 맹세하였네. 우리를 비추는 것은 영원히 지지 않는 붉은 태양!* 하늘엔 북극성이 밝고 땅엔 달빛

---

* 현대 경극 〈혁명 낭자군〉의 대사를 인용.

이 환하구나. 바러우의 고요한 밤, 잠에 빠진 사람들. 청강은 가볍게 호흡하고 패방은 눈을 크게 떴네. 폭약이 이미 묻혔으니 청사는 안녕하지 못하리. 하늘이 언제 밝으려나? 우르르 모든 것이 없어지리니. 아이췐과 홍메이, 영원히 끝나지 않을 사랑. 침대 가득한 곰팡내 나는 종이, 미래에 훤히 밝혀지리. 생명이 흙이라면 사랑은 파란 풀. 바람과 서리, 뇌우와 번개인들 꽃이 피는 것을 막을 수 있을까. 미래가 되면 세상이 온통 붉으리라. 예전만큼 아름답고 웃음소리 더욱 밝아지리. 보라, 동쪽에 이미 아침 햇살이 번지네. 들리는가, 호각 소리 어느새 사원에 울려 퍼지니. 맡아지는가, 공기 중에 가득한 화약 냄새. 어루만지니, 사랑의 피부 매끈하고 아름답구나. 살과 살이 부딪혀 불똥이 사방으로 튀고, 붉은빛이 가득 퍼져 하늘이 불타는 것 같아라. 입술과 입술이 부딪혀 숨소리 끊이지 않네, 밀짚에 불붙고 잘 익은 콩깍지가 벌어지듯 톡톡 타다닥. 침대 다리의 외침이 허공을 날다가 사방팔방에서 밀려오는 노랫소리를 두드리네, 음표는 가을 낙엽처럼 휘날리고 가사는 우박처럼 떨어지는구나. 홍메이의 쾌락에 달뜬 교성 소리 하늘 높이 퍼져, 달과 별이 흔들리고 안개와 구름 걷히네. 사방팔방에서 밀려오는 노랫소리에 부딪히니 가사는 낙과처럼 떨어지고 음표는 터진 제방의 물처럼 뒷마당에서 넘실거리네. 들어갔다 나왔다 의지 굳세고, 나왔다 들어갔다 투지 드높구나. 가시덤불을 베며 적의 심장에서 전투하고, 바람을 타고 파도를 헤치며 내 투지를 더욱 드높이네. 별빛과 달빛을 받으며 열정의 가슴으로 총칼을 정비했으니, 풍랑 속에서 승냥이굴이건 호랑이굴이건 뛰어들리. 영어에 갇힌 몸, 기지로 출옥하였네. 사랑의 감정 만리에 이르지만 여전히 전쟁터라. 몸을 세워 호랑이와 표범을 없애고 용기를 내 승냥이와 이리에 맞서니, 건장한 몸에 강한 의지, 위풍당당하고 호기롭게 깊은 바다에 맞서 머리를 치켜드네. 교활한 적이 온갖 수법을 동원한다 해도 산처럼 굳건하고 위용 넘치는 혁명가를 흔들 수는 없으리. 샤홍메이와 나의 열정과 혁명애, 동지애를 보며 가슴에 새기길. 높은 하늘 너머에서 군가 소리 들리고, 밤하늘에서 혁명의 깃발이 하늘 높이 펄럭이는구나. 바러우산의 찬란한 길 웅장하고 넓어라, 사랑의 노래가 인류의 새 역사를 열었네. 아름다운 몸과 수려한 얼굴에 내 가슴 울렁이고 정신을 잃었지만, 더 중요한 것은 혁명을 위해 목숨을 내놓고자 하는 뜻이 같았어라. 시간이 흐르고 달빛이 조용히 사라지네. 아침이슬 어느새 떨어지고 여명의 빛이 번지는구나. 갑자기 노랫소리가 멀리로 되돌아간 것 같았습니다. 저희의 숨소리만 거칠고 크게 들렸지요. 이미 지칠 대로 지쳐 마지막 힘만 남았습니다. 그리고 그 힘이 다 떨어질 때 서광을 향해 전속력을 냈지요. 두 사람 모두 목욕한 것처럼 온몸이 땀투성이에 힘이 하나도 없어 최후의 절정을 막을 수 없었습니다. 조수를 맞아 그녀가 미친 듯이 호흡하고 밀물의 파도가 높아졌을 때 제 가슴이 태양을 향했습니다. 기력을 다해 생명의 노래를 쓰자 그녀가 죽을 듯 아픈 듯 몸을 심하게 비틀었습니다. 하늘로, 쾌락에 젖은 그녀의 교성이 날아오르는 게 보이고 귀로, 제가 진격하는 호각 소리가 맑게 퍼지는 게 들렸습니다. 제 거침없는 행보가 일 초 빨랐다고 생각했는데 그녀가 일분일초도 어긋나지 않고 정확히 맞았다고 말했습니다. 제가 가장 황홀했다고, 얼마나 흥분되는지 죽어도 좋을 정도였다고 표현했습니다. 그녀가 수백 번 했지만 한 번도 남녀의 절정이 동시에 이루어진 적은 없다고, 절정이 겹치니 가슴이 찢어지고 안개 속에 들어간 듯 구름에 오른 듯 정신이 혼미했노라고, 취한 듯 해탈한 듯 천당에 갔다가 사방을 날아다니는 것 같았다고 말했습니다. 그날 밤의 사랑으로 세상의 감미로움이 영원히 가슴에 남을 것입니다. 단 한 번이 백 번보다 강렬하고 몇 초의 특별한 아름다움이 백 년의 평범함보다 훨씬 길기도 하지요. 하룻밤의 구름과 안개,

비와 이슬이 바람과 서리로 변해 아침에 감옥으로 돌아가더라도 웃으며 병사를 대하고, 훗날 사형장에 가더라도 혁명이 베풀어준 기회에 감사할 수 있을 것 같았습니다. 사랑의 거목이 웅장한 것은 혁명이 비료이고 감정이 열매이기 때문입니다. 사랑은 그물코와 같고 혁명은 벼리와 같지요. 벼리를 집어 올리면 그물코는 저절로 열리는 법입니다. 사랑 때문에 저희 혁명이 한없이 강해지고 의지가 더욱 굳어졌습니다. 혁명 때문에 저희 사랑이 진실해지고 죽을 때까지 변치 않을 사랑이 영원해졌습니다. 창이 없다면 방패도 없고, 그물코가 없다면 벼리를 논해 무엇하겠습니까? 달은 햇빛에 의지해 빛나지만 달빛이 없다면 햇빛이 무슨 의미가 있겠습니까? 서로 도와 혁명하여 혁명의 의미가 빛을 발하고 천년만년 비추며 영원히 사방으로 퍼지는 것입니다. 상황을 추스른 다음 침대에서 내려와 사당 안을 둘러보았더니 한없이 고요하고 몽롱함으로 가득했습니다. 달그림자 어렴풋하고 나무 그림자 휘청휘청하며, 깨어난 세상에 이슬방울 똑똑 떨어지고 동쪽에서 하얀빛이 보이니⋯⋯.

아⋯⋯.

아⋯⋯.

아아아아아⋯⋯.

최후여, 마지막이여, 최후의 시간이 밧줄처럼 저희의 손과 발을 묶었습니다. 최후여, 마지막이여, 최후의 시간이 총검처럼 저희 가슴을 찔러 피가 흘렀습니다.

최후여……

마지막이여……

마지막으로 고개를 돌려 청톈민을 바라보았습니다. 여전히 의자에 묶인 채 자신의 베개 수건을 물고 있었지만 의자는 이미 저희와 마주 보고 있지 않았습니다. 저희를 등지고 있었지요. 의자가 등지고 있어서 청톈민은 저희를 보지 않을 수 있었지만 그는 어깨 너머로 고개를 돌려 두 눈을 똑바로 뜬 채 침대를 바라보고 있었습니다. 목이 파란 대나무처럼 굳었고 살짝 벌어진 입으로 이를 앙다물고 있는 게 보였습니다. 그리고 이미 늙은 두 눈을 너무 크게, 죽어라 깜짝이지도 않고 뜨고 있었기 때문에 흘러나온 끈적끈적한 검은 피가 코 양쪽으로, 깃대에 걸린 붉은 술처럼 말라붙어 있었습니다.

최후여……

마지막이여……

마지막으로 저희는 손을 맞잡고 사원을 나왔습니다. 청강진의 인민공사 사원들과 군중들이 아직 깨지 않았거나 깨

었어도 여전히 침대에서 뒹구는 동안 모든 폭약의 도화선에
불을 붙였습니다.

잠시 뒤 갑작스러운 굉음이 울리고 이어서 우르릉 쾅쾅
소리가 계속되었습니다. 뒤이어서는 벽돌과 기와가 쿵쿵 픽
픽 빗방울처럼 땅으로 떨어졌습니다. 울림이 족히 10리는
가도록 지속되었습니다. 소리가 그치자 청강진이 갑자기 폭
약의 유황 냄새에 묻히고 순식간에 쥐 죽은 듯 고요해졌습
니다. 마치 청사와 패방이 무너지고 죽은 게 아니라 전 세계
가 우르릉 소리와 함께 죽고 사라진 것 같았습니다.

혁명이 이미 새로운 단계까지 발전했습니다. 그건 바닷
가 해안에서 돛대 끝을 보이며 다가오는 배와 같고, 엄마 뱃
속에서 힘껏 움직이며 성숙해가는 아이와 같으며, 높은 산
정상의 동쪽에서 빛을 사방으로 뿜으며 솟구치는 아침 해
와 같았습니다. 아침 해가 솟았습니다. 폭약에 파열된 듯 피
를 뚝뚝 흘리는 아침 해는 붉고 아름다웠습니다. 해가 밝기
전에 감옥으로 되돌아가 걸상에 서기란 이미 불가능했습니
다. 저희는 돌아가서 모든 것을 있는 그대로, 당에 조금도 숨
김없이 털어놓을 작정이었습니다. 저희는 결단코 성실한 한
쌍이어야 했습니다. 절대로 고상한 한 쌍, 순수하고 도덕적
이며 저급한 취미 따위는 없고 인민에게 유익한 한 쌍이어

야 했습니다. 그리고 기왕 그러기로 한 이상, 급하게 돌아가야 할 필요가 있었겠습니까?

저희는 손을 잡고 신혼부부처럼, 아름다운 아침놀 속에서 느긋하게 성 밖의 감옥을 향해 걸어갔습니다.

제 13 장

에필로그

1. 에필로그

우리는 감옥으로 돌아갔다.

감옥으로 돌아갔을 때는 이미 한낮이었다.

정오가 조금 지난 뒤부터 지구위원회 관 서기가 파견한 사람과 하루 낮과 밤에 걸친 긴 대화를 시작했다. 관 서기가 최후 면담을 갖지 못하고 급히 현을 떠난 것은 당 중앙위원회에서 전국 각 현과 사단급 이상의 간부들에게 중국과 소련 간의 국경이 긴장 상태라는 긴급 전보를 내려보냈기 때문이었다. 적이 중국의 전바오다오^{珍寶島} 쪽으로 밤낮없이 병력을 이동 중이며 비행기와 대포, 탱크와 백만 군사를 배치해 강력 대치 중이니 전국 모든 군대는 단결하여 언제 어디서든 침략에 대비하고 전 국민과 병사들은 철옹성을 구축해 소련 수정주의자들의 야심을 철저히 분쇄하기 바란다는 내용이었다. 관 서기는 즉시 지구 인민방공공사 건설협조회와 민병 군사훈련대회 동원회에 참석하는 것 외에도 현지 주둔군을 소련과의 국경 지대에 교체 배치하는 등 수많은 일을 처리해야 했다. 민족의 안위와 국가의 명운에 관계된 사건이다 보니 당연히 관 서기는 우리를 면담하러 올 수가 없었다. 그래서 자신의 심복인 지구기관 보위처의 자오 처장을 보내 우리와 바러우 산맥에서 하이난다오까지 이를 법한 긴 대화를 갖도록 했다.

우리는 하루 낮과 밤을 꼬박 이야기했다.

나와 훙메이가(주로 내가) 하루 낮과 밤 동안 그에게 보고했다.

말을 마치자 입과 혀가 바싹 마르고 입술이 마비되고 사지에 힘이 하나도 남아 있지 않았다. 아무 곳에나 드러누워 사흘 밤낮을, 일주일 또 일주일을 자고 싶었다. 그는 점토 인형처럼 멍한 눈빛으로 마치 경천동지할 연극을 보는 것처럼, 눈물겹게 감동적인 노래를 듣는 것처럼, 폭발적인 감성의 시를 읽는 것처럼 들었다. 그때, 또 하루의 햇살이 창문을 통해 그 특별간수실 옆방으로 들어와 내 얼굴과 입, 눈썹에 떨어졌다.

동쪽에서 붉은 태양이 떠오르고 혁명 청년이 투지로 불타올랐습니다. 하늘도 땅도 두렵지 않지만 정치적 노선이나 강령으로 판단될까 두렵습니다. 정치적 노선이나 강령으로 판단하지 않는다면 저희는 여전히 붉은 깃발을 들고 다자이 밭에서 파종하고 후터우산에서 총을 휘두를 수 있습니다. 혁명이 아직도 전진하는 중이고 전투의 함성이 여전히 울리고 있으니 작은 땅과 하나의 마음까지 모아 혁명에 대한 충성으로 당을 따를 수 있습니다. 진지를 굳건히 지키고 뜻을 다잡으며 죽음도 두려워 않고 돌진할 수 있습니다. 하지만 정치적 노선과 강령으로 비판한다면, 달이 떠도 빛나지 않고 별이 가득해도 캄캄하며 동녘에 해가 떠도 비로 뿌연 것과 같습니다. 그러면 혁명의 사랑은 소똥으로 변하고 혁명의 열정은 분뇨가 되며 혁명의 정신은 사악해지고 혁명의 피는 똥통이 되며 혁명의 의욕은 대변이 되고 혁명의 깨달음은 대장이 될 것입니다. 혁명의 발걸음을 반혁명의 길이라 한다면, 혁명의 붉은 손톱은 나쁜 본보기가 되고 혁명의 짚신은 잿더미가 되며 혁명의 바지는 가식이 되고 혁명의 상의는 옷상자의 자물쇠가 되며 혁명의 모자는 삼태기가 되고 혁명의 목도리는 쇠사슬이 되고 혁명의 얼굴은 서쪽을 향할 것입니다. 혁명의 무릎이 바닥에 꿇리고 혁명의 등이 당을 향하며 혁명의 마음이 눈물이 되고 혁명의 목이 구부러지며 혁명의 머리가 과녁이 되고 혁명의 심장에서 검은 피가 흐를 것입니다. 하늘이여, 땅이여, 혁명가가 혁명가의 뒤통수에 총을 당기겠다면 피도 두렵지 않고 죽음도 두렵지 않지만 혁명의 붉은 깃발을 들 사람이 없어지는 게 두렵습니다. 머리가 잘리고 피가 흘러도 태양이 동쪽에서 빛을 뿜도록 해야 합니다. 구름이 걷히고 해가 나면 태양이 있고 해가 서쪽으로 지면 달빛이 있으며 머리를 들면 북두칠성을 볼 수 있고 꿈에서 깨어나면 동방이 밝도록 해야 합니다. 인민의 행복이 영원할 수만 있다면 저희 희생은 두렵지 않습니다. 말을 마치자 훙메이가 눈물을 흘리고 자오 처장이 한쪽에서 조용히 생각에 잠겼다. 이야기를 끝내자 슬퍼졌다. 자오 처장이 조용히 생각한 뒤 입을 열었다.

"이봐, 계속 이야기하게."

"다 말했습니다."

"끝났나?"

"끝났습니다."

"청사와 양정고리 패방을 폭파한 뒤 이곳으로 돌아왔을 때 몇 시였나?"

"이미 정오였습니다. 여기 사람들은 전부 산과 들판에서 저희를 찾느라 정신이 없었습니다."

"왜 자진해서 감옥에 돌아온 건가?"

"혁명가는 정정당당하고 떳떳합니다. 음모를 꾸미거나 간계를 부리며 숨을 필요가 없습니다."

"청텐민이 죽은 걸 알고 있나?"

"하늘에서 비가 내리면 땅으로 흐르는 것처럼 마땅하고 적절한 결과입니다."

"폭발로 청사는 기왓장 하나 남지 않았네. 청텐민은 그 밑에 깔려서 온전한 조각 하나 없이 살가죽이 전부 너덜너덜해졌고. 알고 있나?"

"모릅니다. 몰랐습니다. 하지만 모르면 또 어떻습니까?"

"지금 알고 나서는 느낌이 어떤가?"

"청사의 벽돌과 기와 파편에 묻히는 게 마땅합니다. 이제 혁명의 황토가 생겼으니 파종하거나 모내기하기에 딱 좋겠군요."

"가오아이쿤, 또 해야 할 말은 없나?"

"없습니다. 전부 말했습니다. 혁명에 대한 충성심으로 당에 떳떳합니다."

"또 말하지 않은 게 있는지 잘 생각해보게."

"생각나면 보충하겠습니다. 당 앞에 조금도 숨기는 게 없을 것입니다."

"자네는? 샤훙메이."

"제가 해야 할 말은 아이쥔이 전부 했습니다. 그의 말이 제 말이고 그의 생각이 제 생각입니다."

"자네가 한 일에 후회는 없는가? 수치스럽지 않은가?"

"저는 온 마음으로 혁명을 했고 뜨거운 피로 당을 열렬히 사랑했습니다. 아이쥔과의 감정은 혁명에 대한 감정이었고 아이쥔과의 사랑은 혁명에 대한 사랑이었습니다. 피의 희생을 치른다 해도 후회 없으며 머리가 잘려도 슬퍼하지 않을 것입니다."

"그러면서……, 왜 그렇게 계속 눈물을 흘리는 건가?"

"제 눈물은 혁명의 풍랑 속에서 혁명의 배에 부딪히고 혁명의 도끼가 혁명의 총을 부수기 때문입니다. 적 때문에 피를 흘린다면 웃을 수 있지만 혁명가가 저를 감옥에 보내니 어떻게 슬프지 않겠습니까? 적의 총구 아래에서 죽을 수 있다는 것은 행복한 일입니다. 세상에서 가장 큰 비극은 친아버지 친어머니가 자식을 죽이려는 일일 겁니다."

"좋네. 오늘 대화는 여기까지 하기로 하지. 자네들은 성실하고 당에 대한 충성도 깊군. 조금도 숨김이 없었어. 나는 돌아가서 자네들의 상황을 관 서기님께 사실대로 보고하고 선처를 부탁드리겠네. 자네들에게 새로 태어나 새롭게 혁명할 기회를 주기 위해 노력할 걸세."

"감사합니다, 자오 처장님. 그렇게 해주시면 처장님 마음과 당의 사랑을 기억하고 저희에 대한 상부 조직의 무한한 관심을 잊지 않을 것입니다. 다시 혁명의 풍랑 속에 뛰어들 수 있다면 저희는 더욱 아끼고 사랑할 것입니다. 혁명에 목숨을 걸고 충성할 것이며 새로운 역사를 위해 분골쇄신할 것입니다."

"그럼 나는 돌아가야겠네. 떠나기에 앞서 마지막으로 하나 물어보겠네. 서기님께서 나를 보낸 진짜 이유이니 두 사람 모두 숨김없이 사실대로 답해주게."

"자오 처장님, 얼마든지 물어보십시오. 알고 있는 것이라면 전부 숨김없이 말할 것입니다. 심장이고 폐고 조직 앞에, 관 서기님께 탈탈 털어 보이겠습니다."

"좋아, 그럼 묻겠네. 자네들이 처음 조직부 류 처장을 따라 청강에서 현성에 왔을 때 관 서기님이 잠시 자리를 비워 자네들만 관 서기님 방에 있지 않았나?"

"그렇습니다." 내가 대답했다.

"아마 30분쯤이었지?" 자오 처장이 물었다.

"네, 30분 정도였습니다." 홍메이가 대답했다.

"그 30분 동안 자네들은 무엇을 했나? 관 서기님 책상에 있던 사진 한 장을 못 보았나? 여성 동지 사진인데, 군복을 입은 중년 여성."

"보았습니다, 봤습니다." 내가 대답했다.

자오 처장이 황망히 내게 시선을 고정하며 물었다.

"그 사진은? 자네가 가지고 있나?"

내가 홍메이를 보자 홍메이가 말했다.

"아이쥔에게 없습니다. 누구한테도 없습니다. 아이쥔이 사진을 본 다음 제게 주었는데 제가 보고 있을 때 관 서기님이 들어오셨습니다. 사진 밑에 적힌 '사랑하는 부인'이라는 구절을 생각하던 터에 서기님이 오시는 바람에 그만 사진을 떨어뜨렸습니다."

"어디에 떨어뜨렸나?" 자오 처장이 물었다.

"소파 틈새에 떨어진 것 같습니다." 홍메이가 대답했다.

"잘 생각해보게. 소파 틈새로 떨어진 게 확실한지."

자오 처장의 말에 홍메이가 잠시 생각한 다음 대답했다.

"확실히 소파 틈새로 떨어졌습니다."

자오 처장이 의자에서 일어나 당장 떠날 자세를 취하며 물었다.

"그 사진 속의 여자가 누구인지 아나?"

나와 훙메이가 고개를 젓자 자오 처장이 또 물었다.

"정말로 모르나?"

"정말 모릅니다." 내가 대답했다.

"낯이 익었지만 누군지 떠오르지는 않았습니다." 훙메이가 대답했다.

"이 지경에 이르렀으니 사실대로 말해주겠네." 자오 처장이 말했다. "그건 위대하신 수령님 마오 주석님의 절친한 전우이자 부인이신 장칭 동지의 사진이네. 사진에 적힌 글은 관 서기님이 쓰셨고. 사진을 찾으면 자네들은 무사할 걸세. 사진을 찾지 못해 혹시라도 다른 사람 손에 들어가면 서기님은 직책을 잃는 것은 물론이고 목숨마저 잃을 걸세. 서기님이 직책과 생명을 잃으면 자네들이 살 수 있겠는가? 그렇게 되면 자네들은 정말로 혁명이고 뭐고 끝이네. 다시는 혁명할 생각도 하지 말게."

자오 처장이 말을 마친 다음 떠났다. 번개처럼 빠르게, 전속력으로 사진을 찾으러 갔다.

앞으로, 앞으로 나아가며 우리는 혁명하고 전투하려 했다. 혁명이 배라면 우리는 조타수이고, 혁명이 자동차 바퀴라면 우리는 차축이다. 혁명이 수확이라면 우리는 두터운

흙이고 혁명이 두터운 흙이라면 우리는 가을이다. 혁명이
전쟁터라면 우리는 탄두이다. 혁명이 높은 산이라면 우리
는 그 산의 절정이다. 혁명이 흐르는 물이라면 우리는 그 물
의 중류이다. 혁명이 초원이라면 우리는 말과 소이다. 혁명
이 사막이라면 우리는 오아시스이다. 혁명이 바다라면 우리
는 파도이다. 물고기가 물을 떠날 수 없듯 혁명을 떠나면 우
리는 녹슨 철에 불과하다. 말이 풀을 떠날 수 없듯 혁명을 떠
나면 우리는 살 수 없다. 봄에서 햇살을 분리할 수 없듯 우리
가 어떻게 혁명의 은혜에서 멀어질 수 있겠는가. 혁명은 깃
발과 불가분의 관계인데 우리가 바로 기수이다. 전진하려
면 나팔이 필요한데 우리가 바로 나팔수이다. 바퀴 없는 기
차는 없는데 우리가 바로 차축, 영원히 녹슬지 않는 차축이
다. 등대 없이 항해할 수 없는데 우리가 바로 그 높은 등탑이
다. 우리는 혁명하려 했고 전투하려 했다. 붉은 깃발을 높이
들고 적의 산꼭대기에서 전진의 나팔소리를 울리려 했다.
생명이 붙어 있는 한 전투를 계속하려 했다. 흐르는 물은 썩
지 않고 쇠바퀴는 녹슬지 않는 법이니까. 전진하고 전진하
며 싸우고 싸우고 싸우려 했다. 싸우고 싸우고 싸워 혁명의
붉은 깃발이 천추에 빛나도록 하려 했다. 천추, 천추, 천추에
빛나고 빛나고 빛나도록.

2. 에필로그

사진, 사진, 사진……

사진, 사진, 사진……

사진, 사진, 사진, 사……

사진, 사진, 사진, 진……

사진이라고! 사진, 젠장, 사진이라고!

3. 에필로그

우리는 성실했고 떳떳했으며 혁명적이면서 고상했다. 하지만 그들은 어떠한 관용도 베풀지 않았다. 사실, 천재적인 혁명가로서 농촌혁명에 기여한 혁혁한 공헌을 인정해 혁명동지의 이름으로 놓아줄 것이라고, 다시 혁명의 용광로로 되돌려 보내줄 것이라고 믿었다. 하지만 그들은 우리를 따로따로 진짜 감옥에 가두었다. (혁명에 조급한 동지들이 부적절하게도 혁명의 주관적 힘을 과대평가하고 반혁명의 힘을 과소평가한 것이다. 그러한 추측은 대부분 주관주의에서 나온다. 그 결과가 맹목주의에 빠져 남과 자신, 나아가 혁명을 해칠 것임은 의심할 여지가 없다.) 이것이 우리가 얻은 피의 교훈이다. 피의 교훈…….

내가 갇힌 감방은 침대 하나와 분뇨통 하나를 빼면 개미 한 마리도 더 들어갈 수 없을 만큼 작았다. 두꺼운 돌벽에 굵은 쇠창살, 식사는 작은 창문으로 들어오고 무슨 일이 있으면 안에서 쇠창살 너머로 소리쳐야 했다. 그 방에 8개월, 어쩌면 1년 8개월을 있었다. 나는 언제 들어왔는지 시간과 계절을 거의 잊어버렸고 홍메이가 헤어질 때 어떤 표정과 모습이었는지도 잊어갔다. 매일 침대 머리맡에 놓인 주석님 저서와 혁명 모범극 극본을 읽으며 사상을 개조하는 시간을 빼면 나머지는 침대에 누워 이나 벼룩에게 몸을 내어준 채 보냈다. 자칫하면 하늘도 잊고 땅도 잊고 소련 수정주의와 미국 제국주의도 잊어버릴 판이었다. 연도도 모르고 달도 모르고 혁명 정세가 급변하는지, 혁명의 파도가 얼마나 높은지, 혁명이 모든 것을 휩쓰는 시기가 지나갔는지 전부 몰랐다. 천지가 뒤집혀 시대가 변했는지, 과연 태양이 서쪽에서 뜨는지도 알 수 없었고. 아침부터 저녁까지 하늘을 찾지 않고 저녁부터 아침까지 땅을 찾지 않은 채 오직 조석으로 누군가 심문하러 오기를 기다렸다. 땅도 하늘도 보고 싶다는 마음 없이 오직 홍메이의 소식만 들을 수 있기를 바랐다.

홍메이에 대한 소식은 조금도 들을 수가 없었다.

그래도 매일 밤 꿈에서는 홍메이와 함께 있었다.

그러다가 별안간 끊임없는 심문이 이어진 것은 나와 홍메이의 총살 공고가 성의 골목골목과 청강진의 거리거리에 나붙고 청첸가 우물둔덕과 청중가 연자매 위에까지 사진과 이름이 나붙은 뒤였다. 우리 이름에는 붉은색으로 'X'자가 쳐지고, 마을 뒤 폐허가 된 청사의 치셴탕과 쨍징러우 자리에 남은 기둥에조차 총살 공고가 붙어 바람에 펄럭거렸다. 그런 정황은 전부 청칭린이 면회를 왔을 때 들려주었다. 그리고 청칭린이 가고 난 뒤부터 그들이 수문에서 벗어난 물처럼 쉬지 않고 심문하기 시작했다.

그들은 한 번 또 한 번, 부대에서부터 청강진까지, 농촌혁명의 시작 첫날부터 마지막으로 청사를 파괴할 때까지, 청구이즈와 청칭등의 죽음부터 청톈청이 미치고 청톈민이 사당 벽돌과 기와 밑에 산 채로 묻힌 것까지 전부 이야기하도록 했다. 그들, 그 심판석에 앉아서 내 이야기를 듣는 동지들에게 나는 시종일관 조직에 대한 충성과 믿음을 가지고 조금도 숨김없이 사실대로, 과장 없이 말했다. 그들은 나와 홍메이가 자신들이 만나본 죄수(유감스럽게도 그들은 우리를 혁명가라고 부르지 않았다) 가운데 가장 성실하다고 말했다. 우리 둘이 고백한 범죄 과정(마땅히 혁명 행위라고 해야 한다)도

똑같은데 남녀관계를 말할 때는 조금 차이가 난다고, 훙메이는 대충 함축적으로 말하지만 나는 직설적이고 상세하게 묘사한다고 했다. (혁명애와 동지애는 거센 불길로 들판을 태우지만 서로 다른 빛을 내는 법이다. 우리는 당에 솔직하게 말하고 조금도 숨기지 않았다. 혁명은 하늘만큼 큰 구멍이라도 메울 수 있고 우리는 땅만큼 큰 과오라도 고치려 했으니까. 혁명의 용광로는 용납하기 어려운 일도 받아들이고 혁명의 마음은 온갖 사랑을 포용할 수 있으니까.)

하지만, 그들은 그럼에도 우리에게 총을 쏘았다.

그건 또 한 번의 새로운 겨울이 지난 초봄, 파릇파릇 돋아난 새싹 냄새가 세상을 가득 메운 어느 날이었다. 총살 집행 장소는 청강 스싼리허의 상류 2리에 위치한 넓고 물소리가 맑으며 붉고 흰 조약돌이 곳곳에 가득한 모래톱이었다. '사인방을 타도하고 인민을 해방시키자'와 '가오아이쥔과 샤훙메이의 반혁명 간통 살인죄를 통렬히 비판한다, 영원히 악명으로 남을 그들의 시체를 한 번 더 짓밟아주자!' 같은 표어와 욕설이 도처에 내걸렸다. (스산한 가을바람이 오늘 또 불어와 세상을 바꾸었네.)* 제방에, 버드나무에, 돌에, 심판대 기둥에

* 마오쩌둥의 사 「베이다이허北戴河」의 한 구절.

극도로 흥분된 표어가 가을 낙엽처럼 떠다니고 욕설을 적은 먹물이 여름 소나기처럼 떨어졌다. 5척 높이로 제방에 걸쳐져 강변까지 연결된 심판대 아래로는 사방팔방에서 몰려온 인민공사 사원들과 대중이 인산인해를 이루었다. 사람들 머리가 산야 초지마다 가득한 양 떼의 배설물 같고, 길마다 심판대를 향해 몰려오는 사람들이 우리를 벗어난 소와 말, 돼지 같았다. 심판대 위는 엄숙하고 장엄했지만 아래는 청강진 10여 개 대대의 수만 사원과 인민들이 동서남북에서 공개 재판에 참가하러 온 것인지, 아니면 사방팔방에서 청강진 모래톱으로 장을 보러 온 것인지 알 수 없을 정도로 시끌시끌했다. 공개재판원이 고음의 확성기로 위세를 부리듯 장막 쳐진 트럭에서 나를 공개재판 단상으로 끌고 오라고 명했을 때 (교도관이 험악하게 감옥에서 나가라고 고함쳤네)* 심판대 아래로 사람들이 떼 지어 움직이는 것이 보였다. 엄청난 기세로 구호 소리가 여기저기서 터져 나오고 고함 소리와 침이 날아다녔다. 허공에서 구호와 구호가 맞부딪히면서 오르락내리락 파장이 만들어지고 바닥에서 말소리와 말소리가 밀치락달치락 실랑이질을 했다. 구호를 외치는 사람들이

* 현대 경극 〈홍등기〉의 구절.

저마다 팔을 들어 팔이 숲을 이루고 구경하러 온 사람들이 저마다 수군거려 웅성거림이 재앙과도 같은 폭우를 이루었다. 앞에 있는 사람은 목을 길게 빼며 심판대를 올려다보고 뒤에 있는 사람은 뒤꿈치를 들며 앞에 있는 사람을 욕했다. 발을 밟으면 밟힌 사람이 개구리처럼 울고 머리가 부딪치면 당한 사람이 이리처럼 고함쳤다. 무력감과 격정을 느끼면서 단상 아래로 어머니와 아들 홍성, 딸 홍화가 어디 있지는 않은지, 홍메이의 딸 타오얼이 왔는지 살펴보고 싶었다. 하지만 그 까맣게 빛나는 머리들 속에서 청강 대대 사람조차 한 명도 찾을 수 없었다. 햇빛은 찬란하고 그들은 풀숲에 숨은 작은 풀 같았다. 짙푸른 하늘, 망망한 대지/바람에 흔들리는 풀 사이로 소와 양이 보이네/망망한 대지, 짙푸른 하늘, 가족들이여, 지금 어디에 있는가/별을 보고 달을 보면서/깊은 산에서 태양이 떠오르기만 바라네/단상 아래로 어머니를 볼 수 있기만 바라네/훌쩍 건장하게 자란 홍성을 볼 수 있기만 바라네/홍화가 겨울 매화처럼 한겨울에 피어날 수 있기만 바라네/혁명 사업을 잇는 사람이 나와 구세대를 대체하기 바라네/그들이 혁명의 총을 이어받아/붉은 깃발을 어깨에 메고/당과 함께 비바람 속에서도 뒤돌아보지 않으며/비와 풍랑 속에서도 뜻을 잃지 않기만 바라네/일을 하려면 이러한 일을 해야 하고/사람이라면 이러한 사람이 되어야 하거늘/아들딸아! 너희 나이가 많지도 적지도 않거늘/어째서 아버지의 걱정을 덜어주지 않는 게냐/예를 들어 아버지가 1000근의 짐을 지면/너희는 800근을 져야 한다*/엄숙하고 장엄한 단상과 짙푸른 하늘/사람들로 가득한 단상 밑과 망망한 대지/곳곳에서 천둥처럼 울리는 구호 소리/먹구름처럼 거세게 밀려오는 수군거림/사람과 사람 부딪혀 핏빛이 도니 군대의 다급함 같고/주먹과 주먹 부딪혀 전투의 함성 하늘을 뒤흔드니 형세 긴박하여라/사방을 둘러보니 사해가 들썩이고 구름과 강 거칠구나/세계를 바라보니 오대주 진동하며 바람과 천둥 격하여라/홀연 바람과 파도 멈추어 정적이 흐르고/말소리 잦아드니…… 대체 무슨 일이 일어난 걸까, 감이 오지를 않았다. 그저 풀로 범벅된 듯 멍한 머릿속으로 확성기 고음의 자극적인 외침이 지나가자 심판대 아래가 불현듯 조용해지더니 훙메이가 확성기의 고음 속에 나처럼 묶인 채로 어디선가, 어느 트럭에선가 이끌리듯 끌려와 단상에 꿇어앉혀지는 게 보였을 뿐이었다.

청사를 폭파한 뒤 처음으로 나의 샤훙메이를 보는 순간이

---

* 일을 하려면 (중략) 너희는 800근을 져야 한다: 현대 경극 〈홍등기〉의 구절을 변용.

었다. (내 영혼, 내 육신, 내 정신이자 골수!) 그녀는 여전히 그 분홍색 작은 깃이 달린 데이크론 셔츠를 입고 여전히 굽 있는 네모난 입구의 코르덴 신발을 신고 있었다. 무릎을 꿇는 순간 시선이 딱 마주쳤다. 한눈에 그녀가 많이 말랐지만 얼굴이 전보다 훨씬 더 청초하고 아름답다는 것을 알아볼 수 있었다. 나를 본 그녀의 푸르스름하고 창백하면서 딱딱하게 굳은 얼굴에도 설핏 홍조가 돌았다. 그때, 그 반년 동안 혹은 1년 몇 개월 동안 어디에 갇혀 있었느냐고, 감옥에서 매일 저들이 당신에게 무엇을 시켰느냐고 얼마나 묻고 싶었는지 모른다. 하지만 우리의 시선이 막 부딪히고 흘러나온 그녀의 눈물이 미처 떨어지기도 전에, 총을 든 무장 병사 둘이 우리 사이에 서서 성곽처럼 우리의 시선을 차단하고 우리의 생각을 가로막아버렸다.

공개재판 대회가 혁명 중의 비판 대회처럼 우리 둘을 한참 동안 함께 꿇어앉혀놓을 거라고 생각했지만 예상과 달리 그 소위 공개재판 대회라는 것은 십 분 혹은 몇 분밖에 걸리지 않았다. 우리를 꿇어앉히고 회의를 주최한 현縣 법원의 한 법관이 "공개재판 대회를 시작한다!"라고 외치자 다른 법관이 주석님 어록과 우리의 판결문을 읽는 것으로 모두 끝났다.

그는 우리를 반혁명 간통 살인범이라고 규정하고 여러 죄를 통합해 사형에 처하며 즉시 집행한다고 선고했다.

사형을 선고한 법관의 목소리는 굵고 위엄이 넘쳤다. '즉시 집행' 하고 말할 때는 나와 훙메이에게 포탄을 날리듯 네 글자를 또박또박 어조까지 바꾸며 강조했다. 그 네 글자를 들을 때 나는 내가 단상에 주저앉을 줄 알았다. 하지만 예상과 달리 막상 네 글자가 확성기에서 터져 나오자 잠시 온몸이 떨리고 가슴이 덜컹했을 뿐, 이내 평정을 되찾을 수 있었다. 영웅이 강을 건널 때 풍랑을 두려워하지 않는 것처럼. 문득 리위허가 총살될 때 위엄이 넘치던 모습이 떠올랐다.

교도관이 험악하게 (등장, 잠시 정지 동작) 감옥에서 나가라고 고함쳤네.

(일본 헌병 둘이 앞으로 나와 밀치지만 리위허는 당당함을 유지하며 흔들리지 않는다. 두 발을 가로로 미끄러지듯 걷다가 한 발로 서서 뒤로 미끄러지듯 걷는다. 멈췄다가 한 다리로 몸을 돌리고 다리를 비껴놓은 채 잠시 정지 동작을 취한다. 거침없이 앞으로 나아가고 일본 헌병 둘은 뒤로 움츠러든다.)

(리위허가 가슴의 상처를 어루만지고 발을 뻗어 무릎을 문지른다. 경멸하듯 쇠사슬을 바라볼 때 호기가 하늘을 찌른다.)

('회룡廻龍') 족쇄에 쇠고랑을 찼다고 우습게보지 마라/내 두 다리와 두 손을 묶어도/내 웅장한 포부와 뜻까지 묶을 수는 없으니!/('원판原板') 하토야마가 비밀을 요구하며 잔혹한 형벌을 가해/뼈가 부러지고 살이 뜯겼지만 의지는 강철같이 강하다네/형장에서도 기세등등하게 고개를 들어 멀리 바라보니/혁명의 붉은 깃발 높이 오르고/투쟁의 봉화 이미 들판을 태웠구나/다만 비바람이 지나고 ('만삼안慢三眼') 온갖 꽃들이 피어나듯/새로운 중국이 아침 해처럼 세상을 비추기 기다리네/그때 중국 방방곡곡에 붉은 깃발 꽂히리니/그때를 생각하면 믿음 커지고 투지 군세진다네/('원판') 나는 당을 위해 작은 공헌을 했네/혁명가는 하늘을 떠받치고 땅에 우뚝 서 용감하게 전진하리.*

하지만 훙메이는 '즉시 집행'의 포탄을 그대로 맞았다. 무장 병사 옆에 단정하게 꿇어앉아 있던 그녀는 판결이 내려지자 그때서야 자신이 총살당할 것임을 알았는지 커다란 나무가 쓰러지듯, 높은 산이 내려앉듯 단상에 쓰러졌다.

"훙메이, 어쨌든 누구나 한 번은 죽어요. 우리 살아도 사람

---

* 교도관이 험악하게 (중략) 전진하리: 현대 경극 〈홍등기〉의 장면. 회룡, 원판, 만삼안은 경극 곡조의 형식을 지칭하는 용어.

답게 살고 죽어도 사람답게 죽어요!" 내가 두 무장 병사 너머로 소리쳤다.

그 난장판 속에서 훙메이가 내 고함 소리를 듣고 고개를 들어 나를 바라보았다. 내가 단상 앞에서 가슴을 펴고 목을 꼿꼿이 세운 채 칭찬이라도 받는 것처럼 위풍당당하고 기세등등하게 서 있는 것을 보고 자신도 무너졌던 몸을 세우려고 했다. 그때 확성기에서 예전에 회의가 끝나면 음악이 나오던 것처럼 혁명 노래가 흘러나왔다. (정말이지 때맞춰 내리는 비 같았다.) 공개재판대 네 모서리의 고음 확성기뿐만 아니라 우리를 압송해온 트럭의 선전용 확성기에서도 흘러나오고 마을과 진의 스피커에서도 나오기 시작했다. 순식간에 유행병처럼 사방팔방에서, 마을마다 진마다 판결이 내려진 뒤 스피커로 노래를 흘려보내기 시작한 것이다. 심판대의 확성기에서는 〈승리는 모두 당의 인도가 있었기에〉가 흘러나오고 압송 트럭에서는 〈무산계급 독재 정권의 기치를 높이 들고 전진하라〉, 청강진에서는 〈민족 대단결을 노래하며〉, 진 남쪽 어딘가에서는 경극 〈혁명 낭자군〉의 〈새로운 해와 달이 산하를 비추니〉, 스싼리허 강 동쪽에서는 〈룽장龍江 찬가〉의 〈인류 해방을 위해 평생 싸우리〉가 흘러나왔다. 그리고 하늘에서 〈사자방 기습〉이 내려오고 서쪽에서 갑자기 〈혁명의 붉은 깃발을 서방에 꽂자〉가 들리더니 북쪽에서 돌연 영웅 자오융강이 부르는 〈피에는 피, 이에는 이〉가 들려왔다. 음악 소리가 바람처럼 비처럼 눈송이처럼 나부끼고, 가사가 줄처럼 끈처럼 차가운 물처럼 감아들며, 노래 토막들이 거센 파도처럼 홍수처럼 밀려들었다. 심판대가 물에 젖듯 노랫소리에 홍건히 젖고, 단상 아래 사원들과 인민이 눈을 뒤집어쓰듯 노랫소리에 뒤덮이며, 스싼리허가 물에 갇히듯 노래 토막들에 갇히고, 청강진이 숨을 헐떡거리며 까무러칠 만큼 잠겼다. 사람들이 음악 소리 속에서 왜 미친 듯 소리를 지르는지 알 수 없었다. 기뻐서 함성을 지르는 건지 아니면 회의가 너무 짧다고, 우리를 그곳에서 10리, 20리, 혹은 수십 리 뛰어다니게 하느니만 못하다고 욕을 하는 것인지 알 수 없었다. 나와 훙메이는 사방팔방, 하늘과 땅에서 울려 퍼지는 노래와 음악에 둘러싸이고 잠겼다. 누군가 엉덩이에 깔고 앉았던 신발을 허공에 던지는 게 보이고, 한 무리의 사람들이 강 맞은편 기슭으로 어수선하게 이동하는 게 보이더니(그쪽은 총살을 준비 중인 형장이었다) 청톈칭처럼 생긴 남자가 인파 속에서 발을 밟혔는지 갑자기 손을 들고 그를 때리려는 게 보였다. 훙메이가 봄바람과 봄비 같은 음악 속에서 부축을 받지 않고 일어나는 것도 보였다. 선고를 받기 전 납빛처럼 창백하던 얼굴이 천천히 풀리고 대신 발그레한 홍조와 흥분이 자리하고 있었다. 음악이 많아질수록 노래 곡조와 가사가 잘 익은 과일처럼 그녀의 얼굴로 떨어져 얼굴의 흥분이 감출 수 없는 진홍색 격정과 보라색 요염함으로 바뀌어갔다. 그녀가 얼굴을 돌려 병사들 어깨 틈으로 나를 바라보았다. 눈빛이 횃불처럼 밝고 뜨거웠다. 그녀의 피도 나처럼 온몸에서 미친 듯 내달리기 시작했다는 것을, 빠르고 어지럽게 갈마들어 그녀의 이마가 빛나고 뜨거워지고 있음을 알 수 있었다.

내가 그녀 쪽으로 한 발을 옮겼다.

그녀도 내 쪽으로 한 발 옮겨왔다.

우리는 순간 각자 앞에 있는 병사를 제치며 서로에게 다가가 몸과 몸을 붙이고 미친 듯 입을 맞추기 시작했다. 둘 다 뒤로 묶였기 때문에 안을 수도 어루만질 수도 없었지만 그녀는 자신의 가슴을 내 가슴에 붙이고 나는 내 어깨로 그녀의 어깨를 눌렀다. 몸을 딱 붙였기 때문에 머리를 심판대 허공으로 들어야 했다. 그녀의 입술이 불처럼 차갑게 내 입술을 밀치고 내 혀가 불처럼 얼음처럼 그녀의 혀를 걸었다. 혁명애가 천 길 눈을 사르고, 전우애가 만 길 얼음을 녹이네. 동쪽에서 떠오른 태양이 사해를 비추니, 송이송이 해바라기가 태양을 향해 피어라. 봄바람과 비이슬을 맞으며 자라난 싹, 바닷물이 마르고 돌이 썩어도 변색하지 않으리. 나의 마음, 나의 육신, 나의 영혼, 나의 사랑……

세상에, 세상에, 세상에. 그 순간 그곳에는 붉은 음악과 혁명 노래만이 광적으로 울릴 뿐, 단상 아래의 사람들은 전부 갑작스러운 침묵에 빠졌다. 맞은편 기슭으로 몰려가던 사람들도 우르르 고개를 돌리고 몸을 돌리더니 심판대에 시선을 고정한 채 나와 나의 샤훙메이를 보는 데에 모든 신경을 집중했다. 뚫어져라 우리의 감정을 보고 우리의 사랑을 보고 혁명가의 입술과 혀를 보았다. 단상 위에서 총을 든 병사들 눈이 휘둥그레졌다. 판결 뒤 자리를 떠나던 법관이 정신을 놓은 듯 멍해졌다. 단상 아래 군중들의 눈과 시선이 굳어졌다. 허공의 먼지가 움직임을 멈추었다. 모래톱의 조약돌이 우리의 입맞춤이 보이지 않자 끊임없이 튀어올랐다. 강물 속 물고기와 게가 수면으로 올라와 환호하며 깡충깡충 뛰었다. 내 혀끝과 그녀의 입술이 두 마리 뱀처럼 장난치고 그녀의 촉촉한 입술과 내 입술이 두 마리 물고기처럼 투닥거렸다. 내 어깨가 그녀의 어깨를 누르며 엎치락뒤치락하고 그녀의 가슴이 내 가슴을 기둥처럼 받쳤다. 우리의 감정이 활활 뜨거워지고 우리의 사랑이 반짝반짝 빛을 발했다……

그런데, 그런데 바로 그때, 그 순간, 아마도 일 분, 어쩌면 하룻밤, 하루, 백 년, 또 그저 수초가 정지한 그때 혁명가가 혁명가에게 방아쇠를 당겼다.

그들은 우리를 강 맞은편에 미리 파놓은 모래 구덩이에서 총살하지 않았다. 그들은 우리를 판결의 여운도 채 가시지 않은 심판대 위에서 죽였다. 하지만 피를 흘리며 쓰러질 때에도 나와 훙메이는 달라붙어 있었다. 두 입술이 찰싹 맞붙어 있었다. 마지막으로, 우리는 피비린내에 질식해 죽었다.

사람이 죽는 일은 항상 있지만 어떤 죽음은 태산보다 무겁고 어떤 죽음은 기러기 털보다 가볍다. 혁명이 아직 성공하지 않았으니, 동지들이여, 계속 노력하기를.

4. 에필로그

아주, 아주 많은 날이 지난 뒤 나와 훙메이는 '편안한 고향' 바러우 산맥으로 돌아가는 것을 허락받았다. 우리는 그곳 사람들이 『물처럼 단단하게』라는 소설을 읽거나, 글을 모르면 나와 훙메이에 대해 이야기하는 모습을 볼 수 있었다. 또 우리가 총살당한 청강 서쪽의 스싼리허 강변에서 심판대는 사라지고 없지만 우리가 피를 흘리며 쓰러진 곳이 유난히 푸른 풀로 무성한 것을 발견할 수 있었다. 바로 그 풀밭에서 남자아이들과 여자아이들이 풀을 베며 소를 돌보다가 서로를 희롱하며 비밀스러운 곳을 살펴보고 있었다. 다 살펴본 뒤 어른들이 하는 것처럼 햇빛 아래에서 벌거벗고 한 쌍씩 짝을 지어 남녀놀이를 시작할 때, 갑자기 등이 굽고 백발이 성성한 노파가 마을 어귀에 나타나 밥 먹으러 오라고 소리쳤다. 아이들은 별수 없이 허둥지둥 풀밭에서 일어나 옷을 입고는 바구니를 들고 소를 몰아 집으로 돌아갔다.

나와 훙메이도 이제 고향으로 돌아갈 수 있게 되었다.

혁명이 아직 성공하지 않았으니, 동지들이여, 계속 노력하기를!

안녕, 혁명!

안녕히, 레이턴 스튜어트!*

* 마오쩌둥이 쓴 문장 제목.

옮긴이 **문현선**

이화여대 중어중문학과와 같은 대학 통번역대학원 한중과를 졸업했다. 현재 이화여대 통번역대학원에서 강의하며 이화중국번역문화공간에서 중국어권 도서를 기획 및 번역하고 있다. 옮긴 책으로『사서』,『인의 경영』,『경화연』(전2권) 등이 있다.

물처럼 단단하게

© 옌롄커, 2013

초판 1쇄 발행일 2013년 2월 15일
초판 2쇄 발행일 2019년 12월 18일

지은이 옌롄커   **옮긴이** 문현선   **펴낸이** 강병철
디자인 워크룸 이연경   **마케팅** 이재욱 최금순 한지혜

펴낸곳 자음과모음   **출판등록** 1997년 10월 30일 제313-1997-129호
주소 121-840 서울시 마포구 서교동 396-33
전화 편집부 (02)324-2347, 경영지원부 (02)325-6047
팩스 편집부 (02)324-2348, 경영지원부 (02)2648-1311
이메일 munhak@jamobook.com

ISBN 978-89-5707-728-3 (03820)